마지막 사랑

마지막 사랑

ⓒ 조두현, 2025

초판 1쇄 발행 2025년 11월 15일

지은이	조두현
펴낸이	이기봉
편집	좋은땅 편집팀
펴낸곳	도서출판 좋은땅
주소	서울특별시 마포구 양화로12길 26 지월드빌딩 (서교동 395-7)
전화	02)374-8616~7
팩스	02)374-8614
이메일	gworldbook@naver.com
홈페이지	www.g-world.co.kr

ISBN 979-11-388-4934-0 (03810)

- 가격은 뒤표지에 있습니다.
- 이 책은 저작권법에 의하여 보호를 받는 저작물이므로 무단 전재와 복제를 금합니다.
- 파본은 구입하신 서점에서 교환해 드립니다.

잃어버린 나를 찾아
나 자신을 사랑하는 사랑

마지막 사랑

조두현 지음

좋은땅

| 목차 |

1. 뜻밖의 이별 … 6
2. 가을바람 … 27
3. 당신의 이름은 타인 … 82
4. 외줄 위의 사람들 … 170
5. 아쉬움, 그리고 고통의 시간들 … 236
6. 사하라 사막에도 오아시스가 있을까? … 319
7. 사랑과 미움 … 393
8. 설레는 세상의 길목에서 … 492
9. 에필로그 … 579

맺음말 … 594

1

뜻밖의 이별

1 - 1

편지지를 잡은 정애의 손가락이 바르르 떨렸다.

하얀 얼굴이 창백해지다가 이내 붉어졌다. 눈빛이 초점을 잃고 하얀 종이가 가물거리며 정애의 시야를 안개처럼 가렸다. 정애는 무엇이 무엇인지 판단이 서지 않았다. 너무나 갑작스러운 일이라 정신을 차릴 수 없었다.

'정애야, 우리 인연은 여기까지다. 나를 찾아 간다. 서미현.'

밑도 끝도 없는 단 몇 자의 편지. 알쏭달쏭한 이유에 특별한 변명도 없는 편지. 단아하게 굴러가는 글씨체와 '서미현'이라는 이름으로 보아 엄마가 쓴 편지가 분명했지만, 내용은 평소의 엄마답지 않게 차가웠다.

정애는 몇 번이고 편지를 다시 읽었다.

아무리 읽고 또 읽고, 이해하려고 해도 이해가 되지 않았다. 맑은 날에 날벼락을 맞고, 멀쩡한 길에서 지뢰를 밟은 기분이었다. 정애는 사실이 아닐 거라는 생각이 들었다. 도대체 이런 일이 어떻게 일어날 수 있단 말인가. 자기가 지금 꿈을 꾸고 있지 않으면 도저히 설명되지 않는 일이었다.

정애의 생일이었던 지난주 수요일 밤만 해도 그렇다. 온 가족이 레스토랑에 모여 함께 식사를 하며 즐겁게 보냈었다. 그 때 보여 준 엄마 '서미현'은 손녀딸들에게는 둘도 없이 자상한 할머니요, 자신에게는 세상에서 제일가는 기둥이었지 않았는가. 평생을 자기와 손녀딸들에게 보여 준 사랑은 그날에도 여전히 변함이 없었다.

그런데 불과 며칠이 지나지 않아서 이런 편지를 받다니. 정애는 지금 벌어지고 있는 이 상황이 무엇을 말하는지, 어떻게 받아들여야 하는지 종잡을 수 없었다.

정애는 다시 한 번 편지를 읽었다. 아무리 눈을 다시 뜨고 보아도 쓰인 글자는 변하지 않았다.

'나를 찾지 마라.'

정애의 작은 가슴에 찬바람이 휭- 하고 스쳐 가며 그녀를 요동치게 했다.

'도대체 이게 무슨 일이야?'

정애는 당황스러웠다. 한 글자 한 글자가 날카로운 비수가 되어 정애의 심장을 찔렀다. 엄마가 이렇게 냉정한 사람이었던가?

당혹감을 넘어 분노의 바람이 정애 마음에 불었다. 편지 마지막에 '엄마', '할머니'가 아닌 '서미현'이라는 엄마의 실명이 정애의 마음을 더 아프게 했다.

"정애 씨, 무슨 일 있어요?"

평소 엄마와 친분이 두터운 중개사가 컴퓨터 자판기에서 손을 멈추더니 정애를 보며 물었다. 중개사의 의아해하는 표정이 정애의 혼란한 마음을 대변해 주었다.

정애는 꿈에서 깨어나듯이 허리를 폈다. 아직 들고 있는 편지를 접으며 중개사를 보았다.

"다른 말씀 없으셨나요?"

정애는 애써 자신의 표정을 감추며 중개사에게 물었다.

"전화하지 않으셨어요? 며칠 전에 오셔서 그 서류 봉투를 주고 가셨어요."

오십이 조금 넘어 보이는 중개사가 오히려 이상하다는 듯 되물었다.

정애는 말을 더 하고 싶지 않았다. 핸드백을 들고 자리에서 일어나 밖으로 나왔다. 중개사무실 문을 열고 나오는 정애의 다리가 휘청거렸다. 정신이 아득해지면서 폭풍우가 몰아치는 어두운 바닷가에 혼자 버려졌다는 생각이 들었다. 정애는 몸과 마음을 다잡으려고 온 힘을 다하며 거리로 나왔다.

견딜 수 없는 정애의 고통과는 다르게 오후의 거리는 봄 햇살로 가득했다. 언제 겨울이었냐는 듯 세상은 봄빛에 물들어 가고 있었다. 계절은 정애의 마음을 아는지 모르는지, 겨울을 보내고 봄이라는 새로운 세상을 맞이하고 있었다.

1 - 2

 아침부터 성철은 짜증이 났다.
 성화그룹 경영기획부장 자리가 매일매일 전쟁터라서 하루도 편한 날이 없기는 하지만, 오늘 짜증이 나는 것은 회사 업무와 관련이 없는 일이기에 더 짜증이 났다.
 '나를 찾지 마라. 강태문.'
 어제 마신 술 때문에 늦잠을 자고 허겁지겁 도착한 사무실 책상에서 서류 봉투를 보았다. 아버지가 보낸 등기우편물이었다. 무슨 중요한 내용인가 하고 보니 단 한 줄로,
 '나를 찾지 마라. 강태문.'
 우편물 내용을 확인한 순간 성철은 화부터 났다. 어제 마신 술이 번쩍 깼다.
 "이 늙은이가 미쳤나? 다짜고짜 이게 무슨 말이야. 나를 찾지 말라고?"
 생각지도 않은 편지를 받는 성철은 넋이 나간 표정을 지었다. 직원들이 그에게 출근 인사를 하며 지나갔지만, 성철은 인사를 제대로 받지 않았다.

 성철은 자기도 모르게 쓴웃음을 지었다.
 아버지는 강직하면서도 줏대가 있는 사람이라 자질구레한 말을 많이 하는 사람이 아니었다. 특히 공직에서 물러나고 어머니와 별거를 시작하면서 안 그래도 없던 말수가 더 없어졌다. 어쩌다가 아버지가 혼자 사는 오피스텔에 아내와 아이들을 데리고 방문하면,

"왔냐? 별일 없지?"

한마디 하고는 손자들에게도 눈길 한번 주지 않고 방으로 들어가는 사람이었다. 이럴 때마다 성철은 아내와 아이들에게 큰 잘못이라도 한 것처럼 안절부절못하기 일쑤였다.

지난 주 토요일도 마찬가지였다. 어렵게 시간을 낸 성철이 안 가겠다는 아내와 아이들을 설득해서 아버지를 찾아갔다. 모처럼 저녁이라도 같이 하고 아버지와 함께 있다 올 생각이었다. 그러나 아버지는 집에 없었다.

아무리 초인종을 누르고 문을 두드려도 문은 열리지 않았다. 전화를 미리 해서 약속을 하고 온 터라 더 어이가 없었다. 보다 못한 아내가 아버지에게 전화를 했지만, 전화기가 꺼져 있었다. 너무나 기가 막혀서 성철은 화도 나지 않았다. 아내와 아이들에게 얼굴을 들 수가 없을 뿐이었다.

며칠이 지나도 아버지는 언제 그런 일이 있었냐는 듯 감감무소식이었다. 시간이 조금 더 지나자 성철의 화난 마음도 누그러지고 모든 것이 안정되었다.

그동안 성철은 아버지에게 전화를 하지 않았다. 아버지에게 화가 나서가 아니라 회사 업무가 너무 많아 전화할 시간을 내지 못했기 때문이었다. 그런데 오늘 뜻하지 않게 아버지의 편지를 받은 것이다.

성철은 들고 있는 편지를 책상에 놓으면서 창밖을 보았다. 동쪽에서 뜬 태양이 쉿소리를 내며 서쪽으로 달려갔다. 갑자기 세상이 아련해졌다. 나이가 들수록 세상살이가 쉬워지지 않고 자꾸 꼬여만 갔다. 이래저래 쉽지 않은 세상살이였고, 그 세상살이마저도 하루의 시작부터 힘이 들었다.

시간은 성철의 희로애락과는 아무런 상관없이 자기 길을 갔다. 뜻하지 않은 일들이 나이가 많지도 않은 성철에게 일어나고 있지만, 세월은 그런 일에는 아랑곳하지 않았다. 이렇게 무관심하고 유유자적하게 흐르는 세월 속에서 겨울의 흔적은 사라졌다. 봄이 부르는 노랫소리가 성철의 사무실 유리창을 넘어 들려왔다.

1 - 3

중개사무소를 나온 정애는 이른 봄볕에 달아오른 아스팔트길을 걸었다.

후끈거리는 열기가 요란한 몸짓을 하며 아스팔트길 위로 소용돌이쳤다. 그렇지 않아도 걷잡을 수 없는 정애의 마음은 봄날의 열기에 더 흔들렸다.

거리와 거리를 달리는 차량, 길 양편의 상가들과 그 앞을 지나가고 있는 행인들도 봄 열기에 취했는지, 아니면 살기 힘든 삶에 지쳤는지 중심을 잡지 못하고 비틀거렸다. 세상 전체가 마약에 취한 듯 흔들렸다. 정애도 그것들에 휩싸여 이리 밀리고, 저리 치이고, 곤두박질치기도 하며 어디론가 가고 있었다.

'우리 인연은 여기까지다.'

독실한 기독교 신자요, 아버지가 살아 계실 때나 돌아가신 후에도 한눈을 팔지 않고 생활에 충실한 어머니였다. 언제나 고운 미소와 따뜻한 말투로 주변 사람들을 대하던 어머니였다. 그런 어머니가 엄동설한의 찬바람보다 더 사나운 말을 남기고 어디론가 떠나다니. 이것이 꿈이 아니고 무엇이란 말인가. 아무리 세상이 빠르게 변하고 인간사가 험하다 해도 자기에게 이런 일이 일어났다는 것을 정애는 믿을 수 없었다.

정애의 머리가 어지러워졌다. 더 이상 몸을 가누지 못하고 길옆에 덩그러니 놓여 있는 낡은 벤치에 앉았다. 많은 사람들이 정애를 바라보지도 않고 무언가에 쫓기듯 정애 앞을 지나갔다. 정애도 그들이 누구인지, 어디로 가고 있는지 관심이 없었다. 그들은 그들대로 어디론가 가고 있었고, 자기는 자기대로 홀로 앉아 어려운 시간을 견디고 있었다.

언제나 그렇듯이 세월은 세상일에 관심이 없고 세상은 정애에게 관심이 없었다. 세월이 어떻게 흘러가고 세상이 어떻게 변해 가든지 시간은 멈추지 않았다. 그 흐름 끝에는 언제나 또 다른 세상이 왔다. 정애의 세상도 정애의 의지와는 상관없이 그렇게 흐르며 변해 갔다.

해가 서산으로 지기 시작할 무렵에 정애는 어머니가 사는 아파트에 도착했다. 아파트 불빛이 하나둘 자기 자신을 보여 주기 시작했지만, 아파트 주변은 적막에 싸여가고 있었다.

어머니가 사는 백조 아파트는 정애가 사는 아파트 옆에 있고 또 자주 들르는 아파트라 정애에게 매우 익숙했다. 엘리베이터를 타고 올라가 어머니 아파트 문 앞에 섰다. 정애는 빠르게 뛰는 심장을 진정시키려고 가슴 깊이 숨을 들이마셨다. 얼마나 지났을까. 긴장이 풀리자 정애는 번호키의 뚜껑을 열고 비밀번호를 눌렀다. 정애의 손가락이 떨리고 긴장으로 몸이 굳었다.

'정애 왔냐?'

금방이라도 어머니가 자기 이름을 부르며 거실에서 걸어 나오실 것 같았다. 그러나 정애가 현관문을 열고 들어가 서성여도 거실에서는 아무런 기척이 없었다. 오직 자동으로 켜지는 현관 등이 어두운 실내를 초라하게 비춰 주며 지친 정애를 맞이하고 있을 뿐이었다.

"엄마? 계세요?"

정애는 현관에 신발을 벗어 놓고 거실로 들어가며 어머니를 불렀다. 엄마를 부르는 정애의 목소리가 울먹이며 떨렸다. 초저녁 어둠에 묻혀 있는 엄마의 거실은 생기를 잃고 버려진 초가집처럼 썰렁한 냉기를 뿜어냈다. 정애의 가슴이 써늘해지며 다리가 휘청거렸다.

아무리 생각해 봐도 무슨 착오가 있는 것이 분명했다. 그렇지 않고서야 어머니가 갑자기 어디로 떠나셨단 말인가. 걷잡을 수 없는 슬픔과 두려움이 정애를 집어삼켰다.

"엄마….'

정애는 혹시나 하는 마음으로 다시 어머니를 불렀다. 엄마를 부르는 정애의 울음 섞인 목소리가 거실을 깨웠다. 불 꺼진 거실은 대답 대신 차가운 침묵으로 정애의 부름에 답했다. 순간 정애는 오싹한 기분이 들었다. 피가 거꾸로 솟고 살이 떨렸다.

'편지가 사실인가?'

일말의 기대감이 사라지자 말로 표현할 수 없는 허탈감이 싸늘하게 정애에게 밀려왔다. 오랫동안 긴장과 슬픔과 두려움에 지쳐 있었던 정애의 몸이 일시에 무너지며 힘없이 소파에 쓰러졌다.

어둠에 묻힌 거실에서 정애는 한참 동안 앉아 있었다. 정애의 마음 같은 어두움은 세상을 집어삼켜 진실을 감추어 버렸고, 숨겨진 진실을 알고 있는 거실은 말이 없었다.

얼마나 지났을까.

정애의 눈이 어둠에 익숙해지자 비밀을 간직하고 있던 거실이 희미하게 정애의 시야에 들어왔다. 정애는 자리에서 일어나 안방 문 옆에 있는 스위치를 눌러 불을 켰다. 순간 세상이 밝아졌다. 정애는 천천히 주위를 둘러보았다.

모든 것이 제자리 그대로였다. 정애가 해외여행을 다녀와서 선물한 카슈미르 방석이 어린양들을 안고 소파에서 정애를 맞이했다. 거실 한가운데 탁자는 언제나처럼 도도한 자태였다. 늘 거실 뒤편 벽에서 춤을 추는 젊은 서양여인도 여전히 그 자리에서 춤을 추고 있었고, 식탁 앞 원형시계도 변함없이 자기 일을 하고 있었다.

변한 것은 슬퍼하는 정애 자신의 마음뿐이었다. 한동안 차가운 거실에 서 있던 정애는 안방 문을 열고 안으로 들어섰다.

"엄마….."

방문을 열고 들어서자 어머니의 향기가 정애 가슴으로 파고들었다. 그 향기는 딸을 사랑하는 엄마의 마음이었고, 육십 평생을 견디며 살아 온 지난 세월에 대한 엄마 자신의 그리움이었다.

정애는 잘 정리된 침대에 걸터앉았다. 어머니가 아침저녁으로 사용하던 티크 무늬 화장대를 보았다.

'얘, 네가 사 준 이 화장품이 나에게 잘 맞는구나. 저녁에 써도 아주 좋아. 아침에는 물론이고.'

화장대 의자에 앉아 생일 선물로 준 화장품을 얼굴에 바르며 좋아하시던 어머니의 환한 얼굴이 거울 속에서 정애를 보고 웃고 있었다. 정애는 두 손으로 얼굴을 감싸 안았다.

"엄마…. 어디 있어?"

어머니를 부르는 정애의 눈에 눈물이 고였다.

주인을 잃은 안방은 슬픔만 가득했다.

정애는 침대에 앉아서도 정신을 차릴 수 없었다. 복잡하던 머리가 이제는 아무런 생각도 나지 않는 빈 세상이 되었다. 자리에서 일어나 옷장을 열었다. 아무 일도 일어나지 않았다는 듯 어머니 옷들이 옷걸이에 걸려 있었다.

이리저리 살피던 정애는 있어야 할 어머니 옷가지들이 보이지 않는다는 것을 알았다. 값비싼 옷들은 제자리에 있었지만 입기 편한 옷과 내의가 없는 것이다.

거실로 나와 세탁실에 들어갔다. 밀린 세탁물이 하나도 없었다. 말리고 있는 세탁물도 보이지 않았고, 주방도 티끌 하나 없이 깨끗했다. 모든 것이 입주하기 전 청소를 한 것처럼 깨끗하게 정돈되어 있었다.

베란다 문을 열고 나왔다. 어머니가 정성스럽게 가꾸던 화초들이 모두 제자리에 있었지만, 물을 준 지가 오래된 듯 화분들이 메말라 있었다. 여기저기를 살피던 정애는 베란다 한쪽에 매달려 있는 새장이 비어 있는 것을 알았다. 언제나 아름다운 목소리로 어머니를 기쁘게

1. 뜻밖의 이별   15

하던 카나리아 한 쌍이 새장 안에 없었다. 대나무에 무지개 색칠을 해서 만든 새장은 어디론가 날아간 주인을 기다리는 듯이 문을 활짝 열고 슬픔에 젖어 있었다.

"파랑새야, 파랑새야. 모이 먹어라."

카나리아 한 쌍을 파랑새라고 부르시던 어머니의 모습이 훤하게 정애의 머리에 떠올랐다.

정애로서는 인정하기 싫은 일이었지만 어머니가 어디론가 떠난 것이 분명했다. 정애에게 보낸 편지와 어머니 아파트에서 본 여러 정황이 정애의 이런 생각을 뒷받침했다.

피로가 일시에 밀려왔다. 쓸쓸한 조명이 주인을 대신하여 거실을 지켜 주고 있었지만, 그 불빛은 아무 말도 하지 않았다. 얼마 전 토요일에 이 거실에서 정애 가족과 어머니가 저녁 식사를 함께 하고 같이 잠을 잤다는 것이 믿어지지 않았다. 불과 며칠 만에 도저히 상상할 수 없는 일이 일어난 것이다.

1-4

퇴근 시간이 가까워지자 성철은 책상을 정리했다.

직원들도 하루 일을 파하는 분위기였다. 모두 퇴근하고 사무실이 텅 비자 성철은 아버지에게 전화를 걸었다. 뜻하지 않은 일을 당해 마음이 상했지만, 전화를 하지 않을 수 없었다. 전화기 속을 흐르는 신호음이 마치 한겨울 바람 소리 같았다.

'없는 전화번호입니다.'

같은 멘트가 몇 번 반복되었다. 그 시간이 퇴근을 기다리는 시간만큼 늦게 흘러갔다. 신호음이 생명을 다하는 소리가 들리자 성철은 다시 전화 버튼을 눌렀다.

'없는 전화번호입니다.'

같은 소리가 다시 반복되었다. 성철은 몇 번을 시도했지만, 아버지의 목소리는 들을 수 없었다.

모두가 퇴근하고 텅 빈 사무실은 이미 깜깜해졌다. 떠들썩하던 하루가 어둠 속에 묻히고 뒤에 남은 공허함만이 사무실에 가득했다.

사무실을 나온 성철은 자동차 불빛을 헤치며 아버지가 사는 오피스텔로 달렸다. 봄바람이 차창을 스치며 지나갔다. 답답한 마음에 성철은 왼쪽 창문을 내리고 팔을 밖으로 뻗었다. 팔과 손가락이 어둠 속의 바람에 저항하며 부르르 떨렸다.

퇴근길 도로는 차들로 가득했다. 가다 서다를 반복하는 차량 행렬에 성철은 짜증이 났다. 마치 자기 인생 같다는 생각이 문득 들었다.

아무리 힘이 들어도 꼭 해야 하는 일이 있다. 자기와 가족들이 먹고 살기 위해서 나날이 전쟁터인 직장을 그만둘 수 없는 것처럼. 이런 일은 성철이 하고 싶다고 하고, 하기 싫다고 그만두는 그런 일이 아니었다. 피하지 못할 숙명처럼 받아들여야 하는 일이었다.

지금 아버지 일이 그랬다. 어떻게 보면 한 번 웃고 끝날 수 있는 일이다. 육십 중반이 넘은 아버지가 어디 가서 무얼 한단 말인가. 원기

왕성하던 시절은 이미 끝난 지 오래되었다.

　길고 힘들었던 직장생활이 아버지에게서 꿈을 빼앗아 가고, 또 퇴직 후에 아버지가 겪은 일들이 아버지에게서 희망을 앗아간 것은 많은 사람들이 그랬던 것처럼 어쩌면 당연한 일이었을지도 모른다.

　그러나 아무리 아버지의 상황이 그렇다고 해도 다른 사람들과 잘 어울리지 못하는 아버지의 성격이 변하지 않을 것도 분명했다. 이런 아버지가 어디에 가서 새로운 상황에 적응할 수 있을까? 쉽지 않은 일이었다. 아무리 생각해도 아버지가 남긴 편지 내용대로,

'어디로 떠난다?'

　있을 수 없는 일이었다. 아무래도 자기가 무엇인가를 오해하고 있을 수도 있다는 생각이 들었다. 조금만 기다리면 아버지가 언제 그런 일이 있었느냐는 듯이 돌아오시지 않을까?

　하지만 성철의 생각이 옳다고 해도 성철은 아버지에게 전화하고 또 아버지가 사는 오피스텔을 찾아가지 않을 수 없었다. 이것이 아버지와 성철의 보이지 않는 끈으로 이어진 인연이요, 성철이 피할 수 없는 의무였다.

　멀리에 아버지가 사시는 이십 층 오피스텔 불빛이 보였다.

　성철이 아버지를 만나려고 가끔 들르는 오피스텔이었다. 오피스텔을 방문할 때마다 성철은 어쩐지 이 건물이 낯설었다. 아버지에 대한 거리감과 억지로 온다는 거부감 때문인지도 몰랐다.

　길가에 차를 세우고 오피스텔로 들어가 엘리베이터를 탔다.

퇴근 시간이 겹쳐서 엘리베이터 안은 만원이었다. 피곤함에 지친 군상들이 넋을 놓고 서 있는 공간에서 성철은 천장을 바라보았다. 조그마한 전구들이 매달려 있기에 지쳤는지 힘없는 눈빛으로 성철을 보고 있었다.

'산다는 것은 무엇일까?'

연무 같은 전구 불빛이 성철의 눈을 비추자 성철은 현기증이 났다. 상승하는 엘리베이터 소리가 폭풍우처럼 성철의 귀를 괴롭혔다. 성철은 안개 속에서 헤맨다는 착각을 하며 귀를 막았다. 순간 그는,

'세상은 안개 속인가? 아니, 세상은 폭풍우 속인가?'

이해할 수 없는 생각이 들었다. 지금 그가 있는 곳이 오피스텔의 엘리베이터 안이 아니고 폭풍우가 몰아치는 깊은 골짜기 안개 속인 것만 같았다.

몇 번인가 엘리베이터가 멈추고 사람들이 내리는 소리가 들렸다. 성철은 눈에서 안개를 걷어내고 귀에서 천둥소리를 어렵게 떨쳐 내려고 마른기침을 하며 엘리베이터를 빠져나왔다.

익숙지 않은 스위치를 더듬어 찾아서 불을 켰다.

방 두 칸과 거실 하나인 오피스텔이 초라하게 성철 앞에 모습을 드러냈다. 싸늘하고 오싹한 기운에 성철의 몸이 떨렸다. 난방을 안 한지가 오래 되었는지 어디서나 찬바람이 불어오는 것만 같았다.

그는 혹시 아버지가 무슨 흔적이라도 남겼을지 모른다는 생각에 여기저기를 돌아보았다. 주방은 깨끗하게 정리되어 있었다. 평소 책을 좋아하시던 습관 때문인지 제법 커다란 서재 안에는 많은 책들이 가지

런히 정리되어 있고, 책상 위에는 아버지가 읽던 책 두 권이 덮인 채 있었다. 붙박이장 문을 열었다. 아버지가 입던 옷들은 아무 일도 없다는 듯이 옷걸이에 걸려 있었지만 말이 없었다.

여기저기를 둘러보아도 아버지가 남긴 것 같은 흔적은 찾을 수 없었다. 책상 의자에 앉아 거실과 주방을 둘러보았다. 그러다가 책상 위에 있는 '인간 본성의 법칙'이라는 책이 눈에 들어왔다. 성철은 두꺼운 그 책 밑에 반절로 접혀있는 흰색 종이를 보았다. 그는 책을 들고 밑에 있는 종이를 꺼내 펼쳤다.

'성철아, 여기 있는 책들을 부탁한다.'

아버지가 수성 펜으로 정성스럽게 적은 글자였다.

'오피스텔은 네가 알아서 처리해라.'

아버지가 쓴 글자에서 성철은 한참 동안 눈을 떼지 못했다. 정확한 이유는 알지 못하지만, 아버지가 어디론가 떠나신 것은 분명해 보였다. 성철의 가슴에 알 수 없는 서글픔이 밀려왔다. 그것은 아버지에 대한 원망과 미움을 떠나서 아버지를 다시 볼 수 없을 것 같은 불길한 예감이 들어서였고, 지난 세월 동안 아버지를 잘 모시지 못했다는 미안함 때문이었다.

세상을 살다 보면 뜻하지 않은 일들이 가끔 일어난다는 것쯤은 성철도 알고 있었다. 그런 일들은 대부분 일상생활과 관련된 일들이었다. 이렇게 갑작스러운 아버지와의 이별은 한 번도 생각해 본 적이 없었다.

견딜 수 없는 절망감이 밀려왔다. 성철은 자기 능력으로는 해결할 수 없는 커다란 절벽 앞에서 무력하게 앉아 있다가 오피스텔을 나왔다. 문을 닫는 성철 뒤로 기다렸다는 듯이 찬바람도 함께 따라 나왔다.

1-5

8시가 넘어 집에 온 정애는 아라와 서희에게 저녁을 주고 소파에 앉았다.

자기가 좋아하는 〈사랑은 한 번이야〉 인기 연속극을 볼 시간이었지만 정애는 텔레비전을 켜지 않았다.

피로가 몰려왔다. 그러나 긴장을 한 탓인지 정신만은 오히려 더 맑았다. 얼마 동안 침묵 속에 있던 정애는 핸드폰을 열고 주소 목록으로 들어갔다. 희미한 글자들이 투명한 액정을 뚫고 나와 정애의 눈앞에 아른거렸다. 한참 핸드폰을 들여다보던 정애는,

'엄마 친구'

목록에서 멈췄다. 전화를 걸었다.

"뭐라고?"

상대방의 목소리가 전화기에서 흘러나왔다.

"혹시, 요즘 저희 엄마 만나신 적 있으세요? 전화 통화 안 하셨어요?"

"아, 너 정애구나. 며칠 전에 너희 집 앞 커피숍에서 만났었지. 왜, 무슨 일 있냐?"

"그때 별말씀 없으셨나요?"

"글쎄…."

전화기 속에서 한참 침묵이 흘렀다.

"별말이 없었는데. 왜, 네 엄마 무슨 일 생겼니?"

전화기 속의 목소리가 오히려 정애에게 되물었다.

"아, 아녜요. 다시 전화 드릴게요."

정애는 상대방이 뭐라고 더 말을 하기 전에 전화를 끊었다. 잘못하면 어머니를 친구들 사이에서 웃음거리로 만들 수 있다고 생각했기 때문이다.

정애는 서울에 사는 삼촌, 이모와 부산의 외사촌에게 전화를 걸었다. 안부를 묻는 전화였지만 사실은 어머니가 혹시 거기에 계시지 않을까 하는 생각에 확인 차 드린 전화였다.

여기저기에 전화하느라 시간이 가는 줄 몰랐다.
회식 때문에 귀가가 늦은 남편이 오고서야 정애는 전화를 멈췄다.
"어이, 마누라. 사랑하는 마누라."
남편 진수는 술에 취해 기분이 좋은지 현관문을 열고 들어오자마자 소파에 앉아 있는 정애를 껴안을 듯 다가오며 넉살을 부렸다. 정애는 목석처럼 소파에 앉아 있었다.
"아니, 왜 그래. 우리 마님이 화나셨나? 나 오늘 회식한다고 말했잖아. 그러지 말고 이리 와 봐. 안아 보게. 우리 마누라."
성격 좋은 남편 진수가 정애를 웃게 하려고 너스레를 떨었다.
오랜 연애 끝에 결혼하고, 결혼 생활 내내 한 번도 정애의 마음을 상하게 한 일이 없는 진수였다. 정애도 진정으로 진수를 사랑하고 있었다. 두 사람은 그 흔한 입씨름 한 번 하지 않고 결혼생활을 하고 있었다.
하지만 정애는 소파에 앉아서 남편이 오는 것을 모른 체하고 있었다. 진수가 머쓱해하는 사이에 게임을 하던 아라와 서희가 자기들 방에서 나와 진수에게 뛰어갔다.

"아빠 왔어? 엄마 오늘 슬퍼. 할머니가 어디 가셨대."

여섯 살 서희가 어떻게 알았는지 아빠 품에 안기며 조잘댔다.

"할머니가 어디 가셔?"

진수는 서희의 말에 놀란 표정을 지으며 정애를 보았다. 진수와 정애의 눈이 마주쳤다. 정애는 손에 들고 있던 편지를 남편에게 주었다. 왼팔에 서희를 안고, 오른손으로 메모지를 읽던 진수의 눈이 커졌다.

"장모님, 요즘 무슨 일 있으셔? 혹시 어디 놀러 가신 거 아닐까?"

정애는 당황하는 진수를 보고 아니라고 고개를 옆으로 흔들었다. 진수는 서희를 내려놓고 안방으로 들어갔다. 술이 확 깬 모습이었다. 거실로 다시 나온 진수에게 정애는 오늘 있었던 일들을 이야기했다. 진수가 물었다.

"전화는 해 봤지?"

"없는 전화래."

"없는 전화?"

정애가 그렇다고 고개를 끄덕였다.

두 사람 사이에 침묵이 흘렀다. 아라와 서희도 아빠, 엄마의 이상한 분위기를 눈치 챘는지 자기들 방으로 들어갔다. 언제나 웃음이 넘치던 집안이 슬픔과 걱정이 가득한 세상이 되었다. 창밖의 어두운 밤도 슬픈 세상이 안타까운지 말없이 깊어만 갔다.

1. 뜻밖의 이별

1-6

  아침 식사를 하자마자 성철은 회사 김 과장에게 전화해서 오전을 반차휴가로 처리해 달라고 부탁했다. 출근하기 전에 경찰서에 가서 실종 신고를 할 생각이었다.
  성철은 요즘 며칠 밤을 뜬눈으로 보냈다. 아버지를 알 만한 사람들에게 전화했지만, 성철은 속 시원한 답을 듣지 못했다. 갈 만한 곳을 생각해 봐도 그럴 만한 곳도 딱히 떠오르지 않았다. 이제 남은 것은 경찰에 실종 신고를 하는 일이었다.
  성철은 혹시나 하는 심정으로 아버지 전화번호를 다시 눌렀다. 없는 전화번호라는 말이 여느 때처럼 계속 반복되었다. 아버지의 대답을 기대한 것은 아니었지만 혹시나 하는 마음마저 무너지자 성철의 입에서 알 수 없는 한숨이 새어 나왔다.
  식탁 맞은편에서 밥을 먹다 만 아내가 숟가락을 든 채 걱정스러운 표정으로 성철을 보고 있었다.

1-7

  경찰서를 나온 정애는 거리의 소음을 피해 걸으며 하늘을 보았다. 정애의 심정을 아는지 모르는지 하늘은 봄볕으로 가득했다.
  이해할 수 없는 메모를 남겨 놓고 어머니가 어딘가로 가신 지도 한 달이 넘었다. 정애는 이 시간을 어떻게 보냈는지 모르게 지냈다. 잠을 자도 자는 것이 아니었고, 눈을 뜨고 있어도 뜨고 있는 것이 아니었다. 먹는 것도 잊어버렸고 남편은 물론이고 아이들을 챙기는 것마저 잊었다. 온종일 멍한 상태로 지내다가 어머니 친구들에게 전화를 한 번씩 거는 것이 하루 일의 전부였다.

전화를 하면 할수록 혹시나 하는 기대감은 사라졌다. 언젠 부턴가는 그냥 기계적으로 전화를 걸었다. 이렇게라도 해야만 힘든 이 시간을 견딜 수 있었기 때문이었다.

오늘도 경찰서 담당자를 만나고 돌아가는 길이었다. 담당자는 여느 때와 같이 표정 없는 담담한 얼굴로,

"아직 아무런 단서가 없네요. 저희도 최선을 다하고 있어요."

앵무새처럼 같은 말을 되풀이했다.

정애는 담벼락을 따라 걸어가다가 무심코 보도블록 틈 사이로 노랗게 피어 있는 민들레를 보았다. 가냘픈 꽃잎들이 봄 햇살 아래 올망졸망 떠들며 웃고 있었다. 정애는 슬픈 생각이 들었다.

살아 있는 모든 것들은 제각기 제자리에서 부대끼며 살아간다. 비록 주위 환경이 나쁘거나 자신에게 문제가 있더라도 그렇다. 그러다가 언젠가는 떠나간다. 저 예쁜 노란 꽃잎이 홀씨가 되어 어디론가 날아가듯이. 혹시 어머니도 그랬을까?

1-8

시간은 무엇일까?

세월은 무엇이고.

시간이 흐르는 것을 세월이라고 한다면 성철과 정애에게도 시간이 지나가고 세월이 되어 흘러갔다. 흐르는 세월 따라 세상도 변하고 인간의 삶도 변해 갔다. 두 사람의 삶도 마찬가지였다.

성철은 바쁜 일에 묻혀 버렸다. 알 수 없는 몇 마디 말을 남기고 아버지가 어디론가 떠난 지 두 달이 못 되어 성철이 아버지를 기억하는 시간이 점차 줄어들었다. 석 달이 지나서는 실종 신고를 언제 했는지 기억이 나지 않았고, 이제는 아버지에게 하는 전화도 메모지를 보지 않으면 걸 수 없었다. 그는 아버지 실종 전의 시간으로 돌아가 있었다.

정애는 어머니 생각을 쉽게 지울 수 없었다. 어머니가 남기신,

'나를 찾지 마라.'

몇 자의 짧은 글은 시간이 가도 머릿속에서 지워지지 않았고, 정애의 가슴을 짓누르는 아픔으로 남았다.

무엇이 어머니를 그렇게 만들었을까. 언제나 정숙하고 정해진 길에서 한 치도 벗어나지 않은 어머니였다. 아내로, 어머니로, 할머니로, 친구로, 선생으로, 종교인으로 누구에게나 존경과 칭찬을 받던 사람이 바로 서미현, 정애의 어머니였다.

그런 어머니가 도저히 이해할 수 없는 일로 정애를 괴롭히고 있었다. 이것은 시간이 아무리 흘러도 지우지 못할 정애의 커다란 상처가 되었고, 정애의 가슴에 대못을 박은 일이었다.

2

가을바람

2-1

따가운 햇볕에 물든 가을바람이 나뭇잎마다 내려앉았다.

이런 가을바람에 물이 들어서일까? 어떤 나뭇잎은 빨갛게, 어떤 나뭇잎은 노랗게, 어떤 나뭇잎은 파랗게 소리 내어 웃고 춤추며 자기들을 자랑스럽게 뽐내고 있었다.

저마다의 노래와 저마다의 모습으로 떠들썩한 숲속은 프랑스 '드 파르세 오페라 극장'의 연주회장 같았다. 각양각색으로 내는 연주회의 음악은 때로는 장엄한 교향악이 되어 하늘을 뒤덮고, 때로는 간장을 녹이는 바이올린 선율이 되어 산중을 울렸다. 계족산은 풍요로움과 아쉬움이 한마당으로 어우러지며 이 세상에서 저 세상으로 변해 갔다.

"가슴 설레는 새로운 일 때문이 아닐까요?"

계족산성이 멀리 보이는 임도 언덕배기에 앉아 오색으로 물드는 가을을 즐기던 미현과 영숙은 누가 먼저라고 할 것도 없이 오른쪽을 보앉다. 바람이 단풍잎을 흔드는 오후, 서쪽으로 길을 재촉하는 태양의 손길이 두 사람 눈을 가린 사이로 희미한 인기척이 보였다.

"본래 모습을 찾고 싶어 자신을 버리는 것 같기도 하고…."

옆 사람에게 하는 말인지, 혼자 중얼거리는 말인지 알 수 없는 나지막한 목소리가 또 들렸다. 영숙은 고개를 다시 오른쪽으로 돌렸다. 회색 바탕에 얼룩무늬 잠바를 입은 남자가 다리를 겹치고 앉아서 산성을 보고 있었다.

"자신을 찾고, 설레는 일을 만들려고 단풍이 든다고요?"

평소에도 쾌활한 영숙이 재미있다는 표정을 지었다. 그렇지 않아도 커다란 눈이 더 커졌다.

"다 버려야 다시 채울 수 있으니까요."

옆 남자는 영숙에게 관심을 보이지 않은 채 멍한 시선을 줄곧 산성으로 던지며 말했다. 바람과 햇살에 묻혀 희미한 그림자처럼 보이는 남자의 시선을 따라 영숙의 눈길도 어느새 맞은편 산기슭으로 향했다.

계족산성 아래 비탈진 산등성이의 나뭇잎들이 누웠다가 일어나고, 일어났다가 다시 누웠다. 마치 끝도 없이 밀려오는 파도 물결이 바람결에 장단을 맞추며 넘실거리는 것 같았다.

세 사람의 눈에는 오색으로 물드는 산등성이의 나뭇잎들이 반대편 임도에 앉아 이야기를 나누는 자기들에게 이젠 가을이라고 외치며 손을 들어 환호하는 것처럼 보였다.

세 사람은 잠시 말이 없었다. 틈새를 놓칠세라 한 자락 바람이 나뭇잎을 흔들고 지나갔다. 흔들리는 나뭇잎을 따라서 진한 가을 향이 가깝고 먼 산과 높고 낮은 골짜기와 세 사람 주변을 맴돌다가 다시 길을 떠났다. 어디서 왔는지 산성을 넘어서 다가오는 하얀 구름이 살짝 얼굴을 내밀었다.

   다시 바람이 불었다. 가을향기를 가득 안은 바람결이었다. 불어오는 바람결에 세 사람의 가슴에도 가을 향기가 가득해졌다.

2-2

   교회가 끝난 일요일 오후.

   교회 행사를 뒤로하고 영숙은 친구 미현과 나뭇잎이 물들기 시작하는 계족산 구경을 나왔다. 시간이 나면 두 사람이 가끔 오르는 산이었다. 가을 초입에 들어선 계족산은 다른 날의 계족산과는 다른 분위기를 두 사람에게 선물해 주고 있었다.

   한없이 높은 하늘은 금방이라도 푸른 물방울을 뚝뚝 쏟아 부을 듯했다. 높고 낮은 계족산 능선들과 골짝이의 나무들은 저마다 저에게 맞는 옷으로 갈아입었다. 때마침 찾아 온 바람의 손짓을 따라 저 멀리 보이는 맞은편 나무들이 일제히 춤을 추듯 이리저리 물결을 이루었다. 그 물결은 무지갯빛 파도가 되어 산허리를 감싸 안으며 돌았다.

   계족산은 지나온 계절들의 꿈과 추억을 품에 안고 고요하고, 풍요롭고, 여유 있는 모습으로 한 시절을 맞이하고 있었다.

   미현과 영숙은 산디마을과 임도 삼거리 중간쯤에 있는 언덕 벤치에 앉아 가물거리는 산성을 보며 이야기를 나누는 중이었다.

"참 신기하지? 계절은 한 번도 자기 차례를 잊지 않아. 언제나 기억하고 있어. 다른 계절에 자리를 양보했다가도 자기 차례에는 틀림없이 존재를 드러내. 지금 가을도 그렇지?"

미현은 옆에 친구가 있다는 것을 잊었는지 혼잣말처럼 중얼거렸다. 파란 하늘에 물들며 하얀 햇살에 비추는 미현의 뽀얀 얼굴이 조금은 창백해 보였다.

"그러게 말이야. 오는 것도 신기하고, 가는 것도 신기하고. 세상이 참 재밌어. 덩달아서 나도 기분이 좋아진다. 하하."

오래간만의 외출이라서 그럴까? 아니면 아름답게 물들어 가는 계족산에 취해서 그럴까. 영숙은 조금 들떠 있었다.

"변화는 참 요술쟁이 같아. 우리에게 새로움을 주잖아."

영숙의 태도에 무관심한 듯 미현이 중얼거렸다.

"너는 왜 나뭇잎이 가을이면 단풍이 되어 떨어진다고 생각하니?"

미현의 답이 무엇일지 뻔히 알 수 있는 일이었지만 영숙이 무심하게 물었다.

미현은 무엇을 생각하는지 앞산에서 시선을 떼지 않았다. 아니 아무도 모르는 자기만의 세상에 간 것 같았다. 가느다란 햇살이 계족산 구석구석에 떨어지며 나뭇가지 사이사이에서 반짝였다. 옆자리 남자의 목소리가 들려 온 것은 이때였다.

"가슴 설레는 새로운 일 때문이 아닐까요?"

"……."

"자신의 본래 모습을 찾고 싶어 버리는 것 같기도 하고…."

"……."

"다 버려야 다시 채울 수 있으니까요."

 누가 물어본 것도 아니었다. 그런데 옆 벤치 남자의 말은 두 사람이 주고받는 이야기에 답을 하는 것처럼 들렸다.

 "가슴 설레는 일요? 가을도 가슴이 설레나요?"

 영숙이 특유의 헛웃음을 쳤다. 그러면서 친구를 보았다.

 "얘, 이분 말씀 왈, 가을이 가슴 설레려고 그런단다. 너 이해가 되니? 자신을 찾으려고 그러고…."

 미현은 영숙의 말을 못 들었는지 여전히 앞산에서 눈을 떼지 않았다.

 다소곳이 앉아 있는 미현의 몸에 가을이 맴돌다가 지나갔다. 미현의 등산복은 단풍잎을 닮았고, 눈동자는 푸른 하늘의 태양을 닮았다. 두 사람의 대화에 무관심하게 앉아 앞산에 시선을 멈춘 미현이 마치 가을 같았다.

 "자기를 찾고 싶어 잎을 버리는 거라고요?"

 영숙이 오른쪽으로 돌아앉았다. 예순이 넘어 보이는 남자가 여전히 다리를 꼬고 앉아 미동도 하지 않고 앞산을 보고 있었다. 회색빛 등산복이 쓸쓸하게 햇살에 반사되고, 등산모를 쓰지 않은 머리카락이 바람에 날렸다. 잔주름 진 남자의 옆얼굴이 높은 콧대와 어우러지며 지난 세월을 말해 주었다.

 "버려야 채울 수 있지요."

 "아저씨, 뭐 하시는 분이세요?"

 영숙이 의미 모를 미소를 슬쩍 지었다.

 영숙의 물음에 옆자리 남자는 더 이상 말이 없었다. 열기를 잃은 바람만이 나무들을 흔들고 이따금 나뭇잎들을 허공에서 나부끼게 하다가 어디론가 사라졌다.

"먼저 갑니다."

말이 없던 남자는 등산 가방을 집어 들더니 엉덩이를 툭툭 털고 자리에서 일어났다. 미현과 남자의 눈이 잠깐 마주쳤다. 남자는 미현에게 가볍게 눈인사를 하고는 서글픔이 가득한 길을 따라 허우적허우적 걸어갔다. 남자의 등에 내려앉는 햇살과 바람에 싸인 그의 뒷모습이 텅 빈 그림자 같았다.

2-3

벚나무와 갈참나무가 많은 계족산은 단풍이 아름다웠다.

울울창창한 나무들이 저마다 제 모습을 자랑하며 서 있는 골짜기와 능선이 형형색색 나뭇잎으로 옷을 바꿔 입었다. 그 안에 있는 산도, 새도, 사람도 깊어가는 계절을 즐기고 있었다.

낙엽에 묻히는 길들은 점점 제 모습을 잃어 갔다. 여기저기에 보이던 자갈들은 나뭇잎에 덮여 보이지 않았다. 바람이 불 때마다 '싸르락 싸르락' 낙엽 날리는 소리가 가을산길에 외로움을 더할 뿐이었다.

겨울을 준비하던 다람쥐가 발걸음 소리에 놀랐는지 물고 있던 도토리를 집어 던지고 나무 위로 올라갔다. 이름 모를 산새들도 겨울 채비에 바빠서 이리저리 날아다녔다. 저마다 변하는 계절에 맞춰 모두들 분주하게 움직였다.

인적 없는 길을 걸어가는 미현과 영숙의 뒤로 나무 그림자가 길게 드리워졌다. 한동안 두 사람은 말이 없었다. 이따금 떨어지는 나뭇잎들이 포물선을 그리며 희미해지는 길 위로 날릴 뿐이었다.

"이번이 몇 번째 가을이지?"

미현이 영숙을 보지도 않고 물었다.

"그런 거 알아서 뭐 하려고."

시큰둥하게 대꾸하는 영숙이 미현을 슬쩍 보았다. 친구의 검은 머리카락 사이사이로 언뜻언뜻 보이는 하얀 머리카락이 나뭇가지 사이로 내려오는 햇살에 놀라 회색빛으로 반짝였다.

"아마 예순 번째이지?"

영숙이 대답을 하지 않자 미현이 되새김질하듯 중얼거렸다.

"당연히 그렇지. 우리 나이가 그러니까. 얘, 우울한 얘기 그만하자."

영숙은 미현의 태도에 심상치 않은 분위기를 느끼고 친구의 말을 막았다. 또 두 사람은 말이 없었다. 어색한 침묵이 흘렀다. 바람도 잦아들고 햇살도 구름에 힘을 잃은 듯했다.

등산화에 밟히는 낙엽들이 마지막 힘을 다하는지 가느다란 비명을 지르며 몸을 뒤틀어 댔다. 미현은 그 소리가 한 번의 생을 마감하는 나뭇잎들의 울음소리가 아니라 가을의 세레나데처럼 들렸다. 느리게 혹은 빠르게, 때로는 나지막이, 때로는 가슴을 쥐어짜듯 흐르는 마지막 사랑 노래.

약수터를 지나면서 사랑의 세레나데는 미현의 아련한 옛 추억으로 되살아났다. 한 발짝을 내디디면 저녁연기 피어오르는 어릴 적 시골집이 떠오르고, 또 한 발짝을 내디디면 친구들이 떠올랐다. 내딛는 걸음마다 뭉클거리는 추억들이 꿈을 꾸듯 미현의 머리를 스치고 지나갔다.

해그림자에 묻힌 나뭇잎들이 떠나기가 아쉬운 듯 손을 흔드는 그 길에서 미현은 자신과 인연을 맺은 사람들을 생각했다. 아버지와 어머니, 못 잊을 친구들, 첫사랑 남자, 자기의 동반자였던 남편, 그때마다 웃고 울었던 숱한 사연들. 그 순간들이 얼마나 힘이 들었고, 또 얼마나 아름다운 시간이었던가. 생각하면 지나간 모든 일이 다시없이 소중한 추억이었다. 기뻤던 시간도, 슬펐던 시간도 모두 소중한 시간들이었다.

영숙이 고요한 산길의 적막을 깨웠다.

"얘. 미현아, 아까 그 남자 말이 재미있지?"

"무슨 말?"

깊은 잠에서 깨어나듯 미현이 물었다. 뻐꾸기 한 마리가 긴 여운을 남기며 나뭇가지 사이로 날아갔다. 세상은 다시 고요해졌다.

"낙엽이 지는 것이 '설레는 일을 찾아가기 위해서'라는 말."

미현이 생각에 잠겼다가,

"오랜만에 들어 보네. 설렌다는 말."

"정말. 네 말이 맞아. 내 마음이 설렌 때가 언제였는지 기억이 나지 않아. 너는 어떠니?"

말을 하면서 영숙은 자기도 모르게 우- 우- 소리를 냈다. 아마도 오래 전 시절로 돌아가 생각에 잠기는 듯하였다. 미현의 얼굴도 굳어졌다.

"한때는 설레는 시절이 있었지. 설레는 마음 때문에 가슴이 벅차던 시절. 하하."

미현이 나직하게 웃었다. 영숙도 따라 웃으며,

"우리 삶이 날마다 설렘으로 가득했으면 좋겠다. 그러면 이 가을도 쓸쓸하지만은 않을 텐데."

"그렇게 되도록 노력해야지."

말을 하면서 미현은 하늘을 보았다. 저물기 시작하는 서편 하늘이 조금씩 붉어지고 있었다. 덩달아서 미현의 하얀 얼굴도 붉게 물들어 갔다.

두 사람이 가는 반대편에서 서너 명의 남녀가 웃고 떠들며 다가와서는 두 사람을 힐끗힐끗 보며 지나갔다. 조용하던 계족산이 사람들 목소리로 가득 찼다. 미현은 목소리가 들리지 않기를 기다렸다가,

"하기야 계절이 바뀌는 것은 새로운 것을 찾아가는 거고, 새로운 것을 찾는 것은 설레는 마음을 느끼려고 그러는지 모르지."

"그렇긴 하네."

영숙이 미현의 말에 맞장구를 쳤다.

두 사람은 말없이 계족산 숲길을 걸어갔다. 지는 해가 혼자 가기 아쉬운지 두 사람을 쫓아 저벅저벅 따라왔다.

"미현아."

말없이 걷던 영숙이 미현을 불렀다. 미현은 무슨 생각을 하고 있는지 영숙의 부름에 대꾸를 하지 않았다. 그런 미현의 태도에도 영숙은,

"요즘도 박 원장 연락 와?"

말을 하면서 미현의 눈치를 살폈다. 미현은 영숙의 물음에 대꾸하지 않고 한참을 더 걸어갔다. 무슨 생각에 잠겼는지 뚜벅뚜벅 내딛는

미현의 발걸음이 무거워 보였다. 영숙은 두어 번 힐끔거리며 옆을 보았다. 그러다가 마른기침을 하고는,

 "미현아. 이제 너도 남자 친구 한 명쯤 만나면 어떠냐? 박 원장이 마음에 안 들면 하 회장은 어때?"

 "……."

 "두 사람 다 어디에 내놓아도 괜찮은 사람이잖니. 박 원장은 신앙심도 깊고, 인격도 좋고. 내가 볼 때는 너하고 더없이 잘 어울리는 사람인데. 하지훈 회장도 그렇지만…."

 "두 사람 모두 좋은 사람들이야. 나한테는 너무 과분해."

 "너도 이제 네가 짊어지고 있는 짐에서 벗어나. 특히 네 남편 그늘 말이야."

 남편 이야기가 나오자 미현은 또 다시 말이 없었다. 어디에서 왔는지 모를 회색빛 그늘이 미현의 어깨로 내려앉았다. 세월의 부침으로 색이 변한 우직한 낙엽송 거리를 지나면서 미현이 입을 열었다.

 "영숙아. 내가 하고 싶은 일은 나 자신을 찾는 일이야. 봄이 여름이 되고, 여름이 가을이 되잖아. 제 모습을 찾는 계절처럼 나도 나를 찾고 싶어."

 "너를 찾아?"

 "그래. 네가 장 박사와 너만의 삶을 보내듯이…. 나도 나만을 위한 세계가 필요해."

 영숙은 더 이상 말하지 않았다. 누구보다도 미현의 성격을 잘 알고 있는 영숙이었다. 더 말을 한다고 마음 돌릴 미현이 아니었다.

 영숙이 다니는 교회의 장로이며 '우리병원' 원장인 박병석 박사와

'태영건설' 하지훈 회장이 미현과 인연을 맺으려고 몇 년 전부터 노력하고 있지만, 미현은 전혀 관심이 없었다. 그래도 박 원장과 하 회장은 미현에게 마음을 거두지 못하고 있었다. 근래에도 영숙은 두 사람으로부터 미현과 다리를 놓아 달라는 부탁을 여러 번 받은 터였다.

계곡을 따라 내려오는 두 사람 사이에 침묵이 흐르고, 침묵 사이로 쾌청한 바람이 조심스럽게 지나갔다. 썰렁하게 자리하고 있는 민가 옆 낡은 철창 안에 털 빠진 하얀 개가 녹이 슨 두꺼운 쇠사슬로 묶여 있었다. 그 개는 자기의 역할을 잊은 듯이 두 사람을 보고도 짓지 않았다. 초점 잃은 눈으로 오직 먼 산을 바라보고만 있을 뿐이었다.

제 몸을 가누지 못하는 낙엽이 소리 없이 이리저리 떠돌다가 개집 철창에 떨어졌다. 그 위로 허물어져 가는 세월이 더불어 쌓였다.

가을의 하루는 짧았다.

어느덧 해가 서산으로 넘어가고 있었다. 두 사람은 산길을 벗어나 좁은 논밭이 훤하게 보이는 들녘으로 들어섰다, 익을 대로 익어 고개를 숙인 벼들이 농부의 손을 기다렸고, 높고 낮은 언덕에는 한참 익어가는 감과 모과가 보란 듯이 자태를 자랑하고 있었다. 그걸 시샘이라도 하는가? 몸을 가누지 못하는 키다리 갈대가 바람에 흔들리다가 두 사람을 보고 하얗게 웃으며 인사를 했다.

고개를 숙인 벼도, 감도, 모과도, 갈대도 이제 새로운 세계로 갈 준비를 모두 마치고 떠나는 시간만을 기다리고 있었다. 미현과 영숙은 자연의 그런 이치를 아는지 모르는지 묵묵히 개천을 따라 걸었다.

두 사람이 산디마을 가까이 내려오자 땅거미가 밀려오기 시작했다.

하루가 끝나고 또 다른 하루가 올 거라는 신호였다. 이 신호는 미현과 영숙 두 사람에게 보내는 신호이기도 했다.

2-4

　미현이 사는 '25층 백조 아파트'는 하얀 바탕에 푸른색 줄무늬가 선명했다. 신도시 개념으로 건설된 아파트 단지는 보기도 아름답지만 생활하기도 편한 장소에 자리하고 있었다. 건물 사이사이로 올곧게 줄지어 서 있는 소나무와 자작나무들이 아파트의 분위기를 한층 아름답고 운치 있게 꾸며 주었다.
　미현이 단지로 들어섰을 때 아파트도 하루를 마감하는 준비를 하는지 이 집 저 집마다 불이 켜지기 시작했다.

　미현은 저녁을 먹고 가자는 영숙을 뿌리치고 집에 왔다.
　어두운 거실에 보조 조명을 켰다. 은백색 불빛이 희미하게 실내를 비추고 하루 동안 아무도 없는 자리를 지켰던 거실이 모습을 드러냈다.
　미현은 배낭을 소파에 내려놓고 등산복을 벗었다. 속옷까지 벗어 세탁기에 넣고 안방 욕실에 들어가 따뜻한 물을 틀었다. 바디 워시를 풀어서 미끈거리는 거품으로 온몸을 문지르자 몸이 하얗게 변했다.
　욕실 거울 앞에 서자 하루 종일 미현의 등산복에 가려 있던 미현의 알몸이 기다렸다는 듯 빛을 내며 둥근 거울에 되살아났다. 미현은 거울에 반사되는 자기 모습을 보았다. 나이에 걸맞지 않게 탄탄한 몸매가 젊은 여인의 몸을 보는 듯하였다.

샤워기에서 흘러나온 따뜻한 물줄기가 머릿결을 타고 아래로 내려갔다. 양손에 바디 워시를 또 풀어서 유방과 아랫배를 부드럽게 쓸어내렸다. 손가락이 어루만지고 지나간 몸에서 하루의 피로가 함께 빠져나갔다.

욕실에서 나와 수건을 들고 화장대 거울을 마주 보고 섰다. 거울 속에서 짧은 머리에 작고 갸름한 얼굴이 강렬한 눈빛으로 미현을 뚫어져라 보고 있었다. 세월의 그림자처럼 새겨진 눈가의 잔주름이 거울 속의 여인을 더 성숙한 여인으로 보이게 했다.

선명한 나신이 희미한 불빛 아래에서 제 모습을 드러냈다. 수건으로 가슴의 물기를 닦자 유방이 춤을 추듯 흔들렸다. 아직도 변하지 않은 붉은색 유두가 유혹하는 눈빛으로 거울 속에서 반짝였다. 분홍색 수건이 미현의 몸을 구석구석을 조심스럽게 애무하자 살아있는 피부가 누구와 대화라도 하려는 듯 눈부시게 빛났다. 군살 없이 윤기 흐르는 몸이 스스로를 자랑스러워했다.

세월은 흘러 여기까지 왔지만, 미현의 마음은 아직도 사십 년 전 대학생 시절과 같았다. 물론 많은 것들이 변했다. 그러나 마음만은 그대로 살아 있었고 꿈꾸며 살았던 젊은 시절에 대한 그리움은 가을이 오면서 더 커갔다.

가볍게 저녁을 먹고 베란다로 나갔다.

베란다 한쪽 모서리에서 카나리아에게 줄 물통과 모이통을 찾았다. 미현이 자기들에게 줄 물과 모이를 가지고 오는 것을 안 한 쌍의 카나리아가 대나무 새장을 이리저리 날아다니며 좋아했다. 미현이 새장 문을 열며 말했다.

"파랑새, 오늘 하루 즐거웠니?"

미현의 인사를 알아들었는지 노란색 '송 카나리아'와 분홍 색 '보더 카나리아'가 새장 문 앞으로 날아오며,

'쭉 쭉, 끼오끼오, 두루두루.'

울음소리를 냈다.

미현은 카나리아 먹이통에 '에그푸드와 컨디션 씨드'를 야채와 함께 놓았다. 카나리아가 물을 마시고 새장 위를 올려다보는 모습을 보았다. 카나리아가 먹이를 맛있게 먹는 것을 확인하고 거실로 들어와 소파에 앉았다.

커피를 한 모금 마시고 커피잔을 탁자에 놓았다. 희미한 조명 아래에서 커피를 품고 있는 커피잔이 붉은 단풍잎으로 보였다. 텔레비전을 켜지 않고 가만히 천장을 올려보았다. 적적한 거실에 희미한 엘이디 조명이 말없이 미소를 지었다. 미현은 침묵하는 엘이디 조명과 눈을 마주할 때마다 엘이디가 자기에게 미소를 짓고 있다는 생각이 들었다. 그때마다 미현의 마음이 편안해졌다.

계족산에서 본 가을이 거실에 찾아왔다. 미현은 갑자기 무엇인가가 그리워졌다. 미현은 그리운 것을 잡아서 허전한 가슴을 채우고 싶었다. 그렇지만 막상 그리운 것이 무엇인지, 허전한 가슴을 채울 수 있는 방법이 무엇인지를 물어보면 마땅한 답이 떠오르지 않았다.

'이대로 살아가는 것이 맞는가? 다른 사람들도 다 이렇게 살고 있잖아.'

미현은 다른 사람들의 삶을 인정하면서 자기 삶에는 물음표를 던졌다. 이런 생각이 들기 시작한 것은 어제, 오늘이 아니었다. 남편과 아들이 자기 곁을 떠난 때부터 가슴에 싹트기 시작한 생각이었다.

자기 삶에 회의가 들 때 마다 미현은 그런 삶에 변화를 주고 싶었다. 삼십 년을 근무한 음악 교사는 더 한다고 해도 자기 삶에 아무런 도움이 되지 않는다는 것을 알았다. 그래서 적당한 시기를 맞춰서 명예퇴직을 했다. 음악을 전공한 사람이라면 누구라도 원하는 큰 교회의 성가대 지휘자 자리도 미련 없이 후배에게 물려주었다.

미현은 자기 삶을 바꾸어서 자신이 중심이 되어 살기를 원했다. 그러기 위해서는 자기에게 꼭 필요하지 않은 일에서 벗어나야 했다. 또 많은 인연으로 삶을 어지럽게 하는 일도 없어야 했다. 미현의 가슴 깊은 곳에서 원하는 삶은 자신이 중심이 되어 자기에게 만족과 감동을 주는 자기만의 삶이었다.

그러나 미현의 삶은 앞으로 나아가지 못하고 있었다. 명예퇴직으로 학교라는 틀에서 벗어났고, 성가대 지휘자에서 물러나 교회의 구속에서 빠져나왔지만, 미현의 삶은 더 발전이 없었다.

여유를 얻은 그 기간에 미현은 하고 싶었던 여러 가지 취미 생활도 해보았다. 그러나 미현은 이런 취미 생활은 자기가 쏟아붓는 노력과 시간에 비해서 만족감이 많이 떨어진다는 것을 알았다. 미현은 대부분의 취미 생활을 그만두었다. 이런 생활은 미현이 진심으로 바라는 삶의 방향이 아니라는 것을 깨달았기 때문이었다.

지금은 외동딸 정애의 아이들을 돌보고, 롯데마트 문예반을 다니며 시간을 보내고 있었다. 하루하루가 단조롭고 여유로운 시간이었다. 하지만 단조롭고 여유 있는 시간은 미현을 점점 권태롭고 나태하게 만들었다. 그 대신 잠들어 있었던 새로운 삶에 대한 열망이 미현의 가슴에서 꿈틀거렸다.

'나에게 무슨 일을 해야 내가 살아있다는 것을 느낄 수 있을까?'

이것이 미현의 가슴을 꽉 채우고 있는 꿈이었고 가고 싶은 길이었다.

남자 친구 하나 만들어 보라는 영숙의 말이 떠올랐다. 영숙이 이런 말을 한 것은 한두 번이 아니었다. 오랜 시간에 걸쳐 여러 번 하는 말이었다.

박 원장과 하 회장이 오래전부터 미현에게 구애를 하고 있었다. 두 사람 모두 다른 사람들보다도 뛰어난 사람들이었고, 미현에 대한 애정도 깊었다. 그렇지만 미현은 두 사람이 아니라 그 누구와도 이성으로 인연을 맺고 싶지 않았다. 당연히 두 사람의 끊임없는 사랑 고백과 선물 공세도 미현의 마음을 돌리지 못했다.

이것은 미현이 더 이상 인간관계라는 멍에와 구속을 원하지 않았기 때문이었다. 이성적 인간관계는 한 번으로 족했다. 미현은 오직 자기를 구속하는 것으로부터 자유로워지고 홀로서기를 원하고 있을 뿐이었다.

미현의 마음이 그렇다 하더라도 그런 일을 실천하는 것이 쉬운 일이겠는가. 미현의 하루하루는 점점 더 어둠 속으로 빠져 들었다.

2-5

 미현은 소파에 양다리를 올려 가부좌를 틀었다.

 양손을 부드럽게 모아 배꼽 아래 단전에 댔다. 숨을 크게 들여 마시자 아랫배가 불룩하게 솟아오르며 머리부터 발끝까지 정기가 솟아났다. 몇 번이나 되풀이했을까. 정신이 맑아졌다.

 대학에서 피아노와 성악을 전공한 미현은 학창 시절부터 단전호흡을 해 온 덕분에 지금의 자세에 익숙했다. 맑은 정신으로 길고 깊게 호흡을 계속하자 굳었던 육체와 마음이 풀리며 다른 세상을 거닐기 시작했다.

 미현은 요즘 마음이 편하지 않았다. 왜 그런지 뚜렷한 이유도 없이 기분이 가라앉았다. 그것은 우중충한 날씨가 며칠씩 계속되는데 종일 집안에 누워 있을 때의 기분이었다. 이런 기분은 미현을 힘들게 하고, 심할 때는 미현의 마음을 쓰레기 더미로 만들기도 했다.

 중년을 넘어가는 여성들이 흔히 겪는 갱년기와도 다른 느낌이었다. 육체의 변화에 따른 고통이라기보다 정신적 허무감에서 오는 상실감 같은 것이었다. 육십이 되기 전에 명예퇴직하고 별다른 어려움 없이 사는 미현은 자신의 이런 변화를 받아들이기가 쉽지 않았다.

 명예퇴직 후 미현의 생활은 하루하루가 일정한 리듬을 따라 돌아갔다. 아침 식사 후에 가까이 있는 정애 집으로 가서 손녀딸 아라와 서희를 통학버스에 태워 학교와 유치원에 보내고, 손녀들이 돌아올 때쯤 마중을 나가 집으로 데리고 왔다. 오후에는 손녀들과 같이 집에 머물다가 정애가 퇴근하는 시간에 맞춰 자기 아파트로 돌아왔다.

손녀딸들을 돌봐주기는 하지만 한 집에 살지 않는 관계로 사위를 볼 일도 없었고, 자신의 사생활에 크게 영향을 받을 일도 없었다. 특히 딸 부부가 출근하지 않는 날에는 손녀딸들을 돌보러 딸집에 가지 않았다. 그럴 때는 자기들이 알아서 아이들을 돌보기 때문이었다.

일요일에는 교회에 가서 교우들과 어울리다 늦게 집으로 돌아왔다. 시간이 나면 친구들과 어울려 영화를 보거나 드라이브를 했다. 또 일주일에 한두 시간을 마트의 문예반에서 보냈다. 이렇게 미현의 생활은 단순하면서도 톱니바퀴 돌아가듯 일정하게 움직이는 생활이었다.

그런데 언제부터인지 미현은 자기의 힘으로는 어떻게 할 수 없는 허무감을 느끼기 시작했다. 어디에도 마음을 붙일 데가 없었다. 하는 일마다 손에 잡히지 않았고 건성으로 했다. 재미있는 것을 보아도 즐겁지 않았고, 맛있는 음식을 앞에 두고도 먹고 싶은 생각이 없었다. 만사에 의욕이 떨어졌다.

이런 마음을 혈육인 정애는 물론이고 가장 친한 친구인 영숙에게도 털어놓지 못했다. 무심코 자기의 생각을 말했다가는 괜한 걱정거리만 만들 수 있기 때문이었다. 이런 미현의 우울한 마음은 시간이 지나도 좋아지지 않았다. 오히려 날이 갈수록 더해지고 특히 오늘은 견디기 어려울 정도였다.

미현은 아랫배에 힘을 더 주어서 최대한 많은 공기를 들여 마셨다가 있는 힘을 다해 뱃속의 공기를 뱉어냈다. 미현은 자신의 잡념이 배에서 나와 허공으로 흩어지는 공기처럼 사라지기를 바랐다.

배에서 나오는 공기는 이미 미현을 위해 역할을 다한 터였다. 그것은 마치 지난 세월로 점점 빠져드는 자신의 추억과도 같은 것이었다.

없어서도 안 되고 버릴 수도 없지만, 지금 살아가는 데 꼭 필요한 것도 아니었다.

'과거는 무엇이고, 추억은 무엇이지? 나하고 무슨 관계야?'
바쁜 학교생활에서 벗어나 여유 있는 일상이 되자 미현은 자신이 옛 추억으로 한없이 빠져들고 있다는 것을 알았다. 과거의 이야기들이 없으면 마치 자신이 없는 듯한 생각이 들었다.

추억이 없다고 정말 자기가 없는 것일까? 나이가 육십이 된 것은 사실이다. 여자가 나이 육십을 넘기면 여자로서의 생명이 다 끝났다고 많은 사람이 이야기한다. 미현은 그 말을 부정하고 싶지 않았다. 그 말도 나름대로 타당하다고 생각했다.

그렇다고 남은 인생도 과거와 타성에 묻혀 보내야 하는가? 앞으로 얼마나 더 살지 알지 못한다. 중요한 것은 단 하루를 더 산다고 해도 과거와 타성에 묻혀 사는 삶이 과연 옳은 삶인가 하는 것이다.

소파에서 가부좌를 틀고 앉아 있는 미현의 몸이 조금씩 뜨거워졌다. 괴롭히던 잡념이 사라지고 정신이 또렷해졌다. 안개에 싸여 있던 푸른 들판이 서서히 제 모습을 보이기 시작했다.

누구나 그렇듯이 미현의 삶에도 우여곡절이 많았다.
적지 않은 희로애락의 산과 강을 건넜다. 인간으로 태어난 이상 누구도 이 희로애락의 굴레에서 벗어날 수 없듯이, 미현도 그 길을 걸었다.

그중에서도 미현에게 잊지 못할 상처를 준 것은 남편과 아들의 사망이었다.

 미현은 대학교를 졸업하고 대전 인근 중학교에서 음악선생으로 근무를 시작한 지 이 년도 되지 않아 결혼을 했다.
 대전지법 검사였던 이경록은 성격 좋고 유능한 젊은이였다. 이십오 세인 미현은 결혼하기는 좀 이른 나이였지만 부모님의 성화와 경록이 가진 조건이 마음에 들어 결혼을 승낙했다.
 평화롭고 행복하던 결혼생활은 단 한 번의 사고로 남편과 아들을 잃으면서 산산조각이 났다. 고등학생인 아들과 대청댐 드라이브를 나갔던 남편 차가 마주 오던 트럭과 충돌했다. 남편과 아들은 그 자리에서 사망했다.
 이 사고로 두 사람을 잃게 된 미현이 받은 충격은 너무나 컸다. 아니 크다는 말로는 미현이 겪은 고통을 다 설명할 수 없었다. 그것은 하늘이 몇 번이나 무너진 것보다도 더 미현을 괴롭히는 사고였고, 무엇으로도 다 말하지 못할 충격을 미현에게 준 사고였다.
 그날 사고로 미현은 몇 년 동안 실어증에 시달렸고 제대로 된 일상생활을 하지 못했다. 보다 못한 주변 사람들의 설득으로 정신과 치료를 받고 나서야 겨우 일상생활을 할 수 있게 되었다. 미현이 기독교에 귀의하게 된 것도 이때부터였다.
 그 후부터 미현는 얼굴을 활짝 펴고 웃는 일이 없었다. 그렇다고 주변 사람들을 불편하게 하지도 않았지만, 말수가 적어지고 웃음이 사라진 것도 사실이었다.
 미현에게는 더 이상 희망이 없었고, 더 이상 즐거움이 없었다. 오늘이 가고 내일이 오지만 그것은 자연적인 현상일 뿐이었다. 내일은 특별한 의미가 없었고 오직 무감각한 오늘의 연장선이었다.

　이렇게 이십여 년을 살아오자 미현의 오감은 마르고 겉모습과는 다르게 마음은 이미 죽어 있었다. 미현의 삶은 마른 고목처럼 과거에 머물렀고, 썩은 구렁텅이에 빠져 좀처럼 헤어 나오지 못했다.

2-6

　소파에서 내려와 인켈 전축의 스위치를 눌렀다.
　젊은이들이 좋아하는 아이돌 그룹 'RML'의 인기곡 '나의 삶'을 틀었다.
　낮은 음률이 시냇물처럼 흐르며 희미한 거실을 채우기 시작했다. 음악은 때로는 신비하게, 때로는 웅장하게, 때로는 슬프게 흘렀다. 텅 비어서 슬픔만 가득한 거실에 삶의 희로애락이 잔잔한 물결처럼 퍼져나갔다. 그것은 미현에게 어둡고 작은 공간의 일시적인 공연이 아니라 우주처럼 영원한 시간과 끝없는 공간의 유희였다.
　입고 있던 잠옷을 벗었다. 젖꼭지가 붉은 봉긋한 유방과 나무랄 데 없는 하얀 살결이 창밖에서 스며드는 불빛에 희미하게 드러났다. 걸치고 있던 연분홍 팬티마저 벗어 거실 바닥에 놓자 그녀의 탄탄한 엉덩이와 알몸에 희미하던 조명이 그나마 빛을 잃었다.
　심호흡을 한 번 하고 음악에 맞춰 춤을 추기 시작했다. 양손을 비틀어 잡고 높이 올렸다가 내리면서 잡은 손을 풀었다. 허리를 굽혀 거실 바닥을 쓸듯이 어루만지고 다시 허리를 폈다. 미현의 손이 자연스럽게 올라오면서 통통한 허벅지를 감싸는 듯하다가 출렁이는 젖가슴을 갑자기 움켜쥐었다. 동시에 미현의 머리가 뒤로 제쳐 졌다. 음악은 점점 고조되며 아득해졌다.

음악 소리가 점차 높아지며 빨라지자 몸놀림도 격렬해졌다. 어둠 속에서 벗어나려는 몸부림인 듯 앞으로 빠르게 두 발, 뒤로 느리게 두 발. 몸을 한 바퀴 빙그르르 돌려세우며 엉덩이를 쓸어 올렸다.

'RML'의 리더 싱어인 '비제이'가 구슬픈 목소리로 노래를 시작하자 미현의 춤사위가 더 부드러워지며 긴장감을 더했다.

"슬퍼하지 말아요. 머물지도 말아요. 내일을 바라봐요."

비제이의 음성이 가냘프게 떨렸다. 끊어질 듯 이어지고, 이어지다가 끊어졌다. 나뭇가지에 매달린 마지막 낙엽 하나를 안고 가는 가을바람 같았다.

음악에 몸을 맡기고 음표의 지시에 따라 춤을 추는 미현이 꿈을 꾸듯 두 눈을 지그시 감았다. 한 마리 파랑새가 되어 허공을 날았다. 높고 슬프게 흐느끼던 비제이의 노래가 갑자기 잔잔한 호수처럼 변했다. 비제이의 노래에 화답하는 멤버들의 화음이 나직하게 이어졌다.

"내일은 새로운 날. 새로운 날엔 새로운 일을 해요. 머무르지 마세요 어제는 잊으세요. 새롭게 시작해요 지금 시작해요."

노래가 느리고 낮게 끝났다. 미현의 몸이 땀에 흥건하게 젖었다. 거실의 어둠이 점점 걷히고 그 자리에 뜨거운 바람이 불었다. 노래가 끝났지만, 미현은 춤을 멈추지 않고 템포를 줄여가며 몇 분을 더 추었다.

2-7

 김치 하나와 식은 밥으로 저녁을 때우고 서재로 왔다.
 하루의 피로가 일시에 몰려왔다. 육십을 넘은 남자 체력의 한계를 실감하며 태문은 서재 책상에 앉았다.
 서너 평의 서재는 창문과 출입문을 빼고 책으로 가득했다. 튼튼하게 보이는 하얀색의 책장에는 이중으로 책들이 꽂혀 있고, 서재 안 구석구석 빈자리에도 책들이 쌓여 있었다.
 태문은 이 방에 들어오면 마음이 편했다. 책에서 풍기는 종이 향이 좋을 뿐만 아니라 그가 정성 들여 읽고 보물처럼 아끼는 책들과 아침저녁으로 마주하는 인사도 커다란 즐거움이었다.

 태문이 관평동 오피스텔로 이사 온 지도 벌써 오 년이 지났다.
 대전 시청 고위 공무원을 지냈던 그는 퇴직한 뒤에 아내에게 아파트를 주고 이 오피스텔로 거처를 옮겼다. 사람들이 흔히 말하는 '졸혼'을 한 것이다.
 동료 직원들의 축하를 받으며 퇴임식을 끝내고 아내와 자식들과 집으로 돌아왔던 그 날. 아들 둘은 말이 없었다. 아내도 꽃다발을 식탁에 놓고 한동안 손끝만 만지작거렸다. 어색한 침묵이 가족들 사이를 갈라놓았다.
 태문은 자신만 모르는 무언가가 아내와 아들들 사이에 있다고 생각했다. 큰아들 성철은 피곤하다는 핑계를 대며 안방에 들어가고, 프랑스에서 일시 귀국한 둘째 아들 성민은 핸드폰을 들고 누군가와 전화하며 현관으로 나갔다. 며느리 둘은 무엇을 하는지 윗방에 들어가서 꼼짝도 하지 않았다.

거실에는 태문과 아내 진희만 남았다, 아내는 태문에게 무슨 말을 하려고 그러는지 굳은 얼굴로 남편을 보다가 주방에 가서 음료수를 두 잔 가지고 나왔다. 아내의 불편한 행동에 그도 긴장했다. 무언가 심상치 않은 일이 벌어질 것만 같았다.

아파트 안에 싸늘한 바람이 불었다.

몇 번을 망설이던 아내가 어렵게 입을 열었다.

"성철 아빠, 수고했어. 그런데 말이야…."

아내의 말문이 여기서 막혔다. 태문은 아내의 눈을 마주 볼 용기가 없었다.

지금 아내의 표정으로 보아서는 아내가 꺼내려 하는 말이 심각한 말인 것이 분명했다. 평소 소심한 아내의 성격을 잘 알고 있기 때문이다. 잠시 무거운 침묵이 흐른 뒤에 아내는,

"그런데 말이야. 오늘 꼭 해야 할 말이 있어."

"……."

"나, 오늘 집 나가. 얼마 전에 작은 오피스텔 하나 사 놨어."

지금 아내가 무슨 말을 하고 있는지 태문은 정확하게 이해할 수 없었다. 아니 이해를 한다고 해도 자신이 잘못 들었다고 생각했다.

"난 당신이 우리 식구들을 위해서 최선을 다했다는 것을 알아. 하지만 나도 힘들었어. 더 이상 여기서 당신하고 생활하고 싶지 않아. 집을 나가 혼자 살아 보려고 해."

아내는 긴장이 조금 풀렸는지 평소의 말투를 제법 찾았지만, 태문

은 제정신이 아니었다.

그날 태문은 아내와 아들, 며느리에게 자신이 그 오피스텔로 가겠다고 했다.

표현할 수 없는 슬픔이, 삶에 대한 좌절감이, 처절한 배신감이 그를 힘들게 했다. 다음 날 이삿짐을 챙겨 오피스텔로 왔다.

나쁜 일은 혼자 오지 않고 떼로 몰려온다는 말이 꼭 맞는 말이었다. 그날 이후로 그렇지 않아도 적은 태문의 말수가 더 적어지고 혼자서 깊은 생각에 빠지는 일이 많아졌다.

'삶의 지혜?'

책상에 혼자 있는 책을 보자 의심이 들었다. 문자로 읽는 지혜가 우리 삶에 실제로 도움이 되나? 태문은 자기가 읽고 있는 책을 믿지 못하겠다는 눈으로 보았다. 그렇게 보는 자신도 자기를 이해할 수 없었다. 어제까지만 해도 책에 적혀 있는 내용을 이해하고 기억하려고 얼마나 노력했던가. 그런데 재미있게 읽던 책을 바라보는 시선이 단 하루 만에 달라지다니.

이런 변화는 오랫동안 깊이 생각한 것도 아니고 의도적인 것은 더욱 아니었다. 책을 보자 불현듯 그런 생각이 떠올랐을 뿐이다. 그는 책을 들고 먼지를 털듯 쓸어내렸다. 좋은 책을 읽고 거기에서 삶의 위안을 얻는다면 얼마나 좋은 일인가. 세상의 모든 일을 경험하지 못하고, 알 수도 없는 사람들에게 얼마나 유익한 길잡이인가. 태문은 지금까지는 그렇게 생각했고, 그렇게 믿었었다.

그러나 태문의 생각이 바뀌고 있었다. 책에서 얻는 것이 어느 정도 삶에 도움이 되기는 하지만 그렇다고 삶의 본질적인 문제까지 완벽한 해답을 주는 것은 아니라는 생각이 들었다.

한쪽으로 책을 밀었다. 깊어가는 가을의 발걸음 소리가 창밖에서 요란하게 들려왔다. 낙엽들의 비명도 발걸음 소리에 묻어왔다.

태문은 자리에서 일어나 아우성치고 있는 가을밤을 보았다. 몇 개의 가로등이 희미한 불빛을 비추고 있을 뿐 거리는 한적했다. 삶에 지친 인간들의 세상이 밀려오는 어둠에 어쩔 수 없이 두 손을 들고 항복하는 것 같았다.

모든 것은 앞으로 가는 것이 순리인데 자신은 아직도 과거에 머무르고 있다는 생각이 갑자기 들었다. 가슴이 먹먹해지고 숨이 막힐 듯했다.

2-8

직장을 퇴직한 그날, 아내와 졸혼 한 그날, 오피스텔로 이사 온 그날은 태문에게 있어서 삶의 커다란 전환점이 된 날이었다.

태문이 걸어온 옛일 중에는 도저히 잊을 수 없는 일들도 많았다. 아니 잊히지 않는 찰거머리 같은 추억이 많았다.

그 일들이 썩고 곪아 터져 쉰내가 나고, 그 안에서 단 하루도 버티기 어려운 것도 사실이었지만 태문은 과거의 그 일들에서 아직도 벗어나지 못하고 있었다. 그 일들은 이미 과거의 일이 되었고 태문이 생각만 하지 않는다면 영원히 없어질 것인데도 말이다.

특히 지난 오 년 전의 일은 그가 결코 잊을 수 없는 악몽 같은 일이었다. 다행히 세월이 흐른 지금, 집을 나올 때 받은 큰 충격은 많이 약해져 있었다. 그렇지만 그의 얼굴에서 웃는 모습을 여전히 찾기 어려웠다.

아내와 반반으로 나눈 연금으로 변변치는 않아도 그럭저럭 살아갈 수 있어서 경제적인 어려움은 없었다. 문제는 그가 겪는 삶의 지루함이었다. 건강도 예전에 비해 눈에 띄게 나빠져서 복용하는 약도 점점 많아졌다. 스트레스는 더 심해지고 우울증까지 그를 괴롭히기 시작했다. 하루하루 삶에 대한 의욕이 희미해지고 시도 때도 없는 서글픈 자기 연민이 스스로를 괴롭혔다.

자연스럽게 자식들과도 거리가 멀어졌다. 태문이 자식들에게 먼저 연락하는 일은 없었다. 자식들도 거의 연락하지 않았다. 장남 성철만 할아버지나 어머니 일로 가끔 연락하고 어쩌다가 한 번씩 오피스텔을 찾아오는 것이 전부였다.

친구들을 보면 손자 손녀를 보물단지처럼 귀하게 여기지만 태문은 별로 관심이 없었다. 아이들은 자기 부모가 알아서 키우면 되는 일이었다. 친구들과의 모임이나 다른 모임에도 거의 모습을 드러내지 않았다. 다른 사람들과 더 이상 인연을 갖는 것이 태문에게는 사치스러워 보였다.

이런 태도는 점점 그를 아무도 없는 광야로 내몰았고, 스스로 인간 세상과 담을 쌓으며 자기만의 세상을 만들게 했다. 지금 태문에게 있어서 무엇보다도 나쁜 것은 자신을 고립시키는 일이었다.

희미한 가로등 불빛에 가린 별들이 자기 모습을 보여 주지 못했다.

그래도 어디선가 바람은 불어오고 바람에 실려 온 밤 내음이 세상을 뒤덮었다. 그 바람이 태문마저도 완전히 집어삼키고, 저항할 기력조차 상실한 태문을 이리저리 끌고 다녔다. 태문은 가을바람 속에서 삶의 이정표를 잃고 갈팡질팡하고 있었다.

책상 의자에 다시 앉았다. 스탠드 라이트를 끄자 방안이 잠시 깜깜해졌다. 어둠 속에서 눈을 감고 생각에 잠겼다.

어제와 똑같은 하루였다. 어쩌면 내일도 같을 것이다. 아침이면 눈을 뜨고, 밥을 먹고, 할 일 없이 시간을 보내다가 다시 저녁을 맞이하고. 이렇게 하루하루를 보내고 나면? 앞으로 십 년, 아니 이십 년을 더 간다고 한들 무슨 의미가 있을까?

그런 삶은 말라비틀어지는 호박 줄기 같고, 메말라가는 실개천 같은 것이리라. 당연히 줄기에는 더 이상 열매가 맺지 않을 것이고, 마른 개천에 더 이상 물고기도 살지 못할 것이다. 열매를 맺지 못하는 줄기와 물고기가 살지 않는 개천이 무슨 의미가 있겠는가.

얼마가 지났을까. 그가 눈을 뜨자 하늘의 별빛들이 유리창을 통해 이슬비 내리듯이 그의 몸에 쏟아지고 있었다.

"그 자식 참….."

태문은 오전에 다녀온 친구의 장례식을 생각했다. 초등학생 시절부터 대학교까지 함께 다닌 친구였다. 태문의 삶에서 부모님과 친형제를 빼놓고 가장 가깝게 지낸 사람이었다. 원래 수재라는 칭호를 달고 살았고 졸업 후에 하는 사업도 잘 돼서 많은 부를 쌓기도 했다.

그런 사람이 하룻밤 사이에 싸늘하게 식은 시신으로 아침에 그의 아내에게 발견되었다. 사람의 앞날은 알 수 없는 일이지만 친구의 죽음은 태문에게 청천벽력과 같은 일이었다.
'모든 것은 사멸하는 것이 자연의 이치지….'
태문은 불 꺼진 방에 앉아 세월의 울음소리를 들었다. 바람 소리가 아니었다. 그것은 방황하는 태문의 깊은 가슴속에서 들려오는 어쩔 수 없는 인간의 슬픈 외마디 비명이었다.

2-9

사멸하는 창밖의 존재들이 울부짖는 아우성 소리가 방 안으로 스며들었다.
장례식장에서 만난 친구들은 하나같이 떠날 준비를 하는 마른 나무 같았다. 하얗게 숭숭한 머리에 창백한 얼굴. 어디를 봐도 친구들 모두에게 젊음은 진작 떠났고 열정은 식은 지 이미 오래되어 보였다. 내일에 대한 희망의 노래는 찾을 수가 없었다. 폐차 직전의 자동차처럼, 가을 나무의 마지막 잎처럼 그들은 이미 삶의 의미를 잊은 존재들이었다. 당연히 자신도 그들 중의 하나였다.
'이것이 인생인가?'
태문은 어두운 유리창에 비치는 자기의 모습을 물끄러미 보았다. 창문에 반사되는 자기도 장례식장에서 본 친구들의 얼굴 모습과 다를 것이 없었다. 그는 슬픈 미소를 지으며 고개를 끄덕였다. 세상의 이치는 간단했다.

'모든 것은 소멸한다.'

지극히 당연하고 명확한 사실. 누구나 알고 있는 명확한 이 사실을 태문은 망각하고 살아왔다. 자신에게는 절대로 그런 일이 일어나지 않을 거라고 생각한 때도 있었다. 하지만 나이가 들고 주변의 친한 이들이 하나둘씩 떠나는 것을 보면서 이제는 죽음이라는 단어를 생각하는 시간이 점차 많아졌다.

그렇지만 남은 생을 어떻게 살아야 한단 말인가?

그를 둘러싸고 있는 여건이 그에게 호의적이지 않았다. 정신과 육체는 시간이 갈수록 약해지고, 즐겁고 흥미로운 일도 점차 없어졌다. 그의 현재 삶은 황량한 허허벌판을 홀로 가는 지치고 망가진 여행자일 뿐이었다. 더 큰 문제는 무엇을 찾아서 어디로 가야 하는지도 모르고 그저 걷고 있다는 것이다.

어둠 속에서 눈을 감고 지나온 삶을 하나씩 돌아보았다. 고향 집, 부모님, 형제들, 친구들, 아내, 아이들, 직장과 여행지, 퇴직하던 날, 오피스텔로 짐을 옮기던 일 들이 그의 머릿속에서 맴돌다가 떠나갔다. 육십 년이 넘는 세월이 장편영화처럼 펼쳐졌다가 가을바람처럼 사라졌다.

세상을 다 얻은 것처럼 즐거웠던 일들도 별것 아니었다. 하늘이 무너지는 줄 알았던 괴로움도 별것 아니었다. 모든 일이 그렇고 그런 일들이었을 뿐이었다. 그렇게 하찮은 일에 죽고 살기로 매달렸던 자신은 지금 생각해 보면 얼마나 초라한 사람이었던가. 생각할수록 쓴웃음만 나왔다. 그런데 더 우스운 것은 그 하찮은 일들의 그림자 속에서 헤매며 지금도 고통스러워하고 있다는 것이다.

'물이 흐르지 않는 웅덩이는 썩는 것이 당연하지. 문제는 새 물이 들어오지 않는다는 거야.'

태문은 일어나서 창문을 열고 밤하늘을 보았다. 구름 없는 하늘에 초롱초롱한 별들이 자기를 봐 달라며 아우성을 치고 있었다. 태문이 오랜만에 보는 아름다운 밤하늘이었다. 아마도 하늘을 덮었던 구름이 사라진 밤이었기 때문일 거라고 태문은 생각했다.

2 - 10

영숙은 한 시가 넘어서 집에 들어 왔다.

오늘도 어둠 속에서 거실은 홀로 자리를 지키고 있었다. 남편은 잠이 들었는지 서재도 불이 꺼졌다.

거실 불을 켜지 않고 안방으로 들어갔다. 스위치를 올리자 붉은색 매트가 깔린 침대가 영숙을 반겼다. 난방이 안 돼서 싸늘한 침대에 불을 넣고, 천장의 조명을 끈 다음 머리맡에 있는 수면등을 켰다. 어둠 속에서 빛나는 조그마한 불빛이 얼굴과 침대를 고즈넉하게 밝혀 주었다. 온몸이 나른하고 피곤했지만, 마음은 가벼웠다.

오늘은 계족산 등반을 하고 미현과 저녁 식사를 한 후에 집에 올 생각이었다. 미현이 그냥 집으로 가는 바람에 계획에 없었던 주철을 만났다.

영숙은 기분이 좋았다. 둘도 없는 친구와 같이 있는 시간도 즐겁지만, 주철과 함께 보내는 시간은 또 다른 만족을 영숙에게 주었다. 주철을 생각할 때마다 영숙이 느끼는 설레는 마음과 기다림의 행복은 어디에서도 찾을 수 없는 것이었다. 주철은 영숙에게 삶의 의미를 갖게 하는 기둥이었다.

2 - 11

언제부턴가 영숙은 집에 들어가기가 싫어졌다.

커다란 아파트를 남편 수만과 단둘이서 지키고 있었다. 그렇다고 남편과 사이가 좋은 것도 아니어서 각방을 쓰고 있는지가 벌써 십 년이 넘었다. 더구나 아이들이 떠난 방들은 비어 있어서 집안이 썰렁했다.

자연히 아파트가 활기를 잊은 지 오래되었다. 문을 열고 현관에 들어설 때마다 자기들의 보금자리였던 아파트가 주인이 떠나 잡초만 무성한 초가집 같다는 생각이 들 때가 많았다. 이런 일들은 영숙과 수만 두 사람도 알지 못하는 사이에 벌어진 일들이었다.

두 사람 모두 부자인 부모를 둔 덕택으로 무엇 하나 부족함이 없이 학창 시절을 보냈다. 둘의 결혼생활에도 특별한 문제가 있는 것도 아니었다. 열렬한 사랑 끝에 결혼한 두 사람은 행복과 사랑이 넘치는 신혼 초기를 보냈다. 더구나 잘생긴 수만과 아름다운 영숙은 활동적이고 명랑한 성격까지 더해져 친구들은 물론이고 주변 사람들에게 인기가 많았다.

타고난 이런 복은 영숙이나 수만 중 한 사람에게만 있는 것이 아니었다. 마치 쌍둥이라도 된 듯 두 사람 모두가 갖고 있었다. 자연스럽게 그들의 사랑 이야기는 결혼 전부터 대학 캠퍼스 내에서도 관심이 높았다. 결혼 후에도 사람들의 관심과 부러움의 대상이었다.

  이에 부응이라도 하는지 영숙과 수만의 결혼생활은 안정되고 행복했다. 결혼 초에 시내 중심가에 있는 아파트 단지에서 가장 큰 평수의 아파트를 장만하여 친구들의 시샘을 받았다. 승용차도 최고급 외제차를 사서 자랑스럽게 몰고 다녔다. 겨울방학과 여름방학 때는 한 번도 거르지 않고 부부 동반으로 해외여행을 다녀왔다.

  그들의 복은 여기서 멈추지를 않았다. 이남일녀를 암탉이 병아리 까듯 낳았는데 아이들 모두가 부모를 닮아 선남선녀였고 수재들이었다. 영숙이 특별하게 신경을 쓰지 않았어도 서울에 있는 일류대학교에 들어갔다. 두 사람의 결혼생활은 더 이상 필요한 것이 없을 정도였다.

  그러나 세월이 흐르면서 많은 것들이 변했다. 사랑과 배려로 넘치던 두 사람의 애정이 어느 때부턴가 시들해지기 시작했다. 그렇다고 눈에 띄는 특별한 문제가 있는 것도 아니었다. 다만 전에 비해서 둘이 함께 다니는 시간이 줄어들었을 뿐이었다.

  언제나 함께 승용차를 이용하던 두 사람이 이제는 따로따로 움직였다. 영숙이 차 한 대를 더 샀기 때문이다. 방학 때마다 즐기던 해외여행도 힘들다는 이유로 그만두었다. 그 대신 영숙은 영숙대로, 수만은 수만대로 제각각 여행을 즐겼다.

  두 사람이 개인적으로 활동하는 시간이 점점 많아졌다. 좋아하는 맛 집을 둘이 함께 가는 일도 옛일이 되었다. 시간이 좀 더 흐르자 누가 먼저라고 할 것도 없이 각자 방을 쓰기 시작했다. 수만이 서재로 쓰고 있는 작은방에서 자는 일이 늘어나면서 두 사람은 방을 따로 쓰기 시작한 것이다.

영숙도 수만의 이런 생활을 은근히 반겼다. 아이들의 발길이 뚝 끊어진 것도 이 무렵이었다. 대학교를 졸업한 큰아들은 미국으로 유학을 떠났다. 현지에서 흑인 여성을 만나 결혼을 하더니 그때부터 거의 소식이 끊겼다. 가운데 아들은 박사 학위를 받고 취업을 했지만 바쁘다는 핑계로 일 년에 한 번 다녀가면 다행이었다. 외동딸 은지는 음악을 공부한다고 오스트리아로 떠난 후 돈을 보내 달라는 전화 외에는 거의 소식이 없었다. 영숙은 무소식이 희소식이라는 소신으로, 때로는,

'이것이 인생이다.'

하는 심정으로 하루하루를 보냈다.

여기에 박자라도 맞추는 것인지 수만과 영숙의 관계도 더 소원해졌다. 수만이 퇴직하고 나서부터는 밥을 같이 먹는 기회도 없어졌다. 어쩌다가 거실에서 둘이 마주치기라도 하면 어색할 지경이었다. 부부가 아니라 마치 나이 든 다른 남자와 다른 여자를 보는 느낌이었다.

이렇게 세월은 흘러갔다. 이제는 한 집에서 누가 있는지 없는지도 몰랐고 관심도 없었다. 누가 죽어 나가도 모를 지경이었다. 서로가 서로에게 투명 인간이 되어 있었다.

2 - 12

침대에 누운 영숙의 머리맡에서 수면 등이 희미하게 빛을 내고 있었다.

부드러운 불빛이 눈을 간지럽히며 영숙의 마음을 흔들었다. 누군가가 영숙을 향해 미소를 짓고 있었다.

"자기야….”

영숙은 신음하듯 '자기야.'를 되뇌며 주철의 얼굴을 떠올렸다. 두 시간 전에 나눈 뜨거운 사랑의 여운이 아직도 영숙을 야릇하게 흥분시켰다.

"자기하고 사랑을 나누면 너무 행복해."

속삭이는 주철의 말이 아직도 영숙의 귓가를 맴돌았다.

"자기야, 언제나 나를 잊으면 안 돼."

주철과 사랑을 나눌 때면 영숙은 자기를 잊지 말라는 말을 습관처럼 했다. 그러면서 영숙은 주철의 품으로 파고들었다. 그럴 때마다 주철의 품은 아늑하고 편안했다. 영숙의 행복은 주철의 품에 있었다.

저녁밥을 먹고 가자는 말을 미현이 거절하자 영숙은 갑자기 막막해졌다.

집에 들어가서 혼자 밥을 먹는 것도 싫었지만, 깊어가는 가을밤을 쓸쓸하게 보내는 것은 더 싫었다. 미현을 집에다 내려놓고 주철에게 전화를 걸었다. 오늘이 일요일이니까 집에 있을 가능성이 있었다. 신호가 몇 번 가고 나자 주철이 전화를 받았다.

"자기야, 어디신가?"

주철 특유의 부드러운 목소리에 약간의 장난기가 섞인 음성이 전화기 저편에서 들려왔다.

"미현이 하고 산에 갔다가 집에 들어가는 중이야."

주철이 전화를 받자 영숙은 자기도 모르게 흥분이 되었다.

"저녁밥은?"

주철이 말을 잇기도 전에 다시 물었다.

"당연히 안 먹었지. 자기한테 전화가 올 것 같았거든. 하하."

언제나 그렇듯 주철은 여유가 있었다. 짧지 않은 기간 동안 알고 지냈지만, 주철은 한 번도 영숙의 마음을 아프게 하지 않았다. 설령 그런 일이 있을 것 같으면 주철이 먼저 사과를 해서 문제를 키우지 않았다. 영숙은 자기를 먼저 생각하고 배려해주는 이런 주철이 좋았다.

"알았어. 순대하고 막걸리 한 병 사서 갈게."

"좋아, 어서 와."

영숙은 자주 들리는 '장안 순댓집'에 가서 모둠 순대와 막걸리 한 병을 사 들고 주철의 집으로 갔다.

이렇게 주철과 남모르게 사랑을 나눠 온 지가 벌써 몇 년이 넘었다. 그동안 두 사람이 만든 인연의 장은 결혼생활 삼십 년보다도 더 많은 추억을 만들었다. 오늘도 영숙은 주철의 품 안에서 열두 시가 넘도록 하얀 밤을 보냈다. 잊을 수 없는 행복한 시간이었고 몸도 마음도 가벼워졌다.

2 - 13

우리는 살면서 뜻밖의 일을 만난다.

전혀 예상하지 못했던 일들이 우리를 당황스럽지만 즐겁게 하기도 하고, 힘들지만 좋은 인연을 맺어 주기도 한다. 더 중요한 것은 이런 일들이 우리의 앞날에 커다란 영향을 미치기도 한다는 것이다.

영숙이 주철을 만난 것도 우연한 기회에 예상치 못한 일 때문이었다.

한겨울로 접어들던 어느 토요일. 친구들과 점심을 하려고 관평동으로 가는 길에서 영숙의 차가 신호를 기다리던 검은색 벤츠 승용차 뒤를 받았다. 길이 미끄러워 조심하며 운전을 하던 중이라서 큰 사고는 아니었지만, 승용차에 생채기를 냈다.

놀란 영숙이 차에서 급하게 내려 앞 승용차의 상태를 살펴보았다. 차가 심하게 부서진 것은 아니었어도 부딪힌 자국이 선명하게 나 있었다. 영숙은 마음을 졸이며 앞 사람의 반응을 기다렸다. 앞 차에서는 아무런 기척이 없었다.

'설마 뒤에서 추돌한 것을 모르고 있나?'

영숙은 놀란 마음으로 앞 차 운전석 창가로 걸어갔다. 그때까지도 앞 차에서는 아무런 반응이 없었다. 앞 창문에 가까이 다가가서 창문을 두드리려고 하자 그때야 창문이 스르르 열리더니,

"길이 미끄럽네요. 조심하세요. 넘어져요."

천진난만하게 웃는 오십 대 남자의 얼굴이 보였다. 순간적으로 영숙은 이 남자를 어디서 봤더라? 하는 생각이 들었다. 잘은 모르겠지만 어디선가 한 번쯤 이야기를 나눈 기억이 있는 것 같았다. 아니면 깊은 인상을 남기며 스쳐 갔던지. 아무튼 그 남자의 웃는 모습을 보는 순간 전혀 낯설지 않은 느낌에 긴장이 조금 풀렸다.

영숙의 이런 마음을 아는지 모르는지 남자는 왼손을 창밖으로 내밀어 가볍게 흔들더니 마치 아무런 일이 없었다는 듯 창문을 닫고 가던

길을 재촉했다. 영숙은 황소가 담장 위 닭을 보는 마음으로 잠깐 서 있었다. 순간적으로 무언가를 놓친 기분이 들었다. 서둘러 차를 몰고 앞차를 따라갔다.

느긋하게 가던 검은색 승용차는 길가에 정차하더니 옆에 있는 편의점으로 들어갔다. 영숙도 차를 세우고 남자를 따라 들어갔다. 영숙이 들어섰을 때 남자는 귤 한 박스를 들고 카드를 꺼내 계산을 하는 중이었다. 그는 영숙이 자기를 바라보며 다가오자 가볍게 미소를 띠며,

"아니, 뭐 사러 오셨어요?"

뜻밖의 말에 영숙의 말문이 잠깐 막혔다.

"그냥 가시면 어떻게 해요?"

남자의 눈동자가 커졌다.

"그냥 가다니요? 제가 뭘 어떻게 해 드려야 하나요?"

남자는 영숙의 눈을 바라보며 자기의 눈을 동그랗게 떴다. 악의 없이 서글서글한 얼굴이 영숙의 코앞에까지 다가와 있었다.

"아, 다음에 제가 이상한 짓 할까 봐서 그러시는구나. 하하."

그제야 영숙은 제정신을 차릴 수가 있었다.

"세상이 하도 험해서…. 연락처 하나 주고 가세요. 차량에 이상이 있으면 전화 주시고요."

말을 해 놓고 영숙은 자기가 한 말이 조금은 이상하다는 생각이 들었다. 자기의 전화번호를 알려 주지 않고 상대방보고 전화를 하라니. 더구나 상대는 차량을 가지고 더 이상 왈가불가할 생각이 없어 보이지 않는가.

영숙의 어이없는 말에도 남자는 전혀 개의치 않았다. 아무렇지도

않다는 듯 계산을 끝내고 귤 상자를 한쪽에 내려놓았다. 이 주머니 저 주머니에 손을 넣었다 뺐다 했다. 아마도 명함을 찾는 것 같았다. 시간이 조금 지나도 명함을 찾지 못하자 남자는 겸연쩍은 표정으로,

"아, 이놈이 어디에 숨었지? 보이지 않네."

혼자 중얼거리며 영숙을 살짝 보았다. 당황한 남자의 표정이 어머니에게 꾸중을 듣는 어린아이와 같았다. 영숙은 남자의 행동이 너무 어리숙해서 웃음이 저절로 나왔다.

"겨우 찾았네…."

남자는 '다행이다.'라는 표정으로 영숙을 보며 빛이 바랜 명함 한 장을 내밀었다.

영숙은 남자가 주는 명함을 받았다. 하얀색 바탕에 하늘색 글씨로,

'ENG 엔지니어링 대표. 공학박사 장주철.'

이라고 적혀 있었다.

영숙에게 명함을 준 주철은 옆에 있던 귤 상자를 들더니,

"저, 먼저 갑니다."

말을 남기고 영숙이 뭐라고 대꾸할 틈도 없이 밖으로 나갔다. 영숙이 남자의 뒤를 따라 밖으로 나왔을 때 승용차는 소리도 없이 미끄러지며 멀리 가고 있었다.

영숙의 마음이 갑자기 허전해졌다. 소중한 무엇을 잃어버린 기분이었다. 영숙은 그 자리에 서서 차가 사라진 방향을 한참 동안 바라보았다.

친구들과의 모임은 언제나 즐거웠지만, 오늘은 별로 기분이 나지 않았다.

커피숍의 화려한 조명도, 화려한 분위기를 아름답게 꾸미는 감미로운 음악도 영숙의 관심을 끌지 못했다. 때를 만난 참새들처럼 웃고 떠드는 친구들 속에서 영숙은 외톨이가 되었다.

조명등 아래 커피숍에서 창밖을 보았다. 언제부턴가 함박눈이 내리고 있었다. 점점이 떨어지는 눈송이가 지난 가을의 낙엽처럼 바람에 이리저리 나부꼈다. 영숙의 마음도 흩날리는 눈송이를 따라 움직였다.

함박눈에 눈길을 주고 있던 영숙에게 갑자기 외로움이 밀려왔다. 세상에 자기 혼자만 남겨진 느낌이었다. 화려한 조명은 자기를 밀어내는 불타는 열기였다. 부드러운 음악은 그녀의 귀를 괴롭히는 소음이었다. 아름다운 커피숍이 자기를 옭아매고, 자기의 숨통을 틀어막는다는 압박감이 영숙을 힘들게 했다.

영숙은 대화에 열중하는 친구들을 두고 거리로 나왔다. 거리는 어느새 쌓인 눈으로 하얗게 변해 있었다. 왜 그런지 한바탕 회오리가 숙의 마음을 흔들고 지나간 것만 같았다. 영숙은 어두워지는 거리를 따라 천천히 걸었다. 등 뒤를 따라가는 눈송이가 영숙의 어깨에 소리없이 내려앉았다. 터벅터벅 길을 걷는 영숙이 가야 할 길을 잃어버리고 거리를 헤매는 눈사람이 되었다.

2 - 14

세월이 흐를수록 밤도 따라서 길어졌다.

길어지는 밤에 장단이라도 맞추는지 잠이 오지 않는 시간도 길어졌다. 언제부턴가 잠드는 시간이 늦어지더니 자신도 모르는 사이에 점점 더 늦어졌다.

이제는 뜬눈으로 날을 새는 일도 많아졌다. 이렇게 잠을 이루지 못하는 이유를 수만은 알 수 없었다.

고등학교 교장으로 근무하다가 정년을 삼 년 남겨 놓고 명예퇴직을 한 수만은, 남들도 다하는 고민 두어 가지를 제외하면 이렇다 할 걱정거리도 없었다.

다른 사람들 못지않게 부도 쌓았고, 아직 건강에도 자신이 있었다. 자식들도 모두 장성하여 어느 집 자식들보다도 잘나가고 있었다. 수만이 걱정하고 고민해야 할 일이 없는 것이다. 그런데도 이상하게 밤이 되면 잠이 오지 않아 뜬 눈으로 보내는 날이 비일비재했다.

오늘도 그랬다. 퇴직 교장들 모임인 '삼정회'의 정기모임에 참석해서 저녁에 약주까지 한 잔 한 터라 이렇게 잠이 오지 않을 이유가 없었다. 그는 불을 모두 끄고 잠을 청했지만 그럴수록 정신이 맑아졌다. 잠이 오지 않는 밤이면 늘 그렇듯이 지난날의 삶이 생각났다. 대학 시절과 신혼 초가 떠오르자 수만은 입가에 잔잔한 미소를 지었다.

'그런 시절도 있었지. 좋은 때였어.'

칠십을 살면서 아마도 그때처럼 화려하고 행복했던 시절은 없었다는 생각이 들었다. 부유한 부모 덕분에 무엇 하나 부족한 것이 없었다. 잘생긴 용모에 공부까지 잘했다. 어디서나, 무슨 일이든지 자신이 있었고 막힘이 없었다.

이런 수만의 삶도 세월을 더하면서 변화가 있었다. 주변 사람들이 하나둘 떠나기 시작했다. 덩달아서 수만의 열정도 식어갔다.

수만은 헛웃음을 지었다. 젊은 날의 패기와 열정은 모두 어디로 갔단 말인가. 교사로 재직을 하던 시절만 해도 그렇다. 학생들을 가르치기 위해 수업에 열중했을 뿐 아니라 출세 기회를 엿보는 데도 힘을 쏟았다.

그는 평범한 교사로 만족하고 싶지 않았다. 좀 더 큰 세상으로 나가서 자기 능력을 시험해 보고 싶었다. 수만은 가지고 있는 모든 연줄을 이용해서 대전시 교육청의 장학사로 들어갔다. 이리저리 부서를 옮기며 직급을 높이더니 마지막에는 부교육감을 지냈다.

수만으로서는 부자였던 아버지와 본인의 능수능란한 대인관계 덕분으로 자신이 원하는 자리에 앉을 수가 있었다. 육십 가까이 된 말년에는 '고등학교' 교장으로 취임을 했고 연금을 받을 근무 연수가 되자 명예퇴직을 한 터였다.

수만의 한평생은 큰 고생을 하지 않고 그가 원했던 길을 살아온 대한민국에서도 몇 안 되는 행운아 중 한 명이었다. 그런데 그런 복과 행운은 영원히 계속되지 않았다. 나이가 육십이 넘어서자 그의 삶이 조금씩 변하기 시작했다.

그동안 열정으로 했던 일들은 시들해지고 삶에 재미가 없어졌다. 특히 아내에 대한 그의 사랑이 그랬다. 하루가 멀다며 보고 싶었던 시절이 과연 있었던가 싶을 정도로 두 사람의 관계가 소원해졌다. 정확히 무엇 때문에, 언제부터라고 잘라 말을 할 수도 없었다. 몇 년 전부터는 각방을 쓰는 것이 오히려 자연스럽게 되었다.

아직 잠을 못 이루던 수만은 아내가 들어오는 소리를 들었지만, 여느 때처럼 잠자는 척하고 있었다. 그는 가능하면 아내의 생활에 관심을 두지 않으려고 했다. 아내가 어디에 가서 무엇을 하든지 그에게는 아무런 관련이 없는 일이라고 생각했다. 아내가 일찍 들어오든지 늦게 들어오든지 그것은 순전히 아내의 일이지 자기 일이 아니라고 생각했다. 수만에게 영숙은 아내이면서 다른 여자였고, 다른 여자이면서 아내였다. 이것이 아내를 대하는 수만의 생각이었다.

 물론 그도 아내가 어떻게 살고 있는지 알고 있었다. 두 사람의 사랑이 식고 권태기가 찾아왔을 때 아내의 얼굴은 무표정하고 피로해 보였다. 그런데 어느 날부터 아내의 얼굴에 생기가 돌고 생활에 활력이 넘쳤다. 당시만 해도 아내가 이제는 갱년기에서 벗어나 본래 모습을 찾은 것이라고 수만은 생각했다.

 시간이 지나면서 아내의 변화는 자기가 생각했던 것과는 다른 데 있다는 것을 알았다. 자기가 잠자리에 들었을 때 거실에서 들려오는 전화 통화 속에서 사랑에 빠진 여자가 아니면 할 수 없는 대화들이 종종 들렸다. 또한 밤늦게 귀가할 때면 영숙에게서 술 냄새가 나는 일이 많아졌다.

 수만과 데이트할 때 영숙은 와인 한 잔 제대로 마시지 못했다. 그런데 영숙의 태도 변화가 있고부터는 와인은 물론이고 막걸리 냄새까지 영숙의 몸에서 났다. 갈수록 횟수도 많아지고 마시는 술의 양도 늘어나는 것을 수만은 알고 있었다. 그런 날이면 영숙은 한없이 밝은 표정이었고 삶이 행복해 보였다.

 영숙의 이런 변화는 수만으로서는 이해가 가지 않았다. 무엇이 아내를 저렇게 변하게 할 수 있을까? 얼마 가지 않아서 수만은 영숙이 변화한 이유를 알 수 있었다. 그녀에게 남자가 생긴 것이 분명했다. '삼정회' 모임에서 심리학을 전공한 회원이 취중에 한 말이 생각이 났다.
"존경하는 선배 형님들. 혹시나 말입니다. 형수님들 관리 잘하십시오. 요즘 애인 없는 여자 없습니다. 자나 깨나 불조심이 아닙니다. 앉으나 누우나 마누라 챙겨야 합니다. 혹시 근래에 갑자기 생활에 활력을 얻은 형수님이 계신다면 우선 염려하셔야 합니다. 하하하."
술자리에서 한 말이라 웃어넘기면 될 일이었지만 수만에게 그 말은 예사롭게 들리지 않았다. 자기에게 딱 맞는 말을 하고 있었다.
이 말은 수만에게 오래 기억되지 않았다. 다음 날이 되자 수만은 그런 일이 있었다는 것조차 기억하지 못했다. 아니 정확하게 기억하고 싶지 않았다. 가능하면 아내의 생활에 간섭은 물론이고 관심조차 두지 않으려고 했다. 제각각 알아서 자기 길로 가면 되는 일이다. 사람은 태어날 때부터 혼자였지 않나. 마지막 가는 길도 혼자일 것이 분명한데. 더 이상 아내를 자기의 품 안에 가두어 두고 싶지 않았다.
오늘도 열두 시가 넘어서 현관문 열리는 소리가 들렸다. 밤늦게 들어오면서도 아내는 남편을 전혀 의식하지 않았다. 아내에게 수만은 이미 없는 존재나 마찬가지였다. 거실을 지나 안방으로 들어가는 소리가 들렸다. 수만이 나지막하게 중얼거렸다.
'당신은 내 소유물이 아니야. 당신은 당신 거야. 그럴 때가 되었지.'
깊어가는 밤물결이 수만의 가슴에 파도처럼 밀려들었다. 어둠의 아들인 외로움이 흐느껴 울었다. 이것은 아내가 흔들어 놓은 밤의 파동이 아니었다. 그것은 수만의 가슴을 멍들게 하는 자기 삶이 토해 놓는 구토물이었고, 어쩌면 피할 수 없는 인간의 숙명인지도 몰랐다.
갑자기 수만의 가슴이 뜨거워졌다. 원인을 알 수 없는 불길이 수만을 태웠다. 그것은 참으려고 해도 참기 어려운 분노의 불길이었다. 수만의 깊은 가슴 속에는 이상과 현실이 제각각 따로따로 놀았다.

2 - 15

늦은 밤까지 책을 보던 태문은 일어나 창문을 열었다.

제법 쌀쌀한 바람에 가을 냄새가 실려 왔다. 바람이 얼굴에 와 닿자 태문은 정신이 번쩍 들었다. 서재 안도 가을이 가득해졌다.

오늘 다녀온 친구의 장례식장이 다시 떠올랐다. 몇 사람은 슬픈 얼굴을 하고 있었지만 대부분의 사람은 이곳이 장례식장이라는 사실을 모르고 있는 것 같았다. 상복을 입고 있는 근친들은 물론이고 그의 아내마저도 슬픔은 전혀 보이지 않았다. 친구의 손자들로 보이는 아이들이 웃고 떠들며 장난질을 치고 있어도 제지하는 사람은 아무도 없었다.

남편, 아버지, 할아버지, 친구와 영원히 이별하는 날이 오늘이라는 것을 모두 잊고 있는 것 같았다. 만약에 친구가 저승에서 이 모습을 보고 있다면 무슨 생각이 들까. 태문은 자기가 이 세상을 하직하는 날을 상상해 보았다. 아마 그날도 오늘 이 모습과 별반 다르지 않으리라.

죽은 친구에 비해서 태문은 그의 아내와 자식들에게 특별히 잘해준 것도 없었다. 지금 그의 처지를 보면 굳이 죽은 친구와 비교할 필요조차 없었다. 더구나 요양원과 요양병원을 전전하며 몇 년을 산다면 어떻게 되겠는가. 가족들과 친구들에게 외면당하는 것은 물론이고 시간이 더 길어지면 영영 버림받을 것이 분명했다. 젊었을 때 한 번도 상상해 본 적이 없는 끔찍한 상황이 어쩌면 자기에 닥칠지도 모른다는 생각이 불현듯 떠올랐다.

'이렇게 내 인생이 끝나나?'

차가운 바람이 휙- 하고 가슴에 불었다. 자기도 모르게 몸이 떨렸다. 그의 기분이 갑자기 아득해졌다.

'그렇다고 뒤로 돌아갈 수는 없지. 앞으로 나아가야 해. 과거는 내가 아니잖아. 남은 시간이 나야.'

돌이켜보면 과거의 자기는 '그 사람'이었다. 이미 사라진 사람이었다. 지난 시절과 지금을 생각해 보면 같은 것은 '강태문'이라는 이름뿐이었다. 모습도 달라졌다. 생각도 달라졌다. 심지어 그를 존재하게 했던 주변 상황도 모두 바뀌었다. 어떻게 과거의 '강태문'과 지금의 '강태문'이 같을 수 있단 말인가. 같은 사람이 아니라면 굳이 왜 과거의 연장선에서 삶을 살아야 하나.

'그래, 과거의 삶은 그 사람의 것이었지 지금 '강태문' 네 것이 아니야. 그 사람의 삶을 더 이상 연장하지 말자. 지금 내 삶을 사는 거야.'

생각이 여기까지 미치자 불현듯 아내가 생각났다.

'가엾은 여자….'

태문은 거처를 오피스텔로 옮기고 식구들과 한동안 연락하지 않았다. 어쩌다가 아들과 며느리한테 전화가 와도 의도적으로 받지 않았다. 이것은 가족들에게 버림받았다는 서글픔 때문만은 아니었다. 점차 자신을 찾으면서 이제는 홀로서기를 해야겠다는 생각이 들어서였다.

처음에는 쉽지 않았다. 가까운 사람들과 어울리지 않고 거리를 둔다는 것은 자기를 고립시키는 일이었다. 그것은 풍요로운 들판에서 쫓겨나 거친 들판에 던져지는 고통이었다. 더구나 수십 년간 맺은 인연을 어찌 단번에 없었던 것으로 만들 수 있을 것인가. 생각과는 다르게 어려운 일이었다.

하지만 태문은 알고 있었다. 어차피 한 번은 겪어야 할 일이었다. 고통과 인내의 소용돌이 강을 건너지 않으면 어떻게 강 건너 아름답고 편안한 들판에 갈 수 있겠는가. 이렇게 생각하는 것은 현재 자기의 상황 때문만은 아니었다. 그가 한평생 살아오면서 터득한 삶의 지혜였다. 아니 살아 있는 모든 것에게 적용되는 피하지 못할 길이었다.

세상의 모든 일에는 세월이 약이다. 태문도 마찬가지였다. 태문이 오피스텔로 집을 옮긴 지 이 년이 넘자 어느 정도 평정심을 찾았다. 만나는 사람들도 스스로 결정했다. 하고 싶은 일도 어쩔 수 없이 하는 것이 아니라 자기가 하고 싶은 일만 했다. 하고 싶지 않은 일에 굳이 자기의 시간을 허비하지 않았다. 이렇게 자기의 삶을 단순화시키며 자기 생각대로 움직이자 옛날에 비해 훨씬 삶이 편해졌다.

2 - 16

큰아들 성철이 집으로 찾아온 것도 이 무렵이었다.
"어쩐 일이냐? 늦은 밤에…."
태문은 문을 열고 들어오는 아들에게 앉으라는 말도 하지 않고 다짜고짜 물었다. 신발을 벗고 막 거실로 들어오던 성철은 엉거주춤하게 서서 아버지를 바라보았다.

피곤해 보이는 성철의 눈자위가 붉어졌다.

"어머니께서 아프세요."

"……."

"유방암이래요. 말기 암요."

"……."

"아버지께서 어머니 전화를 받지 않으시니까 저를 보내셨어요. 이제 집으로 돌아오시라고요."

"……."

태문은 할 말이 없었다. 이럴 때 할 수 있는 적당한 말이 떠오르지 않았다.

그는 아들을 물끄러미 바라보았지만 말은 하지 않았다. 잠시 침묵이 흘렀다. 그가 퇴직하고 집을 나오던 날, 그날의 침묵과 같았다.

"저희가 죄송합니다. 어떻게든 어머니를 말렸어야 했어요. 저희는 어머니께서 지나가는 말로 하시는 줄 알았어요. 그때가 지나면 다 잊으실 줄로 알고…. 정말 죄송합니다."

앉지도 서지도 못한 큰아들 성철이 안쓰러워 보였다.

"알았다. 그만 가 보아라."

태문은 아내의 병환에 대해 한 마디도 묻지 않았다. 손자들에 대해서도 말하지 않았다.

아들이 떠나고 난 뒤에도 태문은 아내는 물론이고 그 누구에 대해서도 관심을 두지 않으려고 했다. 태문은 과거로 돌아가기를 원하지 않았다. 집을 나와서 지낸 시간 동안에 그가 배운 것은 과거에 얽매이지 않고 새로운 길을 가는 것이 옳은 길이라는 것이었다. 아내에게 오는 전화를 받지 않은 것은 물론이고 메시지마저도 읽지 않고 지웠다.

2-17

오늘이 무슨 요일인지 진희는 알지 못했다.
침대에 누워 창밖에 떠가는 구름을 본다든지, 비가 내리는 날에는 창문에 부딪혀 부서지는 빗방울을 세는 것이 그녀의 유일한 낙이었다. 어쩌다가 몸이 좀 좋아지면 침상에서 내려와 창문 밖 공원을 내려다보았지만 이런 시간은 갈수록 줄어들었다. 그녀의 몸이 점점 더 쇠약해졌다.
결혼 전에 했던 직장생활을 그만두고 남은 평생을 전업주부로 살아온 진희는 독립해서 혼자 사는 것이 꿈이었다. 남편이 갖다 주는 월급을 이리저리 절약하고, 아들 며느리가 주는 용돈도 꼬박꼬박 모아서 아무도 모르게 저축을 했다. 작은 방 하나만 전세로 얻을 수 있으면 되는 터였다. 생활비는 남편이 받는 연금을 둘로 나누면 되니까 걱정할 바가 아니었다. 십여 년을 준비하여 이제는 자기가 꿈꾸던 일을 이룰 수 있다는 생각이 들자 약간의 흥분마저 일었다.

생각해 보면 결혼생활 사십여 년 동안은 자기는 없는 시간이었다.
신혼 초의 짧은 달콤함이 사라지자 진희는 자기가 시집을 온 것이 아니라 심부름꾼으로 감옥살이를 하러 왔다는 생각이 들기 시작했다.

아이 낳고, 빨래하고, 밥하고, 아이 키우고, 남편 시중들고, 시부모 모시고. 온종일 발을 동동 굴러도 부족한 것은 시간이었다. 거기다가 원래 무뚝뚝하던 남편은 결혼생활이 길어지자 더 말이 없어졌다. 야근이다, 모임이다 하면서 늦게 귀가하는 일은 다반사였고 술을 마시지 않고 제정신으로 들어오는 날이 거의 없었다.

진희는 하루하루가 힘들었다. 어떤 때는 가정이 아니라 지옥 같다는 생각이 들었다. 아이들이 어느 정도 장성하자 때가 되면 혼자 나가 살겠다고 결심을 했다.

진희는 모은 돈으로 방 두 칸짜리 오피스텔을 구해 놓고 남편의 퇴직일을 기다렸다. 그날까지 기다리는 것이 사십여 년 가깝게 자기와 아이들을 위해 노력한 남편에 대한 최소한의 예의라고 생각했기 때문이다.

진희는 남편의 퇴임식장에서 퇴직자들의 숙연한 모습을 보고 자기도 모르게 울컥하는 동정심이 생겼다. 오래 전에 직장을 그만둔 진희는 이런 분위기가 익숙하지 않았고, 한편으로는 그동안 남편의 행동도 어느 정도 이해되는 부분이 있었기 때문이다. 잠깐이었지만 진희의 마음이 흔들렸다.

모든 행사가 끝나고 집으로 왔을 때 진희는 애초 가지고 있었던 생각대로 남편과의 일을 마무리 지으려고 마음을 다잡았다. 힘들게 말을 꺼내자 잠시 당황한 표정의 남편도 곧 평정심을 찾았지만, 진희가 미처 생각하지 못한 점이 있었다. 자기가 나가는 대신 남편이 나가겠다는 것이다. 진희는 처음에는 반대했다. 그러나 보이지 않던 아들들과 며느리까지 가세해서 남편의 편을 들자 그녀도 마지못해 승낙하고 말았다.

　남편이 짐을 옮기고 혼자되자 진희는 허무함과 안도감을 동시에 느꼈다. 이제 아무에게도 간섭받지 않고 홀가분하게 살 수 있게 되었다는 사실에 편안함마저 들었다. 진희는 억압과 고통에서 벗어나 자유와 안락한 시간이 영원히 계속되리라고 믿었고, 또 그렇게 되기를 바랐다.

　세상은 진희가 그토록 소망했던 시간을 오래 주지 않았다. 남편이 집을 옮기고 이 년이 지난 뒤 진희에게 청천벽력 같은 일이 찾아왔다. 건강 검진을 받았는데 유방암 판정을 받은 것이다. 그것도 말기 암이었다. 큰아들이 서둘러서 서울에 있는 삼성의료원에 입원하고 수술을 받은 다음 항암 치료를 계속했다. 그녀의 건강은 쉽게 호전되지 않았다. 어쩔 수 없이 큰아들 부부가 어머니 집에 와서 병간호를 하며 지내고 있었다.

　시간이 갈수록 진희의 마음이 약해졌다.

　몇 년 동안 전화 한 번 없는 남편이 야속해지기 시작했다. 자기에 관한 소식은 아들을 통해서 들었을 법도 한데 위로 전화 한 통 없다니! 아무리 남편을 섭섭하게 했다고 해도 죽을 날이 얼마 남지 않은 아내 아닌가.

　어떤 방법을 통해서라도 소식 한 번 줄 수 있을 터였다. 기다리다 지친 진희는 남편에게 직접 전화를 걸었다. 남편은 전화를 받지 않았다. 진희는 메시지를 남기고, 또 전화를 걸고 이렇게 여러 번 노력했어도 결과는 똑같았다. 마지막으로 그녀는 큰아들 성철을 시켜 남편에게 소식을 전한 것이다.

진희는 남편 강태문이 보고 싶었다. 그것도 아주 많이 보고 싶었다. 남편이 집을 나가고 시간이 조금 지나자 남편의 빈자리가 얼마나 큰지 진희는 깨닫기 시작했다. 인생의 동반자로 시작한 가정생활에서 어찌 자기만 힘이 들었을까 하는 생각이 그녀를 괴롭혔다. 자기가 힘든 만큼 남편도 힘이 들었으리라는 생각에 남편이 더 그리워졌다.

그럴 때마다 진희는 자기의 결정이 성급하고 부족했다는 생각에서 벗어 날 수 없었다. 진희에게 있어서 남편과 함께한 과거는 한 편의 꿈과 같은 시절이었고 무엇과도 바꿀 수 없는 소중한 보물이었다.

문제는 그녀가 그런 사실을 깨닫기까지 많은 시간이 흘렀고, 남편과 그녀가 치러야 할 대가가 너무 크다는 것이었다. 흘러간 시절은 다시는 오지 않고 헝클어진 매듭을 푸는 일은 어려웠다.

진희는 거품 같은 몸을 일으켜 창가에 섰다. 창밖은 이미 어두워 졌고, 어두워진 창밖에 홀로 선 가로등이 자기 모습을 희미하게 비추고 있었다.

홀로선 가로등을 보고 진희는 자기를 생각했다. 깊어가는 가을밤. 텅 빈 거리에 희미한 가로등 하나. 삶의 가을을 지나가는 병든 자기와 아무도 없는 거리에 희미하게 서있는 가로등이 무엇이 다르겠는가. 그녀는 태문의 얼굴이 아른거리는 창문을 안아주는 듯 쓰다듬으며 나지막하게 이름을 불렀다.

"여보…."

진희의 야윈 볼에 눈물이 흘렀다. 창문으로 스며드는 가로등 등불에 뒤늦게 남편을 그리워하는 진희의 창백한 얼굴이 유리창에 비쳤다. 진희의 뜨겁고 끈끈한 눈물에 유리창도 함께 울었다.

2 - 18

성심 요양병원.

옥천군 옥천읍에서 대청댐 방향으로 이십여 분을 가면 푸른 호수물이 넓게 보이는 언덕배기에 3층 건물 성심 요양병원이 자리하고 있다. 성심 요양병원은 시설이 좋고 경관도 뛰어나 대전과 충남 인근에서는 제법 잘 알려진 요양병원이었다.

보통 때라면 밤 열 시에는 요양병원 경계 울타리의 몇 개 방범등만 켜져 있고 병실과 다른 곳의 불을 꺼지기 마련이었다. 그런데 오늘은 삼층 대청호 방향 병실 한 곳의 불이 꺼지지 않았다.

벌써 밤 열두 시가 가까워졌다.

65세 간병인 김명자는 몇 년 만에 한 번 올까 말까 한 바쁜 하루를 보내는 중이었다.

간병인 생활을 시작한 지도 벌써 이십 년이 넘었다. 그동안 요양병원에서 벌어진 많은 이야기는 소설을 몇 권 쓰고도 남을 정도였지만 오늘 하루도 참으로 많은 일이 일어났다.

새벽에 돌아가신 할머니는 시신을 맡아 줄 가족들이 행방불명이었다. 병원에 적어 놓은 할머니의 아들 전화번호가 바뀌었는지 유족들에게 연락이 되지 않았다. 하는 수 없이 시신을 요양병원 안치실에 모셨지만 이런 경우 돌아가신 할머니를 모시는 가족이 나타나지 않는 것이 보통이었다.

오전에는 삼 층에 입원한 할아버지가 집으로 가겠다고 온갖 난리를 피웠다. 젊었을 때 한가락 했을 법한 체격에 지적 수준도 꽤 높아 보이는 할아버지였다. 자식들이 치장하고 나타나는 것을 보면 부유한 가족임이 분명해 보였다.

그렇지만 할아버지는 치매가 심했다. 이제 70세를 갓 넘긴 사람이어서 노인이라고 하기는 좀 아까운 나이였다. 하지만 하루에도 제정신이 돌아오는 때가 많지 않았다. 문제는 제정신이 들어올 때였다. 그럴 때마다 집에 가겠다고 온갖 난리를 다 쳤다.

고함을 치며 아내와 아들들, 심지어는 손자와 손녀 이름까지 줄줄이 불러댔다. 하다 안 되면 이 방 저 방을 돌아다니며 집기를 부수고 닥치는 대로 사람들을 괴롭혔다. 병원 측에서는 몇 번이나 환자를 내보내려고 했지만, 그때마다 없는 일이 되고 말았다. 듣기로는 그 환자의 자식 중 한 사람이 의료계에서 높은 지위에 있다는 말이 파다했다.

김명자 간병인이 생각해도 아까운 사람이었다. 그놈의 치매만 없다면 세상의 많은 여자들에게 인기를 한 몸에 받고 인생을 살아가고도 남을 남자였다.

오후에는 새로운 환자가 들어 왔다. 이제 나이 갓 사십이 넘어 보이는, 인물이 아주 빼어난 여자였다. 병원 생활만 10년이 넘었다고 하니 김 씨는 안됐다는 생각밖에 들지 않았다.

밤 11시가 넘은 지금 김명자 간병인은 3층 33호실에서 환자를 돌보는 중이었다. 환자 번호 '333', 이름 '강효석', 나이 95세. 성심 요양병원에 들어 온 지도 벌써 10년이 넘었다. 이곳에서 일하는 사람들은 모두 그 환자를 '333호'라고 불렀다. 들어올 때부터 코와 목에 호스를 꽂고 의식이 없었던 '333호'는 지금은 온몸에 욕창까지 생겨 20

년 베테랑 김 간병인도 돌보기가 쉽지 않은 환자였다.

　김명자 간병인은 '333호' 할아버지가 저질러 놓은 일의 뒤처리를 하는 중이었다. 칸막이를 둘러치고 '333호'의 환자복을 벗겼다. 물컹한 구린내와 썩은 냄새가 퀴퀴하게 김명자의 코를 찔렀다. 바지를 다 벗기자 잘 동여매 놓은 기저귀 사이로 '333호'의 배설물이 흥건하게 배어 나왔다.

　김명자는 아무렇지도 않게 기저귀를 벗겨 배설물이 새지 않게 하고 '333' 환자의 몸을 물수건으로 닦았다. 그리고 거즈에 소독약을 묻혀 점점 썩어 가는 욕창의 고름을 닦아냈다. 그녀가 이렇게 하는 동안에도 '333호'는 아는지 모르는지 여전히 배를 들썩이며 불룩불룩 숨만 쉬었다.

　일을 다 마친 그녀는 '333호'에게 새 옷을 입혔다. 그리고 '333호'의 옆에 앉아 그의 손을 잡으며 귀 가까이에 입을 가져갔다.

　"효석 할아버지, 이제 가을이네요. 할아버지처럼요. 겨울이 곧 온대요. 할아버지도 곧 겨울이겠죠. 이번에는 가을만 보내지 마세요. 꼭 함께 가세요."

　뒤처리 물을 들고 나가는 김 간병인의 눈에 창밖 저 멀리 방범등 불빛이 희미하게 들어오다가, 떠나는 세월을 지켜보려는 듯 불빛이 더 밝아졌다. 어디선가 겨울이 다가오는 발걸음 소리가 들려왔다. 요양병원 식구들에게 그 소리는 더 크게 들렸다. 요양병원은 언제나 겨울이었지만….

3

당신의 이름은 타인

3-1

　베란다 창문을 열었다.
　유리창에 빗물이 흘러내리고 있었다. 밤사이에 가을비가 온 모양이다. 아직도 부족한지 하늘에는 구름이 어둡게 깔려 있다.
　거실의 원형시계가 정확하게 아침 일곱 시를 가리켰다. 지난 이십여 년 동안 미현의 아침 기상 시간은 언제나 변화가 없었다. 집을 비우는 때를 제외하고는 미현이 베란다 창문을 여는 시간은 언제나 같았다. 몸이 아파도 그 시간이었고, 친척들이 와서 밤을 새우는 날 아침에도 베란다 창문을 여는 시간은 7시였다.
　미현의 이런 습관은 남편과 아들이 자동차 사고로 세상을 떠난 때부터 시작되었다. 슬픔과 고통으로 잠을 이루지 못하고 뜬눈으로 날을 새운 날, 미현은 아침이 되기를 기다렸다가 정확히 7시에 베란다 창문을 열었다. 그리고 창문 너머 세상을 바라보았다.
　높고 낮은 아파트 숲을 지나 저 멀리 보이는 계족산 능선이 어디론가 달려가는 모습을 보면 자기의 아픈 상처도 함께 사라졌다. 또 시간에 맞춰 떠오르는 태양의 열기에 얼어붙은 마음이 녹아내리는 따뜻한 온기를 느꼈다. 어쩌다가 한 마리, 또는 짝을 지어 날아가는 새들을 볼 때면 자기도 훨훨 하늘을 날아서 어디론가 가고 싶었다.

미현에게 7시에 베란다 창문을 열고 상쾌한 공기를 마시는 일은 밤의 악몽을 견디고 새로운 세상을 맞이하기 위한 몸부림이었다.

변하지 않는 것은 세상에 없다.

미현이 남편과 아들을 못 잊어 아파하는 마음도 세월이 흐르면서 조금씩, 아주 조금씩 변해갔다. 십여 년이 더 지나자 매일 미현을 괴롭히던 그 고통이 하루를 건너뛰고 또 이틀을 건너뛰었다. 마치 낙숫물이 바위에 구멍을 뚫고, 봄바람이 얼어붙은 강물을 녹이는 것처럼 그렇게 미현의 마음이 변해갔다.

어느 날 아침. 여느 때처럼 베란다 창문을 열고 멀리 보이는 계족산을 보며 아침 바람을 온몸으로 안아 주고 있을 때, 불현듯 미현의 머리에 한 사람 얼굴이 떠올랐다. 갸름하고 선량한 눈을 가진 남자. 미현은 자신도 모르게 깜짝 놀랐다.

'석민 오빠….'

미현은 남자의 얼굴이 떠오르자 나직하게 그 남자의 이름을 불렀다. 자기도 모르게 눈시울을 붉혔다.

남편과 아들이 미현의 마음에 지울 수 없는 커다란 상처를 남기고 떠난 지 벌써 이십여 년. 미현이 살아생전에는 결코 잊을 수 없을 거라고 여겼던 두 사람에 대한 추억은 점점 희미해지고 대신 '석민'의 얼굴이 보이기 시작한 것이다.

　이날부터 미현이 그리워하는 사람이 바뀌었다. 물론 단번에 바뀐 것은 아니었다. 처음에는 일주일에 한 번 생각나던 석민이 시간이 흐르자 삼 일에 한 번씩 생각이 났다. 그러다가 이제는 가끔 생각이 났다.

3 - 2

　우리의 삶은 참으로 신비하다.
　오래 간직하고 싶은 추억은 가을바람에 낙엽 지듯 잊히고, 기억하고 싶지 않은 추억은 악착같이 우리를 떠나지 않는다. 우리의 마음을 우리가 갖고 있기는 하지만 어떻게 보면 그 마음은 우리 것이 아닌 경우가 허다했다. 육신이라는 하나의 그릇에 담긴 생각과 기억이 따로따로 머물면서 변화무쌍하게 우리를 좌지우지했다.
　미현의 마음도 그랬다. 석민은 미현이 지우고 싶은 사람이었다. 아니 한때는 그랬다는 것이다. 사랑했지만 이루어지지 못한 사랑. 생각할수록 아쉬움과 미안함이 절절한 사랑. 석민은 미현에게 그런 남자였다.
　미현은 이런 석민을 기억에서 지우려고 노력했다. 또한, 가까운 사람이라고 해도 영숙 외에는 누구에게도 꺼내지 않은 이름이었다. 그러나 지금은 결코 잊을 수 없을 뿐만 아니라 그녀의 가슴 깊은 곳에 자리하고 있는 유일한 사랑이 되었다.

미현이 음대를 졸업하고 대전 인근 중학교 음악선생으로 근무를 시작하자 여기저기서 중매가 들어오기 시작했다. 부유하고 안락한 집안의 외동딸로 자라온 미현은 일찍 결혼하고 싶은 생각이 없었다.

친구들 대부분이 아직 결혼하지 않았을 뿐 아니라 자기도 젊은 시절을 더 즐기고 싶었다. 또한 예쁜 외모와 좋은 직업을 가진 미현으로서는 굳이 결혼을 서두를 이유가 없었다. 부모님이 미현에게 빨리 결혼하라는 성화를 댈 때마다 미현은 아직 준비가 안 됐다는 핑계를 대며 결혼을 미뤘다.

이런 이유는 미현이 내세우는 표면상의 이유였고 진짜 이유는 따로 있었다. 미현은 친구 현숙의 오빠 석민을 사랑했다. 석민은 미현이 자기를 좋아한다는 말을 동생을 통해서 알고 있었다. 그런 말을 들을 때마다 석민은 별다른 반응이 없이 그저 빙그레 웃고 말았다. 어떻게 보면 미현이 석민을 짝사랑한다고 볼 수도 있었다.

시골에서 태어나 대전에서 어렵게 중, 고등학교를 마친 석민은 서울로 대학교를 진학하지 못하고 대전에 있는 대학교에 입학했다. 충분히 서울 일류대학교에 들어갈 수 있는 실력이었지만, 가정 형평상 서울로 갈 수가 없었다. 원하는 대학교에 가지 못한 석민은 학교생활에 충실하지 못했다. 대학 2학년을 힘들게 마치고 군에 입대했다.

석민이 군대 생활을 하는 동안에 편지를 쓰고, 친구 현숙과 여러 차례 면회를 갔다 온 미현은 석민이 제대를 하자 친구를 만나러 온다는 핑계로 석민의 집을 자주 드나들었다. 아직 석민은 복학하지 않은 때라 미현과 함께 하는 시간이 많아졌다. 두 사람의 관계는 자연스럽게 나날이 가까워졌다.

3-3

　미현의 아버지가 이 사실을 알게 되었다.
　이때부터 미현은 빨리 결혼하라는 부모님의 독촉에 시달렸다. 미현은 이런 핑계 저런 핑계를 대며 결혼을 미루려고 하였지만 그럴수록 부모님의 성화는 더 심해졌다.
　끝도 없이 줄을 서는 중매를 이제 더 이상 미룰 수 없는 지경이 되었다. 맞선을 본 남자들과 대충 차 한 잔 마시고 헤어지기를 부지기수로 했지만, 미현과 결혼을 원하는 남자들은 계속 줄을 이었다.
　그럴수록 석민에 대한 미현의 애정은 더 깊어졌다. 온갖 이유를 만들어서 석민과 시간을 즐겼다. 때때로 친구 현숙과 함께 세 사람이 만나기도 했지만, 대부분 석민과 단둘의 만남이었다.
　이런 상황에서 미현 앞에 나타난 남자가 이경록이었다. 서울에 있는 최고 대학의 법학과를 다니면서 고등고시에 합격한 수재였고, 졸업하자마자 대전 지방검찰청으로 배치를 받아 근무하는 잘생긴 젊은이였다. 나이도 미현보다 네 살이 위여서 더 이상 좋은 조건이 필요 없을 정도였다.
　미현의 부모는 자기 딸을 이경록과 결혼시키지 못하면 하늘이 무너지는 줄 알았는지 아침저녁으로 미현에게 결혼 압박을 넣었다. 더 나아가서 미현의 어머니는 만약 미현이 이경록과 결혼을 하지 않으면 모녀 관계를 끊겠다고 엄포까지 놓았다. 그것도 통하지 않자 이제는 통사정하며 이경록과의 결혼을 독촉했다.
　이렇게 몇 개월이 지나자 미현의 마음도 조금씩 돌아서기 시작했다. 주변의 성화로 만나기 시작한 이경록과의 관계도 시간이 흐르면서 좋아졌다. 미현은 경록을 만날수록 그가 좋은 남편감이라는 것을 느꼈다. 학력과 집안과 재력 등 어느 하나 부족한 것이 없었다. 거기다가 적당한 키에 외모도 준수하고 성격까지 좋았다.

미현은 결혼이 꿈이 아니라 현실이라는 사실을 알고 있었다. 주변의 성화도 문제였지만 현실적인 측면에서 결혼을 봤을 때 석민과 경록은 비교 상대가 아니었다. 가난한 농촌 출신에 지방대를 다니면서 아직 취업도 하지 않은 석민은 모든 조건에서 경록과는 비교가 되지 않았다.

많은 날을 고민하고 또 고민한 미현은 부모님의 열화 같은 성화와 검사 이경록의 끊임없는 구애를 받아들이기로 했다. 그런 결심을 한 날 미현은 밤이 새도록 석민을 생각하며 울었다.

3-4

인간 만사가 자기 뜻대로 이루어지지 않는다는 것을 미현은 처음 알았다.

물질적 세상과 이상적 세상을 앞에 놓고 물질적 세상을 선택하기는 했지만, 미현의 마음은 아팠다.

한창 사춘기를 지나던 중고등학교 시절의 미현에게 석민은 둘도 없는 이상형이었다. 일요일이면 어김없이 석민의 자취방을 찾아가 놀았다. 비록 라면 하나를 나누어 먹어도 맛이 있었고 그 이상 즐거울 수 없었다. 미현이 피아노를 열심히 연습하고 노래를 잘 부르려고 악착같이 노력한 것도 석민에게 자랑하고 싶어서였다.

　상황이 변하자 물질을 기준으로 결혼 상대를 판단하여 가진 것 없는 석민을 버리고 명예와 부를 갖춘 경록을 선택했다. 미현의 마음을 더 아프게 만든 것은 미현이 경록과 결혼하기로 한 기준이 어릴 적부터 꿈꿔 온 순수한 사랑에 대한 자기의 동경을 스스로 깨뜨렸다는 것이다.

　이것은 이상과 현실 사이에서 현실을 선택한 결과였다. 이런 결심을 한 자신에 대한 실망감과 석민에 대한 죄책감이 끊임없이 미현을 괴롭혔다. 당연히 그 책임은 모두 미현의 몫이었다.

　결혼식 날이 다가오면서 미현과 석민의 관계가 멀어졌다. 미현은 미현대로 이런 일 저런 일로 바빴다. 석민은 동생을 통해서 미현의 결혼 사실을 알고 있었지만, 그가 할 일은 없었다. 뭔가 할 일이 있다고 해도 그는 아무런 행동도 할 생각이 없었다.

　석민이 미현과 자주 어울린 것은 사실이었다. 하지만 미현을 결혼 상대로 진지하게 생각하지 않았다. 설령 결혼을 전제로 미현을 좋아했다고 해도 자기는 아직 결혼하기에는 부족한 것이 많다는 것을 잘 알고 있었다. 동생으로부터 미현이 결혼한다는 소식을 들었지만 별다른 내색을 하지 않았다.

　시간은 이렇게 두 사람의 관계를 변화시켰다.
　하지만 흐르는 시간이 고요하다고 거친 풍랑까지 고요한 것은 아니듯이 미현의 마음에 변화가 있었다.

결혼식을 일주일 앞둔 토요일. 미현은 용기를 내서 석민을 만났다. 석민도 굳이 미현을 피할 이유가 없었다. 둘은 서먹한 분위기를 애써 누르며 시외버스를 타고 공주로 갔다.

예전부터 시간이 나면 둘이 자주 찾던 곳이었다. 두 사람은 아무 일도 없는 듯이 공주 산성을 걷고, 무령왕릉을 돌아봤다. '고궁'이라는 음식점에서 저녁을 했다. 술을 몇 잔 마시자 미현에게 취기가 돌았다.

"오빠, 나 시집가는 거 알지?"

얼굴이 붉어진 미현이 석민의 눈길을 피하며 물었다.

석민이 머리를 끄덕였다. 그의 눈이 미현을 뚫어지게 들여다보았다. 석민이 자기의 빈 잔에 소주를 가득 부었다. 떨어지며 빈 잔을 채우는 소주 소리가 가을 빗소리처럼 퍼지고, 그 소리는 어찌할 수 없는 이별의 노래가 되어 식당 안을 채웠다. 석민은 자기 잔을 단숨에 비우고 다시 잔을 채워 미현에게 내밀었다. 술잔을 받는 미현의 손끝이 가볍게 떨렸다.

"그래, 알고 있어. 좋은 남자 만난 거 축하한다."

"……."

"자, 한 잔 받아. 가서 잘 살아야 해."

미현은 촉촉해진 눈가를 닦을 생각도 하지 않고 석민이 주는 잔을 받아 마셨다. 다시 빈 잔에 술을 가득 부어 석민에게 주면서,

"미안하다는 말 안 할게. 영원히 사랑한다는 말도 하지 않을게. 그 대신 이 술잔을 받으면 내 소원 하나 들어 줘야 해. 그렇지 않으면 이 잔 받지 마. 그러면 우리는 여기서 일어나서 각자 집으로 가는 거야."

석민은 평소의 미현 답지 않은 태도에 놀랐다. 미현은 주량도 크지

않아 맥주 한 잔이면 족했고, 소주는 냄새도 제대로 맡지 못하는 사람이었다. 그런 그녀가 오늘은 맥주도 마다하고 소주를 마시며 석민에게 잔을 권하는 것이다. 미현의 슬픔 가득한 눈이 깊은 아픔을 간직한 채 석민의 눈을 보았다.

이렇게까지 하는 것을 보니 미현이 자기에게 요구할 일은 중요한 일임이 틀림없었다. 그렇지만 오늘이 지나면 미현과 마주할 일은 다시 없을 것이다. 오늘까지의 추억을 간직하고 각자 자기 길을 갈 것이다.

"그래, 알았어."

석민이 미현을 보는 눈빛도 더 깊어졌다. 석민의 얼굴에 나타나는 알 수 없는 슬픔이 미현의 커다란 눈동자를 지나, 가슴 한복판까지 새겨졌다. 미현도 석민을 뚫어져라 보며 또 잔을 내밀었다. 석민이 손을 뻗어 미현이 건네는 잔을 받았지만, 미현은 잡은 잔을 놓지 않고 다시 한 번 더 물었다.

"내가 원하는 일 들어주는 거야."

그녀의 말투에 단호함이 배어 있었다. 미현의 물음에 석민이 대답 대신 고개를 끄덕였다. 석민은 미현이 주는 잔을 받아 단숨에 마셨다. 은연 중 취기가 석민의 온몸에 올라왔다. 석민이 잔을 비우자 미현은 자기 앞에 있는 잔에 술을 채웠다.

"오빠. 잔 채워서 이리 줘."

미현은 자기가 들고 있는 술잔을 석민에게 주었다. 석민도 빈 잔에 술을 따라서 미현에게 건넸다.

"오빠. 건배하자. 오늘 밤을 위해서."

미현은 석민이 뭐라고 대꾸도 하기 전에 잔을 비우고 석민을 보았

다. 석민도 잔을 비웠다. 잠깐 동안 두 사람은 말이 없었다. 미현은 무언가를 골똘하게 생각하더니,

"오빠. 오늘 밤은 우리 함께 있는 거야. 나 결혼하기 전에 첫날밤은 오빠하고 지내고 싶어. 그래야 내가 후회하지 않을 것 같아. 내가 진심으로 사랑하는 사람은 오빠거든."

술기운이 오른 석민은 미현의 말에 술이 깨는 기분이었지만 그는 잠자코 있었다. 석민이라고 어찌 섭섭하고 슬프지 않겠는가. 떠나는 사람도 말 못 할 아픔이 있겠지만 남은 사람 역시 가슴이 미어지는 고통이 있다.

사랑의 시작은 이별의 아픔을 잉태한 기쁨이요, 기쁨의 끝은 이별이라는 고통인 것을 모르는 사람이 누가 있겠는가. 다만 우리에게 필요한 것은 '사랑하는 순간을 어떻게 하면 최고의 순간으로 승화시키느냐.'는 것이 아니겠는가. 석민은 대답 대신 잔을 들어 미현의 잔에 댔다.

두 사람이 '고궁' 음식점을 나왔을 때 무르익은 봄바람이 시원하게 불고 있었다. 미현은 석민의 팔에 의지해서 공주의 고즈넉한 밤거리를 거닐었다.

다음 날, 석민이 잠에서 깨었을 때 미현은 이미 떠난 뒤였다.
머리맡에는 하얀 백지에 정성으로 쓴 미현의 편지가 놓여 있었다.

'오빠. 언제나 행복해야 해. 당신의 여자. 미현.'

어떤 일은 백 번을 반복해도 아무런 느낌이 가슴에 남아 있지 않지만, 어떤 일은 단 한 번의 일로 영원히 가슴에 새겨지는 일이 있다. 더구나 그런 일은 평생을 따라다니며 그 사람의 삶을 좌우한다.

미현이 석민과 함께 보낸 공주에서의 하룻밤은 미현의 가슴에서 영원히 뽑을 수 없는 커다란 말뚝을 박은 일이었다.

3-5

미현은 베란다 창가에서 유리창 밖 세상을 보며 시선을 떼지 않았다. 매번 똑같은 하루의 시작이었지만 오늘은 가슴이 유달리 저미어 왔다. 겨울을 재촉하는지 멈췄던 빗줄기가 제법 사납게 다시 내리기 시작했다. 바람에 힘들어하던 낙엽들도 이제는 지쳤다는 듯 고개를 숙이고 말이 없었다. 거리는 숨을 죽인 것처럼 인기척이 없었고, 도로를 달리는 차량도 아직 잠자리에 있는지 보이지 않았다. 새들마저 비 내리는 가을이 싫은 모양이다. 아직 보이지 않았다.

미현은 머리를 살짝 흔들었다. 떨쳐버려야 할 첫사랑 생각이 미현의 마음에 계속 떠올랐기 때문이다. 그것은 미현이 살아 있다는 증거이기도 했지만, 미현을 힘들게 하는 커다란 짐이기도 했다. 멍에 하나를 벗어나기도 전에 또 다른 굴레가 미현을 옭아매고 있었다.

미현은 아직도 과거 속에서 헤매고 있었다. 자동차 사고로 잃은 남편과 아들은 말할 것도 없고, 결혼 일주일 전에 나눈 첫사랑의 블랙홀에 빠져 헤어 나오지 못하고 있는 것이다.

세월은 쉬지 않고 흘러 미현에게 남아 있는 시간은 점점 줄어들고, 몸과 마음은 풀잎처럼 시들어 제 의지대로 할 수 없는 때가 가까이 오고 있었다. 이런 미현이 추억이라는 깊은 늪에 빠져 삶의 방향을 잃고 허우적거리는 것이 과연 옳은 일일까? 아무도 해답을 주지 못할 것이다. 이 문제를 해결할 사람은 오직 당사자인 미현 외에는 아무도 없었다.

빗소리에 놀랐는지 대나무 새장 속 카나리아가 큰 소리로 미현을 찾았다. 미현은 베란다 모서리에 있는 카나리아 모이를 한 줌 가져다가 대나무 새집 모이통에 놓았다.

"안녕. 파랑새."

미현은 카나리아를 파랑새라고 부르며 한 쌍의 카나리아가 먹이를 먹는 모습을 보았다. 송 카나리아가 미현을 보며 '꾸르꾸, 꾸르꾸. 쪼쪼쪼.' 노래를 불렀다. 미현은 대나무 새장 문을 닫지 않은 채 거실로 돌아왔다.

3-6

잠이 오지 않는 날이 벌써 몇 년째 계속되었다.

퇴직한 그날, 아내와 이혼 아닌 이혼을 하고 오피스텔로 짐을 옮긴 그날, 태문은 그날부터 잠을 이루지 못하는 날들이 부쩍 늘어갔다. 어떤 날은 뜬눈으로 밤을 새웠다.

이렇게 잠을 이루지 못하는 것은 별거와 자식들의 무관심한 태도 때문만은 아니었다. 그것들은 이미 지나간 일일 뿐이었다. 지금 불면의 밤을 보내는 것은 어쩌면 자기 자신의 삶에서 나온 문제가 가장 큰 원인일 수도 있었다.

이십 대에 공무원으로 취업하고 육십 대 초반에 퇴직했으니 거의 사십여 년 동안 직장생활을 한 그였다. 모든 일에 열중이고 능력이 뛰어났을 뿐 아니라, 대인관계도 좋았던 태문은 직장 내에서도 뛰어난 인재였다. 같은 또래 동료들은 물론이고 선배들마저 제치고 앞서 나가는 일도 많았다.

동료와 선배들로부터 질시도 많이 받았지만 대부분의 직원은 그의 능력 덕분이라고 인정했다. 자연스럽게 승진이 다른 사람에 비해 빨랐다. 함께 입사한 동료가 계장이었을 때 태문은 과장이었고, 동료가 과장이 되면 태문은 국장이 되었다.

대전 시청이라는 커다란 직장에서 태문의 존재는 군계일학이었다. 사십 년 가까이 모든 업무, 모든 직원의 중심에서 살아온 그는 당연히 최고의 대우를 받았다.

물론 현역으로 재임하는 시절에 어려운 고비도 겪었다. 관련도 없는 일에 모함을 받아 경찰·검찰의 조사를 받았지만 모두 무혐의로 마무리되었다.

퇴직 날짜가 다가오자 태문도 앞날을 생각하지 않을 수 없었다.
'정치에 입문해 구청장이나 시장에 도전해 볼까?'
이런 생각도 해 보았고 주변 사람들도 그렇게 하라고 권유했다. 그렇지만 태문은 정치를 하기에는 늦은 감도 있었고, 아수라장 같은 정치판에서 남은 인생을 허비하고 싶지 않아 그런 생각을 포기했다.

태문은 '퇴직 후 인생'이라는 프로그램을 찾아 여러 번 강의를 들었다. 퇴직과 관련된 강의는 제목만 바뀌었을 뿐 강의 내용은 대동소이했다. '요즘은 평균 나이가 80세가 되었으니 남은 20년을 위해 준비하고 무슨 일이라도 해야 주변으로부터 소외당하지 않을 뿐 아니라 건강에도 좋다.'는 상투적인 내용이었다.

태문도 그 강의 내용에 동의했다. 아직도 활동할 수 있는 체력과 열정이 남아 있는데 아무 일도 하지 않고 무위도식한다는 것은 삶을 낭비하는 일이라고 생각했다.

태문은 단순히 시간을 채우는 일이 아니라 자신의 노력과 땀을 대가로 성취감을 느낄 수 있는 일을 하고 싶었다. 일을 하더라도 스스로 결정하고 자기 자신이 책임을 지는 일이 필요했다.

이렇게 새로운 일에 도전한다는 생각만으로 가슴이 설레고 긴장되었다. 엔돌핀이 자기를 흥분시켜 자신의 나이마저 잊게 했다. 그렇지만 태문의 꿈은 아직도 이루어지지 않았다.

퇴직일이 일 년쯤 남게 되자 퇴직이라는 현실과 직면하기 시작했다. 직원들이 그를 대하는 태도가 변하기 시작했다. 옆에 언제나 많았던 사람들이 다 어디로 갔는지 보이지 않았다. 점점 태문의 주변에 찬바람이 불기 시작하더니 퇴직 날이 코앞에 다가왔을 때는 그의 주변은 완전한 황무지가 되었다. 현관에서나 식당에서 그에게 인사하는 사람이 없었다. 인사는 고사하고 태문이 보이면 그를 피했다. 예상했던 일이지만 당황스럽고 섭섭했다.

더구나 퇴직 행사를 끝내고 집으로 왔을 때 그의 아내와 아들들로부터 받은 상처는 그가 세상에 태어나 가장 크게 받은 고통이요 슬픔이었다.

오피스텔로 이사를 하고 홀로 지내는 사이에 그를 찾는 전화가 거의 없었다. 그 많던 전화 소리를 갑자기 듣지 못하게 되자 태문은 아무도 없는 외딴섬에 버려진 기분이었다.

'지금 내가 여기에 왜 와 있지?'

이렇게 현실을 인정하지 못하는 일도 종종 있었다. 어느새 그는 낭떠러지를 마주한 무력한 늙은이가 되어 버렸다.

3-7

잠에서 깨기는 했지만, 태문은 일어나기가 싫었다.

항상 잠자고 있는 핸드폰을 두드려 시계를 깨웠다. 시간이 열 시 반을 넘기고 있었다. 비몽사몽 한 정신으로 이리저리 뒤척이며 오늘 할 일을 생각해 보았다.

태문은 이미 알고 있었다. 그에게 무슨 특별한 일이 있겠는가. 어제, 오늘의 일도 아니고 벌써 오 년간이나 계속되는 일이다. 무슨 일이든 해야 한다는 생각이 마음에 뿌리박혀 있지만, 그 뿌리는 줄기를 키우지 못하고 생명을 다해가는 뿌리로만 남아 있었다.

바람이 조금만 불고 가랑비가 내려도 뽑혀서 어디론가 떠내려갈 위태로운 상황에 놓인 뿌리였다. 더 큰 문제는 태문이 마음에 가지고 있던 '뿌리를 키워 열매를 맺게 하겠다.'는 열정마저도 식었다는 것이다.

　서서히 식어 가며 차가워진 마음에는 희망도 없었고, 희망에서 얻을 수 있는 설렘도 없었다. 그는 오직 한숨만 쉬는 중환자였다.

　침대에서 이불을 당겨 몸을 덮었다.

　지난밤에 난방이 되지 않아서 오피스텔 공기가 차가웠다. 밖에 비가 내리는지 양쪽 종아리와 무릎 뼈가 쑤셨다. 감기가 심해져서 기침이 나고 몸이 으슬으슬 떨렸다.

　벌써 정오가 가까워져 배가 고프다는 신호를 자꾸 보내 왔다. 힘들게 일어나 라면을 끓이려고 냄비에 물을 부어 놓고 다시 침대 이불 속으로 몸을 숨겼다.

　얼큰한 라면을 국물까지 마시고 나자 허기가 가시면서 기분이 좋아졌다. 그릇을 대충 설거지함에 담가 놓고 창문을 열었다. 찬바람이 제 세상을 만난 듯 사납게 쏟아져 들어왔다. 하늘은 온통 구름으로 덮여 있었고 굵직한 빗방울이 여름철을 만난 듯 쏟아지고 있었다.

　을씨년스러운 날씨에 인적이 끊긴 거리에는 빗방울 떨어지는 소리와 빗물이 흘러가는 소리가 가득했다. 간혹 사람을 태우려는 택시만 방향을 잃었는지 이리저리 오갔다.

　열다섯 평밖에 되지 않는 공간에 갇혀 시간을 보내는 일도 익숙한 터라 염려할 일은 없었다. 이곳으로 이사를 온 뒤로 며칠씩 외출을 하지 않는 경우도 많았다. 밖에 나가서 특별히 할 일도 없지만, 시간이 흐를수록 무슨 일을 한다는 것이 귀찮아졌다.

　이렇게 지내다 보니 만나는 사람들도 줄어들고 어떤 때는 식사나 한 번 하자는 전화를 받아도 반갑지 않았다. 이런 핑계 저런 핑계를 대서 약속을 잡지 않았다.

  자연스럽게 갈수록 외출 시간은 적어지고 만나던 사람들도 하나둘 떠나갔다. 어느새 열다섯 평 오피스텔이 태문에게 우주같이 넓은 공간이 되었다. 덩달아서 퇴직 전에 그가 가지고 있었던 호탕하고 자신만만한 성격은 사라지고, 자기 내면에 안주하며 스스로 세상과 담을 쌓았다. 자기도 모르는 사이에 그는 화석화로 진행 중인 한 마리 누에고치로 변했다.

3-8

  남편이 외출하며 닫는 현관문 소리가 들렸다.
  침대에 누워서 남편이 나가기를 기다리던 영숙은 그제야 거실로 나왔다.
  영숙은 남편과 직접 얼굴을 마주하는 일은 되도록 피하고 싶었다. 어쩌다가 남편과 마주치면 영숙은 자신도 모르게 소름이 쫙 끼쳤다. 모르는 낯선 영감이 자기 집에 몰래 들어왔다는 생각이 들었고 그때마다 무서운 생각이 영숙을 괴롭혔다. 어떤 날 밤에는 그 영감이 저쪽 방에서 잠을 자고 있다는 생각이 들면 낯선 괴물과 같은 공간에 있다는 것만으로 밤새도록 잠을 이룰 수 없었다.
  영숙은 자신도 왜 이렇게까지 하는지 이해하지 못했다. 대학 시절의 사랑은 얼마나 아름다웠던가. 얼마나 많은 친구와 주변 사람들이 자기들을 부러워했던가. 부족한 것 하나도 찾을 수 없는 완벽한 사랑이지 않았는가.

결혼 생활도 그랬다. 다른 사람들은 평생을 노력해도 갖지 못할 환경을 결혼 초부터 갖추고 시작했다. 부모님에게 물려받은 재산과 그들이 벌어들이는 수입은 두 사람이 원하는 것이라면 무엇이든지 못할 것이 없었다. 아이들도 그랬다. 세 녀석 모두 수재여서 다른 사람들은 꿈도 꾸기 어려운 학교에 쉽게 들어가고 평소에 부모 속 한 번 썩이지 않는 효자 효녀들이었다.

아무리 생각해도 두 사람에게 하늘이 복을 주셨고 두 사람은 그 복을 누리기만 하면 되는 터였다. 적어도 두 사람의 관계가 소원해지기 전까지는 그랬다.

참으로 알 수 없는 것이 인간사이다.

영숙과 수만의 부부 사이가 이렇게 되리라고 누구도 생각하지 않았다. 모든 사람이 부러워하고 하늘이 맺어 준 인연 같던 두 사람의 결혼생활에 이런 일이 일어나리라는 것을 아무도 상상하지 못했다.

다른 사람들은 고사하고 영숙과 수만도 자기들의 관계가 이 지경이 될 거라고 한 번도 생각한 적이 없었다. 더 큰 문제는 지금도 자기들이 왜 이렇게 되었는지 모르고 있었고 당연한 일로 가볍게 여기고 있다는 사실이었다.

시간은 모든 것을 갉아먹고, 모든 것은 갉아 먹혀서 모든 것이 사라진 그 자리에는 어디에서 왔는지도 모르는 새로운 것들이 빈자리를 대신한다. 이렇게 조금씩 변해 가는 그 자리는 보이지 않게 흐르는 시간에 묻혀 어느 순간 전혀 다른 모습이 된다.

　영숙과 수만의 관계가 그랬다. 두 사람 관계에서 무엇이 문제인지, 언제 그렇게 되었는지도 모르게 두 사람 사이는 회복할 수 없을 정도로 벌어졌다. 그걸 아는지 모르는지 시간은 흘러가고, 흘러가는 시간만큼 두 사람의 삶은 서로 반대 방향으로 줄달음질 쳤다.

　그나마 다행스러운 것은 비어 가는 그 자리에 어디서 날아 왔는지 모르는 작은 꽃씨 하나가 자리를 잡았다는 것이다.

3-9

　'딩동딩동.'
　영숙의 핸드폰 신호음이 울렸다.
　아침 겸 점심을 마친 후 에스프레소 커피를 한 잔 들고 소파에 앉았을 때였다.
　'아, 주철 씨다.'
　영숙은 본능적으로 주철이 보낸 메시지라는 것을 알았다. 영숙의 이런 판단은 거의 틀리는 일이 없었다. 왜 그런지 영숙도 알지 못했지만, 주철이 보내는 전화나 문자는 다른 사람이 보내는 전화나 문자와는 다른 느낌을 주었다.

　주철이 보내는 신호음에는 따뜻함과 사랑이 가득 담겨 있어서 소리마저도 그렇게 작용한다고 영숙은 생각했다. 그래서 영숙은 주철을 생각할 때마다 사랑이 더 깊어지는 마음을 어떻게 할 수가 없었다.

"잘 주무셨나? 울 애인."

영숙은 메시지에 뜬 문자를 보고 자기도 모르게 빙그레 웃었다. 주철의 장난스럽고 애정 어린 눈빛이 자기를 바라보고 있는 것처럼 느껴졌다.

"아니, 잘 못 잤어. 자기 생각하느라고."

"밤새도록 내가 자기 안아 주었잖아. 그때는 잘만 자던데, 하하."

주철은 너스레를 떨며 유쾌하게 웃었다.

영숙은 이런 주철이 좋았다. 그는 언제나 미소를 잃지 않고 영숙이 편한 마음을 갖도록 분위기를 만들었다. 주철은 영숙을 힘들게 하지도 않았고, 영숙은 주철에게 짜증을 낼 일이 없었다.

"세상에는 진리가 없어. 불변의 진리 말이야. 나는 그렇다고 생각해. 그런데 억지로 진리 하나를 만들어 내라고 하면 아마 그것은 '세상의 모든 것은 변한다.'라는 걸 거야."

영숙이 주철을 만날 때마다 주철이 자주 하는 이야기 중의 하나였다.

"그래, 세상의 모든 일은 변해. 그런데 자기야."

주철은 이 대목에서 언제나 영숙 눈을 똑바로 보았다. 주철의 얼굴에서 항상 떠나지 않는 미소를 지우고 긴장한 표정을 지으며,

"자기야, 우리 사랑도 변해 갈 거야. 그렇지만 좋은 쪽으로 변해 가길 바라. 좋은 쪽은 자기가 지금처럼 내 곁에 머무는 거야. 그렇게 할 거지?"

둘만이 있는 호텔 방에서 이 말을 들을 때면 영숙은 대답 대신 가볍게 고개를 끄덕이고 주철의 품속으로 파고들었다. 그러면 주철은 영

숙의 엉덩이를 끌어당겨 가까이 안았다. 조금 전의 사랑은 잊어버렸는지 다시 한 번 격렬한 사랑을 나누었다.

3 - 10

몇 년 전.
　영숙이 주철을 만나기 시작한 그 무렵에 영숙과 수만의 부부관계는 이미 소원해지고 있었다. 주철의 말대로 세상에 변하지 않는 일은 없다는 것을 증명이라도 하는 것 같았다. 다만 그 변화는 좋은 쪽으로 가지 못하고 좋지 않은 쪽으로 흘러갔다.
　영숙은 주철을 자기 구원자라고 여겼다. 남편과 일상생활에서 흥미를 잃어버리기 시작한 그 시기에 뜻하지 않게 나타나 새로운 삶을 시작하게 만들어 준 사람이 주철이기 때문이다.
　물론 어엿한 유부녀가 멀쩡한 유부남과 사랑하는 일은 사람들에게 손가락질 받을 일이었다. 겉으로는 몰라도 속으로 비난하지 않을 사람이 있겠는가. 영숙과 주철이 그것을 모를 리 없었다.
　영숙은 어렸을 때부터 배워 온 인간의 윤리와 도덕이라는 굴레에서 벗어나길 원했다. 모든 굴레는 결국 인간이 만든 것이고 자신은 이제 그 굴레의 틀에서 벗어날 때가 되었다고 영숙은 생각했다. 지금 영숙이 진정으로 원하는 것은 아무런 구속이 없는 자유로운 환경에서 자기가 좋아하는 사람과 마음껏 사랑하는 것이었다.
　"사랑도 해 본 사람이 잘해."

어쩌다가 맥주라도 한잔하는 날이면 주철은 진지한 표정으로 곧잘 이렇게 말했다.

"정말이야. 사랑도 연습이 필요하다고. 처음 사랑하는 사람은 사랑이 뭔지도 모르고 하는 거야. 그건 사랑이 아니겠지. 사랑의 전초전이라고나 할까?"

"그럼 우리는?"

"우리? 우리는 사랑을 하는 거지. 나도 그렇고 자기도 그렇잖아. 둘 다 짝이 있으니까. 법률적인 짝 말이야. 하하. 이미 경험을 다 하고 다시 하는 사랑이잖아."

주철의 사랑 이론에 영숙은 반대 의견을 말하지 않았다. 그의 사랑 이론은 일부 맞는 것도 있었지만 틀린 것도 있었다. 더구나 두 사람 관계는 남들에게 떳떳하지 못한 관계였고 남편과 가족에게 미안한 마음도 있어서 이런 이야기를 길게 하고 싶지 않아서였다. 영숙의 이런 마음을 주철은 아는지 모르는지,

"첫사랑은 사랑이 무엇인지 모르는 젊은 수컷과 젊은 암컷이 본능에 따라 저지르는 욕망 충족이지. 그들은 두 사람에게 무슨 일이 일어날지 정확하게 알지 못해. 겨우 한다는 짓이 육체를 만족시키는 것이고, 겨우 안다는 것이 '힘든 일이 조금 있겠지.'라는 정도야. 그런데 사실은 그렇지 않지? 조금만 지나고 봐. 신비로운 호기심은 없어지고 주변 천지에 온통 가시밭길만 있잖아. 이런 일들을 처음 겪는 사람들이 더 이상 사랑을 할 여유나 있겠어? 그 다음에 일어날 일은 뻔해. 남은 것은 고통과 후회야."

"……."

"중요한 것은 우리같이 평범한 사람에게는 사랑이 필요하다는 거야. 없어서는 안 된다는 거지. 뭐 거창한 사랑이 아니라, 남녀 간에 흔히 하는 사랑 말이야. 그거마저 없으면 우리 인간은 살아가기 힘들 테니까. 자기야 그렇지? 만약 내 옆에 자기가 없다면 나는 어떨까? 아마도 살아가기 힘들겠지."

주철은 말을 하면서도 영숙을 힐끗 쳐다보았다. 짓궂은 표정이 역력했다.

영숙은 가볍게 주철의 옆구리를 꼬집으며,

"내가 옆에 없으면 다른 여자하고 있겠지. 안 봐도 훤하네."

"자기가 없으면 나는 홀로 우는 한 마리 작은 새야. 하하."

짙은 사랑의 향기가 가득한 분홍빛 방에서 영숙은 주철의 팔에 안겨 그의 이야기를 듣는 것을 좋아했다.

그가 하는 말이 옳고 그르고는 영숙에게 문제 되지 않았다. 다만 혼자 있으면 고독하고 쓸쓸할 이 시간에 그의 옆에서 다정하게 이야기를 주고받는 것만으로 영숙은 만족이었다.

"결론적으로 '사랑도 해 본 사람이 잘할 거라는 거야'. 왜냐하면 사랑해 본 사람은 잘 알고 있거든. 그들이 서로 사랑을 하면 앞으로 무슨 일이 일어날지. 또 그걸 알고, 감수할 각오도 되어 있고. 더 중요한 것은 상대방을 이해하고 배려한다는 거야. 내 말이 맞지?"

영숙을 보며 주철이 말을 이었다. 마치 자기 의견에 동조라도 해 달라는 태도였다. 영숙은 머리를 끄덕였다.

"이런 이유로 사랑을 해 본 사람이 사랑을 해 보지 않은 사람보다 훨씬 더 행복한 사랑을 할 수 있을 거라는 거지. 당연한 이야기지만.

아, 물론 두 사람이 진정한 사랑을 원한다는 조건에서."
 영숙은 주철의 말에 대부분 공감했다. 아니 주철이 말하기 전부터 그녀의 마음에도 같은 생각이 있었을지도 모를 일이었다.

"아침은?"
 잠깐 주철을 생각하던 영숙이 문자를 보냈다.
"이제 해야지. 힘없으면 자기가 무시할지 모르니까. 하하."
"오랜만에 맞는 이야기 한 번 하네. 힘없는 남자를 어떤 여자가 좋아해. 자기도 몸 관리 잘해. 자기 애인 오래 보려면. 크크."
 영숙은 문자를 보내고 자기도 웃었다. 어젯밤의 여운이 아직도 남아 있는지 영숙은 주철이 보고 싶었다. 주철을 처음 만난 그때부터 영숙의 마음은 언제나 같은 마음이었다.
"가을비가 제법 내리네. 우리 드라이브 할까? 대청댐으로. 갑자기 자기가 부르는 '가을비 우산 속' 노래가 듣고 싶어."
"알았어. 점심 건너뛰고 빨리 와. 내가 맛있는 거 사 줄게. 시간 맞춰서."
 영숙은 주철을 만난다는 일에 흥분되었다. 그녀의 마음이 사춘기 소녀처럼 설레었다.

3-11

며느리가 오늘은 출근하지 않는 모양이다.

소고기 흰죽과 계란찜으로 아침을 먹여 주더니 조금 있다가 다시 들어와서 창문의 블라인드 커튼을 올렸다. 우중충한 하늘이 유리창을 통해서 들어 왔다. 진희는 거친 숨을 몰아쉬며 몸을 창문 쪽으로 돌렸다. 비록 화창한 가을 하늘이 아니고 검은 구름이 잔뜩 낀 하늘이었지만 진희는 조금이라도 더 하늘을 보고 싶었다.

세상에 머물 날이 얼마 남지 않았다는 것을 진희는 알고 있었다. 그래서 비록 자기가 생각하는 가을 하늘은 아니라고 해도 하늘이 보고 싶은 것이다. 하늘에 무슨 일이 일어나는지는 중요하지 않았다. 그저 하늘을 보고 그 하늘 아래 있다는 것만으로 좋았다.

"어머니. 비가 오네요. 이쪽으로 오실래요?"

며느리가 블라인드 커튼을 다 올리고 진희를 보았다. 진희는 손을 들어 고맙다는 표시를 했다. 어느새 휠체어를 가지고 온 며느리가 진희를 안아 태워서 조심스럽게 창문 가까이 갔다. 창밖에는 겨울을 재촉하는 빗방울이 하염없이 내리고, 유리창에 부딪히는 빗방울이 산산이 부서지며 흩어지고 있었다.

사계절 모두 비는 내린다. 겨울에도 내리지 않는가. 그런데 계절에 따라서 보는 이의 느낌이 모두 다르다. 가을에 내리는 비는 왠지 사람들의 마음을 숙연하게 만들고, 깊은 생각에 잠기게 한다. 떠나는 것과 남은 것이 이별할 시간이기 때문일까? 우리가 사랑했던 것들과 다시 사랑할 시간이 오지 않을 것을 알기 때문일까? 정확하게 그 이유는 알 수 없지만, 가을과 가을에 내리는 비는 우리를 쓸쓸하게 만들고 우리를 외롭게 하는 것만은 분명했다.

더군다나 비 내리는 가을에 가슴 아픈 사연을 간직하고 이 풍경을 바라본다면 그 사람의 마음은 어떨까. 당연히 그 사람이 느끼는 슬픔은 그렇지 않은 사람보다 더 클 수밖에 없을 것이다.

진희는 말없이 비 내리는 창밖 풍경을 보았다. 어쩌면 그녀가 보는 마지막 가을일지도 몰랐다. 왔다가 가는 것이 세상 만물의 피할 수 없는 운명이라고 알고 있지만, 막상 자기에게 그럴 때가 왔다고 생각하니 더없이 슬펐다.

유리창에 부딪혀 흘러내리는 빗방울은 보이지 않는 커다란 울음을 삼키고 있었다. 빗방울이 내는 울음소리가 바람에 실려 사방으로 날아가다가 이따금 유리창을 뚫고 들어와 진희의 멍든 가슴을 사정없이 헤집었다. 이럴 때마다 진희는 아름답던 추억을 떠올리고, 잊을 수 없는 아픈 기억을 생각하기도 했다. 진희는 추억과 기억 속에 머물면서 지나간 자기를 돌아보는 이런 시간이 좋았다.

죽음 앞에서 누군들 두렵지 않겠는가. 진희도 당연히 두려웠다. 죽음 앞에 당당히 마주할 용기가 없었다. 어떤 것이라도 붙들고 사정하고 싶었다. 몇 년 아니 몇 달이라도 더 살게 해 달라고.

진희는 스쳐 가는 창밖의 가을 풍경을 보며 자신의 지난날을 돌아보았다. 그리고 아직 죽음의 세계로 가고 싶지 않았다. 진희에게는 마무리를 지어야 할 일들이 남아있었다.

진희는 며느리 팔에 의지해서 일어섰다. 다리가 떨리고 몸을 가누기가 어려웠지만 있는 힘을 다해 휠체어를 벗어났다. 앉아 있을 때보다 거리가 잘 보였다. 을씨년스런 날씨에 거리는 한적했다. 가끔 우산을 든 사람들의 모습이 보이기는 했지만, 그들도 집으로 발걸음을 서두르는 듯하였다.

"참으로 아름답구나. 비 내리는 가을 거리가 이렇게 아름다운 줄 몰랐다."

며느리는 두 팔로 진희를 부축하며 고개를 끄덕였다.

"너희들은 세월을 낭비하지 마라. 기쁜 시간도, 슬픈 시간도 빨리 간다. 지금 생각하니 슬펐던 시간도 아름다운 시간이었구나."

진희는 다시 힘들게 숨을 쉬었다. 얼굴이 창백해지며 금방이라도 주저앉을 자세였다.

"어머니 앉으실래요?"

며느리는 놀라 진희를 더 힘을 주어 부축하며 물었다.

"아니다. 괜찮다. 더 보고 싶다."

말을 하고 창문에 의지하며 창밖을 보았다.

진희는 사랑했던 것들을 하나하나 모두 보고 싶었다. 아버지, 어머니, 형제들, 친구들, 좋은 사람들과 함께 갔던 여행, 함께 나누었던 음식들과 그 시간들, 사랑하는 자식들과 손자들. 그 중에서도 가장 보고 싶은 사람은 남편 강태문이었다.

다시 돌아봐도 남편과 따로 살겠다고 생각한 자신을 이해할 수 없었다. 자기를 힘들게 한다고 여긴 남편의 행동은 지내 놓고 보니 그렇게 중요한 일들이 아니었다. 백번 생각해도 화 한 번 내면 끝날 일이었다.

백 가지 일 중에서 아흔아홉 가지는 즐겁고 행복한 일들이었다. 그 중 한 가지만 그녀를 힘들게 한 일이었다. 그녀는 아흔아홉 가지의 즐겁고 행복한 일들을 잊어버리고 한 가지 나쁜 일만 기억했었다.

'별일도 아니었어. 그보다 훨씬 더 심각한 문제가 있었다고 해도….'

진희는 감정에 휩싸여 정말 소중한 것을 잃어버렸다는 생각에 마음이 아팠다. 영원히 마음에 품고 간직해야 할 보물 같은 시간이었다. 진희는 한 번의 잘못된 판단으로 사십 년 가까이 이루어 놓은 아름다운 삶을 망쳤을 뿐만 아니라 자식들에게도 더할 수 없는 아픔을 주고야 말았다.

시간을 거슬러 올라가서 자기가 엎질러 놓은 물을 다시 담을 수만 있다면 무슨 일이든지 하고 싶었다. 그러나 이제는 그 시절로 다시 돌아갈 수 없다. 그저 안타까운 마음을 끌어안고 남은 생을 보내는 것 외에는 다른 방법이 없다. 진희의 눈에 눈물이 맺혔다. 그리움과 아쉬움과 후회가 뒤섞인 뜨거운 눈물이었다.

비는 계속해서 내렸다.

바람이 부는지 빗방울이 유리창에 거세게 부딪혀 깨어지며 흘러내렸다. 진희는 유리창위에서 비틀비틀 미끄러지는 빗방울 물줄기를 따라 가며 눈물을 지었다. 벽에 부딪혀 깨지고 마는 슬픈 빗방울. 유리창을 타고 흘러내리는 저 물줄기가 바로 자기의 눈물이 아니고 무엇이겠는가. 그리운 그 시절과 그 시절 그 사람들을 떠나야 하는 시간이 얼마 남지 않았다는 생각에 진희는 가슴이 저몄다. 그녀는 울컥하는 마음을 주체할 수 없어서 창밖 하늘을 보았다. 주체할 수 없는 눈물이 진희의 눈시울을 적셨다.

저마다 사연을 간직한 사람들을 품고 있는 아파트들이 끝없이 내리는 비 사이를 지나 슬픔처럼 다가왔다. 그것들은 아픈 인간들을 대신이라도 하려는 듯이 축축하게 내리는 가을비를 맞으며 텅 빈 거리를 바라보고 울었다. 윙윙거리는 아파트의 울음소리가 사차로 거리와 아파트 사이사이에 가득했다. 진희의 눈물도 그녀의 볼을 타고 흘러내리며 슬프게 울었다.

진희는 며느리의 부축을 받으며 침대로 돌아왔다. 며느리에게,

"이제 됐다, 나가 봐라."

손짓을 했다.

며느리가 나가자 진희는 침대 옆 탁자 위에 놓여 있는 상자를 열고 낡은 사진을 꺼냈다. 노랗게 색이 변한 결혼사진이었다. 그녀는 사진을 가까이 들어 보았다. 사진 속에는 젊은 두 사람이 긴장된 표정으로 서 있었다. 진희는 한참 동안 사진을 바라보았다.

밖에 내리는 비가 안방에도 내리는 듯 방안에 싸늘한 비바람이 불었다. 방 공기가 슬픔에 젖고, 슬픔이 진희의 마음을 할퀴며 지나갔다.

"여보, 미안해요."

진희의 가슴이 울컥했다. 진희는 누가 빼앗아 갈세라 사진을 가슴에 안았다.

3 - 12

진희에게 가족은 세상 전부였다.

충청남도 청양의 외진 산골에서 다섯 남매의 맏딸로 태어난 진희는 어려서부터 가장 역할을 했다. 가난한 농부였던 아버지와 어머니를 도와 농사일을 거들었을 뿐 아니라, 동생들도 그녀가 돌봐야 했다.

초등학교 고학년 때부터 동생들을 돌보기 시작해서 중학교 시절에는 혼자서 동생들을 키우다시피 했다. 부모님들은 본인들이 초등학교도 제대로 다니지 못한지라,

'자식들만은 가르쳐야겠다.'

라는 일념뿐이었다. 진희의 부모는 아이들의 학비를 마련하기 위해 한시도 일에서 손을 놓을 수가 없었다. 자연히 동생들을 돌보는 일은 진희의 몫이 되었다.

진희의 부모는 뼈가 으스러지도록 농사일을 했지만, 자식들을 대도시로 보내서 공부시키기에는 형편이 역부족이었다. 몇 푼 안 되는 농사꾼의 수입으로 도시의 생활비며 비싼 학비를 감당할 수 없었다.

진희의 부모는 진희가 중학교를 졸업하자 대도시의 고등학교로 진희를 진학시키지 않고 지방에 있는 고등학교로 보내려고 했다. 진희의 담임선생은 진희의 부모와 생각이 달랐다. 진희의 학업성적이 워낙 뛰어나 시골 고등학교로 진학하는 것은 진희를 위해서 옳지 않다는 것이다. 이렇게 선생님과 부모님은 진희의 진학 문제를 두고 여러 번 이야기했다.

진희의 담임선생은,

"아버님, 진희는 대전이 아니라 서울로 가도 일류 고등학교에 들어갈 실력입니다. 서울은 안 된다고 해도 대전으로 고등학교를 보내시죠. 진희의 앞날을 위해서요."

진희를 대전에 있는 고등학교로 진학시킬 것을 부모에게 간곡하게 이야기했다. 담임선생의 요청이 계속되자 갈등하던 부모는 선생님의 의견을 받아들였다. 우여곡절 끝에 진희는 대전에 있는 상업고등학교

에 입학했다.

고등학교 일 학년이 되어 처음으로 대전에 온 진희는 변두리의 허름한 집에 자취방을 얻어서 학교에 다니기 시작했다.

이제 열일곱 살 계집아이가 낯선 도시에 나와 생활한다는 것은 매우 어려운 일이었다. 단칸방에 책상 하나 없이 도시 생활을 시작했다. 일요일마다 집에서 가져오는 쌀과 김치로 하루 세끼를 해결했다. 여의찮은 경우에는 소금을 볶아서 반찬을 대신하는 일도 종종 있었다.

심지어 점심을 가지고 학교에 가야 했지만, 반찬이 없어서 도시락을 못 가지고 가는 때도 있었다. 십구공탄으로 난방을 하고 밥을 하다 보니 불을 꺼트리는 일도 많아서 한겨울에는 냉방에서 잠을 자고 아침밥을 먹지 못한 체 학교에 가는 일도 많았다. 어린 여학생이 감당하기 쉽지 않은 학창 시절이었다.

시간이 지나자 이번에는 동생들이 대전으로 진학을 했다. 진희가 고등학교 3학년이 되자 남동생과 여동생이 고등학교와 중학교에 들어와 대전에서 함께 생활을 시작한 것이다.

진희는 날마다 숨 돌릴 틈이 없었다. 아침에 일찍 일어나 밥하고, 도시락 싸고, 동생들 옷 빨래하고. 하루하루가 전쟁터였다. 진희는 어렵고 힘든 일을 하면서도 눈살 한 번 찌푸리지 않았다. 그녀는 자기뿐만 아니라 동생들을 위해서도 완벽하게 일을 처리했다.

고등학교를 졸업하자 진희는 대전에 있는 은행에 취직을 했다. 우수한 학생으로 늘 모범생이었던 진희는 학교장의 추천으로 모두가 선망하는 은행에 입사를 한 것이다.

은행에 들어가서도 진희의 생활 태도는 바뀌지 않았다. 언제나 성실하고 어디서나 모범직원이었다. 동료 직원들은 물론이고 지점장도 진희를 칭찬했다. 본인이 맡은 일을 깔끔하게 처리할 뿐 아니라 직장 내 궂은일도 언제나 자진하여 도맡았다. 또 월급을 받으면 일부를 부모님께 보내 드리고, 나머지는 동생들 학비와 생활비로 사용하였다. 최소한의 것을 제외하면 자신에게 돈을 쓰는 일이 없었다.

 은행에 입사한 뒤 일 년이 지나서 진희는 야간대학교에 입학했다. 선배·후배·동료 직원뿐 아니라 지점장까지 진희를 후원했다. 특히 지점장은 진희를 우수 직원으로 본부에 추천하여 은행장의 표창장과 상금을 받게 해 주었다. 진희는 야간대학교 입학금과 학비 전액을 은행에서 지원받았다.

 어느새 대학교를 졸업한 진희는 어엿한 숙녀가 되었다.

 이제 도시 생활과 직장생활에 익숙해진 진희는 나이가 들면서 그녀만의 품격이 나타나기 시작했다. 숨어 있던 여성의 아름다움이 피어났고 차분하고 겸손한 이미지가 주변 사람들을 매혹시켰다.

 자연히 여기저기에서 중매가 들어오기 시작했다. 죽자 살자 진희에게 매달리는 남자도 있었고, 진희로서는 놓치기 아까운 혼처도 있었다. 하지만 진희는 결혼할 처지가 아니었다. 아직도 그녀가 보살펴야 할 동생들이 있었기 때문이었다.

 그러는 사이에 진희는 직장에서 승진하고 이제는 사회를 보는 안목도 제법 높아졌다. 시간이 지나 동생들도 어느 정도 안정이 되자 결혼을 결심했다.

 진희가 많은 사람들을 마다하고 결혼하기로 한 사람이 바로 강태문이었다. 은행 동료 직원의 소개로 만난 강태문은 군대를 제대하고 공무원으로 입사한 삼 년차 직장인이었다.

태문을 만나 저녁 식사를 하고 집으로 돌아온 그날, 진희는 태문과 결혼해야겠다고 결심했다. 듬직한 인상도 좋았고, 태문의 집안 내력과 그의 직업도 마음에 들었기 때문이다. 중매한 동료를 통해서 결혼을 승낙하자 그다음은 일사천리로 진행되었다. 소개받은 지 몇 개월이 지나지 않아 둘은 결혼했다.

3-13

직장을 그만두고 시댁에서 결혼생활을 시작한 진희는 그 시절 모두가 겪는 시집살이보다 훨씬 힘이 든 시집살이를 했다. 말이 없고 과묵한 시아버지는 그렇다고 해도 시어머니의 성깔은 보통이 아니었다. 아침저녁으로 이런 일 저런 일로 진희를 힘들게 했다.

더 힘이 들었던 것은 남편의 태도였다. 진희가 시어머니에게 이유도 모를 이유로 혼이 나는 날이면 태문은 불같이 진희에게 화를 냈다. 한술 더 떠서 고함을 지르고 난리를 피웠다. 태문의 그런 행동이 어머니를 향한 불만의 표출이었다고 해도 그때마다 진희는 지울 수 없는 큰 상처를 입었다.

이렇게 세월이 흐르다가 진희는 임신을 했다. 입덧이 심해서 참기 어려운 고생을 했지만, 진희에 대한 시어머니의 태도는 누그러지기는커녕 더 심해졌다. 진희가 하는 살림살이가 마음에 들지 않아서 그런지, 아니면 아들을 빼앗겼다는 어머니들 특유의 복수심인지는 모르지만, 시어머니는 거의 히스테리라 할 정도로 성깔을 부렸다. 이런 시어머니를 누구도 말릴 수 없었다.

말수 적은 시아버지마저 말리기를 포기했다. 남편은 직장 업무를 핑계로 늦기 일쑤였고 그때마다 몸을 가누지 못할 정도로 술에 취해 들어왔다.

진희는 결혼 생활을 포기하고 집을 나갈까 생각도 해 보았다. 그러나 아무리 생각을 해도 그것은 옳은 방법이 아니었다. 자기를 희생하며 성실하게 살아온 진희로서는 도저히 받아들일 수 없는 일이었다. 그녀는 마음을 독하게 먹었다. 어려움을 이겨내리라 결심하고 하루하루를 보냈다.

진희가 큰아들 성철을 출산하자 상황이 조금 바뀌는 듯했다. 말이 없던 시아버지는 벼락부자라도 된 듯 좋아했다. 매일 늦게 들어오다시피 한 남편도 퇴근이 무섭게 집으로 들어왔다. 시어머니의 성화도 한풀 꺾였다. 진희에게 부리던 히스테리 대신 손자에게 정성을 쏟았다. 진희의 시집살이가 조금은 풀리는 것 같았다.

진희의 이런 복은 얼마 가지 않았다. 큰손자 때문에 진희를 대하는 태도가 조금은 변한 시어머니가 뇌출혈로 쓰러진 것이다. 갑작스러운 시어머니의 변고로 집안은 쑥대밭이 되었다. 진희는 또다시 고생의 나락으로 떨어졌다.

시어머니는 회복 불가라는 병원 진단을 받았다. 처음에는 어느 정도 의식이 있었지만, 시간이 갈수록 상태는 악화됐다. 병간호하던 식구들의 관심도 점차 식어 갔다. 이제 시어머니 병시중은 완전히 진희

몫이 되었다.

 진희의 하루 일은 밥하고, 아이들 돌보고, 빨래하고, 시어머니 뒤치다꺼리하는 일이 전부였다. 이리 뛰고 저리 뛰고 해도 시간이 늘 부족했다.

 몸이 비대하고 의식이 없는 시어머니를 병간호하는 것은 진희에게는 감당하기 어려운 일이었다. 더구나 아무리 쓸고, 닦고, 시어머니를 자주 목욕시켜도 집안에 배어 있는 구릿한 냄새를 지울 수 없었다.

 그러는 사이에 막내아들이 태어났다. 진희는 아들 둘 키우랴, 시어머니 수발들랴, 남편과 시아버지 뒷바라지하랴, 그야말로 정신없이 바쁜 일상을 매일 반복하며 세월을 보냈다.

 세월이 가면서 진희는 점차 지쳐 갔다. 어느새 삼십 대 말이 된 그녀는 다른 친구들에 비해 눈에 띄게 나이가 들어 보이고 야위었다. 얼굴에는 웃음이 사라진 지 오래였다. 희망의 불빛이 보이지 않았다.

 작은 위안이 되는 것은 하루가 모르게 자라는 성철과 성민이었다. 자기들 아버지를 닮아 키도 크고 잘생겼을 뿐 아니라 착하고 공부도 잘했다. 큰아들 성철은 초등학교 고학년이 되자 제법 철이 들었다. 집안 청소는 물론이고 쓰레기도 버리고 곧잘 진희를 도왔다. 진희의 피곤한 얼굴에 그나마 웃음이 되살아났다.

 시어머니는 뇌출혈로 쓰러진 지 십 년이 조금 넘어 영영 돌아오지 못할 세상으로 떠나셨다. 식구들은 그동안 병간호에 지쳤는지 슬퍼하는 기색도 없이 장례를 치렀다. 슬퍼하는 사람은 오직 진희밖에 없었다. 진희도 자신이 왜 그렇게 많은 눈물을 흘리는지 이해하지 못했다.

 진희는 시어머니가 운명하는 순간부터 장지에 묻히는 시간까지 눈물을 멈추지 못했다. 마음 깊은 곳에서 나오는 슬픔을 어찌할 수 없었다. 장례식에 온 많은 조문객이 약간은 이상하다는 표정으로 진희를 힐끔힐끔 쳐다보았지만, 진희의 눈물을 멈추게 할 수 없었다. 보다 못한 남편이 다가와 진희의 옆구리를 찌르며 그만 울라는 신호를 보냈어도 진희의 눈물은 그치지 않았다.

진희의 슬픔은 어쩌면 지난 세월에 대한 서러움이었을지도 몰랐다. 아니면 영영 떠나는 망자에 대한 안쓰러움이나, 모든 인간이 가진 피할 수 없는 운명을 안타까워하는 마음일 수도 있었다.

그것이 무엇이 되었든 간에 그토록 많은 고통을 주었던 한 인간의 죽음은, 같은 인간으로서 아픔을 간직한 채 사는 한 사람이, 고통 속에서 살다 간 그 인간의 죽음을 슬퍼하는 연민의 마음이기도 했다. 진희는 시어머니의 죽음을 통해서 자기 삶을 바라보고, 또 자기의 앞날을 예견하고 있었다.

3-14

시어머니가 세상을 떠나신 지 몇 년이 흘렀다.

아이들은 별 탈 없이 무럭무럭 자랐다. 대학교를 졸업한 성철은 취업했고, 성민은 대학생이 되었다. 남편 강태문은 직장 내에서 인정받고 승승장구하고 있었다.

진희도 이제는 오십을 바라보는 나이가 되었다. 당연히 과거의 진희가 아니었다. 인생 초년 티를 벗어나 어엿한 중년 여성이 되었다.

마르고 연약했던 몸도 살이 조금 붙어서 보기가 좋았다.

　무엇보다 진희에게 좋은 것은 삶의 역경 속에서 진희 자신도 모르는 사이에 정신적으로 성숙했다는 것이었다. 학창 시절에 갖고 있었던 어릴 적의 순진한 꿈은 이제 먼 나라 이야기가 되었다.

　직장 생활 동안 감당해야 했던 가족들 부양과 결혼생활에서 받는 압박감도 없었다. 결혼 후에 진희에게 커다란 짐이었던 시어머니도 더 이상 곁에 없었다. 늦은 귀가와 술 때문에 진희를 힘들게 했던 남편도 중년을 넘어서면서 점차 자리를 찾았다. 어려서부터 그녀의 보살핌 안에 있었던 동생들도 모두 장성해서 결혼하고 나름대로 안정된 생활을 했다.

　다만 진희에게 아픔을 준 것은 친정아버님이 세상을 뜨시고 지금은 어머니 혼자 시골에서 생활하는 일이었다. 이렇게 세상이 변해 가는 동안 진희에게도 많은 변화가 일어났다.

　그런 변화는 육체적인 변화뿐만 아니라 정신적인 성숙까지 가져왔다. 이제 진희도 세상을 보는 눈이 달라졌다. 막연하게 세상을 보는 것이 아니라 자기 나름대로 기준을 갖고 세상을 보았다. 남편과 자식만을 의지했던 삶에서 벗어나 자기 자신을 바라보며 살기 시작했다.

　이런 마음으로 세상을 돌아보자 자연히 그녀의 삶도 바뀌어 갔다. 가족들 일에 자기의 의견을 넣어서 가정을 꾸려나갔다. 집 안을 청소하고 꾸미는 일부터 먹고 입는 일까지 진희 의견이 반영되었다.

　가족들이 느끼지도 못하는 사이에 일어난 변화였다. 그렇지만 가족 중 누구도 진희의 변화를 반대하는 사람이 없었다. 심지어 시아버지마저도 며느리의 의견에 반대하지 않았다.

이렇게 진희의 생활 태도가 바뀌기는 했어도 그것은 가족을 사랑하는 방법이 달라진 것뿐이었다.

3-15

세월은 흘러갔다.

또 하나의 시련이 진희에게 닥쳤다. 시아버지가 치매에 걸린 것이다. 처음에는 기억력이 조금 떨어지는 것 같더니 어느새 자기 이름은 물론이고 자식들과 손자들 이름까지 기억하지 못했다. 심지어는 거실과 안방과 화장실을 구분하지 못했다.

증상은 빠르게 악화했다. 식사 뒤에도 바로 밥을 안 준다고 난리를 치고, 집을 찾아오지 못해서 경찰서에 실종 신고를 하는 일도 있었다. 거기에다가 밤에 잠을 자는 것도 잊어버리고 대낮처럼 활보했다.

시아버지의 치매가 악화되면서 진희네 가족은 또 한번 고통의 나락으로 떨어졌다. 진희가 아무리 애를 써도 혼자 시아버지를 뒷바라지하는 것은 무리였다. 시어머니를 간호한 경험이 있기는 하지만 진희로서는 힘이 많이 부쳤다. 급기야 시아버지를 방에 가둬 놓고 대소변을 받아 내는 상황이 되자 진희는 결심할 수밖에 없었다.

"성철 아빠, 이제 결정해야 할 것 같아요. 더 이상 아버님을 집에서 모시는 것은…."

어느 날, 남편과 두 아들, 큰며느리를 불러 놓고 진희가 어렵게 입을 열었다. 진희로서는 차마 말하기 쉽지 않았지만, 이렇게 하는 것이 가족과 시아버지를 위한 최선의 길이라고 여겼다.

"너희들에게도 미안하다. 부모님에게 씻지 못할 죄를 짓는다는 것도 안다. 그렇지만 아무리 해도 할아버지를 요양원에 모시는 길 외에는 다른 방법이 생각나지 않는구나."

식구들은 머리만 숙인 채 말이 없었다. 남편도 한숨만 내쉴 뿐이었다.

진희와 남편, 나머지 식구들은 그날부터 잠을 이루지 못했다. 병든 아버지, 할아버지를 요양원으로 보내는 것은 자기들 집에서는 일어나지 않을 일이고 다른 나라, 다른 집 이야기인 줄 알았다. 그런데 자기들 앞에 이런 일이 벌어지다니. 다른 것은 고사하고 스스로 죄의식에 빠졌다. 가족 모두가 고통스럽고 슬퍼하며 하루하루를 보냈다.

아무리 고민해도 별다른 방법을 찾을 수 없었다. 태문은 자기 아버지를 자기 손으로 버린다는 죄책감과 현실 사이에서 이러지도 저러지도 못했다. 큰 손자 성철이 아버지를 대신해서 할아버지를 모실 요양원을 찾았다. 아직은 어느 정도 의식이 있으니까 요양병원보다는 요양원으로 모시는 것이 좋겠다고 생각했다. 이것은 할아버지를 생각해서 그런 것이 아니라 사실은 자기들의 죄의식을 조금이라도 줄여 보려는 생각이 더 많았다.

큰아들, 큰며느리와 함께 시아버지를 대전 근처 '천사 요양원'에 입원시키고 나오는 날, 진희는 참을 수 없는 슬픔에 눈물을 흘렸다. 시어머니가 세상을 떠날 때 느낀 슬픔과는 다른 슬픔이었다.

시아버지를 요양원에 입원시킨 것은 지금까지 그녀가 학교와 사회에서 배워 온 인간으로서 지켜야 할 최소한의 도리를 저버리는 짓임이 분명했다. 진희가 눈물을 흘리는 까닭은 자신도 동물이나 다를 바가 없을 뿐 아니라 한없이 연약한 존재라는 것을 알았기 때문이었다.

입원 절차가 끝나고 요양보호사들이 휠체어에 시아버지를 태우고 요양실로 들어가는 광경을 진희는 맨 정신으로 볼 수 없었다. 시아버지의 애처로운 눈과 마주치지 않으려고 애써 외면하며 돌아섰다.

그러나 진희는 알았다. 휠체어가 병실 모퉁이를 돌아갈 때 시아버지가 자기의 깡마른 손을 들어서 며느리를 향해 흔들며 잘 있으라고 인사를 했다는 것을. 힘없는 시아버지가 보내는 슬픈 눈길이 자기를 한참이나 바라보고 있었다는 것을. 진희의 가슴에 잊히지 않고 언제나 살아 있는 슬픔이었다.

성철이 차를 몰아 '천사 요양원' 정문을 빠져나오자 차 뒤편에서 바람이 불어왔다. 차갑고 싸늘한 바람은 차 뒤를 따라오며 윙윙 소리를 내다가 갑자기 울음소리로 바뀌었다.

진희는 슬프게 애써 웃는 시아버지의 모습을 지우려고 노력하며 창밖을 내다보았다. 창밖에 보이는 것은 산과 나무와 들판이 아니었다. 그곳에는 자기의 어린 시절, 직장 시절, 결혼 시절, 자기와 가까웠던 친구들의 모습이 별빛처럼 스치고 지나갔다.

먼저 돌아가신 친정아버지와 시어머니가 먼발치에서 창백한 얼굴로 그녀를 보고 있었다. 진희의 가슴에 한 인간의 덧없는 삶이 끝없이 밀려왔다. 그 삶은 바로 진희 자기 삶이었고, 진희를 둘러싸고 있는 모든 사람의 삶이었다.

'하느님, 당신은 계십니까? 어디에 계십니까.'

진희는 그때까지 믿지도 않았던 '하느님' 이름을 마음속으로 불렀다. 하지만 하느님은 그녀가 집에 도착할 때까지 대답이 없으셨다.

아니 집에 돌아와서 혼자 울고 있는 동안에도, 식구들이 제각기 방에 들어가 끼니를 거르는 며칠 동안에도 하느님은 진희에게 대답하지 않으셨다.

3-16

밤부터 내리기 시작한 비는 그칠 줄 몰랐다.
오전에 잠깐 약해지는가 싶더니 아침 열한 시가 되면서 빗줄기는 다시 강해졌다. 언제 그칠지 알 수 없는 가을비였다.
비는 이상하게 거부할 수 없는 마력을 지니고 있다. 특히 가을에 내리는 비는 사람들을 가을 속으로 끌고 들어가 그들을 이상한 나라로 안내하곤 한다. 마치 어렸을 때 읽은 《이상한 나라의 앨리스》처럼 말이다. 이럴 때면 사람들은 잠시 자신의 신분이나 처지를 잊고 그리웠던 옛적 그 시절로 돌아가 본다든지, 아니면 어떻게 해서라도 지금 자신의 상황에서 벗어나고 싶어 한다.

오늘 '주식회사 삼정물산' 직원들도 그랬다.
유성구 봉명동 뒷골목. 허름한 건물 이 층. 이십여 평 남짓한 낡은 사무실에는 서너 명의 나이 든 사람들이 옹기종기 앉아 술판을 벌이고 있었다.
한쪽에는 언제 만들었는지도 모를 탁자 하나가 자리를 차지했고, 그 위에 먼지를 뒤집어쓴 검은색 전화기가 사람의 손을 기다렸다. 탁자 밑에는 먹은 지 오래되어 보이는 중국 음식 그릇이 여기저기 음식 찌꺼기를 뒤집어쓴 채 뒹굴었다.

시간이 아직 열두 시가 되지 않았지만, 사무실안 몇 명의 사람들은 벌써 술기운이 돌았는지 서로 술잔을 주고받으며 왁자지껄 떠들어 댔다. 아마도 시금털털한 막걸리보다는 줄기차게 내리는 가을비에 취한 것 같았다.

누군가 자리에서 일어나더니 혀가 꼬부라진 어투로,
"삼정물산 간부님들, 궂은비가 하염없이 내리는 오늘…. 주주총회에 오신 것을 물산의 총무로서 심심한 감사 말씀을 드립니다. 아직도 참석하지 않으신 간부님들이 계시지만 시간 관계로 회의를 먼저 시작하겠습니다."
라고 서두를 꺼냈다.

떠들썩하던 막걸리 자리에 일순간 침묵이 흘렀다. 서너 쌍의 눈동자가 총무라고 하는 남자에게 쏠렸다. 예순이 되어 보이는 사내는 동글동글한 얼굴에 눈도 동글동글했는데 술기운이 많이 올랐는지 눈꼬리가 풀려 있었다. 그는 막걸리가 뚝뚝 떨어지는 종이컵을 자기의 어깨 위로 들더니,
"공식적인 주주총회를 시작하기 전에 얼마 전에 복상사하신 전 회장님의 명복을 빌도록 하겠습니다. 자…. 저 세상에 가셔서도 장미꽃밭에서 노시기를 빌며…."

동그란 눈동자의 총무가 이렇게 말하고 나서 주변을 쭉 훑어보더니,
"나 회장님, 거기 가셔서도 재미 많이 보세요. 형수님은 너무 걱정

하지 마시고요."

제법 큰 소리로 외치자 나머지 사람들이 기다렸다는 듯이 낄낄 웃어댔다.

"어이, 여 총무. 나 회장님이 무척 좋아하시겠는데. 그곳에 가서도 재미 많이 보라고 기원까지 해 주니 말이야. 참 복도 많은 선배야. 하하하."

"회장님. 부러우시면 말씀하세요. 때가 되면 제가 똑같이 해 드릴게요. 한 번이 아니라 열 번 백 번 해 드릴 테니 걱정하지 말고 가세요. 크크크."

회장이라고 불린 사내 옆에 있던 회색 잠바가 능글거리며 말을 받았다.

"야. 그때 가서 허탕 치게 하지 말고 지금 실물로 붙여 주면 안 되겠냐?"

"아니, 송 전무님. 사모님한테 누구 맞아 죽는 꼴 보고 싶어요? 나중에 조건이 맞을 때 하시자구요. 하하."

"역시 막걸리는 '전주 후문 집' 막걸리가 최고지. 이름도 섹시하잖아. 후문 집 막걸리. 하하. 자, 들자고. 가을은 깊어가고, 비는 쏟아지고, 가을을 넘어가는 인간들끼리 모여 대낮에 한 판 벌이는 술맛이 좋네그려. 하하."

"후문 집보다 더 좋은 집은 없나?"

"그래. 맞네, 맞아! 이왕이면 후문보다 앞문이 좋잖아? 크크. 총무. 어디 앞문 집 좀 찾아봐. 오늘 계곡주나 한 잔 하게."

"하하하. 크크…."

한바탕 소란스러운 웃음이 좌중을 휩쓸고 지나갔다.

"어이, 영철 상무, 잔 들어. 이 사람 어젯밤에 무슨 일 있었나?"

회장이라는 사내가 앞에 말없이 앉아 있는 남자에게 잔을 건넸다. 이때 사무실 문이 가까스로 열리면서 안주를 잔뜩 든 중년 여인이 들어왔다.

"자아, 안주가 또 왔어요. 빈 그릇은 치워 주세요."

여인은 제법 흥이 오른 목소리로 술좌석의 남자들을 흘낏흘낏 보더니,

"다 있는데 하나가 빠졌네, 킥킥."

"이봐, 주모, 뭐가 빠졌단 거요?"

총무가 여인의 엉덩이를 슬쩍 두드리며 물었다.

"총무님. 아낙네 희롱 죄를 아시나요?"

중년 여인은 탁자 위의 빈 접시를 치우며 장난기가 가득한 표정으로 눈을 흘겼다.

"하하, 내가 죽을죄를 지었구먼. 한 번만 봐주시게. 이따 저녁에 별도로 시간 내서 보답해 주겠네."

"허허, 그게 좋겠네그려. 누이 좋고 매부 좋은 거 아닌가."

"아니. 내가 대신해 주면 안 될까? 총무? 남아도는 게 시간인데."

여기저기서 진한 농담이 오가는 사이에 중년 여인의 뒤를 따라 들어온 또 다른 여인이 막걸리 두 주전자를 내려놓았다.

"아니, 주모. 근데 뭐가 빠졌다는 거요?"

"그것도 몰라요? 꽃이 빠졌잖아요, 꽃이. 시커먼 늙다리 고목들만 앉아서…. 호호호."

"에구, 사람 속 뒤집어 놓네. 마누라 등쌀에 모처럼 피난 좀 나왔더

니 여기서도 지랄이네. 이것 봐, 김 전무. 여자 없는 세상에서 살 수 좀 없을까? 한시라도 마음 편하게."

회장 박근우가 김 전무라고 불리는 사내에게 말했다.

"그러게 말입니다. 근데 회장님. 어떻게 합니까. 저도 회장님과 똑같은 처지라고요. 오죽하면 억수같이 비가 쏟아지는 이런 날에 여기에 왔겠습니까. 저도 죽을 지경입니다. 저 먼저 구해주시면 안 되겠어요?"

"야, 어쩌나, 이 처량한 신세들을. 옛날이 좋았지. 옛날이 좋았어. 자아. 선배님들, 막걸리나 실컷 마십시다. 비 내리는 가을 아닙니까. 가을! 우리 계절!"

3 - 17

떠들썩한 사내들의 소란이 갑자기 멈췄다.

술과 안주를 가져왔던 여인 둘이 문을 열고 나갔는데도 누구 하나 입을 열지 않았다. 술자리에 찬바람이 휙– 하며 지나갔다. 축축한 바람이 사무실 안으로 파고들었다.

사무실에 있는 사람들의 표정이 일시에 굳어지며 분위기가 썰렁해졌다. 이 분위기를 바꾸려는 듯 지금까지 한마디 말도 하지 않고 술잔만 기울이던 칠십 초반의 남자가 물었다.

"요즘 상렬이는 통 안 보이네. 혹시 누구 소식 아는 사람 없어?"

"아, 상렬이 선배님요? 며칠 전 제가 전화 한번 드렸어요. 뭐라더라? 아, 선배님이 서울로 애들 보러 가셨대요. 그래서 당분간 못 보실 것 같다고 모두에게 전해 달라고 하셨어요."

총무는 이제야 생각이 난 듯 더듬더듬 말을 했다.

"애가 몇 살인데?"

"아마, 이제 막 돌 지났을 겁니다. 그 위로 서너 살 손자가 하나 더 있고."

다시 좌중에 싸늘한 바람이 불었다. 누구 하나 입을 여는 사람이 없었다. 빈 잔에 떨어지는 막걸리 소리만 들렸다.

그 소리가 임종실의 마지막 숨소리 같기도 했고, 제사상 술잔에 떨어지는 소리와 같다고 수만은 생각했다. 창밖에서는 아직도 줄기차게 비가 쏟아지고 있었다. 이따금 천둥소리가 들리는 것으로 보아 내리는 비의 양이 만만치 않은 것 같았다. 가을에 내리는 비치고는 세상의 종말을 알리는 비 같았다.

"허, 그것 참, 이제 상렬이 선배님 보기 어렵겠네요."

"그렇겠는걸. 왜, 그 누구야. 무성이 있지. 최무성. 지난봄에 여기서 막걸리 산 최무성 말이야. 그 사람도 며칠 애 보러 간다고 하더니만 지금까지 못 오고 있잖아."

탄식하는 말이 들렸다. 다른 사람들도 동의한다는 뜻일까? 누가 먼저라고 할 것도 없이 잔을 비우고 또 잔을 채웠다.

몇 순배 잔이 또 돌았다. 자리는 맥 빠진 인간들 한숨 대신 술기운이 넘쳤다. 술기운을 빌려서라도 꿈과 희망이 없는 막막한 세상을 견뎌 보려고 그러는 것 같았다. 창밖은 검은 구름으로 점점 더 어두워졌다.

3 - 18

    수만은 열한 시 경에 집에서 나왔다.
    밤새 내리는 빗소리에 잠을 이루지 못하다가 늦잠을 잤다. 눈을 떠 보니 열 시가 넘었다. 수만은 아침밥을 거르고 대충 얼굴을 씻은 다음 버스를 타고 삼정물산에 왔다.
    집을 나서기 전부터 내리던 비는 그치지 않고 계속 내렸다. 언제부턴가 비가 오는 날에는 기분이 울적해지는 습관이 수만에게 생겼다. 특별히 왜 그런지 알 수는 없었다. 굳이 말하자면 대전시교육청에서 나와 고등학교 교장으로 부임할 무렵이었다. 그때부터 세상을 보고 느끼는 그의 마음이 변하기 시작하더니 비가 내리는 날에는 정도가 심해졌다.
    수만이 가진 물질적인 부와 세속적인 자리는 그가 생각한 만큼 가치가 있는 것 같지 않았다. 모든 게 부질없고 허무하다는 생각이 들기 시작했다. 자연스럽게 그의 삶의 가치는 무관심 쪽으로 기울어졌다. 비가 내리는 날에 수만의 마음이 울적해지는 습관은 이 무렵에 생긴 것이다.
    수만과 그의 동료들이 모여 막걸리를 마시는 '삼정물산'은 사실 정상적인 회사가 아니었다. 대전과 충남에 있는 학교 교장 출신들이 십시일반으로 경비를 갹출하여 임대한 그들만의 놀이터였다. 삼정이라는 이름도 퇴임한 전국 고등학교 교장들의 모임인 '삼정회'에서 빌려온 이름이었다.
    수만과 그의 동료들은 이곳에 모여 돌아가면서 회장, 부회장, 전무, 총무 등으로 직책을 맡았다.

　오랜 직장 생활을 끝낸 사람들이라면 누구나 외로움을 겪기 마련이다. 그래서 수만과 그의 동료들은 동병상련의 마음으로 '삼정물산'이라는 단체를 만들고 이 자리에 사무실을 차린 것이다.

　이들은 시간만 되면 여기에 모여 바둑을 두고, 고스톱을 치고, 막걸리를 마시며 허전한 마음을 달랬다. 이렇게라도 하지 않으면 그들은 갈 곳도, 할 일도 없는 불쌍한 천덕꾸러기 뒷방 늙은이로 전락할 수밖에 없었기 때문이었다.

　이렇듯 '삼정물산'은 수만과 그의 동료인 전직 교장 출신들이 자신들의 처지를 벗어나 살아남기 위해 궁여지책으로 만든 최소한의 방편이었다.

　하지만 이런 모임도 그들에게 완전한 피난처는 되지 못했다. 육십이 넘은 사람들이 모여 생활을 하다 보니 많은 애환이 그들을 슬프게 했다.

　어제 함께 산행한 후 저녁까지 잘 먹고 헤어진 동료가 다음 날에는 죽었다는 소식이 들리는가 하면, 손자·손녀를 며칠만 돌본다고 자식 집에 간 사람들은 보모 생활로 삶을 끝내는 일도 많았다.

　이렇게 좋지 않은 일이 있어도 그들이 가끔 모여서 정을 나누는 장소가 없다면 어떨까? 꿈도 없고 희망도 없는 현실적인 안타까움과 신체적 노쇠는 그들에게 삶의 끄나풀을 버리게 만들고 두려움의 나락으로 그들을 떨어트릴 것이 불을 보듯 분명했다.

　여기에 들락거리는 모두가 그 사실을 알고 있었다. 그렇지만 그들은 이 방법 외에 절망의 구렁텅이에서 빠져나올 다른 방법도 몰랐고,

또 그 방법을 안다 해도 그걸 실행할 에너지가 없었다. 그들은 이미 폐차 직전 자동차였고, 끈 떨어진 연이었다. 자연히 '삼정물산'은 퇴직한 교장들에게 최고의 피난처가 될 수밖에 없었다.

다시 문이 열리더니 아래층에 있는 '전주 후문 집' 주인 여자가 막걸리 주전자와 안주를 잔뜩 들고 나타났다. 벌써 세 번째 술 차림이었다.

안주 차림이 좋기로 소문이 난 일 층 '전주 후문 집'은 언제나 손님들로 만원이었다. 오늘은 비가 내리는 날이라서 손님이 더 많았다. 점심시간이라서 그런지 시끌벅적한 손님들의 소리가 위층까지 들렸다. 그 바람에 이 층에 있는 수만과 동료들의 술자리도 썰렁해졌던 분위기가 다시 살아났다.

다시 문이 열렸다. 빗줄기가 바람을 따라 술자리까지 파고들었다.

"와-, 이게 누구야. 수미 아냐?"

키가 작고 몸집이 통통한 여자가 우산을 접으며 안으로 들어 왔다.

"아따, 오빠들 빨리도 시작했네. 동생 오는 그 사이를 못 참고….."

"어서 와, 이리 앉아."

총무가 엉덩이를 한쪽으로 밀어서 들어오는 여자가 앉을 자리를 마련하며 껴안듯이 여자를 잡아당겼다.

"야, 총무 너만 혼자 독식하면 어떻게 하나. 여기 홀아비들 많은데."

"오빠들 염려 놓으셔. 한 번씩 안아 드릴게."

남자들의 짓궂은 농담에도 여자는 개의치 않고 총무 옆자리에 앉았다.

"그래 동생, 그동안 바빴나? 통 소식도 없고. 우선 목이나 축여."

회장이 새로운 종이컵에 막걸리를 가득 부어 여자에게 권했다. 수미라 불리는 여자는 조금도 망설이지 않고 잔을 받아 단숨에 비웠다.

옆에 있던 수만이 홍어 무침을 한 점 집어 그녀에게 주었다. 수미는 덥석 안주를 받아먹고 휴지 한 장을 쭉 찢어 입을 닦았다.

"그래 무슨 짓 하느라고 소식 한 통 없었나?"

회장이 막걸리를 반쯤 마시더니 잔을 놓으며 물었다. 수미는 좌중을 이리저리 둘러보고 나서,

"미국에 있는 큰아들 집에 가서 쉬다 왔어요. 간 김에 미국 여행도 좀 하고. 아들놈이 미국에서 유학을 마치고 아주 유명한 회사에 취업했거든요. 월급이 몇십만 달러라고 하더라고요. 맨해튼에 고급 아파트도 받고요."

"야, 아들 한 번 잘 뒀네. 수미는 이제 앞날이 확 트였고만. 아들 덕 좀 톡톡히 보겠어."

"왜, 다들 아시죠? 존 길버트라고. 컴퓨터 프로그램 만드는 회사 있잖아요. 얼마 전에 부인과 이혼한 그 회사 말이에요."

수미는 자기가 방금 이 자리에 합석한 사실을 잊은 듯 앉자마자 목소리를 높였다. 수미 맞은편에 있는 육십 초반 남자가 맞장구를 쳤다.

"그 회사야 세계 최고 회사지. 대단하구먼. 근데 말이야. 우선 한 잔씩 돌리자고. 수미 축하하는 의미로. 자. 형님들 듭시다요."

말하는 남자는 이제 퇴직한 지 일 년이 막 지난 영철이었다. 그는 아직 이 모임의 분위기를 잘 알지 못했다. 모두가 선배들이라서 함께 어울리는 것이 딱히 내키지도 않았지만 그렇다고 다른 데 가서 안면을 새로 트고 어울릴 만한 자신도 없었다. 그래서 가끔 여기에 나와 선배들과 이런저런 잡담을 하며 시간을 보내는 것이 그의 일과였다.

"선배님들. 우리 둘째 딸 아시죠? 형자요. 왜 걔 결혼식에 형님들

다 오셨잖아요. 둔산동 백화 예식장에서 결혼하지 않았습니까. 남편이 을지병원 닥터였고요. 아, 그 딸내미 둘째가 과학고등학교에 다니는데 이번 학기 시험에서 삼 등을 했다네요. 삼 등요. 정말 대단하죠? 수재들만 모인 학교에서 삼 등이라뇨. 짱 기분이 좋아요. 이번 술은 제가 삽니다. 하하."

영철은 마치 자기 일처럼 흥분해서 손녀딸을 자랑했다. 오늘 이 자리에 와서 해야겠다고 마음먹은 자랑거리를 술기운에 용기를 내서 다 털어놓자 그의 속이 후련해졌다. 답답한 마음을 이렇게라도 해소하고 나니 이제는 숨을 쉴 수 있을 것 같았다.

"자, 선배님들 마음 놓고 드세요. 이번 술값은 제가 냅니다. 앞에 두 개는 빼고요."

"말이 나왔으니 저도 한마디 하겠습니다."

경만이 기회를 기다렸다는 듯이 입을 열었다.

"혹시, 요즘 아파트 시세가 어떻게 되는지 알아요? 제가 사는 푸른 아파트 가격이 껑충 뛰었더라고요. 일없는 마누라가 교통부 실거래가에 들어가서 보니까, 아 글쎄 우리 아파트 가격이 무려 오천만 원이나 올랐지 뭡니까. 오천만 원! 앞으로 자주 만나자고요. 술값 걱정하지 마시고요."

"아니, 겨우 오천만 원 오른 거 두고 자랑 질인가? 오 년 전에 세종시에 산 땅이 무려 두 배나 뛰었네, 두 배. 두 배는 얼만지 알아? 이렇게 되네."

수만의 동년배 친구인 김상곤이 손가락 세 개를 모두 앞에 펴 보였다.

"아따, 형님. 큰돈 버셨네요. 축하드립니다. 형님."

회장 박근우가 부러운 눈으로 김상곤을 보았다.

"아니, 내가 산 것이 아니라 큰아들 큰손자가 그렇다는 거지. 행여나 나한테 손 벌리지들 말아. 하하."

"손자 것도 형님 것이지요? 하하. 주머닛돈이 쌈짓돈 아닙니까. 이참에 저도 한마디 해야겠네요."

취기가 오른 회장이 목을 축이려고 잔에 남은 막걸리를 단숨에 들이마셨다. 모두 술에 취했는지, 자기들 삶에 지쳤는지 입을 다물고 회장을 주시했다.

"일전에도 한 번 이야기한 것 같은데. 우리 문중에서 새로운 사당을 짓기로 했습니다. 계룡시 근처에 선산이 있는데 오래된 건물은 헐고 이번에 새로 지을 계획이라고 하더라고요. 그 일을 추진하는 사람이 저의 오촌 조카뻘 되는데 아주 똑똑하죠. 왜, 계룡시 시의원으로 나와서 아쉽게 떨어진 허기식이 말입니다. 걔가 아쉽게 시의원 선거에서 떨어지기는 했지만 정말 똑똑한 조카거든요. 아마 언젠가 한자리 할 겁니다."

"아-, 나도 그 사람 소문 들어서 알고 있지. 만나지는 못했지만. 지난번에 워낙 아쉬웠다고 하더라고."

"잠깐, 잠깐만요."

여기저기서 정치판 이야기가 나오고 좌중이 어수선해지자 총무가 제지하고 나섰다. 소란스럽던 실내가 조용해졌다.

"회원님들. 신경섭 선배님 아시죠? 작년 이맘때쯤 위암 수술하신 선배님요. 며칠 전에 전화가 왔는데 이제 완치되었다고 하십니다. 모두에게 안부 전해 달라고도 하구요. 조만간 한번 들리시겠다고…."

"아, 다행이구먼. 정말 다행이야."

회장 박근우가 다행이라는 말을 반복했다. 그러자 지금까지 한마디도 하지 않고 있던 구상범이 강퍅한 얼굴에 인상을 쓰며,

"어허, 우리 또 잔소리깨나 듣게 생겼네! 매일 모여서 허접한 이야기나 하고 술이나 퍼마신다고 말이야."

그의 말이 끝나기 무섭게 여기저기에서,

"그러게 말이야. 분위기 또 썰렁해지겠는데. 막걸리 맛 떨어지겠는걸."

"그분은 왜 쓸데없는 말을 해서 우리를 힘들게 하는지 모르겠어."

"아니, 하려면 자기나 할 것이지. 어쩌자고 우리까지 힘들게 하는 거야. 거참."

"우리가 어떤 사람들인데 그런 일을 하자는 거야. 물론 불우 아동들을 돕자는 말은 좋지. 그런데 무슨 돈으로 하자는 거야?"

"그러게 말일세. 우리 쥐꼬리만 한 연금에서 갹출하는 것도 모자라서 뭐? 쓰레기 줍기 운동을 하자니. 어이가 없네. 회원님들 술이나 듭시다. 쓸데없는 말에 신경 쓰지 말고."

"자아, 술잔이나 들어요. 또 그러시면 우리 모두 반대하면 되지요. 혹시 여기에 계신 회원님들 중에 경섭 선배 말에 동의하는 분 계세요?"

회장이 취기가 올라 말을 더듬거리며 붉어진 눈알을 굴렸다.

"회장님. 거, 분위기 깨는 말을 더하지 맙시다. 아니, 우리가 호구입니까? 교장까지 하고, 이 나이까지 먹은 사람들이 대충 살면 되지 뭐 하러 그런 짓까지 한단 말입니까?"

여기저기서 동조하는 말들이 계속 이어졌다.

"자, 자, 혼자서 알아서 하라고 하고 우리는 막걸리나 마십시다. 비 오는 가을에 얼마나 좋습니까. 하하."

이번에는 돌아가면서 정치 이야기를 시작했다. 누가 옳고 그르고, 누가 능력이 있고 없고, 과거가 이렇고 저렇고. 어제 한 이야기를 웃고 떠들며 재탕, 삼탕 하는 그들의 이야기는 가을을 보내기 아쉬워 퍼붓는 빗소리에 묻혀 낡은 사무실에 공허하게 퍼졌다.

3 - 19

수만은 화장실을 간다는 핑계를 대고 사무실을 나왔다.

시간은 이미 오후 세 시를 넘어 네 시로 향했다. 빗줄기는 조금 약해졌지만 음습한 바람에 묻힌 거리는 을씨년스러웠다. 싸늘하고 스산한 거리에는 사람들의 인적도 거의 없었고 차량도 눈에 띄지 않았다.

수만은 우산을 펴들고 저벅저벅 거리를 걸었다. 두어 잔 마신 막걸리가 그의 몸을 흔들어 댔다. 하지만 그는 날씨가 아니라, 또 막걸리가 아니라 자기의 삶이 자신을 잡아 흔들고 있다는 것을 알고 있었다.

수만은 모퉁이를 돌다가 그가 등지고 가는 삼정물산 이 층 사무실을 뒤돌아보았다. 그리고 동료들 얼굴을 하나씩 떠올렸다. 자기들 이야기를 하지 못하고 다른 사람들 삶을 이야기하는 그들이 애처롭게 보였다.

그들은 지금 자기들 머리와 입으로 말은 하고 있지만 정작 자신들은 그 이야기 속에 없었다. 그저 다른 사람들 자랑거리와 다른 사람들 험담을 위한 매개체였고 대변인이었을 뿐이었다. 생각해 보면 수만도 그들 중 하나였다.

  수만은 나부끼며 떨어지는 낙엽이 빗물에 휩쓸려 떠내려가는 것을 보며 더욱더 마음이 허전해졌다. 그 속에서 원초적인 한계를 갖고 태어난 인간들이 세월의 흐름 속에서 어쩔 수 없이 떠내려가는 것을 보았다.

  다른 사람으로 살아가는 동료들의 허무한 눈빛이 뒤에서 그를 사로잡았다. 어디로 갈지 방향을 잡지 못하고 안개 자욱한 밤길을 허우적대며 가는 군상들 얼굴에 수만은 눈을 감았다.

  갑자기 아내의 얼굴이 떠올랐다. 수만은 자기도 이해하지 못할 말을 중얼거렸다.

  '당신은 대타로 살지 말고 자신을 살아. 나는 그렇지 못해도.'

  빗속을 걸어가는 수만의 어깨 위로 바람에 날리는 낙엽들이 하나둘 떨어져 쌓였다. 해가 빗속에 있어서 햇빛을 볼 수는 없었지만 수만을 앞서가는 그의 그림자는 길게 늘어졌다. 수만은 비에 젖고 바람에 날리는 자기의 그림자를 밟으며 어디론가 가고 있었다.

3 - 20

  하얀 국화가 선명한 검은색 우산을 들고 아파트를 나섰다.

  같은 동에 사는 주민들이 출근을 하는지 빗속을 걸어가고 있었다. 우산 사이로 이웃들의 모습이 보일 때마다 미현은 다정하게 인사를 건넸다.

쌀쌀한 바람이 거리에 비를 뿌렸다. 국화 문양의 검은색 우산을 들고 천천히 빗속을 걸어가는 미현의 걸음걸이가 왠지 힘이 없어 보였다. 하지만 펑퍼짐한 회색 바지와 노랑 줄무늬가 잔잔한 녹색 스웨터는 미현의 우산과 잘 어울렸다.

미현은 아침저녁으로 걷는 익숙한 길을 따라 정애 아파트로 향했다. 빗줄기가 계속해서 그녀 뒤를 따라왔다. 미현은 빗방울 떨어지는 소리에 자기 발걸음을 맞추며 걸었다.

미현이 걷는 이 길은 봄·여름·가을에는 아름다운 꽃들이 번갈아 피는 정다운 길이었고, 그 옆에는 크고 작은 나무들이 곱게 자라고 있는 길이었다. 정성스러운 보살핌을 받고 자라는 나무와 꽃들을 보며 걷는 이 길에서 미현은 위로를 받곤 했다.

오늘 아침도 여느 때와 다르지 않았다. 비록 꽃은 이미 시들었고 곱게 물들었던 나뭇잎도 떨어지기 시작했지만, 아직 그 자리에는 풍성하고 아름다웠던 시절의 추억이 고스란히 남아있었다.

매일 아침 이 길을 걸으면서 미현은 하루 전을, 한 달 전을, 일 년 전을 생각하며 자기를 돌아보았다.

'곧 겨울이 오겠지. 지난 추억도 잠이 들고.'

빗방울이 굵어졌다. 우산을 두드리는 빗소리가 아침의 고요를 깨트렸다. 미현은 자기가 좋아하는 피아노곡을 떠올렸다. 음악은 기억 속에서 가물가물하지만 한때는 자기의 삶이었고 자기의 모든 것이었다. 아쉽게도 지금은 아련한 추억 속에서만 살아 있었다.

미현은 검은 우산을 두드리는 빗방울 소리에 장단을 맞추며 정애 집으로 갔다.

미현이 아파트에 도착했을 때는 정애는 이미 출근한 뒤였다.

매일 반복되는 일상적인 일이라 아주 익숙했다. 하지만 오늘은 왠지 정애 집이 낯설었다. 아직 잠이 덜 깬 막내 손녀 서희가 눈을 비비며 나와 미현의 품에 안겼다.

"할머니, 머리 아파."

"아이고, 그래? 왜, 머리가 아플까, 응?"

미현이 서희를 들어 안으며 자기 뺨을 서희의 우윳빛 볼에 비볐다.

"추워서 잠 못 잤어."

서희는 어리광을 부리듯 미현의 가슴으로 파고들었다. 언제 봐도 예쁜 손녀였다. 자신의 유일한 핏줄인 정애의 아이여서가 아니었다. 인간으로서 이제 막 피는 꽃과 시드는 꽃으로 손녀와 자기를 보았고, 시들어 가는 자신을 안타깝게 여기는 마음의 표현이었다. 삶의 여정에서 허무함과 부러움이 섞인 마음이기도 했다.

미현은 서희를 안고 아이들 방에 들어가 두꺼운 옷을 서희에게 입혔다.

방문을 여닫는 소리를 들었는지 큰손녀 아라가,

"할머니 왔어?"

인사를 하며 문을 열고 나왔다.

미현은 익숙하게 아이들을 씻기고, 밥을 주고, 학용품을 챙겼다. 아홉 시가 되자 큰 손녀 아라의 손을 잡고 학교 교실 문 앞까지 데려다주었다.

돌아와서 시간이 되기를 기다렸다가 작은 손녀 서희와 함께 아파트 정문 앞으로 갔다. 시간 맞춰 오는 유치원 버스에 서희를 태워 주기 위해서였다.

미현의 아침 일이 끝났다. 사실 일이라고 할 수도 없는 아주 간단한 일이었다. 몸만 조금 성하면 웃으면서 해도 되는 일이었다. 더구나 무남독녀 외동딸이 낳은 손녀들 아닌가. 눈에 넣어도 아프지 않을 것 같았고, 무얼 해줘도 아깝지 않은 아이들이었다. 손자·손녀를 둔 다른 할머니가 하나같이,

'우리 손녀, 우리 손자.'

하며 이야깃거리로 삼는 것을 미현은 당연하다고 생각하고 있었다. 더구나 씻을 수 없는 아픔이 있는 미현에게는 더 소중한 아이들이었다.

남편과 아들을 잃어버린 그 슬픔과 결코 지울 수 없는 고통의 순간이 빚어낸 상처. 무슨 말로 설명을 해도 받아들일 수 없는 그날 사고 이후로 미현에게 남은 단 하나의 희망이 바로 정애였다. 아라와 서희는 미현에게 삶의 의미를 주는 최후의 보루였다. 미현이 정애와 두 손녀에게 갖는 애정이 다른 어떤 것과도 비교할 수 없는 것이 당연한 일이었다.

3-21

어린 정애에게 미현이 쏟은 정성은 남달랐다.

등교와 하교는 미현이 자신의 차량을 이용했다. 그게 여의찮으면

택시를 불렀다. 학원도 보내지 않고 과외선생을 집으로 오라고 해서 공부를 시켰다.

미현에게는 정애가 공부를 잘하는 것도 중요한 일이었지만 그보다 더 중요한 것은 정애를 위험으로부터 보호하는 일이었다. 정애의 안전이 무엇보다도 최우선이었다. 중학교와 고등학교 성적이 우수했던 정애를 서울로 진학시키지 않고 대전에 있는 대학교로 입학시켜 한의학을 공부하도록 한 것도 정애의 안전을 위해서였다.

정애는 미현의 기대를 저버리지 않았다. 공부도 잘했고 매사에 신중했다. 한의대를 졸업하고 몇 년 수련의 시절을 보내더니 한의원의 원장이 되었다.

미현은 정애에 대해 한시름을 놓았다. 이번에는 두 손녀가 미현의 가슴을 졸이게 했다. 두 손녀가 눈앞에서 보이지 않으면 스스로 안정을 찾지 못했다. 손녀들을 돌볼 때는 손녀들에게 신경을 쓰느라고 자기 일을 하지 못했다. 정애가 그러지 말라고 기회가 있을 때마다 말을 했지만 미현의 걱정은 고쳐지지 않았다. 이렇게 몇 년을 지내왔다.

그런데 오늘은 이 모든 일이 낯설게만 느껴졌다. 마치 자기 옷이 아닌 다른 사람의 옷을 엉거주춤하게 걸치고 있다는 생각이 들었다. 어제 잠을 제대로 자지 못해서 그런가? 아니면 계절의 변화 때문인가? 미현은 낯선 이 기분을 아무리 이해하려고 해도 이해가 되지 않았다.

그렇게 노심초사하며 애지중지 기른 외동딸 정애도 이제는 남남이라는 생각이 가끔 들었다. 정애가 누구던가. 미현이 살아가는 목적이었고, 미현의 유일한 자랑거리가 아니었던가. 그런데 이제 그런 마음이 봄날에 눈 녹듯 사라지고 해질 무렵 어둠에 묻히는 초가 마을이 되었다.
 이런 마음의 변화는 정애를 향한 것만은 아니었다. 백합처럼 여리고 장미처럼 순수한 두 손녀에 대한 마음도 그랬다. 아라가 태어났을 때의 기쁨과 서희가 태어났을 때의 흥분된 마음, 두 손녀가 자라는 것을 보면서 미현이 느꼈던 행복한 마음은 시간이 흐를수록 희미해졌다.
 의도적인 것은 아니었다. 미현 자신도 이해할 수 없는 일이었다. 세월이 흐르면서 미현의 관심이 차츰 미현 외의 것에서 미현 자신에게 향하고 있을 뿐이었다. 자연스럽게 자신에게 향하는 변화를 미현도 어쩔 수 없었다.

3-22

 "가슴 설레는 일 때문이 아닐까요?"
 불현듯 계족산 임도에서 만난 남자의 목소리가 들렸다. 생각지도 않은 그 남자의 낮은 목소리가 미현의 귓가를 맴도는 것이다.
 "버려야 다시 채울 수 있으니까요."
 다시 남자의 목소리가 들려와서 미현은 자기도 모르게 주변을 둘러보았다. 커다란 거실에는 소파와 티브이, 몇 점의 가구와 그림이 정갈하게 자리 잡고 있을 뿐이었다. 미현은 혹시 자기가 이상해진 것 아닐까 하는 생각에 머리를 흔들었다.
 그러나 그 남자의 말은 머릿속에서 지워지지 않았다. 오히려 그 말을 떨치려고 하면 할수록 '설렘'이라는 말이 머리와 가슴에 들어와 미현을 괴롭혔다.

'나에게도 설레는 일이 있었던가?'

미현은 생각을 버리려고 창밖으로 시선을 돌렸다. 여전히 비가 내리며 유리창을 적시고 있었다. 멈추지 않고 계속해서 내리는 가을비는 떠나기를 아쉬워하는 것들을 대신하여 울어 주는 눈물 같았다.

'나에게도 설레는 일이 있었던가?'

미현은 다시 자신을 생각했다. 아니 자기가 살아오면서 겪은 수많은 일 중에서 자신을 설레게 했던 일을 생각했다. 희미한 기억의 문이 살며시 열렸다.

'그래. 석민 오빠!'

육십 년을 살아오면서 겪은 무수한 일들. 돌이켜 보면 기쁨보다 아픔이 더 많은 시간의 연속이었다. 오직 하나. 미현 자신을 들뜨고 두근거리게 했던 그 시간. 영원히 자기 가슴에 간직하고 싶은 그 순간.

그것은 아무리 생각해도 석민과 지낸 하룻밤 사랑이었다. 석민을 만나 사랑을 고백하고 함께 한 그 시간을 빼놓으면 자기를 설레게 할 추억은 이렇다 할 것이 없었다.

벌써 점심시간이 훌쩍 지났지만, 미현은 끼니를 챙길 마음이 없었다. 이제 곧 작은손녀 서희가 올 시간이었다. 미현은 벗어놓은 윗옷을 걸쳐 입고 아파트 문을 나섰다.

매일 두세 번 걷는 길이 오늘따라 힘이 들었다. 다리에 힘이 빠지고 숨이 거칠어졌다. 정문까지 삼 분이면 갈 거리였지만 오늘은 삼십 분처럼 느껴졌다.

"할머니, 어디 아파?"

차에서 내려 미현의 손을 잡고 집으로 가던 서희가 미현의 얼굴을 보고 물었다. 미현은 서희의 손을 살짝 잡으며,

"아니, 할머니 괜찮아."

미현이 희미하게 웃어 보였다. 미현의 웃음 뒤에 가려진 슬픔을 서희는 보지 못했다. 큰손녀 아라가 학원에서 돌아오자 미현은 손녀들의 저녁밥을 차려주고 집으로 돌아왔다.

3 - 23

미현은 가볍게 몸을 씻고 저녁을 먹었다.

항상 하던 대로 소파에 올라가 양반다리를 하고 앉아 단전호흡을 시작했다. 시간이 지나자 정신이 맑아지며 우울했던 기분이 좀 나아졌다.

두 시간 동안 단전호흡을 계속하자 미현의 다리에서, 허리에서, 머리에서 땀이 나기 시작했다. 정신을 한 곳으로 집중하며 자기만의 세계로 들어갔다. 아무도 없고 오직 자기만이 존재하는 곳이었다.

그곳이 어떤 곳인지 그녀 자신도 정확하게 알지 못했다. 미현이 알 수 있는 것은 자기 주변에 아무것도 없이 홀로 머물고 있다는 것이었다. 아무리 둘러봐도 미현의 시야에는 하늘도, 땅도, 산도, 물도 없었다. 심지어 사랑하는 정애도, 손녀딸들도 보이지 않았다. 오직 혼자 존재하며 혼자 머물렀다. 과거도, 현재도, 미래도 그녀에게 없었

다. 자기 외에는 아무것도 곁에 없었다. 거칠 것 없는 세계에서 미현의 몸과 마음이 편안과 위로를 얻었다.

자리에서 일어나 거실 한가운데 섰다.
천천히 옷을 벗어 소파에 놓고 전축을 틀었다. 천장의 희미한 불빛이 아무것도 걸치지 않은 미현의 몸을 구석구석 비추었다. 자유로워진 몸에서 풍기는 편안함이 거실을 가득 채웠다. RML의 리더 싱어 '비제이'의 노래가 거실 바닥을 구르듯이 퍼지며 미현의 가슴을 파고들었다.
"슬퍼하지 말아요. 머물지도 말아요. 내일을 바라봐요."
RML 멤버들 하나하나가 각자 다른 음성으로, 서로 다른 높낮이로 흐느끼듯 부르는 노랫가락이 거실을 메웠다. 미현은 이 대목을 들을 때마다 자기가 알고 있는 사람들을 떠올렸다.
같은 시대에 한 울타리에서 살고 있어도 각기 다른 모습으로 사는 사람들. 자기도 그 중에 하나인 것은 분명하지만, 자기는 어떤 세상에서 어느 높이, 무슨 음색에 속해 살고 있는지 궁금했다. 노래는 점점 가파르고 빠르게 흘러갔다.
가슴에 와 닿는 느낌이 회오리바람처럼 번지더니 미현을 완전히 사로잡았다. 참을 수 없는 감정이 솟구쳐 오르며 미현을 무아의 상태로 데리고 갔다. 미현의 숨이 가빠지기 시작했다. 머리를 앞뒤로 흔들고, 몸을 비틀어 뒤로 젖히고, 한 발짝 앞으로, 두 발짝 뒤로, 몸놀림을 천천히, 그러다가 빠르게 돌아섰다.
삼십 분이 지나자 미현의 몸놀림이 부드러워지며 느려졌다. 무엇을 원하는지 앞을 똑바로 바라보며 천천히 걷다가 느리게 뒤로 돌아 멈추어 섰다. 이런 춤사위를 몇 번 반복하더니 다시 빠르게 춤을 추기 시작했다. RML의 노래가 계속되었다.

"내일은 새로운 날. 새로운 일을 해요. 머무르지 마세요. 내일을 살아요. 새롭게 시작해요. 지금 시작해요."

노래가 끝나자 조명에 반사되는 미현의 몸이 붉어지며 거실을 밝혔다. 거친 숨소리도 멈추었고 온몸에 흐르던 땀도 더 이상 흐르지 않았다. 아무 것도 걸치지 않은 그녀의 몸에서 풍기는 열기만 거실에 가득했다.

과거에서 벗어나기를 원하는 미현의 몸부림이 진한 흔적이 되어 어둠 속의 그늘처럼 거실 여기저기에 남겨져 있었다.

3-24

집을 나선 영숙은 기다리던 주철의 차를 탔다.

영숙이 주철을 만날 때마다 만나는 장소가 정해져 있어서 불필요한 시간을 줄일 수 있었다.

두 사람을 태운 '벤츠 S-900'은 미끄러지듯 아스팔트 길을 달렸다. 창문에 부딪히는 빗방울이 미끄러지며 유리창에 그림을 그렸다. 바람이 불면 한쪽으로 쏠렸다가 바람이 멈추면 아래로 흘러내렸다. 가을비치고는 제법 많이 내려서 차창에 부딪혀 쓰러지는 빗물도 그만큼 많았다.

빗방울도 저 자신의 처지를 스스로 결정하지 못했다. 바람이 불면 부는 대로, 멈추면 멈추는 대로 흔들렸다. 그러다가 주철에게 슬픈 표정을 지으며 차 뒤편으로 사라졌다.

주철은 차창을 타고 흘러내리는 빗줄기를 바라보며 자기를 생각했다. 나무가 스스로 홀로 존재하기를 원하지만 어쩔 수 없이 다른 것들에게 의존하듯이 저 빗방울도 바람과 유리창의 도움을 받아 자기의 존재를 드러내고 있다.

주철 자기도 그렇지 않은가. 남들이 부러워하는 학력에 대한민국 최고의 직장에서 풍요롭고 편안하게 인생 한 철을 보냈다. 지금은 잘 나가는 벤처기업의 대표가 되어 누구나 부러워할 삶을 보내고 있다.

그렇지만 이것이 주철의 모든 것이라고 말할 수 있을까? 나무도, 빗방울도 그렇듯이 주철도 다른 것들의 도움이 필요했다. 아니 도움이 아니라 함께 길을 가는 것들이 필요했다.

신탄진에 접어들어 한국타이어 쪽으로 방향을 돌렸다.

희미한 물안개에 젖어 있는 금강과 강변의 나무들이 서글퍼 보였다. 비가 내리는 월요일이라서 도로에는 차량이 드물었다. 주철과 영숙을 태운 차는 금강을 왼쪽에 두고 몇 분을 달리다가 보조댐을 지나 오른쪽으로 방향을 바꿨다.

비에 젖은 벚나무들이 두 사람을 기다리며 다소곳이 일렬로 서있었다. '벤츠 S-900'은 열병식 하는 군인들 앞을 걸어가듯 의기양양하게 나무 사이를 지나갔다.

구부러진 도로를 가면서 주철은 말없이 앉아 있는 영숙의 손을 잡았다. 언제 잡아도 부드럽고 감미로운 손이었다. 영숙은 말 대신 웃음을 지었다. 두 사람의 눈길이 마주치자 차 안에 사랑이 넘쳤다.

주철은 '이평공원 주차장'에 차를 세웠다. 우산을 꺼내 들고 도로를 건너 공원으로 내려갔다. 비는 조금 잦아들고 바람도 불지 않았다. 공원은 계절이 변해 가고 있다는 것을 보여 주려는 듯 호수 안의 나무와 풀들은 벌써 시들었고, 갈대들만 가을비를 맞으며 초라한 모습으로 서 있었다.

주철은 왠지 서글픈 생각이 들었다. 영숙과 자주 오는 공원이어서 매우 낯이 익었고 친근한 장소였다. 올봄에 왔을 때만 하더라도 싱그러운 나무와 풀들이 한창이었고 드문드문 커다란 물고기들이 떼를 지어 다니는 풍경을 볼 수 있었다.

그런데 어느새 나뭇잎은 다 떨어지고 대청호의 파란 물색마저 예전의 그 물빛이 아니었다. 이제는 낡고 초라한 풍경이 주철과 영숙을 맞이하고 있었다.

주철은 영숙의 어깨를 감싸 안았다. 아직도 부드러운 여인의 체취가 주철을 자극했다. 두 사람은 공원을 지나 대청호 도로 옆 인도를 따라 걸었다. 봄·여름·가을·겨울 사시사철 함께 걸었던 길이었지만 두 사람에게는 언제나 새로운 길처럼 느껴졌다.

영숙과 주철은 가을비가 촘촘히 내리는 날, 대청호 물결과 나무들과 빗줄기가 만드는 풍경에 몸과 마음이 젖었다. 드문드문 떨어지는 낙엽을 밟으며 걸어가는 두 사람의 모습은 하나의 점이 되어 물안개 속으로 사라져 갔다.

3-25

 몇 년 전.
 영숙이 주철의 차를 뒤에서 들이받은 후.
 두 달 정도 시간이 지나고 영숙은 주철에게 전화를 걸었다. 주철이 자기의 전화번호를 모를 뿐만 아니라, 설령 안다고 해도 주철이 전화를 하지 않으리라 생각했기 때문이다.
 처음에는 영숙도 그저 스쳐 가는 인연으로 생각하고 주철이 준 명함을,
 '쓰레기통에 버릴까?'
 하는 생각도 했었다. 그런데 쓰레기통에 넣으려고 할 때마다 이상하게 미련이 생기고 주철의 얼굴이 떠올랐다.
 영숙의 남자 경험은 고등학교와 대학교 시절, 수만을 만나기 전에 몇 번 있었다. 영숙의 미모에 반한 남학생들의 집요한 데이트 신청에 장난 반, 호기심 반으로 응하기는 했지만 더 이상 진전되지 않았다. 그마저도 수만을 알고 나서는 어떤 남자의 데이트 요청도 거절했다.
 결혼 후에는 다른 남자들과 단둘이서 어울려 본 적이 없었다. 원래 잘나가는 여인이라 콧대도 높았을 뿐 아니라 굳이 다른 남자들과 단둘이 시간을 갖고 싶지 않았고, 또 그럴 필요도 없었다. 간혹 다른 남자에게 데이트 신청이 들어오면,
 "댁에 사모님 계시죠? 그쪽에나 신경 쓰세요."
 매몰찬 표정으로 대꾸를 했다. 영숙을 아는 사람들은 한결같이 영숙을 '찬바람 여인'이라고 불렀다.

그런 영숙이 주철에게 전화를 한다는 것은 쉬운 일이 아니었다. 안 하던 짓을 하려고 하니 자존심이 상하는 것은 물론이고 생각만 해도 마음이 무거웠다.

이렇게 하루이틀 시간이 지나갔다. 시간이 가면 그만이겠지 하던 생각은 영숙의 착각이었다. 시간이 지나갈수록 주철이 잊히기는 고사하고 자꾸만 더 생각이 났다. 윤리 수업 시간에도 주철의 얼굴이 떠오르고, 차를 운전할 때도, 심지어는 잠자리에서도 주철이 생각났다. 한 달이 지나고 두 번째 달로 들어서자 주철은 완전히 영숙의 가슴 한복판에서 살고 있었다.

우리 인간은 얼마나 나약한 존재인가.

우리가 한평생 배워온 가치관은 얼마나 허망한 것인가. 우리가 집에서, 학교에서, 사회에서 배운 일련의 기준들, 인간들에게 덮어씌운 멍에는 일정한 조건만 갖춰진다면 얼마나 힘없이 무너지는가.

대학교에서 윤리학을 전공하고 제자들에게 윤리를 가르치고 있는 영숙은, 자신의 나약함을 인정하지 않을 수 없었다.

두 달이 지나지 않아서 영숙은 주철에게 전화를 했다. 서너 번의 신호음이 울렸지만, 주철은 전화를 받지 않았다. 영숙은 주철이 전화를 받을까 겁이 나는 듯이 재빨리 전화를 껐다. 전화를 끊고 심하게 요동치는 심장이 조용해지기를 기다리며, 주철이 전화를 받지 않아서 다행이라고 스스로를 위로했다.

두어 시간이 지나면서 영숙은 차츰 조바심이 나기 시작했다. 지금쯤 주철이 부재중 전화를 보고 '누구지?' 궁금해서 자기에게 전화를 할지도 모른다고 생각하며 은근히 주철의 전화를 기다리고 있었다. 그런데 주철에게서는 전화가 없었다.

기다리다가 지친 영숙이 다시 전화를 걸었다. 이번에도 주철은 전화를 받지 않았다. 영숙은 자기도 모르게 짜증이 났다. 무슨 일이 그렇게 바쁜지는 몰라도 두 번씩이나 전화해도 받지 않는다니. 그러면서 한참을 더 기다렸다가 다시 전화했다. 그제야,

"아, 누구신가 했더니 그분이시네요. 하하."

영숙이 "여보세…."라는 말을 끝내기도 전에 주철이 먼저 자기를 알아보는 것 같았다.

"제가 누군지 아세요?"

"제가 모를 리 있나요. 작년에 제 차에 상처를 준 그분이시잖아요. 성함이 영숙. 하하."

"그렇게 잘 알고 계신 분이 전화를 안 받으세요? 벌써 세 번째 하는 전화라고요."

"허허. 사모님, 죄송합니다. 앞으로는 충실하게 전화를 받겠습니다. 귀하신 분을 한 치라도 섭섭하게 해 드리지 않겠습니다. 하하."

서로 어색한 분위기 속에서 몇 마디 대화가 오고 갔다. 이어서 서로의 안부를 묻고 의례적인 인사가 오고 간 뒤에 주철이 말했다.

"그렇지 않아도 한 번 뵙고 싶었습니다. 오랫동안 전화를 기다렸어요."

주철의 말을 듣고 영숙은 갑자기 얼굴에 열기가 올랐다. 가슴이 심하게 두근거렸다.

마치 옆에 주철이 앉아서 손을 잡고 그의 숨결을 느끼는 기분이었다.

"아무튼 감사합니다. 반갑고요."

"차는 괜찮아요?"

영숙이 자기 표정을 들키지 않으려는 듯 목소리를 안정시키며 물었다.

"차가 왜 괜찮겠어요. 자기 들이받는 아줌마 데려오라고 날마다 아우성입니다. 가능한 날 빨리 잡으세요. 우리도 새해 인사해야죠. 하하."

대화가 계속되면서 두 사람은 마치 오랫동안 인연을 맺어 온 관계처럼 천천히 가까워졌다.

"그래요. 그럼. 그때 봐요. 기다리겠습니다."

"알았어요. 그날 뵐게요."

두 사람은 만날 날과 장소를 정하고 전화를 끊었다. 영숙은 마치 묵은 숙제를 다 한 학생처럼 마음이 가벼워졌다. 자리에서 일어나 어지러워진 물건을 치우고 이 방 저 방 청소를 했다. 샤워를 한 다음 차를 몰고 미현을 만나려고 외출했다. 영숙의 걸음걸이가 한결 가벼웠다.

영숙은 새롭고 설레는 세계로 걸음을 옮기고 있었다. 그 새로운 세계는 옳고 그름도 몰랐고, 좋고 나쁨도 없었다. 그저 거리낌 없이 자유로운 자기만의 세계였다.

3-26

주철과 영숙은 대청호 오백 리 둘레길을 따라 걸었다.

빗줄기가 다시금 거세지기 시작했다. 영숙이 주철 곁에 더 가까이 다가가 주철의 허리를 껴안았다.

"자기야, 노래 불러 줘. 가을비 우산 속."

영숙이 주철의 턱 밑으로 얼굴을 가까이하며 살짝 미소를 지었다.

두 사람이 가을에 데이트할 때면 매번 부르는 노래였다. 비가 내리는 가을이면 이 노래 때문에 대청댐 오백 리 길을 드라이브 하는 때도 있었다. 어떤 때는 영숙이 이 노래를 부르기도 하고, 어떤 때는 주철이 부르기도 하고, 어떤 때는 최헌이 부르는 노래를 듣기도 했다.

영숙의 미소를 본 주철이 왼팔로 영숙의 어깨를 끌어안고 오른손으로 우산을 다져 잡으며 천천히 노래를 부르기 시작했다. 우산으로 떨어지는 빗방울 소리가 주철이 부르는 노래에 장단을 맞춰주었다.

'그리움이 눈처럼 쌓인 거리를, 나 혼자서 걸었네. 미련 때문에. 흐르는 세월 따라 잊혀진 그 얼굴이, 왜 이다지 속눈썹에 또다시 떠오르나. 정다웠던 그 눈길 목소리 어딜 갔나. 아픈 가슴 달래며 찾아 헤매이는, 가을비 우산 속에 이슬 맺힌다.'

낮고 허스키한 주철의 노래가 모든 것을 떠나보내 서글픈 대청호를 더 쓸쓸하게 물들였다.

영숙의 마음이 갑자기 울적해졌다. 떠나고 보내는 가을날. 비까지 내리는 대청호반 길에서 주철의 노래에 허무감이 밀려온 것이다. 영숙은 그 마음을 채우려고 주철을 두 팔로 껴안으며 발굽을 올려 주철의 입술에 자기 입술을 묻었다.

주철의 뜨거운 입김이 자기 입술로, 얼굴로 와 닿자 영숙의 몸도 뜨거워졌다. 영숙은 팔을 들어 주철의 목을 안았다. 깊고 긴 포옹의 여운이 두 사람의 몸과 마음 구석구석에 오랫동안 메아리를 남겼다.

내리는 비도 숨을 멈추었고 가을바람도 비켜 지나갔다. 그 자리에는 오직 두 사람만이 있었다.

두 사람이 사랑을 나누기 시작한 지도 벌써 적지 않은 시간이 지났다.

우연한 자동차 사고로 서로를 알게 된 후, 지난 시간은 두 사람에게 더 말할 나위 없이 즐겁고 행복한 세월이었다. 한 사람이 다른 한 사람에게 모든 것을 허용하고 모든 것을 받아들인 그날부터 두 사람은 하루가 멀다는 듯 얼굴을 보고, 틈만 나면 산과 바다로, 때때로 해외로 밀월여행을 떠났다.

샤워를 하고 작은 탁자에 앉았다.

모텔 특유의 조명과 향이 가득한 침대에서 두 사람은 마주 앉았다. 주철이 맥주 뚜껑을 열고 종이컵에 맥주를 가득 채웠다. 한 잔은 영숙 앞에, 한 잔은 자기가 들고 영숙을 보았다. 분홍빛 가운이 영숙의 붉어진 얼굴을 더 아름답게 꾸며 주었고, 가운 사이로 영숙의 하얀 젖가슴이 살그머니 주철을 유혹했다.

주철이 영숙의 눈을 마주하며 잔을 들었다. 영숙도 짙은 미소를 지으며 주철의 잔에 자기 잔을 댔다. 주철이 한쪽 손으로 영숙의 하얀 허벅지를 어루만지며 맥주를 비우자 영숙이 주철의 가슴에 손을 넣으며 주철을 끌어안았다.

방 안을 비추는 조명이 붉게 달아올랐다. 연인들의 거친 숨소리가 길고 가늘게 방 안을 채웠다. 살과 살이, 피와 피가, 마음과 마음이 서로를 어르고 달래면서 하나가 되었다.

시간이 가도 하나가 된 몸과 마음은 아직도 할 이야기가 많이 남아 있다는 듯이, 허기진 사랑을 채우려는 듯이, 끊기지 않은 붉은 노래와 식지 않는 열기가 언제까지나 방안에 울리며 멈출지를 몰랐다. 그칠 줄 모르며 점점 더 뜨거워지는 두 사람의 사랑놀이를 따라 가을도 더 깊어갔다.

3 - 27

오후 늦잠에서 깼다.

초침 없는 시곗바늘이 일곱 시를 넘어가고 있었다. 라면으로 늦은 점심을 때우고 자기도 모르게 다시 잠이 든 모양이다.

자리에서 일어나는데 현기증이 났다. 일여 년 전부터 종종 일어나는 증상이었다. 처음에는 별것 아니겠지 하는 막연한 생각이 들었지만 갈수록 횟수도 많아지고 심해졌다. 건강에 이상이 온 지도 모르겠다고 생각하며 병원에 가 봐야겠다고 마음을 먹었지만, 아직 실천을 못 하고 있었다.

태문은 머리를 좌우로 흔들고 팔 올리기를 반복해 겨우 정신을 차리며 자리에서 일어났다. 정수기에서 찬물을 한 컵 받아 시원하게 마셨다. 목구멍을 넘어가는 한기에 정신이 들었다.

"뭘 할까?"

태문은 멍한 정신으로 방안 여기저기를 거닐다가,

'뭘 하지?'

언제나처럼 할 일을 찾았다.

날씨가 좋지 않아서 밖으로 나가기도 싫었다. 온종일 잠만 자고 늦은 점심으로 라면을 먹은 터라 아직 저녁 생각도 없었다. 하는 수 없이 티브이를 켰지만 매시간 시끄럽고 듣기 싫은 뉴스만 반복해서 주절대고 있었다. 티브이를 껐다. 항상 겪는 일이지만 난감했다. 이걸 하려고 해도 마땅치 않고, 저걸 하려고 해도 마땅치 않았다.

좁은 방안을 서성거리기를 얼마나 했을까. 책상 앞에 앉았다. 읽다만 책을 펼쳤다. 제목이 무엇인지 볼 필요도 없었다. 펼친 책 페이지가 몇 페이지인지, 그 내용이 무엇인지 깊이 생각해 보지도 않았다. 잡히는 대로 책을 펼쳐 읽고는 있지만 사실 그는 책을 읽는 것이 아니었다.

태문은 지금 시간을 읽고 있었다. 아무도 찾지 않는 시간에, 아무것도 할 것 없는 공간에서 그는 일 분 일 초의 시간을 재며 자기의 삶을 허비했다.

무력감이 밀려왔다. 천지가 무너지고 자신이 그 속으로 빨려 들어갔다. 그냥 빨려 들어가는 것이 아니라 몸과 마음이 산산조각 나며 흔적도 없이 사라지고 있었다. 아무리 정신을 차리려고 해도 몸과 마음이 말을 듣지 않았다.

의자에서 벌떡 일어나 창문을 활짝 열었다. 머리를 흔들고 팔다리를 이리저리 움직였다. 빗방울과 함께 찬바람이 획- 하고 방 안으로 들어왔다. 그것들은 일순간에 방을 점령하고 태문에게도 칼끝을 들이댔다.

태문은 바람에 섞인 빗방울 칼을 피하지 않았다. 아니 차라리 그것들이 더 날카로운 칼이기를 바랐다. 한 번에 태문의 이 상황을 끝낼 수 있는 피하지 못할 칼이요 창이기를 원했다. 그래서 피하지 않고 가슴을 내밀어 무시무시한 침입자들에게 기꺼이 온몸을 내주었다.

태문의 몸이 침입자들에게 몇 차례 난도질을 당하고 나자 정신이 들었다. 호흡도 정상으로 돌아오고 어지럼증이 없어지면서 눈앞의 사물이 보였다.

열린 창문 앞으로 다가가 아래를 내려다보았다. 어둠 속의 땅바닥이 어서 오라고 손짓하고 있었다. 태문은 눈을 감았다. 이쪽 세상과 저쪽 세상이 그렇게 멀지도 않았고, 가는 길이 힘들어 보이지도 않았다. 눈 한번 질끈 감고 숨 한번 참으면 되는 일이었다. 삶과 죽음이 동전의 양면처럼 하나가 되어 태문의 머릿속을 훑고 지나갔다. 심장 박동이 다시 심해졌다. 터질 듯한 가슴에 통증이 왔다.

'더 이상 설레는 일이 나에게는 없는 것일까? 남은 생이 얼마인지는 모르지만, 그 삶을 지탱해 줄 희망 하나 없이 이대로 가야 하나?'

갑자기 머리에 '띵' 하는 쇳소리가 들리며 어지러웠다. 숨소리가 다시 거칠어졌다. 시야가 가물거리며 보이던 사물마저 희미해졌다.

태문은 창문에서 내려다보는 일을 멈추었다. 책상 앞 의자에 다시 앉아 턱을 고이듯 책상 위에 팔꿈치를 얹고 두 손바닥으로 얼굴을 감싸 쥐었다. 얼마간의 시간이 지나갔다. 창밖이 조용해졌는지 빗방울 소리도, 바람 소리도 들리지 않았다.

문득 계족산에서 만난 두 여인이 떠올랐다.

'버리는 것은 설레는 일을 만들기 위해서죠.'

자기가 한 말이었다. 어떻게 그런 말이 생각났는지는 모르지만 무심코 뱉은 말치고는 꽤 괜찮은 말이었다.

차츰 심장 박동 수가 줄어들었다. 요동치는 마음도 안정을 찾아갔다. 무언가는 해야 한다. 그것이 무엇이든 간에 해야 했다. 아무리 나이가 들고 기력이 약해진다 해도 이대로 남은 생을 보낼 수는 없는 일이다. 단 한 번 주어진 삶. 원해서 왔던, 원하지도 않았는데 왔던 그것은 문제가 아니다. 중요한 것은 지금 자기가 여기에 있다는 사실이었고, 살아서 숨을 쉬고 있다는 것이다.

숨을 쉬고 있다는 것만으로도 남아 있는 인생을 죽은 삶으로 사는 것이 아니라 살아있는 삶으로 살아야하는 충분한 이유가 되었다. 지금까지와는 다르게 다른 것에 의존하지 않고 자기 스스로 중심이 되어 남은 생을 살아야 하는 더 할 수 없는 이유가 되는 것이다.

무엇을 해야 그런 생을 살아갈지는 모르지만, 남은 생에 희망을 불어넣고 설레는 마음을 가질 수 있는 그런 삶을 살아야만 한다.

3 - 28

펼친 책을 덮고 컴퓨터를 켰다.

눈부신 컴퓨터 화면 빛이 희미한 조명을 뚫고 태문의 얼굴을 하얗게 물들였다. 창백한 태문의 얼굴에서 눈동자가 햇살처럼 빛났다.

'무얼 쓰지?'

자판에 손을 올리기는 했지만 무엇을 써야 할지 막막했다. 두 자리 햇수를 넘기며 글을 써 왔어도 글을 쓰는 일은 언제나 어려웠다. 마치 인생살이 같다는 생각이 들 때가 많았다.

글을 쓸 대상을 생각하고 대략적인 글의 윤곽을 잡은 다음 제목을 정한다. 머릿속에서 떠오르는 대로 초안을 잡고 글을 마무리한다. 그 다음이 문제다. 그 글을 읽고 또 읽으며 글을 다듬고 필요하면 제목도 바꾼다. 이런 과정을 수없이 하고 난 뒤에 한 편의 글이 완성되는 것이다. 이것은 실패를 거울삼아 자신을 더 아름답게 가꾸려고 하는 인생의 복사판이었다.

태문은 자판에 손가락을 올려놓고 화면을 멍하니 바라보았다. 글감은 떠오르지 않고 눈부신 화면만 그의 눈에 뿌옇게 아른거렸다.

'무엇을 써야 하나?', '무엇을 해야 하나?'

두 개의 문장을 화면에 적었다. 하지만 그 차이를 구분할 수 없었다. 삶에서 더 이상 할 일이 없어 무력하게 사는 것이나, 글을 쓰려고 자판에 손을 올려놓고도 쓸 것이 없어 화면만 바라보고 있는 것이나 차이가 없었다.

'가을비를 맞으며.'

간략하게 시의 제목을 써 보았지만, 너무 흔한 제목이었다. 그의 손가락 놀림이 잠시 멈추었다. 그러다가 다시,

'사랑하는 당신에게.'

제목을 컴퓨터에 썼다. 제목을 쓰자 아내 진희의 얼굴이 떠올랐다.

'그래, 사랑했지. 아주 많이. 당신처럼 착한 여인은 다시는 없을 거고.'

태문은 이런 생각을 하다가 무슨 생각을 했는지,

'사랑하는 당신에게.'

굵고 진한 색으로 고쳐 놓고 시선을 떼지 않았다. 잠시 눈시울이 붉어졌다. 한참 동안 화면을 보던 태문은 몇 번인가 머리를 끄덕이고 난 후 그 제목을 지웠다.

사실 큰아들이 와서 진희가 살날이 얼마 남지 않았다고 말했을 때

당장 달려가고 싶었다. 하지만 그는 참았다. 더 이상 인연의 굴레에서 헤매고 싶지 않았기 때문이었다.

한동안 태문은 컴퓨터에서 눈을 떼지 못했다. 그리고 생각에 잠겼다.

'무엇을 써야 하나?'

'……'

'나의 앞날? 아름다운 추억?'

이런 글, 저런 글을 화면에 올렸지만, 여전히 그의 마음에 와 닿는 제목은 없었다. 의자에서 일어나서 뒷짐을 지고 천천히 걸음을 뗐다.

'나를 가장 흥분시키는 일은 무엇일까? 그날이 그날인 지금을 벗어나 나의 심장을 뛰게 하는 일. 두렵고 힘들어도 꼭 해야 하는 일. 그래서 남은 삶을 보람 있게 하는 일.'

여기까지 생각이 들자 걸음을 멈췄다. 무언가 좋은 생각이 떠오를 듯하다가 사라지고, 사라졌다가 다시 떠올랐다. 자리에 멈춰 서서 생각을 다듬었다.

'그래, 이것으로 해 보자!'

다시 자리에 앉아 뿌연 컴퓨터 화면에 한 자 한 자 글자를 채우기 시작했다.

'설레임.'

컴퓨터 화면에 틀린 글자라는 신호가 떴다.

'설렘.'

이라고 적어야 한다는 것이다. 그는 그 신호를 무시하고,

'설레임.'

같은 글자를 커다랗고 짙게 컴퓨터에 새겼다. 설렘보다는 설레임이

라는 글자가 읽기도 편했고 그의 마음을 더 울려 주는 느낌이 들어서 였다.

그는 '설레임'으로 제목을 정하고, 그 설레임을 무엇으로 채울까 생각하며 다시 자판을 두드리기 시작했다.

느린 키보드 소리가 가을밤을 깨우고 빗소리를 잠재웠다. 밤이 이미 깊었지만, 태문은 밤이 깊어 가는 줄도 몰랐다. 낮잠을 많이 잔 영향이 아니었다. 그는 자기 삶을 설렘으로 채우고 싶었고, 무엇으로 채워야 설렘으로 마음이 꽉 찰까 하는 숙제를 풀어야 했기 때문이었다.

3 - 29

삼정물산을 나온 수만은 버스를 타지 않았다.

걸어가는 그를 보고 옆에다 차를 세우는 택시도 잡지 않았다. 나직하게 우산을 들고 꾸역꾸역 아스팔트 길을 걸었다. 해가 짧아진 탓인지, 아니면 구름이 세상을 가린 탓인지 때 이르게 간판의 조명등이 하나둘 켜지기 시작했다.

빗물이 흐르는 아스팔트에 불빛이 비치자 거리는 온통 형형색색으로 화장을 했다. 어디가 인도고, 어디가 차도인지 구별이 되지 않았다. 수만은 이길 저길 가리지 않고 발길 닿는 대로 걸었다. 간혹 지나가는 차량이 커다란 경고음을 울리고 빗물을 튕겼지만, 그는 아랑곳하지 않았다.

어차피 자기가 걸어가면 그 길이 인도 아닌가. 차도와 인도가 잘 구분이 되지 않는 비 내리는 저녁. 막걸리 한 잔 걸친 초로의 남자가 이 도로, 저 도로를 오가며 걷는 것이 무슨 대수인가. 그럴 수도 있다고 생각하며 길을 걸었다.

조금 전 삼정물산 막걸리 자리가 떠올랐다. 어쩌면 그 자리에 있는 동료들의 삶이 지금 이 길을 걷는 자기와 같다는 생각이 들었다. 그들의 앞길은 희미하고 헝클어져 어디가 길이고 어디가 길이 아닌지 보이지 않았다. 더구나 길을 찾으려는 노력도 하지 않을 뿐 아니라, 찾으려고 노력을 해도 찾을 수가 없었다. 그렇지만 그들도 언젠가는 집으로 가야만 한다. 아무도 없는 텅 빈 집으로 가는 자기처럼.

수만은 알고 있었다. 자기의 아내는 지금 누군가와 함께 있을 것이 분명했다. 거실은 아직도 어둠에 묻혀 있을 것이고, 난방도 꺼져 있을 것이다. 문을 열고 들어가도 그를 기다리는 것은 불 꺼진 싸늘한 방밖에 없을 것이다.

그래도 그는 집으로 가야만 했다. 그것은 그의 아내가 집에 있고 없고의 문제가 아니었다. 문제는 그곳이 자기 집이라는 것이다. 밤이 되면 그가 갈 곳은 어디인가. 당연히 그곳은 그가 사는 집이다. 그나마 자기가 조금이라도 편하게 지친 몸을 눕힐 자리가 집이었다.

회원들의 인생도 이와 다를 바가 없다고 수만은 생각했다. 삶에서 버림받은 그들이 이제는 방향까지 잃고 거리를 헤매고 있었다. 더 심각한 것은 그들 자신의 존재감마저 잊고 있다는 것이다.

겉모습은 예전 그대로의 모습이었지만 조금만 그들의 안으로 들어가 살펴보면 예전의 그들은 어디로 사라지고 그 자리에는 다른 사람이 사는 것이 분명했다. 누가 자신이고 누가 타인인지 모를 일이었다.

하나의 육신에 두 명의 주인이 자리 바꿈을 하는 지금 그들이 가야 할 길은 어느 쪽인지 구분할 수도 없었다. 시간이 지날수록 그들은 타인의 지시에 순응하며 점점 타인이 되어 가고있었다.

그들은 자기들의 본래 모습으로 돌아가고 싶은 힘도 용기도 이미 없었다. 내일과 희망은 그들에게 없었고, 남은 것은 위선과 과거의 추억이었다. 그들은 황야에 버려진 병들고 늙은 개였다. 그들은 병들고 허기진 몸을 의탁할 진짜 자기를 잃어버린 채 거리를 헤매고 있었다. 수만이 자기 집을 찾아 가는 것처럼 동료들도 진실한 자기 자신으로 돌아 갈 수 있을까?

예상대로 아내는 집에 없었다. 거실 조명은 아직도 침묵을 지키며 어둠 속에 힘들게 매달려 있었고 집안은 썰렁했다. 수만도 거실의 불을 켜지 않고 자기 방으로 들어갔다. 윗옷과 바지를 벗어 대충 던져 놓고 발을 씻지도 않은 채 침대 위에 몸을 던졌다.

수만은 뜬눈으로 하루 낮을 보내고, 뜬눈으로 또 하룻밤을 보내고 있었다.

3-30

조명 빛이 연분홍에서 붉은색으로 변했다.

두 사람의 하얀 살결에 흐르는 땀이 붉은 조명을 받아 더 빨갛게 빛났다. 영숙은 머리맡의 티슈를 꺼내 주철의 얼굴에 맺혀 있는 땀방울을 닦았다. 주철이 뜨겁게 애무한 영숙의 젖꼭지가 아직도 아쉬움이 남았는지 붉은빛을 받아 더 붉게 보였다. 영숙이 티슈로 주철의 땀을 닦으려고 몸을 움직이자 크게 부풀어 오른 영숙의 젖무덤이 주철의 얼굴을 간지럽혔다.

두 사람은 말이 없었다. 시계를 보니 기본 시간에 연장까지 한 시간이 다 지나가고 있었다. 주철이 아쉬운 듯 다시 한 번 영숙의 얼굴과 가슴을 부드럽게 어루만졌다.

"일어날 시간이네. 하루가 참 빠르게 지나가네."

함께 있다가 집으로 갈 시간이 될 때마다 느끼는 기분이었다. 두 사람은 함께 있는 시간이 늘 부족했다. 함께 있고, 또 있어도 부족한 것은 시간이었다. 이렇게 하루 내내 있다가 헤어져 집으로 돌아가도 또 SNS로 대화를 했다.

주철이 영숙을 자기 앞으로 바짝 끌어당기더니 가볍게 키스를 했다. 영숙은 주철이 하는 대로 가만히 있었다.

헤어지기 더 싫은 사람은 영숙이었다. 처음 주철을 만나기 시작할 때는 걱정 반, 호기심 반이었다. 그런데 지금은 주철과 함께 지내는 일이 영숙의 일상생활이 되어 버렸다. 조금씩 깊어진 두 사람의 사랑은 인간이 정한 규정 범위를 한참 벗어나 있었다. 그래도 영숙은 과거를 후회하거나 앞날을 걱정하지 않으려고 했다.

지금 자기 행동은 학교와 사회에서 배운 인간의 윤리와 도덕에 어긋나고, 자기 제자들에게 가르치는 내용과 전혀 반대되는 것이었다. 하지만 영숙은 자기가 주철을 사랑하는 것을 멈출 생각이 없었다.

영숙이 원하는 것은 진실한 사랑이었다. 아무런 가식도 없고, 누구의 간섭도 없이 스스로 선택하고, 스스로 하는 사랑을 영숙은 원하고 있었다. 비록 그 사랑이 하룻밤 사랑이라도 좋았다. 더구나 사랑하고, 또 사랑해도 더 하고 싶은 사랑이라면 더 말할 나위 없이 조금도 망설일 이유가 없는 것 아니겠는가. 그렇게 하지 못할 바에는 차라리 죽는 편이 낫다고 영숙은 생각했다.

영숙이 집에 오니 질퍽하게 물에 젖은 남편의 신발이 홀로 놓여 있었다. 영숙은 남편이 있는 방에 눈길도 주지 않고 안방으로 들어갔다. 이미 식어 버린 사랑에서는 더 이상 온기를 느낄 수 없었다. 더구나 설레고 흥분되는 사랑을 하는 사람에게 죽은 사랑은 더 이상 사랑이 아니었다.

영숙의 몸과 마음에 진한 사랑의 울림이 스며들고 자신도 모르게 그 세상으로 더 깊게 빠져들었다.

3-31

초침 없는 시계가 열두 시를 넘어가고 있었다.
차라리 시계의 초침이,
'똑딱똑딱 소리라도 내고 간다면 얼마나 좋을까.'
가끔 이런 생각을 했다. 그렇지 않아도 공허하고 적적한 열다섯 평 오피스텔이 무덤 속처럼 시간이 멈추었다고 생각하면 그때마다 태문은 머리털이 곤두서는 느낌을 받았기 때문이다.
'그것이 무엇이 되었든 간에 멈춘 것보다 움직이는 것이 좋지. 죽은

것이 산 것보다 좋을 수는 없잖아.'

태문은 초침 없는 시계를 바라보며 내일은 무슨 일이 있더라도 시계를 고치든지 아니면 새로 사야겠다고 생각했다.

태문은 몇 시간째 컴퓨터 앞에서 머리를 싸매고 화면을 마주하고 있었다.

'설레임.'

단어를 커다랗게 화면에 새겨 놓고 더 이상 글을 이어 가지 못하고 있었다. 아무리 생각해도 무엇이 설레임인지 종을 잡을 수가 없었기 때문이다. 하다 못한 그는 국어사전에서 '설레임'이라는 단어를 찾았다.

〈'설레임'. '설레다'의 명사형인 '설렘'의 잘못입니다.〉

이렇게 친절하게 사전에 나와 있었다. 다시,

'설렘.'

을 찾았다.

〈마음이 가라앉지 아니하고 들떠서 두근거림. 또는 그런 느낌.〉

태문은 사전을 책상에 놓았다. 한참 동안 천장을 보았다.

'아, 설레임, 아니 '설렘'은 마음이 죽지 않고 살아 있는 것이구나. 죽지 않고 살아 있는 거. 멈추지 않고 앞으로 나가는 거. 어제를 버리고 오늘에서 내일로 가는 거. 내가 아닌 그것들에서 벗어나 나를 찾는 거. 그것들에게서 벗어나 다시 찾은 나에게서 나오는 느낌! 이것이 '설레임'이구나.'

태문은 머리를 끄덕였다. 다시 침묵 속으로 빠져들었다. 그에게 남은 숙제는 구체적인 '설레임'을 찾는 일이었다. 숙제는 태문의 앞날을 결정하는 숙제가 될 터였다. 태문은 숙제의 정답을 찾으려고 뜬눈으로 밤을 보냈다.

 비록 가을밤이 길다고 해도 하는 일에 따라서 짧은 시간이 될 수 있다. '설레임'에 대한 답을 찾는 하룻밤 가을은 태문이 원하는 답을 찾기에는 너무 짧은 시간이었다.

3 - 32

 시간이 지나자 뜨거워졌던 미현의 몸에서 열기가 사라졌다.
 미현은 불을 켜지 않고 소파에 앉아 어둠을 보았다. 어둠에 익숙해진 눈에 거실의 구석구석이 보였다.
 정면에는 대리석 벽이 거대한 장벽처럼 서 있고, 티브이가 마치 벽 너머 저쪽 세상으로 통하는 문인 양 까맣게 입을 벌리고 미현을 노려보고 있었다. 왼쪽 주방 벽 위쪽에 걸린 원형 시계의 시곗바늘이 금빛으로 빛을 내며 천천히 제 할 일을 하고 있었다. 오른쪽 베란다 창문에 보이는 높고 낮은 아파트들이 어둠 속으로 하나둘 묻히고 있었다.
 '세상은 하나만 있는 것이 아니다!'
 이런 생각이 들기 시작했다. 지금도 그렇지 않은가? 앞을 보면 벽에 붙은 시커먼 티브이가 있고, 왼쪽에는 금빛 시계가 세월을 보내고 있다. 오른쪽 창 너머에는 아파트 단지가 있다. 내가 어느 쪽으로 눈을 돌린 것인가가 관건이다. 내가 눈을 돌리는 그 방향. 거기에 내 세상이 있다.
 '내가 바라보고 있는 세상은 어느 방향이지?'

미현의 머리에 불현듯 자기가 살아 온 삶의 방향이 궁금해졌다.

'앞이었나? 아니면 뒤?'

아무리 생각해도 알 수 없었다. 앞, 뒤를 떠나서 진지하게 자기 삶의 방향을 한 번이라도 고민한 적이 있었던가?

잘 돌아보면 자기 앞날을 결정하기 위해 심사숙고한 일도 더러 있었을 것이다. 그러나 막상 그 일을 잡아내려고 하니까 선명하게 떠오르지 않았다. 굳이 찾아본다면 자기의 결혼 문제일 것이다. 결혼 상대를 결정하는 그때의 마음은 미현으로서는 최선의 심사숙고를 한 결과였다.

순수하고 진실한 마음으로 사랑했던 석민과 하룻밤을 보낸 것은 순전히 자기의 선택이었다. 현실을 쫓아 이경록을 남편으로 선택한 것도 자신이었다. 비록 이상을 버리고 현실을 택하기는 했지만, 그 결과도 절대로 나쁘지만은 않았다. 남편과 아들이 뜻하지 않은 사고를 당하기 전까지는 말이다.

그 다음부터는 미현이 자기를 위해 스스로 결정한 일이 거의 없었다. 남편의 사고 이후로 이십여 년 이상이 흘렀지만, 그녀의 삶은 다른 것들에 이끌려 살아온 것들이었다.

그렇다고 그런 삶이 꼭 옳지 않은 길이었다고 말할 수는 없었다. 그것도 나름대로 자기의 삶이었으니까. 그 삶도 더할 나위 없이 소중한 것임에는 틀림이 없으니까.

중요한 것은 타인의 영향을 받아 결정했던 대부분 미현의 삶은 온전히 그녀의 것이 아니라는 데 있었다. 주변으로부터 아무런 영향도 받지 않고 스스로 결정한 삶. 온전히 자신만을 위한 삶. 이런 삶이 미현에게는 없었다.

  외동딸 정애 집에 가서 손녀딸들을 돌보는 것만 해도 그렇다. 무남독녀 정애는 자식이 하나뿐이라는 것을 제외하고도 큰 사고 끝에 남은 자식이라 유난스럽게 소중한 자식이었다. 소중한 딸의 몸을 빌려 태어난 두 명의 손녀들도 더할 나위 없이 사랑스러웠다.

  이렇게 하는 것은 다른 사람들이 하는 것을 보나 여러 상황을 보나 옳은 길임이 틀림없어 보였다. 미현도 얼마 전까지는 조금도 의문을 품지 않은 일이었다.

  그렇지만 냉정하게 생각하면 매일 정애 집에 가서 손녀딸을 돌보는 일이 온전히 자기만을 위한 일이라고 할 수 있을까? 아무리 좋게 봐줘도 구십 프로는 자기 자신을 위한 일은 아니었다. 정애가 더할 수 없이 소중한 딸이고 손녀들이 사랑스러워도 그 일에 자기 자신을 백 프로 쏟아 붓는 것은 어쩌면 자기 삶을 낭비 하는 것이 아닐까? 마현의 생각이 여기까지 들었다. 그러나 곧,

  '내가 지금 무슨 짓을 하는 거야?'

  미현은 머리를 흔들며 그 생각을 지우려고 했다.

  소파에서 일어났다. 거실 조명을 끄고 안방으로 들어가 자리에 누웠다. 잠을 청했지만 쉽게 잠이 들지 않았다. 이리저리 몸을 뒤척이며 잠을 자려고 노력했지만 그럴수록 오히려 머리가 맑아졌다.

  '내가, 나 자신을 위해 스스로 결정하고 행동으로 옮기는 일을 찾을 수 있을까? 내가 꿈을 꾸고 그 꿈을 이루기 위해 앞으로 나갈 수 있을까? 내가 밤마다 춤을 추듯이 말이야. 누구도 강요하지 않고, 누구의

간섭도 없이 내가 원해서 추는 춤. 젊은이들의 노래를 틀어 놓고 완전한 나체로 추는 그런 춤. 붉은 조명을 마음껏 받고 내 마음대로 몸을 움직이는 그런 춤을 출 수는 없을까? 이 세상에서 단 한 번이라도.'

미현은 오지 않는 잠을 억지로 청하고 싶지 않았다. 거실로 나와 소파위에 가부좌를 틀고 앉아 몸과 마음을 집중했다.

'내가, 나 자신에게 감동을 주는 일을 하려면, 나는 나에게 무슨 일을 해야 할까?'

미현의 밤은 길었다. 덩달아서 고민도 깊어졌다. 밤을 새워가며 자신을 찾고, 스스로 만족할 수 있는 길을 찾아 거리를 헤맸다. 그런 미현의 머리에 희미한 안개 속에서 소리 없이 나타난 길처럼 무언가가 슬며시 얼굴을 내밀었다.

미현이 자리에서 일어났을 때는 시계가 아침 열 시를 넘기고 있었다.

베란다에서 카나리아의 노랫소리가 들렸다. 새집 문을 열어 놓은 지라 카나리아들이 새장을 들락거리며 부르는 노래였다. 미현이 새장 문을 활짝 열어 놓았지만 카니리아는 새장에서 멀리 떠나지를 못했다. 언제나 새장 근처를 빙빙 돌며 명랑한 목소리로 노래를 불렀다.

"안녕, 파랑새?"

미현은 카나리아를 파랑새라고 부르기를 좋아했다. 왜 그렇게 부르는지 미현도 그 이유를 정확하게 알지 못했다.

4

외줄 위의 사람들

4-1

　가을이면 주말마다 열리는 '펀펀 음악회'도 끝이 났다.
　여기저기 무질서하게 놓여 있는 평상에 앉아서 늦가을의 음악회를 즐기던 관중들이 자리를 떠난 지도 오래되었다. 뒷정리를 하던 가수들과 연주자들도 마이크며 악기들을 회색 밴에 싣고 산 아래 어디론가 내려갔다.
　이제 남은 것은 바람과 바람에 뒹구는 나뭇잎과 적막한 산중의 외로움을 지켜보는 태문의 어둡고 긴 실루엣뿐이었다.
　계족산은 가을과 하나가 된 태문을 품에 안고 자연의 순환법칙에 따라 한 세상에서 또 다른 세상으로 옮겨가고 있었다.

　태문은 문득,
　'일 년은 하루 같고 하루는 자기와 같다.'
　이런 생각이 들었다.

돌이켜 보면 태문의 삶도 일 년이나 하루와 다를 바가 없었다. 세월이 흐르면서 태문을 웃고 울게 만드는 희로애락의 물결이, 자연에서 일어나는 변화와 같다는 생각을 한 것이다.

'나에게도 피 끓는 시절이 있었지. 지금은 그 시절을 생각할 여력도 없지만.'

불현듯 지나온 옛 시절이 떠올랐다. 이따금 밀물처럼 그의 몸과 마음을 휩쓰는 젊은 시절은 태문을 아련한 추억의 한 모퉁이로 끌고 갔다.

그것도 잠깐뿐. 태문은 사념을 버리려고 머리를 흔들었다.

산그늘이 밀려오자 태문은 추위를 느꼈다. 점박이 등산복의 앞 지퍼를 조금 올리고 막 자리에서 일어나는데,

"안녕하세요?"

약간 높은 음색의 중년 여성 목소리가 들렸다.

처음에 태문은 자신을 부르는 목소리라고 생각하지 않았다.

지금까지 셀 수 없이 계족산을 올라왔지만, 자기에게 아는 척하는 사람은 거의 없었다. 더구나 늦은 오후 시간에 자기를 알아보는 사람이 있으리라고 전혀 생각하지 않았다. 그렇지만 또 다시,

"안녕하세요?"

누군가가 부르는 소리에 뒤를 돌아보았다.

"안녕하세요? 아직 안 내려가셨어요?"

오십 후반으로 보이는 여성이 자기를 보며 웃고 있었다. 그녀의 얼굴이 노을빛을 받아서 석양의 햇살처럼 빛났다.

"아. 안녕하세요?"

태문은 자리에서 일어서다 말고 엉거주춤한 자세로 마주 인사를 했다.

4. 외줄 위의 사람들

"저희 모르시겠어요? 얼마 전에 뵈었죠? 임도 삼거리 부근에서요."
 말하는 여인은 '조금 재미있다.'라는 표정을 지었다.
 "얘, 미현아, 너도 인사해. 얼마 전에 산디마을이 보이는 언덕에서 만났잖아. 왜 그 아저씨 말이야."
 "또, 뵙네요."
 미현이 어색한 표정을 지으며 태문에게 인사를 건넸다. 불현듯 '설렘'이라는 단어가 미현의 머리를 스치고 지나갔다. 미현의 붉은색 등산복이 가을과 어우러져 그녀의 얼굴이 별빛처럼 반짝였다. 태문은 말없이 보일 듯 말듯 미소를 지었다.
 "지난번에 인사드렸죠? 저는 영숙이예요. 신영숙. 얘는 서미현이고요."
 태문이 묻지도 않았는데 신영숙이라고 하는 여인이 자기들을 소개했다.
 "아, 저는 강태문입니다. 반갑습니다."
 어디서 용기가 났는지 태문 자신도 알 수가 없었다. 평소에 잘하지 못하던 자신 있는 목소리로 자기를 소개했다.
 "왜 안 가고 계세요? 시간이 많이 되었는데요. 사람들도 없고…."
 태문은 평상 위에 놓아둔 배낭을 집어 들었다.
 "버스를 기다려야 하거든요. 어차피 버스 정류장에서 기다려야 해서…."
 "차 안 가져오셨어요? 그럼 저희 차 타고 가세요. 어디에 사시는데요?"
 영숙은 태문이 답변할 기회를 주지 않고 물었다.
 "관평동에 삽니다."
 "관평동요? 관평동 어디요?"
 "얘, 영숙아."

미현이 재촉하는 영숙을 의식한 듯 옆구리를 툭 쳤다.

4-2

　세 사람은 갈색 인조 목제 길을 따라서 걸었다.
　빠르게 내려갈 수 있는 콘크리트길도 있었지만, 경사지고 딱딱한 길을 따라 걸을 이유가 없었다. 가을저녁 냄새가 좋았고, 어렴풋이 밀려오는 땅거미도 좋았다.
　특히 그들은 일찍 산에서 내려갈 이유가 없었다. 빠르게 내려간다 해도 딱히 해야 하는 일이 없었기 때문이다. 이제 집에 가면 씻고, 밥 먹고, 자는 일밖에는 없지 않은가. 서두를 이유가 전혀 없었다. 느릿하게 걷는 그들 곁을 제법 쌀쌀한 바람이 동행했다.
　'가을바람 같네.'
　앞서가는 태문의 뒷모습을 보며 미현은 생각했다.
　미현은 왜 그런 생각을 했는지 자신도 알 수 없었다. 작지 않은 체구와는 어울리지 않게 힘이 없어 보였고, 초라한 그의 어깨가 세상의 모든 근심·걱정을 짊어지고 가는 것 같이 보였기 때문일까? 아니면 어두워지는 계족산 하산길의 땅거미에 묻혀 태문의 모습이 사라져 가고 있기 때문일까. 미현은 계속해서 말을 하는 영숙에게 귀를 기울이지 않고 힘없이 내딛는 태문의 발걸음을 세어 가며 길을 내려갔다.
　'저랬을 거야. 공주에서 석민 오빠도.'
　미현은 공주에서 하룻밤을 함께 보낸 석민을 떠올렸다. 결혼을 며칠 앞두고 하나가 되었던 그날 밤. 석민이 일어나기도 전에 석민을 호텔에 혼자 두고 자기가 먼저 호텔을 나오지 않았던가. 사실 미현 자신도 무슨 정신으로 그 호텔을 떠났는지 기억하지 못했다.

가슴 속 깊이 사랑하는 사람을 두고 다른 사람과 결혼해야 하는 미현 자신이 정말 미웠다. 현실과 이상 사이에서 슬픔과 고민의 날을 지새우다가 결국에는 현실에 굴복하고 두 사람에게 지울 수 없는 상처를 남겼던 아픈 추억! 지금도 미현은 그때의 아픔에서 헤어나지 못했다.

생각해 보면 철없는 시절의 결정이라고 하기에는 미련이 많이 남은 결정이었다. 하지만 똑같은 상황에서 다시 한 번 더 결정해야 한다면 어떻게 할 것인가? 미현은 그때와 다른 결정을 할 자신이 없었다. 그 결정은 순전히 미현 자신의 앞날을 위한 현실적인 결정이었고, 누구도 미현의 결정이 잘못된 것이라고 말할 수 없다고 미현은 생각했다.

그렇지만 석민의 처지에서 본다면 어떨까? 먼저 손을 내민 것도 미현이었다. 두 사람의 관계가 무르익어 갈 때까지 더 적극적이었던 사람도 미현이었다. 두 사람의 관계를 끝낸 것도 미현이었다.

어디를 봐도 두 사람의 관계는 미현에서 시작해서 미현에서 끝이 났다. 당연히 가해자는 미현이었고 피해자는 석민이었다.

미현과 석민의 관계에서 지난 수십 년 동안 미현을 괴롭히고 있는 것은 자신은 가해자이고 석민은 피해자라는 죄의식이었다. 자기가 진심으로 사랑하는 사람에게 지울 수 없는 상처를 주었다는 이런 죄의식이 미현을 평생 괴롭히고 있는 것이다. 그러면서 석민 하면 떠오르는 생각 중 하나가 바로 강태문이라는 초로의 남자가 지금 보여 주고 있는 허수아비 같은 모습이었다.

　무언가 깊은 생각에 잠겨 힘없이 걸어가는 모습. 가을걷이가 끝난 허허들판의 해 질 녘 풍경. 영혼은 어디론가 사라지고 뼈만 남아 허우적거리는 말라빠진 육신.

　미현은 자신이 공주 백제 호텔에 석민을 혼자 두고 나온 뒤로 석민을 생각할 때마다 자신을 괴롭히는 이미지를 지금 강태문이라는 남자에게서 보고 있었다.

　세 사람은 황톳길을 걸어 천천히 내려왔다.

　발바닥에 닿는 황토의 진한 느낌이 그들을 깨웠다. 오른쪽으로 가로등 불빛이 수면에 일렁이는 조그만 호수를 지나자 아름드리 벚나무가 양편으로 길게 늘어서서 세 사람을 맞이했다. 늦게 하산하는 등산객 서너 명이 앞서가고 있었지만, 그들도 어둠에 묻혀 세상에서 사라져갔다.

　이제 세상은 어둠의 시간이 되었다. 어둠은 모든 것을 지우고, 모든 것을 덮었다. 살아 있는 것이든, 죽어 있는 것이든 어둠 앞에서는 그 존재가 없었다. 아니 그렇게 보였다.

　그러나 우리가 조금만 정신을 집중한다면 아무리 어두운 세상이라 해도 그 어둠 속에는 분명한 길이 있다. 앞서가는 사람들의 발걸음 소리가 들리고, 사람들이 무언의 대화를 하고, 흔들리며 떨어지는 낙엽들의 흐느낌이 있었다.

　이렇게 아무 것도 보이지 않는 것 같은 어둠 속에도 길은 있다. 다만, 그 길은 스스로 원해서 길은 찾는 자들에게 보이는 길이었다. 마치 시들어 가는 우리들의 삶에서 자신의 존재를 찾으려고 노력하는 사람들에게 놓여 있는 길처럼!

4-3

"관평동 어디예요?"
 붉은 그랜저의 운전대를 잡은 영숙이 백미러에 비추는 강태문과 애써 눈을 맞추며 물었다. 밖은 이미 어두워져 실내등을 켜지 않은 차 안에서 뒷좌석의 태문이 보일 리 없었지만, 영숙은 마치 둘이 얼굴을 마주하고 있는 것처럼 말했다. 창밖을 물끄러미 바라보고 있던 태문이 잠에서 막 깨어난 사람처럼,
 "아, 디티비안 오피스텔입니다. 저, 테크노 아울렛 맞은편에 있습니다."
 "테크노 아울렛요?"
 관평동 지리를 잘 알지 못하는 영숙이 되물었다.
 "아, 예. 혹시 킹스파 불가마 아세요? 그 사우나 바로 옆 건물입니다."
 "……?"
 태문의 말을 영숙은 이해하지 못했다. 영숙이 관평동에 오는 것은 미현을 만나러 오는 일 외에는 없었다. 당연히 영숙이 관평동에 대해 알고 있는 것은 미현의 백조 아파트밖에 없었다. 이런 사정을 잘 아는 미현이,

"영숙아, 우리 아파트로 가. 강 선생님 사시는 오피스텔도 바로 거기에 있어."

영숙은 알았다는 듯이 옆자리에 앉은 미현을 슬쩍 보았다.

붉은 그랜저가 어둠을 뚫고 회덕을 지나 좌회전 길로 들어섰다. 크고 작은 공장에서 일을 마치고 막 퇴근하는 차량들이 길에 가득했다.

"퇴근 시간인가 보네, 미현아. 시간이 늦을 것 같은데 저녁 먹고 갈까?"

"그래, 그러는 게 좋겠다."

저녁 식사를 하고 가자는 영숙의 제안에 미현이 동의를 하며, 아무 말이 없는 태문에게,

"선생님은 어떠세요? 저녁 들고 가시죠."

뒤를 돌아보며 미현이 말했다. 창밖에 있는 무언가를 찾으려는 듯 줄곧 유리창 너머에서 시선을 떼지 않고 있던 태문은 갑작스럽게 미현과 눈이 마주치자 당황스러운 표정을 지었다.

"아. 아닙니다. 저는 집에 가서….”

"사모님이 기다리세요? 사이가 좋으신 모양이네요. 하하."

영숙이 장난기가 섞인 말투로 물었다. 뜻하지 않은 영숙의 물음에 태문은 조금 놀란 듯이,

"아. 그렇지는 않습니다. 그냥 집에 가는 게 편할 것 같아서….”

몇 년 동안 사람들과 접촉을 별로 하지 않은 태문은 낯선 사람들과 이야기하는 것이 어색했다. 할 말도 없을 뿐 아니라 괜히 긴장하여 실수할까 봐 걱정되었고, 또 타인과 엮이는 것이 싫었기 때문이다.

혼자 있는 것이 여러 면에서 좋았다. 갑작스럽게 차 안에 정적이 맴돌았다.

앞에서 미현이 영숙에게 몇 번인가 길을 안내하는 소리가 나직하게 들렸다. 차분하면서도 맑은 목소리가 침침한 분위기를 한결 부드럽게 해 주었다.

영숙의 붉은 그랜저가 디티비안 오피스텔 앞에 멈췄다.

건설한 지 십 년이 넘는 오피스텔은 아직도 늠름한 자세로 세상을 내려다보고 있었고, 주변 상가에는 저녁 식사를 하는 손님들로 붐볐다.

태문은 옆에 놔둔 배낭을 들고 차 밖으로 나왔다. 제법 써늘한 공기가 태문을 맞이했다. 그는 배낭을 오른쪽 어깨에 걸치고 허리를 굽혀 안쪽을 바라보며,

"감사합니다. 조심해서 가세요."

가볍게 인사를 하고 돌아섰다.

인사를 마친 태문이 다른 사람들에게 묻혀 오피스텔로 들어가려는데,

"강 선생님. 잠깐만요."

언제 차에서 내렸는지 영숙이라는 여인이 부르는 소리가 들렸다. 태문은 자기를 부르는 소리에 뒤로 돌아섰다. 영숙은 차문도 제대로 닫지 않고 급하게 오더니,

"선생님. 잠깐만요."

"……?"

"선생님, 죄송하지만 선생님 핸드폰 좀 줘 보세요."

태문은 밑도 끝도 없는 영숙의 요구에 약간 당황한 듯,

"핸드폰요?"

의아스러운 눈으로 영숙을 보았다. 그의 얼굴에 이해할 수 없다는 표정이 역력했다.

"예, 선생님 핸드폰요. 전화기."

영숙의 재촉에 태문은 자기도 모르게 등산 배낭 안에서 오래된 핸드폰을 꺼내 주었다. 자신도 언제 통화를 했는지 기억도 나지 않는 핸드폰이었다.

태문의 손에서 전화기를 빼앗다시피 한 영숙은 키보드를 열고 어디론가 전화를 걸었다. 몇 번의 신호음이 들리자 영숙은 전화를 끊고 태문에게 핸드폰을 건넸다. 어리벙벙하게 핸드폰을 받는 태문에게,

"선생님, 잘 들어가세요. 다음에 또 볼게요."

알쏭달쏭한 말을 남기며 태문을 보고 웃었다. 태문은 무엇이 어떻게 돌아가는지 파악이 되지 않았다. 태문은 그 자리에 서서 급하게 자기 차로 돌아가 문을 닫고 거리의 불빛 속으로 사라지는 붉은 차 뒤를 한참 바라보다가 오피스텔로 들어갔다.

4-4

쿵쾅거리는 음악 소리와 번쩍이는 조명에 클럽 안은 어지러웠다.

어디에 앉을까? 주춤거리는 수만 일행에게 나이가 듬직한 여자가 와서 그들을 안내했다. 일행은 여자가 안내하는 자리에 앉았다. 맥주 몇 병과 땅콩 안주를 주문했다.

누구도 말이 없었다. 점심때 마신 술기운이 있어서 진한 농담이나 헛소리를 한 번쯤 할 만도 한데 이상하게 침묵을 지켰다. 어색한 분위기를 깨려고 총무가 일어나 빈 잔에 맥주를 따랐다.

"자아, 회원님들. 한 잔 쭈욱 마십시다."

그것을 본 일행은 누가 먼저라고 할 것도 없이 거품이 뽀얗게 이는 맥주를 잔에 부었다. 누구는 한 번에 한 잔을 들이마셨고, 누구는 한 모금만 마시고 잔을 탁자에 놓았다.

"참 인간들 많네. 오늘 탑정호에 대한민국 늙은이들이 모두 왔나 보네."

귀청을 때리는 음악 소리에도 나지막하게 웅얼거리는 회원의 말을 모두 알아들었다. 그들 모두 같은 생각을 하고 있었기 때문이었다.

"그러게 말일세. 빈자리가 없네그려. 우리나라에 늙은이들이 이렇게 많았나? 벌건 대낮부터 완전 지랄 판이구만. 총무 한 잔 더 주게."

얼굴 주름이 돼지 배때기처럼 늘어진 김팔봉이 듬성듬성한 흰 머리카락을 마른 장작 같은 손가락으로 빗어 넘기며 총무에게 빈 잔을 내밀었다.

클럽 안은 빙빙 돌며 어둠과 밝음을 넘나드는 오색 조명과 귀청을 때리는 음악 소리, 흐느적거리는 인간들이 하나가 되어 정신없이 돌아가고 있었다. 그늘진 곳에서 세상이 미쳐 있었다. 그 미친 세상은 인간들이 박자를 맞춰 분위기를 더 북돋우자 제 정신마저 잃었다.

"씨빨. 너도 돌고 나도 돈다. 돌고 도는 것이 인생 아니더냐."

회장 박근우가 술에 취했는지 자리에서 벌떡 일어나더니 두 팔을 치켜들고 허공을 휘저으며 버럭버럭 고함을 질러 댔다. 그러다가 엉덩이를 반쯤 들고 몸을 이리저리 흔들어 대며 춤을 추기 시작했다. 지푸라기 같은 박근우의 몸이 기울어질 듯하다가 다시 서고, 넘어질 듯하다가 다시 일어섰다.

'끈 떨어진 연이네. 꼬리도 없는 방패연.'

수만은 어슴푸레한 그림자에 갇혀 허깨비처럼 실실대고 있는 회장을 보며 어린 시절 봄 동산 언덕에서 연을 날리던 풍경을 떠올렸다. 연줄이 끊어져 기우뚱대며 언덕 너머로 사라지는 연들의 모습과 지금 실실대며 허우적거리는 회장의 모습이 또 같다고 생각했다.

철없고 아름답기만 했던 어린 시절의 연날리기는 다시없이 즐거운 놀이였다. 봄날의 햇살은 모두 자기 것이었고, 들녘을 뒤덮은 꽃들은 자기를 위해서 피어난 꽃들이었다.

행복하고 즐거웠던 시절의 연날리기 놀이에서 갑자기 줄이 끊어진 연이 저 멀리 날아갈 때의 슬픔이라니. 마음껏 하늘을 날고, 마음껏 희망을 찾아 세상을 누비던 그 연이, 지탱하던 줄에 버림을 받고 알지도 못하는 곳으로 비틀거리며 떠나는 그 모습이 지금 수만의 눈앞에서 다른 모습으로 펼쳐지고 있었다.

몇 무리의 사람들이 또 들어왔다. 나이가 제법 듬직한 사람들은 술에 많이 취했는지 입구에서부터 왁자지껄 떠들어 댔다. 그들 중 몇 사람은 빈 테이블에 자리를 잡았고, 몇 사람은 들어오자마자 침침한 조명이 겨우 생명을 유지하는 무대로 갔다.

좁은 무대에는 갈대밭의 갈대처럼 많은 사람이 들어차서 제대로 몸을 움직일 수도 없었다. 그들은 춤을 추는 것이 아니라 이파리가 다 떨어진 멀대처럼 서서 비틀거렸다. 그것은 갑자기 불어 닥친 바람에

넓고 넓은 하늘을 마음껏 날던 수십 개 연줄이 끊어져 허공에서 중심을 잃고 허우적거리던 몸부림이었다. 또한 끝나가는 연극무대에서 마지막 연극을 하는 꼭두각시들이 절망의 고통에서 벗어나려고 질러 대는 마지막 절규의 외마디 소리이기도 했다.

무대의 어두운 그늘에서, 갈대처럼 이리저리 쏠리는 어지러움 속에서, 영혼은 어디론가 사라지고 빈 껍질로 포장된 수많은 군상이 줄 끊어진 연처럼 길을 헤매고 있었다.

삼정물산 테이블에 빈 맥주병이 가득 쌓였다.

총무가 다섯 병의 맥주와 두 개의 안주를 더 주문했다. 일행들도 이제는 술에 취했다.

일행 중 비교적 나이가 적은 상무 박영철이 술잔을 들고 자리에서 일어났다.

"형님들. 후배님들. 우리 남은 생을 위해서 건배합시다. 잔 쭉 들이켜고 나가서 한판 놀고 옵시다."

잔을 비우고는 옆에 있던 회장의 손목을 잡아끌었다. 회장 박근우가 자리에서 일어서려고 하는데,

"어마, 오빠들 여기서 또 만나네."

오십 후반으로 보이는 여자 세 명이 삼정물산 일행들에게 다가와서 다짜고짜 자리에 앉았다. 총무가 엉거주춤하게 일어나 자리를 양보하자 키가 제법 큰 여자가 튼실한 엉덩이를 들이밀었다. 찰진 살덩어리가 총무의 허벅지를 스쳤다.

"아이고, 귀여운 여우들. 잘 왔구먼. 이리 오게, 이리 와."

나이가 칠십이 넘은 송재호가 다른 여인의 허리를 바짝 안아 자기 무릎 쪽으로 끌어당겼다. 나이는 들었지만 제법 여성의 체취가 물씬 풍겼다.

"아니, 오라비님들, 이러고 있으면 어떻게 한대. 술 한 잔 줘봐."

누가 먼저라고 할 것도 없이 세 여자가 거의 동시에 빈 잔을 내밀었다. 회장이 맥주가 가득한 병을 들고는,

"그래그래, 먼저 한 잔 받게. 실컷 마셔. 오늘 아니면 언제 또 마시겠나. 가야 할 날도 얼마 남지 않았는데 좀 즐기며 가자고. 어서 마셔. 이 오라비가 실컷 따라 줄게."

여자들이 합석하자 분위기가 확 바뀌었다. 침묵을 지키고 있던 김상곤마저 덩달아 흥이 나는지,

"오랜만에 살 좀 섞을 수 있을까? 어이, 아줌마. 오늘 어떤고?"

"하는 거 봐서지. 그냥 줄 수 있나요."

"말만 잘해도 가능해."

"어이 총무, 나가서 모텔 좀 잡아 놔. 이따가 써먹게."

"그래, 늦으면 방 없겠다."

"상무님 알겠습니다. 대신 형수님께 책임은 못 집니다."

한바탕 실한 농담이 오고 갔다. 맥주가 부족한지 총무가 또 다섯 병을 주문했다.

몇 순배 술잔이 돌고 나자,

"오빠들, 일어나. 내 젖만 주물럭거리면 뭐 나와. 저기 가서 한바탕 놀자고."

"자아, 일어납시다. 우리도 무대 구경 좀 해야죠."

여자와 총무가 부추기자 일행 중 몇이 자리에서 일어나 무대로 나갔다. 그들은 바람에 날리는 끊어진 방패연이 되어 어두운 무대 속으로 사라졌다.

4-5

 밤하늘은 검은 청색 빛이었다.
 눈이 시리도록 파란 하늘에 세월의 아픔과 쓸쓸함이 통째로 안겨 있는지 하늘 가득한 별들이 금방이라도 쏟아질 듯 눈물을 흘리고 있었다. 그 하늘 한가운데에 덩그러니 홀로 있는 둥근 달마저 슬픈 얼굴로 창백하게 세상을 내려다보았다.
 침대에 누우니 암막 커튼 사이로 창밖 세상이 보였다. 틈 사이로 보이는 가을밤이 깜깜했지만 어두운 빛을 따라 들어오는 노란 달빛만은 유독 수만의 가슴으로 파고들었다.
 후문 집에 가서 국밥에 막걸리를 더 하자는 총무의 유혹을 뿌리치고 곧바로 집으로 돌아왔다. 술을 별로 좋아하지 않는 수만이었지만 오늘은 제법 많은 술을 마셨다. 그래서 그런지 저녁밥을 먹지 않았어도 배가 고프지 않았다. 단지 술기운에 머리가 어지럽고 약간의 숙취가 수만을 괴롭힐 뿐이었다.
 몇 시나 되었을까? 아내가 들어오는 소리가 들렸다. 출입문이 열리는 소리가 거실까지 울리더니 거실을 지나 안방으로 들어가는 발걸음이 수만의 귀청을 태풍처럼 때렸다.

오늘 낮에 본 탑정호 콜라텍 광경이 떠올랐다.

나이도 필요 없었고, 남녀 구별도 없었다. 그저 마시고, 껴안고, 흔들고 놀면 그만이었다. 그들에게는 나이가 들 때까지 가지고 있었던 최소한의 꿈이나 희망이 없었다. 철 지난 잡초처럼 말라비틀어지고 이리저리 떠다니는 부평초처럼 자신이 아닌 다른 것이 조종하는 대로 움직이고 있었다.

그들에게는 젊은 시절, 아니 소위 잘나가던 시절에 언제나 지니고 있었던 스스로에 대한 자부심이나 목표를 향한 열정은 이미 사라진 지 오래였다.

"어이, 김 전무 술잔이나 돌려. 오늘 몽땅 한번 취해 보자고."

"그러자고. 예쁜 암컷들이 있으니 더 좋네그려."

"니기미, 이래도 한세상, 저래도 한세상. 남은 세월이나 신나게 살아 보자고."

'해는 저물어서 어두운데 찾아오는 사람 없고….'

일행 중 무대에 나가지 않은 몇몇 회원은 자리에 앉아서 연거푸 술잔을 돌리며 횡설수설하고 있었고, 몇몇은 술에 취해 널브러져 있었다.

무대 위는 가히 난장판이었다. 늙은이 턱주름 같은 조명은 이리 비틀 저리 비틀거리고, 그 조명 아래 빽빽하게 들어선 허수아비들은 가을바람에 낙엽처럼 허우적거리고 있었다. 누구는 혼자서 쓰러질 듯 휘청거리며 무대 위를 서성거렸고, 누구는 누구를 껴안고 마른 몸을 흔들어 대고 있었다.

게슴츠레한 눈으로 무대를 바라보던 수만은 불현듯 그 광경을 어디선가 많이 보았다는 생각이 들었다.

'어디서 보았더라?'

자기의 주량을 넘게 술을 마신 수만은 몸을 이기지 못할 정도로 술에 취해 있었다. 하지만 지금 무대 위에서 벌어지고 있는 꼴을 보니 자신도 모르게 머릿속을 스치는 광경이 안개처럼 지나갔다.

'아니, 본 것은 아니지. 그래 눈으로 본 광경은 아냐.'

그는 잔뜩 오른 취기를 깨우려는 듯 손바닥으로 머리를 툭툭 쳤다. 순간적으로 주변의 소음이 사라지고 눈앞에서 번쩍이는 나이트 조명도 꺼져 버렸다. 한 차례 미지근한 바람이 머릿속을 빗질하며 지나갔다.

'그래, 그렇구먼. 맞아. 그 생각이야.'

수만은 마치 술을 한 잔도 마시지 않은 사람처럼 조금 전에 머리에 떠올랐던 생각이 무엇인지 알았다는 듯 머리를 끄덕였다.

4-6

언제부터였는지 정확하지는 않지만, 그것은 분명히 일어난 일이었다.

열정적으로 꿈을 꾸고, 몸과 마음을 다해서 사랑했던 그 시절이 언제, 무슨 이유로 끝났는지 수만은 알지 못했다. 그러나 가랑비에 옷 젖듯이, 봄바람에 얼어붙은 강물 녹듯이 변한 것 또한 사실이었다.

이런 변화가 시작된 것은 가을이 끝나갈 무렵, 높고 넓은 시베리아 하늘의 차가운 공기가 한반도에 불어와 산천초목을 얼려버린 계절이었다. 그때를 맞춰 수만의 가정에도 냉랭한 공기가 집안을 메우기 시작했다.

수만과 영숙이 각방을 쓰기 시작한 것도 이 무렵이었고, 함께 외출하지 않는 것도 이 무렵이었다. 거실에서 얼굴을 마주쳐도 서로 쳐다보지도 않는 것도 찬 바람이 부는 이 계절이었고, 어느 한쪽이 밤을 새우고 들어와도 관심이 없었던 것도 이 무렵이었다.

두 사람은 이렇게 변한 사실을 알지 못했을 뿐만 아니라, 이렇게 변한 것을 조금도 이상하게 생각하지 않았다. 그저 살아가면서 자연스럽게 일어나는 일이라고 여겼다. 봄이 여름이 되고, 가을이 겨울로 변하는 것처럼 어쩌면 당연한 일이라고 생각했다.

수만과 영숙의 관계가 시베리아 대륙성 한랭 기온을 넘어 이제는 돌이킬 수 없는 그린란드 빙하가 되었지만, 오히려 두 사람은 그런 분위기를 은근히 즐겼다.

그런 일이 있고 나서부터 수만의 삶은 예전의 열정적이고 꿈과 자신이 가득했던 시절은 사라졌다. 자기가 가야 할 목적지도 잃어버렸고, 헝클어지고 뒤틀린 삶의 여정에서 벗어나고자 하는 생각마저 없었다.

이런 일은 비단 수만만의 문제가 아니었다. 지금 이 클럽에서 술과 조명에 의지하고 있는 사람들이 수만과 같은 처지에 있었다. 어쩌면 수만보다도 더 깊은 방황의 수렁에 빠져서 허우적거리고 있는지도 몰랐다.

수만은 무대에서 미친 듯이 허수아비 춤을 추고 있는 그들을 보며 자신과 아내를 떠올렸다. 가정이 갖고 있어야 할 평안과 행복과 사랑이 집에서 사라졌지만 두 사람은 예전의 가정으로 돌아갈 꿈도 열정도 없었다. 두 사람은 가정을 떠나 파리하고 시든 몸과 마음으로 거리를 헤매며 그들의 삶에서 허수아비 춤을 추고 있었다.

그래서 지금 무대 위에서 벌어지고 있는 광경이나 자기와 아내가 만들어내는 삶의 궤적이 쌍둥이처럼 닮았다는 생각이 든 것이다. 슬프게도 삶의 방향을 잃고 무대 위에서 저들이 보여 주는 행동은 아내와 자기가 보여 주는 결혼생활의 또 다른 모습이었다.

4-7

"좌우지간 여편네는 마른 북어 쥐어 패듯이 다뤄야 해. 옛 어른들의 말이 하나도 틀리지 않아."

수만의 옆자리에서 연거푸 맥주를 마시던 송 전무가 혼자 중얼거리듯 된소리를 뱉었다. 언제 왔는지 오십이 좀 넘어 보이는 여자가 총무 무릎에 걸터앉아 입맞춤하고 있었다. 총무도 덩달아 흥이 났다. 여인의 허벅지 사이로 손을 넣고 구름 속을 헤매고 있었.

수만은 술에 취해 정신이 없었지만 바로 눈앞에서 벌어지는 광경을 똑바로 마주 볼 수 없어서 얼굴을 돌렸다.

'너도 저러겠지. 붉은 조명 모텔에서….'

갑자기 아내의 까무러지는 신음이 방안에 가득했다.

암막 커튼 사이로 가을밤의 검붉은 하늘이 음습하게 숨어들고 그 틈을 놓칠세라 노란 달빛이 서글프게 따라 들어오며 수만의 가슴을 후볐다.

수만의 가슴이 심하게 요동치기 시작했다. 두근거림을 넘어 가슴이 저미었다. 숨쉬기가 어려워지자 수만은 오른손으로 왼쪽 가슴을 쿵쿵 때려 보았지만 터질 듯 발작하는 가슴은 진정될 기미가 없었다.

그는 이불을 걷고 자리에 앉았다. 통증을 참고 가슴을 활짝 연 다음 심호흡을 했다. 몇 번의 깊은 숨을 들이마시고 나자 광란을 부리던 가슴이 겨우 진정이 되었다.

검푸른 하늘빛이 수만의 얼굴을 비추자 수만의 표정이 하늘색으로 변했다. 찬 바람이 깊은 한숨을 내뱉으며 지나갔다. 수만은 자신도 모르게 한 차례 몸을 부르르 떨었다. 발끝에서부터 머리끝까지, 가슴을 넘어 영혼 저편까지 참을 수 없는 분노의 전율이 치솟아 올랐다. 어느새 수만의 몸과 마음이 구름에 가려진 달빛을 받아 노랗게 변하고 있었다.

얼마나 지났을까. 한참 동안 침대 머리에 앉아 창밖을 주시하던 수만의 몸이 약간 기울어졌다. 수만은 침대 머리맡 베개 밑에서 칼을 꺼내 들었다. 시퍼런 살기가 방안에 번득였다.

그는 익숙한 자세로 칼자루를 잡고 칼을 바로 세운 다음 다른 손으로 칼날을 어루만졌다. 차가운 칼날에 수만의 피가 흘러내렸다. 다시 한 번 칼자루를 힘주어 잡은 수만은, 그 칼끝을 영숙의 방으로 돌렸다. 수만의 눈에서 보름달보다도 더 진한 노란빛이 쏟아졌다.

수만은 침대에서 일어나 방문을 열었다. 불 꺼진 거실이 무저갱의 동굴처럼 아가리를 벌리고 수만을 노려보고 있었다. 살을 깎아내는 찬바람이 소파에서 장식장으로 불다가 이내 회오리바람을 일으키며 아내가 자는 안방으로 불어 닥쳤다. 뜨거운 열기가 화염을 일으키며 회오리바람에 실려 한바탕 거실을 휘저었다.

수만의 손에 잡힌 칼날이 시퍼런 광채를 내뿜었다. 그의 얼굴이 붉다 못해 검게 변하고 살기등등한 눈빛이 거실을 밝혔다. 수만은 아내가 잠자고 있는 안방으로 천천히 다가갔다. 소리 없이 문을 열었다.

4-8

민서가 시어머니 병간호 때문에 이사 온 지도 벌써 삼 년이 넘었다.
지난 이 년 동안은 어머니가 스스로 몸을 돌볼 수 있어서 민서가 하는 일은 그렇게 힘이 들지 않았다. 어머니가 드실 음식을 만들고 옷가지를 깨끗하게 빨아서 옷장에 넣어 두면 되는 일이었다.
하지만 근래에 들어와 민서의 일이 부쩍 늘었다. 건강이 눈에 띄게 나빠진 시어머니는 이제는 몸도 혼자서는 간수하기 어려울 지경이었다. 먹는 것도 혼자서는 못했고 화장실 출입도 누군가의 도움을 받아야만 가능했다. 때때로 정신마저 혼미해져 사람을 제대로 알아보지 못하는 경우도 많았다. 그러나 정작 민서를 힘들게 하는 것은 따로 있었다. 그것은 시아버지에 대한 시어머니의 사랑이었다.
민서가 아침에 일어나 가장 먼저 하는 일은 안방에 불을 켜고 어머니의 상태를 살펴보는 일이었다. 전날 밤에 주무시는 것을 확인하고 불까지 끄고 나갔지만, 아침이 되면 무슨 변화가 있는지 먼저 확인한 후 민서의 일과가 시작되는 것이다.
이럴 때 민서는 어머니의 손을 먼저 보았다. 어머니가 사진을 또 들고 계신지 아닐지를 확인했다. 이런 일은 처음에는 어색했지만, 지금은 습관처럼 되었다. 그래서 방에 불을 켜면 자신도 모르게 어머니의 손을 보는 것이다.

어젯밤, 남편이 거나하게 술을 마시고 늦게 들어온 덕분에 잠을 설친 민서는 아직도 덜 깬 눈으로 어머니의 방에 불을 켰다. 이제 습관이 된 그대로 어머니 손을 살폈다. 어머니의 두 손이 나란히 이부자리 위로 나와 있었고 꼭 모은 손에 빛이 바랜 낡은 사진 한 장이 놓칠세라 들려 있었다.

이것은 좋은 징조였다. 밤새 어머니에게 별다른 일이 없었다는 증거였기 때문이다. 민서는 가벼운 마음으로 어머니의 양손에 얌전하게 들려 있는 사진을 조심스럽게 빼서 침대 옆 탁자에 올려놓았다.

사진 속에는 조금 긴장한 표정의 이십 대 남녀가 있었고, 그 옆으로는 '축 결혼'이라는 문구가 선명하게 보였다. 시아버지와 시어머니의 결혼사진이었다.

시어머니가 결혼사진을 꺼내 보기 시작한 것은 민서가 이 집으로 이사를 온 지 이 년이 지나면서였다. 그럭저럭 버티던 어머니의 건강이 어느 때부턴가 눈에 띄게 나빠지기 시작하더니 급기야 혼자서 몸을 가누는 것도 힘들어하고 말하는 것도 어눌해지는 그때쯤이었다.

자신의 건강이 나날이 나빠진다는 것을 알았는지 시간이 갈수록 어머니는 말씀이 없어지고 하루 대부분을 침묵으로 보내기 일쑤였다. 그러던 어느 날부턴가. 어디서 꺼냈는지 결혼사진을 들고 그 사진을 바라보는 것을 낙으로 삼아 시간을 보냈다. 늦은 시간에 거실에서 남편과 이야기하는 중에 어머니 방에서 가끔 우는 소리가 들리기도 하고 무어라 중얼거리는 소리가 들리기도 했다. 남편은 그 소리가 어머니가 아버지 이름을 부르는 소리라고 했다.

　그럴 때면 두 사람은 하던 말을 멈추고 허공만 바라보았다.

　곤하게 주무시는 어머니를 깨우지 않은 민서는 조심스럽게 문을 닫고 거실로 나왔다. 아직도 자고 있는 아이들을 깨우고, 아침상을 차리고, 시어머니가 드실 달걀죽을 끓였다.

　며느리가 조심스럽게 들어 왔다가 조심스럽게 나가는 것을 가만히 느끼고 있던 진희는 방문이 닫히는 소리가 들리고 시간이 조금 지나자 눈을 떴다. 몸을 겨우 움직인 진희는 며느리가 빼놓은 사진을 어렵게 집어서 사진을 가만히 들여다보았다.
　'……'
　사진을 바라보는 진희의 눈가에 눈물이 맺혔다. 그녀의 삶은 이 사진 한 장에 모두 담겨 있었다. 가난에 쪼들린 어린 시절을 벗어나 새로운 삶이 시작된 결혼. 자신의 사십 년 일생을 바쳐서 이룩한 사랑하는 가족의 시작. 그 중심에 있는 한 남자. 강태문. 삶이 다 하는 날까지 존경하고 사랑하리라고 다짐했던 그 남자.
　'모든 게 꿈이었나?'
　언제부턴가 결혼사진을 들고 사진 속의 젊은 남편을 바라볼 때면 진희는,
　'모든 게 꿈이었나?'
　이런 생각이 들었다. 더구나 자기의 죽음이 눈앞에 다가왔다는 것을 알고 있는 그녀는 요즘 들어 더 자주 그런 생각을 했다.

오늘도 마찬가지였다. 갈수록 빛이 더 바래가는 사진에서 눈을 떼지 않고,

'모든 게 꿈이었어. 영원할 수 없는 꿈.'

이런 생각이 들 때마다 진희의 마음이 감당하기 어려운 허무감이 밀려오고 지금은 곁에 없는 남편이 더 보고 싶어졌다. 그러나 그녀는 알고 있었다. 이제 남편을 다시는 보지 못 하리라는 것을.

남편이 집을 나간 뒤에 전화도 하고, 성철을 시켜 자기의 마음을 여러 번 전했다. 몇 년 동안 이런저런 노력을 다했지만, 남편은 전혀 반응이 없었다. 거리가 먼 것도 아니었다. 그저 눈 한 번 질끈 감고 다녀가면 될 일이었다. 그런데도 오지 않는 것은 이미 남편의 마음속에 자기가 없다는 뜻이었다.

북극의 동토보다도 더 차갑게 식어 버린 태문의 마음. 그 마음이 진희의 단 한 번 실수로 일어난 일이었을까? 진희는 인정할 수 없었다. 조금만 깊게 생각해 보면 옛정을 생각해서라도 그냥 넘어갈 수 있는 일이었다. 아무리 양보를 해 봐도 고함 한번 크게 지르고 나면 끝날 일이었다.

평소 말이 없고 차분한 태문이 그런 생각을 하지 못하지는 않았으리라. 이렇게까지 하는 것은 태문의 마음에 자기를 사랑하는 마음이 더 이상 없다는 것을 말하는 것이라고 진희는 생각했다.

누군가에게 사랑은 영원한 올가미였지만, 누군가에게 사랑은 가을 하늘의 뜬 구름처럼 사라지는 덧없는 거품이었다.

거실에서 잠시 소란스러운 소리가 들리더니 방문이 벌컥 열렸다.

"할머니 학교 다녀올게요."

"어머니. 다녀오겠습니다. 조금 있으면 간호 아주머니 와요."

손자 형대와 형석이 여느 때처럼 등교 인사를 하고, 아들과 며느리가 출근하는 소리가 들렸다. 진희는 아직도 자는 모습으로 잠자코 있었다.

'꿈이었어, 꿈.'

진희는 꿈을 꾸고 있었다. 결혼사진처럼 두 손으로 잡을 수는 없지만 행복했던 지난날들의 꿈. 진희는 그 꿈이 깨지 않기를 간절한 마음으로 빌었다.

아쉽게도 외줄 위의 그 꿈마저도 이제 끝나가고 있었다. 촉촉한 눈물이 진희의 눈가를 적셨다. 커튼 사이로 스며드는 아침 햇살에 진희의 눈물이 바람이 되어 멀고먼 세상으로 떠나가고 있었다.

4-9

"잘 지내고 있으니까 걱정하지 마."

"여보, 얼굴 좀 보게 화면 켜 봐. 당신 얼굴 본 지가 너무 오래됐어."

"이 밤에 얼굴 봐서 뭐 하게. 어서 잠이나 자. 정 보고 싶으면 내일 보자고."

주철은 영숙의 허벅지 안쪽으로 오른손을 밀어 넣으며 건성으로 전화를 하고 있었다. 전화기 속에서 중년 여인의 탁한 목소리가 다시 새어 나왔다.

"여보, 지금 집이야?"

"당연히 집이지. 그런 걸 왜 물어."

주철은 전화기를 입에 바짝 대고 말을 하며 한쪽 눈으로는 영숙에게 눈웃음을 쳤다. 영숙은 주철과 눈을 잠깐 마주치고 나서 자기의 등을 주철에게 보이며 돌아누웠다. 자연스럽게 주철의 오른손이 영숙의 젖무덤을 감싸 안았다. 물컹거리는 영숙의 살 내음이 주철의 몸을 다시 뜨겁게 달궜다.

"전화 끊어. 오늘 힘들었어."

주철은 상대방 여자의 말을 다 듣지도 않고 전화를 끊었다. 영숙의 몸을 자기 앞으로 더 바짝 끌어안았다. 영숙의 탄탄한 엉덩이가 자기 성기에 밀착되자 짜릿한 전율이 등골을 타고 위로 올라왔다.

아내가 밤에 전화하는 이유를 주철은 알고 있었다. 이렇게 밤에 전화를 거는 일은 주철이 서울에서 대전으로 직장을 옮긴 얼마 후부터 생긴 습관이었다.

외동딸 교육과 아내의 종교 때문에 가족이 함께 대전으로 이사하지 못했던 두 사람은 처음에는 매일 통화를 했다. 주말이면 주철이 서울로 간다든지, 아니면 아내가 대전으로 내려와 시간을 함께 보냈다.

시간이 조금 지나자 두 사람이 전화하는 일이 차츰 줄어들었다. 서로 얼굴을 보는 기간도 일 주일에서 이 주일, 이 주일에서 한 달로 늘어났다. 급기야는 이런 핑계 저런 핑계로 일 년에 한두 번 얼굴을 보는 것이 다일 때가 많았다.

이렇게 변한 두 사람의 관계였지만 지금은 전화마저도 편하지 않았다. 아내는 시도 때도 없이 전화를 했다. 더구나 밤에는 핸드폰을 사용하지 않고 집에 있는 유선전화만 이용했다. 아내가 전화하는 시간과 방법은 주철로서는 참기 힘든 고통이었다.

주철은 아내가 자기를 감시하고 있다고 생각했다. 감시받는다는 생각이 확실해지자 주철은 차츰 숨이 막히는 기분이었다. 보이지 않는 감시망이 멀리서 자기의 일거수일투족을 일일이 들여다보고 있다는 사실에 더 이상 견딜 수 없는 지경이 되었다. 직장에서 받는 스트레스와 개인적인 중압감, 삶에서 오는 회의감이 하루하루 그를 황야로 내몰고 있었다.

과일가게를 하는 평범한 부모 아래에서 자란 주철은 공부 외에는 다른 취미가 없었다. 당연히 학업성적이 우수했다. 일류 중고를 졸업하고 최고의 대학교를 나오더니 미국 하버드에서 박사학위를 받았다. 국립 연구기관인 원자력연구소에 유치 과학자로 초대를 받아 직장 생활을 시작했다. 결혼도 일사천리로 진행되었다. 기관장의 소개로 아내가 될 여자를 만났고 그 여자가 지금의 아내 성정희였다.

재벌이라고 소문이 난 화신 그룹의 셋째 딸인 성정희는 미모와 재능을 겸비한 재녀였다. 어쩌면 주철과 비교해도 한 수 위에 있는 신붓감이었다.

아름다운 봄날. 두 사람은 많은 사람의 축하를 받으며 성대하게 결혼식을 올렸다. 신혼살림 마련에 주철이 할 일은 없었다. 연구소에서 마련해 준 아파트가 있었지만, 그것마저 연구소에 돌려주었다. 집과 생활용품, 심지어 자가용까지 생활에 필요한 모든 것들을 처가에서 마련했다. 말 그대로 주철은 몸만 들어가 살면 되었다.

꿈같은 신혼 일 년이 지났다. 주철이 근무하는 연구소가 대전으로 이전을 했다. 주철도 근무처를 따라 대전으로 거처를 옮겼다. 그때부터 시작된 아내의 전화는 시간이 갈수록 그 정도를 더했다.

"누구야?"

영숙은 누워 있는 자세를 바꾸며 주철에게 물었다. 주철의 아내라는 것을 알고 있었지만, 분위기를 바꿀 겸 해서 물어본 것이다.

"아, 마누라. 늘 하던 전화야."

주철은 말을 하며 영숙의 통통한 볼을 어루만졌다. 어둠을 뚫고 반짝이는 영숙의 눈빛이 주철의 눈과 마주쳤다. 주철은 영숙의 배꼽 아래를 애무하다가 영숙을 돌아눕게 하고 또 사랑을 나누기 시작했다.

주철이 일으키는 파도에 맞춰 배가 출렁이고, 뱃노래 소리가 가늘고 깊게 퍼져나갔다. 요염하게 붉은빛으로 침대를 비추던 엘이디 불빛도 숨을 죽였다. 창밖에 불던 바람도 가던 길을 멈추고 두 사람이 함께 부르는 삶의 노래를 들었다. 그 노래는 잡을 수 없는 세월이 가는 소리였고, 채울 수 없는 삶의 갈증이 토해내는 한숨이었다.

4-10

일생을 통틀어 주철에게 특별히 어려운 시절, 어려운 일이 없었다.

있다고 해 봤자 남들이 겪은 일에 비하면 아주 작은 일들이었다. 학창 시절에 공부를 잘해서 남들이 부러워하는 학교에 다녔고, 졸업 후에는 유치 과학자로 취업을 했다.

또 결혼은 어떤가. 내로라하는 재벌가의 예쁜 딸과 결혼하지 않았는가. 우리나라 최고의 연구기관에서 근무하며 중책까지 맡았다. 퇴직 후에 창업한 벤처사업도 성공했다. 거기다가 건강까지 좋았다. 아무리 보아도 이보다 더 팔자 좋은 사람은 없었다.

그런데 세상일은 참으로 묘했다. 부족한 것 없는 주철의 삶이 오히려 부족함을 주철에게 주었다. 남들이 보기에 완벽해 보이는 주철의 삶에도 보이지 않은 구멍이 있었다. 그 구멍은 너무 크고 너무 어두워서 아무리 기를 쓰고 그 안을 보려고 해도 볼 수 없는, 깊이를 알 수 없는 끝없는 동굴이었다.

처음에는 주철도 자신을 이해할 수 없었다. 오십 대를 지나면서 삶에 흥미를 잃어버리기 시작하더니 육십이 넘자 그 정도가 심해졌다. 흔히 여자들이 겪는다는 갱년기가 자기에게 찾아온 것이 아닌가 하는 생각도 했다.

그러나 의사 친구들을 만나서 이야기를 해 보면 자기가 겪는 그 상황이 갱년기가 아닌 것이 분명했다. 그렇게 몇 년을 고생하다가 알게 된 것은 주철 자신이 우울증에 빠졌다는 사실이었다.

우울증이라는 진단을 받고 주철은 충격을 받았다. 이루고 싶은 것은 모두 이루었고, 갖고 싶은 것은 모두 소유하지 않았는가. 가족도 친구도 모두 주철을 따르고 좋아했다. 아무리 생각해도 자기가 우울증이라는 의사의 의견을 그대로 받아들일 수 없었다.

주철은 여러 번 정신과 치료를 받고 나서야 자신이 우울증에 빠진 이유를 알 수 있었다. 주철에게는 자신이 원하는 희망이나 꿈이 더 이상 없었다. 특별히 무엇을 달성하고자 하는 목표도 없었다. 다 이루었지만 단 한 가지 부족한 것. 바로 더 이상의 꿈이 없다는 것이었다.

자연히 그에게는 가슴을 설레게 하는 그 무엇도 없었다.

그는 모든 것을 소유해서 꿈을 잃었고, 꿈을 잃어서 가슴을 뛰게 하는 설렘을 잊었다. 그는 살아있었지만 죽어있었고, 죽어있기에 그가 이루고 소유한 모든 것은 아무 데도 소용없는 쓰레기가 되었다.

주철은 자신이 황야를 떠도는 병든 양이라는 생각을 종종 했다. 살아있는 것이라고는 아무것도 없는 죽음의 황무지. 그것은 사하라 사막 같은 황무지였고 아타카마 사막 같은 황무지였다. 주철은 이런 황무지 사막을 떠도는 슬픈 인간일 뿐이었다.

이런 주철에게 몸과 마음을 편안하게 해 줄 휴식처가 필요했다. 고비 사막 한가운데를 헤매는 그에게 몽골 초원의 어머니 같은 홉스쿨 호수가 절실했다. 살아 있는 모든 것들을 포용해 주는 티벳의 마나사로바 호수에 안겨 평온을 찾고 싶었다.

그러나 하루하루가 치열한 전쟁터인 현실에서 그런 안식을 얻는다는 것은 결코 쉬운 일이 아니었다. 불길에서 나와야 한다는 생각은 늘 그를 사로잡고 있었지만, 그것은 생각뿐이었다. 그는 현실을 벗어나 마주해야 하는 미지의 땅을 두려워했고, 그가 가지고 있는 부와 명예를 잃을까 봐 전전긍긍했다. 그러는 사이에 그의 몸과 마음은 끝없이 더 황폐해지고 있었다.

"세상에서 가장 소중한 것이 뭐야?"

격렬한 사랑을 나눈 증표인가? 주철의 몸에 송골송골 맺힌 땀방울이 연분홍 조명에 반사되며 무지개처럼 반짝였다. 영숙은 손바닥을 부드럽게 펼쳐 주철의 가슴에 흐르는 땀을 닦아내며 남자의 눈을 들여다보며 물었다.

"나에게 가장 소중한 거?"

영숙은 대답 대신 머리를 끄덕이며,

"나 빼고."

"글쎄, 자기 빼고 있을까?"

주철은 짓궂은 표정을 지으며 붉어진 영숙의 뺨에 입술을 맞췄다.

그날 이후부터 주철의 머리에서 영숙의 질문이 떠나지를 않았다.

'나에게 제일 소중한 것은 무엇일까?'

누구를 막론하고 각자에게는 소중한 것이 있다. 그것이 무엇인지는 개인마다 다를 수 있겠지만 소중한 것을 간직하지 않은 사람은 없을 것이다.

문제는 우리가 살아가면서 무엇이 소중하고 무엇이 덜 소중한지를 생각조차 하지 않고 살고 있다는 것이다. 그저 그날그날 먹고 사는 현실에 쫓기면서 진정 소중한 것을 의식하지 못하고 살아가는 경우가 대부분이라는 생각이 주철에게 들었다.

지금까지 평탄함을 넘어 특별하게 살아온 주철에게 부족함이 없는 만큼 특별하게 원하는 것도 없었다. 공부, 취업, 결혼, 사업, 건강 등에서 아무런 어려움이 없었다. 어려움이 없는 만큼 주철에게 특별히 소중하게 생각하는 것도 없었다.

남녀 간의 사랑도 마찬가지였다. 여러 방면에서 두각을 나타낸 주철을 좋아하는 여성들이 당연히 많았다. 그런 만큼 주철은 자신이 데이트를 먼저 신청해야 하는 여성이 없었다. 오히려 여성들의 적극적인 사랑 고백으로 몇 번의 데이트를 한 적은 있었지만 주철에게 커다란 인상을 남기지는 못했다.

결혼한 아내도 연애로 맺어진 인연이 아니라 주변의 적극적인 중매로 이루어진 인연이었다. 이런 이유로 영숙을 만나기 전까지 주철은 사랑에 대해서 특별하게 관심을 두거나 중요하게 생각하지 않았다.

아이러니하게도 우울증에 빠지고 나서야 주철의 삶에 변화가 오기 시작했다.

흘러가는 시간은 모든 것을 바꾼다.

때로는 작은 시냇물처럼 아름다운 노래를 부르며 꽃을 피우기도 하지만, 때로는 거칠고 험한 물이 되어 모든 것을 파괴하기도 한다. 분명한 것은 물이 지나간 뒤에는 어김없이 흔적을 남기고 그 흔적 위에는 새로운 생명이 싹튼다는 것이다.

과거의 물이 맑았느냐 흐렸느냐는 문제가 되지 않는다. 그 물이 순했느냐 험했느냐도 문제가 되지 않았다. 봄이 지나면 여름이 오듯이 그 물이 지나간 자리에는 새로운 물이 다시 흐르고, 또 새로운 생명이 자라난다.

주철의 삶도 마찬가지였다. 잘나가던 시절이 얼마간 계속되었지만, 그 삶이 영원히 계속되지는 못했다. 물질과 명예가 사라진 것이 아니었다. 건강과 가족관계가 나빠진 것도 아니었다. 외관으로 보이는 것도, 인간관계에서 느끼는 감정도 달라진 것이 없었다. 아니 오히려 사업은 갈수록 번창했고, 주변에 사람들은 더 많이 모였다.

그러나 부와 명예, 인간관계가 더 좋아질수록 주철의 가슴은 더 비어 갔다. 어디에 마음을 둘 수가 없었다. 정도가 점차 심해지고 급기야는 우울증 치료까지 받게 된 것이다.

이때 만난 사람이 영숙이었다. 가벼운 자동차 접촉으로 시작된 인연이 벌써 수년이라는 세월이 흘러갔다. 지금은 하루에도 몇 번씩 통화하거나 얼굴을 보아야 하는 사이가 되었다. 어느새 주철에게 영숙은 삶의 의미요 삶의 동반자로 자리 잡았다.

4-11

괴기한 고요함에 거실은 죽은 자들의 집처럼 음습했다.

뿌연 불빛이 붉은색 소파와 장식장을 말없이 내려다보았다. 앞 대리석 벽에 얌전하게 붙어 있는 티브이 화면에 젊은 가수들이 나와 번갈아 가면서 노래를 불렀지만, 노랫소리는 들리지 않았다. 소리 없이 화면만 바뀌자 춤을 추고 노래하는 가수들이 마치 꼭두각시 인형처럼 보였다.

"숙자야, 네 말도 일리가 있어. 육십이 넘으면 세상에 즐거운 것이 없지. 그날이 그날이고."

"요즘은 여자들 평균 수명이 85세라고 뉴스에 나오더라. 오래 사는 건 좋은데 뭐하며 살아야 할지 걱정이야."

"이대로 가다가는 치매 걸려 죽는 거 아닌지 몰라."

영숙은 소리 없이 입만 벙긋대는 티브이 화면 속 가수들을 멍한 눈으로 보며 오늘 낮에 만난 친구들을 생각했다. 일 년에 한 번 모이는 고등학교 동창생 모임은 영숙의 몇몇 모임 중에서 가장 활기가 넘치는 모임이었다. 학창 시절에 워낙 친하게 지낸 친구들이었을 뿐만 아니라 결혼생활도 대부분 원만한 편이어서 거리감이 없었다.

　오십 중반이 넘으면서 부터 이런저런 이유로 참석하지 못하는 친구들이 생겨나기 시작했다. 근래에는 갑작스럽게 친구들의 부고를 받는 경우가 있어 영숙을 놀라게 했다. 그뿐이 아니었다. 친구들의 대화도 변하기 시작했다. 밝고 활기가 넘치던 대화는 점점 사라지고 우울한 이야기가 주를 이루었다.

　"사는 것이 점점 재미가 없어지네. 아무래도 우울증 검사를 받아 봐야 할 것 같아. 영숙아, 너는 어떠니?"

　학창 시절 학급 반장을 했던 희영이가 영숙에게 물었다. 초롱초롱 반짝이던 학창 시절의 눈빛은 힘을 잃어 이제는 희미한 안개 같았다.

　"나도 그래. 나이 들면 다 그러지 않을까?"

　"옆집에 사는 사람은 나보다 나이가 서너 살 어린데 갑자기 쓰러져서 병원에 입원했어. 상냥하고 착한 여잔데."

　"미옥아. 너는 어떻게 지내니?"

　영숙의 맞은편에 앉아서 조용히 커피를 마시는 곱슬머리 여자를 바라보며 영숙이 물었다. 미옥이라고 불린 여자가 연한 회색 커피잔을 가만히 내려놓고 무엇을 생각하는지 허공을 잠시 바라보다가,

　"나 좀 바빴어."

　"바쁘게 살면 좋지."

　진숙이가 말을 받았다. 미옥은 또 잠깐 침묵을 지키고 나서,

　"이혼했어. 작년 초에."

　"이혼?"

친구들이 일제히 미옥을 보았다. 미옥은 더 이상 말이 없었다.
"그런 일이 있었구나. 어쩐지 통 연락이 없다고 했지."
 전화기를 들고 누군가와 조용조용 이야기를 나누던 성민이가 미옥을 힐끔 보았다.
"살기 싫으면 그만 살아야지. 뭐 억지로 살 것 있냐?"
"한 남자하고 삼십 년 부대꼈으면 됐어. 우리도 각방 쓰기 시작한 지가 벌써 몇 년 지났어."
"야, 이 나이에 함께 자는 사람도 있냐?"
"나도 반 이혼 상태야. 얼굴도 안 보고 지나가는 일이 대부분이고. 글쎄 애들이나 와야 한자리에 앉을까 말까 해."
 친구들이 돌아가면서 미옥을 위로하는 듯했지만, 사실은 자기 이야기들을 하고 있었다.
"인터넷에서 아마 너희들도 보았을 거다. 오십 대 이상 부부의 육십 프로가 부부간에 잠자리하지 않고, 육십 대는 팔십 프로 이상이 딴 방을 쓴다고 하잖아. 덩달아서 황혼 이혼율도 늘어나고."
"야, 미옥아. 괜찮은 애인이나 만들어라. 앞으로 살날이 많이 남았잖아. 혼자 살기는 좀 길어. 말동무도 하고 밤놀이도 좀 즐기고. 하하."
"그거 좋겠다."
"진숙아, 그 짓도 사람을 잘 만나야지. 잘못 만나면 큰 혹 덩어리 짊어진다."
"그래 뭐 하러 또 골칫덩어리를 만들어. 한 번이면 됐어. 나는 다시 태어나면 결혼 같은 거 또 하지 않을 거야."
"남자가 필요하면 밖에 하나 만들어 놔. 생각날 때 써먹으면 되잖아."

친구들의 이야기는 끝이 없었다.

결혼 초에는 신랑 이야기, 시댁 이야기가 주를 이루었다. 그러던 것이 아이들이 조금 크자 친구들의 관심은 온통 아이들에게 있었다. 우리 아들은 공부를 몇 등 하고, 딸은 얼굴이 어떻고 하는 것이 친구들의 주된 화젯거리였다.

세월이 좀 더 흐르자 자녀들 결혼에 관해 이야기를 시작했다. 우리 딸은 어떤 남자를 만났는지. 혼숫감은 무엇을 받았는지. 우리 아들은 열쇠를 몇 개 받았고, 처가가 그렇게 부자인 줄 몰랐다는 둥. 이런 이야기로 한 시절을 보내더니 얼마 지나지 않아서는 만나면 손자와 손녀 이야기하기 바빴다. 그 뒤에는 남편 험담이 습관처럼 이어졌다.

친구들은 삶의 한가운데에 자신들이 있어야 한다는 것을 언제나 망각했다. 그들은, 자신을 뺀 채 타인을 이야기하며 타인의 삶을 살고 있었다. 영숙 자신도 그중에 하나였다.

그렇게 말하는 친구들의 얼굴에 피로가 먹구름처럼 덮였다. 자신들의 내면에서 진심으로 원하는 일이 무엇인지도 모르고 속 빈 강정처럼, 마른 깃털처럼 하루하루를 살아가는 친구들에게 찾아오는 것은 삶에 대한 권태와 회한뿐이었다.

4-12

소리 없이 화면만 움직이는 티브이를 한동안 바라보던 영숙은 화면 속 가수들이 꼭두각시 인형을 닮았다는 생각이 들자 갑자기 짜증이 났다. 오늘 만난 친구들의 얼굴과 대화를 떠올리며 자기들이 화면 속에서 입만 뻥긋거리는 가수와 다를 바가 없다고 생각했기 때문이었다.
'노래는 부르지만 목소리가 나오지 않는 가수.'
아마도 노래를 부르는 가수는 자기의 목청에서 자기의 노랫소리가 나오지 않는다는 것을 모르리라. 조명이 반짝이는 무대에서 나름대로 있는 힘을 다해 춤을 추고 노래를 부르지만 정작 소리는 나오지 않아 자기 노래를 들려주지 못하는 가수. 영숙은 오늘 만난 친구들의 모습과 똑같다고 느꼈다. 두말할 것도 없이 자신도 그들과 같았다.
영숙은 자기의 삶이 꼭두각시 인형과 같다고 생각하니 슬픔이 밀려왔다. 옆에 있는 리모컨으로 티브이를 껐다. 그렇지 않아도 어둡던 거실이 더 어두워졌다. 영숙은 소파에서 일어나 베란다 창문 앞에 섰다. 십칠 층 높이에서 바라보는 창밖 풍경이 아스라하게 밀려왔다. 맞은편 아파트의 불빛이 듬성듬성 깜박거리고 있었다. 날씨가 추워진 탓인지 거리에는 사람이 없었다.
어두운 거실에서 깊어 가는 밤거리를 바라보는 영숙의 가슴에도 찬바람이 불었다. 주철이 보고 싶었다. 아니면 목소리라도 듣고 싶었다. 하지만 영숙은 주철에게 전화를 걸지 않았다. 오랫동안 사랑을 했어도 변함없이 사랑하고 싶은 사람이기는 하지만, 오늘 밤은 허전하고 쓸쓸한 마음을 그냥 혼자 느껴 보고 싶었다.
'그래, 언젠가 모든 것은 끝이 나겠지.'
주철과의 사랑도 끝이 있다는 것을 영숙은 알고 있었다. 그런 마음이 오히려 영숙이 주철을 더 사랑하게 했다. 모든 것은 끝이 있기에 더 아름답고 소중한 것이 아니겠는가.

4-13

열한 시가 넘었다.

아직 남편은 들어오지 않았다. 서로 간섭하지 않고 살아온 지도 벌써 십여 년이 지나서 남편이 집에 있든 없든 영숙은 신경을 쓰지 않고 살아온 터였다. 그런데 요즘은 신경이 쓰였다.

'불쌍한 인간.'

영숙에게 남편 이수만이 가엾게 느껴지는 것이 한두 번이 아니었다. 좋았던 시절에는 자기를 꽃처럼 아끼고 사랑해 준 사람이었다. 그 사랑이 영원할 줄 알았다. 이렇게 빨리 두 사람의 사랑이 식을 줄은 몰랐다.

영숙에게 남편 이수만은 첫사랑이었다. 자연히 영숙은 모든 정성을 다해서 이수만을 사랑했다. 그러나 결과는 남남이 되어 있었다. 그런 세월이 벌써 십여 년이 지났다.

지난 십여 년 세월 동안 두 사람이 무언의 합의를 한 일상생활을 빼면 수만이 영숙을 대하는 태도에 특별한 변화는 없었다. 다만, 예전처럼 함께 식사하고, 여행하고, 밤이면 사랑을 나누는 일은 자연스럽게 사라졌다.

상대가 무슨 일을 하던 서로 간섭하는 법이 없었다. 영숙이 늦게 들어오든, 술을 마시고 들어오든 수만은 불평을 하지 않았다. 심지어 며칠씩 집을 비우고 여행을 다녀와도 수만은 내색을 하지 않았다. 한 집에 산다는 것 외에는 둘의 관계는 남남이었다.

그런 남편 이수만의 태도가 요즘 들어 바뀌었다. 처음에는 영숙도 전혀 알아차리지 못했다. 그런데 어느 날인가. 영숙이 술을 마시고 주철과 밤을 지내다가 열두 시가 되어 귀가해서 막 잠이 들었을 때였다. 영숙은 희뿌연 인기척에 눈을 떴다. 놀라 일어나서 주변을 돌아보았다. 아무도 없었다.

이런 일이 영숙이 좀 늦게 귀가한 날에 자주 일어났다. 처음에는 단순히 꿈을 꾸었다고 영숙은 생각했다. 하지만 이것은 꿈이 아니었다. 잠결이어서 어렴풋이 보이기는 했지만 수만이 들어와 자기가 자고 있는 모습을 물끄러미 바라보다가 나가는 것이 분명했다.

그날 이후로 영숙은 잠이 들기 전에 방문을 잠그기 시작했다, 방문을 잠그고 나서 한동안은 수만이 밤에 안방으로 들어오는 일이 없었다. 그것도 얼마 지나지 않았다.

'덜거덕덜거덕.'

누군가가 안방 문을 열쇠로 여는 소리였다. 순간 영숙은 잠자리에서 벌떡 일어나 침대에 걸쳐 앉았다. 이내 문을 여는 소리는 잠잠해지고 세상을 다시 침묵과 어둠이 되었다.

그날 이후로 영숙은 잠을 이룰 수 없었다. 문을 열려고 한 사람은 남편 이수만이 분명했다. 처음에는 잠자는 자기를 보려 한다고 생각했다. 지금도 자기를 사랑하는 마음이 변하지 않고 있는 증거라고 영숙은 생각했다.

'얼마나 보고 싶으면 이렇게까지 할까.'

안쓰럽다는 생각조차 들었다. 하지만 열쇠로 방문을 여는 소리를 듣고 나서부터 영숙은 자기 생각이 틀렸을 수도 있다는 생각이 들기 시작했다.

영숙은 밤이 오는 것이 두려웠다. 문을 굳게 잠그기는 했지만, 밤잠을 이루지 못했다.

4-14

며칠 전부터 몸살기가 있더니 오늘 아침에는 더 심해진 것 같았다. 목이 붓고 몸에 열이 났다. 밤새 잠을 설친 뒤라 머리가 지끈거렸다. 미현은 정애에게 전화를 걸었다.

"애들 일어났지? 오전에 볼일이 있어서 못 가겠다. 애들 잘 챙겨라. 큰애는 준비물 때문에 만 원이 필요하다고 하더라. 작은애는 흰 수건을 가져가야 하고. 오후에는 시간 봐서 내가 가마."

"알았어, 엄마. 걱정하지 말고 편하게 일 봐."

미현은 정애의 말이 끝나기도 전에 전화를 끊었다. 벌써 삼 일째 약을 먹고 있었지만, 몸살기는 차도가 없었다. 오히려 더 안 좋아지는 것 같았다.

'약 먹고 좀 쉬면 괜찮겠지.'

하는 생각으로 어제 저녁에는 죽을 반 그릇 정도 먹고 바로 잠을 청했다. 거의 매일 하는 운동과 춤도 건너뛰었다.

좀처럼 잠이 오지 않았다. 온갖 상념이 미현의 머릿속을 뒤집어 놓고 지나갔다. 거리를 깨우며 널브러져 있는 낙엽을 이 골목 저 골목으로 몰고 다니는 바람처럼, 한 번 미현의 머리를 두드리기 시작한 잡념들은 그칠 줄을 몰랐다.

학창 시절 추억, 자식들에 대한 부모님의 사랑, 결혼, 첫 남자 석민, 남편과 아들의 죽음, 직장 생활 등이 번갈아 가며 오늘 일인 것처럼 미현의 머리에 떠올랐다가 사라졌다.

어떻게 보면 짧은 시간이었다. 어쩌면 눈 깜짝할 사이에 지나간 일장춘몽이었다. 하지만 미현에게는 감당하기 어려운 일들이 많았다. 지금 생각해도 자신이 그 시절을 어떻게 견디고 지나왔는지 스스로 이해하기 어려웠다.

이런 미현에게도 즐겁던 시절이 있었다. 그러나 미현의 기억에는 기쁨보다 슬픔이 많았다. 그 슬픔에 대한 기억이 지금까지도 미현의 삶을 좌지우지하고 있었다. 그것들은 미현을 끝없는 나락으로 떨어뜨리기도 했지만 때로는 새로운 꿈을 꾸게 하는 원동력이 되기도 했다.

'석민 오빠는 어떻게 살고 있을까?'
수많은 잔상이 미현의 머릿속을 지나갔다. 어김없이 미현이 사랑한 석민의 얼굴이 또 떠올랐다. 미현은 어두운 방 천장에서 별을 보고 싶은 심정으로 석민의 얼굴을 그렸다.

말이 없었던 사람. 좋은 일도 싫은 일도 내색하지 않았던 첫사랑. 봄바람처럼 아름다운 미소를 선물하던 사람. 즐거울 때나 슬플 때나 언제나 가슴에 살아 있는 사람. 헤어진 지 삼십 년이 넘는 세월이 흘렀어도 어제 일처럼 생생한 사람.

전혀 짧지 않은 세월이 지났어도 미현에게는 석민과 나누었던 그 시절, 그 하룻밤이 평생의 업보처럼 그녀의 몸과 마음에 뒤섞여 있었다. 자신에게 조금이라도 힘이 드는 일이 생긴다든지 마음이 울적할 때면 미현은 습관처럼 석민의 이름을 나직하게 부르고 얼굴을 떠올렸다.

어떤 날에는 하루에도 서너 번씩 석민의 이름을 불렀다. 그러고 나면 미현을 괴롭히던 슬픔과 고통이 거짓말처럼 사라지고 평상심이 유지되었다. 남편이 끔찍한 자동차 사고로 아들과 함께 숨진 뒤로 오랫동안 그런 습관이 없어졌지만, 시간이 지나자 미현이 석민을 부르는 습관이 다시 살아난 것이다.

미현 자신도 그 이유를 뚜렷하게 알 수 없었다. 왜 즐겁고 행복한 때에는 생각이 나지 않다가 슬프고 우울할 때 석민이 그립고 보고 싶은 것일까? 남편과 아들의 죽음보다도 더 강렬하게 미현의 마음에 석민이 살아 있는 것은 도대체 무슨 이유일까? 아무리 생각해도 이해할 수 없는 일이었다. 비록 석민이 지금 곁에 없지만 자기도 모르는 사이에 석민은 미현과 한 몸이 되어 살고 있었다.

열두 시가 훨씬 넘었다. 밤이 깊어질수록 세상은 고요해졌다. 온 세상은 숨 막히는 정적에 완전히 묻혔다. 덩달아서 석민을 그리워하는 미현의 마음도 커졌다.

'오빠. 정말 미안해. 내가 그렇게 하는 게 아니었어. 내 생각이 짧아서 오빠에게 너무 큰 상처를 준 것 같아.'

미현은 칠흑 같은 천장에 석민의 얼굴을 그리며 나직하게 이름을 불렀다. 언제쯤이나 이 이름을 잊을 것인가. 언제쯤이면 그 사람의 얼굴이 잊힐 것인가. 아마도 평생 기억에서 지워지지 않을지도 몰랐다.

석민에 대한 사랑은 미현이 애지중지하는 딸 정애에 대한 사랑과 다른 사랑이었다. 또 미현의 손녀인 아라와 서희에 대한 사랑과도 다른 사랑이었다.

석민에 대한 사랑은 어쩌면 사별한 남편에 대한 사랑과 같은 사랑이었다. 하지만 석민을 사랑하는 마음이 남편을 사랑하는 마음보다 훨씬 크고 깊었다.
　미현에게 있어서 두 사람과의 사랑은 아직도 끝나지 않은 사랑이었다. 처음으로 사랑을 한 남자였던 석민은 미현 자신의 물질적으로 풍요한 삶을 위하여 자기가 버린 남자였다. 그러나 자신이 원해서 석민을 떠났다고 사랑까지 지워진 것은 아니었다. 오히려 석민에 대한 사랑은 미안함과 그리움이 더해져 결혼 후에 더 절실해졌다.
　남편에 대한 사랑도 미현에게는 아직도 진행형이었다. 돈과 명예를 따라서 미현이 스스로 선택한 사랑이기는 했지만, 아이들을 낳고 살면서 자연스럽게 정이 들고 사랑도 깊어졌다. 그러나 남편과의 사랑도 완전하게 이루지 못하고 불의의 사고로 끝나고 말았다. 당연히 남편에 대한 사랑도 아직 끝난 것이 아니었다.
　자연스럽게 미현의 마음 한구석에는 석민과 남편에게 못다 한 사랑에 대해 아쉬움과 그리움이 남아 있었다. 이것은 미현이 도저히 벗어날 수 없는 멍에요 구렁텅이였다. 세월이 갈수록 미현의 가슴은 더 비어가고 어쩔 수 없는 상처는 커져만 갔다. 못 다한 미현의 사랑을 어떻게 채워야만 마음의 상처를 치료할 수 있을까. 미현의 숙제였다.

4-15

"그럼 석민 씨를 한번 만나 봐."

저녁 식사를 하는 자리에서 영숙이 미현에게 석민을 한번 찾아보라고 불쑥 말을 꺼냈다.

"나 같으면 어떻게 해서라도 찾겠다. 요즘은 별로 힘들지 않아도 찾을 수 있다던데."

미현은 대꾸하지 않고 젓가락으로 반찬을 집어 들었다. 그런 미현의 얼굴에 동요하는 기색이 언뜻 비쳤다.

"너는 참 이상해. 다른 사람일은 죽자 살자 하면서 정작 자기 일은 등한시하고. 내가 대신 알아봐 줄까?"

계속되는 영숙의 말에도 미현은 묵묵부답이었다.

사실 미현도 석민을 한번 만나 보고 싶은 생각이 없는 것은 아니었다. 그런데 만나서 어떻게 하겠다는 건가. 흐른 세월만큼 모든 것이 변해 있을 터였다. 푸릇하고 청순했던 젊음은 백발에 잔주름으로 변했을 것이고, 청춘의 보랏빛 마음은 세월의 무게에 짓눌려 파리해졌을 것이다.

석민만 그런 것이 아니다. 미현 자신도 얼마나 많이 변했는지 자기가 너무 잘 알고 있었다. 아무리 그리운 사람이라고 해도 그 시절의 모습과 마음을 그대로 간직하는 것이 오랜 세월이 지나 모든 것이 변한 뒤에 만나는 것보다 나을 거라고 미현은 생각했다.

"고맙다. 영숙아. 생각해 볼게."

"생각은 무슨. 그냥 하면 될 일을."

영숙의 말에 미현은 가볍게 웃었다. 이런 미현을 짓궂은 눈으로 보던 영숙은,

"얘, 미현아, 박 원장과 하 회장이 마음에 안 들면 다른 남자나 알

아봐라. 너 정도면 주변에 넘치는 것이 남자일 테니까. 떠난 남자들 생각이나 안 나게. 요즘은 다 그런다더라. 나 봐라. 집에 멀쩡한 남자 놔두고 주철 씨 만나잖아. 너는 싱글인데 뭘 걱정하는 거야. 안 그래? 너만 좋으면 내가 다른 사람 소개해 줄게."

영숙은 당연하다는 표정을 지었다. 무슨 생각인지 미현은 살짝 웃고 말없이 식사를 계속했다.

그날 이후로 미현의 머릿속에 영숙의 말이 가끔 떠올랐다.
더구나 기분이 우울할 때나 몸이 아플 때는 더 생각이 났다. 특히 오늘처럼 며칠 동안 계속해서 몸이 안 좋으면 허무한 생각이 물밀듯 들고, 지난 사랑에 대한 아련함이 짙은 안개처럼 미현의 눈을 가렸다. 이런 마음은 시간이 흐를수록 더 심해졌다. 여기에서 오는 상실감과 허무함은 그 무엇으로도 메우기가 어려웠다.

한때는 미현 자신이 모든 정성을 다해 믿고 의지했던 예수님에 대한 사랑도 지금은 말라 버린 미현의 가슴을 채워 주지 못했다. 애지중지 한다는 말로는 부족한 외동딸 정애와 눈에 넣어도 아깝지 않은 아라와 서희에게 아무리 사랑을 쏟아 부어도 미현의 빈 가슴은 채워지지 않았다.

자연스럽게 종교에 대한 믿음도 약해졌다. 교회를 빼먹지는 않았지만, 전처럼 교회에 열중하지 않았다. 요즈음 미현이 교회에서 하는 일은 어쩔 수 없이 의무적으로 하는 일이었다.

정애와 손녀딸들에 대한 사랑도 시간이 갈수록 약해졌다. 언제부턴가 아침에 일어나 정애 집으로 가는 일이 그렇게 즐겁지 않았다. 그러지 말아야지 하며 마음을 다잡았지만 한번 들기 시작한 마음은 쉽게 돌아서지 않았다.

친구들과의 만남도 뜸해졌다. 만남뿐만 아니라 카톡이나 메시지로 서로 연락하고 대화를 나누는 일마저도 귀찮아졌다. 그럴수록 미현의 마음은 허전해지고 우울해졌다.

어느새 미현의 마음은 한겨울 시베리아 벌판에 부는 찬 바람으로 변했다. 견디기 힘든 태양 빛이 사정없이 내리쬐는 타클라마칸 사막이 되었다.

미현도 알고 있었다. 이대로 자신을 끌고 더 이상 갈 수는 없다는 것을. 이대로 주저앉지 않으려면 자기의 생각과 행동을 바꾸어야 한다는 것을. 그녀에게는 탈출구가 필요했다. 문제는 무엇을 어떻게 변화시킬 것인가였다.

세상의 모든 것은 시간의 흐름에 따라 변한다. 살아 있는 것이든 죽은 것이든, 형체가 있는 것이든 형체가 없는 것이든 가리지 않는다.

지난 세월 동안 미현에게도 많은 변화가 있었다. 어느새 봄바람에 꽃 피는 계절을 지나 찬바람에 낙엽이 지는 계절이 되었다. 몸도 마음도 아침 이슬처럼 싱싱하던 아름다움은 사라지고 푸른 잎을 모두 벗어버린 앙상한 나뭇가지가 되었다. 이제 대지가 얼어붙는 겨울이 곧 될 터였다.

'참 세월이 빠르긴 하네. 어른들 말씀이 틀리지 않아.'

미현은 다시 열이 오르는 이마를 오른손을 펴서 살살 어루만졌다. 뜨끈뜨끈한 열기가 손바닥에 느껴졌다. 벌써 새벽이 되었는지 차량이

4. 외줄 위의 사람들

오가는 소리가 간간이 들렸다.
 힘들게 자리에서 일어나 거실로 나왔다. 냉장고 문을 열고 차가운 물을 꺼내 한 컵 마셨다. 서늘한 냉기가 식도를 어렵게 지나 위로 들어가자 온몸이 쩌릿하게 떨렸다.
 침대로 들어와 다시 이불을 뒤집어썼다. 그렇지 않아도 오지 않던 잠이었는데 이제는 남은 잠기운마저도 창밖으로 달아났다. 미현은 약간의 두통을 느꼈다. 찬물을 마셔서 그런지 정신은 또렷해졌다.
 '이대로 멈출 수는 없어.'
 미현은 아직도 자기가 가야 할 길이 많이 남았다는 것을 알고 있었다. 그 길은 가고 싶다고 가고, 가기 싫다고 가지 않아도 되는 길이 아니었다. 좋아도 가야 하고 싫어도 가야 하는 숙명의 길이었다.
 많고 많은 길 중에서 어떤 길을 가야 할 것인가. 앞에서 걸어온 그 길을 따라 계속해서 갈 것인가. 아니면 과거에 숱하게 지나쳐 온 풍경을 벗어나 새로운 풍경을 찾아 다른 길을 걸어 볼 것인가.
 선택은 오직 자기 생각과 열정에 달려 있었다. 무엇보다도 더 중요하고 다행스러운 것은 아직도 갈 길이 많이 남아 있었고, 어느 길을 갈 것인가를 스스로 결정할 권리가 있다는 것이다.
 잠 못 이루는 길고 긴 밤이 지나갔다. 어느새 희미한 햇살이 회색빛 어둠을 뚫고 들어와 미현의 침대 머리를 비췄다. 햇살이 내려앉는 자리마다 뭉게뭉게 하얀 꽃이 피어났다.
 미현은 일어나 창문을 가리고 있던 회색 커튼을 활짝 열었다. 순간 계족산 봉우리를 넘어온 햇살이 어두침침하던 방안에 가득 들어왔다. 미현은 폭포처럼 쏟아져 들어오는 햇빛을 받으며 깊은숨을 들이마셨다.

베란다에서 자기 집을 떠나지 못하는 카나리아들의 노래가 들려왔다. 새장 문 안팎을 드나들며 어서 먹을 것을 달라고 조르는 소리였다.

또 하루가 열렸다. 어제와는 다른 태양이 뜨고 어제와는 다른 오늘이 시작되었다. 그것들이 미현의 가슴에 고스란히 파고들며 새로운 길을 가라고 아우성을 쳤다.

4-16

"위험한 고비는 넘기셨습니다. 의지가 아주 강하시네요."

칠십이 넘은 담당 의사가 태문을 보자마자 말을 건넸다.

아버지가 돌아가시기 직전이라는 큰아들 성철의 전화를 받고 달려온 터였다. 차를 주차장에 세워 놓고 입구로 들어설 때 마침 회진을 마치고 나오는 의사와 마주쳤다.

아버지가 십 년 넘게 요양병원에 입원하고 있었고, 태문이 가끔 병원을 방문하는 관계로 안면이 많은 의사였다. 그래서 의사는 태문이 인사를 하기 전에 먼저 태문에게 눈인사를 하더니 다짜고짜 아버지가 위험한 고비를 넘겼다는 말을 한 것이다.

"아. 예! 예."

태문은 엉겁결에 의사의 말에 대꾸를 했다. 태문의 대답은 의사의 말을 정확하게 알아듣고 한 말이 아니었다. 무의식적으로 튀어나온 말이었다.

가족들과 헤어져 오피스텔로 이주한 후로는 깊은 잠을 이루지 못하는 날들이 태반이었다. 이런 불면 증상은 날이 가도 호전되지 않고 점점 악화했다.

근래에 들어서는 뜬눈으로 밤을 지새우는 날이 비일비재했다. 혈압약을 받으러 병원에 가는 날, 태문은 의사에게 자신의 불면 증상 이야기하고 수면제를 처방받았다.

수면제를 복용해도 어느 날은 약효가 부족한지, 아니면 자기에게 더 큰 문제가 있는지 통 잠을 이루지 못하는 날이 많았다. 그럴 때면 으레 머릿속에서 커다란 소음마저 들리는 일도 많아서 태문은 이중으로 고통을 당하고 있었다.

지난밤도 여느 날 밤과 같았다. 잠은 들지 않고 머릿속을 헤집는 소음과 싸우느라고 꼬박 날을 세웠다. 아침이 되었지만, 태문은 침대에서 일어나고 싶지 않았다. 몸과 마음이 지칠 대로 지쳐 있었다. 아침밥도 먹을 생각이 없었을 뿐만 아니라 어지럼증이 심해 일어나기도 힘이 들었다.

큰아들 성철이 전화를 한 것은 열 시가 조금 넘어서였다. 태문은 아들의 다급한 전화를 받고도 계속 침대에 누워 있었다.

아버지가 돌아가시게 생겼다는 전화는 이제 심각한 소식이 아니었다. 나이가 구십이 넘으셨고 요양병원 신세를 지기 시작한 지가 벌써 십 년이 훨씬 지났다. 더구나 병원에 입원하고 있는 지난 몇 년 동안은 의식도 거의 없었다. 또 잊을 만하면 곧 돌아가시려고 한다는 다급한 전화를 받곤 했다.

처음에는 전화를 받자마자 제대로 준비도하지 않고 허겁지겁 병원으로 달려왔다. 그럴 때마다 아버지의 의식이 기적처럼 다시 돌아왔다. 이런 일이 몇 번 반복되자 태문은 아버지가 위독하다는 연락을 받아도 별로 놀라지 않았고 임종을 보려고 서두르지도 않았다.

불면과 머릿속 소음으로 심신이 지칠 대로 지친 태문이 힘들게 차를 몰고 병원에 도착하였지만, 아버지의 상황은 예전과 다르지 않았다. 태문은 자기도 모르는 사이에 힘이 쭉 빠지는 느낌이었다.

그런 태문에게 아무렇지도 않게 말을 하는 담당 의사가 낯설어 보였다. 태문은 무심하게 의사를 바라보았다. 작달막한 키에 배가 불쑥 나온 의사의 살진 얼굴이 태문의 시야를 가렸다.

태문은 거듭,

"아, 예! 예."

건성으로 대꾸를 했다. 그러면서 태문의 눈은 의사의 축 처진 볼 위에 위태롭게 걸려 있는 무테안경에 가 있었다. 안경이 금방이라도 아래로 떨어질 듯 아슬아슬하게 코끝에 매달려 있었다.

'저 안경이 어떻게 떨어지지 않고 코끝에 걸려 있지?'

아버지가 위험한 고비를 넘겼다는 의사의 말보다 통통한 얼굴에서 금방이라도 떨어질 것 같은 안경에 신경이 더 쓰였다.

'참, 신기하네.'

태문은 자기도 모르게 작은 소리로 중얼거렸다.

담당 의사는 태문이 자기의 말에 별다른 반응을 보이지 않자, 얼굴빛이 변하며 왼손으로 안경을 깊숙이 밀어 올렸다. 그러면서 안경 너머로 태문을 바라보았다. 무언가 태문의 대답을 기다리는 표정이었다.

"아, 예. 선생님. 감사합니다."

그제야 태문은 정신을 차렸다.

"아버님이 위험한 고비를 넘기셨으니 저도 기쁩니다."

의사는 태문을 바라보며 씩 하고 웃었다. 의사의 웃는 표정이 아버지가 위험한 고비를 넘겨서 다행이라는 것인지, 아니면 당신도 참 힘들겠다는 비아냥거림인지 태문은 이해할 수 없었다.

태문은 의사의 말을 이해하려고 노력하며 다시 그의 눈을 바라보았다. 어디선가 본 눈이 분명했다.

'어디서 봤더라?'

짧은 순간이었지만 태문의 머리가 빠르게 돌아갔다.

'시골집. 그래. 시골집에서 본 것이 맞아. 틀림없어. 부뚜막에서 먹을 것을 찾는 쥐.'

그렇다. 그 눈은 그가 본 시궁쥐의 눈이 분명했다.

어릴 적 태문이 시골 외할머니 집에 놀러 갔다가 우연히 마주친 쥐를 보고 얼마나 놀랐던가. 그 자리에 앉아서 악을 쓰며 우는 바람에 외할머니가 부리나케 방문을 뛰쳐나오고 집안이 시끄러웠던 일이 있었다. 그 뒤로 태문은 외갓집에 가기를 싫어했다.

사실 그때 태문은 그 작은 쥐가 무서워서 울음을 터트린 것이 아니었다. 태문이 마주친 쥐의 눈이 너무 싫어서였다. 먹이를 앞에 둔 쥐의 그 눈빛. 탐욕과 교활함과 두려움이 섞인 그 눈빛. 말로는 표현할 수 없고 다시는 상상도 하고 싶지 않은 그 역겨운 광경을 여기에서 다시 본 것이다.

태문은 이 자리에 더 이상 머무르고 싶지 않았다. 갑자기 숨이 막히고 쓰러질 듯 머리가 어지러웠다. 그는 의사의 눈을 애써 피하며,

"선생님, 감사…."

태문은 채 말을 끝맺지도 못하고 밖으로 나왔다.

4-17

밖으로 나온 태문은 자기도 모르게 심호흡을 한 번 하고 가까이 있는 의자에 쓰러지듯 앉았다.

오랜 풍상에 빛이 바랜 나무 의자가 은빛 햇살을 받으며 홀로 자리를 지키고 있었고, 소슬바람에 몸을 맡긴 하얀 갈대가 멀쑥한 몸을 이리저리 흔들며 떠나는 가을을 아쉬워하고 있었다. 태문은 그런 하얀 갈대가 외로운 의자에게 손을 흔들며 위로하고 있다고 생각했다.

의자에 앉아서 기진맥진한 몸을 겨우 부추겼다. 지친 몸이 어렵게 회복이 되자 태문은 시원하게 펼쳐진 대청호수로 눈을 돌렸다. 파란 하늘에서 춤추며 내려와 호수 위에서 마음껏 노니는 햇살이 바람에 날리듯 이리저리 나부끼고 있었다. 저마다 아름다움을 자랑하는 호수 건너편 오색단풍이 별빛처럼 반짝이는 물결 위를 건너오며 태문의 시야를 흐릿하게 간지럽혔다.

지그시 눈을 감았다. 호수의 아름다운 기운을 담뿍 머금은 바람이 지친 태문의 몸과 마음을 어루만져 주며 어디론가 가고 있었다. 여기저기에서 가을을 보내고 겨울을 준비하는 계절의 마지막 노랫소리가 들렸다. 태문은 가을의 한복판에서 가슴을 활짝 펴고 두 팔을 마음껏 하늘을 향해 올렸다.

그가 펼쳐 올린 양쪽 팔에, 크게 부풀린 가슴에, 하늘만큼 넓힌 마음에, 온몸에 가을이 왔다. 그는 가을과 하나가 되었다.

태문은 의자에 앉아 햇살과 단풍, 갈대와 대청호 물결, 바람에 실려 오는 향기를 맡으며 한참 동안 가을 속에 머물렀다. 잠을 자지 못해 쌓인 피로도, 아침 식사를 거르고 차를 몰고 온 배고픔도, 당황스러웠던 의사와의 만남도 지금이 이별의 계절이라는 것을 아는지 어느새 태문의 몸에서 떠났다.

홀가분한 마음으로 사방을 둘러보았다. 나뭇가지 사이로 요양병원 회색 삼층 건물이 보였다. 회색 건물은 오랜 풍상을 겪은 듯 여기저기 상처를 가득 안고 서러운 모습으로 말없이 서 있었다.

'정말 신은 있는 걸까?'

그는 불현듯 이런 생각을 하며 낙엽과 안개 사이로 희미하게 보이는 병원 건물로 눈을 돌렸다.

'회색빛 건물이 없다면 여기가 훨씬 더 아름다웠을 것을.'

태문은 자기의 생각을 긍정이라도 하는 듯 고개를 끄덕였다. 병원 건물을 헐고 이곳의 풍경을 머리에 그려 보았다. 아름다운 산수화 위에 떨어진 오물을 지우고 나자 그림은 제자리를 찾은 듯 아름다움을 더했다. 단 하나의 건물을 지웠을 뿐인데 세상은 훨씬 편안하고 행복해 보였다.

'내가 신이라면 이런 건물을 짓지 않게 세상을 만들었을 건데.'

자기도 모르게 한숨을 쉬었다.

태문은 병원에 가는 것을 무척 싫어했다. 다른 사람들 때문에 병원을 가는 것도 싫었지만, 자기 몸이 아파도 병원에 가는 것을 될 수 있으면 피했다. 혈압과 당뇨 때문에 어쩔 수 없이 동네 병원에 가기는 했다. 그 일마저도 태문에게는 큰 스트레스였다.

태문이 병원에 가기를 좋아하지 않는 데에는 이유가 있었다. 그는 병원에서 나는 소독약 냄새를 맡으면 현기증이 났다. 병실의 환자들을 보면 죽음이 떠올랐다. 병원에 대한 이런 느낌은 병원을 다녀오고 시간이 지나도 쉽게 사라지지 않고 태문을 괴롭혔다.

아버지 때문에 어쩔 수 없이 오기는 하지만 병원을 들어서면 숨이 꽉꽉 막혔다. 억지로 숨을 쉬며 문을 들어서도 병실에 들어갈 때는 다리가 후들거렸다. 어렵게 병실에 들어가도 아버지가 누워있는 창가만 볼 뿐 다른 병상은 애써 외면했다. 코와 목에 호스를 꽂고, 양팔이 병상에 묶여 있는 창백한 사람들을 보는 것이 두려웠기 때문이었다.

'평생 한 고생도 모자라나? 뭐가 부족해 가는 날까지 저렇게 고통 속에 있어야 하지?'

태문은 신이 있다면 그 신은 선한 신은 아닐 거라고 생각했다. 부처님이 정말 이 세상을 굽어보고 계신다면 그 부처님은 자비롭지 못한 부처님이라고 생각했다. 업보니, 죄악이니 하는 말도 믿지 않았다. 그저 왔다가 그저 갈 뿐인 것이 인간이고, 인간의 삶이라고 여겼다.

여기에 어떤 사람도 예외는 없었다. 잘났건 못났건, 돈이 많든 돈이 적든, 선하든 악하든 그 누구라도 그저 왔다가 그저 가는 것이 인간의 삶인 것이 분명했다.

아무리 좋게 생각해도 우리 삶의 이런 마무리는 받아들이기 어려웠다. 좋은 시간보다는 힘든 시간이 많은 것이 인간의 삶이 아닌가. 갖은 고통을 헤치며 겨우 버티고 걸어온 길의 끝이 아니던가. 마지막마저도 병상에 묶여 신음하며 보내야 한다니.

 이것은 고통을 넘어 인간의 삶을 모욕하고 인간을 치욕의 구렁텅이로 몰아넣는 일이 아닌가. 어쩌면 신은 인간의 영혼마저 황폐화하려고 이런 고통의 시간을 주시는지 모를 일이었다. 누군가의 말대로 신이 있다면 말이다.

 태문은 자신과 병상에서 고통 받는 사람들에게 끝 모를 연민을 느꼈다.

 태문은 낡은 병원 건물에서 눈을 돌렸다.
 '그나마 아버지는 불행 중 다행일지도 모르지. 의식이 없으시니까. 사지를 움직이지도 못하는데 눈을 뜨고 세상을 바라보아야 하는 사람들은 얼마나 불행한가.'
 생각만 해도 끔찍했다. 세상에 상상하기도 싫은 처참한 이런 일이 있다는 것이 너무 안타까웠다.
 태문은 아직 아버지를 뵙지 못했다. 하지만 병실로 들어가 아버지를 보고 싶지도 않았다. 조금 전에 만난 의사 말대로 아버지의 의식이 돌아왔으면 될 일이었다. 의식이 돌아왔다고는 하나 그것은 겨우 숨을 쉬는 정도일 거라는 것을 알고 있었다. 아버지라고 불러도 눈을 뜨지 못하고, 손을 잡고 몸을 흔들어도 아버지는 움직일 기색도 없을 것이라는 사실을 알고 있었기 때문이다.
 '이런 아버지를 과연 살아 계신다고 해야 하나?'
 병실에서 아버지를 볼 때마다 태문이 스스로 묻는 의문이었다. 물론 태문도 알고 있었다. 의식이 없어 보이는 아버지라고 해도 실제로는 듣고, 느낄지도 모른다고.

'만약 아버지가 스스로 생각하고 결정할 수 있다면? 아마도 아버지는 이제 그만 이 병상을 벗어나 먼 곳으로 가고 싶어 하실 거야.'

여기까지 생각이 미치자 가슴이 답답해졌다. 자리에서 일어나 한 번 더 가슴을 활짝 폈다. 시원한 바람이 얼굴을 스치고 지나갔다. 더 없이 푸르고 맑은 하늘이 가까이 다가왔다.

'여기서 없어도 될 풍경은 나인지도 모르지.'

무심결에 태문은 단풍이 물드는 아름다운 호숫가에 없어도 되는 풍경은 저 회색빛 낡은 건물이 아니라 어쩌면 자기일지도 모른다는 생각이 들었다. 태어난 것만 봐도 자기가 병원보다 훨씬 오래 전에 태어났고, 그 기간만큼 더 많은 일을 저질렀다. 그 일 중에는 대부분 해서는 안 되는 일들이었다. 이런저런 이유로 한 일들이었지만 지금 돌아보면 부질없는 것들이었다. 생각할수록 허무한 지난날의 추억이었다.

4-18

'가엾은 사람.'

태문은 암으로 고생하고 있는 아내 진희의 창백한 얼굴을 떠올렸다.

그저께도 큰아들 성철에게서 전화를 받았다.

"아버지, 어머니께서 매우 아프세요. 얼마 못 견디실 것 같아요. 의사도 그렇게 이야기하고요. 아버지. 어머니께서 아버지를 한 번만이라도 더 보고 싶어 하세요. 꼭 드리고 싶으신 말씀이 있대요."

성철의 목소리는 그냥 전하는 것이 아니라 거의 애원에 가까웠다. 잠겨 있는 목소리는 우는 소리였다.

"알았다."

아들의 전화에 차마 거절은 하지 못하고 성철은 마지못해 '알았다.'라고 대답은 했지만, 아직 아내를 보러 가지 않았다. 앞으로도 가는 일은 없을 것이다.

이렇게까지 하는 이유를 태문도 정확하게 알지 못했다. 몇 년 전 집을 나온 이유 때문이 아니었다. 그때는 아내와 아들들에게 심한 배신감을 느꼈고 참기 어려운 분노가 일어난 것도 사실이었다. 평생을 바쳐서 부양한 가족들에게 버림을 받았다는 허무감에 살고 싶은 의욕마저 잃어버릴 정도였다.

그런 씻기 어려운 참담함도 세월이 흐르자 무뎌졌다. 언제부턴가는 가족들에 대한 원망은 사라졌고, 더불어서 가족들이라는 끈끈함마저도 태문에게서 없어졌다. 이런 일을 겪자 태문은 자기의 마음이 한결 가벼워지는 것을 느꼈다. 아니 오히려 잘되었다는 생각마저 들었다.

하지만 아직도 아내 진희를 생각할 때마다 뭔지 모르게 아련한 그리움이 태문을 괴롭혔다. 아버지와 많은 인간이 비참한 모습으로 죽어가는 요양병원 벤치에 앉아서 찾아갈 마음도 없는 아내를 생각하는 남편. 죽기 전에 남편을 한 번 보고 싶다는 아내의 소원을 굳이 외면하는 남편. 그런 남편이 애틋한 심정으로 그 아내를 그리워하다니.

태문도 스스로를 이해할 수 없었다. 그러나 솔직한 심정이었다. 그도 아내가 보고 싶었다. 밉건 곱건 자식들 낳고 수십 년을 한 이불 덮고 살아온 사이였다. 하지만 태문은 그 누가 되었든, 그 어떤 물건이라고 해도 더 이상 인연의 고리를 만들고 싶지 않았다. 아무리 가엾고, 보고파도 아내 진희를 다시 만나서는 안 되었다.

　태문이 집을 나온 지 얼마 되지 않아 처음 시작한 일은 자기의 주변을 정리하는 일이었다. 가지고 나온 물건 중에서 신발과 옷가지를 먼저 정리했다. 그가 애지중지하는 책들도 한 권씩 버리기 시작했다.

　인간관계도 마찬가지였다. 할 수 있으면 아는 사람들을 멀리하려고 노력했다. 각종 모임에서 탈퇴하고, SNS마저도 삭제했다. 이렇게 그는 홀로 있기를 원했다. 모든 아픔과 시련은 자기가 소유하고 있는 것과 인연으로부터 나온다고 여기고 있었기 때문이다.

　홀로 서서 자기 자신을 외롭게 하는 것이야말로 지난 과거를 청산하고 앞으로의 삶에 도움이 될 거라고 태문은 확신하고 있었다. 그러기 위해서는 아주 가까이에 있으면서 온갖 사연으로 얽매인 사람들과 사슬을 끊는 일이었다. 아내 진희는 그 인연 중의 한 사람이었다.

　의자에서 일어난 태문은 호숫가 길을 따라 발을 옮겼다.

　단풍나무와 갈대가 어우러진 구불구불한 언덕길 양쪽에 구절초가 탐스럽게 피어 있었다. 태문은 우울한 기분에서 벗어나려고 나지막하게 콧노래를 흥얼거렸다. 호수의 물결이 태문에게로 다가오며 인사를 하고 태문은 무슨 노래인지도 모르는 곡을 계속해서 웅얼대며 길을 걸었다.

　아들 성철이 생각났다. 태문이 가장 미안하게 생각하는 사람이 자기의 큰아들 성철이었다. 병든 어머니 시중들랴, 할아버지 병원비 내랴, 홀로 사는 아버지 신경 쓰랴, 하는 일이 한두 가지가 아니었다.

거기다가 바쁜 회사 일은 또 어떤가. 커가기 시작한 아이들도 있지 않은가. 몸이 세 개라도 감당하기 어려운 일들이었다.
　그런데도 큰아들은 불평 한 번 하지 않았다. 마치 모든 일이 자기의 숙명이라고 여기는지 닥친 일들을 묵묵히 해냈다.
　태문은 자기의 아이들이 살아가는 중에 큰일을 겪지 않고 살기를 바랐다. 특별히 돈을 많이 버는 것도 원치 않았다. 남보다 높은 위치에 머무는 것도 태문이 바라는 것이 아니었다. 평생을 살면서 우여곡절 없이 무난하게 살기를 바랄 뿐이었다.
　그러나 큰아들 성철도 모든 사람이 겪는 일에서 예외가 아니었다. 성철이 스스로 원한 것은 아니었지만 그는 자기도 모르는 사이에 무거운 짐을 잔뜩 짊어지고 머나먼 길을 갈 수밖에 없는 사람이 되었다.
　이런 아들에게 태문이 특별히 해 줄 수 있는 것이 없었다. 할 수 있는 것이라고는 태문 자신이 더 이상 성철의 짐이 되지 않는 일이었다. 가능하면 아들과 멀리 떨어져서 아들과 삶이 엮이지 않도록 하는 것이 아들을 위해 할 수 있는 최선의 일이라고 태문은 생각했다.

　출렁이는 호수 물결 소리가 들렸다.
　호수에 머물렀던 바람이 다가와 머리를 맑게 해 주었다. 태문은 그 자리에 쪼그리고 앉아 두 손으로 호수 물을 떠서 얼굴을 씻었다. 푸르고 차가운 물이 손과 얼굴에 닿자 태문의 머릿속을 어지럽히던 잡념이 사라지고 한결 기분이 좋아졌다. 그는 가던 발길을 멈춰 서서 호수를 보고 오던 길로 되돌아섰다.
　병원 건물이 다시 가까워졌지만, 태문은 병원을 보지 않고 곧바로 주차장으로 향했다. 우중충한 병원 삼층 건물과 그 건물 안에 있는 모든 것들을 보기가 싫었다. 아니 상상조차 하기 싫었다. 생각할수록 슬프고 가슴이 답답하기만 할 뿐 자기가 무슨 일을 할 수 있겠는가. 스스로 무력함을 한없이 느끼면서 그는 애써 요양병원을 지나쳤다.

그가 병원 건물을 돌아서자 병원이 우는 소리가 들렸다. 한숨과 처절한 울음이 뒤섞인 소리였다. 인간으로서 더 이상 참기 어려운 고통의 소리였고 인간으로서 더 이상 듣고 싶지 않은 애절한 소리였다.

태문의 가슴에 병원과 그 안의 사람들에 대해 또 한 번 일어나는 연민이 그를 괴롭혔다. 태문은 뒤를 돌아보지 않았다. 돌아보고 싶은 마음이 굴뚝같았지만, 그는 굳이 외면하면서 주차장으로 걸어갔다.

4-19

요양병원 인근 대청호가 보이는 '들국화 식당'에서 점심을 먹고 나오자 시간이 두 시가 넘었다. 청국장에 가을 나물이 어우러진 상차림은 깔끔할 뿐 아니라 차려진 음식도 맛이 있었다. 태문은 식당 문 앞에 비치된 커피자판기에서 커피를 한 잔 받아 들고 따뜻한 햇볕 아래에서 커피를 마셨다. 식당 이름에 어울리는 들국화가 쓸쓸한 오후의 가을 정취를 한껏 풍겼다.

세상 만물은 저마다 때를 알고 왔다 간다. 저기 피어 있는 들국화도 예외는 아닐 것이다. 태문은 가을이어서 들국화가 피었는지, 들국화가 피어서 가을이 온 것인지 구분할 수가 없었다. 자연은 가을이 와서 들국화가 피었다고 하겠지만, 태문은 들국화를 보고 가을을 느꼈다.

낡은 흰색 아반테를 몰고 '들국화 식당'을 나섰다.
생명을 다해 가는 아반테가 언덕을 오를 때 힘쓰는 소음이 애처롭게 들렸다.
오백 리 대청호반 길은 아름다웠다. 끝없이 늘어선 벚나무들이 봄·여름을 벗어 던지고 붉은 단풍을 활짝 피우며 자기 할 일을 했다. 때때로 불어오는 바람이 나뭇잎을 떨구고, 떨어진 낙엽들이 길 위를 지나는 나그네들에게 애써 손을 흔들었다.
벚나무 가지 사이로 보이는 대청호수의 파란 물결을 따라 차를 몰았다. 삼거리가 나오자 호반 길을 벗어나 산과 산 사이의 좁은 계곡 길을 올라갔다.
얼마를 갔을까. 크고 작은 단풍나무와 은행나무로 둘러싸인 잘 정돈된 주차장이 보였다. 제법 규모가 큰 주차장에는 서너 대의 차량이 주인을 기다리며 여기저기에서 졸고 있었다. 태문은 주차장 한편에 차를 세웠다.
주차장을 걸어 나온 태문은 한창인 단풍의 향기를 맡으며 아름다운 산사 길로 들어섰다. 산사 길을 조금 올라가자 물소리가 정겹게 들리는 아치형 나무다리가 보였다. 다리를 건너 오른쪽으로 돌아섰다. 노랗게 물든 산사 길 옆으로 수백 년 동안 비바람을 견뎌온 은행나무 두 그루가 당당하게 그를 맞이했다.
태문은 길을 노랗게 물들이고 있는 은행 나뭇잎 위에 서서 몇 아름이나 되는 은행나무의 등을 손으로 어루만졌다. 거칠거칠한 나무의 등껍질이 오랜 세월을 견뎌온 태문의 인생처럼 그의 손바닥에 와 닿았다. 손바닥으로 몇 번 은행나무를 뚝뚝 치고는 바스락거리는 은행 나뭇잎을 밟으며 산사로 올라갔다.

4 - 20

은행나무 잎으로 단장한 노랑 길을 벗어나자 붉은 황토 길이 나타났다. 오래된 잣나무가 열병식을 하듯이 길 양편으로 멀리까지 서 있었다. 태문은 이 길이 익숙한 듯 사방을 둘러보며 천천히 걸음을 옮겼다.

평일 오후라서 산사의 아름다운 길에는 인적이 드물었다. 태문은 이런 분위기가 좋았다. 아무런 방해를 받지 않고 혼자서 자신만의 시간을 갖는다는 것은 태문에게 커다란 위안을 주는 일이었다. 그의 마음에 앙금처럼 남아있는 요양병원과 아버지, 아내, 아들 성철에 대한 부정적인 생각과 미안한 감정이 가을바람에 구름 걷히듯 사라졌다.

잣나무길이 끝나는 지점에 이르자 일주문이 보였다.

'청령산 망아사.'

대청호수의 물결처럼 푸른 현판에 굵고 힘찬 서체로 당당하게 쓰여 있는 산사의 이름이 눈에 들어 왔다. 태문은 고개를 숙여 일주문에게 인사를 하고 망아사 경내로 들어섰다.

여전히 붉은색 황톳길이 불자들을 맞이하고 있었고, 주변의 아름드리 소나무가 자태를 뽐내며 황톳길을 지켜 주고 있었다. 사대천왕이 눈을 부릅뜨고 세상을 지켜보는 천왕문을 지나갔다.

자주 접하는 사대천왕이었지만 태문은 천왕문을 지날 때마다 무언지 모르게 불편한 생각이 들었다. 그럴 때면 가볍게 생각하려고 노력은 했어도, 마음속 깊은 곳에 있는 죄의식까지 없어진 것은 아니었다. 오늘도 마찬가지였다. 그는 동서남북 천왕과 눈을 마주 보지 않으려고 빠르게 천왕문을 지나갔다.

사천왕문을 지나자 높은 바위들이 줄지어 서 있는 청령산을 배경으로 여러 채의 전각들이 자리를 잡고 있었다. 언제 보아도 성스럽고 마음이 편해지는 산사의 풍경이었다.

하늘까지 솟아오른 청령산의 일곱 개 봉우리가 많은 바위들을 안아주고, 소나무 숲 아래로 부처님의 깊고 넓은 마음을 간직한 여러 채의 도량들이 명상에 잠겨 있었다. 태문은 잠시 걸음을 멈추었다. 두 손을 공손히 모아 합장을 하고 대웅보전, 관음전, 대명광전을 향해 머리를 숙였다.

저 멀리 불이문이 보였다. 태문이 경내에서 가장 좋아하는 한 곳이었다.

'세상은 둘이 아니라 하나다. 너도 없고 나도 없다.'

불이문을 지나고 나면 깨달음을 얻는다고 하니 얼마나 좋은 문인가. 그러나 태문은 깨달음을 얻는다는 불이문을 수없이 드나들었지만, 안타깝게 깨달음 근처에 가 보지도 못했다. 그렇지만 그는 불이문을 지나는 것을 좋아했다. 비록 진정한 깨달음을 얻어 해탈의 경지에 이르지 못했어도, 그런 느낌이 드는 것으로 만족했다.

태문이 어머니의 손에 이끌려 부처님을 만난 지 육십 년이 흘러갔다. 긴 세월 동안 그는 많은 사찰을 가 보았고 많은 불자와 인연을 맺었다. 청령산 망아사도 그 사찰중의 하나였다. 어머니가 살아 계실 때부터 맺은 인연으로 결혼 후에도 자주 찾은 사찰이었다. 아내와 아이들을 차에 태우고 대청호 길을 달려와 망아사에 머물다 가는 일도 자주 있었다. 어쩌면 태문에게 가장 행복한 시절이었을지도 몰랐다.

세월 따라 모든 것은 변한다. 금강석처럼 단단한 것이라도 풍진 세월 앞에서는 덧없이 사라지듯이 태문의 삶도 변했다. 아름답고 행복한 그 시절은 어디로 가 버리고 이제 남은 것은 고통과 슬픔, 회한뿐이었다.

합장을 마친 태문은 하얀 모래가 햇살에 반짝이는 산사 경내를 돌아보았다. 바람에 날리는 나뭇잎을 따라 이따금 들려오는 독경 소리가 산사의 적막을 깰 뿐 산사는 고요함 속으로 잠들고 있었다.

망아사에 올 때마다 들리던 종무소를 그냥 지나쳤다. 사찰의 주지 스님이 머무시는 선방도 오늘은 방문하고 싶지 않았다. 대웅보전 앞에 서 있는 오층석탑과 삼층 석등을 지나 대웅보전으로 걸음을 옮겼다.

법당 안은 외롭고 쓸쓸했다. 석가모니 부처님이 말없이 세상을 굽어보고 계셨고, 불전함 옆에서 꺼질 듯 깜박이는 촛불이 법당 안을 희미하게 밝히고 있었다.

태문은 오른쪽 문으로 들어가 불전함 앞에 깔린 두꺼운 방석에 무릎을 꿇고 엎드려 두 손바닥을 얼굴 앞으로 내밀었다. 열린 문으로 들어오는 바람에 희미한 촛불이 이리저리 흔들리며 금방이라도 꺼질 것 같았다.

흔들리는 촛불에 맞춰 법당 안이 밝아지고 어두워졌다. 덩달아서 부처님이 웃다가 울고, 울다가 웃으셨다. 태문은 무릎을 꿇고 얼굴을 마루에 묻은 채로 엎드려서 움직이지 않았다.

할 말은 많았지만, 말을 하지 않았다. 육십 년이 넘는 세월을 지나오면서 헤아릴 수 없이 부처님께 드린 말씀이었다. 태문이 지금 말을 하지 않는다고 부처님이 모르실 리 없었다. 그가 아무리 부처님께 빌고, 또 말씀을 드려도 부처님이 자기가 바라는 일을 들어 주시지 않을 거라는 것도 알고 있었다.

태문은 계속 엎드려 있었다. 희미한 어둠 속에서 부처님이 자기를 뚫어져라 보고 계시다는 것을 태문은 느꼈다. 참을 수 없는 슬픔이 북받쳐 올랐다. 태문의 눈에 눈물이 고였다. 요양병원의 아버지, 사경을 헤매는 아내, 어른들 뒷바라지에 등골이 휘는 아들, 길을 잃고 헤매는 자기 자신. 어쩔 수 없는 이들의 처량한 신세가 태문의 눈물이 되어 법당 안을 적셨다.

어둠이 몰려왔다. 희미하던 법당 안이 산 그림자에 더 어두워졌다. 고요를 깨우던 독경 소리도 멈추었다. 차가운 바람이 법당 안으로 밀려들었다. 엎드려 있는 태문은 한기를 느꼈다. 어느 정도 마음을 추스른 그가 자리에서 일어나려고 하는데,

'너만의 길을 가거라. 어디에도 얽매이지 마라.'

누가 하는지 모르는 소리가 태문의 귀를 울렸다. 그 목소리는 나직했지만, 태문의 마음을 사로잡았다. 그는 두리번거리며 사방을 둘러

보았다. 사람의 모습이 보이지 않았다. 오직 침묵하시는 부처님이 어두워지는 법당에서 자기를 내려다보고 있을 뿐이었다.

태문은 물끄러미 부처님을 바라보았다. 부처님 옆에 앉아 계신 두 분의 부처님도 태문을 마주 보았다. 갑자기 법당 안에 어색한 고요함이 가득해졌다.

태문은 보았다. 세 분 부처님의 슬픈 표정을 태문은 분명하게 보았다. 말씀은 없으셨지만 슬픔 속에 무언의 가르침을 주시는 표정이었다. 지난 육십 년 동안 끊임없이 태문에게 올바른 길을 알려 주었지만, 태문이 깨닫지 못하는 무지함에 대한 슬픔이었다. 부처님이 다시 태문에게 말씀하셨다.

'너만의 길을 가거라. 어디에도 얽매이지 마라.'

불이문을 지나 집으로 돌아오는 동안에도 부처님의 말씀이 계속해서 태문의 귓전을 울렸다.

'너만의 길을 가거라. 어디에도 얽매이지 마라.'

5

아쉬움, 그리고 고통의 시간들

5-1

　미현의 일이 끝났다.
　아라와 서희에게 아침밥을 먹이고, 옷과 책가방을 챙겨서 학교와 유치원에 보냈다. 미현은 소파에 있는 녹색 스웨터를 걸치고 안방에 들어가 화장대에 앉았다. 아침마다 정애가 앉아서 정성스럽게 몸을 단장하며 출근 준비를 하는 자리였다.
　삼십대 후반인 정애는 나이와는 어울리지 않게 고전적인 가구를 좋아했다. 침대도 가볍고 호화로운 색상이나 현대적인 인테리어 제품을 좋아하지 않았다. 오히려 자기보다 한 세대 앞선 사람들이 선호했던 고딕풍의 가구를 좋아했다. 그러다 보니 정애가 사용하는 침대며 옷장 등이 모두 진한 색상이었고, 유행이 지난 가구들이었다. 침대와 옷장만 그런 것이 아니었다. 거실의 소파와 식탁도 고풍스러운 가구들이었다.
　이런 정애에게,

"얘, 정애야. 가구 좀 바꿔 봐라. 색상이 좀 밝고 현대적인 디자인 가구로. 요즘 예쁘고 고급스러운 것들 얼마나 많냐?"

여러 번 말을 했다. 그럴 때면 정애는 별다른 고민도 하지 않고,

"엄마, 요즘 새로 나온 것들은 너무 가벼워 보이고 혼란스러워. 지금 가구들이 나에게 맞아. 보면 마음이 편하잖아."

미현이 보기에도 정애에게는 예스러운 가구들이 현대적인 가구들보다 잘 어울리기는 했다. 정애의 사고방식이 같은 또래의 사람들과는 다르게 고지식한 면이 있었고, 그런 정애의 생각이 묻어나는 가구들이기 때문이었다.

투박하고 붉은 빛의 화장대 앞에 앉은 미현이 거울 속에서 자기를 뚫어져라 바라보고 있는 여인과 눈이 마주쳤다. 눈가에 작은 주름이 하나씩 자리를 잡아가고 있는 거울 속 여인의 귀밑에 세월의 꽃 같은 하얀 머리카락이 듬성듬성 피고 있었다.

미현은 정애의 밀크로션을 손바닥에 듬뿍 올려서 얼굴에 발랐다. 차가운 느낌이 온몸으로 퍼지면서 정신이 맑아졌다.

잔주름 새치 여인의 갸름한 얼굴에서 반짝이는 눈빛이 미현을 계속 보고 있었다. 그녀는 무슨 말을 하려는 듯 표정이 변하며 입술이 움직였지만 끝내 말을 하지 않고 눈을 돌렸다.

"뭐라고?"

거울 속 여인 대신 미현이 물었다.

"무슨 말을 하고 싶은 거니? 하고 싶은 말이 있으면 해. 가슴에만 묻어 두지 말고. 내가 나가면 네가 아무리 말을 해도 나는 듣지 못해.

모든 것은 때가 있잖아. 그러니까 지금 말해. 하고 싶은 말."

미현은 거울에서 눈을 떼지 않고 한참을 자리에 앉아 있었다. 거울 속 저 여자가 무슨 말을 하려는지 궁금해서 자리에서 일어날 수가 없었다. 그러나 시간이 지나도 반대편 거울 속 잔주름 새치 여자는 입을 다물고 말이 없었다. 오히려 미현이 먼저 말을 해 주기 바라는 눈치였다. 기다리다가 지친 미현이 자리에서 일어나며,

"네가 하고 싶은 대로 해. 말을 하고 싶으면 하고, 싫으면 말고."

"……."

"넌 이걸 알아야 해. 기회는 한 번뿐이야. 아무도 널 기다려 주지 않아. 지금 하지 않으면 넌 영영 기회가 없을 거야."

미현의 말에도 거울 속 여자는 입을 다물고 말이 없었다. 표정이 굳어서 금방이라도 마음속에 있는 진짜 마음을 이야기할 듯했지만, 용기가 없어 보였다.

미현은 침묵만 지키는 건너편 여자가 답답해 보였다. 짜증이 났다.

"나는 할 거야. 네가 하든 말든. 나는 내가 하고 싶은 말을 할 거야. 그렇게 하는 것이 나를 사랑하는 일이니까. 진정으로 나를 사랑하는 일은 오직 나를 위해서 살아가는 것이니까. 그것이 남은 내 인생에서 내가 할 수 있는 마지막 사랑이니까."

미현은 화장대에서 일어나 소파에 있던 가방을 들고 아파트를 나섰다. 마음이 무거웠다. 미현은 답답한 가슴 속을 비워내기라도 하려는 듯이 빠르게 걸음을 옮겨 깊어 가는 가을 속으로 들어갔다.

미현은 정애의 한화 아파트 뒤편 돌계단을 내려와 롯데마트 쪽으로

갔다.

계절이 자기 모습을 그대로 드러내고 있었다. 하늘은 더없이 맑았고, 공기는 상큼했다. 아직 한낮이 되기 전이라서 그런지 날씨가 좀 쌀쌀했다.

미현은 녹색 스웨터를 여미며 발걸음을 재촉했다. 열한 시부터 시작하는 롯데마트 문예공부 시간이 다 되었기 때문이다.

5-2

"어서 와, 늦겠다."

여성 전용 주차장에서 시동을 끄지 않고 미현을 기다리던 영숙이 몸을 굽혀 차문을 열어 주며 재촉했다. 히터를 틀어 놓았는지 차 안의 열기가 미현의 얼굴을 따뜻하게 해 주었다.

"오래 기다렸니?"

미현은 차 문을 영숙과 함께 열고 들어가며 인사를 했다.

"나도 지금 왔어."

영숙은 힐끔 미현을 보고 주위를 한 번 살피더니 조심스럽게 주차장을 빠져 나왔다.

미현은 깨끗하고 은은한 향이 코끝을 애무하는 영숙의 붉은색 그랜저를 타고 드라이브하는 것을 좋아했다.

미현도 자가용이 있지만, 영숙의 차를 이용하는 것이 마음도 편하고 여유가 있었다. 너무 자주 영숙의 차를 이용해서 미안한 생각이 들기는 했지만 영숙이나 미현 누구도 크게 신경을 쓰지 않았다.
 영숙의 차는 미끄러지듯 마트를 빠져나가 육 차선 대덕대로로 들어섰다. 평일 한낮이라서 넓은 도로는 한가했다. 간혹 부는 바람에 아스팔트의 먼지가 넓은 도로를 뿌옇게 덮었다.
 대전 세무서를 지나고 충남대학교 후문을 벗어나 오른쪽으로 방향을 틀었다. 동학사 쪽으로 가는 차들이 흐르는 강물처럼 줄지어 달리고 있었다. 가다 서다를 반복하는 차량의 유리창에 부서지는 햇살이 호수의 반짝이는 물결처럼 은빛 손을 흔들며 점점이 수를 놓았다.
 가을은 거리에 부는 바람을 타고 와서 강물처럼 흐르는 자동차마저 가을로 물들였다. 그 한가운데를 달리는 미현과 영숙의 몸과 마음도 가을을 닮아갔다.
 대전과 공주를 가르는 언덕을 넘어서자 계룡산의 아름다운 자태가 보이기 시작했다. 밀려드는 물결처럼 들쭉날쭉한 산 능선이 젊은 여인의 곡선인 양 아른거렸다. 미현은 그 능선들을 보고 자기의 젊은 시절을 떠올리며 슬며시 미소를 지었다.
 '저런 때가 있었지.'
 마음은 봄날에 있어도 삶은 가을이 되었다는 것을 미현은 알고 있었다. 흐르는 세월을 이기지 못하고 가을이 된 사람이, 세월이 만든 가을의 한복판을 지나면서 두 개의 가을에 흠뻑 젖어 보는 것도 나쁘지는 않으리라.
 "산이 점점 붉어지네. 세월 참 빠르고만."
 영숙이 단풍이 들기 시작한 계룡산을 보며 혼잣말을 하듯 중얼거렸다.
 "그래 말이다. 먹는 것은 나이고 가는 것은 세월이잖아."

미현은 영숙의 중얼거리는 말에 대꾸하듯 말했다. 말을 하면서도 미현의 시선은 여전히 계룡산을 향했다.

미현의 가슴 한복판으로 알 수 없는 써늘한 바람이 불어와 가슴속을 헤집고 사라졌다. 미현은 자기도 모르게 한숨을 내쉬었다. 왠지 모르는 허전한 마음이 미현을 슬프게 했다.

5-3

계룡산 주차장이 내려다보이는 한식전문 식당 '한여울'에서 점심 식사를 마친 새사랑교회 여성신도회 간부들은 '한여울' 옆에 있는 카페 '뚜루뚜루'로 자리를 옮겼다.

나지막한 언덕에 시집온 새댁처럼 앉아 있는 '뚜루뚜루'는 물들기 시작한 벚나무와 굴참나무 단풍잎에 잠든 듯이 안겨 있었다. 정오를 넘긴 가을 햇살이 나뭇가지 사이로 사선을 그으며 '뚜루뚜루' 갈색 지붕에 떨어지고, 희고 안개 같은 햇살에 카페가 꿈속의 그림처럼 보였.

미현 일행이 카페에 들어갔을 때 제법 넓은 카페 안은 군데군데 손님들이 앉아 있었다. 일행이 모두 자리에 앉고 나자,

"서 권사님, 오늘따라 권사님이 더 예뻐 보이네요. 완전 가을 여인 같아요."

고급스러운 은백색 스웨터를 입고 눈에 띄게 반짝이는 비취 귀걸이를 한 초로의 여인이 마주 앉은 미현을 향해 의미심장하게 웃으며 말했다. 함께 앉은 일곱 명의 여자들이 일제히 미현을 보았다.

"서 권사님 머리도 참 보기 좋아요. 좀 올드 스타일이기는 하지만 오드리 헵번 머리 모양이 권사님께 정말 잘 어울린다니까요."

"아직도 청춘 같아요. 권사님 비결 좀 알려 주세요."

중년의 여자들도 뒤질세라 한마디씩 거들며 깔깔거렸다.

"회장님, 집사님. 오늘 찻값은 제가 낼게요. 드시고 싶으신 거 주문하세요."

카페에 들어와 자리에 앉자마자 일행들의 관심이 미현에게 쏠렸다. 미현이 어색한 분위기를 빨리 벗어나려고 맞장구를 쳤다.

일행은 한바탕 웃으며 자리를 정하고 각자 원하는 음료수를 주문했다. 미현은 부드럽고 따뜻한 이탈리아 에스프레소를 주문했다.

감미로운 팝송이 '뚜루뚜루'에 잔잔하게 흘렀다. 군데군데 놓인 화분에는 활짝 핀 가을꽃들이 자태를 뽐내고, 가을밤 달빛 같은 조명이 잔잔한 음악에 호응하듯 미소를 지었다. 완연한 가을이 된 카페에서 손님들은 가을 정취에 묻혀 시간을 보내고 있었다.

오늘은 미현과 영숙이 다니는 새사랑교회 여신도 간부들의 모임이 있는 날이었다. 대전에서도 신도가 첫 번째로 많은 미현의 교회는 여성 신도도 많아서 여성신도회는 교회에서 중요한 역할을 했다. 여성신도회 간부들은 정기적으로 모임을 갖고, 때에 따라서는 교회의 중요사항을 사전에 조율하는 것이다.

학생 같은 아가씨가 음료수를 가져와 탁자에 놓았다.

일행은 자기 앞에 놓인 잔을 들고 음료수를 마시기 시작했다. 미현이 주문한 이탈리아 에스페로 향이 코와 혀에 녹아들자 미현은 몸과 마음이 나른하고 편해졌다. 간간이 옆에 앉은 영숙의 레몬주스 향이 은은하게 미현에게 날아왔다.

단풍잎 모양으로 곱게 수를 놓은 하얀색 음료수 받침대가 회원들이 마시는 음료수 향기에 묻혀 어디론가 날아갈 듯이 보였다. 잠깐이었지만 아무도 말을 하지 않았다. 오직 시냇물이 흐르듯 잔잔한 음악과 달빛 같은 조명이 침묵을 채워주고 있었다.

먼저 입을 연 것은 영숙이었다.

"사모님이 안 오셨네요? 무슨 일이 있어요?"

미현의 맞은편에 앉아서 커피잔을 입에 대고 무슨 생각을 골똘하게 하던 은백색 스웨터 여인이 영숙을 보았다. 다른 사람들의 시선을 의식했는지 들고 있던 잔을 내려놓았다.

"잘은 모르겠지만, 아마 피치 못할 사정이 있는 것 같아요."

말을 하며 회장은 자기 오른편에 앉아 있는 오십 대 초반 여인을 의미심장한 눈빛으로 보았다. 굳은 표정으로 앉아 있는 여인의 안경이 조명에 반짝였다. 일행 모두의 눈이 일제히 뿔테 안경을 쓴 여자 쪽으로 쏠렸다.

"하 집사님, 사모님은 왜 안 오셨어요?"

나이가 가장 젊어 보이는 여자가 물었다.

"아. 하 집사님이 잘 아시겠네. 사모님하고 친하잖아요."

"여성신도회 총무니까 당연히 그래야겠지요."

"총무님. 사모님한테 무슨 일 있어?"

"수석 장로님에게서 무슨 말 들은 것 없어요?"

5-4

　여성신도회 간부들 모임이 있는 날이면 담임목사 사모가 꼭 참석하는 것이 관례였다.
　사전에 아무런 말도 없이 사모가 오지 않은 것은 미현이 신도 회장을 할 때는 물론이고 그전에도 없던 일이었다.
　그렇지 않아도 요즈음 교회가 어수선했다. 한기순 담임목사가 적정 나이를 훨씬 넘겨서도 담임목사를 계속하는 일로 몇 년간 시끄럽더니, 이제는 담임목사의 후임을 누구로 하느냐 하는 문제로 교회가 조용하지 않았다.
　소문으로는 담임목사의 둘째 아들인 부목사 한성환을 다음 담임목사로 밀고 있다는 것이다. 그런데 부목사 한성환을 담임목사로 밀고 있는 사람이 바로 부목사의 아버지인 한기순 담임목사와 어머니라는 소문이 돌았다.
　문제는 부목사 한성환을 차기 담임목사로 임명하는 것을 다른 부목사 두 명과 장로들이 결사반대하는 것이다. 이것은 비밀이 아니고 공공연한 일이었다. 교회는 한성환 부목사를 지지하는 교인과 이를 반대하는 교인으로 나누어져 갈등이 심했다.
　미현은 이 소문을 잘 알고 있었고, 다른 소문들도 알고 있었지만 별로 관심을 두지 않았다. 어디서 들었는지 영숙이 그런 소문들을 전해줄 때도 그때마다 한쪽 귀로 듣고 다른 쪽 귀로 흘려버렸다.
　'어디에도 완전한 세상은 없지. 불완전한 사람들이 모인 곳에 어떻게 문제가 없겠어. 교회도 마찬가지야. 모순투성이 인간들이 모인 곳

이잖아. 목회자들도 그렇고.'

언제부터인지 미현의 마음 한구석에 이런 생각이 자리를 잡기 시작했다. 그런 생각은 미현이 세상을 바라보고 이해하는 방향을 바꾸어 놓았다.

'완전하지 못한 인간들이 만든 세상을 완전하지 못하다고 불평하는 사람도 완전하지 못하다!'

완전하지 못한 잣대를 가지고 완전하지 못한 세상을 재단하는 그것이야말로 세상을 혼란스럽게 하는 가장 큰 원인이라고 미현은 생각했다.

여성신도회 간부들이 호기심 가득한 눈빛으로 저마다 이야기를 하고 있었다.

총무가 무어라고 간부들의 물음에 답을 했지만, 미현은 잘 듣지 못했다. 각자 자기의 음료수를 조금씩 마시고 나서 또 이야기를 계속했다.

얼마간 시간이 지나자 일행들의 이야기가 산만해졌다. 관심이 별로 없는 시들한 이야기뿐인 것 같았다.

이때 회장이 심각한 표정으로 총무를 보며 분위기를 깼다.

"하연숙 총무님. 오늘은 공식적인 여성신도회 간부들 모임입니다. 우리가 좀 힘들더라도 여기에 계신 자매님들은 미리 알고 계시는 것이 좋을 것 같네요. 어차피 조만간 소문은 퍼질 거고."

"……."

회장의 말에 일행의 시선이 모두 총무에게 다시 쏠렸다.

"……."

총무는 잠시 말이 없었다.

"총무님, 우리가 모르는 무슨 일 있어요?"

나이가 어려 보이는 이 집사가 총무를 뚫어져라 보며 물었다. 다른 사람들도 일제히 총무에게 시선을 돌렸다. 미현도 속으로,

'무슨 큰일이 또 있구나.'

총무를 보며 생각했다.

여성신도회 총무 하연숙의 남편이 새사랑교회 수석 장로 차승진이었다. 그래서 총무는 다른 신도들에 비해 교회에서 일어나는 온갖 사건과 소문을 훨씬 빠르게 많이 알았다. 간부들의 집중적인 관심이 부담스러웠는지, 아니면 지금 말을 할까 말까를 고민하는지 총무는 잠시 커피잔을 만지작거리고만 있었다. 회장이 다시,

"총무님. 간부님들에게 말씀해 주세요. 오늘 아침에 수석 장로님에게 들은 이야기 그대로 말씀하시면 됩니다."

좌중의 분위기가 더욱 무거워졌다. 아무래도 심상치 않은 이야기인 것 같았다. 계속 입을 다물고 있던 총무가 안경을 벗어서 커피잔 옆에 나란히 놓았다.

"회장님 말씀대로 여러분들도 아셔야 할 것 같네요."

"……."

"자매님들, 혹시 샤넬 케리라는 신도 아세요? 세 살쯤 된 계집아이와 함께 우리 교회에 나오는 미국인 여성 말이에요."

"그 미국인 아가씨 무척 예쁘던데. 성가 연습할 때 어린 여자아이 안고 있는 삼십쯤 되어 보이는 미국인 말이죠?"

일행 중 누군가가 총무가 말하는 미국인 여성에 대해 아는 척을 했다.

"예, 맞아요. 성가 연습하는 그 미국인 신도."

"……."

총무의 표정이 굳어지며 잠시 무언가를 생각하고 나더니,

"그 신도가 오늘 아침에 대강당 십자가상 아래에서 발견됐어요. 손목을 면도칼로 그어서 십자가상 아래에 피가 가득했대요. 편지가 발견되었는데…."

총무는 더 이상 말을 이어가지 못했다. 총무의 표정이 더 이상 견딜 수 없을 정도로 일그러졌다. 그렇지 않아도 경직되고 차갑게 보이는 총무의 인상이 흙빛처럼 변해 보기가 안쓰러울 정도였다.

자리를 함께하고 있는 여성신도회 간부들도 놀라 여기저기에서 '아-' 하는 소리가 들렸다. 그러고도 놀란 가슴을 진정시키지 못한 듯 입을 벌린 채 서로의 얼굴을 마주 보았다.

잔잔하고 아름답던 음악 소리가 갑자기 천둥소리처럼 들렸다. 달빛 같던 조명 불이 번개처럼 으르렁거렸다. 누구도 숨소리조차 내지 않았다.

대강당 십자가상 아래에서 미모의 미국인 여성 신도가 자기 팔목을 면도칼로 자해하다니. 한없이 성스러운 교회 안에서 어떻게 이런 일이 일어난단 말인가. 총무의 얼굴이 심하게 일그러지며 말을 더 이상 이어 가지 못하는 것으로 봐서는 빈말을 하는 것 같지 않았다. 그러나 여성 간부들 모두는 하나같이 지금 총무가 한 말을 믿을 수 없었다. 도저히 일어날 수 없는 일이었다.

미현도 총무가 지금 하는 말을 액면 그대로 받아들일 수가 없었다. 분명히 무슨 오해가 있을 거라는 생각이 들었다. 미현은 식은 커피를 한 모금 더 마시고는,

"총무님, 지금 하신 말씀이 사실인가요?"

안정을 찾지 못하는 총무에게 물었다. 총무는 대답 대신 고개를 끄덕였다. 일행 모두가 총무가 인정하는 모습을 놀란 눈으로 보았다.
아무래도 안 되겠다고 생각했는지 회장이 말을 받았다.
"총무님 말을 그대로 전하자면, 샤넬 케리는 병원으로 후송되었다고 합니다. 그 뒤 상황은 아직 모르고요."
"회장님. 그럼 편지 내용은 아세요?"
입을 다물고 상황을 지켜보던 영숙이 총무를 보며 회장에게 물었다.
"확실하지는 않지만, 편지에는 이런 내용이 있다고 합니다."
"······."
"목사님. 사랑합니다. 예수님 품으로 먼저 갑니다."
"목사님요?"
"목사님? 어떤 목사님요?"
누가 먼저라고 할 것도 없이 일행 모두가 회장과 총무에게 동시에 물었다. 총무와 회장은 잠시 대답하지 않았다. 목사가 네 명이나 되니 정확하게 누구라고 단정 지어서 말을 할 수 없었고, 자칫 잘못 이름을 말하면 뒤에 올 파장이 매우 클 거라고 여겼기 때문이었다.
한동안 아무도 말을 하지 않았다. 무덤 같은 고요가 일행과 카페에 흘렀다.
"아마도 한성환 부목사님을 말하는 것 같네요."
얼굴이 하얗고 눈동자가 커다란 권 집사가 뭔가 집히는 것이 있는지 머리를 끄덕이며 어둠을 깼다.
"한 부목사?"
"예, 거의 그런 것 같네요. 미국인 여성 신도가 그랬다면 목사님이 누가 되었든 간에 미국을 다녀온 목사님 아니겠어요? 그것도 몇 년 전에요. 미국 유학을 다녀온 목사님이 바로 한성환 부목사님이잖아요."

"그러고 보니, 꼬마 계집애도 완전한 미국인은 아니네요. 피가 반반 섞였어요. 미국인과 한국인의 피가."

"이게 사실이라면 큰일입니다. 정확한 내용은 금방 밝혀지겠지만 우리 교회가 큰 어려움에 빠지겠어요."

회장의 걱정스러운 말이 허공에 맴돌았다. 새사랑교회 여성신도회 간부들은 누구 하나 더 이상 입을 열지 않았다. 미현도, 영숙도 말이 없었다.

어디서나 무슨 일이든 일어나기 마련이다. 지금 총무가 한 말이 사실이라면 예삿일이 아니었다. 새사랑교회가 커다란 시련을 겪을 수 있는 일이었다.

5-5

여성신도회 간부모임이 우울하게 끝났다.

미현과 영숙은 카페를 나와 일행과 인사를 하고 헤어졌다. 헤어지는 간부들 얼굴에 수심이 가득했다. 미현도 찝찝한 마음을 억지로 추스르며 손을 흔들어 인사를 했다. 시간이 벌써 4시를 훌쩍 넘어가고 있었다.

영숙은 단풍이 물든 벚나무 도로를 가다가 박정자 삼거리에서 왼쪽으로 차머리를 돌렸다. 두 사람 집이 있는 대전 시내로 갈려면 오른쪽으로 차를 돌려야 했지만, 영숙은 미현에게 물어보지 않고 공주 쪽으로 방향을 잡은 것이다.

가을 오후를 굳이 알리려고 그러는지 계룡산이 그림자를 길게 펼쳐서 검은색 아스팔트 도로를 갉아먹기 시작했다. 그 그림자는 두 사람과 헤어지기 싫은 듯 영숙의 붉은 그랜져 꽁무니를 줄기차게 쫓아왔.

미현은 차창 밖 바람에 흔들리는 나무들과 산그늘을 무심하게 보았다. 산도, 들도, 나무도, 바람도 무표정하게 미현을 마주 보았다. 그들마저도 삶의 기력을 잃어버리고 더 이상 버티기 어렵다는 것을 무언중에 말해 주고 있는 것 같았다.

그나마 이따금 눈짓하며 미현에게 미소를 짓는 것은 코스모스뿐이었다.

"미현아, 너는 어떻게 생각하니?"

운전대를 잡고 앞만 보는 영숙이 옆자리 미현을 보지도 않고 물었다.

"자해사건?"

"그래."

"참 안됐네. 사정이야 있겠지만 자살 시도까지 했다니."

미현과 영숙은 잠시 말을 잊었다. 마치 자신들의 이야기인 양 마음이 아팠다. 그런 두 사람 사이의 눅눅한 자리를 열린 창문을 통해 들어오는 쓸쓸한 코스모스 향기가 대신했다.

"사랑이란 무엇일까?"

미현이 자기에게 물어보듯 고개를 갸우뚱거렸다.

"멈출 수 없는 달콤한 독약? 스쳐가는 바람처럼 허무한 꿈?"

미현의 말에 영숙은 오른쪽으로 얼굴을 돌려 살짝 웃으며 지나가는 말투로 장난스럽게 대꾸했다. 그러면서,

"너는 뭐라고 생각해? 사랑이."

영숙이 진지하게 미현에게 물었다. 미현은 잠시 뜸을 들이고 나서,

"글쎄 말이다. 사랑이란 무엇일까? 목숨까지 버리면서 해야 한다니…."

미현은 막상 사랑에 대해 질문을 받자 마땅한 답이 바로 떠오르지 않았다. 사랑에도 많은 종류가 있고, 사랑마다 갖은 의미가 다르지 않을까 하는 생각이 들었다. 남녀 간의 사랑으로 좁혀서 의미를 생각해 보면 어떨까?

'모든 사람은 사랑을 한다. 그런데 그들은 남녀 간의 사랑이 무엇인지를 정확하게 알고 사랑을 하는 것일까? 아니면 사랑이 무엇인지도 모르고 시작한 후에 사랑하면서 알아가는 것인가?'

사랑에 대해서 생각해 본 것이 어제 오늘의 일도 아니지만, 아직도 미현은 사랑의 정확한 의미를 이해하지 못하고 있었다.

다른 사람들은 말할 것도 없이 자기 사랑만 봐도 그렇다. 미현이 지금까지 이성으로 사랑했다고 말할 수 있는 사람은 '석민'과 남편 '경록' 뿐이다. 석민은 '사랑'이라는 이름으로 포장하고 있지만 이게 진정한 사랑이었을까? 하는 의문이 드는 만남이었다. 진정으로 석민을 사랑했다면 돈과 명예를 찾아 석민을 떠나지는 않았을 것이니까. 남편 경록과의 관계도 마찬가지였다. 석민의 경우와는 반대로 돈과 명예를 위해서 경록과 결혼을 한 것이다.

만약에 사랑이 물질과 명예를 따라서 움직이는 것이라면 그것을 사랑이라고 말할 수 있을까? 그것은 몸과 마음을 물질과 명예에 파는 일

이 아니고 무엇이겠는가. 더 말한 것도 없이 그것은 한 차례의 거래였을 뿐이다. 무형으로 형성되어 있는 인간 시장에서의 거래!

어쩌면 미현 자신도 이 인간 시장에서 거래된 상품이었을지도 몰랐다. 사랑이라는 가면을 쓰고 서로를 기만하고 이용한 그럴 듯한 상품 거래. 여기에 순순한 사랑이 들어설 자리는 없을 터였다. 이런 사람이 어떻게 다른 사람의 사랑을 쉽게 말 할 수 있을까. 그것도 목숨까지 바칠 용기를 가지고 있는 사랑을 쉽게 이야기 할 수 있을까?

"샤넬 케리는 진정한 사랑을 했네. 다른 것은 몰라도."

생각에 잠겨 있던 미현이 낮은 목소리로 말했다.

"진정한 사랑?"

"생각해 봐. 얼마나 사랑했으면 자기의 사랑을 예수님 앞에서 증명해 보였겠어. 같은 경우에 케리가 아니고 다른 여자였다면 어땠을까?"

미현의 음성에 단호함이 묻어 있었다.

영숙이 창문을 조금 열었다. 열기로 후끈 달아올랐던 차 안이 시원해졌다. 두 사람 사이에 햇살이 들어왔다. 영숙은 더 이상 미현의 말에 대꾸를 하지 않고 핸들 잡은 손을 두어 번 움직여 핸들을 고쳐 잡았다. 중요한 말이라도 하려고 결심을 하는 것 같았다.

"미현아. 나 다음 달에 해외 나가. 주철 씨하고 4개월 정도 해외에서 살 거야. '치앙마이'하고 '발리'에서."

"4개월이나?"

"응, 주철 씨가 현지에서 일도 봐야 하고. 또 간 김에 골프나 실컷 치려고."

"작년에도 다녀왔잖아."

"세부에 갔다 온 거?"

"그래…. 케리나 너나 똑같구나, 죽기 살기로 하는 사랑. 하하."

미현은 말을 하면서 큰 소리로 웃었다. 미현의 웃음소리에 하늘이 더 푸르고 높아졌다.

차는 공주로 넘어가는 '마티고개'를 앞에 두고 오른쪽으로 벗어났다. 낡은 건물과 정비가 안 된 아스팔트를 따라 구불구불한 산기슭을 숨 가쁘게 올라갔다.

4차선 대로가 나기 전에 대전과 공주를 이어 주던 2차선 옛 도로는 세월의 무상함을 말해 주는 듯 군데군데 파이고 허물어져 있었다. 그래도 지난 세월의 흔적은 남아 있었고 더 우거진 도로 양쪽의 단풍나무들이 두 사람을 반겼다.

영숙은 주철과 심심치 않게 이 길에서 드라이브를 즐겼던 터라 비교적 마티고개에 익숙했다. 미현은 이 길을 오랜만에 가는 길이라서 조금 낯설었다. 하지만 추억이 묻어 있는 길을 가는 미현은 호기심과 긴장감이 높아져 정신이 맑아졌다.

숲이 우거진 오래된 길을 가자 두 사람은 기분이 좋아졌다. 굽이굽이를 돌 때마다 새로운 풍경이 나타나고 그때마다 두 사람의 몸이 이리저리 쏠렸다.

영숙이 낮은 소리로 웅얼웅얼 콧노래를 부르며 오른손으로 운전대에 박자를 맞추었다. 무슨 생각인지 조금 전에 들었던 교회 이야기와 자기의 여행이야기는 다 잊어버린 것 같았다. 미현도 가능하면 우울한 생각에서 벗어나려고 영숙의 콧노래에 고개를 끄덕이며 자기의 마음을 달랬다.

마티고개를 넘어가자 저녁 노을빛에 물드는 금강이 구렁이가 기어가듯 꿈틀거리며 바다로 흘러가고, 노을에 얼굴을 붉힌 강물이 잔잔한 호수에 은가루를 뿌린 듯 반짝이고 있었다.

5-6

붉은 그랜저는 매운탕 거리를 지나 금강을 오른쪽에 두고 느릿하게 달렸다.

멀리, 가까이 보이는 금강의 물줄기가 아스라하게 다가왔다. 두 사람이 탄 승용차가 앞으로 가는 것이 아니라 금강의 푸른 물줄기가 두 사람을 마중하려고 달려오는 것 같았다. 덩달아서 바람에 나부끼는 나뭇잎들이 헤어지기 싫다는 듯 아우성을 치다가 차 뒤로 멀어졌다.

두 사람을 태운 그랜저는 공주 시내에 들어가 산성 쪽으로 방향을 틀었다. 복잡한 시장 앞길을 지나서 공주산성 주차장이 보이자 미현은 불현듯 석민이 생각났다. 세월이 무섭게 흘러갔어도 석민과 함께했던 그 기억은 마치 어제 일처럼 선명하게 미현의 머리에 살아 있었다. 생각해 보면 아름답고도 아쉬운 시절이었다.

미현이 결코 잊을 수 없는 추억의 그 장소는 이제 흔적도 보이지 않았다. 옛 정취가 정겹던 식당 '고궁'과 호텔 '백제'는 지나간 바람처럼 사라졌다. 그 자리에는 '현대 백화점'이 위용을 자랑하며 서 있었다. 무심결에 흘러간 세월이 미현에게서 소중한 것들을 빼앗아 갔다. 빼앗긴 것만큼 미현의 가슴은 허무하고 슬펐다.

미현의 가슴 한복판에서 그리움과 아쉬움이 물밀듯 솟아올랐다. 영숙은 미현의 눈가가 촉촉해지는 것을 몰랐다. 이런 것을 아는지 모르는지 거리에는 찬바람이 불고 도로 양편의 은행나무들은 계절에 순응이라도 하는 듯 노랗게 물들어 갔다.

모든 것이 변한 거리에도 어디선가 가을은 와서 어디론가 또 가고 있었다. 떠나는 가을은 남겨진 사람들을 슬픔으로 물들이며 그들에게 잊지 못할 아픔을 주었다.

공주 산성을 벗어나 무령왕릉 쪽으로 들어서면서 미현은 묘한 감정에 빠져들었다. 표정이 조금 무거워졌다.

'인간으로 태어나서 이성과 사랑하는 일은 당연하다. 그런데 아직도 사랑이 무엇인지 잘 모른다. 그저 사랑인 것 같은 것을 흉내만 낸다. 먹고, 자고, 섹스하고, 아이 낳고, 지루해하고, 그러다가 틀어지고, 헤어지고. 이게 사랑인가?'

세계문화유산인 '무령왕릉'이 미현의 눈에 들어왔다. 왠지 미현의 눈에는 그 왕릉이 더없이 쓸쓸하고 허무해 보였다. 왕릉을 감싸고 있는 다섯 손가락 붉은 단풍잎이 그 아픔을 달래 주고 있었지만, 그 슬픈 풍경은 가시지 않았다.

그런 것이 사랑이라면 석민에 대한 미현의 사랑은 치기 어린 감정이었고, 남편 경록에 대한 미현의 사랑은 거짓된 이기심이었다. 미현은 이 두 사람에 대한 잘못된 감정을 사랑이라고 여기면서 지금까지 왔다.

'차라리 영숙이나, 케리가 하는 사랑이 진실한 사랑이 아닐까? 적어도 두 사람에게는 숨겨진 감정이 없고, 상대방을 이용해서 자기이익

을 얻으려는 속된 감정은 없지 않은가.'

미현은 무슨 생각인가에 잠겨서 운전만 하는 영숙을 가만히 보았다. 아직도 고개를 끄덕이며 흥얼거리는 영숙의 옆얼굴이 매우 편안해 보였다.

'어쩌면 지금까지 나는 깊은 사랑을 못했을지도 몰라. 그런 면에서 아직도 나는 내 인생을 다 채우지 못했어.'

갑자기 미현은 자기 삶이 공허해졌다. 이렇게 허무한 생각이 밀려오는 것은 계절이 가을이라서 그런 것은 아니었다. 지금까지 자기 삶이 만족스럽지 못했고, 남은 삶 동안에 꼭 해야 할 숙제가 있다는 것을 말해 주는 것이었다.

인간으로 태어나서 거짓된 사랑을 진실한 사랑으로 알고 죽는다는 것은 얼마나 가엾고 억울한 일인가. 사랑마저 그렇다면 인간으로 태어난 보람된 가치는 어디에서 찾는단 말인가.

가을은 미현에게 커다란 숙제를 던져 주었다.

5-7

영숙의 차가 금강대교를 건너서 오른쪽으로 머리를 돌렸다.

밀려오는 차량 때문에 진입하기가 쉽지 않았다. 차가 어렵게 자리를 잡고 나자 영숙이 이제야 생각났다는 말투로,

"야, 미현아. 전화 한번 해 봐."

영숙은 콘솔박스에 있는 자기의 핸드폰을 미현에게 건넸다. 영숙이

운전을 할 때면 자주 있는 일이라 미현은 별생각 없이 영숙의 핸드폰을 받아 들고,

"주철 씨?"

영숙의 표정을 살폈다.

"아니, 오늘 저녁은 다른 약속이 있어. 연락처에서 '계족산'을 찾아봐."

"아니, 웬 계족산?"

"더 묻지 말고 그냥 찾아봐."

영숙은 별일 아니라는 듯 미현의 말을 받았다. 영숙의 말대로 미현은 영숙의 핸드폰에서 '계족산'을 찾아 전화를 걸었다. 몇 번의 신호가 갔지만 상대방이 전화를 받지 않고 신호음만 계속 들렸다. 얼마를 지나자,

'상대방이 전화를 받지 않습니다.'

소리와 함께 신호음이 끊겼다.

"다시 해 봐."

"전화를 받을 상황이 아닌가 보네."

"그래도 다시 해 봐."

미현이 다시 전화를 걸었다. 이번에도 상대방은 전화를 받지 않았다.

"그 사람 어디서 무얼 하는 거야. 전화도 안 받고."

영숙은 자못 화가 난 척하며 목소리를 높였다.

"누군데 그러니?"

미현이 전화기를 제자리에 놓으며 물었다.

"얼마 전 계족산에서 만난 남자. 오피스텔에 사는 남자."

"아, 나는 또 누구라고. 왜, 그 남자에게 전화를 걸어?"

"아냐, 넌 알 필요 없어."

영숙은 미현의 말을 단숨에 끊고는 심각한 표정에 나직한 목소리로,

"이상하네. 이 남자가 왜 오늘 저녁 식사를 하자고 그러지? 몇 년 동안 하지 않던 짓을 하네."

"누가?"

"누군 누구야. 현성 아빠 말이지."

"수만 씨가?"

"그래. 오늘 아침 거실에서 만났지 뭐냐. 아마도 나를 기다리고 있었던 것 같아. 하는 말이 오늘 저녁을 하자는 거야. 나는 엉겁결에 대답을 했지. 그러자고. 그런데 아무리 생각해도 이유를 모르겠어."

"뭔가 중요한 일이 있겠지?"

"설마 이혼하자고 하려나? 차라리 그러면 좋겠는데."

"얘는. 수만 씨 성격에 그건 아닌 거 같아."

"에라, 뭐 어떻게 되겠지."

영숙은 덤덤한 음성으로 되놓았다.

박정자 삼거리를 지난 영숙의 차가 언덕을 오르며 뒷발질로 용트림을 했다.

"정애니?"

미현이 핸드백에서 핸드폰을 꺼내 들고 전화를 받았다.

"엄마, 어디야. 오늘 저녁 같이 할까?"

"아. 안 된다. 지금 멀리 왔어. 영숙이 이모하고. 너희들끼리 먹어라."

"오고 있으면 기다릴게."

"안 된다니까. 시간이 좀 걸릴 것 같아."

전화하는 미현을 영숙이 쩨려보았다. 의아한 눈빛이 역력했다.

"그래, 그렇게 해. 내일 아침에 가마."

미현이 전화를 끊자 기다렸다는 듯이 영숙이 물었다.

"정애지? 왜? 같이 저녁 하지. 내가 데려다주면 되는데."

"오늘은 좀 일찍 들어가서 쉬고 싶어."

"운전은 내가 했는데 피곤한 사람은 너구나. 나는 아직 얼마나 피곤할지 모르는 일마저 남아 있는데."

심상치 않아 보이는 미현의 태도에 영숙이 슬쩍 농담을 걸었다. 그러면서 은근히 오늘 남편 수만과 만날 일을 걱정하고 있었다.

"그렇긴 하네. 내가 다음에 저녁 한번 살게."

미현이 영숙의 말을 웃음으로 받아넘겼다.

공주에서 대전으로 퇴근하는 차량이 밀려들어서 넓은 도로에 자동차가 가득했다. 영숙의 차는 숱한 차량 틈새를 힘겹게 비벼 가며 자기 역할을 다 했다. 힘든 그 사이에도 두 사람을 잡아매고 있는 근심 걱정은 두 사람에게서 떨어지지 않으려고 기를 쓰며 따라왔다.

5-8

미현이 아파트에 도착했을 때는 하루가 마무리되는 시간이었다.

파란 하늘 가운데서 제 할 일을 마친 태양도 지친 몸을 이끌고 집으로 돌아갔다. 세상은 하루를 마무리하고 내일을 준비하고 있었다.

미현이 몸을 씻고 거실에 나와 시간을 보니 시계가 일곱 시를 가리키고 있었다. 저녁 식사 시간이 지났지만, 미현은 밥을 먹고 싶은 생각이 없었다. 몸이 처지고 우울해서 좋은 기분이 살아나지 않았다. 입맛도 닥나무 뿌리를 씹은 듯 텁텁했다. 금방 양치하고 나왔지만, 텁텁한 입맛은 변하지 않았다.

주방으로 가서 찻장을 열고 '허브향 메트로'를 꺼냈다. 연분홍색 줄무늬가 세로로 그려져 있는 물 컵에 메트로 봉투를 담고 온수기의 뜨거운 물을 부었다. 온기가 연기처럼 피어오르며 코를 간질이는 허브향이 주방에 퍼졌다. 미현은 옆에 있는 이 단짜리 냉장고에서 비스킷 몇 개를 들고 와서 소파 앞 탁자에 올려놓았다.

끝나가는 하루의 아쉬움이 창문을 비비고 거실로 들어왔다.
희미한 거실 조명등이 어렴풋이 미현과 탁자, 쇼파와 벽, 유리창을 비추었다. 다른 동의 아파트 불빛과 거리의 가로등 빛도 말없이 창문으로 들어와 거실 조명과 무슨 말인가를 나누었다. 그러더니 어둠에 홀로 앉아 있는 미현을 찾았다. 거품 같은 미현의 그림자가 회색빛이 되어 거실을 덮었다.

미현은 탁자의 비스킷을 그대로 두고 '허브향 메트로' 잔만 든 채 안방 옆에 있는 서실로 갔다. 입구 스위치를 올리자 갈색 책장 품안에서 얌전하게 하루를 기다리던 책들이 미현을 반겼다. 책들의 미소에서 묻어 나오는 향기가 미현의 머리를 맑게 해 주었다.

창가에 있는 책상 의자에 앉았다. 묵묵히 책상을 지키고 있는 등에 불을 켰다. 검정 우산을 쓰고 종일 고독했을 조명등이 환하게 책상 위를 밝혔다.

책상 오른쪽에 있는 성경책을 가져와 앞에 놓았다. 검은색 바탕에 금색으로 '신약성서'라고 정성 들여 쓴 글씨가 미현의 시선을 사로잡았다.

미현은 성경책을 펴지 않은 채 언제나 믿고 의지했던 '신약성서' 네 글자를 두 손으로 가만히 보듬어 안으며 눈을 감았다. 무엇을 생각하는지 한참을 그대로 있었다. 흐릿한 불빛에 반사되는 미현의 얼굴이 가을밤에 물들어 가는 나뭇잎처럼 변해갔다.

온갖 상념이 미현의 머리에 떠올랐다. 부모님과 친척들, 학창 시절, 석민과의 첫날밤, 남편 경록과의 만남, 교직 생활, 평탄하고 행복했던 짧은 결혼 생활, 뜻하지 않은 남편과 아들의 죽음, 마음 둘 곳이 없어서 방황하던 시절, 기독교로의 귀의, 새사랑교회에서의 활동, 교회 생활에 대한 회의감, 정애와 손녀들, 자기 삶에 대한 권태감 등이 천천히, 그러나 영화의 한 장면처럼 선명하게 떠올랐다가 사라졌다.

창밖을 지나가고 있는 가을이 봄·여름의 숱한 시련을 겪은 결과이듯이 지금의 미현도 견디기 쉽지 않았던 아픔이 만들어 준 결과물이었다. 당연히 흐른 시간만큼, 겪은 아픔만큼 미현의 몸과 마음은 변했다. 그 변화가 미현에게 준 것은 인간으로서 더 성숙한 결정체였고, 그만큼 더 단단해질 수밖에 없는 필연의 결과물이었다.

미현이 자기의 서실 책상에 앉아 온갖 생각에 잠겨 있는 이 순간에도 창밖에는 계절이 지나가는 소리가 때로는 쓸쓸하게, 때로는 허무하게 들려왔다. 여기에 맞춰 미현의 생각도 조금씩 변해갔다. 이것은 미현이 하고 싶어 하는 일도 아니었다. 누가 시켜서 하는 일은 더욱더 아니었다. 그저 그렇게 시간이 흐르면서 자연스럽게 일어나는 일이었다.

　얼마를 지났을까. 미현은 성경에서 손을 떼고 두 손으로 자기 얼굴을 감싸 안았다. 괴괴함이 서실을 완전히 지배했다. 세상의 종말이 된 듯 무엇 하나 움직이지 않았고, 무슨 소리 하나 들리지 않았다. 불빛마저도 숨을 죽였다. 서실을, 아니 세상을 적막과 침묵과 고요와 허무감이 지배하고 있었다.

　아무 것도 존재하지 않는 시간이 얼마간 지나갔다. 미현은 얼굴을 감싸고 있던 손을 천천히 떼었다. 몇 번을 망설이더니 책상에서 강렬한 금빛으로 자기 존재를 알려 주고 있는 성경을 왼쪽으로 밀어 놓았다.

　별안간 성경이 천둥 같은 분노를 토해냈다. 그러면서 금빛 창으로 미현의 가슴을 찔렀다. 미현은 참을 수 없는 통증에 자기도 모르게 가슴을 움켜쥐었다. 등 뒤에서 밝혀 주던 천장의 조명도, 바로 앞에서 성경을 비추던 책상 불빛도 할 말을 잊고 고통스러워하는 미현을 서글픈 눈으로 바라보았다.

　얼마나 지났을까. 가슴을 쥐어짜던 통증이 어느 정도 가시자 미현은 두 팔을 책상에 올려놓은 채로 무심하게 앞을 보았다. 그녀의 눈빛이 차츰 희미해지며 마치 꿈을 꾸듯이 아련해졌.

　깊어가는 가을밤, 바람 소리가 두꺼운 유리창을 넘어 미현의 마음에 깊이 파고들었다. 미현의 마음도 세월을 따라 하염없이 어디론가 떠났다. 미현은 떠나는 마음에 몸을 맡기고 가을밤을 지새우며 그 자리에 앉아 있었다. 서실의 엘이디 전구에서 반사되는 빨간 불빛, 파란 불빛, 노란 불빛이 미현의 주위를 번갈아 비추며 무지개를 그렸다.

5-9

레스토랑 '아모르'는 법원과 검찰청이 있는 번화가 한복판에 있었다.

퇴근 시간이라 '아모르'까지 가는 데 적지 않은 시간이 걸려서 영숙은 약속 시간보다 십여 분이 늦게 도착했다.

건물 경비에게 자동차 열쇠를 맡긴 영숙은 수만과 저녁 약속을 한 '아모르'로 들어갔다. 십오 층 건물의 맨 위층에 있는 '아모르'는 프랑스 스타일의 화려함과 우아함이 어우러져 대전에서 보기 드물게 품격 있는 레스토랑이었고, 많은 사람들이 사랑하는 장소였다.

영숙이 '아모르' 레스토랑 문을 열고 들어서자 부드러운 음악이 실내에 잔잔하게 흐르고 있었다. 문 앞에서 손님을 기다리고 있던 여직원이 미소를 지으며 반갑게 영숙을 맞아 주었다. 눈부시지 않은 잔잔한 조명과 이십 대 초반으로 보이는 여직원의 하얀색 원피스가 파란색 줄무늬와 어울려 영숙의 불편한 마음을 조금이나마 위로해 주었다.

영숙이 수만을 찾는 것을 어렵지 않았다. 수만과 영숙은 두 사람의 관계가 원만했던 시절에 가끔 들려서 프랑스 와인과 요리를 즐겼고, 덕분에 두 사람이 좋아하는 자리를 영숙이 알고 있기 때문이었다.

오색으로 실내를 장식하고 있는 테이블 사이를 지나 시내 야경이 잘 보이는 창가 쪽으로 영숙이 가자 미리 와 있던 수만이 영숙을 보고 손을 들었다.

평소와 다르게 정장을 입은 수만이 영숙의 눈에 왠지 낯설어 보였다. 특히 두 사람이 한창 뜨겁게 연애하던 시절에 수만이 자주 입었던 타입의 회색과 검정이 어우러진 상의가 지금 보니 촌스러워 보였다.

영숙은 수만의 손짓에도 아무런 관심을 보이지 않고 무심한 표정으로 수만을 마주 보고 앉았다. 영숙의 냉랭한 태도에 수만이 조금 당황한 표정을 지었다. 영숙이 자리에 앉자 수만은 곧 평상심으로 돌아왔다. 그는 애써 긴장된 표정을 감추며,

"어서 와. 차가 밀리지는 않아?"

부드럽게 말을 하면서 영숙의 기분을 살폈다.

"우리가 이 레스토랑에 온 지도 오래되었지?"

수만은 어색한 분위기를 바꾸려고 그러는지 두 사람이 이 레스토랑에 다닌 시절을 꺼냈다. 영숙은 별로 이야기하고 싶은 생각이 없었다. 그녀는 남편이 왜 갑자기 저녁 식사를 하자고 했는지 그 이유도 알지 못하고 있었다. 아침에 뜻밖의 제안을 받고 무심결에 약속은 했지만 사실 약속을 취소할까 하는 생각도 했었다.

오늘 '여성신도회 간부 모임' 중에도 영숙은 수만과의 약속 때문에 집중이 되지 않았다. 미현에게 묻지 않고 공주로 드라이브를 한 것도 수만과의 약속을 어떻게 할지 결정하기 위해 시간을 더 가지려고 했던 일이다. 십 년 넘게 남남처럼 살다가 갑자기 저녁을 함께 하자는 제안을 받고 엉겁결에 대답을 하고 나니 무언가 석연치 않은 느낌이 들어서였다.

'혹시 이혼하자고? 아니면 별거?'

아침에 수만에게 저녁 식사 이야기를 듣고 난 뒤로 영숙의 머릿속에 수만이 무슨 생각으로 그랬는지 진의를 파악하느라 다른 생각을 할 여유가 없었다.

'아니면 주철과의 관계를 청산하라고 그러나?'

요즘 수만이 영숙에게 한 몇 번의 비정상적인 행동으로 보아서 충분히 가능성이 있는 일이었다.

이런저런 생각으로 영숙의 마음이 복잡했다. 물론 이혼이라든지, 주철과 헤어지라든지 하는 수만의 요구에 영숙은 전혀 걱정하지 않았다. 수만이 이혼을 하자고 하면 거리낌 없이 이혼에 응할 생각이었다. 수만과 더 이상 결혼 생활을 이어가는 것은 영숙은 물론이고 수만에게도 도움이 되지 않는다고 영숙은 오래전부터 생각하고 있었기 때문이다.

또한 주철과 헤어지라는 수만의 요구에 영숙은 그렇게 할 생각이 없었다. 수만과 자신의 결혼 생활은 말할 것도 없고 두 사람의 사랑은 이미 차갑게 식은 지 오래된 터였다. 두 사람 중 누구도 상대방의 생활을 간섭할 이유가 없었다.

영숙은 수만의 말에 아무런 대꾸도 하지 않았다. 두 사람 사이에 차가운 바람이 일었다. 한 울타리 안에 수탉과 수송아지가 마주 보고 있는 듯하였다.

한참 철이 지난 샹송이 축축하게 '아모르'를 적시며 무언가를 이야기했다. 두 사람이 앉은 거리가 가슴이 닿을 정도였지만, 마음은 천 리나 떨어져 있었다. 레스토랑 이름이 '아모르'였지만, 두 사람에게 사랑은 어느 때 이야기인지 기억할 수도 없었다. 음악도, 불빛도, 두 사람도 흘러간 세월의 찌꺼기에 아파하며 길을 잃고 흔들렸다.

영숙이 자기 말에 반응이 없자 수만도 말이 없었다. 어색한 분위기에 더디게 시간이 흘렀다. 희미한 조명 덕분인지 아니면 침침한 노래 때문인지 수만의 회색 콤비가 우울해 보였다. 덩달아서 수만의 얼굴이 나이보다 더 늙어 보였다.

"내가 갑자기 오늘 저녁을 함께하자고 해서 놀랐지?"

"……."

"사실 이 생각은 오래전부터 했던 거야. 그런데 막상 말하려고 하니까….''

수만은, 말을 다 이어 가지 못하고 영숙의 표정을 살폈다. 영숙은 어둠에 싸여 수만을 바라만 보았다.

"여보."

수만은 영숙을 똑바로 보며,

"여보, 지난 몇 년 동안 내가 미안했어. 당신을 그렇게 대하는 것이 아닌데. 내가 진심으로 사과할게."

수만의 목소리에, 표정에 진심이 묻어났다. 수만의 갑작스러운 태도에 영숙의 눈빛이 조금 흔들렸다. 영숙이 무슨 말인가 하려는데,

"주문하시겠어요?"

하얀색 원피스를 입은 아가씨가 메뉴를 들고 와서 두 사람에게 음식 주문을 요청했다. 수만이 영숙에게 메뉴판을 건넸다. 영숙은 메뉴판을 받지 않고 수만에게 돌려주었다. 수만은 메뉴를 한 번 살펴보더니,

"여보, 당신이 특별하게 원하는 음식 있어?"

"……."

"그럼 우리가 좋아했던 음식으로 주문할게."

영숙은 말없이 수만을 보았다. 수만이 왜 갑자기 저녁을 함께 하자고 했는지 수만의 몇 마디 말로 알았다. 영숙은 더 이상 이 자리에 있고 싶지 않았다. 나와서는 안 되는 어색한 자리에 와 있다는 생각이

자꾸 들었다.

 하지만 영숙은 자리에서 일어나 밖으로 나올 용기가 없었다. 아무리 자기가 원하지 않는 자리라고 해도 어떻게 수만을 홀로 남기고 나올 수 있겠는가. 한때는 죽고 못 살게 사랑한 사이였다. 하루를 건너뛰지 않고 사랑했던 그 시절. 세상 어떤 것과도 바꿀 수 없다고 수없이 했던 맹세. 영숙이 사랑하는 자식들의 아버지요 행복한 시절을 만들어준 그 남자를 축축한 레스토랑에 혼자 두고 떠날 용기는 영숙에게 없었다.

 영숙은 수만이 무슨 음식을 주문하는지 듣지 못했다. 다만 수만이 주문한 음식이 오래전 그들이 이 레스토랑에서 즐겨 먹고 마시던 와인과 음식이었을 거라고 막연하게 추측할 뿐이었다.

5 – 10

 수만이 테이블위의 포도주를 영숙의 잔에 부었다.
 술을 좋아하지 않는 영숙이 그래도 한 잔씩 마시던 프랑스 산 '보르드쥬 뻬어숑' 포도주였다. 영숙의 동그란 잔에 떨어지는 붉은 포도주가 부드럽게 바닥을 쓸고 지나가는 음악에 맞춰 허무한 한숨을 쉬며 영숙의 잔을 채웠다. 숨죽이는 어색함이 두 사람을 잡아맸다.
 수만도 자기 잔에 포도주를 따르고 영숙을 보며 잔을 들었다. 잔을 조금 높게 들어서 건배를 하는 듯하고 잔을 비웠다. 영숙은 수만의 행동에 아무런 내색도 하지 않고 포도주를 한 모금 마셨다.

잔을 비운 수만의 표정이 더 굳어졌다. 그는 자세를 다시 고쳐 앉더니,

"여보, 우리가 살면 얼마나 더 살겠어. 잘하면 이십 년 살겠지. 당신도 알잖아. 나는 지금까지 당신 외에는 어떤 여자도 사랑해 본 적이 없어. 단 한 번도."

수만은 자기의 얼굴을 영숙에게 가까이하면서 눈에 힘을 주었다. 자기가 영숙을 얼마나 많이 사랑하는지 말과 표정으로 알려 주고 싶은 것 같았다. 그러면서 감정이 격해졌는지 수만의 얼굴빛이 붉어졌다.

"지난 십여 년 세월은 죽은 세월이었어. 특히 나에게는⋯."

수만의 얼굴에 그늘이 졌다. 영숙은 이렇게까지 의기소침한 수만의 모습을 여태껏 본 적이 없었다. 또 침묵이 두 사람을 갈라놓았다.

영숙은 이런 분위기에 힘이 들었는지 와인을 한 모금 또 마셨다. 진한 탄닌이 혀를 톡 쏘더니 한바탕 여운을 남기고 목 아래로 넘어갔다. 포도주의 씁쓸한 향이 영숙에게 씁쓸한 여운을 남겼다.

'어쩌면 삶도 이런지 모르겠네.'

좋았던 시절에 마셨던 와인은 달콤하고 아름다웠지만, 좋은 시절이 지나고 마시는 와인은 왜 이렇게 몸과 마음을 불편하게 할까. 같은 와인이 그때와 지금 이렇게 다른 것은 왜 그런지 이유가 궁금했다.

'내가 변했나? 아니면 와인이 변했나?'

영숙은 수만이 무슨 말을 하고 있는지 제대로 들리지 않았다. 지금 수만이 지난 십여 년의 세월을 후회하는 이야기를 하고 있다는 것만 막연하게 추측하고 있었다.

"여보, 지난 몇 년간 내가 자기에게 잘해 주지 못한 것을 잊으면 안 될까? 그때처럼 서로 사랑하며 살 수 없을까? 물론 쉽지는 않겠지.

내가 기다려 줄게. 당신만 다시 돌아온다면 오랫동안이라도 기다릴 수 있어."

수만이 긴장해서 이야기하는 중에 메인 요리가 나왔다. 녹색 바탕과 흰색 에델바이스가 어우러진 커다란 접시에 반쯤 익은 등심 스테이크가 말없이 앉아 있었다. 두 사람이 죽기 살기로 사랑한 젊은 시절에 자주 먹던 음식이었다.

그러나 두 사람은 먹을 생각이 없었다. 수만은 지난 세월을 후회하며 영숙에게 다시 시작하자는 이야기를 계속했다. 영숙은 수만이 하는 이야기가 귀에 들어오지 않았고, 수만과 함께 있는 이자리가 불편하고 혼란스러웠다.

두 사람은 물과 기름처럼 겉돌았다. 한 테이블에 마주 앉아 있었지만, 시선은 서로 다른 곳을 보았다. 그들은 자기들이 왜 여기까지 오게 되었는지 이유를 알지 못했고 알려고 하지도 않았다. 다만, 수만은 끊어진 인연을 다시 이어보려고 말라비틀어진 밥풀을 부러져 녹슨 자리에 바르고 있을 뿐이었다.

시간이 지나자 다 식어가는 등심의 붉은 피가 접시 위에 흥건해졌다. 붉은 그 피도 점점 묽어지기 시작하더니, 시간이 조금 더 지나자 물처럼 변했다. 당연히 접시 위에 있는 등심은 영숙이 즐겨 먹던 그 음식이 아니었다. 식어서 색이 변해 버린 상한 음식이었다.

영숙은 등심 스테이크를 먹고 싶은 생각이 전혀 없었다. 예전 같으면 자기 것은 물론이고 수만 것까지 몇 점 먹었겠지만, 그것은 오래전 이야기였다. 장소도 그대로였고, 앞에 놓인 와인과 음식도 그때 그대로였다. 마주 보고 있는 사람도 그 사람들이었다.

모든 것은 그때와 같았다. 그런데 모든 것은 변했다. 와인과 음식도 재료와 모양은 그대로였지만 이제는 그때 그 맛이 아니었다. 달콤하던 와인은 시금털털하고 탄내가 심했다. 따뜻하게 익은 어린 암소 등심은 보기만 해도 군침이 돌았었지만, 지금은 묽은 피를 흘리며 식어 가는 역겨운 고깃덩어리가 되었다.

두 사람의 이름은 그때와 같은 이름이었지만 지금은 다른 사람으로 변했다. 가는 세월을 견디지 못한 검은 머리가 흰 머리가 되었고 얼굴에는 잔주름이 거친 획을 치기 시작했다. 더욱더 슬픈 것은 두 사람의 사랑이 어디론가 흔적도 없이 사라지고, 그 자리에는 원인도 모르는 권태가 가득 들어차 있는 것이다.

두 사람은 변해 버린 그들의 사랑처럼 상한 음식을 식탁위에 놓고 허무한 사랑 타령으로 시간을 보내고 있었다.

5 - 11

모든 것은 변했고 두 사람은 남남이 되었다.

그동안 그들은 남남이 되는 것도 모르고 살아왔고, 남남이 되었다는 것을 알았을 때는 이미 늦었다. 비록 수만이 두 사람의 관계를 예전으로 돌려놓으려고 노력은 하고 있지만, 그 노력은 순수한 사랑을 위한 노력은 아니었다. 외롭고 허무해지는 자신을 위로하기 위한 것이었고, 자기 여자를 다른 남자에게 빼앗길 수 없다는 참지 못할 남자의 자존심 때문이었다.

한참 동안 수만의 이야기를 듣고 있던 영숙이 물을 한 모금 마셨다. 입 안에 남아 있던 와인의 텁텁한 느낌이 일시에 가셨다.

"수만 씨. 사랑은 머물지 않아. 언제나 흘러. 흐르면서 당연히 변하겠지. 그 정도는 당신도 알잖아."

몇 잔 마신 와인의 영향인지 아니면 영숙의 말에 충격을 받았는지 수만의 얼굴이 붉어졌다.

"흐르는 강물은 항상 곁에 있어야 함께 흐를 수 있잖아. 조금만 방심하면 둘은 영영 함께 가지 못해."

영숙은 말을 하다가 눈을 들어 수만을 정면으로 보았다. 그녀의 커다란 눈에는 예전에 없었던 강한 의지가 보였다.

"우리가 함께 흘러가던 시절은 이제 끝났어. 나는 당신이 지금 어디에 있는지 몰라. 아마 당신도 내가 어디에 있는지, 어디로 흘러가는지 모를 거야. 이것이 우리야. 왜 이렇게 되었는지 나도 모르겠어. 어쨌든 지금 우리 관계가 이렇게 된 것은 사실이잖아…."

"……."

갑자기 찬바람이 '아모르' 안을 싸늘하게 만들었다. 두 사람 사이에 넘지 못할 높은 담장이 눈에 보였다. 그 장벽은 이미 십 년 전부터, 아니 그보다 훨씬 오래 전부터 만들어지기 시작한 장벽이었다.

"그래, 여보."

수만이 어렵게 입을 열었다.

"지금 당신이 하는 말 틀리지 않아. 그렇지만 우리에게는 아직도 시간이 많이 남아 있어. 지금부터 노력하면 돼. 나는 준비가 되었어."

말을 흐리면서 수만은 와인 잔을 조심스럽게 들었다. 조명에 비친 와인 잔이 하얗게 빛을 내며 두 사람 사이로 비집고 들어와 둘을 갈라놓았다. 수만은 잔에 있던 와인을 단숨에 마시고 빈 잔을 테이블에 내려놓았다. 영숙은 수만의 빈 잔을 보고도 와인을 따라 줄 생각을 하지 않았다.

"나에게 여자는 당신 하나야. 젊었을 때나, 소원해졌을 때나, 지금이나, 앞으로나, 언제나 말이야. 당신도 알잖아."

수만의 목소리가 조금 높아지고 말이 빨라졌다. 영숙은 미동도 하지 않고 수만을 보았다. 둘 사이에 어색한 시간이 흘렀다. 두 사람의 기분을 아는지 모르는지 부드러운 '샹송'이 '아모르'를 가득 채웠다.

"수만 씨."

"여보, 잠깐만."

영숙이 말을 하려고 하자 수만이 영숙의 말을 막았다. 순간적으로 수만의 얼굴이 굳어졌다.

"여보, 나는 당신이 돌아오기를 계속 기다릴 거야. 지금 당장이 아니라도 좋아. 아니, 당장은 안 되겠지. 세월이 많이 흘러도 좋아. 기다릴 거야."

영숙은 잠시 할 말을 잊었다. 수만이 이렇게까지 나오리라고는 예상하지 못했었다. 자존심 강하고 남에게 지기 싫어하는 이수만이 이렇게 변하다니. 잠시나마 영숙은 수만이 애처로워 보였다. 또, 자기가 받는 사랑이 분에 넘치는 것이 아닌가 하는 생각마저 들었다.

영숙의 마음이 잠시 흔들렸다. 그렇지만 흔들리는 순간의 감정으로 이미 없어진 옛사랑을 다시 가져올 수는 없다는 것을 영숙은 알고 있었다.

영숙은 지금 자기의 마음을 확실하게 말하지 않으면 두 사람의 관계가 더 복잡해질 것으로 생각했다. 밑도 끝도 없는 구렁텅이에서 더 이상 허우적거리는 것은 자기나 수만에게 아무런 도움이 되지 않을 거라고 여겼다. 영숙의 얼굴에 고통의 흔적이 나타났다가 사라졌다.

"수만 씨, 미안해. 당신 마음을 이해하지만, 받아들일 수는 없어. 정말 미안해."

영숙은 수만에게 눈길을 주지 않고 와인 잔을 두 손으로 감싸며 말했다. 수만의 얼굴이 창백해졌다.

"수만 씨. 나 다음 달에 해외 나가. 사 개월 동안 나가 있을 거야. 그동안 잘 생각해 봐. 이혼해 주면 더 좋고."

수만의 얼굴이 더 굳어지며 눈동자가 꿈을 꾸듯 멍해졌다.

영숙이 자리에서 일어나 밖으로 나가는 것을 수만은 말리지 않았다. 붙잡아서 될 일이 아니라는 것을 수만은 알고 있었다.

영숙이 떠나자 빈자리가 크게 보였다. 화려하고 품위 있던 '아모르'도 철 지난 바닷가가 되었다. 모든 것은 홀로 남겨졌고 홀로 울었다. 수만도 그랬다. 그는 지난 세월을 그리워하며, 변해 버린 사랑이 아쉬워 그 자리를 떠나지 못했다.

한때는 사랑과 행복으로 시간 가는 줄 모르던 자리였지만 세월이 흐르고 난 뒤 변한 자리는 눅눅하게 젖은 가시방석 자리였다.

수만은 여기에서 멈출 수 없다고 생각했다. 지금 두 사람 사이에 옛날 그 사랑은 남아 있지 않다고 해도 수만은 영숙과 헤어질 수 없었다.

그는 지난 몇 년간 아내 영숙의 생활을 짐작했다. 깊은 내용은 알지 못해도 아내에게 남자가 있으리라는 것도 어렴풋이나마 눈치 채고 있었다.

그런 상황을 알고 나서 수만은 편하게 잠든 날이 하루도 없었다. 배신감과 분노가 그를 괴롭혔다. 참을 수 없는 역겨움이 그의 가슴 한복판에서 일어나며 영숙에게 무슨 일이라도 저지를 것 같은 생각이 들어 수만 자신도 놀랐다. 한바탕 끓어오르는 화를 참고 나면,

'다 잊고 용서하자. 스스로 알아서 살게 놔두자.'

이런 마음이 들었지만, 그것도 그 순간뿐이었다. 다시 수만은 걷잡을 수 없는 격한 폭풍우에 휩싸이곤 했다.

'사랑도 변한다. 붉은 사랑은 젊은 시절의 사랑이지. 이제 그 피 끓는 젊은 시절은 지났다. 붉은 사랑은 이미 식어서 어디에 있는지도 모른다. 아무리 그렇다고 해도 아내를 다른 남자에게 보낼 수는 없지. 어떤 일이 있어도 그것은 안 될 일이지.'

영숙이 나가고 나서도 수만은 그 자리에 그대로 앉아 있었다. 나직하게 숨을 쉬고 난 뒤 한 번 더 자기의 결심을 확인이라도 하려는 듯 남아 있는 와인을 잔에 가득 부었다. 수만의 식도를 타고 넘어가는 와인 소리가 '아모르'에 가득했다. 실내를 흐르던 음악도 잠시 멈추었다. 오직 떠나 버린 사랑에 대한 미련과 무너져 버린 자신의 초라한 모습과 자기 삶에 대한 회한이 수만을 괴롭혔다.

'아모르'에 가을이 지나가며 남긴 차갑고 쓸쓸한 노래가 가득해졌다. 그 위에 수만의 축 처진 마음이 더해져서 '아모르'의 분위기를 더 쓸쓸하게 만들었다.

5 - 12

새사랑교회 자해 사건이 언론에 연일 대서특필되었다.

크고 작은 인터넷 방송은 물론이고, 지방 방송국, 서울에 있는 큰 언론사들도 하루가 멀다고 이 사건을 특급뉴스로 내보냈다.

자해 사건을 접한 사람들은 너나없이 커다란 관심을 보였다. 그렇지 않아도 살기 팍팍한 시절에 그들의 스트레스를 풀어 줄 이만한 가십거리가 없었기 때문이었다. 사람들이 모이는 곳에서는 한성환 부목사와 샤넬 케리의 이야기가 빠지지 않았다.

이렇게 사람들의 관심을 받는 이 자해 사건은 시간이 가도 수그러질 기미가 보이지 않았고 계속 확대되고 재생산되었다. 사건을 파헤치고 파헤치다가 이제는 가짜뉴스까지 등장했다.

문제는 또 있었다. 시간이 흐를수록, 사람들의 관심이 커질수록 언론에 나오는 내용이 자해 사건만 다루는 것이 아니라, '새사랑교회'의 또 다른 치부까지 파헤치며 계속해서 이야기를 만들어 낸다는 것이다.

처음에는 '샤넬 케리'는 어떤 여인이고, 미국 어디에 살고, 왜 한국에 왔고, 교회의 누구와 무슨 관계고, 왜 죽으려고 했고, 남겨진 아이는 누구의 아들인가 등에 언론의 초점이 맞추어져 있었다. 그러다가 새사랑교회의 치부 문제와 가족 세습 문제, 교인들 간의 갈등이 중요한 관심 사항이 되었다.

새사랑교회는 이런저런 문제로 쑥대밭이 되었다. 하루가 멀다하며 담임목사와 부목사 등 관계자들이 검찰에 소환되었다. 여기다가 교인들은 위험에 빠진 교회를 구한다고 철야 집회를 계속 이어갔다. 그것도 모자라 일부 교인들은 담임목사와 한성환 부목사 퇴진을 요구하며 연일 철야 농성을 했다.

새사랑교회는 교회의 사명을 더 이상 수행할 수 없는 지경이 되었다. 설상가상으로 전국교회연합회가 들고 일어났다. 샤넬 케리의 자해 사건으로 교회 전체, 더 나아가서 한국교회 모두를 모욕하고 배척하는 것은 정도가 지나쳤다는 것이다.

이것은 빈대 한 마리 잡으려고 초가집을 태우는 격이라고 주장하면서 사랑의 신, 예수님 앞에서 자해했다는 것은 이유 여하를 불문하고 도저히 용서받을 수 없는 일이라는 성명서를 전국교회연합회 이름으로 발표했다.

조금 시간이 지나자 이제는 '사랑은 무엇인가?'라는 주제로 관심이 바뀌었다. 샤넬 케리의 죽음은 한쪽으로 밀려나고 사랑의 의미를 두고 서로 다투기 시작했다.

일반인들은 말할 것도 없고, 유명 언론인과 국내의 저명한 철학자들까지 나서서 나름대로 사랑을 이야기했다. 그러나 누구의 의견도 다수의 지지를 받지 못했다. 심지어 동서양의 모든 사랑 이론과 현존하는 세상의 유명한 철학자들이 동원되었어도 일치된 사랑 이론을 끄집어내지는 못했다.

'사랑이란 무엇인가? 어떻게 사랑을 해야 하나?' 이 질문에 만족을 주는 답은 아직도 나오지 않았다. 그 사이에 사랑을 위해서 자기 목숨을 바친 샤넬 케리의 순수한 사랑은 사람들의 머리에서 잊혀지고, 그 자리에는 공허한 사랑 타령만 난잡하게 굴러다녔다.

5 - 13

모든 것이 변했다.

오랜 시간을 지나면서 변한 것이 아니다. 아주 짧은 시간. 그것도 말 몇 마디를 하고 나자 세상은 변해 있었다.

변화는 언제나 파괴와 창조를 동반한다. 그것은 보는 사람과 보는 관점에 따라서 선이 되고 악이 되었다. 또 기쁨이 되고 슬픔이 되었다. 거기다가 같은 사람이 같은 관점에서 변화를 봐도 그것은 시간의 흐름에 따라서 그 가치를 다르게 보여 주었다.

변화의 고통은 우리 삶이 끝나는 그때까지 우리를 놓아주지 않는다. 우리는 변화하는 세상 안에서 롤러스케이트 위의 한 마리 작은 새일 뿐이다. 날지 못하는 작은 새!

영숙이 자리를 뜨자 갑자기 세상이 암흑으로 변했다. 화려하던 조명도 일시에 꺼져 버렸다. 부드럽게 '아모르'를 적시던 음악도 더 이상 들리지 않았다. 아름답고 설레던 연인들의 장소 '아모르'는 어느 순간 슬픔과 고통의 세계로 변했다.

수만은 와인 잔을 들고 한동안 그 자리에 그저 앉아 있었다. 조명도, 음악도 모두 멈춘 '아모르'에서 이제는 자신의 머릿속마저 비어 버렸다. 그는 무엇을 생각할 의지도 또 그럴 마음도 없었다.

초저녁 밤거리에 부는 바람이 제법 쌀쌀했다. 밤을 수놓은 네온사인 불빛도 오늘따라 차갑게 느껴졌다. 막상 거리로 나서기는 했지만 수만은 갈 곳이 마땅치 않았다. 집까지는 걸어서 금방 도착할 수 있는 거리였다. 그는 집으로 갈 생각이 없었다. 그렇다고 무작정 밤거리를 걷기만 할 수도 없었다.

어디로 갈까? 누구한테 전화해 볼까? 몇 번이고 자기에게 물었다. 갈 곳도, 찾아갈 사람도 없었다. 찬바람 부는 거리에 서서 한참 동안 망설이던 그는 택시를 잡았다.

"유성 봉명동으로 갑시다."
수만이 봉명동 삼정물산에 도착한 것은 8시가 넘어서였다.
저녁 식사 시간이라서 거리에는 사람들이 없었다. 인적이 끊긴 옛 도시의 뒷골목은 평소보다 더 을씨년스러웠다.
털 빠진 강아지 두 마리가 여기저기를 기웃거리며 먹을 것을 찾아 헤매고 있다가 수만을 보자 겁을 집어먹고 골목으로 달아났다.
'후문 집'에 들려 막걸리와 안주 두어 가지를 사서 삼정물산 사무실로 왔다. 어렵지 않게 스위치를 찾아서 불을 켰다. 그는 사무실의 분위기를 아랑곳하지 않았다. 오래전부터 몸에 배어 있는 사무실이라 탁하고, 춥고, 지저분한 사무실이 그저 일상의 모습으로 보였다.
종이컵에 막걸리를 한 잔 부어 단숨에 마셨다. 쌈장에 큼직한 고추를 푹 찍어서 한 입 물었다. 텁텁한 막걸리와 매운 고추, 발효된 된장의 역한 냄새가 입에서 목구멍으로, 목구멍을 지나 위장으로 내려갔다. 쏴- 한 가슴의 떨림이 온몸에 퍼졌다. 한 잔을 더 따랐다. 이번에는 더 단단한 고추를 더 크게 씹었다. 다시 한 번 온몸에 전율이 일어났다.
세상 끝으로 밀려나 갈 곳 없는 사람들의 절망이 수만이 마신 텁텁한 막걸리와 어우러져 찬바람 도는 사무실에 가득 퍼졌다. 연거푸 석 잔을 마시고 나자 취기가 돌면서 허기가 가셨다.

수만은 오래되고 허름한 '삼정물산 사무실'을 찾는 동료들이 지금 어떤 상황인지를 잘 알고 있었다. 그들은 한 생에서 소임을 다한 후에 버려졌고, 지금은 버려진 삶을 소비하기 위해서 이곳에 오는 것이다. 버려진 것은 곧 폐기처분 될 예정이니 그것은 참으로 고통스런 일이었다.

슬픈 일이지만 수만 자신도 동료들과 다를 것이 없었다.

5-14

'무엇이 잘못되었지?'
얼큰하게 오른 취기에 수만의 얼굴이 붉어졌다.
'여보, 우리가 함께했던 시절은 이제 끝이 났어. 다시는 그 시절로 돌아가지 못해. 나, 해외 나가. 사 개월 동안. 이혼이면 더 좋고.'
아모르에서 말한 영숙의 한마디 한마디가 날카로운 비수가 되어 수만의 가슴을 찔렀다. 거기에 지난 세월의 아름답고 설레던 사랑은 이미 없었다.

두 사람의 거리는 하늘과 땅만큼 사이가 벌어져 있었다. 세월 속에 변하지 않는 것은 없다는 것을 이미 알고 있었지만, 그 변화는 기쁘고 행복한 쪽이 아니라 슬프고 고통스러운 쪽으로 변했다.

사랑이 떠나고 남은 그 자리에는 무관심과 원망만 가득했다. 하다못해 일말의 작은 정마저도 남아 있지 않았고 마른 잎처럼 부석거렸다.

수만은 또 막걸리 병뚜껑을 열었다. 발효된 막걸리의 압력을 견디지 못한 진한 막걸리가 더 이상 참을 수 없다는 듯 병 밖으로 솟구쳐 올라와 사방으로 흩어졌다. 가슴 저미는 슬픔을 토해내듯이, 진한 막걸리 건더기가 꾸역꾸역 흘러나왔다.

수만은 탁자에 흩어진 막걸리를 닦지 않았다. 자기의 가슴 속에서 멈추지 않고 흐르는 진한 슬픔도 외면하지 않았다. 그는 막걸리 병 목구멍 위로 쉬지 않고 악을 쓰며 기어오르는 막걸리 건더기와 사방에 뿌려진 막걸리의 잔해를 자기 처지인 양 바라만 보았다.

얼마나 지났을까. 수만의 눈동자가 죽은 동태눈처럼 변하더니 초점마저 잃었다. 시선을 바꾸지 않고 어둠 속에 앉아 있는 그의 모습이 마치 석상처럼 보였다.

무정한 찬바람이 다 부서진 삼정물산 창을 뚫고 들어 왔다. 수만은 종이컵에 남아 있는 막걸리를 마저 마셨다. 시큼한 김치를 한 입에 넣었다. 막걸리에 젖어 흐느적거리는 종이컵이 차갑게 손에 와 닿았다. 목구멍을 넘어가는 푹 익은 김치의 신맛이 목에 걸렸다.

젊은 시절을 보내고, 열정으로 세상을 살던 시절도 지나고, 이제는 홀로서기를 해야 하는 시절이 되었다. 하지만 기름이 바닥난 자동차처럼 열정이 식은 그는 더 이상 무엇을 하고자 하는 의욕이 없었다. 가족도, 친구도 조금씩 거리가 멀어졌다. 시간이 흐를수록 그는 점점 외톨이가 되어 갔다. 더 문제가 되는 것은 무엇을 하고자 해도 마땅히 할 일이 없다는 것이다.

퇴직한 이후로 그가 머물 수 있는 공간은 집과 아내뿐이었다. 그러나 지금처럼 아내가 없는 집은 그가 머물기에 적당하지 않았다. 어느새 수만의 몸과 정신은 아내에게 매여 있었다. 그의 생활은 아내가 없으면 하루도 버티기가 쉽지 않은 삶이었다.

그렇다고 해도 그는 아내에게 짐이 되기가 싫었다. 어떤 면에서는 스스로 아내에게서 멀어져 홀로 살아가기를 원한 면도 많았다. 자연스럽게 수만은 아내의 사생활을 간섭하지 않으려 노력했고, 또 어느 정도는 그렇게 되었다. 심지어 아내에게 다른 남자가 생겼다는 것을 알았지만 모른 척하고 지나간 시절도 있었다.

이런 수만의 삶을 세상은 내버려 두지 않았다. 시간이 흐를수록 수만의 마음도 천천히 변해갔다. 아내에 대한 그리움이 어느 때보다 더 커졌다. 언제부터, 왜 그런지 수만도 정확하게 알 수 없었다. 집에서 느끼는 아내의 무관심과 늦은 저녁에 귀가하는 아내의 발걸음 소리에 잠을 못 이루는 때가 한두 번이 아니었다.

수만이 아내에게 원하는 마음은 젊은 시절 푸릇푸릇한 사랑 감정이 아니었다. 아내는 절대적으로 수만에게 없어서는 안 되는 안식처였다. 영숙은 수만에게 삶의 고단함을 안아줄 어머니의 품이었고, 물고기가 숨을 쉴 수 있는 맑은 물과 같은 것이었다.

'안 되지. 당신이 없으면 나는 살아갈 수 없어. 젊은 시절 사랑이 지금은 없다는 것 알아. 하지만 세월이 쌓아 온 묵은 사랑은 아직도 남아 있어. 나에게는 당신이 가장 필요한 시간이야.

그래, 사랑도 시간 따라 변하기 마련이지. 변해도 묵은 사랑에는 온갖 내음이 묻어 있어. 우리가 함께 살아오면서 만들어 낸 우리만의 내음. 그것이 바로 우리 삶이잖아.'

수만의 취기 어린 눈에 영숙의 모습이 어렴풋이 나타났다가 사라지고, 사라졌다가 다시 나타났다.

그는 무슨 결심이라도 하는 듯 막걸릿잔을 들고 창밖을 뚫어져라 바라보았다. 점점 빛이 더해가는 그의 눈총은 시간이 갈수록 더 강렬해졌다.

5 - 15

'관평동 도서관'은 한화 아파트와 행정복지센터 사이에 있다.

미현이 사는 백조 아파트와는 걸어서 이십여 분의 거리였고, 도서관 주변에 크고 작은 상점들이 모여 있어서 미현도 자주 지나다니는 건물이었다.

미현이 아파트 단지에서 4차선 도로를 지나자 바로 앞에 '관평동 도서관'이 눈에 들어왔다. 부드러운 회색 대리석 벽이 도서관이라고 눈짓을 하는 것 같았다. 도로 쪽 도서관 벽에,

'시는 떠남이다. 강사 강태문 시인.'

안내문이 새겨진 현수막이 가을 햇살 아래 펄럭이고 있었다.

몇 명의 아이들이 시끄럽게 장난질을 치며 도서관으로 들어가고 뒤이어서 나이가 듬직한 남녀 서너 명이 아이들의 뒤를 따랐다. 좁은 현관을 지나 이 층 계단을 오른 다음, 오른쪽으로 돌아서자 출입문을 활짝 연 강당이 미현을 기다렸다.

강당 오른쪽 옆은 하늘색 천위에 '시는 떠남이다. 강사 강태문 시인'

이라는 안내 배너가 미현의 시선을 끌었다. 하늘색 배너에 그려진 몇 장의 나뭇잎이 바람에 날아가며 지금이 가을이라고 말을 해 주었다.

관평동 도서관은 주민들을 위해서 다양한 행사를 개최했다.
가을이 되면 어른들을 위한 행사도 많았는데 그중에 하나가 '문학 강좌'였다.
열흘 전쯤. 미현이 농협 마트에 가려고 4차선 차도를 건너 왼쪽으로 돌아서는데 도서관 회색 대리석 벽에 걸려 있는 현수막이 눈에 들어왔다.
'문학 강좌. 시는 떠남이다. 강사 강태문 시인.'
그 밑으로 강의 날짜와 시간이 적혀 있었다.
미현은 강사 이름이 '강태문'이라는 것을 보고 걸음을 멈추었다. 혹시 자기가 잘못 본 것이 아닌가 하며 다시 한 번 현수막을 주의 깊게 읽었다.
다시 봐도 처음 본 것과 다르지 않았다. 선명한 글씨체로 '강사 강태문 시인'이라는 이름이 적혀 있었다. 미현은 날짜와 시간을 다시 기억했다가 오늘 도서관을 찾은 것이다.
삼십여 개의 좌석이 계단식으로 배치되어 있는 강당을 희미한 불빛이 고즈넉하게 밝혀 주었다. 일찍 도착한 이십여 명의 사람들이 여기저기 자리에 앉아 있었다.
미현은 앞으로 걸어가 두 번째 줄 가운데에 앉았다. 롯데 마트 문예반에서 가끔 만나는 반원들이 미현을 보고 미소로 인사를 하자 미현은 오른손을 살짝 들어 답례했다.

잠시 실내에 아무런 소리도 들리지 않았다. 자리에 앉아 있는 사람들은 미동도 하지 않고 강의가 시작되기를 기다렸다.

"안녕하세요?"
언제 들어 왔는지 나이가 든 도서관 직원이 인사를 했다.
"참 좋은 계절이죠? 오늘은 가을에 어울리는 소재를 가지고 말씀을 들어 보겠습니다. 강사님은 '강태문 시인'이십니다. 제목은 '시는 떠남이다'입니다."
여기까지 말을 한 도서관 직원은 오른쪽을 보더니,
"그럼, 강사님을 모시겠습니다. 강태문 시인님은 우리 관평동에 거주하시면서 유성구 문학단체인 '유성 문학'의 대표를 역임하셨던 시인이십니다. 좋은 시간 되시기 바랍니다."
직원이 말을 마치자 오른쪽 커튼이 열리면서 초로의 남자가 걸어 나왔다. 조명이 강사를 비췄다. 진한 청색 바지에 흰색과 검은색이 어우러진 체크무늬 콤비가 가을이라는 계절과 잘 어울렸다.

"여러분 반갑습니다. 강태문입니다. 시간을 내주셔서 감사합니다."
그는 짧게 인사를 하더니 강당에 있는 사람들을 천천히 둘러보았다. 낮고 부드럽게 말하는 강태문의 음성에 힘이 실려 있었다. 자신 있는 그의 태도에 썰렁하게 느껴졌던 무대가 갑자기 꽉 차는 듯했다.
태문이 지금 보여 주는 모습은 미현이 다른 장소에서 본 태문의 모습과는 너무 다르다는 생각이 들었다. 특히 말이 없고 부드러워 보이던 사람과는 전혀 다른 사람이 된 듯해서 전에 본 사람이 아닌 듯했다.

"여러분, 완연한 가을입니다. 흔히들 가을은 독서의 계절이라고 말들 하죠. 그런 의미에서 오늘은 시에 대해서 함께 생각해 보도록 하겠습니다."

태문은 여기까지 말을 하더니 다시 객석의 청중들에게 시선을 돌렸다. 조금은 굳은 듯했지만 진중함이 묻어났다.

"여러분, 시란 무엇이라고 알고 계신가요? 아니 무엇이라고 생각하십니까?"

말을 하면서 강당에 앉아 있는 사람들에게 다시 한 번 일일이 눈길을 주었다. 강의를 시작하는 그의 진솔한 자세가 좌석에 앉아 있는 사람들의 시선을 집중하게 했다.

태문의 질문에 누구도 아무 말이 없었다. 그는 마치 예상이라도 했다는 듯이 뜸을 들이더니,

"시란 무엇인가? 사실 이 물음에 우리 모두를 만족할 만한 답을 한 사람은 없습니다. 몇 가지 예를 들어 보죠."

"……."

"우리가 잘 알고 있는 공자는 '시는 사무사'라고 말씀하셨습니다. 그런가 하면 아리스토탈레스는 '시는 운율이다.', 또, 보들레르는 '시란 숭고한 아름다움에 대한 인간의 열망이다.', 엘리엇은 '시란 객관적 상관물을 이용하여 정서를 표현하는 예술의 한 형태다.', 라고 했습니다. 이렇게 시는 다양한 모습을 하고 있습니다."

"……."

"어떻습니까? 여러분. '시란 무엇'이라고 생각하시나요?"

말을 하면서 태문은 사람들을 쭉- 돌아보았다.

"혹시 말씀하실 분 안 계세요? 무슨 답이라도 괜찮습니다."

강당 안에 침묵이 흘렀다. 숨소리도 들리지 않았다.

"여러분도 답변하기가 쉽지 않을 것입니다. 괜찮습니다. 여러분이 잘 아시는 세계적인 철학자나 시인들도 시의 정의를 모두 다르게 내립니다. 제각각입니다. 저와 여러분이 시에 대해서 모두가 공감할 수 있는 대답을 못 하는 것은 당연한 일입니다. 조금도 부끄러운 일이 아닙니다. 하지만 저와 여러분도 나름대로 시에 관한 생각이 조금씩은 있을 것입니다. 그렇죠? 자, 시는 무엇이라고 생각하시나요?"

태문은 말을 끊고 다시 객석으로 시선을 돌렸다. 맨 앞줄에서 메모해 가며 태문의 강의를 듣고 있던 육십 대 여성이 손을 들었다.

"선생님, 시는 본 것을 느낌대로 기록하는 것이 아닐까요? 자기감정을 섞어서요."

말을 하면서도 자신이 없는지 말꼬리를 흐렸다.

"그것도 옳은 말씀이신 것 같습니다."

"시는 대상 사물을 보는 작가의 마음이라고 생각하는데요."

태문의 말이 끝나자마자 미현의 바로 앞줄에 앉아 있던 남자가 말했다. 태문은 방금 말한 남자를 보고 고개를 끄덕였다.

"다른 분?"

"제가 듣기로는 시는 은유라고 하던데요. 하하."

가운데쯤 앉은 남자가 너털웃음을 터트렸다.

"보통 시를 말할 때 가장 많이 하는 이야기입니다. 다른 분 안 계세요?"

미현이 태문을 정면으로 바라보았다. 태문도 미현을 보았다. 두 사람의 눈길이 마주쳤다. 미현이 엉겁결에 손을 들었다.

"숙녀분 말씀해 보세요."

태문이 미현을 숙녀라고 부르자 강당 안에 있는 사람들이 일제히 미현을 보며 웃음을 터트렸다. 웃는 소리에 미현의 얼굴이 자기도 모르게 붉어졌지만 나쁜 기분은 아니었다.

"시는 떠남이 아닐까요?"

미현의 말이 끝나기가 무섭게 사람들 모두가 또 큰 소리로 웃었다. 미현 자신도 말을 하고 나서 살짝 미소를 지었다. 미현이 말한 내용이 강사의 강의 제목이기 때문이었다.

태문도 미현을 보고, 웃으며 고개를 끄덕였다.

"정답입니다. 하하하. 시는 떠남입니다. 제가 하고 싶은 말을 숙녀분이 해 주시네요. 감사합니다."

태문은 기분이 좋아졌는지 연신 미소를 지었다. 그러면서 목소리가 조금 높아졌다.

"여러분. 시에 대한 정의는 참으로 많습니다. 시대에 따라서, 말하는 사람의 성향대로 제각각 다르게 시를 정의합니다."

5-16

그는 강의를 멈추고 옆에 있는 화이트보드를 끌고 와서 자기 옆에 세웠다. 그리고는 굵은 펜으로,

'시는 떠남이다.'

큼직하게 썼다. 미현의 눈에도 태문이 쓴 '시는 떠남이다.'라는 글

씨가 확실하게 들어왔다.

　강의가 이어졌다.

　"말씀드린 대로 시에 대한 정의가 참 많이 있습니다. 그렇지만 저는 '시는 떠남이다.'라고 여러분에게 말씀드렸습니다. 왜 제가 시에 대해서 그렇게 정의를 했을까요."

　"……."

　강의를 듣는 사람들의 시선이 태문에게 쏠렸다.

　"시란 무엇인가?"

　"……."

　"이 질문에 대한 답은 많이 있습니다. 하나의 질문에 많은 답이 있다는 것은 어쩌면 정답이 없을 수도 있다는 것입니다. 물론 그 많은 답이 시에 대한 안목을 넓혀 주기는 하겠지만 우리가 원하는 답이 아닐 수도 있다는 거지요. 그래서 저는 시란 무엇인가에 대한 답은 일단 보류하고, 시는 어떻게 써야 하는가? 라는 질문을 통해서 '시란 무엇인가?'라는 질문의 답을 찾아보도록 하겠습니다."

　말을 하는 태문의 억양과 태도에 본인도 모르는 자신감이 있었다. 이런 자신감이 듣는 사람들을 압도하고 있었다. 미현도 태문의 이야기에 조금씩 빨려 들어갔다.

　"여러분, '시란 무엇인가?'에 대한 답은 많은 반면에, '시를 어떻게 써야 하는가?' 하는 질문에는 공통된 몇 가지의 원칙이 있습니다. 전문가 대부분이 인정하는 '시 창작 원칙' 말이죠."

　태문은 여기에서 잠깐 말을 멈추었다가,

　"지금부터 전문가 대부분이 인정하는 시 짓는 방법을 알아보겠습니다."

강의를 듣는 사람들 모두가 태문의 다음 말을 기다렸다.

"서점에 가면 시를 짓는 방법을 알려 주는 책들이 많이 있습니다. 여러분들도 한두 권 정도는 가지고 계시리라 생각합니다. 그럼 지금부터 저자들이 공통으로 제시하는 시를 짓는 방법 몇 가지를 알아보겠습니다."

태문은 화이트보드로 가서 강의 제목 아래에 동그라미를 크게 그리고는,

'은유'

라고 적었다.

"여러분. 시에서 가장 중요한 것은 '은유'입니다. 작가가 쓰고자 하는 대상을 직접 표현하지 않고 상관물로 비유해서 표현하는 것입니다. 은유란 무엇입니까? 여러분들도 잘 아실 겁니다. 국어 사전적으로 보면 은유란 행동, 개념, 물체 등을 그와 유사한 성질을 가진 다른 말로 대체하는 일을 말하는 것 아닌가요? 예를 들어 보겠습니다. 우리는 사랑하는 사람을 보통 '애인'이라고 합니다. 하지만 애인을 시적으로 표현하면 무어라고 해야 할까요?"

"꽃이라고 하겠습니다."

누군가 큰 소리로 대답했다. 사람들 모두가 손뼉을 치고 웃었다.

"정답입니다. 애인을 꽃이라고 표현하시면 됩니다. 그럼 오늘부터 여러분들이 사랑하는 사람은 꽃이 되는 겁니다."

"해님이라고 해도 되나요?"

"당연히 됩니다."

태문이 웃으며 답했다. 그는 사람들의 소란스러움이 멈추기를 기다

렸다가,

"다시 말씀드리자면, 시를 쓰실 때 은유로 쓰셔야 합니다. 직접 표현하시면 안 됩니다. 왜냐하면 대상을 직접 묘사하는 것은 독자들의 상상력을 빼앗는 일입니다. 시를 읽는 사람들의 상상력을 무한하게 확장시켜서 그들이 다른 세계를 볼 수 있도록 시는 은유로 써야 합니다."

강태문의 강의는 계속되었다.

"시를 쓰는 방법 중에서 중요한 또 하나는 '함축'이라는 겁니다. 시를 쓸 대상물을 장황하게 설명하지 않고 속에 지니어서 드러나지 않게 쓰라는 말입니다. 그래야만 시의 내용이 풍부해지고 깊은 뜻을 갖고 있기 때문입니다."

"……."

"세 번째로 제가 드리고 싶은 말씀은, 시를 쓰실 때는 그 시에 '창의성'이 있어야 한다는 이야기입니다. 창의성이 없는 글은 이미 죽은 글입니다. 창의성 또는 독창성을 잃어버린 시는 생명력이 없습니다. 당연히 시의 가치도 떨어지겠지요."

"……."

"또 하나의 시 작법은, 독자들이 시를 읽고 머릿속에 시에 대한 이미지를 선명하게 그릴 수 있어야 합니다. 이미지가 떠오르지 않으면 작가가 분명하게 뜻을 전달하지 못한 것이 됩니다. 시인은 자기가 쓰는 시 내용을 쉽고 명확하게 써야 합니다. 그래야 독자들이 작가의 글을 정확하게 이해하지 않겠습니까? 분명하게 이해를 하면 자연스럽게 그 시에 대한 이미지가 떠오를 것입니다."

"……."

"또 하나는, 시를 세상에 내놓을 때는 백 번, 아니 천 번을 다시 읽어 보고 고치고 수정하라는 것입니다. 즉, 완전한 퇴고를 해야 합니다. 아침에 쓴 시를 저녁에 발표해서는 안 됩니다. 세상에 내놓은 시는 이미 작가의 것이 아니라 세상 독자들의 것입니다. 그래서 자신을 사랑하는 시인이라면 더 완전한 퇴고를 해야 합니다."

5-17

태문은 시를 쓸 때 필요한 원칙 몇 가지를 더 이야기했다. 미현은 태문이 설명하는 내용을 하나도 빠트리지 않고 메모했다. 다른 사람들도 미현과 같이 메모를 하느라고 실내에는 태문의 강의 목소리만 들렸다.

"자, 여러분. 지금까지 시를 쓸 때 여러분들이 참고할 원칙 몇 가지를 말씀드렸습니다. 시를 쓰시는 분들 모두가 제 이야기에 동의하지는 않을 것입니다. 하지만 제가 여러분께 말씀드린 시를 쓰는 원칙 중의 몇 가지는 많은 분이 찬성하리라고 생각합니다.

저는 '시란 무엇인가?'라는 질문에 답하기 위해서 '시를 쓰는 방법' 몇 가지를 여러분들에게 설명을 드렸습니다. 이걸 통해서 '시란 무엇인가?'를 설명하고자 한 것입니다."

강의가 이어졌다.

"그럼, 시란 무엇인가요? 지금까지 제가 말씀드린 '시를 쓰는 방법'을 가지고 한번 짚어 보겠습니다."

여기까지 말을 한 태문은 강의를 듣고 있는 사람들과 일일이 눈을 마주쳤다. 강의실 분위기가 달아올랐다.

"시는, 작가가 쓰고 싶은 어떤 대상물을 은유로 표현하고, 함축하고, 창의성을 발휘해서 이미지화 시킨 그 '어떤 것'이라고 할 수 있겠습니다. 이것은 '논설, 기행문, 소설, 일기, 수필' 등과 완전히 다른 글입니다. 다시 말씀드리면 '시'는 다른 문학 장르와 확연하게 구분되는 문학의 한 장르입니다.

오늘 강의 제목이 '시는 떠남이다.'입니다. 시가 어떻게 '떠남'이라는 단어와 연결될 수가 있을까요?"

"……."

"시와 떠남이라는 두 개의 개념을 연결해서 상상하는 것은 쉬운 일은 아닙니다. 저는 제가 지금까지 설명해 드린 내용을 가지고 시와 떠남의 상관관계를 보겠습니다."

"……"

"여러분 잘 생각해 보세요.

은유로 글을 쓰는 순간 시인도 은유화됩니다. 애인을 꽃으로 표현했으면 그 꽃을 보는 시인은 벌과 나비가 되는 겁니다. 이때 시인 자신도 은유화되었고, 은유화되는 순간 시인은 본래의 모습에서 떠난 것입니다.

함축은 어떻습니까. 아시다시피 함축이란 '복잡한 것을 간략하게 응축시키는 것'입니다. 복잡한 것을 간단하게 응축시키는 과정에서 불필요한 것들은 제거됩니다. 이때 제거된 것들은 시인에게서 떨어져 나간 것들입니다. 그 순간 시인은 본래의 모습에서 떠나 새로운 사람으로 거듭나게 됩니다.

또 창조는 어떤가요? 창조란 '새로운 것을 만들어 내는 것 아닌가요?' 작가가 창조적으로 시를 쓰면 그 작가는 옛날의 작가 자신을 버리고 새로운 사람이 된 것입니다. 이것은 곧 작가를 새롭게 하는 것이니 옛날의 작가를 떠나 다른 사람이 되는 것이지요.

하나 더 보겠습니다. 시를 쓰는 방법의 하나는 완성된 시를 읽는 사람들이, 그들이 읽은 시를 즉각적인 이미지로 떠오르게 해야 한다는 것입니다. 즉 읽은 시의 이미지화입니다. 이 이미지는 은유, 함축, 창조성을 바탕으로 쓰인 글이고, 자연히 떠남을 내재하고 있습니다. 따라서 시를 읽을 때 만들어진 이미지는 떠남을 간직하고 있는 것입니다.

마지막으로 '완전한 탈고'를 하셔야 한다고 말씀드렸습니다. 자기가 쓴 시를 완전하게 탈고하는 것은, 그 시를 쓴 시인 자신을 과거의 허점투성이 인간에서 한 단계 높은 수준의 인간으로 만드는 과정입니다. 따라서 시인들은 자기의 시를 세상에 내놓을 때 완전한 탈고를 해야 하고, 이 완전한 탈고를 통해서 시인 자신을 새롭게 만들어야 합니다."

5-18

시에 대한 태문의 설명이 정점을 향해 가고 있었다.

그의 억양과 태도도 덩달아서 높아지고 진중해졌다. 듣는 사람들도 태문의 변화에 맞춰서 긴장된 자세로 태문의 강의를 듣고 있었다.

"여러분, 제가 왜 조금은 무리하게 보이는데도 '시와 떠남'을 연결해 말씀을 드렸을까요?"

여기에서 태문은 잠시 말을 멈추더니 강의실에 있는 사람들 하나하나를 주의 깊게 살폈다. 자리에 앉은 사람들도 긴장한 표정이었다.

"저는 오늘, 저와 비슷한 연배이신 여러분과 허심탄회하게 이야기를 나누어 보고 싶어서 시를 가져와 떠남이라는 이야기를 한 것입니다."

갑자기 장내가 더 숙연해졌다. 사람들의 표정이 굳어졌다.

"여러분, 나이가 드니까 사는 재미가 점점 없어집니다. 그게 그거고, 오늘은 어제와 똑같은 날입니다. 왜 그럴까요? 곰곰이 생각해 보았습니다. 제가 얻은 결론은 하나입니다. 저에게는 변화가 없었습니다. 변화가 없으니까 삶이 지루하고 권태롭습니다. 여러분. 그렇지 않습니까?

그럼 이런 상황에서 벗어나려면 어떻게 해야 할까요? 더 말씀드릴 것도 없습니다. 떠나야 합니다. 지금 이 상황에서 벗어나야 합니다. 벗어나는 방법은 딱 하나지요. 떠나는 것. 여기가 아닌 다른 곳으로 가는 것. 지금 마음이 아니라 다른 마음을 가져 보는 것. 이외에 다른 방법이 있나요?"

"……."

"그럼 왜 떠나야 할까요? 떠나서 새로운 장소, 새로운 분위기, 새로운 상황, 이런 자리에 가면 우리는 권태롭지 않습니다. 지루하지 않아요. 우리가 보는 것, 듣는 것, 만지는 것, 먹는 것, 모두가 신비롭고 아름답습니다. 우리는 순간순간을 설렘 속에서 살게 됩니다. 다시 말씀드리자면 우리는 우울하고 권태로운 현실에서 벗어나 설렘으로 세상을 살기 위해서 떠나야 하는 것입니다.

어떻게 떠나야 하나요? 지금까지 말씀드렸습니다. 시를 쓰시는 것입니다. 시를 쓰시면 떠나게 됩니다. 우리가 지금 경험하지 못하는 설렘으로 가득한 세상으로 말이죠. 진정 열정을 다해서 시를 쓰신다면 우리는 마음만 떠나는 것이 아니라 어쩌면 우리의 육신마저도 떠나게 될지도 모르겠습니다.

여러분, 시란 무엇인가요? '시는 떠남'입니다. 우리 삶이 본받아야 할 여정과 같습니다. 우리 떠나기 위해 시를 씁시다. 그래서 새로운 마음으로 설렘이 가득하고 활기찬 삶을 살도록 합시다."

강의가 끝나고 사람들이 하나둘 자리를 떴다.

태문은 화이트보드를 제자리에 놓고 도서관 직원에게 마이크를 돌려주었다. 그의 얼굴에 큰 숙제를 끝냈다는 안도감이 보였다.

미현은 사람들이 다 나가기를 기다렸다가 정리를 마치고 내려오는 태문에게 다가갔다. 태문이 미현을 보고 미소를 지었다. 미현도 가볍게 고개를 숙여 인사를 하면서,

"선생님 수고하셨습니다. 좋은 말씀 감사드립니다."

"여기서 뵈리라고 생각 못 했어요. 제 강의가 부끄럽지나 않았으면 합니다."

미현은 태문의 표정에서 전에는 못 보았던 수줍음을 보았다. 그것은 어린아이들에게서 볼 수 있는 순진함이었다. 미현은 조금 망설이더니 용기를 낸 듯 헛기침을 한 번 하고 나서,

"선생님, 괜찮으시면 차 한 잔 대접해 드리고 싶은데요."

말을 하며 태문의 눈을 가만히 들여다보았다. 세월의 흔적인 잔주름이 나무의 고운 나이테처럼 태문의 얼굴을 감싸고 있었다. 미현의 제안을 받은 태문은 잠시 말을 하지 않고 미현을 보았다. 그러더니 겸연쩍은 태도로,

"아. 제가 한 시간 뒤에 약속이 있습니다. 죄송합니다. 차는 마신 것으로 하겠습니다. 감사합니다."

태문의 대답에 미현이 오히려 미안한 표정을 지었다. 미현은 태문의 일변하는 태도에 적지 않게 당황했다. 조금 전 강의에서 보여 준 여유와 자신감을 더 이상 태문에게서 찾아볼 수 없었다. 미현이 머쓱한 표정을 지었다.

"그럼, 선생님. 다음에 뵙겠습니다."

미현이 인사를 했을 때 태문은 이미 등을 돌려 밖으로 나가고 있었다.

모두 떠난 강의실에 불이 꺼졌다. 강당은 아무 일도 없었다는 듯 다시 정적에 싸였다. 돌아서 나오는 미현의 자리를 어둠이 대신했다. 이유를 잘 알 수 없는 진한 아쉬움도 미현의 등 뒤에서 가을바람 손을 잡고 하염없이 따라왔다.

5 - 19

도서관을 나온 미현은 횡단보도를 건너려고 붉은 출발선 앞에 멈췄다. 파란불과 빨간불이 교차되는 시간에 맞춰서 인도에 사람들이 멈추

어 섰다가 횡단보도를 건너고, 또 멈추어 서기를 반복했다. 그때마다 크고 작은 차들도 달리다가 멈추고, 멈추었다가 달렸다. 미현은 사람들과 차량이 일정한 기준에 따라서 질서정연하게 움직이는 것을 마치 처음 보는 듯 신비한 눈빛으로 바라보았다.

도로를 건너고 손에 들고 있던 핸드폰을 열어 강의 시간에 줄여 놓았던 무음을 다시 소리가 들리도록 돌렸다. 문자 메시지 창을 열었다.

'미현아. 나, 남연이야. 김남연. 광주로 내려가는 길인데 너희들 보고 싶어서 중간에 들렀어. 통화가 안 돼서 메시지 남긴다. 영숙이와 기숙이도 오기로 했어. 갑자기 연락해서 미안한데 시간 되면 얼굴 한 번 보자.'

만나는 장소와 시간이 적혀 있었다. 메시지를 읽고 난 미현은 딸 정애가 사는 한화 테크노 아파트 9단지를 지나가며 발걸음을 재촉했다.

가을 한복판을 지나가는 아기단풍 나뭇잎들이 고개를 숙이고 골목길을 스쳐 가는 바람과 이별의 아쉬움을 나누고 있었다. 미현은 아기단풍의 고운 손 인사에도 아는 척하지 않고 집으로 갔다. 설렁설렁 걸어가는 미현의 뒷모습에 짙은 세월의 그림자가 어둡게 내려앉았다. 간혹 나뭇잎 사이로 뿌옇게 파고드는 햇살이 미현의 어두운 그림자를 밝혀 주었다.

검은 회색 청바지와 가로세로로 붉은색 줄무늬가 새겨진 흰 티셔츠로 바꿔 입은 미현은, 주차장에서 오랫동안 자신을 기다리고 있는 하얀색 그랜저의 시동을 걸었다. 자주 이용하지 않은 탓인지 자동차가 몇 번 앓는 소리를 내고서야 겨우 안정을 찾았다.

대덕대로로 빠져나와 신탄진 쪽으로 방향을 잡았다. 거리에는 차들이 별로 없었다. 투명한 햇살에 온몸을 드러낸 검은색 아스팔트가 희미하게 웃으며 미현의 하얀 색 자동차를 반겼다. 그 위를 가는 자동차는 아스팔트의 마음을 아는지 모르는지 무심하게 인간들을 떠밀고 가는 세월처럼 앞으로만 달려갔다.

도로 양편으로 늘어서 있는 크고 작은 공장들이 저마다 맡은 일에 열중이었다. 공장들도 험한 세월에 지쳤는지 그들이 토해내는 희미한 빛이 미현의 얼굴에 와 닿았다.

공장들이 한숨을 내쉬는 이곳도 한때는 곡식을 수확하는 농부들의 일손이 바빴던 시절이 있었다. 미현의 눈에는 어제 같은 일이었다. 짧은 시간에 상상하기도 어려운 변화가 이곳에 있었다는 것이 신기하고 서글펐다.

"권태롭지 않고 설렘 속에서 살기 위해서 모든 것들이 떠났나?"

미현은 쌀을 재배하던 농지가 물품을 생산하는 공장지대로 변한 것을 차창 밖으로 바라보면서, 오전에 강태문 교수가 한 말을 되새겨 보았다.

강태문 시인의 강의가 미현에게 묘한 여운을 남겼다. 현관문을 나오는데 '떠남'이라는 단어가 떠올랐다. 평상시에는 생각도 하지 않은 일이었다.

'세상의 모든 것들은 떠나지. 어디로 가는지는 모르지만.'

자기도 모르는 새로운 기분이 들었다. 집을 떠나서 친구들이 기다리는 낯선 곳으로 간다는 설렘에 가슴이 뛰었다. '떠난다.'라고 생각을 하는 순간부터 미현의 몸과 마음이 전과는 다르게 신선함이 느껴졌다.

그랜저도 덩달아 신이 났다. 3차로 길을 씽씽 달려 한국타이어 공장을 왼쪽으로 끼고 돌더니 시내버스 종점을 지나 금강변으로 나왔다.

잔잔한 금강 물결을 어르며 가을바람이 예쁘게 지나갔다. 강변의 나무들도 오색으로 화장을 하고 어디론가 떠날 준비를 하고 있었다.

그랜저 왼쪽 창문을 열었다. 시원한 바람이 얼굴을 간지럽혔다. 마주 오는 차들이 종종 있었지만, 왼손을 창문 밖으로 내밀었다. 팔목과 손가락을 스치며 떠나는 바람결에는 힘찬 생명력이 살아 숨 쉬고 있었다. 바람의 생명력이 신경을 타고 온몸에 퍼지자 미현은 자기 피가 뜨거워지는 것을 느꼈다.

하얀 그랜저가 가볍게 달려가는 왼편 '금강 로하스 길'에는 적지 않은 사람들이 삼삼오오 어디론가 가고 있었다. 그들을 보는 미현의 마음이 왠지 홀가분하고 명랑해졌다.

금강을 왼쪽에 두고 가던 그랜저가 대청댐 보조 수문을 지나 오른쪽 비탈길로 살갑게 올라섰다. 늘어선 벚나무 사이를 빠져 나가자 대청호의 푸른 물결이 눈앞에서 미현을 반겼다. 그랜저는 왼쪽으로 돌아가서 자리를 잡았다.

차에서 내려 조심스럽게 문을 닫고 시야를 넓혔다. 파란 하늘색을 그대로 닮은 호수가 유난히 푸르게 보였다. 바람에 흐트러지는 머리카락을 한 손으로 빗어 넘겼다. 한낮을 막 넘어가는 가을 햇살이 미현의 얼굴과 팔과 몸, 마음에 비쳤다.

5 - 20

'이카로스'라고 자랑스럽게 이름표를 달고 있는 간판 아래를 지나 목조 건물로 올라갔다. 기름기가 적당히 배어 있는 '카페 이카로스'의 목조 건물이 고풍스러운 모습으로 미현을 반겼다.

촘촘한 계단을 밟고 옥상으로 나왔다. 일시에 대청호가 한 눈에 보였다. 가을을 가슴에 안고 출렁이는 대청호의 물결 위로 크고 작은 섬들이 보였다. 물결 위를 넘어 섬과 섬 사이로 불어오는 시원한 바람에 미현의 마음이 아련해졌다.

옥상 가장자리 점박이 파라솔 아래에 앉아 있던 남연이 반갑게 손을 흔들었다. 투명한 햇살에 반사되는 검은색 잠자리 선글라스가 반짝거리며 덩달아서 미현에게 웃음을 보냈다.

미현도 미소를 지으며 손을 들었다. 남연의 옆자리에 앉아 있던 붉은 스웨터 여인이 자리에서 일어나 미현에게 다가왔다. 조금 전에 한 것 같은 그녀의 파마 속에 희끗희끗한 머리카락이 보일 듯 말 듯 숨겨져 있었다.

미현이 손을 앞으로 내며,

"기숙아, 오랜만이다. 잘 지내고 있지?"

"그럼, 너도 그렇지?"

"무소식이 희소식이다."

미동도 하지 않고 있던 영숙이 슬쩍 미현을 보았다. 영숙의 눈빛이 어딘지 모르게 피곤해 보였다. 미현은 영숙에게 가볍게 눈인사를 하고 자리에 앉았다.

"애, 미현아, 너는 나이를 거꾸로 먹는 거니? 어떻게 볼 때마다 젊어지는 거야?"

자리에 앉자마자 남연이 선글라스를 벗어 테이블에 놓으며 말했다.

"남연이 너는 더 예뻐졌는데. 하하. 요즘 살기가 아주 좋은 모양이네."

미현도 조금은 마음이 들떠 친구들의 말에 맞장구를 쳤다. 대청호에서 불어오는 바람이 파라솔 아래에 있는 사람들을 두어 번 어루만지더니 산 뒤편으로 올라갔다.

미현이 자리에 앉고 조금 지나자 주문한 음식이 나왔다.

"네 것도 함께 주문했어. 소고기 스테이크 먹어. 나도 조금 거들게."

영숙이 미현을 보지도 않고 튼실하게 구워진 소고기를 미현 앞으로 밀었다. 자주 만나는 사이다 보니 영숙은 미현의 좋아하는 음식마저도 훤하게 알았다. 미현은 가타부타 말을 하지 않고 영숙이 주는 커다란 접시를 자기 앞에 놓았다. 좋아하는 망고 주스를 먼저 한 모금 마셨다.

"그런데 남연아. 어쩐 일이냐? 갑작스럽게…."

영숙이 이탈리안 스파게티를 포크에 둘둘 말아 입으로 넣으며 남연에게 물었다. 남연은 옆에 있는 냅킨을 뽑아 입을 닦으며,

"서울에 며칠 있었어. 큰아들 내외가 해외여행을 가서 애들 좀 보아주느라고. 서울 간 김에 친구들도 만나고 더 있다가 오려고 했더니 집에 있는 큰애가 빨리 오라고 난리 아니냐."

"큰애?"

"우리 집 영감."

남연이 영숙을 바라보고 알쏭달쏭한 미소를 지었다.

"그래서 부랴부랴 내려가다가 너희들 생각이 나서 이렇게 갑자기 온 거야. 괜찮지? 오늘 점심은 내가 살게. 아들놈한테 일주일치 노무비도 받았으니까."

남연은 말을 하면서 잠자리 안경을 다시 썼다. 남연의 얼굴에 그늘이 졌다.

"얘. 잊지 않고 찾아 주는 것만 해도 고맙다. 밥은 당연히 토박이가 사야지. 그런데 네 큰애도 잘 있지?"

영숙이 남연에게 물었다. 검정 선글라스에서 반사되는 햇살이 영숙의 피곤한 얼굴을 쪼이듯 파고들었다.

"종태 씨? 잘 있기는 하지. 맨날 나만 안 찾는다면."

"아주 좋겠네. 매일 둘이 손잡고 놀면 심심하지도 않을 테고. 하하."

말없이 점심을 먹고 있던 붉은 스웨터 기숙이 볶음밥을 한 술 떠 입에 넣으며 말했다.

"기숙아. 그럼 너 가질래? 공짜로 줄게. 아니, 필요하면 만 원짜리 몇 장 붙여 주마. 어쩔래?"

"남연아. 막상 보내고 나면 후회하지 않을까? 보고 싶고 심심하다고."

"얘들아. 그런 일은 걱정하지 않아도 돼. 절대로 물리지 않을 거니까."

미현은 옆에 앉아 있는 기숙을 슬쩍 바라보았다.

"남연아. 그런 생각이야 하지도 마라. 기숙이가 섭섭해 하겠다."

영숙이 기숙을 보며 한마디 거들었다. 기숙의 표정이 순간적으로 일그러졌지만, 내색하지 않았다. 남연이 무색한 표정을 지었다. 갑작스럽게 분위기가 싸늘해졌다.

기숙은 남편과 삼 년 전에 사별했다. 멀쩡하던 사람이 하룻밤 사이에 싸늘한 주검으로 생을 마감한 것이다. 전업주부로 치매에 걸린 시어머니와 정신 지체아 아들을 수발하며 사는 기숙에게는 청천벽력 같은 일이었다. 실제로 남편의 죽음을 확인하고 장례를 치르기 전까지 기숙은 자기에게 이런 일이 일어났다는 것을 인정할 수 없었다.

남편의 죽음으로 기숙의 가정에 거대한 쓰나미처럼 밀려드는 어려움은 한둘이 아니었다. 그중에서도 가장 힘든 것은 경제적 어려움이었다.

중소기업에 다니던 남편의 적은 수입으로 근근이 생활했던 기숙의 가족은 남편의 갑작스러운 죽음으로 극빈층으로 떨어졌다. 그렇다고 지출을 줄이거나 집을 줄여서 생활비를 맞출 형편이 되지 않았다. 치매 시어머니와 지체아들을 시설에 맡길 여력도 없었다. 삶의 막다른 골목에 몰린 기숙은 그나마 젊었을 때 따 놓은 요양보호사 자격증을 가지고 요양원에 취업했다. 기숙이 가족을 위하여 할 수 있는 최선의 방법이었다.

기숙의 취업으로 다행스럽게 가족들이 굶을 걱정은 없어졌다. 그러나 기숙은 항상 돈과 시간에 쫓겼다. 새벽같이 일어나 시어머니와 아들을 씻겨 주고, 하루 동안 더러워진 방과 거실을 청소하고, 밥을 지어 두 사람을 먹여 주는 일들은 기숙이 혼자서 감당하기 쉽지 않은 중노동이었다. 거기다가 요양원의 일도 전혀 만만하지 않았다. 혼자서 돌보는 환자 수가 다섯 명을 넘다 보니 요양원에서도 한 순간을 마음 편하게 쉴 수 없었다.

기숙의 몸과 마음은 조금씩 지쳐 갔다. 그렇지 않아도 건강하지 못했던 기숙은 이제는 혼자 몸도 지키기 힘이 들었다. 문제는 앞으로 지금보다 더 나아질 희망이 조금도 보이지 않는다는 것이다. 기숙의 삶은 끝이 보이지 않는 절벽을 마주한 절망이었다.

　남연이 아무리 기숙과 친한 사이라고는 하지만, 자기 남편을 기숙 앞에서 꺼낸 것은 자칫하면 기숙에게 커다란 상처가 될 수 있는 일이었다. 이런 사정을 잘 알고 있는 미현이 말 머리를 돌렸다.

　"여기 경치 참 좋지? 호수가 높은 산에 안겨 있는 풍경이…."

　미현은 산과 물이 잘 어우러진 대청호를 바라보았다. 영숙도 미현의 마음을 알아차리고,

　"세월도 참 빠르다. 어느새 가을이라니. 내 얼굴에 잔주름만 늘었잖아."

　"야, 그런 말 하지 마. 너는 아직도 사십 대 아줌마야. 나 좀 봐라. 잔주름이 아니라 고속도로가 얼굴을 지나간다. 원하지도 않는 그놈의 흔적은 지워지지도 않아. 이제는 가슴마저도 횅해지는 것 같다."

　"가슴만 비냐? 요즘은 즐거운 일이 없다. 뭘 하고 싶은 것도 없고, 먹고 싶은 것도 없다. 이 나이에 죽기는 싫고."

　남연과 영숙이 번갈아 가며 나이 이야기를 꺼내 들었다. 멀리 보이는 대청호수의 물결이 잔바람에 흔들리며 하얀 미소를 짓고 있었다. 물결이 햇살에 반짝이는 그 풍경에 미현의 가슴이 왠지 뭉클해졌다. 순간, 미현은 반짝이는 그 물결로 달려가고 싶었다. 산에 둘러싸여 있는 호수의 물결이 엄마의 품처럼 느껴졌기 때문이다.

　모두 떠나 아무도 살지 않는 텅 빈 시골 마을 같은 쓸쓸함이 요즘 들어서 부쩍 미현을 괴롭히고 있었다. 남연의 말마따나 이걸 해도 재미가 없고 저걸 먹어도 맛이 없었다. 그게 그거고 저게 저거였다. 미

현은 언제부터 이렇게 변한 감정을 느끼기 시작했는지 자신도 몰랐다. 자기가 이런 정신적인 갈등을 겪어야 하는 특별한 이유를 알 수 없었다.

세상의 모든 것은 변한다. 나무와 돌, 산과 바다, 사람과 동물, 선과 악, 삶과 죽음에 관한 생각, 하늘과 땅, 사랑과 미움, 아름다움과 추함, 진실과 거짓말, 바람과 햇살, 가치 있는 것과 없는 것, 진리라고 말하는 모든 것들, 영원하다고 철석같이 믿는 것들, 심지어 그러기를 희망하는 것들. 모든 것은 변한다.

하지만 변하는 것이 어떻다는 말인가? 그 자체도 좋고 나쁨의 문제는 아니다. 그저 변해 가는 것일 뿐이다. 아름답던 것은 추해지고, 선하다고 여겼던 것은 어느 순간 악하게 여겨지고, 영원하리라 믿었던 것들은 순간의 일이 되고. 이렇게 세상의 모든 일은 그 자체로 변해 갈 뿐이다. 거기에 옳고 그름이 끼어들 여지는 없다.

더 중요한 것은 우리 인간이 그 변함 자체를 두고 슬퍼하거나 마음 아파할 아무런 근거와 이유가 없다는 것이다. 왜냐하면 그것은 인간의 욕심을 만족시키지 못하는 데서 오는 슬픔이고, 변화는 자연의 영원한 순리이기 때문이다.

그런데도 우리는 변해가는 모든 것에게 매우 예민하다. 그런 변화에 울고 웃는다. 변화 그 자체에 잘못이 있는 것이 아니라, 변화를 받아들이지 못하고 굳어 있는 우리의 마음에 있는데도 말이다.

우리 마음에 오래전에 들어앉아 터줏대감 노릇을 하는 녹슨 강철. 우리의 희망을 갉아먹고 우리가 원하는 것을 가로막는 만리장성. 굳을 대로 굳어서 이제는 도저히 벗겨 낼 수 없는 그 녹슨 강철과 만리 장성 그 마음이 육십을 넘어가는 미현과 친구들의 문제였다.

미현과 친구들은 변하는 세상을 따라가지 못하고 옛것에 안주하고 있었다. 그녀들은 변하는 것이 낯설고 두려웠다. 변화하는 새로운 환경에 적응할 용기도 없다. 새로움을 찾아서 몸과 마음이 어디론가 떠날 꿈도 꾸지 못했다.

그렇게 그녀들은 꿈과 희망을 잃고 자신을 타인과 옛것에 맡겼다. 그리고 그것이 인생이라고 생각했다. 안타깝게도 그녀들은 자신들의 주인이 되어 스스로 변화하고, 변화하는 것을 기쁨으로 받아들여 설렘으로 승화시킬 꿈과 희망을 잃은 지 오래였다.

미현과 세 명의 친구들이 떠난 '이카로스' 카페에는 서산의 해 그림자가 길게 드리우기 시작했다. 조만간 가을의 부신 햇살은 어디론가 떠나고 그 자리를 겨울의 어두운 그림자가 대신할 것이다.

5 - 21

남연과 기숙을 먼저 보낸 미현과 영숙은 '이카로스' 카페 앞 도로에서 왼쪽으로 걸었다. 평소에 가끔 찾았던 호숫가를 걷기 위해서였다.

두 사람은 아무런 말도 하지 않고 가을 햇살에 뜨거워진 도로를 걸어가다가 이화마을 회관 못 미쳐서 오른쪽 비탈길로 내려갔다. '이화동 생태부유습지'라고 적힌 표지판 옆에 작은 정자가 있었지만 두 사람은 정자를 지나쳤다.

이십이 조금 넘어 보이는 젊은이들이 무엇이 그렇게 즐거운지 큰 소리로 웃으며 걸어오다가, 미현과 영숙을 보고 언제 그랬냐는 듯 태도를 바꾸었다.

두 사람이 걷는 생태공원 산책로 오른쪽에는 단풍이 절정에 오른 물푸레나무와 버드나무, 갈대꽃들이 한참 자기들 모습을 자랑하고 있었다. 왼쪽으로는 세월을 꽤 오랫동안 견디고 살아 온 듯한 소나무들이 올곧은 모습으로 서서 깊어 가는 가을을 즐기고 있었다.

어디선가 바람이 불어왔다. 그 바람에 우수수 나뭇잎이 떨어지는 소리가 두 사람의 침묵을 깨웠다. 뒤따라가던 미현이 물었다.

"어떻게 됐어?"

고개를 약간 숙이고 오솔길을 걷는 영숙은 미현의 말을 못 들었는지 아무런 대꾸가 없었다. 혼잣말로 중얼거렸다.

"기숙이가 참 안됐네. 어렵게 사는 것을 알고 있었지만, 그 정도인 줄 몰랐어…."

바람이 두 사람 대화 사이를 가르며 지나갔다. 해지는 가을날 찬바람 영향일까? 두 사람도 또 말을 잊었다. 모퉁이를 돌아서자 제법 오래되어 보이는 정자가 홀로 쓸쓸하게 자리하고 있었다. 미현이 다시 물었다.

"수만 씨하고 얘기는 잘됐어?"

미현의 거듭된 물음에도 영숙은 말이 없었다.

얼마 전 공주로 드라이브를 하고 난 뒤 미현과 영숙은 서로 연락하지 않았다. 미현은 영숙의 기분이 별로일 거라고 생각을 해서 영숙이 먼저 전화하기를 기다렸다. 또 미현 자신도 요즘 들어서 몸과 마음이 안정되지 않았다. 왠지 우울한 기분이 계속 미현을 괴롭히고 있어서 다른 사람과 어울리고 싶은 생각이 없기도 했다.

5 - 22

"얘. 여기 잠깐 앉을까?"

영숙은 미현의 물음에 대답하지 않고 굵은 나무 기둥이 믿음직스럽게 받쳐 주고 있는 정자 가장자리에 걸터앉았다. 느리게 철썩거리며 자기를 알리는 호수물결이 공허한 흔적만 남기고 어디론가 떠나가고 있었다. 미현도 이렇다 말없이 영숙과 조금 거리를 두고 앉았다.

두 사람의 시선이 해그림자에 물들며 일렁이는 물결과 어슴푸레한 섬에 가 있었다. 아직도 집에 가지 못한 철새 몇 마리가 어둑어둑해지는 호수에서 먹을 것을 찾고 있었다.

"잘해 보자고 하더라. 앞으로. 옛날처럼…."

영숙이 미현을 보지도 않고 말했다. 감정이라고는 조금도 찾아볼 수 없는 덤덤한 말투였다. 미현은 영숙의 말에 아무런 대꾸를 하지 않았다. 잠깐의 시간이 다시 흘렀다.

"그래서 그랬지. 나는 그렇게 하지 않을 거라고. 한 달 뒤에 해외로 나갈 거라고."

"……."

"그리고 그냥 나왔어. 그 뒤로 며칠 동안 얼굴도 못 봤고."

영숙은 자기 이야기를 마치 다른 사람 이야기처럼 말했다. 그렇게 말하는 영숙의 목소리에 무관심이 묻어났다.

누가 추측이나 했겠는가. 한때는 죽기 살기로 사랑했던 사람의 말이라고. 지난 몇 년, 영숙의 생활 속에는 젊은 시절의 사랑과 가족을 위한 마음은 없었다. 오직 자신만의 삶을 찾아 자기 길을 가고 있을 뿐이었다.

이런 영숙을 미현은 이렇게 저렇게 판단하지 않았다. 본인이 원한다면 그것이 그 사람의 길이라고 미현은 생각했다. 다른 사람은 그 사람의 길에 끼어들 여지가 없을 뿐 아니라 자격도 없다. 아무리 영숙과 자기가 가까운 사이라고 해도 그 원칙에는 변함이 없다고 미현은 여겼다.

오히려 중요한 것은 자기 삶을 살지 못하는 사람들이 문제라고 미현은 생각했다. 자신이 주인이 되어 살아가는 삶. 여기에 누가 이렇다 저렇다 토를 달 수 있겠는가.

"얘, 영숙아, 너는 떠난다는 것이 무엇이라고 생각하냐?"

"떠난다는 것?"

영숙이 미현을 슬쩍 보았다.

"그래, 떠난다는 것."

영숙은 대답 대신 한동안 앞만 보았다. 새들마저 떠난 호수는 천천히 제 모습을 잃어 가고 있었다. 일렁이며 희미하게 반사하는 물빛에 영숙의 얼굴이 창백하게 보였다. 어쩌다가 부는 바람마저 없었다면 호수는 죽은 세상이었다.

"참, 어려운 질문이네. 막상 질문을 받고 보니 마땅한 답이 없네…."

"……."

"그러니까 떠난다는 것은 이곳에서 저곳으로 옮기는 거겠지. 이곳에서 저곳으로, 이 상황에서 저 상황으로, 이 마음에서 저 마음으로. 혹시 이런 것 아닌가? 그런데 갑자기 이런 것은 왜 물어보는 거야. 왜, 너도 어디로 가려고?"

"아니, 그냥 궁금해. 기숙이처럼 생활이 바뀌는 것도 어쩌면 떠나는 거겠지? 남편이 살아 있을 때에서 남편이 사망한 뒤로."

"어떻게 보면 네 말도 맞겠다. 당연히 나도 떠나는 거고."

"세상에 변하지 않는 것이 있을까? 매일매일, 시간마다 변하는 것이 세상인데."

"미현아, 너 요즘 무슨 일 있었구나? 너답지 않게 그런 알쏭달쏭한 이야기를 꺼내는 것을 보니. 털어놔 봐. 무슨 일이야?"

영숙은 처진 기분이 살아났는지 호기심 가득한 눈으로 미현을 보았다. 미현은 오늘 오전에 있었던 강태문의 강의 내용을 영숙에게 이야기했다. 한참을 듣고 있던 영숙이,

"그분의 강의에 공감이 가네. 시를 쓰면서 굳어 있던 생각, 매너리즘에 빠져 허우적거리는 삶을 바꿔 보는 것도 떠나는 거겠지. 그러면서 자연히 생활도 변할 거고. 아주 재밌는 발상인걸."

미현은 영숙의 말을 묵묵히 듣다가 문득 생각이 떠오른 듯,

"영숙아, 너 그분 처음 만났을 때 그분이 한 말 기억하니?"

"처음? 어디서?"

"계족산성이 보이는 산디마을 맞은편 임도 말이야."

"아, 일요일 오후에 계족산에 갔을 때 말이지? 그래 그분이 좀 이상

한 말을 하기는 했지. 철학자 같은 말. 뭐랬더라?"

영숙은 머리까지 갸우뚱거리며 기억을 더듬었다.

"그래, 그랬어. 이런 말을 한 것 같아. 떠나는 것은 설렘을 찾아가는 거라고. 떠나야 설렘을 찾을 수 있다고."

영숙이 하는 말을 미현은 듣고 있지 않았다. 듣지 않아도 미현은 그날 강태문을 만난 일이 또렷하게 다시 살아났다. 심지어 그날 강태문이 입고 있던 옷이며, 하는 말과 표정까지도 미현의 머릿속에 생생하게 남아 있었다.

미현은 강태문에 대해서 아는 것이 아무 것도 없다고 생각했다. 그러나 미현이 강태문에 대해서 관심을 가졌든 아니든 서너 번 우연히 그를 만났고, 그 사이에 그에 대한 인상이 미현의 마음에 각인되어 있었던 것이 분명했다. 특히 오늘 강태문의 '시는 떠남이다.'라는 강의를 듣고 나서 강태문에 대한 관심이 적지 않게 많아진 것을 미현은 느꼈다.

미현은 영숙에게 자기의 그런 마음을 보여 주고 싶지 않았다. 지금까지 미현이 지켜온 자기 삶에 대한 존중이기도 했지만, 일시적인 감정을 가지고 친한 친구에게 오해를 살 수 있는 것도 원치 않았다.

"그래서, 계획대로 나갈 거야?"

미현은 영숙의 말을 듣지 못했는지 동문서답을 했다.

영숙은 미현을 슬쩍 바라보며 자못 높은 음성으로,

"미현아, 지금 내 이야기 듣고 있는 것 맞지?"

영숙의 목소리에 미현은,

"당연히 듣고 있지."

"그런데 이야기가 왜 딴 데로 새는 거야."

"내가 그랬나? 하하."

미현은 시치미를 뚝 떼며 헛웃음을 쳤다.

"방금 네가 그랬어."

영숙은 가볍게 미현의 말에 대꾸하고 나서 호수 건너편으로 눈을 돌렸다. 소리 없이 밀려오는 저녁그늘에 대청호가 사라지고 있었다. 왠지 모를 서글픔이 뒤를 따라왔다. 영숙의 얼굴에도 그림자가 들며 표정이 더 어두워졌다.

"그 남자가 그런 말을 했지. 설렘을 찾아서 떠나는 거라고. 그 속에 자신만의 삶이 있다고."

"그래서 너는 주철 씨하고 떠나는 거구나. 설렘을 찾아서. 너 자신을 찾아서?"

미현이 조금 경직된 목소리로 되뇌듯 말했다.

"처음에는 몰랐는데 지금 와서 보니 그렇게 되었어. 나 자신도 모르는 새로운 세계에서 내가 살고 있어. 전혀 예상하지 못했던 일이야. 어쩌면 처음부터 그렇게 하고 싶은 욕망이 내 마음 깊게 자리하고 있었던 것인지도 모르지만."

미현은 오랜 세월 동안 영숙의 삶을 옆에서 직접 보며 살아온 터였다. 영숙이 미주알고주알 하지 않아도 영숙에 대해서 잘 알고 있었다. 영숙이 몇 시에 자고, 몇 시에 일어나는지부터 영숙의 자녀와 손주들에 관한 이야기, 영숙이 좋아하는 것과 싫어하는 것까지 영숙에 대해서 모르는 것이 없었다. 어떻게 보면 영숙 자신보다도 미현이 영숙에 대해서 더 잘 알고 있다고 해도 맞는 말이었다.

"학창 시절에 가졌던 생각들이나 결혼생활에서 내가 지켜야 할 것들은 이제는 해묵은 짐일 뿐이야. 나는 그때의 내가 아닌, 지금의 나를 살고 싶어. 사람들이 손가락질하고 하느님이 지켜보셔도 나는 앞으로 나갈 거야. 자유로운 나 자신을 찾아서."

영숙은 어두워지는 호수를 보고 있었지만, 말투는 어느 때보다도 단호했다.

말을 듣고 있는 미현은 영숙의 그런 마음을 진작부터 알고 있었다. 무엇이 영숙을 지금처럼 변화시켰는지는 모르지만, 영숙의 생활 태도는 젊었던 시절에 비하면 백팔십도 변했다. 처음에는 그런 변화에 적지 않게 놀라고 당황한 것도 사실이었다. 하지만 시간이 지나면서 영숙의 그런 변화가 조금씩 이해가 되었다.

"현석이는 뭐라고 안 해?"

"현석이? 저희 살기도 힘들 텐데 나한테 신경 쓸 여유가 어디 있겠어? 둘째 놈도 마찬가지고. 아마도 내가 저희 귀찮게 하지 않는 것만도 고맙게 생각할 거야."

영숙은 여기에서 잠시 말을 멈추고 무엇을 생각하더니,

"걔들이 무슨 말을 한다 해도 상관없어. 저희는 저희 삶을 사는 거고, 나는 내 삶을 사는 거니까."

"······."

"미현아. 이런 걱정 저런 걱정 하면서 어떻게 나 자신을 위해서 살겠니? 무엇보다도 중요한 것은 자유로운 내가 아닐까? 이제는 그럴 때가 온 거 같아."

미현은 영숙에게 자주 듣는 말이었지만 오늘따라 그 말이 더 귀에 잘 들어와 미현의 가슴에 파고들었다. 오늘 강태문의 강의 내용이 영숙의 말과 중복되어 다시 살아났다.

'떠나는 순간부터 여러분은 설렘 속에 살게 됩니다. 도착한 그곳에서 더 커다란 설렘을 느끼게 될 것입니다.'

두 사람이 자리에서 일어나자 빈자리를 산그늘이 차지했다. 가을의 한복판을 지나가는 그 자리에 깊은 여운이 밀려왔다가 밀려가고 있었다. 자연도 그랬지만 인간도 그랬다.

5-23

집에 들어와 옷을 벗기도 전에 정애에게서 전화가 왔다.

"엄마, 종일 뭐 하고 있었어? 애들도 안 챙기고, 전화도 안 받고. 아라가 몇 번 전화했어, 나도 그랬고."

전화기 저편에서 들리는 정애의 목소리가 조금 짜증이 나 있었다. 미현은 듣고만 있다가,

"친구들을 만나러 갔는데 전화기를 집에 놓고 갔더구나."

자기도 모르게 정애에게 거짓말을 했다. 거짓말을 하면서도 찜찜한 기분이 자꾸 들었다.

"애들은 잘 왔냐?"

"당연하지. 집이야 못 찾아오겠어? 걱정하지 말고 어서 쉬어. 내일 봐."

정애의 목소리가 어느 정도 누그러졌다. 미현은 전화를 끊고 나서도 뒷 기분이 개운하지 않았다. 미현의 귀에는 강태문의 강의 내용이

계속 들렸고, 영숙의 삶의 방식이 미현의 마음을 어지럽혔다.

5 - 24

오늘도 삼정물산에는 손님들이 많았다.

수만은 며칠을 계속 출근하고 있었다. 어디 갈 곳도 별로 없었고 어디를 간다고 해도 마땅히 아는 사람도 없었다. 어쩌다가 옛 친구들이라도 만나면 하도 오랜만에 만난 친구라서 그런지 할 말이 없었다. 서로 멀뚱하게 쳐다보며 몇 십 년 전 이야기나 하다가 헤어지기 일쑤였다. 그 만남 이후에는 서로가 연락하는 일도 없어졌다.

제일 편한 장소가 봉명동 삼정물산이었다. 간혹 회원들 간에 불편한 일도 있고, 불행한 회원들 이야기로 사무실 분위기가 안 좋을 때도 있었다. 그래도 회원들이 처한 상황을 보면 사실 이것은 작은 일이었다.

삼정물산에 오는 회원들은 수십 년 동안 한 분야에서 함께 일을 했다는 유대감이 아직도 끈끈하게 살아 있었다. 서로가 상대방에 대해서 잘 알고 있었고 거기에다 많은 추억까지 공유하는 사이였다.

언제 보아도 낯설지 않았을 뿐 아니라 회원들 서로의 아픔과 기쁨을 함께하며 가족 이상의 관계를 유지하고 있었다. 이런 이유로 허름한 사무실이었지만 언제나 많은 회원이 모였다.

가끔 드나들던 수만의 사무실 출입이 요즘 들어서 부쩍 늘어났다. 그뿐이 아니었다. 좋아하지도 않는 술을 하루도 빼놓지 않고 마셨다. 술은 마실수록 주량이 늘어나는 터라 수만의 주량도 제법 늘어나 이제는 소주 두 병은 가볍게 마셨다.

"이 고문님, 어제 집에 잘 가셨어요?"

점심이 조금 지난 시간에 시작된 삼정물산 막걸리 파티에는 벌써 대여섯 명의 회원들이 낡은 테이블 주위에 둘러앉아 주거니 받거니 막걸리를 마시고 있었다. 취기가 많이 오른 회원들은 골방에 들어가 코를 골며 잠에 빠졌다.

"설마 집 가는 길 잃었겠나?"

수만은 막 마시려던 잔을 입에서 떼며 총무를 보았다. 표정이 안 좋아 보였다. 총무의 표정이 머쓱해졌다.

"아니, 그런데 이 고문은 요즘 무슨 문제 있어?"

나이가 지극한 맞은편 회원이 조금 걱정스러운 표정으로 물었다.

"형님, 무슨 일이 있겠습니까? 사는 게 다 그렇지요."

수만은 들고 있는 잔을 비워서 총무에게 잔을 돌렸다.

"총무, 한 잔 받으시게."

잔을 내미는 수만의 말투에 미안한 마음이 담겨 있었다.

"고문님, 저도 요즘 계속 마셨더니 속이 불편하네요. 조금만 주세요."

총무는 반 잔 정도의 술을 받아 바로 마시지 않고 자기 앞에 놓았다.

"회원님들. 어제 하다가 만 여행 이야기 좀 하시죠."

총무가 좌중을 돌아보며 여행 이야기 운을 뗐다.

"아니 그것은 임원단에서 결정하기로 한 것 아니었나?"

"선배님, 요즘 임원단 회의를 열 수가 없어요. 이런 이유 저런 이유로 성원이 되지를 않아요. 여기 계신 선배님들의 의견을 취합해서 서면으로 임원님들에게 보내 드리려고 합니다."

몇 마디 말을 주고받는 사이에 서너 명의 회원들이 들어오고 이어서 막걸리와 안주가 따라 들어왔다. 술자리는 더 크게 벌어졌다. 여기저기에서 내는 목소리에 누가 무슨 말을 하는지 알아들을 수가 없었다. 애꿎은 술잔만 쉬지 않고 주인을 바꾸어 가며 이리저리 돌아다녔다. 자연스럽게 총무가 꺼낸 여행이야기는 회원들의 술자리 소음에 묻혀 버렸다.

인생의 가장 중요한 시절에, 온 힘을 다한 직장에서 물러난 이들에게 편안하게 머물 수 있는 장소는 더 이상 없었다. 그들이 흘린 땀의 향기는 이제 다른 사람들을 행복하게 만들지 못했다. 그것은 이미 잊혀진 추억일 뿐이었다.

매일같이 다니던 길도 이제는 낯선 길이 되었다. 근무하던 직장 앞을 어쩌다 지나갈 때면 괜히 주눅이 들었다. 오가는 길에서 지금 근무하고 있는 직장 동료를 보면 먼저 아는 척 하기가 싫었다. 출퇴근길도, 옛 직장도, 현직 후배 동료도 모두 나하고는 관계가 없는 타향의 타인이었다.

하물며 그들에게 익숙하지 않았던 거리와 건물들과 사람들은 어떻겠는가. 심지어 매일 함께 먹고 자던 사람들마저도 시간이 갈수록 타인이 되어 가는 상황이 아닌가.

낯선 거리와 건물들과 사람들이 등 떠밀려 나온 그들에게 친절할 리 없었다. 그들이 직장을 다니던 시절은 생활비를 벌기 위한 전쟁이었다면, 직장을 떠난 지금은 하루하루 목숨을 유지하기 위한 전쟁이었다.

모든 상황이 이들에게 우호적이지 않았다. 더 큰 문제는 시간이 흐를수록 주변 여건이 이들에게 더 불리하게 돌아간다는 것이다. 몸과 마음은 점점 약해지고, 그나마 지원군 역할을 했던 몇 안 되는 우군마저 하나 둘씩 그들 곁을 떠났다. 자연히 그들의 삶도 더 이상 물러설 수 없는 극한 환경에 몰리고 있었다. 버림받고 또 버림받는 것이 그들의 남은 삶이었다.

이제 그들이 의지할 곳이라고는 약해지고 버림받은 사람들이 모이는 곳밖에는 없었다. 영구적인 안식처는 못 되었지만 이렇게라도 일시적인 피난처가 그들에게 필요했다.

삼정물산에 모이는 회원들이 그랬다. 겉으로는 웃고, 떠들고, 큰 소리를 쳐도 그들 가슴에는 이미 차가운 바람이 불고 있었다. 이런 그들에게 구석진 도시의 허름하고 소외된 이 층 사무실이라고 해도 문제가 되지 않았다. 그 사무실이 어떤 상태이든 그들이 당당하게 이야기를 할 수 있고, 편안한 마음으로 머물 수 있는 자리면 되었다. 회원들이 이곳에 모여드는 이유는 여기에 있었다. 낡고 초라한 장소였지만 그들에게는 둘도 없는 보금자리였다.

수만이 지금 겪는 상황도 다르지 않았다. 그가 마음을 주고 기댈 수 있는 곳이 이곳 외에는 없었다. 비록 자기 집에 비해 좁고 지저분하지만 그나마 수만이 마음 편하게 머무르기에는 이만한 장소가 없었기 때문이다. 이제 삼정물산은 수만이 하루도 빠지지 않고 찾는 놀이 장소가 되었다.

6

사하라 사막에도 오아시스가 있을까?

6-1

시간이 많이 지난 모양이다.

푹신한 침대에 몸을 맡긴 주철의 귀에 벽에 걸려 있는 원형 시계의 초침 가는 소리가 또랑또랑 들렸다. 햇빛을 가리려고 쳐 놓은 커튼 사이로, 창날 같은 햇살이 삐죽거리며 눈치를 살피다가 피곤한 주철의 몸을 사정없이 찔러 댔다.

주철은 손을 뻗어 보조 탁자 위의 물병을 잡아서 뚜껑을 열고 물을 마셨다. 밤 동안에 열을 받은 미지근한 물이 주철의 식도를 타고 위장으로 들어갔다. 미지근한 물이기는 했지만, 주철의 칼칼한 입과 메말랐던 목구멍이 한결 부드러워졌다.

그는 자기 얼굴로 화살처럼 날아드는 햇살을 피하려고 몸을 뒤척여 자리를 조금 옮겼다. 잠이 오지 않아서 마신 고량주 몇 잔과 수면제가 지금 효력을 발휘하는 모양이다. 머리가 무겁고 속이 메스꺼웠다. 헛구역질을 두어 번 하고 나자 비로소 안정이 되었다. 즐거움 뒤에 오는 고통이라고 생각하며 마음을 추스르는데 아내에게서 전화가 또 왔다.

"그래, 무슨 일을 하는데 사 개월씩이나 출장을 가는 거야. 요즘 같은 세상에 꼭 현지에 가서 일을 봐야 해?"

밤새도록 전화기를 들고 잔소리를 하는 아내에게 주철은 지칠 대로 지쳐 있었다. 지난밤만 하더라도 몇 번이나 전화가 걸려 왔었다. 끊으면 또 걸고 끊으면 또 걸었다. 좀 잠잠해지는가 싶었는데 주철이 눈을 뜨자마자 아내에게서 다시 전화가 온 것이다.

지난 몇 년 동안 주철이 사는 대전 집에 한 번도 오지 않았고, 명절이나 연말에 주철이 서울로 올라가야 겨우 얼굴을 볼 수 있는 아내였다. 주철이 밥을 잘 먹고 사는지, 어디 아픈 데는 없는지 이런 일에도 일절 관심이 없는 아내였다. 육십 평이 넘는 아파트에 혼자 살면서 주철과 합칠 생각 따위는 더욱 없는 아내였다.

그런 세월이 벌써 삼십 년 가까이 지나가고 있었다. 이런 아내가 유일하게 변하지 않는 것이 하나 있었다. 그것은 적당한 간격을 두고 주철에게 전화를 거는 일이었다. 그것도 낮에 하는 안부 전화가 아니었다. 밤 아홉 시쯤 하는 확인 전화였다.

전화를 할 때면 언제나 집에 있는 일반 전화로 걸었다. 제때 전화를 받지 않으면 그날 주철의 집 전화는 밤새도록 아내에게 시달림을 받아야 했다. 아내의 전화는 주철이 전화를 받을 때까지 계속되었다. 밤에 통화가 되지 않으면 다음날 출근 후 사무실 전화로 통화를 해야만 아내의 전화는 끝이 났다. 이럴 때면 주철은 아내의 온갖 잔소리는 물론이고, 도저히 견디기 어려운 모욕적인 말까지 들어야만 했다.

이러다 보니 주철은 아내의 전화를 받는 일이 짜증을 넘어 겁이 날 정도였다. 집 전화벨이 울리기만 해도 가슴이 뛰고 혈압이 올랐다. 급기야 주철은 아내의 전화를 받지 않기 시작했다. 그러자 아내는 핸드폰으로 전화를 했다. 그전화도 주철이 받을 때까지 핸드폰 벨소리는 멈추지 않았다.

문제는 전화를 받아도 하는 소리가 항상 똑같다는 것이었다.

"어디야? 누구하고 있어? 집에 언제 들어가? 화면으로 주변 한 번 비춰 봐."

이렇게 틀에 박힌 아내의 전화는 이십 년이 넘게 계속되었다. 이런 전화마저도 어쩌다가 조금 늦게 받는다든지, 피할 수 없는 사정으로 받지 못할 때는 한바탕 전쟁을 치러야만 했다.

6-2

어젯밤도 마찬가지였다.

사 개월 동안 동남아 출장 준비로 주철은 무척 바빴다. 주철은 아내에게 상황 설명과 변명을 하느라고 진땀을 흘렸다. 몇 번의 통화 끝에 겨우 진정은 되었지만, 이번에는 잠이 오지 않았다. 하는 수 없이 독한 고량주와 수면제를 섞어서 마시고 힘들게 잠이 들었다.

'산다는 게 뭐지?'

정신이 몽롱한 상태에서 자주 하는 질문을 다시 되뇌었다. 하루에도 몇 번씩 스스로 물어보는 말이었지만 아직도 마음에 드는 답을 찾지 못하고 있었다.

'도대체 산다는 게 뭐야?'

부와 명예를 다 가지고 있는 자신이 이런 질문을 한다는 것 자체가 다른 사람 처지에서는 이해가 되지 않을 수도 있었다. 본인도 이런 질문을 하면서 너무 사치스러운 질문이 아닌가? 하는 생각이 들 정도였다. 하지만 주철이 자기 삶에 만족하지 못하는 것은 분명한 사실이었다.

'지금 내 삶이 행복한 게 확실한가? 혹시 다른 사람 눈에 잘 보이려고 하거나, 다른 사람 만족을 위해서 거짓 삶을 사는 것은 아닌가?'

이런 생각들이 꼬리에 꼬리를 물며 주철을 괴롭혔다. 주철은 자신이 원하는 진정한 삶이 어떤 삶인지를 정확하게 몰랐다.

언제부터인지 주철은 자기 삶의 정체성을 찾고 싶었다. 자기 자신을 알고, 거기에 맞는 삶을 살고 싶었다. 그러기 위해서는 자기 삶을 뒤돌아볼 시간이 필요했다. 뒤를 돌아보고 자기 것이 아닌 것이 있다면 그것은 당연히 고쳐야만 하는 것이다. 늦기는 했다. 그렇지만 지금이라도 시작해야 한다. 그것이 자기가 지금 해야 할 일이라고 생각했다. 자신과 자신이 가야 할 길을 찾아서 가는 일. 그래서 자기의 삶을 행복하게 만드는 일. 그것이 앞으로 주철이 풀어야 할 숙제였다.

잠에서 깼어도 어제 마신 술과 수면제 때문에 머리가 터질 듯 아팠다.

주철은 약상자에서 진통제 두 알을 꺼내 찬물과 함께 먹었다. 싸늘한 한기가 뱃속으로 들어가자 몸이 한 차례 부르르 몸이 떨렸다. 어제 잠들었던 알몸 그대로 머리맡에 있는 핸드폰을 들었다. 신호음이 두세 번 울리자 상대가 전화를 받았다.

"심 부장, 통화 괜찮아요?"

"예, 대표님. 안녕하세요? 괜찮습니다."

사람 좋고 능력 있는 부하직원의 목소리가 그나마 주철의 두통을 깨웠다.

"오늘은 아무래도 출근이 어려울 것 같아요. 어제 내가 부탁한 회사 관련 자료 좀 잘 만들어 놔요. 세세한 내용까지. 하나라도 빠지면 안 됩니다. 직원들 독려하고요."

"알겠습니다. 대표님."

전화가 끝나자 주철은 욕실에 들어갔다. 샤워 꼭지를 돌리자 뜨거운 물이 쏟아지며 주철의 피곤이 풀렸다.

어떻게든 시간은 흐르고, 머물렀던 일들도 앞으로 나간다. 가만히 있어도 계절이 순환하며 사계절을 만들어 내듯이. 그것은 새로운 곳으로 가는 여정이며, 우리는 이 여정 속에서 두려움을 겪기도 하고 희망으로 설레기도 한다.

모두가 같은 것은 아니다. 어떤 사람은 능동적이며 자발적으로 앞으로 나가고, 어떤 사람은 수동적이며 피동적으로 떠밀려 간다. 전자는 희망과 설렘을, 후자는 절망과 피곤함을 갖고 삶을 살아갈 것이다.

주철은 오랫동안 고민하다가 새로운 삶을 찾아 능동적이며 자발적으로 가기로 결심했다.

6-3

주철은 회사 매각을 계획하고 있었다.

이십 년이 넘게 심혈을 기울여 키워온 회사였다. 그가 인생 황금기에 이룩해 놓은 자랑스러운 결과물이었다.

주철이 설립한 ENG 엔지니어링 회사에서 생산하는 화장품은 상품성이 뛰어나 국내는 물론이고 중국, 동남아, 유럽에서 인기가 많았다. 어느덧 회사는 중견 기업으로 성장했다. 그의 이름도 성공한 기업인으로 알려졌다.

그러나 ENG 엔지니어링 회사가 승승장구하며 성장 가도를 거침없이 달릴수록 주철의 마음은 끝없는 어둠의 나락으로 떨어졌다. 나날이 높아지는 회사의 지명도와 태산같이 쌓이는 돈은 오히려 그의 허무한 마음을 더 허무하게 만들었다.

정확한 원인을 주철 자신도 몰랐다. 다만 갈수록 더 차가운 어둠 속으로 빠져드는 자기를 슬픈 마음으로 바라보며 하루하루를 보낼 뿐이었다. 시간이 가면서 그의 우울증도 정도가 심해졌다.

돈과 명예는 더 이상 그가 원하는 것이 아니었다. 자기가 세상에 태어난 목적이 많은 돈을 벌기 위한 것도 아니고, 명예를 얻기 위한 것도 아니라는 것을 나이가 들면서 알았기 때문이다.

지금 그에게 필요한 것은 마음속 깊은 곳에 자리하고 있는, 진심으로 그가 원하는 삶이었다. 그러기 위해서는 지금까지 삶의 최고 가치로 여기고 온 힘을 다해 왔던 그런 일에서 손을 떼는 일이었다.

주철은 자기 생의 진실한 목적을 세우고 그 길을 가기 위한 계획을 하나씩 세우기 시작했다. 그 첫 번째 계획이 회사를 정리하는 일이었다. 정리가 되면 외국에 나가 몇 개월 살 생각이었다. 자유로운 상황에서 남은 인생을 그려 보고 싶었다.

샤워를 마치고 나와 달걀 두 개로 프라이를 해서 우유와 함께 먹었다. 친구인 변호사 김영민에게 전화를 걸었다.
"알았어. 한 시간 뒤에 그때 거기서 보자. 회사 정리 문제로 해야 할 이야기가 많아. 오늘은 시간이 좀 걸릴 거야. 저녁까지 먹고 들어간다고 생각하고 나와. 오케이. 이따 보자."
주철은 변호사 친구와 전화를 한 다음, 붙박이 옷장에서 가벼운 옷을 꺼내 입고 밖으로 나왔다. 어디선가 차량 소리가 크게 울리며 자기의 존재를 알리고 있었다. 주철의 등 뒤에서 부는 바람 때문에 주철의 코트 자락이 이리저리 나부꼈다.

6-4

피곤한 몸을 겨우 추스르며 운전대를 잡고 있었다.
대구에서 일을 보고 대전으로 올라가는 길에 병원에 들러 할아버지를 보고 가는 중이었다. 일박 이일로 다녀오는 출장이어서 피로도가 더 심했다. 그래도 이런 기회에 할아버지를 보지 않으면 다른 기회를 만들기가 쉽지 않을 것이다.
언제 입원하셨는지도 모를 정도로 오랜 기간 입원하고 계신 할아버지였다. 몇 년 동안 의식이 없는 상태로 누워 계신지라 사람을 전혀 알아보지도 못하셨다. 성철이 찾아가도 할아버지는 성철을 알아보지 못했다. 사실 성철이 할아버지를 병문안 가는 것은 큰 의미는 없었다. 하지만 자기를 못 알아본다고 해도 병원에서 할아버지를 뵙고 나면 성철의 마음이 편했다.

차가 옥천 요금소로 진입할 때 시계가 아홉 시를 막 넘기고 있었다. 조금만 가면 대전 시내로 들어간다. 갑자기 성철의 가슴이 답답해졌다.

십 년이 넘도록 의식 없이 병석에 누워계신 할아버지, 임종을 얼마 남겨 놓지 않고 아버지만 찾으시는 어머니, 가족들에게 실망하여 집을 나가 혼자 사시는 아버지, 직장생활을 하면서 아이들을 키우고 시어머니를 돌보아야 하는 아내. 성철은 생각만 해도 가슴이 아프고 답답했다. 앞으로 어떻게 해야 좋을지 전혀 방향이 잡히지를 않았다.

성철의 눈가가 붉어졌다. 그는 뜨거워지는 얼굴을 식히려고 양쪽 창문을 내렸다. 서늘한 밤바람이 요란스럽게 창문 안으로 쏟아져 들어 왔다. 힘차게 소용돌이치는 바람에 우울한 성철의 기분이 조금씩 사라졌다.

'그래도 뭔가는 해야지. 예전으로 돌아가기는 어렵겠지만 가족을 위해서 더 노력해야지.'

성철은 먼저 아버지를 만나서 집으로 돌아오시라고 설득을 해야겠다고 생각했다. 쉽지는 않을 것이다. 하지만 성철이 가장 먼저 해야 할 일은 그 일이라고 다시 한 번 생각했다.

6-5

친구들과 헤어져 집에 온 미현은 거실 불을 켜지 않고 소파에 앉았다.
일순간에 피로가 밀려오며 온몸이 지끈거렸다. 눈에 이물질이 들어갔는지 눈꺼풀이 가렵고 눈물이 났다. 티슈를 꺼내서 눈을 닦았지만 눈가에 물기는 계속 흘렀다. 가슴이 빠르게 뛰고 얼굴이 붉어졌다.
미현은 마음을 진정시키려고 깊게 숨을 마셨다. 얼마를 지나자 눈가에 흐르던 물기도 멈추고 안정이 되었다.
불 꺼진 거실에 앉아 있는 미현은 어느새 꿈꾸는 인형이 되었다. 적막한 공간에 거리를 밝히는 불빛이 유리창을 지나 찾아왔다. 창문으로 들어오는 거리의 불빛이, 인형이 된 미현의 그림자를 거실에 새겼다. 텅 빈 듯 허전한 거실은 인형의 그림자가 만드는 실루엣 허상들로 가득해졌다.
세상은 오직 두 가지만 있었다. 꿈꾸는 인형과 꿈꾸는 인형이 만들어 내는 형체를 알 수 없는 실루엣들로.

'미현아, 내일부터 교회에 안 나갈 거야. 앞으로도 그럴 거고. 너에게 미리 말하지 않아서 미안하다. 차마 입이 안 열려서 그랬어. 밖에서 자주 보자. 예전보다도 더 많이. 너는 나를 이해해 줄 수 있지?'
집에 도착하자마자 영숙에게서 온 메시지였다. 영숙의 요즘 태도로 보아 이미 예견된 일이었다. 예상은 하고 있었지만 미현은 허전하고 섭섭했다. 무언가 중요한 것을 잃어버린 기분이었다. 가슴 한구석을 찬바람이 휑하게 쓸고 갔다. 하지만 이런 영숙을 미현은 충분히 이해했다.

미현이 허전하고 섭섭한 마음이 드는 것은 영숙이 신앙을 떠나고, 또 그런 문제를 자기와 먼저 상의하지 않아서가 아니었다. 신앙을 떠나고, 떠나지 않고의 문제는 순전히 영숙 자신의 문제였다.

인간이라면 누구나 할 것 없이 자기 자신에 대한 모든 것을 스스로 결정할 권리가 있다. 누구도 다른 사람의 결정을 간섭할 이유와 근거가 없다. 그것이 신과 신앙에 관련된 것이라고 해도 예외가 아니다.

미현이 허전하고 섭섭한 것은 자기와 영숙의 인간적인 관계 때문이었다. 그것도 영숙의 처지에서 본 것이 아니라 미현 자신의 입장에서 느끼는 기분이었다.

영숙이 교회를 나오지 않겠다고 한 것은 단순히 신앙과 관련된 문제만은 아니었다. 그것은 영숙이 이전의 삶과 다른 또 하나의 삶을 살아 보겠다는 선언이었다. 가정도 벗어나고, 신앙도 벗어나고. 영숙은 현재의 자기 삶을 떠나고 싶은 것이었다. 그렇게 해서라도 자유를 얻고 싶은 것이다.

중요한 것은 떠나는 그 대상 속에 친구들도 들어 있을 것이다. 그 친구 중에 미현 자신도 포함되어 있을지도 몰랐다. 미현은 그런 변화와 이별이 섭섭했고, 홀로 남겨진 기분이 되어 허전한 것이었다.

시간이 계속 흘렀지만, 미현은 처음에 앉았던 자세 그대로 있었다. 저녁밥을 건너뛰었는데도 배가 고프지 않았다. 저녁이면 빼놓지 않고 추던 춤도 오늘은 추고 싶지 않았다.

미현은 자기 역할을 마치고 한쪽 구석에 팽개쳐진 인형 극장의 꼭두각시 인형처럼 스스로 버려진 존재가 되어 오랫동안 앉아 있었다. 거리의 불빛이 사그라지자 찬바람 소리가 더 요란을 떨었다. 미현이 앉아 있는 세계도 창밖을 따라 변해 갔다. 어둠이 더 짙어지고 미현도 점점 더 어둠에 묻혀 갔다.

　인형이 된 미현의 모습도, 실루엣도 보이지 않았다. 하지만 미현은 그 안에 그대로 있었다. 시간이 흐를수록 미현은 자기 자신을 더 강하고 진하게 느끼기 시작했다.

　홀로된 인형과 거리의 불빛이 만들어 내는 인형의 실루엣이 가을바람에 흔들려 형체를 알아볼 수 없었다. 모르는 사이에 시간은 가고, 모르게 가는 시간 속에서 세상이 바뀌었다.

6-6

'구태의연한 삶을 벗어나 새로운 곳에 가면 행복해집니다.'

　어디선가 들리는 강태문의 목소리가 미현을 깨웠다. 태문의 목소리는 허공에서 들리기도 하고, 미현의 가슴 깊은 곳에서 울려 나오기도 했다.

　'시를 쓰면서 우리는 현실에서 벗어납니다. 마음의 평화를 찾습니다. 생각해 보세요. 우리의 몸과 마음과 주변은 온통 묵은 찌꺼기로 얼룩져 있지 않습니까? 그 찌꺼기는 어떤 세제로도 닦을 수 없는 끈덕지고 더러운 오물입니다. 그 오물을 뒤집어쓰고 사는 동안에 우리는 절대로 편안하고 행복해질 수 없습니다. 왜냐하면 그 오물들이 우리들의 오감을 가로막기 때문입니다. 그래서 시를 써야 하는 것입니다.

버려야만, 아니 떠나야 만 우리들의 오감은 다시 살아날 것이고, 그 과정을 통해서 우리도 거듭 태어날 것입니다.'

미현은 시에 대해서 별로 관심이 없었다. 그저 자기의 여유로운 시간을 소비하기 위해서 작문 반을 다닌 정도였다. 그러나 강태문의 강의는 미현에게 깊은 인상을 남겼다. '시는 떠남이다.'라는 강의 제목이 좀 어색하기는 했지만, 그렇다고 무턱대고 틀렸다고 말할 수도 없었다.

'수천 년 전의 윤리나 종교가 지금도 우리 삶을 억압하며 노예로 만들고, 수십 년 전의 추억이 우리의 현재 삶을 좌지우지합니다. 과연 그것이 옳은 일일까요? 우리는 모두 변해 있는데 말입니다.

그 굴레에서 벗어나야 합니다. 자신이 진심으로 원하는 삶을 살아야 합니다. 우리 스스로가 주인이 되는 그런 삶 말입니다. 이것이 우리가 떠나야 하는 이유입니다. 이것이 바로 우리가 시를 써야 하는 진정한 이유입니다!'

부드럽지만 강한 의지가 살아 있는 강태문의 한마디 한마디 말이 인형처럼 앉아 있는 미현의 심금을 파고들었다.

미현은 눈을 지그시 감고 자기의 미래를 그려 보았다. 자기 집과 정애 집, 손녀딸과 교회, 사별한 남편과 첫사랑 석민, 아버지와 어머니, 몇 명의 친척과 친구들. 앞으로도 미현은 그들을 가슴에 안고 남은 삶을 살아야 한다. 수십 년 지나온 그 길을 그대로 가야만 한다. 옥죄고 억누르는 삶의 무게 때문에 숨도 제대로 쉬지 못하면서 남은 생을 마쳐야 한다. 이대로 자기 삶을 지속한다면 그렇게 될 수밖에 없을 것이다.

밤이 깊었는지 주변 아파트 불빛이 하나둘 꺼졌다. 어두워진 창밖에는 언제 떴는지 반달이 살며시 얼굴을 내밀고 있었다. 달이 뜨자 하늘에 가득하던 별들이 어디론가 자취를 감추었다. 별빛이 사라진 그 자리에 밝고 아름다운 달빛이 자리하고, 홀로 쓸쓸하게 앉아 있는 미현을 비췄다.

6-7

책상머리에 그대로 앉아서 몇 시간을 보냈다.

창문 사이로 얼굴을 슬쩍 내밀었던 반달이 서편으로 길을 간지도 오래되었나 보다. 밖은 이미 칠흑처럼 어두워졌다.

태문의 불면증이 좋아지지 않고 더 심해졌다. 의사의 처방을 받아 수면제를 복용하기는 했지만, 그것도 임시방편밖에 되지 않았다. 잠을 자려고 잠자리에 누우면 정신이 더 맑아졌다. 오지 않는 잠을 억지로 달래며 수도 없이 뒤척이다가 더 이상 견디지 못하고 다시 일어났다. 오피스텔의 좁은 공간을 쉬지 않고 이리저리 서성이다가, 그것도 힘이 들면 책상 의자에 쪼그리고 앉았다.

이렇게 책상에 앉아 창밖을 바라보는 것이 태문의 일상적인 밤일이 된 지도 오래되었다. 이따금 찾아오는 두통마저 태문을 더 괴롭혔다. 태문의 몸과 마음은 지칠 대로 지쳐 있었다.

밤은 세상의 모든 것을 어둠에 가두어 버린다. 어둠에 가려진 세계는 아름다운 것도 추한 것도 보이지 않는다. 슬픔도 기쁨도, 삶과 죽음마저도 어둠의 장막에 가려진다.

　태문은 창밖의 이런 풍경을 보는 것이 좋았다. 오직 검은 장막에 가려진 세상. 홀로 된 검은색이 세상의 주인이 되어 더 이상의 혼란이 없는 세상. 그 세상은 단순하고 고요함만 있었다. 단순하고 고요한 세상에서 태문은 자기 삶의 고통과 슬픔에서 벗어나 위로와 평안을 얻었다.

　날이 새려고 여명이 새로운 세상에 발을 디디기 시작했다.

　세상은 또 다시 혼돈의 세상으로 변해갔다. 밤새 어둠 속에서 깊은 잠에 빠져 있던 백팔번뇌 온갖 상념들이 밝아지는 세상과 함께 태문의 흐릿한 의식을 깨웠다.

　단순하고 고요한 어둠의 시간이 지나가고 고통 속에 몸부림치는 밝은 세상이 동쪽의 태양과 함께 태문을 찾아온 것이다. 태문은 오늘 또 하루를 견뎌내야 한다는 생각에 벌써 스스로 지치고 있었다.

6-8

　샤워를 마친 영숙은 몸을 닦은 수건을 빨래통에 넣고 주방으로 갔다.

　오래된 주방은 정갈하게 정돈되어 있었지만, 건조하고 메말라 있었다. 주인이 떠난 빈집 분위기가 물씬 풍겼다.

　한때는 아침저녁으로 가족을 위해 음식을 만들던 소중한 장소였다. 아이들 키우고, 남편 뒷바라지하고, 자기도 바쁜 직장생활에 쫓기면서 한 번도 힘들다고 생각하지 않고 음식을 만들던 장소였다. 오로지

자기 삶의 목적인 가족의 행복을 위해 일했던 장소가 바로 이 주방이었다.

그런 주방이 언제부터인지 영숙에게 버림받은 장소가 되었다. 자기도 왜 주방을 떠났는지 그 이유를 정확하게 알 수 없었다. 아이들이 커서 독립을 한 이유도 있었을 것이고, 남편과 자기의 나이가 들면서 먹는 것이 줄어든 것도 주방을 멀리한 이유이기도 할 것이다.

그러나 영숙이 한때는 자기 삶의 터전이라고 생각한 주방을 거의 외면한 결정적인 이유는 다른 데 있었다. 그 이유는 자기 삶을 대하는 열정이 식은 탓이 가장 컸다. 무엇을 해도 즐겁지 않았고, 무엇을 하고자 하는 열정도 없었다. 그게 그거였고, 저게 저거였다. 애지중지하던 아이들도 더 이상 영숙의 관심이 아니었다. 자식들도 이제는 자기들의 삶을 살아가면 그만이라 생각했다. 남편도 마찬가지였다. 매일 보는 그 얼굴, 말과 행동은 영숙에게 너무 익숙한 하나의 풍경이었다. 심지어 가끔 남편과 나누던 한밤의 사랑놀이도 이제 더 이상 영숙의 가슴을 뛰게 하지 못했다.

자연스럽게 영숙이 주방을 드나드는 기회도 점차 줄어들었다. 누군가를 위해 정성스럽게 음식을 만들 일도 없었고, 그럴 마음도 없었다. 주방은 변해 버린 여인의 마음에 남아 있는 한 편의 마른 추억일 뿐이었다.

영숙은 정수기에서 찬물을 한 잔 따라 마셨다. 시원한 물줄기가 목구멍을 타고 아래로 내려갔다. 서늘한 한기가 몸과 마음을 떨게 했다.

차가워진 몸과 마음에서 갑자기 뜨거운 열기가 솟구쳐 올랐다. 알 수 없는 슬픔이 영숙을 휘어 감았다. 영숙은 붉어진 눈시울을 젖은 손등으로 슬쩍 닦았다. 끈끈한 점액질의 물기가 얼굴을 가렸다.

인간은 때때로 자신도 모르게 격한 감정에 휩싸인다. 그것은 흐트러져 있는 여러 감정을 하나로 묶는 과정일 수도 있고, 커다란 방향으로 삶을 바꾸기 위한 시련일 수도 있다. 지금 영숙이 그랬다. 영숙은 왠지 모를 격한 감정에 싸여 자기를 괴롭히고 있었다. 이것은 영숙의 삶이 더 나아지는 방향으로 가는 과정일 수도 있었다.

수만은 아직 돌아오지 않은 모양이다. 거실 한쪽 구석에 있는 수만의 방은 차가운 한기만 내뿜으며 어둠에 묻혀 죽음 같은 침묵을 토해내고 있었다.

영숙은 한동안 수만의 방을 바라보다가 거실의 불을 끄고 자기 방으로 들어갔다. 침묵 속에서 수만이 영숙에게 무슨 말을 하려는 듯, 창문을 통해 비추는 달빛이 수만의 방문에 반사되어 빛났다.

6-9

교회를 그만 다니겠다고 마음먹은 것은 은근슬쩍 한 결심이 아니었다.

교회를 포기하는 것은 지난 삼십 년 세월 중에서 가장 중요한 삶의 한 부분을 떼어내는 일이었다. 영숙이 가족생활의 기본 터전이었던 주방을 떠나는 것과 같은 일이었다. 깊은 생각 없이 내린 결정이 아니었고, 오랜 시간 동안 심사숙고한 결과였다.

영숙은 자유로운 삶을 원했다. 비록 태어날 때는 멍에로 가득한 세상에 자기도 모르게 왔지만, 이제는 자기가 만든 세상에서 자기라는 존재만을 위해서 살고 싶었다.

다른 세상이나, 종교, 타인의 생각이 어떻든가에 영숙에게 문제가 되지 않았다. 그것은 그들의 기준일 뿐이라고 생각했다. 영숙은 오직 자기가 선택한 길을 거리낌 없이 가고 싶었다. 그러기 위해서는 자기에게 올가미가 되는 현실에서 벗어나야만 했다.

이런 면에서 교회는 영숙에게 도저히 함께할 수 없는 커다란 짐이요 굴레였다. 주철과의 관계만 보아도 그랬다. 성경 말씀대로라면 영숙은 더 없는 죄인이었다. 도저히 용서받지 못하고 영원한 지옥에 떨어져야 하는 죄인이었다. 더 이상 죄를 짓지 않기 위해서는 주철과 헤어지고 남편에게 돌아가야 했다. 영숙은 그렇게 할 생각이 없었다. 영숙이 주철과 헤어질 수 없어서만은 아니었다. 영숙은 자기도 모르는 사이에 자신을 얽어매었던 굴레 속으로 다시 돌아가기를 원하지 않기 때문이었다.

미현에게 메시지를 보내고 침대 모서리에 걸터앉았다.

두툼한 연두색 잠옷이 엉덩이를 거추장스럽게 했지만, 개의치 않았다. 희미한 천장의 불빛 아래 서늘한 바람이 방안에 가득했다. 손에 들고 있던 핸드폰을 침대 가장자리에 놓았다. 핸드폰이 영숙에게 버림받기 싫은지 불빛을 깜박이며 아우성을 쳤다.

'미현아, 미안하다. 이렇게 하는 것이 옳은지 아닌지 확신은 없다. 그렇지만 지금은 이것이 내가 선택할 수 있는 최선의 길인 것 같다.

이 길을 택한 것을 후회하지 않을 거다.'

영숙은 나직하게 큰 숨을 쉬었다. 그 숨은 힘들고 안타까워서 나오는 한숨이 아니었다. 그 숨은 이제야 비로소 무거운 짐을 내려놓았다는 안도의 숨이었다.

교회를 그만 나가기로 결심을 하고 미현에게 메시지까지 보내고 나자 두려움과 걱정은 사라지고 홀가분한 기분이 되었다. 영숙은 두 팔로 팔베개를 하고 침대에 누웠다. 희미한 불빛이 빙그레 웃으며 영숙의 얼굴을 부드럽게 비춰 주었다.

아파트 출입문을 여는 소리가 밤의 정적을 깨웠다.
거실에서 몇 번의 발걸음 소리가 들렸다. 잠시 걸음을 멈추었다가, 수만의 방문이 열리고 닫히는 거친 소리가 났다.
영숙은 무엇에 놀란 듯 침대에서 벌떡 일어났다. 소리 없이 문으로 가서 자기 방의 문고리를 돌려 방문을 잠갔다. 몇 번을 확인하고 다시 자리에 누웠다.

6-10

"야, 총무 오늘이 며칠이야? 니기미, 하는 일도 없이 세월은 잘 가네. 총무, 오늘이 며칠이냐고?"
점심 때 시작한 막걸리에 취기가 발동했는지, 한동안 얼굴을 보이지 않았던 권칠봉이 총무에게 삿대질까지 하며 오늘 날짜를 묻고 또 물었다.

"오늘이 며칠이면 어디에 써먹으려고 그렇게 자꾸 물어요. 형님. 술이나 드시지. 요즘 어디서 뭘 하느라고 얼굴 보기가 그렇게 힘들었대요?"

"뭐하기는 뭘 뭐해? 복지관에 가서 뺑뺑이 돌고 왔지. 이쁜 가이나들 하고."

권칠봉은 '가이나' 소리를 두어 번 더 하더니 혼자 일어나서 막걸릿잔을 들고 춤추는 흉내를 내며 실실 웃었다.

"재미 좋았겠네. 형님. 아주 거기서 살지 그랬소. 삼정 안 잊은 것이 천만다행이네. 그래 뭣 좀 건졌소?"

진한 농담 좋아하는 한석기가 슬슬 권칠봉의 비위를 긁었다.

"아니, 여기 멀쩡한 여인네 놔두고 오빠는 어디 가서 한 눈 팔다 와서 그래. 그럴 시간 있으면 나하고 드라이브나 좀 하지."

"진경 누나. 어디 남자가 없어서 칠봉이 형님 같은 남자 찾아요. 옆을 봐요, 옆을. 멀쩡한 나도 있는데."

"나이 칠십에 예쁜 여인네가 있으면 무슨 소용이요? 써먹을 물건이 흐물흐물 하는데. 칠봉 형님. 그래서 내가 뭐라고 했습니까. 한 살이라도 젊은 시절에 하고 싶은가 실컷 하라고 그렇게 말하지 않았습니까?"

한석기가 다시 권칠봉을 물고 늘어졌다.

"그때 못했던 것 지금 무지 후회한다. 인마. 그래서 여기저기 기웃거리고 산다. 어쩔래."

"참으로 안타깝네요. 시간 있고 꽃잎 옆에 두고 살 때는 먹고 사느라 바빠서 하고 싶은 일 못 하더니, 이제 한가한 신세가 되니 그놈의 물건이 말썽을 부려서 못하고. 참말 안됐습니다. 칠봉 형님."

"그럼, 너는 잘나가냐?"

"나가기야 잘나가죠. 아주 잘 가고 있습니다. 매일 바쁘게 간다고요. 형님도 그렇지요?"

한석기가 칠봉에게 다시 불었다.

"그럼 잘 가고말고. 그놈은 잠도 없이 잘 간다니까. 벌써 올해도 다 가고 있잖아."

말없이 애꿎은 막걸리만 축내고 있던 황원신이 거들었다.

"에이. 형님들. 술맛 떨어지는 소리 그만두시고 술이나 듭시다. 가는 년은 가라고 두고 옆에 있는 놈들이나 간수 잘합시다."

총무가 자기 막걸릿잔을 다 비우고 나서 빈 잔을 수만에게 건넸다. 수만은, 총무 잔을 거절하지 않고 우그러진 양푼 잔 가득하게 막걸리를 받았다. 시큼털털한 막걸리 냄새가 훅하고 수만의 코끝에 풍겼다.

삼정물산 사무실은 오늘도 만원이었다.

매일 출근하는 회원도 있었고 어쩌다가 얼굴을 보이는 회원도 있었다. 매일 오든 아니든 이들에게 이 사무실은 더할 나위 없이 아늑한 휴식 공간이었고 외로움을 달랠 수 있는 최고의 장소였다.

수만이 이 사무실에 드나들기 시작한 것은 퇴직 직후부터였다. 대표를 맡았던 시절에는 자주 사무실에 나왔다. 대표를 그만둔 뒤로는 수만이 사무실에 나오는 횟수는 일주일에 한 번 정도였다. 그것도 식사 시간을 피해서 오고, 차 한잔하면서 선후배 안부나 묻는 것이 전부였다.

그러던 수만이 근래에는 삼정 사무실을 드나드는 빈도가 높아졌다. 많아진 정도가 아니라 어떤 날은 이른 아침부터 쪼그리고 앉아 사무실을 지켰다.

"아니, 어제 집에 들어간 것 맞아요? 새벽부터 출근을 다 하시고."
"아침밥은 먹었나?"

이런 소리 듣는 일이 다반사였다. 그뿐 아니었다. 술을 별로 좋아하지 않던 수만이 언제부턴가 말술을 마시기 시작했다. 수만을 오래전부터 알고 있는 회원은 수만의 갑작스러운 변화에 놀라움과 당혹감을 감추지 못했다.

점차 시간이 흐르면서 수만의 이런 변화는 당연한 것이 되었다. 어쩌다가 수만의 모습이 보이지 않으면 오히려 그것이 이상하게 여겨졌다.

"총무, 오늘은 이 전 대표가 안 보이네?"
"오늘은 막걸리 안 마셔요?"

이런 질문을 아무렇지도 않게 했다.

오늘도 마찬가지였다. 날이 새기 무섭게 사무실에 들어 온 수만은 점심때가 되기도 전에 막걸리와 안주를 주문해서 해장을 시작했.

수만의 변화에 회원들은 자세한 내막을 알려고 하지 않았다. 무언가 힘든 일이 수만에게 일어난 것이라고 막연하게 생각만 했다. 그도 그럴 것이 여기 드나드는 사람치고 문제가 없는 사람이 없었다. 교사라는 신분으로 평생을 보내고 말년에는 교장이라는 직책까지 역임해서 사회적으로는 제법 그럴싸하게 보이는 것도 사실이었다.

하지만 퇴직을 하고 나자 과거의 경력은 이들에게 아무런 도움이 되지 않았다. 오히려 그 경력이 이들의 생활에 걸림돌이 되는 경우도 많았다.

이들은 어디에도 발을 붙이기 어려운 퇴물 늙은이가 되었다. 스스로 살길을 찾아야 하지만 그럴 열정도 방법도 없었다. 그저 옛일을 추억 삼아 하루하루를 보내는 황혼녘의 가엾은 나그네였다.

6-11

영숙과 '아모르'에서 헤어진 뒤로 수만은 아내를 보는 것이 두려웠다.

많은 시간의 고민과 힘든 결정으로 만든 자리였다. 비록 지난 몇 년간 부부 사이가 원만하지 못했어도 자기가 조금만 노력하면 충분히 극복할 수 있다고 수만은 생각했다.

또, 아내에게 남자가 있다는 것을 어렴풋하게 눈치 채고 있었지만, 그것은 자기의 사랑이 부족해서 그렇다고 여겼다. 지금보다 더 사랑하면 아내의 마음을 돌릴 수 있으리라고 믿었다.

하지만 아내의 마음은 자기가 상상했던 것보다 훨씬 더 굳었다. 아내가 가지고 있는 수만에 대한 사랑은, 수만 자신이 생각하고 있는 것과 완전히 달랐다.

아내와 자기 관계가 어떤 상황인지를 정확하게 알고 나자 믿었던 기둥이 일시에 무너지고 허허벌판에 외톨이가 된 기분이었다. 그렇지 않아도 우울하고 처진 수만의 마음이 끝없는 나락으로 떨어졌다.

수만은 아모르의 만남 이후로 아내와 마주치지 않으려고 노력했다. 가능하면 아내가 자는 시간에 집에서 나오고 아내가 잠든 시간에 집에 들어갔다. 되도록 아내를 보지 않고 미련을 버리는 것이 지금 자기가 해야 하는 일이라고 수만은 믿었기 때문이다.

그러나 아내를 피할수록 아내에 대한 수만의 집착은 오히려 더 커졌다. 맨 정신으로 있을 때는 말할 것도 없고, 술을 마실 때나 잔뜩 취해서 정신이 흐릿할 때나, 심지어 잠이 들어도 아내 영숙이 나타났다. 수만으로서는 견디기 어려운 고문이었다.

오늘도 아침부터 술을 마시다가 늦은 시간에야 집에 돌아왔다. 아내의 구두가 가지런히 현관에 있는 것으로 보아 아마 일찍 들어온 모양이다. 수만은 캄캄한 거실에서 잠시 멈추었다. 아내가 있는 방을 오랫동안 바라보다가 자기의 방으로 들어갔다.

방에 들어 온 수만은 옷도 벗지 않고 침대에 누웠다. 계속 술을 마시고, 술에 취해 살다 보니 수만의 몸 상태는 말이 아니었다. 밥을 제대로 먹지 못해 몸은 바짝 야위었고 정신 상태도 문제가 많았다.

수만은 악몽 속에서 살고 있었다. 깨어서 만지고 느낄 수 있는 현실 세계가 아니라, 아무리 발버둥치고 노력해도 도저히 벗어날 수 없는 비현실적인 악몽의 세계. 수만은 그런 세계에 살면서 번민과 고통으로 몸부림쳤다.

'아냐, 이건 꿈이 아냐. 이건 현실이야. 현실이지만 내 힘으로 어떻게 할 수 없는 현실이야. 이것이 정말 악몽의 세계라면 차라리 악마를 만나서 담판을 짓고 싶어. 네가 원하는 것 모두 가져가라고. 필요하

면 영혼이라도 가져가라고. 나를 제발 가만 놓아두라고.'

'너를 가만두라고? 하하, 너는 희망 없는 패배자야. 지난 세월 어영부영 살다가 이제 할 일이 없으니 여자 하나를 핑계로 영혼을 거래하려고? 무슨 시답지 않은 이야기를 하는 거야.'

수만의 귀청에 정체를 알 수 없는 소리가 나직하게 들렸다. 그 소리는 깊은 동굴 속에서 들리는 소리 같기도 했고, 진공이 된 그의 머리가 스스로 내는 소리 같기도 했다.

'내가 어영부영 살았다고? 부탁이네! 제발 그런 말 같지도 않은 말 하지도 말게. 나는 평생 내 모든 힘을 기울여 살아왔네. 허튼 짓 한 번 하지 않고 말일세.'

'변명하지 마! 다른 것은 다 제쳐 놓고 지금 꼬락서니를 봐. 자네 삶은 퇴직하면서 끝났어. 아무것도 없잖아. 지금 자네 가슴에 남아 있는 꿈이 있나? 아니면 희망이 있나. 자네는 이미 죽은 사람이야. 살아서 숨은 쉬고 있지만 그게 진정 살아 있는 것인가? 할 일이 오죽 없으면 아내를 핑계 대며 금방 죽을 것처럼 살고 있느냐 말이야.'

'여자 하나라고? 영숙은 여자 하나가 아니라 내 아내라고. 내 마누라! 무슨 말인지 몰라? 어떻게 그런 말을 함부로 할 수 있지? 지금 마누라와 내가 어떻게 되어 있는지 알기나 해? 우리 삼십 년 사랑이 물거품이 되었다고. 아름답던 사랑이 시궁창 쓰레기로 변하고 있단 말이야! 어떻게 감히 그런 말을 해서 나를 모욕하는 거야!'

'흥분하지 말게, 친구. 자네 마음을 이해하지 못하는 것은 아닐세. 하지만 잘 생각해 보게.'

'무얼 생각하고, 말고 해. 지난 내 세월이 물거품이 되는데. 더 생

각할 것이 어디 있어!'

'들어 보게, 친구. 친구는 이미 알고 있었네. 밖에서 자네 부인이 무슨 짓을 하는지. 어떻게 변하는지. 그걸 알면서도 자네는 모른 척 했지? 왜 그랬나. 그때 친구는 아내에 대한 사랑이 조금도 남아 있지 않았어. 내 말이 틀렸나? 사랑이 없으니 마누라가 무슨 짓을 하던 친구는 관심이 전혀 없었던 것일세. 그런데 지금은 없어진 사랑이 다시 생기기라도 했단 말인가?'

'…….'

'아니지. 당연히 아냐. 한겨울 삭풍처럼 식었던 사랑이 다시 살아난 것이 아니지.'

'…….'

정체를 알 수 없는 소리가 계속 수만의 머리에 들렸다.

'친구. 자네는 지금 아내를 사랑해서 찾는 것이 아니라, 친구가 숨을 곳을 찾고 있는 거네. 생각해 보게. 평생을 편안하게 살아왔지? 가만히 있어도 먹고 살기에 부족하지 않은 돈도 있지 않은가. 그런데 남은 삶은 그것만 가지고는 살 수가 없지? 지금 친구가 하는 일을 생각해 보게. 하루 동안 하는 일을 생각해 보란 말일세. 먹고, 자고, 빈둥거리는 일밖에 하는 일이 또 있는가? 친구의 영혼을 살찌울 희망과 꿈이 있느냐 말일세.'

'…….'

'말로는 그럴싸하게 변명하고 있네만, 진실이 아니지. 자네는 미래가 없어. 그저 살아서 숨만 쉬는 껍질이네, 껍질! 잔바람에 날아갈 껍질. 폐기만 기다리는 낡은 자동차. 인간의 가치를 망각한 허수아비.

참으로 안타깝네.'

'……'

정체를 모르는 소리가 더 커졌다.

'돌이킬 수 없는 사랑을 피난처로 삼으려고 허송세월하지 말게. 지금도 늦지 않았네. 일어나 앞으로 나가게. 나가서 자네의 꿈을 찾으라고. 괜히 나하고 거래를 하니 마니 쓸데없는 말 하지 말고.'

'안 돼. 네가 무슨 말을 해도 나는 동의 못 해. 나는 아내를 포기하지 못해. 못 한다고. 절대로!'

수만은 비몽사몽 헤매다가 있는 힘을 다해,

'절대로!'

고함을 지르며 잠자리에서 벌떡 일어났다. 바싹 마른 허약한 몸에 흐른 진땀이 옷을 적셨다. 식은땀이 등골을 타고 내려가자 수만은 차가움에 몸서리쳤다.

이런 것을 아는지 모르는지 창밖의 가을은 겨울을 향해 쉬지 않고 갔다. 떠난 자리마다 젖은 낙엽이 바람에 날리고, 스러져가는 풍경을 보는 수만의 눈동자가 낙엽을 따라가며 한밤을 보냈다.

6-12

공부하는 아이들에게 간식을 가져다주고 남편 곁에 앉았다.

회사 일과 집안일로 지친 남편의 몸에서 퀴퀴한 냄새가 났다. 쓸쓸한 거실을 힘없는 조명등이 슬프게 바라보고 있었다. 어둡고 적막함 속에서 두 사람은 잠깐 말이 없었다. 말을 하지 않아도 상대가 무슨 생각을 하는지 알았다.

"어머님이 눈에 띄게 안 좋아지시네. 오늘은 미음도 거의 안 드시고 숨소리도 더 거칠어지는 것 같고."

민서가 침묵을 깨고 먼저 말을 꺼냈다. 아내의 걱정스러운 말을 듣고도 성철은 대꾸가 없었다. 어색하고 처진 분위기가 또 얼마간 지나갔다.

"내일 아버지를 한 번 더 찾아가 봐야겠어. 이러다가 평생 후회할 일 생기겠어."

"아무래도 그래야 할 것 같아. 이제 시간이 얼마 남지 않아 보여. 간병인도 그렇게 말하고."

성철의 피곤한 얼굴에 짙은 그늘이 또 드리웠다.

"어머니 손에서 사진을 뗄 수가 없어, 얼마나 꼭 붙들고 계시는지. 땀에 젖어서 곧 찢어질 것 같아. 계속해서 아버님만 찾으시고. 아무래도 우리가 큰 잘못을 한 것 같아. 그때 무슨 수를 썼더라도 별거를 말렸어야 했나 봐."

"그러게, 그러시다가 두 분이 금방 그만두실 줄 알았지."

큰아이가 화장실을 가는지 문 여닫는 소리가 들렸다. 두 사람은 잠시 대화를 멈추었다. 아들이 방으로 들어가는 소리를 듣고 나서,

"아버님을 이렇게 사랑하시는 어머님이 그때 왜 그러셨을까? 아무리 생각해도 이해가 되지 않아."

민서는 누가 들을까봐 걱정하는 사람처럼 아주 낮은 소리로 말했다. 성철은 자기도 같은 생각이라는 듯 머리를 조금 끄덕이면서,

"어쩌면 어머님이 아버지의 사랑을 더 받고 싶어서 그러신 지도 모르지. 어머님이 집을 나가신다고 하면 아버지가 말리고 붙들고 하실 거고, 그러면 어머님이 아버지한테 더 사랑받는다는 것을 확인할 수 있는 거잖아."

"그러시면 아버님이 어머님 대신 집을 나간다고 하셨을 때 아버님을 말리셨어야지. 그러지 않으셨잖아."

"아마, 너무 갑작스러운 일이라 어머님도 미처 그 생각은 못 했을 거야. 처녀 시절을 빼고 평생 주부로 살아오신 분이잖아. 오직 가족만 보면서."

"한평생을 한 남자만 사랑한 착한 사람이 이런 끔찍한 일을 겪는 걸 보면 많은 생각이 들어. 그래도 어머님은 행복하실 거야. 처음 사랑한 사람을 마지막까지 사랑할 수 있으니까."

"그렇다고 해도 참말로 슬프다. 우리 어머니 일이라서 더 슬퍼."

성철의 눈가가 붉어졌다.

"힘이 들어도 자기가 노력을 더 해야 할 것 같아. 가만있다가는 어머님 소원 못 들어 드릴지도 몰라."

"알았어. 방법을 찾아보자고. 아무튼 내일은 내가 아버님을 만나볼게. 아버님이 어떻게 하실지 모르지만."

두 사람이 시키지 않아도 시계의 초침은 쉬지 않고 자기 일을 하고 있었고, 그 시계 소리에 맞춰 가을밤이 깊어지고 있었다. 덩달아서 두 사람의 근심 걱정도 더 커져만 갔다.

6-13

　시간이 일러서 문상객들이 많지 않았다.
　미현과 영숙은 한쪽 구석에 자리를 잡았다. 썰렁한 상가 분위기를 보니 아직 문상 받을 준비가 덜 된 것 같았다. 열린 창문을 통해 이따금 들어오는 찬바람이 그렇지 않아도 썰렁한 상가 분위기를 더 썰렁하게 만들었다. 조금 전까지 있었던 큰아들 상주마저 자리를 비웠고 소란스럽게 나대던 아이들도 보이지 않았다.
　미현과 영숙은 차갑게 식은 음식을 앞에 놓고 말이 없었다. 멀리 사선으로 보이는 영정사진 속 죽은 자가 곁눈으로 두 사람을 보고 있었다.
　영숙은 자기 눈이 죽은 자의 눈과 마주치자 자기도 모르게 얼굴을 돌렸다. 머리가 쭈뼛하게 서며 소름이 돋았다. 문상을 한두 번 간 것도 아니었다. 갈 때마다 영정사진 앞에서 묵념하고 때로는 국화 한 송이를 영정사진 앞에 올려놓기도 했다. 그때마다 영숙은 죽은 사람의 영혼을 위로하며 진심으로 기도를 드렸다. 그리고 자기도 마음의 위로를 받았다.
　오늘은 느낌이 달랐다. 왠지 모르게 낯설고 두려웠다. 마치 보아서는 안 되는 험악한 비밀을 보는 것 같았다. 영숙은 영정 사진에서 눈을 뗐다. 하지만 영정 속 죽은 자의 눈이 뚫어지게 자기를 계속 보고 있다는 것을 영숙은 알았다. 생각하기도 싫은 두려움이 영숙의 깊은 곳에서 스멀거리더니 가슴을 지나 머리 위로 올라왔다.
　미현도 영정 속 사진을 보았다. 죽은 자의 눈과 미현의 눈이 마주쳤다. 죽은 자의 눈빛이 슬프게 눈물을 글썽이며 미현에게 다가왔다.

출렁이는 눈물방울에 동정과 연민이 가득했다. 구속과 속박 속에서 자신의 꿈을 펴지 못하고 갇힌 세상에서 살다가 죽은 망자의 회한이 가득한 눈빛이었다.

미현의 가슴이 먹먹해졌다. 미현은 더 이상 죽은 자의 눈을 마주 볼 용기가 없어서 슬그머니 얼굴을 돌렸다. 외면하는 미현의 마음이 죽은 자의 마음에 동화되어 미현의 눈에도 눈물이 흘렀다.

한 무리의 문상객이 조심스럽게 장례식장으로 들어왔다. 나이가 제법 든 남자들인 것으로 봐서 죽은 자의 옛 직장 동료이거나 학교 선후배 같아 보였다.

어떤 사람은 우울한 표정으로, 어떤 사람은 양손을 앞으로 모으고 묵묵부답으로 문상을 했다. 문상을 마치고 음식이 차려진 테이블 앞에 앉더니 언제 그랬냐는 듯 웃고 떠들며 소주잔을 기울였다. 숨 막힐 듯 칙칙하던 장례식장이 갑자기 나이 든 남자들의 회식 장소처럼 변했다.

미현과 영숙도 평상심으로 돌아왔다. 음료수를 종이컵에 따라 마시려던 영숙이 무심코 장례식장 출입구를 보았다.

"미현아, 저기 봐라. 그 아저씨 왔다."

"그 아저씨?"

"계족산 그 아저씨. 왜, 네 아파트 옆 오피스텔에 산다는 시인 아저씨."

영숙의 말에 미현도 출입구를 보았다. 짙은 하늘색 콤비에 검은색 바지를 입은 강태문이 문 앞에 있는 부조함에 부조 봉투를 넣고 방문록에 흔적을 남기고 있었다.

평생을 살면서 수도 없이 다닌 곳 중의 하나가 상갓집이었다. 흔히 들 기쁜 장소는 안 가더라도 슬픈 장소는 빼먹지 말라는 선배들의 말대로, 충실하게 살아온 강태문에게 문상은 일상생활의 하나였다. 그의 행동은 여유가 있었고 군더더기가 없었다.

태문은 영정 앞에서 머리를 숙이고 한동안 서 있다가 고인에게 두 번 절을 했다. 젊었을 때와는 남다른 감회가 일었다. 그때는 죽음이 다른 사람들의 이야기인 줄로 알았다. 장례식장에 가도 죽음이라는 것이 실감 나지 않았다. 나이가 제법 든 지금은 죽음이 다른 사람들의 이야기가 아니었다.

태문은 자기에게도 반드시 닥칠 일이라는 것을 알았다. 그는 자리에 서서 망자의 극락왕생을 빌었다. 상주들과 맞절하고 자리에서 일어났다. 이때 어디에 있었는지 망자의 아내가 태문을 알아보고 인사를 했다. 태문도 고개를 숙여 가볍게 인사를 했다.

"슬픔이 크시겠습니다."

태문이, 고인의 아내에게 문상을 하고 돌아서는데 여자의 목소리가 들렸다.

"저 모르시겠어요?"

"……?"

"얼마 전, 계족산에서 댁까지 모셔다 드렸잖아요."

영숙이 반가운 사람이라도 만난 듯 얼굴에 미소를 띠고 태문을 보았다. 태문은 갑작스러운 일에 영숙의 얼굴을 물끄러미 쳐다보았다. 잠시 후, 얼굴에 쑥스러운 표정을 지으며,

"아, 안녕하세요. 여기서 뵙는군요."

"혼자 오셨죠? 이쪽으로 오세요."

고인의 아내 인경이,

"영숙아, 아시는 분이구나. 네가 접대 좀 해 드려."

말을 하고 다른 문상객들이 있는 자리로 갔다.

태문은 엉겁결에 영숙에게 이끌려 미현과 영숙이 앉은 자리로 왔다. 영숙을 따라서 자기들 테이블로 오는 태문을 보고 미현이 일어났다.

얼마 전 관평동 도서관 강의실에서 본 태문의 모습은 변함이 없었다. 부드러우면서도 강직한 인상이 미현을 사로잡았다. 미현의 얼굴에 공연히 열기가 올랐다.

"안녕하세요? 선생님."

미현은 태문이 자기 앞에 자리를 잡자 태문의 눈을 마주 보며 인사를 했다. 영숙이 흐트러진 음식을 치우며 상갓집 도우미를 불렀다.

"여기요. 음식 좀 다른 것으로 바꿔 주세요."

영숙의 부르는 소리에 키가 작고 얼굴이 동글동글한 오십 대 여인이 새로운 음식을 쟁반에 담아 가지고 와서 테이블에 놓았다. 도중에 영숙이 물었다.

"선생님도 인경이와…?"

태문은 영숙의 질문에 대답하지 않았다. 테이블이 말끔하게 정리되기를 기다렸다가 미현의 인사를 받았다.

"선생님. 여기서 뵙네요."

미현이 다시 인사를 하자 태문의 얼굴에 보일 듯 말 듯 한 미소가 봄빛처럼 번졌다.

"고인이 제 직장 후배입니다. 꽤 각별했습니다."

"선생님. 반가워요. 소주 한잔하시겠어요?"

영숙이 잠시 뜸을 들였다가 작은 종이컵을 태문에게 내밀었다.

"아, 제가 운전을 해야 해서. 음료수 한잔하겠습니다."

태문은 작은 종이컵 대신 큰 종이컵을 들었다. 영숙이 소주병을 내려놓고 오렌지 음료수 캔 뚜껑을 열었다. 노란색 액체가 소리 없이 잔을 채웠다.

"그런데 두 분은?"

태문이 잔에 음료수가 다 채워지는 것을 기다렸다가 미현에게 물었다.

"돌아가신 분의 안식구가 저희 동문입니다. 같은 학교에서 오랫동안 함께 근무도 했고요."

"아, 그러시군요. 고인이 오랜 시간 병상에 있어서 아마도 부인께서 힘이 좀 드셨을 겁니다."

말을 하면서 태문이 음료수를 한 모금 마셨다. 조금은 긴장한 표정이었다.

"선생님. 식사 좀 하시죠. 저희는 했어요."

영숙이 앞에 놓인 밥과 국을 태문 쪽으로 조금 더 당겼다. 태문은 영숙에게 가볍게 눈인사를 하고 숟가락을 들어서 국을 한 모금 떠먹었다. 매콤한 내음이 테이블 위로 퍼졌다.

강의실에서 보여 준 당당하고 자신 있는 태문의 모습은 보이지 않았다. 그 대신 부드럽고 성실한 육십 대의 모습이 완전히 몸에 배어 있었다. 미현은 조심스럽게 태문이 식사하는 모습을 보았다. 천천히, 맛있게 한 숟갈 한 숟갈 음식을 먹는 모습이 보기가 좋았다. 태문은 몇 숟갈의 밥을 먹더니 숟가락을 놓았다.

"조금 더 드시지 그러세요?"

영숙이 제법 잘 알고 있던 사람처럼 밥을 권했다. 태문은 숟가락을 놓고 컵에 물을 따르면서,

"많이 먹었습니다. 두 분 덕분에 저녁은 굶지 않겠네요. 감사합니다."

"여기서 선생님을 뵐 거라고 생각도 못 했어요."

"저도, 이렇게 뵐 줄은….."

태문을 보고 있던 미현이 용기를 냈는지 헛기침을 한 번 하고 나서,

"선생님. 지난번 강의가 참 좋았습니다. 시에 대해서 문외한인 저도 배운 것이 많았어요."

"그렇게 말씀하시니 오히려 제가 부끄러워집니다. 사실 저도 아는 것이 없습니다. 시라고 몇 편 쓴 걸 갖고 강의해 달라고 해서….."

태문은 조금 어색한 표정으로 미현을 보았다. 미현과 태문의 눈이 잠깐 마주쳤다. 미현이 얼른 고개를 돌렸다.

6 - 14

저녁 시간이 되자 제법 많은 문상객이 오기 시작했다.

특급 장례식장에 자리가 부족할 정도였다. 문상객들의 떠들썩한 소리가 실내에 가득해졌다. 잠자코 있던 영숙이 핸드폰을 손에 들고 초조한 기색으로 두어 번 밖으로 나갔다 들어 왔다. 자리에 앉지 않고 미안한 표정을 지으며,

"저, 선생님. 죄송하지만 여기서 나가시면 바로 집으로 가시나요? 아니면 다른 스케줄이 있으신가요?"

갑작스러운 질문에 태문이 영숙을 보았다.

"아니, 특별한 계획은 없습니다."

"아, 그럼. 선생님. 죄송하지만 제가 부탁 하나 드려도 될까요?"

영숙도 태문을 마주 보며 물었다. 미안해하는 표정이 역력했다. 영숙은 태문이 대답을 할 시간도 주지 않고,

"사실, 오늘 저녁에 미현이가 마곡사에 가야 해요. 공주 마곡사요. 선생님도 아시죠? 김구 선생님께서 머무셨다는 그 마곡사."

"공주 태화산 마곡사 말씀이시죠?"

"예, 말씀하신 그 마곡사요."

"저녁에 마곡사는 무슨 일로…."

"오늘 저녁에 마곡사에서 음악회가 열려요. 문학이 있는 음악회요. 미현이 후배가 출연하거든요."

영숙은 다른 사람이 입을 열 틈을 주지 않고 말을 이었다. 당황한 것은 태문만이 아니었다. 영숙의 돌발적인 행동에 미현도 당황했다. 미현이 영숙의 말을 끊으려고 하자, 영숙은 손으로 미현을 제지하며 커다란 눈을 깜빡였다. 미현은 영숙의 속내를 알 수 없었지만 더 이상 영숙을 말리지 않았다.

"미현이가 후배에게 줄 꽃다발까지 사 놓았는데…."

영숙이 말끝을 흐렸다. 태문과 영숙의 눈이 잠시 마주쳤다. 태문은 예상하지 못한 일에 당황했는지 미현을 보았다.

"집에서 빨리 들어오라고 연락이 왔어요. 전화하면 받지는 않고,

아무래도 지금 집에 가야 할 것 같아요."

영숙의 표정이 많이 일그러졌다. 잠시 말을 멈추었던 영숙이,

"미현아, 미안하지만 네가 택시를 타고 가야겠다. 내가 못 데려다 주니까. 택시비는 내가 줄게."

영숙의 행동에 미현은 이해가 되지 않았다. 영숙의 집에서 영숙을 찾을 사람이 없었다. 아이들은 모두 외지에 나가 있고, 집에서 남편과 대화하지 않은 지도 벌써 여러 해가 되었다. 이런 영숙이 집에서 찾는 전화가 왔다고 하는 것은 아마도 영숙에게 다른 의도가 있는 것이 분명했다.

태문은 영숙의 제안이 뜬금없기는 했지만, 두 사람의 상황이 그렇다면 자기가 마곡사에 가지 못할 이유도 없었다.

공주 태화산은 대전과 충남 지방에서 잘 알려진 명산이었다. 조계종 본산이며 세계문화유산에 등재된 천 년 고찰 마곡사는 우리나라 불교를 대표하는 산지 승원이었다.

태문은 때로는 산악회 회원들과, 때로는 친구들과 마곡사를 참배하고 태화산 소나무 길을 걷기 좋아했다. 이렇게 마곡사는 태문에게 오래된 친구와도 같은 사찰이었다. 더구나 마곡사에서 해마다 열리는 '가을 음악회'에도 자주 갔었던 기억이 있었다. 뜻밖의 일이었지만 태문에게 오히려 잘 된 기회였다.

"제가 모시고 가겠습니다. 여사님만 좋으시면요. 제 차가 좀 지저분하기는 합니다."

미현의 눈에 알게 모르게 웃음이 지나갔다.

"선생님, 정말 감사합니다. 생각지도 않게 어려운 문제를 해결했네

요. 이 신세는 제가 꼭 갚을게요."

"아닙니다. 부담 갖지 마세요. 저에게도 잘된 일입니다. 마곡사 음악회는 저도 가끔 갔던 음악회입니다. 올해는 잊어버리고 있었는데…. 마침 잘되었습니다."

결정을 하고 나자 태문의 얼굴에도 밝은 웃음이 번졌다.

"미현아, 시간이 다섯 시 반이니까. 지금 출발해야겠다."

어느새 장례식장은 문상객들이 많이 와서 앉을 자리가 없을 정도였다. 세 사람은 상주와 고인의 부인 인경에게 인사도 하지 않고 자리를 나왔다.

6-15

아반떼가 퇴근길 차량 사이로 섞여 들어갔다.

어디에서 왔는지 끝도 보이지 않고, 수도 알 수 없는 각양각색의 차량이 강물을 이루며 저마다 어디론가 가고 있었다. 차 안에 있는 사람들도 한 조각 나뭇잎이 되어 함께 떠내려갔다.

태문 옆자리에 앉은 미현은 후배에게 줄 꽃다발을 무릎에 올려놓고 창문 밖 거리로 시선을 돌렸다. 구절초와 금잔화가 내는 진한 향기가 차 안을 가득 채웠다. 그 바람에 태문의 낡은 아반떼 차 안이 꽃밭으로 변했다.

"선생님, 감사합니다."

미현이 왼쪽으로 고개를 돌리며 태문에게 말했다. 태문은 미현의 말을 못 들었는지 대꾸를 하지 않았다. 그런 태문의 옆모습이 차창 밖으로 스치는 거리 풍경과 겹치면서 흐릿한 영상 속으로 녹아들었다.

미현도 더 이상 말을 하지 않았다. 그렇지만 창밖 거리와 태문의 옆얼굴이 함께 만들어 내는 풍경에서 시선을 뗄 수 없었다.

지나간 날들의 추억들, 매일 매일의 일상들, 미래에 대한 걱정들, 어쩔 수 없이 짊어져야 하는 무거운 짐들. 미현은 창밖 거리와 태문의 옆얼굴이 겹치는 유리창에서, 그것들 때문에 잃어버린 자기 자신 같은 희미한 그림자 이미지를 떠올렸다.

아무리 보아도 선명하게 보이지 않는 태문의 얼굴과 자기의 삶. 시간이 흐를수록 태문의 얼굴이 창밖 풍경으로 동화되어 사라지듯이 자기의 삶도 그림자가 되어 어디론가 사라질 것이 분명했다.

낡은 아반떼가 검은 연기를 내뿜으며 대전과 공주의 경계인 언덕배기로 올라섰다. 언덕 꼭대기에 오르자 왼쪽으로 높고 굴곡진 계룡산의 자태가 시원하게 미현의 눈에 들어 왔다. 한낮을 힘들게 넘어온 태양이 계룡산 천황봉 위에 걸려 붉은빛을 띠기 시작했다. 마치 하루의 일에 지친 태양이 말로 해서는 안 되는 커다란 비밀을 은근히 미현에게 전해 주려는 것 같았다.

"떠나 보셨어요?"
아반떼가 힘든 고개를 다 넘어와서,
'이제 안심이다.'
생각했는지 미끄러지듯 비탈길을 내려왔다. 박정자 삼거리를 지나고 있을 무렵이었다. 태문에게 미현이 다시 물었다.

"떠나 보셨어요?"

"……."

거듭된 미현의 물음에도 태문은 대답이 없었다. 태문은 미현의 물음을 듣지 못했는지 똑같은 자세로 앞만 보고 운전을 하고 있었다.

아반떼가 잘 뚫린 도로를 지나 다시 용트림하더니 터널로 들어섰다. 터널 안의 조명이 두 팔을 벌려 아반떼를 환영했다.

"매일 떠납니다. 그런데 눈을 떠 보면 다시 그 자리에 돌아와 있어요. 처음 떠났던 그 자리 말이죠."

"……."

이번에는 미현이 대꾸를 하지 않았다.

깊어가는 가을의 늦은 오후가 아우성을 치며, 아반떼보다 앞에 서서 달려갔다. 미현은 앞서가는 늦은 오후를 물끄러미 바라보았다. 해질 무렵의 서늘한 미소가 미현의 마음을 사로잡았다. 창밖으로 살며시 손을 내밀어 붉은 여운을 남기며 서산으로 넘어가는 하루의 마지막 미소를 잡았다. 서늘하고 부드럽지만 살아있는 생명의 힘이 미현의 하얀 손을 타고 전해 왔다.

"저는 언제 떠나는 연습이라도 해 볼 수 있을까요?"

말하는 미현의 얼굴에 그늘이 밀려들었다. 가슴 깊숙한 곳에 머물며 눈치를 살피던 슬픔이 마치 때가 되었다는 듯이 미현의 얼굴에 더 검은 그림자를 씌웠다.

"우리 삶이 계속되는 한 똑같은 일이 반복되겠지요. 지금 이 마음 그대로라면 말이죠."

"그러면 희망이 없다고 생각하세요?"

태문은 잠시 대답하지 않았다. 나직하게 한숨을 내쉬더니,

"희망은 언제든, 어디에나 있습니다. 다만, 찾으려고 노력하는 사람에게 있는 거지요. 찾지 않고 주어진 운명대로 살고자 하는 사람들에게 당연히 희망은 보이지 않을 것입니다. 하지만 희망만 품고는 안 되죠. 희망을 현실로 만들려는 노력이 필요합니다. 실천해야겠죠."

태문이 미현 쪽으로 얼굴을 돌렸다.

"그렇게 하면 우리들의 삶이 달라질까요? 모든 굴레에서 벗어나고, 지루하고 어두운 삶에서 해방이 되고 거듭날 수 있나요?"

"저는, 그럴 거라고 생각합니다. 아니, 확신합니다. 문제는 우리가 실천하지 못하는 데 있다고 생각합니다."

"……."

"저도, 다른 사람들과 마찬가지로, 나를 둘러싸고 있는 모든 멍에와 고통으로부터 자유로워지기를 매일 기원합니다. 내가 주인이 되는 그런 삶 말입니다. 살아 있는 동안은 물론이고 죽음 뒤의 세상까지요.

그런데 한 걸음도 앞으로 나가지 못하고 있습니다. 언제나 제자리로 돌아옵니다. 여전히 내가 나를 괴롭히고 있습니다. 슬픈 일이지요. 아무래도 나는 이루고자 하는 노력과 끈기가 부족한 것 같습니다. 온전하게 떠날 자질이 없는 거죠."

이번에는 미현이 입을 다물었다. 무언가를 깊게 생각하는 표정이었다. 아반떼가 4차선 도로를 벗어나 마곡사로 향하는 2차선 계곡 도로로 들어섰다.

어둑어둑해지는 산길 옆의 울창한 아름드리 소나무들이 밀려오는

밤 그늘을 무심하게 바라보고 있었다. 초저녁 바람에 실려 오는 소나무의 진한 향이 미현의 머리를 맑게 해 주었다. 어둡던 표정이 다소 밝아졌다.

"차량이 많아요. 아무래도 음악회가 성황일 것 같아요."

미현은 태문의 말에 이렇다 저렇다 하지 않고 화제를 돌렸다.

6 - 16

산사로 가는 길이 인파에 묻혔다.

태화천을 따라 오르는 길옆에는 부처님의 은덕을 기리고, 음악회를 축하하는 형형색색의 연화등이 밝은 미소로 밤길을 밝히며 손님들을 반겼다.

가을밤도 자기 모습을 보여 주었다. 구름 한 점 없는 하늘에는 별들이 초롱초롱 눈짓을 하고, 막 얼굴을 내민 태화산 능선위의 둥근 달이 마곡사를 부드럽게 안았다. 연화등 옆 단풍잎들이 저마다 아름다움을 자랑하고, 마곡사를 휘감으며 흐르는 태화천의 물소리가 정겨웠다. 숲속 어디선가 조용조용 속삭이는 벌레들의 이야기가 계절을 말해 주고 있었다.

태문과 미현이 관람객들과 함께 얼마를 올라가자 경쾌한 음악 소리가 들리기 시작했다. 마곡사 대웅전 앞에 마련된 공연장에서 들리는 소리였다. 두 사람이 공연장에 가까이 갈수록 음악 소리는 더 커지고 산사를 수놓은 연화등의 불빛도 더 밝아졌다.

일주문을 지나 다리를 건너자 대웅전 마당에 공연장이 보였다. 공연장 객석에는 벌써 많은 사람이 자리를 차지하고 있었다. 태문과 미현은 뒤쪽의 빈자리에 앉았다.

조명이 화려한 무대에는 나이가 오십 대로 보이는 남녀들이 번갈아 가며 패션쇼를 하고 있었다. 모델들이 새로운 의상을 입고 혼자, 또는 여러 명이 몸매와 의상을 자랑하러 나오면 그때마다 조명이 바뀌었다. 자연히 무대의 분위기도 변했고 관중들의 박수 소리에 태화산이 묻혔다.

6 - 17

달빛과 별빛에 물든 태화산은 가을의 품 안에서 밤을 보내고 있었다.

음악회가 열리는 마곡사 대웅전 앞마당의 불빛만 어둠 속의 호롱불처럼 세상을 밝혔다.

공연장에서 조금 떨어진 산중에는 잠을 이루지 못하는 벌레와 꽃, 조용히 흐르는 태화천의 맑은 물과 물결 품에서 노니는 물고기, 바위와 나무들이 별빛과 달빛을 친구 삼아 아쉬운 밤을 보내고 있었다.

이따금 부는 바람에 먼 길을 떠나는 나뭇잎이 손을 흔들면 그들도 잘 가라고 인사를 했다. 누구도 눈물을 흘리거나 슬퍼하지 않았다. 떠난 이들은 영원하고 무한한 세상 어딘가에 머물 거라고 그들은 생각했다. 때가 되면 언젠가는 다시 볼 날이 있을 거라고 믿었다.

어쩌다가 이별을 슬퍼하는 소쩍새가 '소 쩍, 소 쩍' 울며 이별을 아파하기도 했지만, 이내 그 울음소리도 사라지고 가을밤은 또 그들의 마음을 주고받는 시간이 되었다.

살았든지, 죽었든지 세상의 모든 것들은 가을밤의 대화에 저마다 동참하며, 그들 나름대로 가을을 이야기했다. 가을은 그들에게 무슨 의미가 있는지, 가을에 느끼는 그들의 느낌은 어떤 것인지, 가을에는 어떤 길을 가야 하는지를 이야기했다.

그들의 이야기는 중구난방이었다. 새들은 새들의 생각을 이야기했고, 나무들은 나무의 생각을 이야기했다. 풀벌레들은 풀벌레의 가슴 속 이야기를 하고, 물고기들은 물고기의 속마음을 이야기했다. 그런가 하면 꽃들은 꽃들의 이야기를, 바위는 바위의 이야기를, 바람은 바람의 이야기를 했다.

수없이 많은 것들이 수없이 많은 이야기를 했다. 모두 자기에게 어울리고, 자기에게 이익이 되는 이야기였다. 그렇지만, 누구도 자기와 생각이 다르다고 다른 것들을 비난하거나, 잘못된 생각이라고 손가락질하지 않았다. 설령 다른 이야기를 해도 그것은 자기들이 모르는 이유가 있어서 그런 이야기를 했을 거라고 여겼다.

그러나 이야기 중에서 한 가지는 모두 같은 생각이었다.
'참다운 자기 삶을 위해서 지금 길을 떠나야 한다.'
이 이야기는 모두가 동의했다. 새들도, 물고기도, 나무도, 꽃들도, 벌레들도, 바위도, 시냇물도, 바람도, 그 무엇이라도 이 이야기에 동의했다.

산속의 모든 것들은 처음부터 끝까지 제한된 환경에서 살 수밖에 없었다. 나무와 꽃은 흙 아래로 뿌리를 내려야 살 수 있고, 물고기는 물

밖으로 나오면 숨을 쉴 수가 없었다. 새들은 창공을 지붕 삼아 마음껏 날아야 활력이 있고, 가을벌레들은 아침 이슬을 마셔야 목마름을 해소할 수 있다.

그들은 자기들의 삶에서 그들을 억압하는 환경으로부터 벗어나려고 했지만, 그것은 자기들의 능력으로 해결할 수 없는 일이었다. 이것을 극복하기 위해서는 억압의 굴레에서 떠나고 벗어나야 가능한 일이었다.

그래서 수없이 많은 것들이, 수없이 많은 다른 생각으로 오랫동안 논쟁을 벌였지만, 오직 한 가지,

'참다운 자기를 위해서는 떠나는 것이 지름길이다.'

이 말에는 누구나 동의를 했던 것이다.

떠들썩하던 가을밤이 아침햇살에 밀려서 물러갈 때쯤 되어야 그들 모두는 커다란 소리로 합창을 했다. 언제나 그랬다.

'어제는 가고 새날이 왔다. 새로운 날에 새로운 것을 찾아가자. 우리 자신을 찾아서 먼 길을 떠나자.'

그들의 합창 소리는 길고 긴 여운이 되어 하늘 끝에 닿았다.

6 - 18

산사음악회의 분위기가 무르익었다.

출연자들이 노래를 부르거나, 악기를 연주하거나, 춤을 추고 나면 대웅전 앞마당과 다리를 가득 메운 관중들이 함께 노래를 부르고 손뼉

을 치며 즐거워했다. 은은한 달빛이 태화산 치마폭에 아늑하게 안긴 마곡사를 비춰주면 하늘의 별들이 반짝반짝 연주하고 노래를 불렀다. 그러면 덩달아서 나무들도 춤을 추고 태화산도 웅웅거리며 함께 노래를 불렀다.

국악 한마당이 끝나자 흘러간 옛 노래가 뒤를 이었다. 한 서린 국악이 쉰 목소리로 불리자 청중은 애간장이 녹는 듯 서글퍼했다. 모두가 잘 아는 트로트 노래가 나오자 관중들은 자기가 출연 가수가 된 줄 알고 목청껏 합창했다.

노래 한마당이 끝나자 가을 시 낭송이 이어졌다. 대전에서 이름을 날린다는 허은혜 낭송가와 이백련 낭송가가 어깨를 나란히 하고 서서 분위기를 잡아가며 시를 읊었다.

가을밤

달빛에 물든 가을밤을 갑니다
…………
…………
젖은 그리움이 달빛 결에 서성대는
가을밤을 홀로 갑니다

두 사람이 낭송해 주는 시구가 태화산의 밤을 적시고, 관중들의 메마른 마음에 물기를 채웠다. 두 낭송가가 무대를 떠나자 사회자가 마이크를 잡았다. 공영방송국에서 아나운서를 했다는 사십 대 남성 아나운서의 중후한 목소리가 청중을 사로잡았다.

　미현은 자기도 모르게 긴장이 되었다. 음악회 분위기에 흠뻑 빠져 있던 태문이 미현을 돌아보았다. 달빛이 내려앉는 미현의 하얀 뺨과 오뚝한 콧날이 어둠을 밝히는 연화등과 조화를 이루며 반짝이고 있었다.

　미현은 아나운서의 멘트가 시작되자 자리에서 일어났다. 무릎에 가지런히 놓았던 꽃다발을 들고 태문에게 다녀오겠다는 표시를 했다. 미현의 꽃다발에서 나는 꽃향기가 태문의 코끝을 간지럽혔다. 미현은 옆 사람들에게 가볍게 양해를 구하고 무대 쪽으로 갔다.

　청중들은 일제히 침묵하며 사회자의 다음 말을 기다렸다. 사회자는 무대 준비실 쪽 문을 한 번 보고 나서,

　"이번에는 음악회 마지막을 장식할 가수를 소개해 드리겠습니다."

　말을 하고 나서 다시 출입구 쪽을 보았다. 조명등과 청중들의 시선이 일제히 출입구로 쏠렸다. 갑자기 조명이 모두 꺼졌다. 수많은 청중도 일제히 숨을 죽였다. 달빛도, 별빛도, 숲속의 나무들도 대화를 멈추고 무대를 보았다.

　긴장된 시간이 잠시 흘렀다. 갑자기 무대 조명이 일시에 모두 켜지면서 청중들이 일제히 와~ 하고 함성을 질렀다. 우레와 같은 박수 소리가 마곡사 대웅전을 지나 태화산 골짜기마다 가득 퍼졌다.

　눈처럼 하얀 바탕에 붉은색과 노란색 단풍잎이 군데군데 새겨진 드레스를 입은 배인진이, 가늘고 하얀 두 팔을 높이 들어 청중들의 환영에 화답하며 무대로 나왔다. 환한 미소를 짓는 배인진 주변에 많은 사람이 모여들었다. 그들은 정성껏 준비한 꽃을 배인진의 가슴에 안겼다.

　꽃다발을 주고, 인사를 하느라 무대가 잠시 소란스러웠다. 미현은

일부 환영객이 내려가자 무대 위로 올라갔다. 미현을 알아본 배인진이 치렁치렁한 드레스를 끌며 미현에게 다가와 먼저 포옹을 했다. 미현도 배인진을 가볍게 끌어안았다. 배인진이 미현의 볼에 자기의 볼을 대며,

"언니, 반가워."

말을 하고 미현이 건네준 꽃다발을 받아서 높이 들었다. 미현을 다시 한 번 안아 주고 허리를 굽혀 청중들에게 감사 인사를 했다.

대한민국이 배출한 세계적인 성악가 배인진의 노래는 그녀가 왜 세계 최고 성악가로 인정받고 있는지를 여실히 보여 주었다. 청중을 휘어잡는 무대의 카리스마와 최고의 고음을 자유자재로 넘나드는 가창력은 듣는 사람들의 넋을 잃게 했다.

연이어서 두 곡을 부르고, 앙코르 송으로 두 곡을 더 불렀다. 대웅전 앞마당을 가득 채운 청중들은 깊어가는 태화산의 가을밤을 마음껏 즐겼고, 그들은 가을에 느끼는 쓸쓸함을 여한 없이 달랬다.

6 - 19

태문은 열기로 가득했던 공연장이 비어 가는 것을 보며 미현을 기다렸다.

사람들이 썰물처럼 **빠져나간** 공연장은 달빛과 별빛과 바람이 차지했다. 이따금 날리는 낙엽이 태문을 아는 체하며 지나갔어도 태문은 눈길을 주지 않았다.

오전에 큰아들 성철에게 아내의 요즘 형편을 듣고 마음이 무거웠다.

'아버지, 정말 어머니께서 매우 아프십니다. 전에도 말씀은 드렸지만, 지금은 그때보다 훨씬 더 안 좋아지셨어요. 완전히 호흡기에 의지하고 계세요. 계속 아버님만 찾으시고요.'

이른 아침에 오피스텔로 찾아온 성철은 앉지도 않고 울먹이며 아내의 위급한 상황을 전해 주었다. 성철의 애원의 눈빛에 태문의 마음이 아렸다.

사실 태문이 아내를 만나지 않은 것은 아내가 싫거나 미워서가 아니었다. 차로 움직이면 삼십 분이면 갈 거리였다.

몇 년 전 자기의 퇴직일에 있었던 아내와 자식들에게 받는 상처는 아문 지도 이미 오래되었다. 어떻게 보면 그 일을 계기로 이렇게 홀로 사는 것이 차라리 잘된 일이라는 생각이 들 때도 많았다.

태문이 아내를 찾아보지 않는 것은 더 이상 과거에 얽매인 삶을 살기 싫어서였다. 부지불식간에 세상에 온 태문은 무엇이 무엇인지 구분도 하지 못하고 떠밀려 살아왔다. 어떤 때는 이 일을 내가 왜 해야 하는지도 모르고 한 일들도 많았다. 목적도, 이유도 모르고 캄캄한 밤길을 더듬거리며 걸어온 한평생이었다.

힘든 고개를 가까스로 넘어와서 지나온 길을 뒤돌아보면 거리마다 고통이 널브러져 있고, 슬픔이 강물처럼 흘렀다. 간간이 보이는 웃음은 폭풍우에 휘말려 가뭄의 콩처럼 거의 보이지 않았다.

태문은 이런저런 이유로 과거에서 벗어나기를 원했다. 과거의 그늘에 물들어 있는 자신의 현재 처지에서 새로운 태양을 찾고 싶었다. 지난 육십여 년 간 본인이 만들어 놓은 것들은 인간의 본능에 따라서 어쩔 수 없었다고 해도, 과거의 그늘이 지금도 자기 삶을 좌지우지 하는 것은 사실이었다.

이것은 자기 삶의 팔 할 이상을 살아온 지금, 남은 삶 동안에는 과거의 그늘에서 벗어나 완전한 자유인이 되어 살기를 원하는 태문의 희망과는 다른 것이었다. 이런 처지에서 아내를 다시 만나는 것은 다시 옛 생활로 되돌아가는 일이며, 만약 그런 일이 일어나면 자기는 영원히 과거의 노예가 될 거라고 태문은 믿었다.

하지만 언제나 자기를 떠나지 않는 아내에 대한 기억이 그를 괴롭히는 것도 사실이었다. 그것은 아내와 함께한 지난 세월에 대한 미련이었고, 한 여인을 바라보는 한 남자의 연민 같은 것이었다.

그럴 때마다 태문은 생각했다. 인연의 고리와 사랑의 끈적거림이 이렇게 강한 줄 알았다면, 차라리 아무도 모르고 아무도 없는 곳으로 떠났으면 더 좋았을 거라고.

그렇다고 해도 자신이 평생을 살아 온 이곳을 어떻게 하루아침에 떠날 수 있겠는가. 가족과 친구들, 평생을 맺어온 갖가지 인연들, 익숙하고 편한 환경들. 비록 그를 구속하고 힘들게 하는 것들이 여기저기 산재해 있지만 그래도 모든 것에 길들고 익숙한 것이 좋았었다.

지금은 태문의 생각이 완전히 바뀌었다. 정확하게 언제부터, 무슨 이유로 자기의 생각이 변한 것인지 태문도 알지 못했다. 분명한 것은 태문이 과거와는 다른 삶을 살고 싶어 한다는 것이다. 길들고 익숙한 것들을 조금만 깊게 들여다보면 그것은 진실하고 참다운 세상을 보지 못하도록 멍에가 만들어 낸 결과였고, 영원히 굴레의 노예를 만들기 원하는 자들의 간계였다.

6-20

"오래 기다리셨죠?"

언제 왔는지 미현이 태문 옆 의자에 앉으며 말했다. 미현의 미안해하는 표정에 태문이 살짝 웃었다.

"후배님과 해후는 잘 하셨어요?"

"예, 선생님. 후배를 보내고, 마곡사 스님들과 인사하느라고 늦었습니다. 죄송합니다."

미현이 진심으로 미안해하는 표정을 지었다. 태문은,

"아닙니다. 괜찮아요."

말을 하면서 엉덩이를 툭툭 털며 일어났다.

"덕분에 제가 아주 좋은 시간 보냈습니다. 오히려 제가 감사하다고 말씀드려야죠."

두 사람은 어두워진 공연장을 뒤로하고 연화등만 외로운 다리를 건너 태화천변을 따라 걸어 나왔다.

사방은 고요했다. 별들은 잠이 들었고, 달빛은 두 사람의 뒤를 따라갈 뿐 말이 없었다. 들리는 것은 오직 두 사람의 발걸음 소리와 두 사람의 마음이 서로에게 속삭이는 소리였다.

6-21

바쁜 하루를 보내서 그런지 몸과 마음이 피로했다.

가볍게 샤워를 하고 잠옷 차림으로 소파에 앉았다. 습관처럼 거실의 불을 켜지 않고 소파에 가부좌를 틀고 앉으니 일시에 긴장이 풀렸다.

상갓집에서 영숙의 갑작스러운 행동이 당시에는 이해가 되지 않았지만, 지금은 충분히 이해되었다. 자기와 태문이 함께 할 시간을 마련해 주기 위해서였다는 생각이 들자 미현은 자기도 모르게 웃음이 났다.

영숙이 주철과 장기간 해외에 나가기로 한 때부터 영숙은 틈만 나면,

"미현아, 내가 없으면 너는 어떻게 할 거니?"

진담 반, 농담 반으로,

"나 보고 싶다고 보채지 말고 남자 친구 하나 만들어라. 그게 집안에 쪼그리고 앉아서 궁상떠는 것보다 낫지 않겠니?"

아니면,

"허구한 날, 손녀딸 본다고 딸내미 집만 쫓아다니지만 마라. 어디 그게 산 사람이 할 짓이냐? 너도 네 삶이 있어야지. 왜 이런 말도 있잖니. 버킷 리스트. 이제 너도 리스트 좀 만들어 봐. 실천은 천천히 하더라도. 네 세상이 바뀌게. 그만큼 수절했으면 됐지 않니?"

그럴 때마다 나오는 이름이 '박병석 원장과 하지훈 회장'이었지만, 미현은 한 번도 두 사람에 대해서 관심을 보이지 않았다. 영숙에게도 여러 번 이야기 했다시피 미현은 이성으로서 다른 사람을 만나고 싶은 마음이 조금도 없었다.

미현이 아무 대꾸도 하지 않고 있으면 영숙은 한술 더 떠서,

"그래, 미현아. 첫사랑 골백번 생각해서 뭣하냐. 지금 어떤 년하고 깨 쏟아지게 살고 있을 건데. 또, 네 남편 생각해 봐. 물론 너에게는 잊을 수 없는 큰 상처지. 더 큰일이 또 어디 있겠어. 하지만 이제 잊을

때도 되지 않았냐? 십 년이면 강산이 변한다고 하잖아. 강산이 변해도 세 번은 변했겠다. 하기야 요즈음은 시간도 빨리 간다고 하니까 강산이 여섯 번은 바뀌었겠네. 조금 미안한 말이지만 아마 네 죽은 남편은 네 이름도 잊었을지도 몰라. 아마도 그러기가 십중팔구일 거야."

이렇게 잔인한 말을 하면서 미현의 자존심을 팍팍 깎아내리기 일쑤였다. 그런가 하면,

"너 요즘 살아가는 네 꼴 좀 봐라. 매일 딸집에 가서 청소해주고 손녀들 봐주는 것 말고 하는 일 있냐? 파출부가 따로 없지. 고급 파출부. 정 돈이 필요하면 내가 얼마간 보태 줄게. 그 짓 좀 안 할 수 없냐?"

"……."

"너 좀 찾아봐. 어디로 마실 나갔는지 잘 찾아야 해. 요즘 도로가 좀 복잡하니. 차들로 거칠고. 자칫하면 집으로 못 돌아올 수도 있어."

이런 말을 영숙에게서 한두 번 들은 것이 아니었다.

6 - 22

오늘 상갓집 건도 지금까지 영숙이 미현에게 한 말의 연장선이었다. 친구를 위하는 마음이 절절하지 않으면 할 수 있는 행동이 아니었다. 그런 영숙이 미현은 밉지 않았다. 옆에서 보기가 오죽 답답했으면 부지불식간에 그런 생각을 했을까.

오늘, 강태문이라는 남자를 만날 줄을 아무도 몰랐다. 강태문 자신도 몰랐을 것이 당연했다. 한 치 앞도 내다볼 수 없는 것이 인생이라

고 하지만, 상갓집에서 강태문을 만나리라고는 누구도 생각하지 않은 일이었다.

 강태문을 만난 일이 우연이기는 했어도, 미현으로서는 과히 나쁘지 않았다. 한 번쯤 만나서 이야기를 나누어 보고 싶은 사람이었기 때문이다.

 듬직한 나이에 우수에 젖은 표정이 미현의 마음을 끄는 것이 아니었다. 미현이 궁금한 것은 강태문의 몇 마디 말이었다. 얼마 전 관평동 도서관 강의에서 그가 수강생들에게 한 말 때문이었다.

 "시는 떠남입니다. 우리 삶도 마찬가지라고 믿습니다. 오직 떠남을 통해서만 우리 개개인의 삶이 더 활기차고 보람이 있을 거라고 생각합니다."

 강태문이 그때 한 이야기를 미현이 전부 기억하지 못하지만 대략 이런 정도의 이야기를 했고, 그 이야기가 미현의 머릿속에서 떠나지를 않았다. 오늘 뜻하지 않은 기회에 궁금해 하던 내용을 조금 더 이해하게 되었다.

 너무 꼬치꼬치 묻는 것은 자칫하면 결례가 될 수도 있어서 조심스러웠다. 몇 마디 물어본 것으로도 만족스러웠다.

 "떠나 보셨어요?"

 단도직입적으로 물었을 때 태문이,

 "매일 떠나지만 매일 제 자리로 다시 돌아옵니다. 실천해야 하는데 실천을 못 하고 있지요. 아마도 자질이 부족한 것 같습니다."

 미현도 수긍이 가는 말이었다.

미현은 어두컴컴한 거실에서 남편과 아들, 석민, 아버지와 어머니, 딸 정애와 사위, 손녀들, 친구들, 그들과 얽히고설킨 인연과 자기의 삶을 생각했다. 앞으로 어떤 삶이 자기에게 주어질 것인가. 아니 어떻게 자기의 남은 삶을 살아가야 할 것인가. 쉬운 듯하지만, 전혀 쉽지 않은 삶이었다.

여러 가지로 바빴던 하루였다. 몸과 마음이 지쳐서 그만 자리에 들고 싶었다. 그나마 다행스러운 일은 강태문을 만났고, 또 오늘 차를 태워 준 보답으로 어렵사리 태문과 다음 약속을 정한 것이다.

미현의 끝머리 가을밤이 깊어 갔다. 어쩌면 겨울을 지나 봄으로 가기 위한 마지막 준비를 하고 있는지도 몰랐다.

6 - 23

창문 앞에 서서 쉬지 않고 달려가는 거리를 내려다보았다.

오전에 아들 성철이 자기를 찾아온 일, 아끼던 후배의 장례식에 간 일, 그곳에서 뜻하지 않게 서미현을 만난 일, 영숙의 부탁으로 산사 음악회에 다녀온 일. 하루가 또 그렇게 지나갔다.

주어진 시간은 앞뒤 돌아보지 않고 무심하게 흘러간다. 누구도, 그 무엇도 시간이 가는 것을 막을 수 없다. 우리는 그 안에서 무슨 일인가를 끊임없이 해야 한다. 그 일은 우리가 원해서 하는 일도 있지만, 대부분의 중요한 일들은 우리들의 계획이나 의지와는 전혀 관련 없이 일어났다. 그러면서도 우리들의 삶에 중대한 영향을 미친다.

태문은 종종,

"인간이 태어난 목적이 무엇이라고 생각하세요?"

이런 질문을 받았다. 여기에 대한 답은 사람마다 다를 것이다. 태문은,

'인간이 태어난 목적은 인간이 물을 수 있는 질문이 아니다.'

이렇게 생각했다. 인간이 주체가 되어 스스로 이 세상에 온 것이 아니기 때문이다. 인간 개개인의 힘이나 의지로 태어나지 않은 인간이 자유롭고 자주적으로 결정해야 하는 목적을 어떻게 정할 수 있다는 말인가. 인간이 태어난 목적을 묻는 것보다는 차라리,

'인간은 어떻게 살아야 하는가?'

이런 질문이 인간이 처한 현실에 맞는 질문이라고 생각했다.

'인간은 어떻게 살아야 하는가?'

사실 이 질문도 대답하기 쉽지 않다. 그렇지만 태어남의 목적보다 비교적 쉽게 답을 할 수 있을 것이다. 인간 개개인이 모두 다른 답을 해도 정답이니까. 스스로 사는 방법을 결정하면 되는 것이니까.

불행 중 다행으로 인간은 스스로 판단하고 결정을 할 수 있는 의지와 권한을 갖고 태어났다. 어쩌면 인간이 가지고 있는 최고의 무기가 바로 주체적 결정권일 것이다. 누구도, 그 무엇도 개인의 주체적 결정권을 침해할 수 없다. 그것이 구체적인 결과로 나타나 다른 것들에게 피해를 주기 전까지는 말이다.

시간이 세월을 만들고, 그 세월이 어떤 간섭도 받지 않고 흘러가는 것을 몸과 마음으로 보고 느낄 때가 되자 태문은 자기 삶에 조금씩 눈을 뜨게 되었다.

태문은 지금까지의 자기 삶을 돌아보고, 나머지 삶은 자기가 주체적으로 결정하면서 사는 것이 올바른 삶이라는 생각이 들었다.

온전하고 완전한 자기 삶을 사는 것이야말로,

'인간은 어떻게 살아야 하는가?'

라는 질문에 옳은 답이라고 태문은 믿었다.

온전하고 완전한 자기 삶을 살기 위해서는 자신이 의도하지 않았던 삶, 멍에를 뒤집어쓴 삶을 버리고, 자기가 주인이 되는 삶을 살아야 한다고 생각했다.

태문은 창밖을 스치고 떠나가는 세월의 바람 소리를 들으며 지나간 오늘 하루를 돌아보았다. 오늘 하루의 삶에서 자기의 역할은 무엇이었을까?

'연출가? 배우? 아니면 연출가 겸 배우? 모두 아니라면 방청객?'

정확하게 자기의 역할이 무엇이었는지 태문은 알 수 없었다. 그는 자기 삶의 무대에서 연출가 겸 주연 배우가 되고 싶었다. 연출가에게 좌지우지되는 배우는 원하지 않았다. 자기 삶을 제삼자의 측면에서 보는 것은 더 싫었다. 오직 자기의 삶을 자기 처지에서 보고 판단하고 싶었다.

"떠나 보셨어요?"

서미현이라는 여자의 이 질문은 태문을 당황스럽게 만들었다. 그러나 태문이 항상 꿈꾸고 있는 일에 대하여 다른 사람으로부터 질문을 받는 것도 나쁜 일만은 아니었다. 질문을 받는 자신에게 커다란 자극제가 될 수 있는 터였다.

"떠나기는 하지만 항상 제자리로 돌아옵니다."

언제까지 같은 말을 반복할 것인가. 이제 제자리로 돌아오는 일은 없도록 하는 것이 태문이 해야 할 일이었다.

어떻게 그것이 가능한가. 모든 것에서 벗어나는 일이 가능하기라도 할까? 중요한 삶의 고개에서 태문의 가을밤은 깊어만 갔다. 창문을 통해 무심한 눈빛으로 자기를 바라보며 제 길만 가는 세월 때문에 태문은 서글펐다.

6-24

삼정물산 총무 여성원은 아침부터 바빴다.

아니 아침부터가 아니라 사실 며칠 전부터 눈코 뜰 새가 없었다. 오늘 아침부터라고 한 것은 아침에 일어나자마자 그의 핸드폰이 불이 나게 울리더니 또 부고 소식이 전해졌기 때문이다.

이번 가을 들어서만 벌써 두 번의 부고 소식과 세 번의 결혼식 소식을 삼정물산 공동밴드와 카카오톡 소식 방에 올렸다. 회원들이 많다 보니 전해 오는 소식도 많았다. 딸린 식구들까지 더 하면 그 수가 서너 배는 늘어났다. 연속되는 애경사에 총무의 손발이 몇 배 더 있어도 모자랄 지경이었다.

총무에게 일이 많고 적음은 문제가 되지 않았다. 경사스러운 일이야 많을수록 좋은 것이 아니겠는가. 문제는 애사였다. 특히 전혀 예상하지 못한 불행한 일이 회원들에게 일어나는 일은 무엇보다 총무의 마음을 아프게 했다. 모든 회원에게 슬픈 소식을 전하기 전에 자기가 먼저 그 짐을 져야 한다는 것이 늘 부담이었다.

"여보세요. 아, 그런데요. 뭐라고요? 천천히 말씀하세요."
 전화가 잘 들리지 않았다. 상대방이 무슨 말인가를 하는데 워낙 당황해서 그런지 발음이 분명하지 않았다.
 "여보세요. 다시 말씀해 보세요. 아, 맞다니 까요. 제가 삼정물산 총무 여성원입니다. 아, 예, 예! 뭐라고요? 하연희 선생님이 갑자기 돌아가셨다고요? 아니, 어제도 여기 계시다 가셨는데요. 혹시 잘못 아신 것 아닌가요?"
 여러 차례 확인을 해 보았지만, 삼정물산 회원 하연희 교장선생이 돌아가신 게 맞았다. 이제 퇴직한 지 일 년도 안 되는 회원이었다. 성격도 좋고 인물도 빼어나서 남자 회원들에게는 물론이고 여자 회원들에게도 인기가 많은 회원이었다. 그런데 이렇게 허무하게 가다니.
 여성원은 지금 받은 소식을 믿을 수 없었다. 어제만 하더라도 여기에 와서 웃고 떠들며 종일 머물다 가지 않았나. 거리낌 없이 회원들과 어울리던 하연희의 모습이 여성원의 눈앞에서 아른거렸다. 더구나 하연희는 여성원과 동갑으로 같은 대학교 같은 과를 다닌 터라 여성원이 받는 충격은 더 컸다.
 아침도 거르고 사무실로 나온 총무는 자기가 받은 소식을 다시 한 번 확인하고 회원들에게 부고를 알렸다. 잠시 동안 멍한 기분으로 앉아 있다가 탁자 위에 어지럽게 널브러져 있는 막걸릿잔과 먹다 만 음식들을 대충 정리하여 한쪽으로 밀어 놓았다. 여기저기 굴러다니는 지저분한 휴지며 음식 찌꺼기에서 나는 악취가 사무실에 진동했다. 여성원이 창문을 활짝 열자 시원한 바람이 사무실 안으로 들어왔다.

퀴퀴한 사무실의 냄새가 어느 정도 가시자 여성원은 사무실 한편에 있는 방문을 열었다. 어두컴컴한 골방에 누군가가 옷도 벗지 않고 심하게 코를 골며 자고 있었다. 술 냄새가 진동하는 것으로 보아서 어제 술을 많이 마신 모양이다. 여성원은 방 안쪽에 있는 스위치를 올렸다. 차디찬 방에 이불도 깔지 않은 채 오른쪽으로 잔뜩 웅크리고 자는 사람의 모습이 보였다.

자는 사람에게 조심스럽게 다가갔다. 해쓱한 얼굴의 이수만이 세상 모르게 깊은 잠에 빠져 있었다. 무슨 일인지는 몰라도 이수만에게 큰 문제가 있다는 것을 어렴풋이 눈치 채고 있었던 여성원은 한참 동안 이수만의 얼굴을 들여다보다가 살짝 방을 나왔다.

방에서 나온 여성원은 지저분한 탁자에 앉았다. 삶에 대한 회의감이 덧없이 밀려왔다. 퇴직하기 전에는 학교와 사회에서 교장 선생으로서의 그나마 보람이 있었다. 비록 크게 출세한 사람들에게는 미치지 못해도 나름대로 보람과 자부심이 있었던 것도 사실이었다.

막상 사회에 나와 보니 현직에 있을 때 하고는 천지 차이로 달랐다. 더는 자기 삶을 보람 있게 해줄 일이 없었다. 또 현직 때 가졌던 자부심은 퇴직 후에는 어디로 갔는지 보이지 않고, 말라비틀어진 자존심 하나만 여성원의 가슴 한구석에서 달랑거리고 있었다.

교장 출신이라고 하면 고집과 보수적 사고 때문에 백안시당하는 경우도 많았다. 그렇다고 갈 곳도 마땅치 않았다. 겨우 한다는 것이 삼정물산이라는 회사 아닌 회사를 만들고, 끼리끼리 모여 그 안에서 지지고 볶으며 남은 생을 소모하는 일이었다.

여성원은 한쪽으로 밀어 놓았던 막걸리 병을 찾아 그 병에 남아 있은 막걸리를 버려졌던 종이컵에 가득 부었다. 한 잔을 단숨에 비우고 또 한 잔을 비웠다. 연거푸 두 잔을 마시고 나자 텁텁하고 썩은 냄새가 위에서 식도를 타고 꾸역꾸역 올라왔다.

다른 막걸리 병에 남은 막걸리를 축축해진 종이 잔에 또 따랐다. 심한 상처같이 찌든 막걸리 앙금이 뭉텅뭉텅 잔에 떨어지기 시작했다. 병을 거꾸로 세워 쥐어짜듯이 한 방울의 막걸리까지 잔에 부어서 그 잔마저 비워 버렸다.

이렇게라도 해야만 자기가 겪는 현실을 견딜 수 있을 것 같았기 때문이다. 자기 삶 같은 쓸쓸하고 시금털털한 맛이 입안과 목구멍에 흔적을 남기며 위로 흘러 들어갔다. 허무감이 밀려들고 참을 수 없는 슬픔이 그를 괴롭혔다.

전화벨이 쉬지 않고 앙탈을 부렸다. 그럴 때마다 차중락의 '낙엽 따라 가 버린 사랑'이 계속해서 사무실을 울렸다. 전화를 받지 않았다. 그치지 않는 전화벨 노래를 자기도 모르게 따라서 흥얼거렸다. 찌들고 음습한 사무실에 여성원과 차중락이 함께 부르는 '낙엽 따라 가 버린 사랑'이 허무한 메아리가 되어 끝나가는 가을에 가득했다.

6-25

입동이 지나자 바람결이 제법 차가웠다.

구름 한 점 없는 푸른 하늘이 차가운 날씨에 이별의 아쉬움을 더 했다. 계절도 절기를 어기지 못하고 이제 겨울로 가는 모양이다.

계족산 황톳길에 줄지어 서 있는 벚나무의 붉은 잎들이 폐허의 잔해처럼 황톳길 위를 떠돌고 있었다. 앙상한 벚나무 가지 사이로 멀리, 가까이 보이는 하얀 갈대가 이따금 부는 바람의 장단에 맞춰 이리저리 춤을 추고 있었다.

미현과 영숙은 자주 다니는 임도 삼거리에서 왼쪽 길로 들어섰다. 굵직굵직한 낙엽송들이 당당하게 줄지어 서 있는 길을 둘은 어깨를 나란히 하고 걸었다. 분위기에 취했는지, 아니면 영숙이 곧 여행을 떠나는 헤어짐이 아쉬웠는지 두 사람은 말이 없었다.

낙엽송은 계절이 변해서 자기들의 이파리가 모두 떨어졌지만 조금도 위축되지 않고 여전히 당당한 모습이었다. 떨어진 밤을 물어 나르는 다람쥐가 두 사람의 발걸음 소리에 놀라 뒤를 힐끗힐끗 보며 제 집으로 들어갔다.

"준비는 다 됐지?"

미현이 영숙에게 물었다. 잠시 무엇인가를 생각하던 영숙이,

"준비할 게 뭐 있어? 옷가지 조금하고 화장품 챙기면 되지."

미현의 기대와는 다르게 영숙의 대답에 힘이 없었다. 둘 사이에 어색한 침묵이 흘렀다. 그 사이에 바람이 불고, 길 위의 낙엽이 흩날렸다. 산중의 고요를 깨트리는 산울림이 골짜기의 썰렁한 정취를 가려주었다.

"내가 잘 살고 있는 걸까?"

비탈길을 내려와 오른쪽으로 구부러질 무렵에서야 영숙이 불현듯

입을 열었다. 평소와는 다르게 여전히 자신 없는 목소리였다. 미현은 아무런 대꾸를 하지 않았다. 영숙의 말을 들었는지 못 들었는지 길 위에 쌓인 낙엽이 행여 다칠세라 조심스럽게 밟으며 제 길을 갔다.

"수만 씨를 사랑하기는 했나?"

영숙이 혼잣말로 중얼거렸다. 미현에게 묻는 말 같기도 했지만, 이번에도 미현은 대답하지 않았다. 영숙의 말이 허공으로 또 흩어졌다.

"얘, 미현아. 너는 어떻게 생각하니? 내가 수만 씨를 사랑한 것과 주철 씨를 사랑하는 것은 다른 사랑일까? 만약 내가 수만 씨를 사랑했다면 말이야."

영숙이 가던 걸음을 멈추고 미현을 보며 물었다.

"어떻게 네가 수만 씨를 사랑하지 않았다고 할 수 있어? 그럼 애 낳고, 수십 년을 함께 산 것은 뭔데."

미현도 걸음을 멈추었다. 영숙이 멈췄던 걸음을 다시 옮기기 시작하며,

"그런데 수만 씨와의 사랑은 왜 철없는 사랑 같고, 주철 씨와의 사랑은 가슴이 뭉클하지? 똑같은 사랑이라고 한다면 왜 다른 걸까?"

"그래 몇 시에 출발하니?"

미현이 말머리를 돌렸다. 친구이기는 하지만 영숙이 누구를 더 사랑하는지 어떻게 알겠는가? 대답은 영숙 본인에게 달린 것이다.

"아무리 생각해도 수만 씨와 사랑은 철부지들의 사랑놀이였나 봐. 어른이 돼서 하는 사랑이 깊고 진한 여운이 많은 것 같아. 주철 씨와 사랑처럼."

"……."

"생각해 보면 참말로 웃기는 일이지? 비난받아 마땅한 일이고. 거짓말처럼 우연히 만난 사랑이 여기까지 이르다니. 내가 생각해도 신기해."

"왜? 막상 장기간 여행을 가려고 하니까 세상이 다르게 보이니? 너답지 않게 가라앉아서."

미현이 영숙의 옆구리를 장난스럽게 툭 치며 비꼬았다.

"생각해 봐. 윤리 교사에, 믿음 깊었던 신자에, 돈 많고 잘생긴 남자와 사는 여자가 어느 날 외간 남자와 눈이 맞았으니. 이게 가당키나 한 일이냐?"

"글쎄, 인간의 앞날을 누가 알겠어. 흔한 말로 '인간만사 새옹지마'라고 하지 않니. 네가 선택한 길이면 그 길이 맞을 거야. 나는 그렇게 생각해."

"너는 내 편이지? 누가 뭐라고 하든 말든. 그렇지?"

미현이 영숙을 보고 씩 웃었다.

"당연하지. 누가 무슨 말을 해도 나는 네 편이야. 언제라도 마찬가지야. 그런데 너 지금 겁나는구나. 말하는 걸 보니. 그렇게 겁이 나면 지금이라도 포기해. 그러면 깨끗하게 해결되네."

미현이 짓궂은 표정을 지었다. 영숙이 곁눈으로 미현을 흘겨보았다.

"나는 애들 사랑놀이를 하는 게 아니야. 나이도 먹을 만큼 먹었고, 세상도 알 만큼은 알아. 학교에서 배운 것도 많고, 예수님을 사랑해. 여러 사람에게 피해를 주고 있다는 것도 잘 알고 있어. 무엇보다도, 나를 아는 사람들이 실망을 많이 하겠지."

영숙은 목이 잠기는지 잠깐 말을 멈추었다. 겨울로 들어가는 날의

햇살이 미현의 눈을 부시게 했다. 미현이 오른손을 들어서 햇살을 가리며,

"사랑도 해 본 사람이 사랑을 더 잘한다고 하지 않니? 고기도 먹어 본 사람이 더 좋아하고. 아무래도 먼저 한 사랑의 경험이 다음 사랑의 좋은 본보기가 되겠지. 진심으로 상대방을 사랑한다면."

"그래. 부추기는 사랑보다는 말리는 사랑이 더 애틋하고. 하하."

영숙이 마치 자기의 사랑을 합리화라도 시키려는 듯 나지막하게 웃으며 말했다. 영숙의 말 속에 작은 가시가 있었지만, 미현은 못 들은 척 외면했다. 영숙이 다시,

"오랫동안 한 사람만을 사랑하는 사랑은 영원한 사랑이 되기 어려울 것 같아. 사랑에도 유효 기간이 있고, 사랑의 유효 기간이 지나면 그 사랑은 시들해지고. 그러다가 또 다른 사랑을 갈구하는 것이 인간의 사랑이 아닐까? 하는 생각이 들어. 지금 내가 그러고 있으니까."

말을 하면서 영숙이 길 옆의 벤치에 앉았다. 노란색 나무로 등받이를 덧붙여 만든 의자에 세월의 흔적이 묻어 있었다. 벤치 옆에는 바람에 날려 온 마른 나뭇잎들이 수북했다. 미현도 영숙을 따라 벤치 위의 나뭇잎을 쓸어 내고 앉았다. 기울어 가는 해가 지친 표정으로 두 사람을 바라보았다.

"언젠가는 마지막 사랑도 끝이 있겠지? 그 사랑이 누구하고 나누는 사랑일지는 몰라도."

미현이 우수에 젖은 표정을 지었다. 영숙의 표정도 굳어졌다.

"그러겠지. 살아 있는 동안에는 우리들의 사랑은 계속되겠지만 그 사랑도 끝이 있겠지."

"……."

"내 마지막 사랑은 주철 씨일까?"

"수만 씨는 어떻게 하고?"

"이번에 출발하면서 이혼서류를 놓고 가려고 해. 서류를 모두 작성해서. 그렇게 하는 것이 모두를 위해서 좋을 것 같아."

"아이들과 이야기 한 번 안 하고?"

"애들한테는 이미 귀띔은 해 놨어. 그런데 아무 말도 없네. 저희 살기도 바쁘니까 부모 챙길 여유도 없나 보지. 아니면 너무 실망해서 그런지."

미현은 할 말이 없었다. 지금 와서 영숙을 말린다고 해결될 문제가 아니었다. 해결이 된다고 해도 말리고 싶지 않았다. 다 큰 성인이 자기 평생이 달린 일을 얼마나 많이 생각해서 결정했을까. 누구보다도 많은 심사숙고 끝에 내린 결정이리라. 미현은 영숙 곁에서 수십 년을 한 몸처럼 살아온 터라 누구보다도 더 영숙을 잘 알고 있었다. 영숙이 바라는 것은 오직 하나였다.

'할 수 있는 한 자유로운 사랑.'

"영숙아, 나는 네가 어떤 결정을 내려도 항상 네 편이야. 설령 네가 아주 잘못된 길을 가더라도 나는 너를 지지할 거야."

미현이 말을 하며 영숙의 손을 꼭 잡았다. 미현의 따뜻한 온기가 영숙의 손에 전해졌다. 영숙은 가지만 앙상한 나무들에게 시선을 던지며 말이 없었다. 무슨 생각을 하는지 높고 푸른 하늘에 잠시 얼굴을 묻었다.

6 - 26

"너, 그 사람 만나 보았니?"
벤치를 떠나 허름한 민가 옆을 지나면서 영숙이 강태문에 관해 물었다.
'컹, 컹, 컹.'
다 쓰러져 가는 개집에서 꾸벅꾸벅 졸고 있던 하얀 진돗개가 두 사람을 보더니, 금방이라도 물듯이 짖어 댔다. 녹슨 개 목줄이 금방이라도 끊어질 듯이 팽팽해졌다. 평소와는 완전히 다른 모습이었다.
두 사람은 누가 먼저라고 할 것도 없이 빠르게 개집을 지나갔다.
"아직. 아마 급하게 처리해야 할 일이 있는 것 같아. 지금은 제주도에 있어. 거기에서 무슨 행사가 있대."
"어떻든? 그 사람."
영숙이 단도직입으로 물었다.
"두어 번 보고 뭘 알겠어. 잘 모르겠어. 하지만 말이 없고 속이 깊은 사람 같아."
"어쨌든 더 만나 볼 생각은 있지?"
영숙의 물음에 미현은 대답 대신 고개를 끄덕였다.

산길을 벗어난 두 사람 앞에 오래된 시멘트 길이 나타났다.
오른쪽으로는 계족산성이 한눈에 보이고, 왼쪽으로는 추수가 막 끝난 조그만 논밭이 올망졸망 자리다툼을 하고 있었다. 아직 가을걷이를 하다만 배추와 무도 군데군데에서 시들어 가는 햇볕을 즐기는 중이었다.

몇 그루 감나무에는 따지 않은 빨간 감들이 금방이라도 가지에서 떨어질 듯 아슬아슬하게 매달려 있고, 만찬을 즐기는 철만난 까치들이 분주하게 날아다녔다.

이제 태양도 집으로 가는 준비를 하는지 한낮의 열정은 사그라지고 뿌연 눈짓으로 늦가을을 안아 주며 하루를 끝내고 있었다. 땅거미가 밀려오기 시작했지만 두 사람은 발길을 서두르지 않았다.

오늘은 두 사람이 만나는 올해의 마지막 날이었다. 영숙이 여행을 떠나면 올해는 두 사람이 얼굴을 볼 기회가 없기 때문이다.

"앞으로 어떻게 할 계획이니?"

미현이 영숙에게 물었다.

"주철 씨도 사업을 정리하는 중이야. 아마도 조만간 인수업체가 결정될 것 같아. 귀국해서 회사 일을 마무리 할 거야. 일이 마무리 되면 우리를 아는 사람이 없는 곳으로 갈 생각이야. 아직 정확하게는 모르겠어. 그게 어디가 될지. 아마도 여행 중에 결정해야겠지."

영숙은 오래전부터 이 일을 생각하고 있었는지 아무런 망설임도 없이 앞으로의 계획을 이야기했다. 미현은 한편으로는 가슴이 서늘해지고, 한편으로는 부럽다는 생각이 왈칵 들었다.

어떻게 보면 무모한 행동처럼 보이기도 하고, 어떻게 보면 자기의 삶을 스스로 개척하고 운명지어가는 것이 진정한 자기 삶을 살고 있다는 생각도 들었기 때문이다.

미현은 영숙이 어떤 쪽으로 자기 삶을 결정하든지 왈가불가하고 싶지 않았다. 영숙이 자기의 둘도 없이 친한 친구라서가 아니었다. 영숙이 아니라 모르는 다른 사람이 그런 결정을 하더라도 마찬가지였을 것이다.

　같은 인간으로 태어나서 누가 누구를 재단할 수 있겠는가. 그렇게 할 근거도, 기준도 없었다. 자기의 삶은 자기가 알아서 살면 그만이라고 미현은 생각했다.

　오래된 시멘트 길은 여기저기 삭아서 부스러지는 곳이 많았다. 두 사람은 무관심하게 길을 걸었다. 저벅저벅 두 사람이 걷는 발자국 소리만 적막한 산디 골에 울렸다. 두 사람이 남기는 흔적이 조용하게 뒤를 따라오며 무언가를 주절댔다.

　미현과 영숙은 평소에 잘 갔던 감나무 집에 가서 오리고기로 저녁을 했다.

　우연한 인연이 뿌리 깊은 나무로 자라고, 뿌리 깊은 나무도 우연한 일로 생을 마친다. 우리네 삶도 이와 같다. 일상적으로 일어나는 일 중에 어떤 일은 커다란 숲을 이루기도 하지만, 어떤 일은 숲을 폐허로 만들기도 한다.

　미현과 영숙처럼 일상적인 만남의 끝이 영원한 이별이 될 수 있는 것도 이런 이유다.

6-27

　무선 청소기의 앵앵거리는 소리가 오늘따라 유난히 컸다.

　정애 부부 침실과 손녀들 방을 청소한 다음, 주방에서 청소기를 돌리는 중이었다. 아파트가 크다 보니 청소기를 밀고 다니며 구석구석을 깨끗하게 하는 일도 쉬운 일이 아니었다.

 정애와 사위가 출근하고, 손녀들이 학교와 유치원으로 가고 나면 정애 집은 텅 비어 쓸쓸한 분위기마저 감돌았다. 참다못한 미현은 매일 아침 청소기를 돌렸다. 언제부턴가 큰 집에 자기 혼자 있다는 고립감이 들기 시작하면 걷잡을 수 없는 외로움과 쓸쓸함이 미현을 힘들게 했다. 그런 기분에서 벗어나기 위해 미현은 뭐라도 해야 한다는 심정으로 집 안을 청소하는 것이다.

 청소기로 여기저기를 청소하면 뿌연 먼지와 작은 쓰레기들이 흡입구로 빨려 들어갔다. 청소기가 지나간 자리가 깨끗하게 변하는 것을 보면 미현의 마음도 안정이 되었다. 시끄럽게 돌아가는 청소기의 엔진 소리와 흡입구의 쉰 소리가 적막을 깨트려 이곳이 사람 사는 곳이구나 하는 느낌을 들게 했고, 그 소음에 묻혀 미현의 잡념이 사라지기도 했다.

 여느 날과 마찬가지로 미현은 손녀딸들을 유치원과 학교에 데려다 주고 정애 집으로 돌아와서 자리에 앉지도 않은 채 청소기를 찾았다. 미현이 낮에 머무는 방에 세워져 있던 검정 청소기로 청소를 하는 중이었다.

 정애 부부와 손녀들 방을 청소하고 나서, 거실 청소를 하기 전에 주방으로 들어가 식탁 밑과 의자 사이사이에 청소기를 밀어 넣었다. 청소기 돌아가는 소리가 오늘따라 유난히 크게 들렸다.

 '미현아, 지금 출발한다. 다녀와서 보자. 전화할게.'
 미현은 영숙이 보낸 문자를 보자 가슴이 철렁 내려앉았다. 예상했던 일이지만 막상 현실이 되고 보니 미현이 받는 충격이 컸다.

'언제나 곁에 있을 줄 알았는데.'

미현의 마음에 허전함을 넘어 상실감마저 밀려왔다. 미현은 주체할 수 없이 아픈 마음을 달래려고 청소기의 엔진을 최고로 높였다. 청소기의 흡입구를 거칠게 식탁 의자 다리 사이로 밀어 넣으며 불편한 마음을 다른 곳으로 돌리려고 했지만, 여전히 미현의 마음은 안정되지 않았다.

미현은 청소기를 끄지 않은 채 주방 벽에 세워 놓고 쓰러지듯이 식탁 의자에 주저앉았다. 며칠간 잠을 제대로 자지 못한 탓에 얼굴은 핏기라고는 찾을 수 없이 창백했다. 미현은 뜨거워진 자기의 얼굴을 양손을 펴서 감싸 안았다. 희고 가느다란 손가락 사이로 끈끈한 눈물이 흘러나왔다.

지난 세월에서, 미현이 가장 기억에 남는 삶을 돌아보면 기뻤던 순간보다 슬펐던 순간이 많았다. 슬펐던 그 순간은 사랑하는 사람들과의 이별이었다.

부모님, 남편과 아들, 석민.

슬픔은 면역력이 없다. 오히려 그때마다 더 쌓여만 갔다. 적어도 미현에게는 그랬다. 자기 삶을 뒤흔든 연이은 상처에 미현은 아직도 그 충격과 슬픔에서 벗어나지 못했다. 겉으로는 모두 벗어난 듯 보여도 미현의 깊숙한 가슴 한복판에는 말로 하기 어려운 슬픔과 아픔이 시도 때도 없이 그녀를 괴롭혔다.

미현이 평상시에 보여 주는 밝은 모습은 다른 사람들에게 자기를 잘 보이기 위한, 어쩌면 위장된 그녀의 처세술인지도 몰랐다. 다른 사람들에게 보여 주던 모습은 혼자 있을 때면 완전히 변했다. 거실에 앉아서도 거실 등을 켜는 일이 드물었다. 그 어둠 속에서 한없이 앉아 있기를 좋아했다. 침묵과 어둠이 미현의 진실한 동반자였다.

이번에는 둘도 없는 친구인 영숙이 미현의 곁을 떠났다. 말로는 몇 개월 해외여행이라고 하지만 과거처럼 영숙과 자주 지낼 일은 없을 것이다. 조만간 영숙과 주철의 일이 마무리되면 두 사람은 이민을 떠날 것이고, 그러면 살아생전 몇 번이나 얼굴을 볼 수 있을 것인가.

두 사람 사이에 '잠시 안녕'이라는 가벼운 헤어짐의 인사에는 '영원한 이별'이라는 깊은 뜻을 감춰 두고 있었다. 이런 일상적인 헤어짐 아래 숨어 있는 무서운 비밀을 알고 있어서 미현은 마음이 더 아팠다.

그것은 오색단풍의 겉모습에 감추어진 가을의 진정한 모습과 같은 것이었고, 짙은 화장에 숨겨진 나이 든 여인의 얼굴과 같은 것이었다.

이것이 바로 피할 수 없는 우리네 삶이다.

6-28

아픔과 허무함이 가득한 주방에 청소기의 울음소리가 더 커졌다.

천천히, 나지막하게 울다가, 갑자기 큰 소리로 앙탈을 부렸다. 자기를 더 이상 혼자 두지 말라고 떼를 쓰는 것 같기도 했고, 이젠 그만 슬픔을 멈추라고 미현을 달래는 소리 같기도 했다.

미현은 손등으로 눈가를 닦으며 의자에서 일어나 청소기의 버튼을 눌렀다. 시끄럽게 앵앵거리던 소음이 멈추자 정애 집은 다시 쓸쓸한 세상이 되었다.

청소기를 제자리에 가져다 놓고 화장실로 들어가 걸레를 깨끗하게 빨았다. 거실 탁자와 거실 장, 창문 틈 사이를 닦기 시작했다. 미현의 손이 지나간 자리마다 속살이 드러나고 그 자리에는 활력이 돋아났다. 계속해서 집안 곳곳을 닦고 또 닦았다. 정애 집안은 신선한 공기가 더 가득해지고 새로운 생명력이 반짝였다.

얼마나 오랫동안 청소를 했을까.

갑자기 현관문이 열리면서 유치원에 갔던 손녀딸 서희가 들어 왔다. 서희는 거실로 들어오기 무섭게 미현에게 달려와 품에 안겼다.

"할머니, 왜 안 나와, 서희 무섭단 말이야."

서희는 울음 섞인 소리로 말을 하며 미현을 꼭 껴안았다. 미현은 유치원에서 돌아온 막내 손녀 서희를 보고 어리둥절했다. 시계를 보았다. 어느새 한 시가 지났다. 서희를 번쩍 들어 안아 올리며 서희의 부드러운 볼에 자기의 볼을 대고,

"우리 서희가 벌써 왔네. 할머니가 시간을 깜빡했네. 미안해서 어떡하나?"

"할머니가 없어서 무서웠어. 그러지 마."

서희가 고사리 같은 손으로 미현의 얼굴을 어루만졌다.

"그럼 그럼, 다음에는 꼭 나갈게. 약속."

미현이 서희에게 자기의 오른손 새끼손가락을 내밀었다. 그제야 서희도 기분이 좋아졌는지 밝게 웃으며 새끼손가락을 내밀었다.

"할머니, 약속했다. 다음에는 꼭 데리러 나와야 해."

미현이 이런저런 생각을 하다가 서희가 올 시간을 놓친 것이다. 서

희에게 점심을 차려 주었다. 자기는 점심 생각이 없었다. 서희가 점심을 먹는 동안 소파에 앉아 창밖을 보았다. 한없이 파란 하늘에 이따금 흰 구름이 떠갔다.

'하늘 끝에는 무엇이 있을까. 흰 구름처럼 흘러가면 행복할까?'

허망한 생각이 뇌리를 불현듯 스치고 지나갔다. 가슴이 아리고 숨이 막혔다. 참을 수 없는 답답함이 배에서 가슴으로 솟구쳐 올랐다. 금방이라도 토할 듯이 구역질을 하며 두 손으로 입을 막았다. 몇 번 헛구역질하고 나서야 조금 안정이 되었다.

이번에는 칼로 도려내는 통증이 왼쪽 가슴을 움켜쥐게 했다. 고통이 작은 떨림이 되어 미현의 입에서 흘러나왔다. 보이지 않는 식은 땀방울이 이마에 맺혔다.

"할머니, 밥 다 먹었어."

서희가 주방에서 나와서 미현의 무릎에 앉았다.

"할머니, 나 학원 가야 해. 어디 아파?"

서희가 동그란 눈을 놀란 듯이 뜨며 물었다.

"아냐, 괜찮아. 어서 나가자."

간신히 아픔을 참으며 서희가 학원에 갈 준비를 한 다음, 손녀 손을 잡고 아파트를 나왔다.

가을을 지나 겨울로 들어서는 길목에는 앙상한 나무들이 다가오는 계절을 준비하고 있었다. 차가운 바람이 아파트 건물 사이로 빠르게 지나갔다. 서희는 할머니의 손을 잡고 가는 것이 무척 즐거운지 깡충깡충 뛰기도 하고, 무슨 노래인지 발걸음에 흥얼흥얼 박자를 맞추기도 했다.

서희가 차에 타는 것을 본 미현은 정애 집으로 가지 않고 자기 아파트로 향했다. 미현은 이 길을 걸을 때면 언제나 다정한 눈빛으로 자기를 보아 주던 나무들에게 눈길을 주지 않고 땅바닥을 구르는 낙엽들만 보며 걸었다. 머릿속에는 지나간 자기 삶과 앞으로의 자기 삶에 관한 생각으로 가득했다.

세월은 사람을 기다려 주지 않는다. 자연의 법칙은 인간이라고 봐주는 일이 없다. 오직 자기 길을 갈 뿐이다.

미현이 이 길을 걷는 이 순간에도 자연은 가을을 지나 겨울로 들어서고 있었다. 누구의 도움이나 간섭을 받지 않고 자연은 오직 자기의 길을 갔다.

집으로 돌아와 옷을 벗지도 않고 소파에 쓰러지듯 누웠다.

그대로 시간을 흘려보냈다. 인정 없는 시간은 미현이 저녁을 먹지 않은 것도 모른 체하고 자기 길만 갔다. 밥을 먹지 않아도 허기가 들지 않았다. 밤을 꼬박 새운 다음 날 아침. 정애에게 문자를 넣었다.

'오늘 일이 있어서 너희 집에 못 간다.'

정애에게서 전화가 왔지만 받지 않았다. 정애에게서 문자가 왔다.

'알았어, 엄마. 일 잘 보고 내일 봐.'

정애에게 답장을 하지 않고 전화기를 덮었다. 고요하고 쓸쓸한 하루의 시작이 미현의 마음을 아는지 겨울 마차에 미현을 태우고 어디론가 떠나갔다.

7

사랑과 미움

7-1

어제 취하도록 마신 술 덕분에 늦게 자리에서 일어났다.

갈증을 삭히려고 주방으로 나왔다. 정수기에서 시원한 냉수를 한 잔 따라 마시고, 부스스한 눈을 비비며 거실로 나오다가 탁자 위에 놓인 서류 뭉치를 보았다. 꺼림칙한 기분으로 소파에 앉아 서류봉투를 열었다.

'수만 씨. 말도 없이 서류를 놓고 여행을 떠나서 미안해. 알고 있겠지만 우리 인연은 여기까지야. 좋은 여자 만나서 남은 인생 보내. 이혼서류를 놓고 가. 수만 씨만 서명하면 돼. 영숙.'

흰색 종이에 굵은 수성 펜으로 쓴 글씨가 침침한 수만의 눈에 선명하게 들어왔다. 아내의 말대로 언젠가는 이런 날이 올 거라고 예상했지만, 상상했던 일이 막상 눈앞에 닥치니 자기가 무슨 일을 어떻게 해야 할지 막막했다.

수만은 크게 한숨을 몰아쉬며 가볍게 고개를 끄덕였다. 어쩌면 체념의 몸짓이었고, 어쩌면 이렇게 끝낼 수 없다는 다짐의 몸짓이기도 했다. 영숙에게 전화를 걸어서 무슨 말을 하고 싶지도 않았다. 멀리 있는 아이들에게도 알리고 싶지 않았다. 다만, 어쩌다가 자기들의 결혼생활이 이 지경이 되었는지 이유를 몰라서 마음이 답답할 뿐이었다.

'어디서부터 잘못되었지?'
 몇 번을 생각해도 그 이유를 알 수 없었다. 무엇 하나 부족한 것 없는 결혼생활이었다. 풍족한 생활에 나무랄 데 없는 아이들, 건강하고 다정했던 부부생활. 이들이 누릴 수 있었던 복은 다른 사람들이라면 하나도 얻기 쉽지 않은 복이었다. 이런 두 사람의 결혼생활이 이 지경이 되리라고 누가 상상이나 했겠는가. 다른 사람들은 물론이고 영숙과 수만도 전혀 생각지 못한 일이었다.
 세월은 모든 것을 변하게 했다. 계절은 바뀌었고, 자녀들은 이제 아이들이 아니라 장성한 성인이 되었다. 수만도 나이가 들어 직장에서 퇴직하고 몸과 마음이 늙어갔다. 영숙도 마찬가지였다. 버들 같던 허리는 굵어지고 머리에는 어느새 흰 눈이 내리기 시작했다. 눈가에 잔주름이 늘기 시작하더니 이제는 중년을 넘어선 여인의 티가 나기 시작했다.
 변한 것은 마음과 외모뿐이 아니었다. 두 사람이 서로를 바라보는 시선과 사랑도 변했다. 옆에 있기만 해도 행복하고 설레던 사랑은 세월을 따라가면서 무덤덤해지고 옆에 있는지 없는지 의식조차 못했다.
 사랑이 변해서 정이 되고, 나이가 들면 사랑 대신 정으로 산다고 사람들은 말한다. 그러나 사랑이 없는 정은, 사랑으로 맺어졌던 부부의 인연을 더 이상 이어줄 끈끈한 힘이 없는 것도 사실이다.

사랑이 끝난 부부가 그래도 함께 사는 것은 사랑이 정으로 변해서 사는 것이 아니다. 이제는 지치고 만성에 물들어서 그저 그냥 세월을 함께 보내는 것이다. 그들에게는 처음처럼 사랑을 할 열정이 남아 있지 않았고, 설령 열정이 남아 있다고 해도 그 열정을 사랑으로 다시 승화시킬 용기도 마음도 없었다.

특히 영숙처럼 열정적인 사랑을 갈망하는 사람과 수만처럼 죽음을 기다리는 듯 하루하루를 보내는 사람은 더 이상 사랑하며 남은 삶을 함께 갈 수 없는 것이 당연한 일이었다. 그들이 바라보는 방향은 서로 달랐고 걸어가는 길도 같지 않았기 때문이다.

더 중요한 문제는 함께 있는 두 사람이 서로 다른 마음으로, 서로 다른 길을 가기에는 남아 있는 시간이 너무 길다는 것이었다.

7-2

들고 있던 영숙의 편지를 탁자에 놓았다.

이혼 서류는 펼쳐 보지도 않은 채 봉투에 집어넣었다. 영숙의 편지를 읽고 나자 힘들고 허전하기는 했지만, 오히려 머리가 개운해졌다. 안개에 가려 보이지 않던 길이, 걷힌 안개 사이로 훤하게 드러나는 기분이었다. 이제 아내의 마음을 확실하게 안 만큼 그가 가야 할 방향은 명확해졌고, 취해야 할 행동 또한 분명해졌다.

자리에서 일어나 거실 커튼을 열었다. 블라인드 커튼으로 가려져 있던 거실이 밝아지며 음침하던 분위기가 바뀌었다. 창문 밖으로 보이는 초겨울 풍경을 무심하게 바라보았다. 오늘따라 구름이 잔뜩 낀 탓인지 세상이 더욱더 쓸쓸하게 보였다.

'세상도 보기 나름이겠지.'

자기도 모르게 쓴웃음이 나왔다. 얼마 전까지만 해도 세상이 자기 마음대로 되는 줄 알았다. 그런데 요즘 들어서는 자기 마음대로 되는 일이 세상에 없다는 것을 새삼 깨달았다. 자기가 세상에 맞추지 않으면 세상은 제 갈 길로 혼자서 갔다.

우리가 걸어가는 길목에는 세상 뜻에 맞춰서 해야 할 일이 있고 또 그렇지 않은 일도 있다. 수만은 다른 것은 몰라도 영숙과 자기 일은 세상에 맡기지 않고 자기 생각대로 하고 싶었다. 설령 자기에게 예상하지 못한 일이 일어난다고 해도 그것 또한 자기의 인생이라고 생각했다.

'아내를 내 곁에서 떠나보내지 않을 것이다!'

세상이 어떻게 변해도, 또 영숙의 마음이 무엇이든지 자기 마음을 바꿀 생각이 없었다. 삶의 마지막까지 영숙을 자기 옆에 두는 것이 수만의 소망이었고, 이것이 수만의 가슴 깊은 곳에 감추어져 있던 진실이었다.

7-3

시계가 벌써 열두 시를 넘기고 있다.

이때쯤이면 삼정물산 사무실에서는 한참 막걸리 파티가 벌어질 시간이다. 거실에서 옷을 벗고 욕실로 들어갔다. 퀴퀴한 냄새가 목욕탕 안에 가득했지만, 샤워기에서 나오는 따뜻한 물을 여기저기 뿌려대자 냄새가 가셨다. 뜨거운 물과 차가운 물로 번갈아 가며 몸을 씻었다. 일시에 피로가 풀리는 듯했다. 방에 들어가 주섬주섬 옷을 바꿔 입고 집을 나섰다.

하늘과 거리가 온통 회색빛이었다. 잎이 떨어져 앙상한 가지만 죽은 듯이 붙어 있는 나무도 회색 안개에 싸여 자기 모습을 잃었다. 높게 솟은 건물들과 건물마다 닥지닥지 매달려 있는 간판들마저 잠에서 덜 깼는지 희미하게 졸고 있었다.

수만은 침침한 눈을 비비며 빠르게 깜빡였다. 자기가 지금 세상을 잘못 보고 있는 것이 아닌가 하는 생각이 들어서였다. 그러나 수만이 세상을 잘못 보고 있는 것이 아니었다. 그가 아무리 눈을 크게 뜨고 거리와 하늘을 바라봐도 세상은 여전히 회색빛이었다. 쌀쌀한 바람이 얼굴을 스치고 지나가며 그에게 무어라고 중얼거리는 듯한데, 수만은 말을 알아들을 수 없었다.

갑자기 도로의 차량이 헤죽헤죽 웃으며 수만 곁을 지나갔다. 수만을 향해서 다가오는 사람들이나, 수만을 앞질러 가는 사람들이 한결같이 수만에게 손가락질을 하며 고함을 질러댔다.

수만은 자기도 모르게 귀를 막았다. 갑자기 거리가 텅 비어버렸다. 많던 차량도, 사람들도, 가로수도, 건물도 모두 사라지고 거리에는 자기만 홀로 있었다. 수만은 발걸음을 멈추었다. 머릿속이 하얗게 변하며 현기증이 났다. 몸이 한기를 느끼는지 으스스한 기운이 온몸에 돌았다.

'여기가 어디지? 지금 어디쯤 와 있는 거야?'

아침저녁으로 지나다니는 길이 지금은 방향을 구분할 수 없었다. 하늘에 떠 있는 것 같기도 하고, 옛적에 다녀온 사하라 사막에 혼자 있는 것 같기도 했다. 어둠에 가려 앞이 안 보이고 뜨거운 사우나탕에 있는 것처럼 숨을 쉴 수가 없었다. 휘청거리는 다리를 겨우 달래며 한참을 그 자리에 서 있었다. 지나가는 사람들이 이상한 눈초리로 수만을 보았지만, 그는 알아채지 못했다.

7-4

정류장에 있는 사람들 모두가 자기 버스가 오기를 기다렸다.

어떤 사람은 누군가와 즐겁게 대화하며 웃고 떠들고, 어떤 사람은 홀로 서서 버스가 오는 방향만 바라보았다. 수만은 멍한 기분으로 오가는 사람이며, 차에서 시선을 떼지 않았다.

그는 오늘 운전을 하고 싶지 않았다. 남들 모두가 한 번쯤은 타보고 싶은 고급차량이었지만 웬일인지 지금은 아무 가치가 없다는 생각이 들었다.

'좋은 옷 입고, 맛있는 음식 먹고, 고급 승용차 타는 것도 누군가와 함께 할 사람이 있을 때 빛이 나는 일이다. 세상에 홀로 버려진 처지에서 그런 것들이 무슨 소용이 있겠는가.'

막연한 생각을 하다가 유성으로 가는 버스가 오자 수만은 조심스럽게 차에 올랐다. 핸드폰 지갑에 꽂아 넣었던 카드를 더듬거려 찾아서 버스비를 지급했다. 세상에 나온 지 얼마 안 되어 보이는 대형 버스가 소리도 없이 움직였다.

초등학생으로 보이는 여자아이가 자리를 양보했지만 수만은 앉지 않았다. 고맙다는 인사를 눈으로 하고 무심한 마음으로 창밖을 보았다. 제각각 사연을 안은 사람들이 저마다 길을 가고 있다. 삶의 방향을 잃고, 흔들리는 버스에 서 있는 수만에게도 겨울이 가까워지고 있었다.

두어 정거장을 지나자 버스 안이 너무 답답했다.

승객들이 듬성듬성 앉을 정도로 넉넉한 공간이었지만 수만은 숨이 멎을 것 같았다. 정류장에 버스가 멈추기를 기다렸다가 버스에서 내렸다. 가슴이 탁 트이는 기분을 느끼며 크게 심호흡을 했다. 이제야 조금씩 세상이 보이기 시작했다. 심호흡을 한 번 더 크게 하고 나서 지나가는 택시를 불러 세웠다.

"어디로 가십니까?"

출고된 지 오래되어 보이는 노랑 택시 뒷문을 열고 차에 타자, 나이가 칠십이 넘어 보이는 기사가 백미러로 수만을 보며 물었다. 택시 기사와 수만의 눈이 백미러 안에서 마주쳤다. 순간 수만은 늙은 기사가 자기를 무시한다는 생각이 들었다. 기분이 확 나빠졌지만, 그는 내색하지 않으려고 애를 쓰며,

"유성으로 갑시다."

"유성요?"

백미러 안의 기사는 어이없다는 표정을 지었다.

'유성이 다 당신 집이란 말이요?'

이렇게 비웃는 말투와 어감이 담겨 있었다. 기사는 다시 백미러로 뒤를 보며,

"유성 어디로 가십니까?"

재차 물었다. 기사의 눈빛과 억양에 또다시 심한 불쾌감이 들었다. 하지만 그는 가슴에서 터져 나오는 화를 꾹꾹 눌러 참았다.

수만은 지금 어디로 가야 하는지 목적지가 생각나지 않았다. 유성 봉명동 '이마트' 골목 삼정물산으로 간다는 것이 머릿속에서 떠오르지 않는 것이다. 머리를 좌우로 흔들었다. 눈을 감고 생각을 했지만, 삼정물산이라는 단어가 떠오르지 않았다. 늙은 기사의 이마 주름이 더 깊어졌다. 기사가 다시 뒤를 돌아보며 물었다.

"손님, 유성 어디로 모실까요?"

이번에는 기사의 억양이 많이 누그러져 있었다. 수만이 대답을 하지 않자 기사도 이상한 생각이 든 모양이다. 여전히 짜증난 표정이 얼굴에 가득했어도 말투는 조금 부드러워졌다.

수만은 대답 대신 오른손으로 길가에 차를 세워 달라는 신호를 했다. 눈을 지그시 감고 숨을 다시 한 번 깊게 들이마시고 내쉬었다.

낡은 노랑 택시가 오가는 차량을 피해서 한쪽에 멈추었다. 두 사람은 잠깐 말이 없었다. 나이 든 택시가 보내는 비상 신호등만 깜빡거렸다.

회색빛이던 날씨가 우중충하게 변했다. 금방이라도 겨울비가 한 차례 내릴 기세였다. 차도, 기사도, 수만도, 번쩍거리는 비상등도, 우중충한 날씨와 끊임없이 오가는 도로의 차량과 어울려 슬픈 풍경을 만들어 냈다.

7-5

여기저기에 가을이 떠났다는 흔적이 널브러져 있었다.

시원하던 바람결은 제법 싸늘해졌고, 가지마다 무성하게 매달려 있던 단풍잎도 이제는 눈에 띄지 않았다. 하늘도 파란색은 보이지 않고 잿빛 구름이 태양을 가렸다.

변한 것은 풍경만이 아니었다. 변해가는 계절을 겨우겨우 버티며 살아가는 사람들에게도 겨울이 찾아온 것을 어렵지 않게 볼 수 있었다. 철 지난 가을옷은 겨울옷으로 바뀌었다. 사람들의 표정도 웃음의 자리에 회색빛 그늘이 대신했다. 그만큼 차가워진 그들의 마음에도 씻기 어려운 허무함과 슬픔이 가득해졌다.

기쁨과 슬픔이 서로 자리를 바꾸어 가며 우리에게 찾아오고, 때때로 이유도 알 수 없는 고통이 우리의 지배자라도 되는 듯이 주인의 허락을 받지 않고 찾아온다. 그런 일들이 반복되어도 그 무법의 지배자에게 제대로 된 항의 한 마디 못 하고 우리는 주인 되기를 포기한 채 인생을 살아간다.

계절도 마찬가지였다. 봄에서 여름으로, 여름에서 가을로, 가을에서 겨울로 가는 길에는 아무런 제어 장치도 되어 있지 않았다. 계절은 인간들이 오라고 해서 오고, 가라고 해서 가는 것이 아니다. 그들이 오고 싶을 때 그들은 오고, 가고 싶을 때 그들은 갔다.

이렇게 계절이 오고 가는 것은 인간들의 생각과는 전혀 관계가 없는 자연의 법칙이다. 이것은 자연이 인간의 삶에 무관심하다는 자연의 의사 표시 중 하나다. 우리는 우리에게 무관심한 자연이라는 배를 타고 거친 바다를 표류하는 병든 이방인일 뿐이다.

7-6

멀리에서 보이는 '성심 요양병원'은 헐벗은 공동묘지의 봉분 같았다.
쌀쌀한 바람에 이리저리 흔들리는 갈대와 아무것도 걸치지 않은 나뭇가지 사이로 보이는 회색빛 병원을 적막과 허무가 감싸고 있어서 그 분위기가 더 을씨년스러웠다.

살아 있는 것은 아무것도 없다고 표정을 짓는 요양병원이었지만 병원의 깊은 가슴속에는 절망과 후회의 광기가 악을 쓰며 울어대고 있었다. 그 묘지 안에는 떠나려고 해도 떠나지 못한 채 길을 잃고 헤매는 인간들의 영혼이 외마디로 부르짖는 고통 소리가 가득했다.

도대체 우리가 마음대로 할 수 있는 게 무엇이란 말인가? 묻지 않아도, 대답하지 않아도 요양병원과 병원의 환자들은 알고 있었다. 요양병원이 좋아서 들어 온 사람은 아무도 없다. 또 병원을 나가고 싶지 않은 사람도 없다.

요양병원도 그들을 받고 싶은 마음이 없었다. 고통과 신음으로 몸부림치는 그들의 모습을 참고 보아 주는 것은 견디기 어려운 고통이었기 때문이다. 병원에 머무는 사람들 때문에 요양원병도 병이 들었다.

세월은 계속해서 사람들을 요양병원으로 보내고 또 때가 되면 요양병원에서 그들을 데려갔다. 데려가는 것마저도 요양병원과 병원에 머무는 사람들의 의지와는 전혀 관계가 없는 일이었다. 세월과 요양병원 사이에서 이러지도 저러지도 못하는 인간은, 누구도 도와줄 수 없는 절망적인 고통에 신음했다.

오전 열한 시가 조금 지났다.
간병인 김명자는 오늘도 다른 때와 마찬가지로 환자들을 돌보고 있었다. 벌써 이십 년이 넘게 해 온 일이었지만 김명자는 이 일이 익숙해지지 않았다. 그녀가 하는 일이 지저분하거나 힘이 들어서가 아니었다. 그런 일들은 이제는 이골이 나 있어서 문제될 것이 없었다.
김명자 간병인이 힘이 드는 것은 그녀가 돌보는 환자들과 눈을 마주치는 일 때문이다. 그중에서 말을 하고 혼자서 움직일 수 있는 환자들이 아니라, 말도 하지 못하고 스스로 움직이지 못하는 환자들이 김명자 간병인을 더 힘들게 했다. 아니 힘들게 하는 정도가 아니라 마음을 아프게 했다.
손발이 묶인 채 굵고 가는 호스를 목에 꽂고 종일 누워 있는 환자들을 보노라면 김명자 간병인은 자기도 모르게 불쌍한 마음이 들었다. 삶과 죽음의 경계가 어딘지 그녀는 알지 못했다. 그러나 어딘가는 분명히 삶과 죽음의 경계가 있을 것이다. 성심 요양병원에 있는 환자들 모두가 삶과 죽음의 경계선을 넘나들며 하루하루 힘든 시간을 보내고 있었다.
말도 하지 못하고 움직이지도 못하는 그들의 눈에는 지난날을 뉘우치고 한탄하는 마음이 가득했고 죽음에 대한 소망이 절실했다. 그 사람이 어떻게 살아왔든 그것은 전혀 문제가 되지 않았다. 선한 사람도, 악한 사람도, 출세한 사람도, 실패한 사람도 구별하지 않았다.

남자와 여자의 구분도 없었고, 예쁜 여자나 못생긴 남자도 상관이 없었다.

한 평도 안 되는 침상에 누워서 이제는 제발 이승에서 저승으로의 경계를 넘게 해 달라고 외치는 절박한 그들의 눈을 마주칠 용기가 그녀에게는 없었던 것이다. 김명자는 아침에 병원에 들어설 때마다 마음속으로 다짐을 했다.

'오늘은 어떤 일이 있어도 환자들과 눈을 마주치지 않을 것이다.'

하지만 그런 다짐은 번번이 무너졌다. 입원실에 들어서서 그녀가 가장 먼저 보는 것은 언제나 환자들의 눈이었다. 그녀의 눈과 마주친 환자들의 눈에는 슬픔인지 애원인지 모를 애수가 가득했다. 힘이 들었지만 김명자 간병인은 따뜻한 미소로 환자들에게 대답했다. 그들의 마음을 알고, 그들의 마음을 이해한다고 눈짓하며 하루 일을 시작했다.

7-7

"333호 때문에 수고할 시간도 이제 얼마 남지 않았네요."

가름막을 치고 333호의 뒤처리를 하고 있던 김명자에게 언제 왔는지 주치의의 목소리가 들렸다. 그녀는 하던 일을 빠르게 마무리를 짓고 가볍게 눈인사를 했다.

몸이 비대하고 무테안경을 쓴 칠십 대 의사는 감정 없는 목소리로,

"얼마 남지 않았어. 이제 4호실로 옮겨야겠는걸."

혼잣말로 다시 중얼거리며 고개를 끄덕이고 미소까지 슬쩍 지어 보였다. 그러면서 한 번 더 의료기에 나타나는 수치들을 확인했다.

김명자 간병인은 주치의의 이런 말과 행동을 충분히 이해했다. 오랜 세월 동안 환자들을 치료하면서 얼마나 많은 우여곡절을 겪었을 것인가. 사연 많은 그 세월 속에서 몸과 마음이 굳을 대로 굳어져 인간의 정이 남아 있을 구석이 없을 것이다. 의사 생활 사십 년이면 인간의 감정은 화석화되는 것이 어쩌면 당연한 일일 테니까.

그렇게 생각은 하면서도 주치의의 환자를 대하는 태도를 그녀는 받아들이기 어려웠다. 아무리 인간의 감정이 메마르고 화석화 되었다고 해도 불쌍하고 가엾은 마음은 남아 있어야 인간으로서 옳은 일일 것이다. 벗을 수 없는 멍에를 뒤집어쓰고 평생을 살다 가는 가엾은 인간들끼리 타인의 고통을 따뜻한 눈으로 보아 주고 사랑으로 감싸 주는 배려가 없는 것은 잘못이라고 생각했다. 그녀는 마음이 아팠다.

"준비하세요. 내일 아침에 333호를 4호실로 옮깁니다."

주치의는 김명자 간병인을 바라보지도 않고 말을 하며 입원실을 나갔다.

4호실로 환자를 옮긴다는 말은 그 환자의 임종 시간이 가까이 다가왔다는 것을 의미했고, 그 환자는 건물의 가장 구석진 입원실로 옮겨졌다. 이 구석진 입원실이 4호실이었다.

김명자는 333호 환자 강효석의 얼굴을 보았다. 핏기 한 점 없이 창백하고 바싹 마른 얼굴은 이 사람이 삶과 죽음의 경계에서 이러지도 못하고 저러지도 못하는 사람이라는 것을 증명하고 있었다.

김명자는 333호 환자를 위해서 차라리 잘된 일이라고 생각했다. 임종을 앞둔 사람에게 '죽는 것이 차라리 잘되었다.'라고 하는 것은 같은 인간으로서 해서는 안 되는 말이라는 것을 그녀도 안다. 그러나 이제 고통스러운 삶을 마무리 하는 것도 333호 환자를 위해서 다행이지 않겠는가.

333 환자를 찾아오는 사람도 요즘 들어 뜸해졌다. 가끔 오던 아들은 아예 얼굴을 보이지 않았다. 근래에 들어서는 손자처럼 보이는 남자가 두어 번 찾아온 것이 전부였다. 오랜 병간호에 효자 없다는 말을 되새길 필요도 없었다. 그들을 나무랄 이유도 없었다. 그들도 굴레에 묶여 끌려가는 인간일 뿐이었다. 세월 속에서 이렇게 변해 가는 것이 자연의 이치였다.

7-8

서울 출장을 갔던 성철은 보통 때보다도 빠르게 집에 왔다.

시어머니 병구완을 하느라고 휴가까지 낸 아내가 모처럼 푸짐한 저녁상을 차렸다. 평소 성철이 좋아하는 매운 돼지갈비찜이 모락모락 하얀 김을 내며 차려 있었고, 상추며 쌈배추가 식탁에 가지런히 놓여 있었다. 아내는 검은콩이 섞인 밥을 두 그릇 들고 와서 식탁에 놓더니, 다시 냉장고를 열고 소주 한 병을 꺼내 왔다.

"서울 갔던 일은 잘됐어?"

아내는 피곤한 내색을 하지 않고 성철의 맞은편에 앉으며 물었다.

그러면서 소주잔을 내밀었다. 아내의 마른 손가락이 성철의 눈길을 끌었다.

"애들은?"

아내 물음에 대답하는 대신 아이들을 물었다. 아내는 소주잔에 술을 따르며,

"아직 학원에서 안 왔어. 오늘은 좀 늦을 거야."

"당신, 고생이 많구먼."

말을 하며 아내가 따르는 술을 받았다. 술잔이 가득해지자 단숨에 잔을 비웠다. 돼지갈비 한 대를 들었다. 매콤한 향내가 식욕을 돋우었다.

"당신도 한잔해. 요즘 힘들 텐데."

자기가 비운 술잔을 아내에게 건넸다. 민서는 남편이 주는 소주잔을 말없이 받았다. 성철이 아내 잔에 소주를 채웠다.

"오늘 어떠셨어?"

매일 의례적으로 물어보는 말이었다. 이 말을 빼놓고 먼저 할 이야기도 별로 없었다.

7-9

성철과 민서가 결혼한 지도 십오 년을 훌쩍 넘기고 있었다.

그동안 성철과 민서는 각자의 직장에서 나름대로 인정을 받았다. 아이들도 성적이 우수하고 부모 말도 잘 듣는 모범생들이었다.

할아버지가 병환으로 요양병원에 입원할 때는 두 사람의 삶에 큰 영

향은 없었다. 아버지와 어머니가 할아버지 병시중을 다 했고 성철 부부는 가끔 병문안만 가면 되었다. 뜻밖에 아버지와 어머니가 별거하고, 어머니가 암으로 쓰러지면서 성철 부부의 삶에 어려움이 닥쳤다. 특히, 어머니의 거동이 불편해지자 성철과 민서는 지금 집으로 이사를 하지 않을 수 없었다.

집안의 힘든 일은 모두 두 사람의 책임이 되었다. 하루가 다르게 커 가는 아이들 뒷바라지는 말할 것도 없었다. 의식도 없이 병원에 누워 계신 할아버지를 찾아뵈어야 했다. 갈수록 허약해지는 어머니는 누군가가 종일 옆에서 도와드려야 했다. 어쩔 수 없이 방문 도우미를 쓰기는 하지만 그것도 매일 쓰기에는 경제적 부담이 너무 컸다. 또, 홀로 계시는 아버지도 모른 척 할 수 없었다.

성철과 민서는 몸이 열 개라도 모자랄 정도로 바쁘게 살고 있었다. 힘이 들었지만 두 사람은 그런 내색 없이 묵묵히 집안일을 꾸려 나갔다. 특히 민서는 한창 나이에 시집살이를 힘들게 하면서도 성철 앞에서 웃음을 잃은 적이 없었다. 민서는 이런 삶도 자기에게 주어진 운명이라면서,

"어차피 해야 할 일이잖아. 할 바에야 웃으면서 해야지."

하며 자기 일을 해 나갔다.

성철은 이런 아내가 한편으로는 고맙고, 한편으로는 미안했다. 아내의 말대로 '어차피 해야 할 일이면 웃으면서 하는 게 좋다'는 말에 공감은 하더라도 고맙고, 미안한 것은 또 다른 문제였다.

"어머니는 어떠셨어?"

술 한 잔을 더 마시고 아내에게 물었다. 민서가 시끄럽게 떠들어대

는 정치 뉴스 텔레비전을 끄자 거실이 조용해졌다.

"오늘, 어머니께서 좀 이상하셨어. 잠을 주무시면서 잠꼬대를 계속 하셨어. 아마 좋은 꿈을 꾸시는 것 같아. 가끔 얼굴에 미소를 짓고…."

"웃으셔?"

아내 눈을 바로 보면서 성철이 물었다.

"웃으시기만 하신 게 아니라, 무슨 말인지 하시더라고. 잘은 모르겠지만, 아마 아버님과 대화하시는 것 같았어."

"대화하셔?"

"그래. 다행이지. 꿈에서라도 두 분 사이가 좋으시면."

피곤해 보이는 아내 얼굴에 알 듯 모를 듯 미소가 피었다. 성철은 아내의 미소에 대답이라도 하는지 다시 술을 마셨다.

오늘은 다른 날보다도 기분이 좋은 날이었다.

서울 출장일도 잘 풀렸다. 피곤해 보이지만 아내의 구김살 없는 표정도 좋았다. 더구나 어머니가 꿈속에서나마 웃고 계신다고 하니 불행한 가운데서 그것으로도 위로가 되었다.

성철은 나이가 들수록 삶이 호락호락하지 않다는 것을 실감했다. 부모님 품에 안겨 철모르게 살던 삶은, 멀리서 바라본 높은 산의 능선과 같았다. 그 산능선은 한 발만 옮겨도 단숨에 오를 것 같은 단조롭고 편안한 산이었다. 성철은 삶도 이와 같으리라고 생각한 것이다.

세월이 흘러 자신이 가정을 책임지는 나이가 되자 그 산은 멀리 있는 산이 아니었다. 그 산은 눈앞에서 험한 골짜기와 거친 숲으로 무장을 한 채 자기의 길을 가로막은 오르기 어려운 장애물이었다.

성철이 삶에서 살아남기 위해서는 스스로 산에 들어가 자신의 앞을 가로막고 있는 나무, 바위, 급류, 높은 봉우리, 온갖 해충을 이겨내며 오르는 길밖에 없었다.

그는 아내에게 술잔을 내밀었다. 겨울로 가는 길이라도 이따금 훈풍은 불기 마련이고, 역경을 함께 이겨가는 사람들에게 겨울은 없었다. 이것 또한 주어진 운명이라면 운명이었다.

7 – 10

이제 겨울로 접어드는지 날씨가 제법 추워졌다.

나이가 적지 않은 여인의 허무한 기분에 계절까지 바뀌며 스산한 날씨가 이어지자 미현의 기분이 더 우울해졌다. 무엇을 해도 기분이 좋아지지 않았다.

미현이 겨우 한다는 일이 자기 집과 정애 집을 오가며 손녀들을 돌보는 일이 전부였다. 이 일 외에는 할 일도 없었고, 다른 일을 찾고 싶은 마음도 없었다. 문제는 정애 집일마저도 예전처럼 즐겁지 않다는 것이다. 하기는 하지만, 기쁜 마음으로 하지 않고 마지못해 억지로 했다.

미현은 정애와 손녀들을 보기가 미안했다. 이런 마음을 모르는 정애는,

"엄마, 요즘 안 좋은 일 있어? 엄마 표정이 좀 피곤해 보여. 몸이 안 좋으면 여기 오지 말고 집에서 쉬어. 이제 애들도 자기 일은 해.

내가 아침에 조금만 도와주면 돼."

이렇게 위로했다.

"아니다. 계절이 바뀌니까 그러는 모양이다. 이 나이에 웬 계절 타령인지 모르겠다."

미현은 정애가 걱정할지 몰라 적당히 둘러댔다.

미현의 정신적 불안은 영숙이 주철과 해외로 떠난 뒤 더 심해졌다. 온종일 말을 하지 않고 혼자 있는 시간이 대부분이었다. 손녀들과 함께 있어도 꼭 필요한 것만 챙겨주고 더 이상 손을 보태지 않았다. 아라와 서희는 할머니의 이런 표정에 어려워하면서도 틈만 나면,

"할머니, 어디 아파? 내가 어깨 두드려 줄까?"

고사리 같은 손으로 미현의 어깨와 팔다리를 주물렀다. 미현이,

"아냐, 할머니 괜찮아."

하며 억지로 끌어안아야 그때 비로소 멈추었다.

자연은 우리에게 이따금 역경을 준다.

사람마다 역경의 정도는 다르겠지만 누구나 역경을 마주한다. 문제는 역경을 마주한 사람들의 태도다. 어떤 사람은 역경 앞에 주저앉을 것이고, 어떤 사람은 당당한 자세로 역경과 싸울 것이다.

'굴복하라. 그 자리가 너의 무덤이 될 것이다. 버텨 이겨라. 너는 새로운 세상을 보게 될 것이다.'

이것이 지금 미현이 마주한 상황이었고, 이제 선택의 갈림길에 서 있었다.

7 – 11

자리에서 일어났다.

아무리 생각해도 이대로 집에 머무르면 안 될 것 같았다.

점심을 먹여서 손녀들을 학원에 보내고 나자 오후 두 시가 되었다. 집에서 가지고 온 옷을 챙겨 입고 아파트를 나왔다.

싸한 바람 끝이 미현을 어루만지며 지나갔다. 아파트와 학교 담장 사이의 나무에서 떨어진 단풍잎들이 골목길을 새롭게 단장하고 있었다. 오색 단풍잎이 수놓은 풍경이 지난날의 시절을 떠오르게 해 미현의 마음이 더 허전해졌다.

미현은 하얀색 그랜저를 몰고 계족산으로 향했다. 때로는 친구들과, 때로는 혼자서 찾았던 등산로를 걸으면 마음이 편해질 것 같은 생각이 들어서였다.

회덕에서 유턴을 한 다음 오른쪽 도로로 올라섰다. 자기의 역할을 다하고 포장도로 여기저기에 굴러다니는 밤송이들이 차량 바퀴에 뭉개지며 신음소리를 토해냈다. 미현은 내리막길을 가다가 오른쪽으로 방향을 돌렸다.

장동마을 풍경이 시원하게 보였다. 이미 추수를 끝내고 휴식을 취하던 너른 들판이 미현을 반겼다. 장동산림욕장으로 가는 도로 왼쪽에 피어 있는 탱글탱글한 코스모스만 아직도 가을은 끝나지 않았다고 사람들에게 손을 흔들어댔다.

창문을 열었다. 운전석 옆 창으로 들어오는 차가운 바람이 미현의 서글픈 마음을 달랬다. 길 양편에 잎이 다 지고 가지만 앙상한 사과나무와 복숭아나무들이 잠이 든 채로 다음 계절을 기다리고 있었다. 장동 산림욕장 입구를 지나 산디마을 텐트촌에 차를 세웠다.

주차장을 나와 아직도 하얀색이 군데군데 남아 있는 오래된 대리석 다리를 건넜다. 산디천 갈대들의 하얀 나부낌이 눈부시게 들어왔다. 미현은 자유로움을 느끼며 가슴을 활짝 폈다. 하늘을 보고 크게 숨을 들여 마셨다. 오른쪽에 보이는 교회 십자가 종탑이 미현을 내려 보고 있었다.

머리에 불현듯 새사랑교회가 떠올랐다. 미국인 '샤넬 케리' 자해 사망 사건은 아직도 전국적인 톱 뉴스였다. 샤넬 케리의 이름은 물론이고, 출신 지역과 나이, 학력, 부목사 한상훈과의 관계, 두 사람의 딸, 자해 이유까지 계속해서 언론의 주목을 받고 있었다. 당연히 새사랑교회라는 이름은 하루가 멀다고 대형 언론사에 계속 오르내렸다.

새사랑교회는 성스러운 교회의 기능을 이미 상실했다. 교회 입구에서부터 교육관, 회의실 등은 말할 것도 없고 본당마저도 온갖 구호가 적힌 유인물들로 도배되었다. 찬성과 반대로 나누어진 교인들은 한 치의 양보도 없이 자기들의 주장을 관철하기 위해 가능한 모든 수단을 동원했다. 이제는 물리적인 방법까지 동원하는 바람에 교회의 요청으로 공권력이 교회에 상주하고 있을 정도였다.

미현은 모처럼 나간 지난 일요일에 교회의 실상을 보고 마음이 아팠다. 아무리 생각해도 이것은 아닌 것 같았다. 성스러워야 할 교회에 예수님의 사랑은 보이지 않고 몇몇 사람의 이익과 권력을 위한 악취 나는 쓰레기만 여기저기에 뒹굴었다.

7 - 12

갈참나무 잎으로 뒤덮인 길을 따라 올라갔다.

등산로와 임도가 만나는 지점의 평상에는 초로의 남녀 몇 사람이 사과와 베지밀을 먹고 마시며 이야기에 정신이 없었고, 서너 명의 산악자전거 동호회 회원들이 막 출발 준비를 하고 있었다.

미현은 얼굴에 흐르는 땀을 닦으며 평상에 앉았다. 산디마을 골짜기에서 부는 바람이 미현의 얼굴에 묻은 소금기를 어디론가 보내자 자기도 모르게 기분이 좋아졌다. 가지고 온 배낭에서 냉수를 꺼내 한 모금 마셨다.

얼마쯤 지나자 또 다른 몇 사람의 등산객들이 평상에 도착하고 주위가 시끄러워졌다. 미현은 배낭을 둘러메고 계절의 잔재가 가득한 길을 따라 올라가기 시작했다.

벚나무에서 떨어진 낙엽들이 한겨울의 이불처럼 임도를 덮고 있었다. 크고 작은 돌멩이들이 즐비했던 도로는 죽은 나뭇잎 뒤에 숨어 진실한 자기 모습을 감추었다. 마치 고달프고 슬픈 우리들의 삶이 화려한 옷, 진한 화장, 거짓 웃음 속에 감추어진 것과 같다는 생각이 들자 미현의 기분이 씁쓸해졌다.

'진실은 언제나 저 깊은 곳에서 꿈틀대고 있어. 스스로 머리를 내밀고 태양을 보지 않아. 내 삶도 그중에 하나겠지?'

발아래에서 부스러지는 벚나무 낙엽들이 애처로웠다. 미현은 자연의 굴레 속에서 신음하는 낙엽들의 비명을 들으며 산길을 올라갔다.

'낙엽은 알고 있었을까? 가을이 가고 겨울이 오면 멀고 먼 길을 혼자서 떠나야 한다는 것을. 자연의 법칙은 냉혹해서 어느 것 하나 예외가 없다는 것을. 그런 변화는 자기들의 의지와는 무관하다는 것을. 도저히 벗어날 수 없는 수레바퀴에 얽매여 영원히 굴러갈 수밖에 없다는 것을.'

미현이 가을 정취에 취해 걷는 사이에 산디마을과 계족산성이 훤하게 보이는 언덕배기에 올라섰다. 사이좋게 나란히 앉아 누군가를 기다리고 있는 나무 의자위로 낙엽이 하나 둘 떨어지며 바람에 날렸다.

왼쪽 의자에 자리를 잡았다. 다른 쪽 의자에는 중년 남녀가 가지고 온 음식을 먹으며 이야기를 나누다가 미현을 보고 말을 멈췄다. 배낭을 의자에 내려놓고 모자를 벗어 배낭위에 올려놓았다. 확 트인 시원한 풍경이 미현의 시야를 간지럽히고, 어디에서 와서 어디로 가는지 모르는 하얀 구름이 파란 하늘 위를 천천히 떠다녔다.

이 자리는 미현이 계족산에 올 때마다 한 번도 빠지지 않고 쉬었다 가는 미현만의 휴게소였다. 미현은 이 자리에 앉아 자기가 계족산에 온 것을 기록하려는 듯 언제나 앞에 보이는 산성을 핸드폰에 담곤 했었다.

미현은 한 해가 지나가는 풍경을 한눈에 볼 수 있는 이 자리가 좋았다. 봄은 봄대로, 여름은 여름대로, 가을은 가을대로, 겨울은 겨울대로 자기들의 모습을 거짓 없이 보여 주었다. 그때마다 지난 세월이 눈앞에서 꿈속의 그림처럼 펼쳐지고 흘러갔다. 강물처럼 흘러가는 세월 속의 사연들이 미현의 가슴을 적셨다.

이번 가을에도 미현은 이 자리에 앉아 산디마을과 나무들과 계족산성과 자기를 데리고 어디론가 가는 세월을 보았다. 아직도 그때의 기억이 머리에 선명하게 남아 있었다.

 그런데 얼마 안 되는 짧은 시간에 큰 변화가 있었다. 둘도 없던 단짝 친구가 자기 곁에 없었다. 하루가 멀다며 전화하고 만나던 친구였다. 친구의 웃음소리와 향기가 아직도 살아 있지만, 이제 그 친구는 머나먼 땅으로 떠났다. 그냥 떠난 것이 아니라 절친했던 친구를 혼자 두고 새로운 삶을 찾아 떠난 것이다.

 이루 말할 수 없는 공허함이 미현을 힘들게 했다. 하늘을 보고, 계족산성을 보았다. 뿌연 산안개 속에 외로운 계족산성이 가물거리는 눈으로 미현을 내려다보았다.

 언제 갔는지 옆에서 이야기를 나누던 남녀 모습이 보이지 않았다. 자리에서 일어나 계족산성을 핸드폰에 담았다. 초겨울 바람이 미현의 짧은 머리를 날리며 지나갔지만 개의치 않았다.

 의자에 다시 앉아서 방금 촬영한 사진을 누구에게 보낼까 생각했다. 사진을 보낼 사람이 없었다. 평소 같았으면 영숙이나 정애에게 사진을 보냈을 터였지만 오늘은 그럴 생각이 들지 않았다.

7 - 13

 '설렘을 찾아서 떠나는 것이겠지요.'
 아무도 없는 산중에 하염없이 앉아 있는 미현에게 누군가가 말을 건넸다. 주위를 돌아보았다. 눈에 보이는 것이라고는 임도 위를 구르는 낙엽과 이파리가 모두 떠나 썰렁한 나뭇가지와 간간이 그들을 흔들어

대는 바람 숨결뿐이었다. 어쩌다가 멀리서 들려오는 산비둘기 울음소리가 적막을 깨우고 겨울 준비를 하는 다람쥐가 물끄러미 미현을 보고 있었지만, 미현은 알지 못했다.

'버려야 채울 수 있으니까요.'

이번에는 목소리가 더 분명하게 들렸다. 미현은 주변을 돌아보지 않았다. 들리는 목소리는 강태문의 목소리였다.

'떠나야만 새로운 것을 얻을 수 있습니다. 새로움을 얻어야 우리 삶이 삽니다. 지금까지 우리를 얽어매고 있는 굴레에서 해방되어야 합니다.'

미현의 머릿속에 초저녁 가을 햇살 같던 강태문의 뒷모습이 떠올랐다.

해 지는 저녁녘에 맞추어 쌀쌀한 바람이 불자 강태문의 모습은 이내 사라지고 또 다른 사람의 뒷모습이 떠올랐다. 옷은 입었지만 입은 옷은 보이지 않고, 팔다리를 내지르며 걷지만 흐물흐물하고, 피가 온몸을 헤집고 돌지만 차갑게 식었고, 숨을 쉬기는 하지만 창백한 얼굴의 사람 모습이 눈에 보였다. 자기 것이라고는 아무것도 갖지 못한 사람이 미현의 눈앞에서 허우적거리며 걸어가고 있었다.

미현은 가만히 눈을 감았다. 자기의 눈에 반사되어 보이는 자신의 뒷모습을 머릿속에 담으며 노을 지는 산그늘 아래에 어둠처럼 앉아 있었다. 가끔 들려오던 새들의 지저귐도 들리지 않았다. 부는 바람도 때를 알았는지 더 이상 갈대와 나뭇가지를 흔들어 대지 않았다.

미현은 가을에서 겨울로 넘어가는 계족산 언덕에서 형체도 없이 사라지는 자기 뒷모습을 아득하게 그리며 언제까지 앉아 있었다.

적막을 깬 것은 미현의 목소리였다.

"여보세요? 강 선생님이시죠? 저, 미현이에요. 서미현요. 일전에 마곡사 음악회에 함께 다녀오셨죠. 아, 예! 예."

"……."

"아, 에! 예. 선생님. 전화가 늦어서 죄송합니다. 저, 선생님, 시간 한 번 내주세요."

"……."

"아니에요. 한번 뵙고 말씀 나누고 싶어요."

어느 때보다도 미현의 목소리가 떨렸다. 계족산 골짜기와 산마루에서도 떨리는 미현의 목소리가 들렸다.

"예, 선생님. 그럼 그때 뵙겠습니다. 제가 선생님 집 앞으로 차를 몰고 가겠습니다. 선생님. 그럼…."

세월이 흐르고 있었다. 해가 지자 저녁이 오고, 저녁이 오자 세상의 주인은 어둠이 되었다. 온 산을 뒤덮고 있던 나무도 자취를 감추었고 높고 낮은 능선과 깊고 험한 골짜기도 이제는 보이지 않았다. 이전 세상은 모습을 감추었고 또 다른 세상이 찾아오고 있었다. 세상의 모든 것이 그렇듯이.

7 - 14

"어이, 수만이 오랜만이고만."

궂은 날씨에 궂은 짓을 하는지 삼정물산 사무실에는 적지 않은 사람들이 모였고, 언제나처럼 술판이 벌어졌다. 희미한 조명 아래 사무실은 구석구석에 스며든 막걸리 냄새와 안주 냄새가 궂은 날씨와 뒤섞여서 퀴퀴한 냄새로 가득했다.

더구나 육십 중반을 넘어선 남자와 여자들의 얼굴 주름과 그 주름살에서 풍기는 이기심과 허무감이 퀴퀴한 냄새에 한몫을 더해 삼정 사무실은 음침하다 못해 음흉하기까지 했다.

"어이, 수만이 오랜만일세."

수만이 삼정 사무실에 들어서자마자 테이블 정면에 앉아 있던 칠십 후반 남자가 팔을 번쩍 들고 수만을 아는 척했다. 두 번째 부르는 소리에 수만이 알아듣고,

"아, 경섭 형님. 안녕하세요. 정말 오랜만에 뵙네요."

수만도 목소리를 높여 인사했다. 사무실에 있던 사람들이 일제히 수만을 바라보며 제각기 인사를 했다. 수만도 눈짓으로 인사를 했다.

수만은 자기 몸 상태가 아직도 제대로 돌아오지 않았다는 것을 알고 있었다. 몸을 제대로 가누기가 쉽지 않았고, 말 발음이 정확하지 않았다. 수만의 이런 상황은 거나해진 술자리 덕분에 그대로 묻혔다.

"이리와 앉게. 손이나 한 번 잡아 보세."

걸걸한 목소리의 경섭이 오른쪽 빈 의자를 수만이 앉기 좋게 밀었다. 그러면서 수만에게 손을 내밀었다. 수만도 얼굴에 미소를 지으며 공손하게 두 손을 잡았다.

"형님. 그동안 무탈하셨죠? 무얼 하셨는데 연락 한 번 없으셨어요?"

수만이 앉으며 안부를 물었다. 풍채 좋고 성격이 괄괄한 경섭은 삼

정물산 회원들에게 인기가 많은 회원이었다. 그런 그가 거의 일 년 동안 모습을 보이지 않았었다.

여기저기에 전화해서 경섭의 근황을 알려고 했어도 누구도 아는 사람이 없었다. 얼마 전에야 총무 여성원이,

"경섭 선배가 몸이 많이 안 좋았지만 이제 회복을 해서 조만간 한번 여기에 올 거다."

이야기를 했어도 경섭이 오늘 온 것은 회원들이 예상하지 못한 일이었다. 수만은 건강해 보이는 경섭을 보자 그나마 기분이 조금 좋아졌다.

"어이, 수만. 우선 내 잔 하나 받으시게."

경섭은 옆에 세워져 있는 종이컵을 들고 막걸리를 따랐다. 여기저기 우그러진 노란 주전자에서 시금털털한 막걸리가 금방 수만의 잔을 채웠다.

"자, 회원님들. 함께 한잔하시죠. 경섭 선배님. 한마디 하세요."

이수만이 오면서 어수선해진 자리를 다시 정리하려는 듯 총무가 경섭에게 말을 건넸다.

총무의 권고를 받은 경섭이 자리에서 일어났다.

"반갑습니다. 회원님들. 다시 보니 만감이 교차합니다. 사실 저는 오랫동안 여기에 못 왔습니다. 갑작스럽게 몸이 아픈 바람에 그렇게 되었습니다. 우리 회원님들 아프지 마시고 오래오래 건강하시기 바랍니다. 정말 반갑습니다."

경섭이 간단하게 인사를 마치고 건배했다. 자리를 함께한 회원 모두가 경섭의 말을 따라 건배하고 술을 마셨다.

수만은 잔을 들어 건배한 다음 술잔을 입에 대었다가 내려놓았다. 오늘은 몸이 막걸리를 받아들일 준비가 안 된 것 같았다. 회원들이 떠들어 대는 소리에 현기증이 일었다. 그는 내색하지 않으려고 애를 쓰며 자리를 지켰다. 식은땀이 이마에 송골송골 맺혔다.
　"아니, 선배님. 많이 아프셨어요?"
　수만 앞에 앉아 있는 회원이 경섭에게 물었다.
　"거의 죽음 앞까지 갔었네. 당신들 여기서 오늘 보는 것은 하늘이 도우신 거야. 정말 감사할 일이지."
　"그렇게 아프셨으면 회원들에게 연락하셨어야죠. 병문안이라도 한 번 가게."
　여기저기에서 경섭을 질책하는 듯한 소리가 들렸다.
　"연락하지 않은 것은 미안하고만. 그런데 연락해서 무엇 하겠나. 가슴 아픈 것 빼고…."
　"그래도 그건 아니죠. 우리가 어디 한두 해 알아 온 사람들인가요?"
　"하하. 고맙네."
　"아니. 그렇게 아프셨던 분이 이렇게 술을 드셔도 돼요?"
　경섭이 말을 한 회원의 얼굴을 물끄러미 바라보았다.
　"살다 보니 어느덧 팔십이 눈앞에 있네그려. 참, 허망한 일이지. 이제 무엇이 두려워서 먹고 싶은 것 못 먹고, 하고 싶은 일 못 하나. 지금부터라도 내가 하고 싶은 것 하며 살 생각이네."
　경섭의 말에 좌중이 다소 조용해졌다.
　"그래 맞는 말이야. 퇴직하고 어디 마음 둘 곳이 있어야지. 방황도 했지. 지금 생각하면 내가 하고 싶은 일 못 하고 세월을 보낸 것이 제

일 억울해. 회원님들도 들어 봤지요? 걸, 걸, 걸이라고 하하."

경섭과 연배가 비슷한 형구가 경섭의 말을 되받았다.

"이걸 해 볼걸. 저것도 해 볼걸. 걸, 걸, 걸, 하하."

"선배님, 무슨 일을 하고 싶으셨습니까?"

수만의 맞은편, 비교적 젊은 회원이 경섭의 눈을 바라보며 물었다.

"젊었을 때 하고는 싶었지만 이런 눈치 저런 눈치 때문에 못 한 거 있을 거 아냐. 그런 거 해 봐. 마음 편하게 갖고."

형구가 또 끼어들었다.

"그래. 맞는 말이야. 마누라 눈치, 자식들 눈치, 선배들 눈치, 세상 눈치, 하느님 눈치. 뭐 이런 눈치 때문에 못 한 거 많잖아. 그런 것 해 보는 거지."

"선배님. 그럼 애인 둬도 되나요? 평소에 무척 해 보고 싶었는데."

"마누라 안 무서우면 해 봐. 못 하는 것도 바보야. 나이 먹어서 애인 두면 가문의 영광이라고 하지 않는가, 하하."

"세상에 여자 싫어하는 남자도 있나? 하고는 싶은데 마누라 무섭지, 하느님 무섭지. 그래서 못 하는 거지."

회원들 각자 한 마디씩 떠들어 댔다. 적당히 오른 술기운이 자리를 흥분되고 소란스럽게 만들었다.

7 - 15

수만은 말없이 앉아 있었다.

그는 웃고 떠들고 할 기력도 없었고 또 그럴 마음도 없었다. 아내일 때문에 그런 것만은 아니었다. 퇴직하고 계속 그래 왔듯이 무엇을 의욕적으로 해 보고 싶은 생각이 없었다. 그저 세월이 가는 대로 따라가고 싶은 마음뿐이었다.

수만은 자리에 앉아 있기에는 몸이 불편했다. 하지만 이 자리에서 일어나 다른 곳으로 가고 싶지 않았다. 이 자리를 벗어나 어디로 갈 것인가. 사실 마땅하게 갈 곳도 없었다. 그나마 아는 사람이 모여 있는 이 자리가 수만에게는 더할 나위 없이 좋은 곳이었다.

경섭이 다시 입을 열었다.

"아프기 전에는 학교에서 배운 것이 최고인 줄 알았지. 아마 여기 있는 회원들 대부분이 그랬을 거야. 그러니까 우리가 배운 대로 아이들에게 가르쳤고."

경섭은 형구를 보며 막걸릿잔을 들었다. 형구도 테이블에 있던 종이컵을 집어 들었다. 눅눅해진 종이컵에서 금방이라도 막걸리가 쏟아질 것 같았다. 두 사람은 허공에 대고 건배하더니 단숨에 잔을 비웠다.

"그런데 말이야. 퇴직하고 할 일 없이 빈둥빈둥 보내다가 덜컥 죽을병에 걸리고 나니까 생각이 달라지더라고. 약 냄새 진동하는 병실에 누워서 지난 세월을 생각하니 한심한 거야. 정말 너무 한심했지. 속으로 눈물이 나더군. 한평생 잘살아왔다는 생각이 아니라 후회가 너무 많이 들었어. 이렇게 삶이 끝난다고 생각하니 더 살고 싶은 생각도 들었고. 병원에서 나가면 하고 싶은 거 몽땅할 거라고 결심했지."

감회가 새로운지 경섭은 말을 이어 가지 못하고 잠시 주위를 돌아보았다.

"선배님, 지금 건강하게 여기 계시는데 뭘 하고 싶으세요?"

누군가 큰 소리로 경섭에게 물었다.

"뭐긴 뭐야, 후배들에게 술 사시는 거지."

"맞네, 그려. 우리에게 막걸리 사시려고 갖은 고생 하시고 여기에 오신 거야. 선배님, 감사합니다. 잘 마시겠습니다."

"하하하…."

"선배님, 건강 회복하신 것 진심으로 축하드립니다."

너나 할 것 없이 회원 모두가 경섭의 건강 회복을 축하했다. 그것을 핑계 삼아 또 한 잔씩 막걸리를 따랐다. 분위기가 무르익었다.

"좋구먼. 그래, 오늘 술값은 내가 내지. 마음껏들 드시라고. 그리고 좋은 일도 하면서 살자고. 다른 사람 생각도 하고. 죽을 때 미련이나 없게 말일세. 어이, 여 총무 막걸리하고 안주 좀 더 시키지. 오늘은 돈 걱정하지 말고."

총무가 자리에서 벌떡 일어나더니 아래층으로 내려갔다. 회원들이 다시 웃고 떠들기 시작했다.

"여보게. 회원님들. 이 선배가 한 가지 제안을 하고 싶은데 어떤가?"

경섭이 들고 있던 잔을 놓고 탁자 주변에 앉아 있는 회원들을 둘러보았다. 이미 술기운이 오른 회원들이었지만 대선배의 조금은 긴장된 말에 모두 말을 멈췄다. 경섭은 짐짓 자세를 바로 하더니,

"병상에 누워서 별의별 생각 다 했네. 내가 살아온 일들이 하나둘 떠올랐지. 시간이 많으니까 구질구질한 일까지 생각나지 뭔가. 그런데 말이야."

경섭은 탁자에 놓은 막걸릿잔을 들어서 반 모금쯤 마셨다. 회원들

의 시선이 일제히 경섭에게 다시 쏠렸다.

"이런 생각도 해 봤네. 살아오며 다른 사람을 위해 한 일이 무엇일까? 하고 말일세. 아무리 생각해도 먹고 살기에 바빠 남을 위해서 희생을 한 일이 하나도 없지 뭔가."

경섭이 말을 끊고 뜸을 들였다.

"사실 나나 회원님들은 아이들을 가르치는 대가로 먹고살지 않았나? 그러면서도 아이들에게 고맙다고 하지 않고 오히려 대접받는 선생이 되려 했고. 혹시 이 생각은 나만의 생각인지도 모르겠네만."

말을 하다가 경섭은 회원들의 눈을 하나하나 들여다보았다. 경섭의 눈에 고뇌의 빛이 아른거렸다.

"생각해 보니 미안하기도 하고, 부끄럽기도 하고. 그래서 말인데…."

경섭의 이야기가 진지해지자 분위기가 더 무거워졌다.

"이런 생각 한번 해 봤네. 우리가 재원을 만들어서 불우한 아이들에게 장학금을 주면 어떨까 하고…."

회원들은 아무 반응이 없었다. 모두 입을 다물고 경섭을 보았다.

"회원님들 경제 사정도 뭐 그렇게 넉넉하지 않다는 것 내가 잘 알지. 연금이라고 받아 봤자 이리 떼고 저리 떼면 남는 것도 없을 거고."

경섭은 하던 말을 잠깐 멈추고 술좌석을 한 번 돌아보았다. 자리에 합석하고 있는 사람들도 말없이 경섭을 보았다.

"그래서 말인데, 우리 매일 여기에 모여 술만 마시고 허접한 이야기로 세월 보낼 것이 아니라, 할 수 있는 일을 구해 보자는 거네. 예를 들면 편의점 아르바이트를 한다든지, 또 아니면 폐지를 줍는다든지 뭐 이런 일 말이야."

회원들 모두가 경섭의 제안에 아무 말이 없었다. 사실 경섭의 제안은 회원들이 전혀 예상 못한 일은 아니었다. 경섭의 제안은 경섭이 아프기 오래전부터 불우 아이들을 위해 장학금을 마련하자고 기회가 있을 때마다 한 이야기였다.

회원들 대다수는 경섭의 제안에 함구무언이었다. 그들은 경섭이 쓸데없는 일을 벌이려고 한다는 의견이나, 하고는 싶어도 엄두가 나지 않는다는 의견이 주류를 이루었다. 경섭 앞에서 대놓고 반대는 안 했지만 찬성하는 회원은 거의 없었다.

수만도 마찬가지였다. 아무리 뜻이 좋다고 해도 나이가 들대로 든 사람들이 할 수 있는 일이 아니라고 생각했다.

회원들이 찬성할 기미를 보이지 않자 경섭의 동년배 형구가 침묵을 깼다.

"여기에 오기 전에 경섭의 이야기를 들어서 어느 정도는 경섭의 뜻을 알고 있습니다. 경섭의 의도는 아주 좋다고 생각합니다. 그렇지만 실천이 쉽지 않은 것도 사실이지요. 우리의 나이나 체력을 생각해도 그렇지 않습니까. 그래서 하는 말인데 오늘 이 자리에서 결론을 낼 것이 아니라 더 생각들 해 보시고 의견을 주시면 어떻겠습니까?"

회원들은 형구의 말에 일부는 아무 말도 하지 않고, 일부는 머리를 끄덕였다. 술자리 분위기가 갑자기 싸늘해졌다.

사무실 유리창 너머 날씨가 우중충했다. 이제 겨울의 시간이라고 시위라도 하는 것 같았다. 술에 취하지 않은 수만의 눈에는 유리창을 사이에 두고 분명하게 세상은 나누어져 있지만, 그 세상은 안과 밖이 조금도 다르지 않았다.

꿈을 잃고 자포자기한 채로 흘러가는 것이, 겨울로 접어든 계절이나 삶의 마지막을 향해서 가는 삼정물산 회원들이나 다를 바가 없었기 때문이었다.

하지만 삼정물산 회원들이 머무는 사무실 안이 더 애처로운 것이 아닐까? 세월의 계절은 떠났다가 다시 돌아오지만, 인간의 계절은 한 번 가면 영영 돌아오지 못한다. 당연히 마지막으로 보내는 인간의 계절에 대한 애착과 아쉬움이 세월의 계절에서 느끼는 미련과 아쉬움보다 훨씬 더 큰 것이다. 둘은 같아 보였지만 사실은 다른 세계였다.

이런 생각을 하는 수만도 어쩔 수 없이 인간의 세계에 있었다.

7-16

술잔은 계속해서 돌았다.

병원에서 퇴원한 지 얼마 되지 않은 경섭마저도 술에 취했다. 젊었을 때 마신 술로 이미 중독이 되어 있는 그들이었고, 지금 마시는 술을 몸이 견뎌내기가 어려웠지만, 회원들은 술잔을 멈출 생각이 없었다.

하기야 그들이 술을 마시지 않는다면 무슨 일을 할 것인가. 희망과 열정을 잃은 그들의 눈빛은 하루하루를 힘겹게 살아가는 가엾은 존재들에게서만 볼 수 있는 눈빛이었다.

경섭은 고통스러운 병마와의 싸움에서 겨우 버티고 나서야 자신의 지난 삶에 회한이 많이 남는다는 것을 알았다. 그래서 경섭은 막걸리에 흔들리는 회원들에게 자기의 깨달음을 알려 주고 그 길을 함께 가기를 원했지만, 회원들은 관심이 없었다. 그저 한 잔 한 잔 넘어가는 시큼한 술과 목을 톡 쏘는 얼큰한 안주에 남은 생을 맡기고 있었다.

경섭은 그런 사람들을 나무라고 싶지 않았다. 태어나면서부터 그런 길에 길들여 있는 사람들이 하루아침에 자신의 처지를 깨달을 수 있겠는가. 어쩌면 그들이 지금 하는 행동이 차라리 그런 삶을 살아온 그들다운 일이었다.

경섭이 이런 이야기를 꺼낸 것은 그가 아프기 훨씬 전부터였다. 그때도 누구 하나 경섭의 제안에 귀를 기울이는 회원이 없었다. 자주 얼굴을 보는 형구만 경섭의 생각을 기억하고 있을 뿐이었다.

오늘도 경섭은 회원들에게 남은 삶을 더욱더 보람 있게 살자고 제안을 했고 구체적인 방법까지 제시했다. 하지만 회원들의 반응이 시원치 않았다. 다행히 형구가 토를 달아서 다음에 다시 논의해보자고 운을 떼어 놓았으니 조금 더 기다려 볼 수밖에 없었다.

창밖이 어두워지기 시작했다. 어두운 장막이 세상을 가리자 삼정물산 회원들도 하나둘 자리를 뜨기 시작했다. 누가 먼저라고 할 것도 없이, 간다는 인사도 제대로 하지 않고 술에 취해 비틀거리며 사무실을 떠났다.

함께 있던 절망과 슬픔도 그들을 따라 밖으로 나갔다. 이제 삼정 사무실은 마시다 만 막걸리와 식은 안주가 버려진 그들의 삶처럼 초라하게 자리를 차지하고 있을 뿐이었다. 오직 천장의 쓸쓸한 형광 불빛이 홀로 이것들을 비춰 주었다.

7 - 17

"날씨가 추워져서 그런지 호수 빛이 더 파래진 것 같아요."

어깨를 나란히 하고 걷던 미현이 말했다. 태문은 뒷짐을 지고 고개를 약간 숙인 채 걸으며 머리를 끄덕였다.

대청호 주변을 달려가는 2차선 아스팔트 길 양쪽으로 끝도 없이 줄지어 서 있는 삼십 년 된 벚나무 사이를 걸었다. 아름드리 벚나무에는 아직도 불그스름한 단풍들이 한창 자기들 모습을 자랑하고 있었다. 사이사이 떨어지는 벚나무 잎들이 걸어가는 두 사람 위로 포물선을 그리며 바람에 날렸다.

검정 바지에 받쳐 입은 연둣빛 스웨터가 단정하게 잘라서 뒤끝을 말아 올린 미현의 머리와 잘 어우러졌다. 미현이 한 발을 뗄 때마다 아기 단풍이 손을 흔들고 있는 핸드백과 미현의 차림새가 한 쌍을 이루었다.

"사람이나 자연이나 마찬가지라는 생각이 드네요."

인조 목제 길에 조그마한 발걸음 소리를 남기며 걸어가던 태문이 미현을 보지도 않고 입을 열었다. 흰색 줄이 드문드문 보이는 진한 청색 콤비를 입은 태문의 얼굴이 조금 굳어 있었다.

"왜 그렇게 생각하세요. 선생님?"

미현의 물음에 태문이 잠시 생각에 잠겼다가,

"사람은 어려운 일을 겪고 나야 더 성숙하지요. 온실 속에서 세월을 보낸 사람들은 인간적인 성숙함이 부족한 것 같아요. 대부분 경우에 말이죠. 대청호도 마찬가지라는 생각이 드는군요. 겨울로 가기 위해서 이 호수도 봄, 여름, 가을이라는 힘든 시간을 겪었죠. 힘든 시절을 버티고 나니까 호수의 물빛이 더 강해진 것 같아요."

말을 마치고 태문이 겸연쩍다는 듯이,

"하. 하."

소리를 내며 웃었다. 미현도 입가에 작은 미소를 지었다. 갈색 목제로 만들어진 인도 옆으로 승용차 몇 대가 지나갔다. 그럴 때마다 도로의 낙엽이 바람에 날렸다. 미현이 물었다.

"인간의 삶도 자연을 닮은 것이네요. 아니, 자연이 인간의 삶을 닮았나요?"

"인간이 자연을 닮았느냐, 아니면 자연이 인간을 닮았느냐의 문제는 아니라고 봅니다. 어차피 인간도 자연의 일부이고, 또 인간이 없는 자연은 무슨 의미가 있겠습니까. 중요한 점은 자연이나 인간의 속성이 서로 닮은 점이 많다는 거지요. 특히 고난을 이겨내는 강인함 같은 거 말이에요."

듬성듬성 매달린 단풍 나뭇잎 사이로 햇살이 쏟아져 들어 왔다. 그 햇살 한 줄기 한 줄기가 나뭇잎으로 가려져 있는 도로를, 어두운 밤에 골목길을 밝혀주는 가로등처럼 비춰주었다. 저 멀리 호수에 떨어지는 햇살들도 덩달아서 아우성을 치듯이 반짝거리며 두 사람을 반겼다.

"그런데 자연과 인간은 전혀 닮지 않은 부분도 있어요."

태문이 미현 쪽으로 얼굴을 돌렸다. 태문의 얼굴이 나뭇가지 사이로 내려오는 햇빛을 받아서 환하게 웃는 것처럼 보였다.

"자연은 언제나 계획대로 일합니다. 누구의 간섭도 받지 않지요. 꿋꿋하게 자기만의 길을 가는 겁니다. 그런데 인간은 말이죠."

말을 하며 미현을 다시 보았다. 미현도 태문 쪽으로 얼굴을 돌렸다.

두 사람의 시선이 허공에서 만났다. 누가 먼저라고도 할 것 없이 얼굴을 돌렸다. 두 사람 사이에 잠시 어색한 침묵이 흘렀다. 미현이 이런 분위기에서 벗어나려는 듯이 먼저 입을 열었다.

"인간은 어떤데요?"

미현의 질문에 태문이 힘을 얻었는지 헛기침을 두어 번 하고 나서,

"인간은 자기 생각대로 하지 못하는 일이 태반을 넘는다고 생각합니다. 저만 봐도 그렇지요."

말을 하고 다시 침묵을 지키다가,

"제가 살아온 것을 생각해 봐도 그렇습니다."

태문의 말을 듣는 미현의 눈에 호기심이 가득해졌다.

"어려서 공부한 것도 그렇죠. 저는 이과를 지원하고 싶었는데, 결국 이과를 가지 못했습니다. 부모님과 선생님의 강권으로 제 뜻을 이루지 못한 것이지요. 그것뿐인가요? 예를 들어 보라면 수도 없이 들 수 있어요."

"……."

"서 여사님은 어떠신가요? 하고 싶은 일 마음대로 하셨나요? 아니면…?"

"하고 싶은 일을 어떻게 제 마음대로 모두 했겠어요. 저도 이런저런 이유로 못한 게 많아요."

"아마 대부분 사람이 우리와 같은 일을 겪으며 살고 있을 겁니다. 저는 제법 오랜 세월을 살아왔지만 지금도 제 의지대로 하지 못하는 일들이 아주 많습니다. 솔직히 제가 무엇을 진짜 하고 싶은지 그것마저도 모른 채 살고 있어요. 나이를 헛먹은 것이죠."

"선생님!"

미현이 가던 길을 멈췄다. 옆으로 돌아서서 태문을 똑바로 바라보며,

"선생님! 그럼 오늘 이 자리에 오신 것도 선생님 뜻이 아닌가요?"

미현의 갑작스러운 행동에 태문이 당황한 표정을 지었다.

"서 여사님. 지금 무슨 말씀을 하시는 건지…?"

태문의 말꼬리가 희미해졌다. 태문의 얼굴에 놀란 표정이 역력했다. 미현은 태문의 그런 표정이 좋았다. 나이에 비해 아직도 순진한 면이 많았다.

태문의 표정은 자못 진지해서 미현이 미안할 지경이었다. 태문의 눈과 미현의 눈이 마주치자 미현이 슬쩍 미소를 지어 보였다.

"아니, 오늘 저하고 만나시는 게 억지로 나오신 거냐고요."

미현의 웃음 섞인 말에 태문도 그제야 미현이 묻는 의미를 알아들었다.

"아-. 그런 뜻이 아닙니다. 제가 오늘 여기 나온 것은 순전히…."

"선생님 자유 의지에 따른 것이라고요? 그런 말씀이시죠?"

미현의 억양에 장난기가 가득했다. 잠시 긴장했던 태문의 얼굴도 활짝 펴졌다. 미현이 다시 걸음을 옮기기 시작했다.

"선생님. 앞으로도 저하고는 선생님 자유 의지로 하셔야 해요. 아셨죠?"

미현의 말에 태문도 큰 소리로 웃었다.

두 사람이 호수에 남기는 그림자 여운이 짙게 물들며 깊어가는 대청호수와 어울려 한 폭의 수채화가 되었다.

7-18

두 사람은 대청호가 훤히 내려다보이는 의자에 앉았다.

의자 아래 나뭇잎들 바스락거리는 소리가 호수의 고요를 깨웠다. 가물거리는 물너울 위로 몇 쌍의 오리들이 물살을 헤치며 먹이를 찾았다. 가녀린 바람이 불자 호수 위에서 반짝이던 햇빛이 다시 부서지며 파란 물결에 헤아릴 수 없는 수를 놓았다.

"어디로 가고 있을까요?"

얼마나 시간이 지났을까. 핸드백을 무릎에 올려놓고 다소곳이 앉아 있던 미현이 마치 자신에게 묻기라도 하는 듯 조그맣게 말했다. 그녀의 하얀 얼굴에 겨울빛 그림자가 아른거렸다. 태문은 미현의 중얼거리는 듯한 말에 한동안 말이 없었다.

바람에 실려 호수를 건너오는 산새 소리가 그 사이를 메웠다. 태문은 무언가 골똘하게 생각하고 나더니 역시 작은 목소리로,

"글쎄요. 저녁이 되면 해는 서산으로 가고, 새들은 둥지로 가는데 우리는 어디로 가는 것일까요. 저도 지난 세월 동안 계속 생각했었지만 모르겠습니다. 어쩌면 마지막까지 답을 모를지도 모르죠."

태문의 얼굴에도 노을이 지나갔다. 두 사람 사이에 다시 고요가 찾아들었다.

그들은 말을 하지 않아도 서로가 무슨 생각을 하고 있는지 어림잡아 알았다. 두 사람이 만난 시간이 길고 만난 기회가 많아야 알 수 있는 일이 아니었다. 같은 인간으로 태어나서 같은 시대, 같은 연배라면 누구라도 한 번쯤은 생각할 수 있는 것이었다. 그것은 인간이 가지

고 있는 숙명적인 문제이기 때문이다.

"그럼, 우리는 지금 어디에 있는 것일까요?"

이번에는 미현이 태문 쪽으로 얼굴을 돌리며 물었다. 태문은 미현의 질문을 듣지 못했다는 듯이 또 말이 없었다. 그는 어둡게 반짝이기 시작한 대청호의 물결에 마음을 맡긴 듯 보였다. 미현도 말이 없었다. 그들 사이에 바람이 불고 벚나무 잎 지는 소리가 멀리에서 들려왔다.

"글쎄요. 우리는 지금 어디에 있을까요. 저도 무척 궁금합니다."

말을 하면서 태문이 고개를 갸우뚱거렸다. 침묵이 두 사람을 또 갈라놓았다. 미현이 침묵을 깨고,

"그러면 선생님. 우리는 어떻게 가야 할까요?"

"……, 어떻게 가야 하느냐. 어떻게 가야 하지?"

태문은 미현의 질문에 혼잣말하듯 중얼거렸다. 미현이 미안한 표정을 지었다. 하지만 태문은 여전히,

"어떻게 가야 하느냐?"

같은 말을 두어 번 다시 되뇌었다. 그러다가 미현을 보며,

"떠나면 됩니다. 우리 삶 모든 언저리에서 떠나면 됩니다."

태문의 목소리에 힘이 들어가고, 표정이 조금 상기되었다.

미현은 태문과 몇 번 만난 적이 있었고, 그에게 들은 말이 있어서 태문이 무슨 생각으로 이런 말을 하고 있는지 이해했다. 계족산 만남과 관평동 도서관 강의, 마곡사 산사 음악회를 동행하면서 태문의 이야기를 들었기 때문이다.

그러나 미현이 들은 '떠남'이라는 단어가 오늘처럼 생생하게 들린 적이 없었다. 태문이 말하는 '떠남'이라는 단어는 일상에서 자주 쓰이는

단어가 아니라서 미현에게 낯선 말이었다.

더구나 '떠남'이라는 단어의 의미가 좋은 뜻은 아니지 않는가. '떠남' 하면 이별이라는 이미지가 떠오르기 때문이다. 그래서 처음에는 신선한 의미로 다가오기는 했지만 큰 의미를 부여하고 싶지 않은 것도 사실이었다.

하지만 초겨울로 접어드는 어느 날. 대청호 호숫가에 앉아서 듣는 '떠남'이라는 말은 큰 울림으로 다가왔다. 꽉 막힌 듯 답답한 마음을 시원하게 뚫어주는 말로 들렸다. 미현이 물었다.

"선생님. 떠나기도 어렵지만 떠나면 아프잖아요. 내가 온갖 정성을 들여 가꾸어 온 것들을 어떻게 버리겠어요."

"아시다시피 우리의 삶은 온갖 인연들로 이어져 있습니다. 이 인연들 때문에 진정한 나의 모습이 보이지 않아요. 인연의 실타래가 고치를 만들어서 우리를 그 안에 가두어 버리기 때문입니다. 당연히 태어나면서부터 나는 나의 진정한 내 모습을 보지 못하고, 내가 나를 살지 못했습니다. 지금까지 말입니다."

태문은 여기서 말을 멈추고 일렁이는 대청호에 눈길을 던졌다. 미현도 아무 말을 하지 않고 태문을 따라 호수에서 아우성치며 사라지는 물빛을 보았다.

"문제는 우리가 살날이 그렇게 많이 남아 있지 않다는 것입니다. 얼마 남지 않은 삶을 과거대로 사는 것이 과연 옳은 일일까? 의문이 듭니다. 진실한 우리 자신을 잊고 살아 온 것이 잘못된 것이라고 인정을 한다면 말입니다. 더구나 우리는 자유가 있지 않습니까. 자유! 이제는 결정할 때가 되었습니다. 진정한 자기 자신이 누구인지 생각해 보고, 자기 자신을 위해서 무언가를 할 용기 있는 결단 말이에요. 지금 이 그때인 거죠."

　태문이 말을 하며 미현을 보았다. 미현의 하얀 얼굴에 산 그림자가 내려앉았다. 미현은 아무 말도 하지 않고 일렁이는 호수를 보았다.

　"……."

　"서 여사님 말씀대로 마음이 아플 겁니다. 온갖 정성을 다해서 가꾸어 놓은 인연입니다. 그걸 버리고 떠난다는 것. 당연히 아프죠. 뼈가 깎이는 고통을 느끼겠지요."

　"……."

　"하지만, 그 아픔과 고통도 우리가 우리 자신을 찾지 못한 채 남은 시간을 보내고 나서 하는 후회보다는 작을 것입니다."

　"……."

　"그런데 이런 일을 누가 하겠습니까? 이런 문제에 대해서 열정을 갖고 의욕적으로 생각할 사람이 얼마나 되겠습니까. 또 설령 생각을 했다고 해도 이 일을 실천할 용기 있는 사람이 있겠습니까? 간혹 종교에 귀의해서 해답을 얻고자 하는 사람이 있기는 합니다. 하지만 그분들 중에도 완전한 떠남을 이룬 사람들은 별로 없을 것으로 생각합니다."

　"선생님. 혹시 종교 있으세요?"

　미현이 화제를 돌렸다.

　"한때는 불교에 심취한 적이 있었지요. 거의 육십 년 이상이나요."

　"육십 년요?"

　미현이 놀란 눈으로 물었다.

　"동자승부터 시작했으니까 거의 그렇게 되었을 겁니다. 어머님께서 독실한 불교 신자이셨습니다. 덕분에 아주 일찍부터 부처님을 만나 뵌 것이죠. 지금은 불교와 인연을 끊었습니다."

"그렇게 오랜 세월을 믿으셨는데…."

"한때는 오랫동안 부처님을 뵈면 덩달아서 저의 불심도 깊어질 것으로 생각했지요. 그런데 그게 아니더군요. 저는 부처님께 바라기만 하고 제가 부처님께 해 드리는 것이 없었어요. 소원을 빌기만 하고 부처님 말씀을 안 듣고. 불량 신도였죠. 하하."

태문이 허탈한 듯 웃었다. 육십 년 동안이나 귀의했던 불교에서 벗어났다는 말에 미현이 놀란 표정을 지으며 물었다.

"왜 그런 생각을 하셨어요?"

"쉬운 일은 아니었죠. 오랫동안 지켜 온 믿음을 버린다는 것은. 그렇지만 벗어나지 못하면 나에게 더 큰 짐이 된다는 것을 알았습니다."

"어떤 면에서 그렇다고 생각하세요?"

"어쩌면 저의 생각이, 틀릴 수도 있습니다."

태문이 다시 미현을 보았다.

"제가 믿는 종교가 저에게 위로가 되지 못하고 오히려 짐이 된다면 그 종교에 더 이상 머물러서는 안 되겠지요. 불교는 저에게 완전한 해답이 아니었습니다. '혼자서 가라.'는 말을 빼고요. 그래서 남은 길을 혼자서 가 보기로 했습니다."

"혼자서 간다고요?"

"아무 것도 의지하지 않고, 아무 것에도 얽매이지 않고 살아가는 거지요. 물론 이것도 쉬운 일은 아니지만."

태문의 말이 끝났어도 미현은 더 이상 묻지 않았다. 너무 많이 물어

보는 것도 결례라는 생각이 들어서였다.

　두 사람은 일어나서 온 길로 되돌아 걷기 시작했다.
　한 번 걸어 온 길이기는 했지만, 뒤돌아서 가는 세상은 처음과는 완전히 다른 세상이었다. 올 때는 정면으로 보이던 나무와 호수와 산들이 돌아갈 때는 보이지 않았다. 그 대신 올 때 보이지 않았던 후면의 모습들이 정면으로 보였다. 같은 나무, 같은 호수, 같은 산이었지만 두 사람의 눈에는 완전히 다르게 보였다.
　지나가는 차량도 없는 호수 길에는 두 사람이 마음으로 속삭이는 소리만 들릴 뿐 사방은 고요했다. 지나온 새로운 길을, 붉은 노을이 부르는 노래를 들으며 걷는 미현의 마음에 작은 파문이 일었다. 그것이 무엇인지 정확하게 끄집어낼 수는 없지만, 몸 구석구석에 덕지덕지 쌓여 있던 쓰레기가 빠져나가고 그 자리에 작은 새싹이 움트는 기분이었다.
　대형 트럭이 요란한 소리를 지르며 질주하자 바람이 일고 길바닥의 나무이파리들이 사방으로 흩어졌다. 말없이 걷던 두 사람의 눈이 마주쳤다. 두 사람은 약속이나 한 듯이 서로를 바라보며 미소를 지었다.
　소리 없이 떨어지는 나뭇잎 사이로 노을을 보며 걸어가는 두 사람 앞에 긴 그림자가 앞서가고 있었다. 두 사람은 하나가 된 그들의 그림자를 앞세우고 말없이 따라갔다.

7 - 19

보조댐 부근 '해 뜨는 집'에서 저녁을 먹고 집에 왔다.

목욕탕에 들어가 양치를 하고 따뜻한 물로 샤워를 했다. 물기를 말끔하게 닦고 거실로 나와 불을 껐다. 불빛이 떠난 거실이 일시에 어둠에 갇히더니, 잠시 지나서야 거실의 모습이 천천히 드러났다.

소파에 올라가서 가부좌를 틀고 앉았다. 두 손을 가지런하게 모아 배꼽을 감아쥐고 눈을 감았다. 깊은 숨과 낮은 숨을 번갈아 쉬었다. 빠르게 뛰던 가슴이 진정되었다.

이유를 알 수 없었다. 오피스텔 앞에서 만나기로 약속하고 그랜저의 시동을 걸 때부터 두근거리던 가슴이 태문과 함께 있는 오후 내내 진정이 되지 않았다. 오래전 석민을 사랑하던 시절에 몇 번 느껴 본 기분이었다.

미현은 자기 마음이 이렇게 설렐 거로 생각하지 않았다. 태문을 만나면 가벼운 인사 정도하고 삶에 대한 그의 생각을 들어볼 참이었다. 태문 정도의 나이 든 사람이 갖기 어려운 생각을 하는 그 사람이 궁금했기 때문이었다.

미현의 이런 생각은 잘못된 것이었다. 애초 가벼웠던 생각과는 다르게 집을 나설 때부터 자기도 모르게 긴장하고 가슴이 두근거리기 시작했다. 그런 떨림은 태문과 함께 있었던 내내 멈추지 않았다.

오늘 만남에서 태문의 삶에 대한 생각을 어느 정도 이해하게 되었지만, 태문에 대한 자기의 생각이 다른 쪽으로 흐를 줄은 전혀 예상하지 못한 일이었다.

시간이 지나 마음이 안정되었지만, 알 수 없는 아쉬움과 허전함이 밀려왔다.

소파에서 내려와 좋아하는 RML의 노래를 틀었다. 느리고 낮은 반주가 앞서서 나가더니, 뒤따라오는 RML의 흐느끼는 목소리가 허전한 미현의 마음을 채워 주었다.

미현은 여느 때처럼 춤을 추기 시작했다. 옷을 걸치지 않은 그녀의 몸이 어둠 속 음악에 맞추어 때로는 천천히, 때로는 빠르게 움직였다. 무엇을 밀어내듯이 팔을 움직이더니 곧 무엇을 끌어안으려는 듯 두 팔로 가슴을 움켜쥐었다.

미현의 희고 가느다란 팔이 거실의 회색빛을 가르며 물살을 이루었다. 부드럽게 움직이는 그녀의 몸이 앞으로, 뒤로 움직이며 꽃송이를 만들 때마다 둥그런 어깨가 바닥에 닿을 듯했다. 덩달아서 탄탄한 다리와 허리가 묘한 앙상블을 이루었다.

'내 손을 잡아요. 사랑하는 사람아. 하루는 짧고 사랑은 영원해요. 못다 한 사랑이 내 마음을 울려요. 내 손을 잡아요. 내 손을 잡아요. 나를 보내지 말아요.'

RML의 노래가 미현을 무아 속으로 이끌어 갔다. 미현의 몸에 뜨거운 땀이 물 흐르듯 떨어지고, 미현의 숨소리가 다시 거칠어졌다.

얼마나 시간이 지났을까. 춤을 멈추고 가운으로 몸을 가린 다음 화장대 앞에 앉았다. 태문에게 메시지를 보냈다.

'선생님. 아름다운 시간이었습니다. 저의 이 아름다움이 선생님 가슴에도 가득했으면 좋겠습니다. 다음에 저를 보실 때는 제 이름을 불러 주세요. 부탁드립니다. 다시 뵙겠습니다. 미현 드림.'

인간의 삶을 안고 어디론가 가는 계절이 길게 한숨을 토해내는 소리가 베란다 저편에서 들려왔다.

베란다로 나갔다. 하루 종일 주인을 기다리고 있던 한 쌍의 카나리아가 좁은 대나무 새장 안에서 이리저리 날며 노래를 불렀다.

'꾸꾸꾸. 희요희요. 꾸꾸꾸.'

"안녕? 나의 파랑새."

열려있는 대나무 새장 문으로 카나리아에게 모이를 주는 미현의 손놀림이 가벼웠다.

7 - 20

얼마나 오랫동안 어둠에 앉아 있었을까.

오피스텔 조명을 완전히 끄고 책상에 앉아 창밖을 응시하고 있는 태문에게 피로가 몰려왔다. 밤이 되면 몸이 좋지 않은 것은 어제오늘 일이 아니었다. 잠을 이루지 못하는 밤들도 계속되었다.

이따금 괴롭히는 두통은 여전히 참기가 어려웠다. 의사의 처방대로 수면제를 복용하고 진통제를 먹었지만 별다른 효과가 없었다. 정신적으로 또 육체적으로 힘든 상황이 오래 지속되자 태문의 심신은 나날이 약해지고 문밖출입이 줄어들었다.

미현의 전화를 받고 처음에는 약속하고 싶지 않았다. 새로운 만남은 새로운 인연을 만들고, 새로운 인연은 또 다른 고통을 만든다는 것을 태문은 알고 있었기 때문이다.

자기 삶의 지난날을 돌아봐도 명백한 일이었다. 지금 자기 나이에 굳이 사서 고통을 만들 이유가 없다고 생각했다. 태문은 친구들의 연락이나, 직장 동료들의 전화가 시간이 갈수록 뜸해지는 것조차 그렇게 나쁜 것은 아니라고 생각했다. 친구들이나 직장 동료들을 만나 봐야 특별히 할 대화도 없었고, 같이 있는 시간이 조금만 길어지면 피로감을 느꼈다.

이런 생각을 태문만 하는 것이 아니라 친구나 동료들도 하는 것 같았다. 근래 들어 그들의 소식이 없는 것만 보아도 알 수 있는 일이었다. 또 가족들도 그랬다. 어쩌다가 전화나 한번 하고 안부나 물어보는 정도였다. 옛날처럼 온갖 핑계를 만들어서 며칠씩 함께 먹고 자는 일이 없어진 지도 꽤 오래되었다. 지금은 열정이 사라져서 일어나는 일이었지만 차라리 잘된 일이라고 태문은 생각했다.

이런 태문의 처지에서 보면 미현을 만나서 특별히 할 이야기도 없었고, 함께 무언가를 이룰 일도 없었다. 특히 불면증과 심한 두통으로 고생을 하는 태문으로서는 더욱더 만나고 싶지 않았다.

그러나 고민 끝에 만나기는 했어도 미현과 시간을 보낸 일이 나쁘지는 않았다. 아직도 가지 못하고 머무적거리는 가을 끝자락에 대청호반 길을 걷는 일은, 거의 매일 오피스텔 안에만 머무르던 태문에게 신선한 느낌으로 다가왔다.

또,

'우리는 어디로 가나요?'

'우리는 어디에 머무르고 있나요?'

'우리는 어떻게 살아야 하나요?'

이런 질문은 잠든 태문의 머리를 번뜩 깨우는 물음이었다. 이런 문제는 태문이 평생 가진 의문이었고, 지금도 그 질문의 해답을 찾으려고 노력하고 있었기 때문이다.

어둠은 모든 것을 삼켜 버려 그 흔적도 보이지 않게 만든다. 하지만 어둠이 짙을수록 하늘의 별들은 더 밝게 반짝인다. 삶도 마찬가지 아닐까? 고통과 슬픔은 우리들의 인간성을 파괴하고 빼앗아 간다. 그렇지만 우리가 고통과 슬픔을 극복하기만 하면, 인간성을 지킬 수 있을 뿐만 아니라 전보다 훨씬 더 성숙한 인간이 될 것이다. 또 우리들이 다른 것들에게 의지하지 않고 우리의 주인이 되기만 한다면 우리 앞에는 예전과는 다른 새로운 세계가 펼쳐질 것이다.

태문이 어둠 속에서 생각에 잠겨 있을 때 태문의 낡은 핸드폰이 주인을 찾았다. 미현에게서 온 메시지였다.

'선생님. 아름다운 시간이었습니다. 저의 이 아름다움이 선생님 가슴에도 가득하시면 좋겠습니다. 다음에 저를 보실 때는 제 이름을 불러 주세요. 부탁드립니다. 다시 뵙겠습니다. 미현 드림.'

문자를 읽고 태문은 지그시 눈을 감았다.

'아름다운 시간. 아름다운 시간.'

태문은 미현이 보낸 문자를 여러 번 읽었다. 비록 오래전 일이기는 했어도 태문에게도 그런 시절이 있었다. 하지만 그게 언제이었는지 기억이 가물거렸다.

'아름다운 시간.'

태문의 얼굴에 미소가 일었다. 그 미소는 밤을 끌어안은 미소였고,

슬픔 속에 깊이 간직해둔 아름다움을 보고 짓는 미소였다.

7 - 21

미현아. 잘 지내고 있지?
네 곁을 떠나 시간이 지나니까 다른 것은 몰라도 네가 보고 싶다. 영상 폰으로 말고 네 곁에서 네 체취를 맡으면서 말이다.
미현아.
새로운 세상에서 새로운 삶을 사는 것은 설렘이자 두려움인 것 같구나. 전에는 몰랐어. 생각해 보니 설렘과 두려움은 다르게 쓰고, 다르게 읽어도 사실은 같은 의미라는 생각이 새삼 든다. 왜냐면 둘 다 잠들어 있는 우리 마음을 깨워 주는데, 깨워 주는 방법이 다르니까 말이다.
나는 요즈음 이 두 단어 사이를 오락가락하면서 하루하루를 보내고 있다.
새로운 세상에서 익숙하지 않은 거리, 낯선 사람들, 평생 먹어 보지 않았던 음식들, 알아듣지 못하는 언어들. 내가 살던 곳과 전혀 다른 풍경들.
이것들은 어떤 때는 나에게 설렘이 되고, 어떤 때는 두려움이 되기도 한다. 하지만 둘이 구분되지 않을 때가 더 많아. 둘이면서 하나인 것 같고, 하나이면서 둘인 것 같은 생각이 들거든.
어느 것이 진실인들 뭐하겠니. 중요한 것은 내가 살아 있다는 것을 느끼는 것 아닐까? 숨을 쉬고 오감을 자각하는 거. 오물로 막힌 하수구의 구멍이 뚫리는 기분이고, 열대야로 잠 못 드는 밤에 불어오는 시원한 바람 같은 거. 이런 것이 필요한 거 아닐까? 우리 삶을 위해서 말이다.

지난날을 되돌아본다. 아름답고 행복한 시절도 있었지. 어떻게 보면 나에게 과분할 정도로 좋았던 시절이었어. 그런데 언제부터일까? 내 삶이 피로와 권태에 지쳐서 활력을 잃어버리기 시작한 때가. 흔히들 말하는 그때부터인가? 갱년기! 아냐. 아무리 생각해도 그것은 아닌 것 같아. 아마도 내가 활력을 잃기 시작했을 때는, 나에게 행복을 주는 것들의 유효기간이 끝나면서부터일 거야. 채울 생각은 하지 않고 쓰기에만 열중한 죄과인 거지. 아름답고 행복한 그 시절에도 끊임없이 더 노력해야 했어. 그 시절이 더 오랫동안 머무르도록.

수만 씨와의 관계를 생각해도 그래. 우리 사랑이 영원할 줄 알았지. 그런 생각은 착각이었어. 사랑에도 유효기간이 있다는 것을 몰랐어. 똑같은 마음, 똑같은 방법으로 사랑한다면 말이야.

지금 생각해 보면 둘 사이에서 수명이 다한 일은 그만두고 새로운 일들을 만들었어야 했어. 그렇게 했더라면 아직도 두 사람의 심장이 계속 뛰었을 거야.

우리 둘의 사랑이 계속되기 위해서 우리만의 새로운 세계가 필요했던 것 같아. 그랬다면 내가 여기에 와서 너에게 이런 글을 쓸 일도 없었을 테지.

이제 이런 생각을 하면 뭐 하겠니. 그저 그렇다는 이야기이지. 그래도 다행인 것은 내가 마음먹고 노력을 하기만 한다면, 지금이라도 새로운 삶을 찾을 수 있다는 거야.

만약 내가 새로운 삶을 선택하지 않고 과거 그대로 산다면 그 끝에는 무엇이 있을까? 후회? 안도감? 아니면, 허무감? 편안함? 어쩌면 우리 삶에서 느끼는 모든 것들은 우리가 스스로 택한 결과라는 생각이 드는구나. 다른 것들을 탓할 여지도 없이.

이런 내 삶을 두고 나를 알고 있는 사람들이 여러 가지 말을 하고 있다는 것 알아. 나 역시 완전히 깨끗하고 맑은 기분은 아니야. 그렇지만 인간으로서 내 자신의 소중함을 다시 깨닫고, 소중한 나를 더 소중한 존재로 만들기 위해서, 나의 삶과 내가 가는 길은 나를 중심으로 할 수밖에 없어. 어쨌든 나는, 나를 위해서 최대한 나 자신에게 충성할 생각이야. 지금도 그러고 있기는 하지만.

미현아.

너를 남겨 두고 나만의 길을 택해서 정말 미안하다. 나는 너를 믿는다. 너도 현명한 너만의 길을 갈 거라고. 너는 나보다도 훨씬 나은 사람이니까.

여기도 밤 열두 시가 넘었으니 거기는 시간이 더 많이 되었겠지.

주철 씨는 세상모르고 잠을 자고 있다. 이 사람이 나의 마지막 사랑일까? 나도 잘은 모르겠지만 주철 씨가 나의 마지막 사랑이 되기를 바란다. 그래야 내가 원하는 삶을 제대로 살았고, 또 내가 행복했다는 증거일 테니까.

이 글은 내일 아침이 되어야 네가 볼 수 있겠지. 좋은 밤 되기를 바란다.

언제나 너의 친구 영숙. 치앙마이. 태국.

미현은 영숙의 편지를 다 읽고 핸드폰을 침대 옆 탁자에 올려놓았다.

전화기에서 새어 나오는 불빛이 몇 번 깜빡거리더니 이내 불빛을 잃었다. 그나마 희미하던 방도 어둠속으로 사라졌다.

미현은 잠을 이룰 수 없었다. 보이지도 않는 천장을 눈도 깜빡이지 않고 별을 찾는 심정으로 주시하며 밤을 보냈다.

하룻밤은 길고 길었다. 절대 오지 않을 것 같던 아침이 살며시 눈짓하며 얼굴을 내밀었다. 그러나 미현은 자리에서 일어나지 않고 여전히 천장을 보았다. 그녀의 눈은 아직도 잠들지 못했다. 가을이 가고 겨울이 오는 소리가 창문 밖에서 들려오고, 그 소리가 미현을 깨우고 있었지만 미현은 아직 듣지 못하고 있었다.

7-22

눈처럼 하얀 그랜저가 마티고개를 넘고 터널을 빠져 나왔다.

비탈길 아래로 아스라하게 뻗어 있는 금강의 푸른 물줄기가 먼 곳으로 떠나는 여행자처럼 어디론가 흘러갔다. 정처 없이 떠나는 금강의 물결이 회색빛 겨울 색으로 물들었다.

어제 정성스럽게 닦고 치장을 한 승용차 안은 박하 향기가 은은하게 퍼져 상쾌했다. 이런 분위기는 초겨울이 무색하리만큼 맑고 따뜻한 날씨와 어우러져 여행자의 마음을 더 들뜨게 했다.

태문과 미현은 금강을 왼쪽에 끼고 4차선 자동차 도로를 나는 듯 달렸다. 평일 오전이라 도로에는 아직 차량이 많지 않았다. 드라이브하기에는 안성맞춤인 날이었다. 공주산성을 곁에 두고 공주 신시가지를 지나갔다. 다시 터널을 지난 다음 청양과 예산 갈림길에서 청양으로 차머리를 돌렸다.

머리를 짧게 자르고 머리끝을 말아 올린 미현의 머리칼에서 풍기는 은은한 향기가 태문의 머리를 맑게 해 주었다.

운전대를 잡은 미현의 표정이 밝았다. 말은 하지 않았지만, 오른손 가락으로 운전대를 두드리며 태문이 알아들을 수 없는 곡을 흥얼거렸다. 태문도 말이 없었다. 그는 장단을 맞추고 있는 미현의 하얀 손가락을 보며 창밖을 스치는 풍경에 빠졌다.

"선생님. 제가 알고 있는 시 한 수 읽어 볼게요."

자기 흥에 겨워 앞만 보고 운전을 하던 미현이 미소를 띤 얼굴로 태문을 흘낏 보았다. 태문도 창문에서 시선을 떼고 미현 쪽으로 얼굴을 돌렸다. 조용하고 향기만 가득한 차 안이 갑자기 활기가 돌았다. 미현이 헛기침을 두어 번 해서 목청을 가다듬더니 목소리 톤을 조금 높여서,

'영원한 여행'

잠자는 사람아 일어나라
태양이 지기 전에 떠나야 한다
....
....
잠자는 사람아

일어나라

어둠이 오기 전에 우리 함께 떠나자

미현이 시를 읊는 소리가 차 안에 가득했다. 그러나 시를 읊고 나자 차안이 잠시 조용해졌다. 태문이 놀란 표정을 지었다. 지그시 눈을 감고 아무 말이 없었다.

"마음에 와 닿는 글이지요?"

미현이 조그맣게 말하며 웃었다. 시를 읽고 나서도 기분이 좋은지 군데군데 같은 문구를 두어 번 되뇌었다.

"서 여사님. 이 글을 어디에서 찾으셨어요?"

미현이 정색을 하며,

"저는 서 여사가 아니라 서미현입니다. 선생님. 다시 불러 주시면 더없이 즐겁겠습니다."

미현이 자못 화난 표정으로 태문을 보았다. 뒤따라오던 차량이 큰 소리를 내며 미현의 차를 추월했다. 미현의 말에 태문의 표정이 어색하게 변했다. 그는 말을 조금 더듬거리며,

"서미현 씨. 이글을 어디서 찾았어요?"

태문이 궁금하다는 듯이 미현에게 재차 물었다.

"시가 아주 마음에 들었어요. 특히 오늘 같은 날에는 더요."

"……."

"설렘으로 가득한 길을 따라

신비로운 낯선 마을을 지나

영혼을 살찌우며

기억 너머 고향으로 가자."

미현은 재미있다는 듯이 이 구절 저 구절을 번갈아 외웠다.
"여기에서 서미현 씨가 이 글을 읽을 줄 몰랐습니다. 부끄럽지만 아무튼 감사합니다."
"이 시에는 선생님의 평소 생각이 많이 들어 있어요. 특히 떠남이라는 주제와는 더욱더 그렇지요."
미현의 말에 잠시 침묵하던 태문이,
"저는 항상 어디론가 떠나기를 원합니다. 실천을 못 하지만요."
"선생님. 저도 어제 이 시를 읽고 어디론가 한없이 떠나고 싶은 생각에 잠을 못 잤어요. 시 내용대로 해가 지기 전에 떠나고 싶어서요."
미현이 소리 내지 않고 미소를 지었다.
"선생님. 여행 좋아하세요?"
앞을 보며 운전하던 미현이 태문을 보며 물었다.
"많은 사람이 여행을 좋아하지요. 저도 한때는 무척 좋아했습니다. 여러 곳에 가 보려고 노력했지요. 지금은 열정도 많이 식었습니다. 미현 씨는 어떠세요?"
"저도 좋아해요. 지금도 그래요. 선생님. 그런데 여행은 뭐라고 생각하세요?"
"여행은…. 뭐랄까. 한마디로 정의하기는 어렵지만…."
태문이 잠시 생각에 잠겼다.
"처음에는 견문을 넓힌다고 생각했지요. 여행이 좀 깊어지면서 '여행은 다시 돌아오기 위해서 간다.'는 생각이 들었고요. 지금은 '여행은 떠나기 위해서 간다.'라는 생각을 합니다."

"저는 단순히 긴장을 풀고 즐거움을 얻기 위해서 여행을 했어요. 여행을 하면 저절로 기분이 좋아져요. 왜 그런지 이유는 잘 모르겠지만요."

태문이 미현의 말을 듣고 나더니,

"가장 행복한 여행은 사랑하는 사람을 알아가는 여행이라고 합니다. 아직 실감을 못 했지만요."

"사랑하는 사람을 여행한다고요?"

미현이 짐짓 궁금한 표정을 지었다.

"그렇습니다. 사랑하는 사람을 만나서 그 사람을 조금씩 알아가는 여행이 세상에서 가장 행복한 여행이라고 합니다."

차가 칠갑산 골짜기로 들어섰다.

충남의 알프스라고 불리는 고장답게 제법 높은 산들이 줄지어있고, 골짜기도 깊었다. 구불거리는 길을 따라 미현은 조심스럽게 차를 몰았다. 추수가 끝난 차창 밖의 풍경이 편안한 마음으로 지나가는 두 사람을 보고 있었다.

태문과 미현은 오랜만에 가는 여행이었다. 태문은 퇴직일에 집을 나온 후로 대전을 떠나서 여행을 한 일이 거의 없었다. 아버님을 뵈러 가는 등의 특별한 일을 제외하고는 대부분 시간을 오피스텔과 대전에 머물렀다.

미현은 태문보다는 좀 나은 편이었다. 하지만 미현도 정애와 손녀들을 돌보는 일과, 교회에 가는 일, 소소한 모임 때문에 특별히 시간을 내어 여행을 한 일이 지난 몇 년 동안에 손가락으로 꼽을 정도였다.

이런 두 사람이 대천으로 하루 동안 여행을 한다는 것은 그들 나름대로 특별한 용기를 낸 여행이었다. 자연히 미현과 태문의 기분이 약간은 들떠 있었고 즐거웠다.

미현과 태문이 때로는 이야기를 나누며, 때로는 침묵하는 사이에 하얀색 그랜저는 신이 났다. 바람같이 달리는 그랜저는 눈부신 햇살을 온몸으로 받아 그렇지 않아도 하얀 자태를 더 하얗게 뽐내며 한적한 도로를 질주해 갔다.

칠갑산 언덕을 넘고 청양을 지나 청천 저수지 다리를 건넜다. 오른편으로 보이는 저수지의 푸른 물결이 잔잔하게 출렁거렸다. 운전하는 미현은 청천 저수지의 넘실거리는 물결이 자기에게 손을 흔들고 있다고 생각했다. 두 사람을 태운 차량은 군데군데 공사 구간을 조심스럽게 지나고 보령시를 빠져나와 대천 해수욕장 해변으로 갔다.

대천 해수욕장 해변에 다 왔다고 알려주는 한화콘도가 저 멀리 보였다. 미현은 콘도를 옆에 두고 소나무가 우거진 해변 도로에 차를 세웠다. 철이 지난 해변은 한적했다.

넓은 백사장에 북적대던 여행자들은 거의 보이지 않고, 때를 맞추지 못해 뒤늦은 사람들이 듬성듬성 바닷가를 서성거렸다. 줄지은 음식점 앞에서는 지나가는 사람들을 유혹하는 호객소리가 요란했다.

7-23

해수욕장 공연무대에 섰다.

넓고 넓은 백사장 품에 안긴 푸른 바다가 떠도는 구름들 사이로 내려오는 햇살을 친구삼아 은구슬의 향연을 펼치고 있었다. 끝없는 바다는 하늘과 입맞춤하고, 잔잔한 바람을 따라온 파도가 머나먼 곳의 신비로운 이야기를 전해 주었다. 하늘을 하얗게 수놓은 갈매기들이 자유로이 노닐며 사람들에게 희망을 주다가 노래를 부르며 다시 하늘로 올라갔다.

"아름다운 풍경이죠?"

미현 곁에 서서 바다를 응시하던 태문이 말했다. 그의 음성이 바람을 타고 와서 미현을 깨웠다.

"바다는 언제 와도 좋아요."

미현이 가볍게 미소를 지었다. 그녀의 하얀 얼굴이 바다 빛을 받아 붉게 변했다. 태문이 함께 웃으며 오른손으로 먼 바다를 가리켰다.

"초등학생 시절, 이곳에 올 때는 저 바다 너머에 무엇이 있을지 무척 궁금했습니다. 아마 신비로운 나라에 신비로운 사람들이 살고 있을 거라고 생각을 했지요. 달나라에 토끼가 산다고 생각한 것처럼요. 무척이나 그곳에 가고 싶었습니다.

나중에 저 바다 너머가 중국이라는 사실을 알고 매우 실망했습니다. 암스트롱이 달에 가서 달에는 토끼가 살지 않는다는 것을 입증할 때 느낀 실망과 같았습니다."

태문이 어릴 적을 생각하며 표정이 굳어졌다.

"우리가 나이가 들면서 우울하고 허무해 하는 것도 꿈을 잃어버리고 희망을 버리기 때문 같아요."

"저도 그렇게 생각합니다. 꿈과 희망이 없는 삶이란 죽음만도 못한 삶이 아닐까 생각합니다. 정말 슬픈 일이지요."

백사장으로 내려왔다.
부드러운 모래가 걷는 사람의 발걸음을 편하게 했다. 두 사람은 바닷물이 거품이 되어 사라지는 곳에서 신발을 벗고 바닷물에 발을 담갔다. 갈매기들이 신기한 풍경을 보기라도 한 듯 고개를 갸우뚱거리며 하늘로 날아갔다.
인적 드문 백사장을 말없이 걸었다. 망망대해의 설레는 이야기가 바람의 등에 업혀 와서 귓가를 간지럽히고, 어디론가 떠나는 하늘의 흰 구름이 걸음을 멈추고 두 사람에게 미소를 지으며 손을 흔들었다.
미현과 태문의 마음을 말해 주는 것은 둘이 남긴 발자국이었다. 두 사람의 말 못 할 깊은 사연과 하고 싶지만 차마 하지 못하는 이야기들이 가득 담긴 발자국들이 말없이 두 사람을 따라왔다.
미현과 태문은 바다가 잘 보이는 식당에서 점심을 먹고 콘크리트 계단에 앉아 수평선 너머로 시선을 옮겼다. 따뜻한 햇볕이 두 사람의 몸과 마음에 쏟아져 내리고 둘은 한동안 말이 없었다.
두 사람이 말을 하던, 하지 않던 세월은 자기 길을 갔다. 가는 세월을 따라서 바람은 또 그들 곁을 스쳐 가고, 구름마저도 하늘에 그림을 그리다가 다시 어디론가 떠났다.
그들의 마음도 끊임없이 움직여 둘 사이를 가로막고 있던 거리가 조금씩 좁혀졌다. 보이지 않는 세월이 두 사람에게 인연의 끈을 이어 주고, 이어진 인연의 끈이 그들의 남은 삶을 만들었다.
백사장 끝 계단에 앉은 두 사람은 가물거리는 물결 너머 수평선을 보며, 소리 없이 세상을 안고 가는 세월과 세월에 안긴 모든 것들이 변하는 것을 보았다. 두 사람의 마음과 몸도 그 안에 있었다.

7 - 24

오후 두 시가 지났다.

하얀 그랜저는 대천항에서 해저 터널로 들어섰다.

잘 정리된 해저터널을 빠져나와 원산도와 효자도를 양옆에 두고 안면도 대교로 들어섰다. 좌우로 펼쳐진 광활한 바다가 무엇을 바라는지 끊임없이 손을 흔들었다. 비릿한 냄새를 몰고 오는 시원한 바람이 차 안을 가득 채웠다.

바다에서 고기잡이하는 배들이 점으로 보이고, 안면도 끝자락 영목항의 차들과 사람들이 개미처럼 작게 보였다.

바람이 불어오면 파도가 넘실대고, 넘실대는 파도 속으로 점들은 사라졌다. 그럴 때면 보이는 것이라곤 거친 파도에 반짝이는 햇살뿐이었다. 한 번 부는 바람에 살고 죽는 가엾은 생명들이 미현의 눈에 안쓰럽게 보였다.

미현은 안면대교를 지나서 영목항으로 차 머리를 돌렸다. 작지 않은 주차장에는 평일임에도 많은 차량과 사람들로 붐비고 있었다. 둘은 차에서 내렸다. 주차장 끝으로 가서 바다의 시원한 풍경을 보았다.

세 시가 넘어서 영목항을 떠나 대전으로 향했다.

보령시 외곽도로를 따라가다가 오른쪽으로 들어섰다. 4차선 도로가 2차선으로 바뀌더니 구부러지고 급경사진 산 중턱 도로가 그들을 기다렸다. 그랜저는 험한 도로를 조심조심 산을 넘어갔다. 그리고 작은 마을들을 지나 '개화예술공원' 쪽으로 들어섰다.

하얀색 자갈들이 바닥에 깔린 도로 왼쪽 공터에는 크고 작은 화강암 원석들이 새로 태어나기를 기다리고 있었고, 오른쪽으로는 각양각색의 모형으로 줄지어 서 있는 시비들이 보였다.

열병하듯 줄지어 서있는 시비를 지나 연못 앞에 차를 멈추었다. 천여 평 되는 연못 한가운데는 흰옷을 입은 두 여인이 하늘을 향해 기도하며 서 있었고 봄, 여름, 가을에 연못을 가득 채웠을 수련들이 무심한 눈으로 시간이 흘러가는 것을 보고만 있었다.

크고 작은 시비들이 두 사람을 반기는 연못 길을 걸었다.

"미현 씨, 이 중에는 제가 잘 알고 있는 시인들도 여러 명 있습니다."

태문은 중간 중간 멈추어서 시를 읽어 주고 시인들을 이야기해 주었다. 묵묵히 따라가던 미현이 하얀색 시비 앞에 섰다. 미현의 키보다 조금 큰 시비에는 세 줄의 시가 새겨져 있었다. 미현이 큰 소리로 시를 읽었다.

'섬'

작은 섬 하나
바다에 가득하다

내 마음의 너처럼

미현은 시를 읽고 나서도 눈을 떼지 않았다. 태문도 미현을 보기만 할 뿐 아무 말이 없었다. 시간이 지나고 나서 태문이,
"이 시가 마음에 들어요?"
"예, 선생님. 간결하지만 깊은 울림을 주네요."
"그렇지요? 복잡다단한 삶에서 소중한 것을 사랑하는 마음이 아주 깊어요. 우리 개개인에게도 저런 사람이나 사상이 하나씩은 있겠지요?"
"적당하게 소중한 것이 아니라 자기 생명을 주어도 아깝지 않은 어떤 것들이 있을까요?"
미현이 걸음을 옮기며 태문에게 물었다.
"소중하게 여기는 것이야 누구나 있겠지만, 자기 목숨까지 내 줄 만큼 소중한 것은 찾기가 쉽지 않겠지요. 목숨을 걸 만큼 소중한 것을 갖는 사람은 아주 행복한 사람일지도 모르겠습니다."
어깨를 나란히 하고 연못과 시비들 사이에 난 오솔길을 걸었다. 연못에서 풍기는 풋풋한 물 내음과 시비의 시에서 풍기는 시향이 어우러지며 두 사람을 감싸 주었다. 발을 맞춰 시비 사이를 걸어가는 그들의 뒷모습이 고요한 수채화같이 길고 깊은 여운을 남겼다.
얼마를 가던 태문이 커다란 시비 앞에 섰다. 흰색과 회색이 군데군데 어우러져 있는 화강암에 '여행'이라는 시가 새겨져 있었다. 태문은 시비를 잠시 바라보고 나더니,
"제가 좋아하는 시입니다. 한번 읽어 보겠습니다."
미현에게 눈길을 보내고 나서 천천히 시를 읽기 시작했다.

'여행'

여행을 떠납니다
바닷가를 거닐고 산을 넘습니다
들 위를 달리고 강을 건넙니다
당신은
바다요 산이요 들이요 강입니다
………
………
영원한 시간 속을
끊임없이 가는 내 여행
그 여행의 이름은
사랑입니다

태문의 낮고 굵은 목소리가 조용한 연못 주변에 울렸다. 미현은 태문이 시를 읽는 모습을 호기심 가득한 눈으로 바라보았다.

"사랑하는 사람이 상대방에게 느끼는 즐거움과 고통을 잘 보여주네요. 누구를 사랑하는 일이 마냥 행복한 일만은 아닐 겁니다. 사랑은 우리에게 기쁨도 주고 슬픔도 주지 않아요? 사랑은 사랑하는 사람에게 커다란 행복이자 커다란 짐입니다."

태문은 말을 마치고 뚜벅뚜벅 길을 갔다. 두 사람은 자동차 바로 앞 넓은 바위에 앉았다. 종일 햇볕을 받은 바위가 따뜻한 열기를 두 사람에게 전해 주었다.

"사랑하는 사람을 알아가는 여행이 참 재밌어요. '당신은 강이요, 산이요. 때로는 파도가 밀려오고, 때로는 들 위는 부는 바람처럼 감미롭고'…."

태문의 옆에 앉은 미현이 태문이 읽은 시를 중얼거리듯이 읊조렸다. 그러면서 팔을 높이 들고 서 있는 하얀 대리석 여인상을 보았다. 두 여인은 하늘에 무엇을 기원하는 듯 연못 한가운데에 서서 가녀린 팔을 높이 들고 있었다.

미현과 태문 사이에 저녁노을이 찾아왔다. 시든 수련의 잔재들 사이에서 노니는 물고기들이 두 사람을 훔쳐보기라도 하려는 듯 언뜻언뜻 머리를 내밀었다가 재빠르게 물속으로 도망을 쳤다. 그럴 때마다 고요한 연못에 잔잔한 파문이 일었다.

태문과 미현을 태운 그랜저는 청양을 지나 우측 도로로 접어들었다.

아름다운 드라이브 코스로 알려진 청양 장안사 도로는 초겨울에 물들어 가고 있었다. 길 양편으로 늘어선 나무들 가지에는 아직도 떠나지 못한 잎들이 마지막 준비를 하고 있었고, 이따금 마주 오는 차량의 경적이 적막을 깨웠다.

장안사 못미처 장승공원에 차를 멈추고 식당에 들어가 저녁 식사를 했다. 구수한 청국장과 두부 냄새가 두 사람의 식욕을 돋웠다.

저녁을 마치고 나오자 주위는 이미 어두워졌다. 미현과 태문은 조명을 받아 괴상한 모습으로 변해 있는 장승들을 돌아보았다. 각양각색의 목각 인형들이 자신들만의 독특한 모습을 선보이며 깊어가는 초겨울 밤 품에 안겼다.

세상도, 장승들도, 미현과 태문의 여행도 어둠에 묻히며 하루를 마감하고 새로운 내일을 향해 가고 있었다.

7 - 25

삼정물산 사무실이 소란스러웠다.

"아니, 박 회장. 잘 한번 생각해 보시게. 우리 삼정물산 이름으로 그런 일을 한다면 얼마나 좋은 일인가. 누이 좋고 매부 좋고, 도랑 치고 가재 잡는 거 아닌가. 더구나 회원들 모두 참여하자는 것도 아니고. 명칭은 삼정물산 이름을 쓰되 실제로 참여할 사람은 원하는 회원들만 하자는 얘기일세. 보게 팔봉이. 내 얘기 이해되지?"

저녁 7시가 훨씬 지났지만, 삼정 사무실의 불은 꺼지지 않고 십여 명이 둘러앉아 무언가 열띤 토론을 하는 중이었다. 탁자에는 먹다 남은 돼지고기 수육과 김치, 두부, 몇 가지 막걸리 안주가 너저분하게 놓여 있었다. 따르다 만 막걸리 병이 탁자 모서리에 아슬아슬하게 걸쳐 있어 불안해 보였고 축 늘어진 종이컵이 사람들 앞에 힘든 표정으로 앉아 다음 주인을 기다렸다.

"선배님. 선배님 생각은 충분히 이해합니다. 말씀대로 좋은 일이죠. 어려운 아이들을 도와준다는 게 얼마나 좋은 일입니까. 문제는 저희 삼정물산 이름으로 하겠다는 거예요. 많은 회원이 선배님 말씀에 동의하지 않아요. 저와 총무가 회원들의 의견을 들어 봤어요."

회장 박근우가 경섭을 똑바로 바라보았다. 경섭의 눈가가 파르르 떨렸다.

"도대체 반대하는 이유가 무언가? 누가 반대하는 거야?"

머리가 벗어지고 흰 머리카락이 듬성듬성 난 김팔봉이 경섭의 말을 듣더니,

"선배. 너무 그러지 마세요. 저도 반대합니다. 우리가 누구입니까? 그래도 한때는 사회에서 신분이 있던 사람들 아닙니까? 편의점 일을 하자고요? 폐지라도 줍자고요? 하하. 지나가는 소도 웃을 일입니다. 폐지를 줍는다. 하하하."

김팔봉이 기가 막힌다는 듯 비웃음 가득한 말을 늘어놓고는 앞의 막걸리를 벌컥벌컥 마셨다. 주위에 있던 사람 중에서 몇 사람이,

"아, 그럼요. 팔봉이 형님 말씀이 맞아요. 명색이 교장 출신인 우리가 그런 일을 할 수 있나요?"

서로 주고받으며 맞장구를 쳤다. 자리가 소란스러워졌다.

"어이, 어이. 좀 조용히 하라고."

경섭과 친분이 많은 형구가 탁자를 툭툭 몇 번 쳤다. 탁자의 술병과 잔이 금방이라도 넘어질 듯 휘청거렸다. 회원들이 모두 형구에게 눈을 돌렸다.

"생각들 해 보시게. 물론 여러분이 염려하는 것도 내 잘 알겠네. 하지만 그런 일을 해서 어려운 아이들에게 도움이 된다면 하는 일이 왜 문제가 되겠는가. 오히려 자랑스러운 일이지. 안 그런가?"

형구의 지적에 모두 입을 다물었다. 경섭이 형구의 말을 이었다.

"형구 말이 옳지. 암. 옳고말고. 더 중요한 것은 말일세. 우리 같은 퇴물들도 희망이라는 것이 생기지 않나. 희망! 꿈 말일세! 내가 병석

에서 누워 있어 보니 희망이 없는 인간이 얼마나 가엾은 인간인가 알겠더구먼. 우리 함께 좋은 일 좀 하세. 죽을 날만 기다리지 말고. 우리도 사는 보람도 좀 느끼자고. 이름만 빌려주면 되네. 삼정물산 이름."

"……."

"선배님, 하시고 싶으시면 그냥 선배님 이름으로 하세요. 괜히 다른 회원님들 힘들게 하지 마시고요. 저는 이대로 살다가 그냥 죽을랍니다. 막걸리 한잔에 취해서 비몽사몽 지내면 좋을 것을 뭐 하러 그런 힘든 일을 합니까. 희망은 선배님이 가지세요. 원하시면 제 것도 드릴게요. 공짜로요. 하하하. 회원님들 안 그래요?"

칠십 중반쯤 되어 보이는 최창준 전무가 게슴츠레한 눈으로 경섭과 형구를 보았다. 회원들이 모두,

"맞아, 우리가 뭐 하려고 그런 일을 해. 지금까지 힘들게 살아왔으면 됐지. 자, 술이나 마시자고. 경섭 선배님. 형구 선배님. 그런 일은 두 분이 하세요."

누군지 경섭과 형구에게 야유를 보냈다.

"허, 그 사람들 정말 불쌍하구먼, 불쌍해."

경섭이 탁자를 손바닥으로 '탁' 치며 자리에서 일어났다. 아직도 완전한 몸이 아니라서 그런지, 아니면 술기운 탓인지 그의 몸이 휘청거렸다. 옆에 있던 형구가 경섭을 부축하며 일어섰다.

"천사 선배님들. 조심해서 가십시오. 멀리 안 나갑니다. 희망 많이 찾으세요. 밤새도록 꿈도 꾸시고요. 하하하."

뒤에 남은 회원들의 웃음소리가 떠나는 두 사람의 뒷덜미를 잡았다. 난간을 붙들고 겨우 발걸음을 떼는 경섭이,

"썩었구나, 썩었어. 한참 썩었어!"

되씹으며 뒤돌아서서 보란 듯이 목에 붙어 있던 가래를 '퉤' 하고 뱉었다. 경섭의 눈에서 겨울 한파보다 더 차가운 빛이 쏟아졌다.

7 - 26

아침부터 차를 운전하고 바닷바람을 맞으며 돌아다닌 탓에 몸이 무거웠다.

따뜻한 물로 샤워를 하고 거실로 나와 소파에 앉았다. 희미한 거실 조명이 다소곳이 미현을 비췄다. 미현이 입고 있는 분홍색 잠옷이 오늘따라 더 짙은 분홍으로 반짝였다.

소파에 가부좌를 틀고 앉았다. 정신을 집중하려고 해도 마음대로 되지 않았다. 몇 번을 시도하다가 자세를 편하게 고쳐 앉았다.

차를 운전하고 가던 도로와 도로 양편으로 지나가는 풍경들, 태문의 목소리가 미현의 마음을 흔들었다. 망망한 바다의 편안함과 자유로운 갈매기들, '개화예술공원'에서 보았던 몇 수의 시. 미현은 자기도 모르게 미소를 지었다. 오랜만에 느껴 본 편안한 마음이었다.

잠자코 있던 핸드폰이 미현을 불러 댔다. 미현이 시계를 보니 11시가 넘었다. 미현은 자리에서 일어나 안방에 있던 핸드폰을 들고 나와 화면을 열었다. 태문이 보낸 메시지였다. 갑자기 미현의 하얀 얼굴이 붉어졌다. 두근거리는 가슴을 진정시키며 메시지를 읽었다.

'서미현 님. 오늘 너무 수고가 많았어요. 덕분에 아주 즐거운 하루를 보냈습니다. 모처럼 자유를 느끼고 앞으로 더 나갈 수 있다는 희망이 다시 생겼습니다. 모두 서미현 님 덕분입니다. 감사하는 마음 오랫동안 간직하겠습니다. 편안하신 밤 되십시오. 강태문 드림.'

 미현은 핸드폰을 두 손으로 부드럽게 감싸 쥐고 지그시 눈을 감았다. 마음을 진정시키려고 천천히 깊은숨을 쉬었다. 미현은 답장을 하지 않았다. 오직 마음으로,

 '선생님. 감사한 사람은 바로 저입니다. 오늘 여행은 저에게 많은 생각을 하게 했습니다. 선생님도 좋은 밤 되세요.'

 밤이 깊어갔다. 미현은 불빛 없는 거실에 앉아 점점 더 어두워지는 밤과 하나가 되어 갔다.

7 - 27

 결혼식장은 축하객들로 넘쳤다.

 오가는 축하객마다 웃음이 그치지 않았다. 신부 대기실에서 백합보다 더 하얀 드레스를 입고 물망초와 안개꽃, 붉은 장미가 어우러진 부케를 안은 진희의 얼굴은 행복으로 가득했다. 몇 명의 친구와 직장 동료들이 진희의 곁에 서서 즐겁게 떠들어 대고 있었다. 강태문의 친구들이 신부 대기실에 불쑥불쑥 들어와서,

 "와, 태문이는 땡잡았네. 부럽고만."

 농담을 하며 신부 대기실에 있는 진희 친구들을 곁눈질로 훔쳐보았다.

진희는 가슴이 너무 떨려서 진정할 수 없었다. 청양 산골에서 가난한 농부의 딸로 태어나 어렵게 학교를 다녔다. 이제 좋은 남자를 만나 결혼을 한다고 생각하니 기쁜 마음을 뭐라고 다 표현할 방법이 없었다. 진희는 친구들이 옆에서 뭐라고 떠들어 대고, 남편의 친구들이 들랑날랑하면서 자기에게 갖은 농담을 해도 귀에 들어오지 않았다.
　장면이 바뀌었다.
　진희는 하객들로 발 디딜 틈이 없는 결혼식장 안을 걸어가고 있었다. 옆에서 자기를 부축하는 아버지가 없었다면 떨리는 다리를 한 걸음도 옮기지 못했을 것이다.
　남편이 될 태문이 계단 아래로 내려와 자기 손을 잡았을 때 왈칵 눈물이 쏟아지는 것을 간신히 참았다. 진희는 주례가 무슨 말을 하는지 들리지 않았다. 태문 옆에 서 있는 것만으로도 떨리고 힘이 들었다. 주례가 마지막으로 신랑 신부 맞절을 시켰을 때 진희는 앞을 제대로 볼 수 없었다. 태문이 태산처럼 커서 잘 보이지 않았다.
　장면이 바뀌었다.
　태문과 진희는 경주의 호텔 방에 있었다. 진희의 몸이 천근만근으로 무거웠지만, 진희는 첫날밤의 떨림 때문에 피곤함조차 없었다. 욕실에서 목욕하고 나오는 태문을 기다리는 시간이 얼마나 되었는지 기억이 나지 않았다.
　장면이 바뀌었다.
　태문이 진희의 옷을 벗기고 애무를 시작하자 진희의 몸이 뜨거워졌다. 진희는 자기도 모르는 사이에 태문의 듬직한 어깨를 껴안았다. 아랫도리에 심한 통증이 들고 참지 못한 진희는 비명을 질렀다.

진희는 누군가가 자기를 흔들어 깨우는 것을 느꼈다.

식은땀이 진희의 얼굴에 방울방울 맺혔다. 말할 수는 없었지만, 침대 머리에서 자기를 흔들어 깨우며 크리넥스로 얼굴을 닦아 주는 사람이 며느리라는 것을 알았다.

"어머님, 어머님, 정신 차리세요. 어머니!"

며느리의 다급한 고함에 꿈에서 깨어나기는 했어도 진희는 의사를 표시할 수 없었다. 겨우 눈을 반쯤 뜨고 며느리를 보았다. 며느리가 울먹이는 표정으로 자기를 내려다보고 있었다. 고맙다고 말을 하지 못하는 자신이 원망스러웠다.

하지만 행복했던 지난날을 꿈속에서나마 다시 볼 수 있었다는 것이 너무나 기뻤다. 만약 할 수만 있다면 그때로 다시 돌아가고 싶었다. 돌아가서 그때보다 훨씬 더 많이 사랑하고 즐겁게 살고 싶었다.

그 시절에도 사랑하며 열심히 살았지만 지금 생각해 보면 그때 더 많이 사랑하며 살 수 있었다. 이제는 그런 기회가 다시없을 것이다. 진희의 눈은 미소와 눈물로 뒤범벅이 되었다.

며느리는 진희의 뼈만 남은 손을 잡아 자기 볼에 대고 눈물을 흘렸다. 진희의 손에 들려 있는 태문의 사진이 진희의 땀과 며느리의 눈물에 젖었다.

7 - 28

외로움은 외로워하는 사람에게 절망의 고통을 안겨 준다.

혼자만 남았다는 상실감과 버려졌다는 괴로움으로 시간이 갈수록 절망은 더 커지고 고통은 심해진다.

어둠은 세상의 모든 것들을 감추어서 세상만사로 괴로움을 겪는 사람에게 위안을 주기도 한다. 그러나 고통 속에 사는 사람에게 밤의 텅 빈 쓸쓸함은 오히려 고통을 더 적나라하게 드러나게 한다. 당연히 그 고통은 밤이 더 어두울수록, 적막이 깊을수록 더 크게 느껴지기 마련이다.

밤이 오는 것이 수만은 두려웠다.

낮보다도 정신이 더 맑아지고 갖은 잡념이 그의 머리를 맴돌았다. 더욱더 힘든 것은 영숙이 자기 옆에 없다는 외로움이었다. 영숙과 관련된 기억을 지우려고 해도 마음대로 되지 않았다. 오히려 지우려고 할수록 더 뚜렷하게 수만의 머리에 살아났다.

건강이 많이 나빠졌다는 것을 몸으로 느낀 수만은 며칠째 술을 마시지 않았다. 자주 가던 삼정 사무실도 나가지 않고 집에서 머무르며 시간을 보냈다. 아침은 거르고 점심과 저녁은 배달시켜 끼니를 채웠다.

그러나 수만에게 이런 시간은 오래가지 않았다. 술기운이 떨어지고 몸 상태가 조금 나아지자 다시 술을 찾았다. 이번에는 도수가 낮은 막걸리가 아니었다. 이런저런 이유로 집에 있는 고량주를 마시기 시작했다. 알코올 도수가 50도가 넘는 술이라서 한 잔만 마셔도 취기가 도는 술이었다.

수만은 독한 고량주를 연거푸 서너 잔을 마시고 나서야 술잔을 거두었다. 고량주로 배를 채우자 머리가 멍해지며 정신이 몽롱해졌다. 죽음과 같은 고요가 거실에 가득하고, 가득한 쓸쓸함이 수만을 힘들게 만들었다.

그가 앉아 있는 소파 앞 거실 탁자에 수십 장의 사진이 어지럽게 흩어져 있었다. 모두가 수만과 영숙이 함께 찍은 사진들이었다. 어떤 사진은 대학 시절에 찍은 것이었고, 어떤 사진은 결혼식 날에 찍은 사진이었다. 그중에서도 가장 많은 사진은 해외여행 중에 찍은 사진들이었다.

어느 사진이나 수만 곁에서 다정하게 웃는 영숙이 있었다. 구김살 하나 없는 영숙의 미소는 언제나 수만을 행복하게 만들었다. 그는 자기 앞에 있는 사진 한장 한장을 유심히 보다가 두 손으로 사진을 마주 잡고 힘을 다해서 찢었다. '찌-익' 하며 사진이 둘로 찢어지는 소리가 차가운 거실의 정적을 날카롭게 깼다. 마치 수만과 영숙의 사랑이 깨지며 지르는 비명 같았다. 수만은 찢은 사진을 소파 옆에 내던졌다. 시간이 갈수록 찢어진 사진들이 쌓여 갔다.

마시다 남은 고량주를 맥주 컵에 가득 부었다. 단숨에 술잔을 비웠다. 뜨거운 열기가 목구멍을 태우며 아래로 내려갔다. 수만의 눈동자가 갑자기 창백하게 변했다.

그는 부들거리는 손으로 앞에 있는 사진을 뭉텅이로 들고 있는 힘을 다해 찢었다. 찢기지 않는 사진들이 옆으로 미끄러졌다. 바닥에 떨어진 사진들을 다시 주워서 있는 힘을 다해 찢었다. 찢다가 힘에 부친 수만은 허공을 보고,

'아~ 악!'

괴성을 질렀다. 절망에 빠진 수사자가 마음을 둘 데 없어 울부짖는 소리였다. 거실을 삼키는 괴성이 몇 번이나 더 되풀이 되었다.

영숙이 떠난 자리는 수만에게 너무도 큰 빈자리였다. 무엇으로도 채울 수 없는 허전함이었다. 영숙이 집을 나간 뒤 매일 같이 되풀이되는 영숙에 대한 그리움은 수만으로서는 감당할 수 없는 일이었다. 더구나 영숙이 다른 남자하고 이 밤을 함께 보낸다고 생각하니 그는 더 이상 견딜 수 없었다.

지난 세월 동안, 학창 시절부터 이런 일이 벌어질 때까지 영숙은 수만의 모든 것이었다. 하지만 언제부턴가 영숙이 다른 길로 가기 시작했다. 처음에 수만은 대수롭지 않게 여겼다. 아무리 생각해도 영숙이 가정을 벗어날 아무런 이유가 없었기 때문이었다. 적어도 수만은 그렇게 생각했다.

처음에는 알고도 모른 척했다. 조만간 제자리로 돌아오겠지 하는 심정이었다. 중년에 들어선 여자들이 흔히 겪는 생리적인 변화라고 가볍게 생각했다. 하지만 이제는 돌이킬 수 없는 지경에 이르렀다. 무슨 짓을 해도 영숙을 제자리로 돌려놓기 어렵다고 수만은 생각했다.

그러나 수만은 영숙과 이혼하고 다른 여자와 가정을 꾸밀 생각은 전혀 없었다. 설령 영숙이 영영 자기 곁을 떠난다고 해도 수만은 영숙을 잊을 생각도, 또 그럴 자신도 없었다. 그는 일생에서 영숙이라는 여자 하나면 되었다. 더 이상 사랑하는 여자를 수만은 만날 수 없었.

'세상은 영원하다. 하지만 우리 삶은 순간이다. 영원한 세상에서 순간을 사는 우리가 영원해야 할 사랑을 지키지 못하는 것은 지키지 못하는 사람의 잘못도 크다. 만약 올바른 방법으로 사랑하는 사람을 곁에 둘 수 없다면 남은 방법은 단 하나. 그것은 그 사람을 보내지 않으면 된다. 그게 무슨 방법이든 말이다.'

  수만은 옆에 있는 고량주 병을 들었다. 남아 있는 고량주를 잔에 따르지 않고 병을 들고 마셨다. 강한 술의 독성이 아래로 내려가며 그의 몸을 자극하자 세상의 근심 걱정도 일시에 쓸려 내려갔다.

  수만은 오른손에 술병을, 왼손에는 사진을 들고 초점 없는 눈으로 천장을 응시했다. 그의 눈에는 어둠도 불빛도 보이지 않았다. 가물거리는 망막에 영숙의 웃는 얼굴만 소리 없이 지나갔다. 무표정한 영숙의 얼굴이 수만의 가슴을 아프게 만들었다.

  밤이 깊어 가도 수만은 잠을 이루지 못했다. 이제 시작되는 겨울이 수만에게 견딜 수 없는 긴 슬픔을 남기고 울면서 지나가고 있었다.

7 - 29

  째깍째깍. 시계 가는 소리가 유난히 크게 들렸다.

  한 번 시계 초침 소리에 신경이 쓰이기 시작하자 그 소리는 집요하게, 더 크게 태문을 괴롭혔다.

  자리에 누웠지만 잠이 오지 않았다. 편치 않은 몸을 이리저리 굴려 가며 잠을 청해 봐도 잠이 오지 않는 것은 마찬가지였다. 그나마 다행인 것은 며칠째 계속되던 두통이 오늘 밤에는 없다는 것이다. 바닷가 시원한 바람을 쐬고 자기가 좋아하는 곳을 돌아보아서 그런지도 모르겠다는 생각이 들었다.

서미현에게 문자를 보낼까 말까하고 여러 번 생각했지만 역시 보내기를 잘한 것 같았다. 태문이 한평생 살면서 잘 알지도 못하는 여자에게 문자 메시지를 보내는 것은 특별한 경우를 빼고는 없는 일이었다. 그것도 한밤중에 보낸다는 것을 더욱더 생각하지도 않았었다.

하지만 서미현에게 고맙다는 인사 정도는 해야 한다고 그는 생각했다. 하루 종일 전혀 짧지 않은 시간 동안 운전을 하고, 고생하지 않았는가. 잘 알지도 못하는 사이에, 남자도 아닌 여자가 오랜 시간 운전하며 여행을 한다는 것은 여간해서 생각할 수 없는 일이 아닌가.

용기를 내서 감사하다는 문자를 보내고 나자 어려운 숙제를 다 한 듯 기분이 가뿐했다. 서미현의 얼굴이 떠올랐다. 말은 별로 없지만, 강단이 있고 조금은 보수적인 여자처럼 보였다. 머리 스타일부터 그랬다. 이미 한 세대를 지난 스타일의 고풍스러운 머리가 태문의 생각을 뒷받침했다. 옷차림도 현대적인 감각의 옷이 아니라 옛것에서 영향을 받은 옷이었다.

그렇지만 한마디 말을 한다든지, 아니면 손가락 한 동작이라도 무언가 의미가 있는 말이었고 행동이었다. 이런 서미현이 처음에는 어렵게 여겨진 것도 사실이었다. 그러나 시간이 갈수록 편해지고 가까워지는 것을 느꼈다. 점차 믿음이 가는 사람이었다.

그런데 태문이 미현을 만나서 무엇 할 것인가. 적지 않은 인생을 살아온 사람으로서 이제는 많은 것을 버릴 때가 되었다는 것을 알고 있었다. 실제로 자기 주변의 것들로부터 떠나려고 나름대로 노력을 하는 중이었다. 지난 삶 동안 그의 삶을 지탱해주고 한계를 지어 주었던 종교나 윤리와 도덕에서도 가능하면 벗어나 자유로운 사람이 되기를 갈구하고 있지 않은가.

이런 상황에서 새로운 인연을 만든다는 것은 태문에게 전혀 맞지 않는 일이었다. 특별한 인연이 아니면 태문은 더 이상의 인연을 만들고 싶지 않았다.

여전히 세월과 장단을 맞추는 시계의 초침 소리가 태문의 귀에 천둥소리처럼 들렸다. 천둥소리가 크면 클수록 미현의 얼굴이 태문의 피를 타고 가슴으로 파고들었다. 태문의 밤은 초침 소리와 잠을 이루지 못하는 고통과 가슴으로 느끼는 미현 생각으로 뒤엉키며 깊어갔다.

7 - 30

책상에 어지럽게 놓여 있는 서류들을 대충 정리하고 벨을 눌렀다.

신호음이 가자 밖에서 일하던 있던 간호사가 들어왔다. 이제 막 입사한 신입직원 허성민이 조심스럽게 문을 열고,

"원장님, 찾으셨어요?"

정애는 서류 정리하던 손을 멈추고,

"성민 씨, 내가 부탁한 약 도착했나요?"

"아, 예. 원장님. 조금 전에 왔습니다. 원장님 차에 실을까요?"

"아닙니다. 문 옆에 놓으세요. 내가 들고 갈게요."

정애는 서류정리를 끝내고 옷장에 있던 초겨울용 외투를 꺼내 입었다.

"성민 씨. 오늘은 내가 일이 있어서 먼저 가요. 뒷정리 좀 부탁해요."

"예, 원장님. 알겠습니다. 내일 뵙겠습니다."

정애는 신입직원을 뒤에 남기고 병원을 나왔다.
서둘러 차를 몰고 집으로 향했다. 오늘은 어머니와 저녁 약속을 해놓은 날이었다. 시간까지 정해 놓은 터라 늦지 않게 집으로 가야 했다.
집에 도착하자 어머니가 서희와 아라를 데리고 아파트 출입구에서 기다리고 있었다. 차가 멈추자 아라와 서희가 서로 먼저 차를 타려고 달려왔다. 서희가 빠르게 앞문을 열고 정애 옆에 앉았다. 아라는 할머니의 손을 잡고 뒤에 탔다.
"엄마, 오래 기다렸어?"
"아니다. 우리도 금방 나왔다. 어서 가자. 피곤할 텐데 그냥 집에서 먹지…."
"아냐, 엄마. 나도 요즘 입맛도 없고 애들도 그런 것 같아. 잘한다는 소고기 집에 예약해 놨어. 거기 가서 오랜만에 몸보신 좀 하게."
"엄마. 소고기 먹어?"
아라가 좋아서 손뼉을 쳤다.
"아빠는 안 와?"
정애 옆에 앉아 있는 서희가 정애 얼굴을 보며 물었다.
"어. 아빠는 오늘 바쁜 일이 있대. 우리끼리만 가는 거야."
"김 서방도 함께 갔으면 좋을걸."
"엄마, 오늘은 우리끼리 먹게. 김 서방은 알아서 잘 챙겨 먹고 다녀. 신경 안 써도 돼."
말을 하는 사이에 정애의 차가 관평동 한복판 먹자골목에 있는 소고

기집 '한우 연구소' 앞에 도착했다. 기다리고 있던 직원이 재빠르게 문을 열고 나와 정애의 자동차 열쇠를 받았다.

잘 꾸려진 식당에는 벌써 많은 손님들로 가득했다. 안내를 받아 미현 일행은 가족이 단출하게 식사할 수 있는 방으로 들어갔다. 예약을 해 놓은 터라 식탁에는 반찬과 소고기가 푸짐하게 차려 있었다. 종업원이 들어와서 고기를 굽기 시작했다. 고기 익는 소리와 익으면서 풍기는 소고기 냄새에 식욕이 저절로 돌았다. 아라와 서희가 젓가락으로 불판의 고기를 집어 들었다.

"엄마, 요즘 무슨 걱정 있어? 엄마 얼굴이 좀 그래."

정애가 미현에게 걱정스러운 눈으로 물었다. 아라와 서희가 먼저 상추에 고기를 쌌다.

"얘. 걱정은 무슨 걱정. 너무 편하게 살아서 걱정이다. 아무래도 내가 계절을 좀 타는 모양이다. 너무 걱정하지 말고 너희들이나 잘 챙기고 살아라."

미현은 별일 아니라는 투로 가볍게 말을 하고 막 익은 고기 한 점을 매콤한 소스에 적셨다.

"정말 아무 일도 없는 거지?"

정애가 다짐이라도 받으려고 하는지 미현의 눈치를 보며 재차 물었다.

"그렇다니까, 나한테 무슨 일이 있겠냐. 그런 일이 있으면 네게 이야기하마."

"꼭 그래야 해. 약속이야."

"알았다. 꼭 그러마. 약속하마."

미현의 말에 정애는 안심이 되는지 그제야 젓가락을 들었다. 종업원에게 맥주와 콜라를 시켰다.

"엄마, 오늘은 맥주 한잔해. 나는 콜라 마실 거니까."

맥주와 콜라가 들어오고 정애가 잔에 맥주를 가득 부어서 미현에게 건넸다. 자기와 아이들은 콜라를 따랐다.

"자, 우리 건배할까?"

정애가 잔을 들고 두 딸과 미현을 바라보았다. 서희가,

"그래. 할머니. 우리 건배하자."

네 사람이 각자 자기 잔을 들었다. 서희와 아라가 장난스럽게 웃으며,

"위하여!"

를 외쳤다.

"엄마, 이따 갈 때 박스 하나 가지고 가. 엄마 주려고 보약 좀 지었어. 살 안 찌는 거니까 빼먹지 말고 먹어. 알았지?"

"보약? 무슨 보약을 지어?"

"아무 소리 하지 말고 내가 하자는 대로 해. 한 달 먹어 보고 또 해 줄게. 그 대신 아프지 말고 오래오래 건강하게 살아. 애들이 시집가서 증손녀 낳은 것 볼 때까지."

"너도 참…."

"엄마에게 무슨 일이 생기면 안 돼."

정애의 눈가가 붉어졌다. 미현은 정애의 표정을 보고 잔에 조금 남아 있는 맥주를 마저 마셨다. 서희가 상추에 고기를 야무지게 싸서 미현의 입에 넣어 주었다. 할머니의 잔이 빈 것을 본 아라가 고사리 같

은 손으로 맥주병을 들어서 미현의 빈 잔에 맥주를 부었다. 콸콸거리는 청량한 소리가 어두워진 거리까지 메웠다.

언제나, 어느 자리라도 기쁨만 혼자 있지 않았다. 우리가 원하든, 원하지 않던 기쁨이 있는 자리에는 슬픔이 자리를 함께했다. 이것은 꼭 기쁨과 슬픔만 그런 것이 아니었다. 행복과 불행도 그랬고, 희망과 절망도 그랬다.

오늘 미현의 마음이 그랬다.

7 - 31

12월에 들어서자 날씨가 제법 추워졌다.

그나마 조금이라도 남아 있던 가을 정취는 어디론가 슬그머니 자취를 감추었다. 그 자리는 쓸쓸하고 허무한 먼지와 차가운 바람이 차지했다.

현대 프리미엄 아울렛 매거스터디 극장에서 영화를 본 태문과 미현은 아울렛 안에 있는 식당에서 늦은 점심을 먹고 삼 층 카페로 왔다.

평일인데도 카페에는 제법 많은 손님이 삼삼오오 모여 이야기에 열중이었다. 태문과 미현은 고급스러운 테이블과 의자들, 손님들 사이를 지나 창가에 자리를 잡았다.

흐릿한 바깥세상이 유리창 너머 멀리에서 희끗희끗 눈을 흘기며 지나갔다. 예쁘장한 아가씨가 와서 두 사람 앞에 메뉴판을 놓았다. 두 사람은 똑같이 따뜻한 레몬차를 주문했다.

여직원이 레몬차를 가져왔다. 레몬 향을 가득 안은 하얀 김이 아지랑이처럼 모락모락 피어올랐다. 태문이 먼저 잔을 들고 미현에게 가볍게 눈짓을 하며 차를 마셨다. 살아있는 레몬 향이 두 사람 사이로 진하게 퍼졌다. 미현도 잔을 들었다.

"소냐가 알프레드를 떠나는 마지막 장면이 슬프고 아름다웠어요. 험한 산악지대를 떠나는 소냐의 뒷모습과 알프레드가 손을 흔들어서 마지막 인사를 하는 장면이 인상적이네요."

미현이 아직도 김이 나는 레몬 찻잔을 왼손바닥으로 감싸듯 받쳐 안고 태문에게 먼저 입을 열었다. 태문이 얼굴에 미소를 지었다.

"소냐와 알프레드는 공동의 적인 탈레반을 몰아내기 위해서 온갖 고생을 다 했는데…. 소냐는 떠나고 알프레드는 남고. 조금은 아리송한 결말이죠?"

"힘들고 고통스러운 시간을 견뎌온 연인들이 편안한 시절이 되자 헤어진다는 것이 아쉬워요. 사랑도 여건이 바뀌면 변한다는 게 마음이 아파요."

미현이 고개를 갸우뚱거렸다.

"변하지 않는 사랑이 어디 있겠습니까? '세상 모든 것은 변한다.'라는 명제에 사랑도 당연히 들어 있겠지요. 하하."

오랜만에 태문이 제법 큰 소리로 웃었다. 미현도 미소를 지었다.

"선생님도 '모든 것은 변한다.'라는 말에 동의하세요?"

"당연히 동의합니다."

태문이 주저 없이 미현의 말에 대꾸했다. 그러면서,

"영화에서 소냐가 떠나는 것은 이미 적응한 주변 환경 때문이 아닐까요? 적응했다는 것은 새로운 맛이 없어졌다는 뜻이죠. 더 이상의 설렘도 없고."

"……."

"프랑스 출신인 소냐가 아프가니스탄을 위해 싸운 목적이 달성되자 더 이상 그곳에 머물 이유가 없어진 거죠. 일정한 환경 속에서 이루어진 사랑은 그 환경이 변하면 사랑도 끝납니다. 어쩌면 사랑도 환경의 영향을 받는지 모르지요. 소냐는 새로운 환경에서 삶을 원하지만, 알프레드는 그러지 않았어요."

"그럼 알프레드요?"

듣고 있던 미현이 물었다.

"알프레드가 떠나지 못하는 것은 자신의 조국인 아프가니스탄을 지켜야 한다는 이유도 있지만, 더 중요한 것은 새로운 곳에 가기를 원치 않기 때문입니다. 소냐와 알프레드 대화에서 그 점을 이야기하고 있지요. '소냐, 나는 내 삶이 더 이상 변하는 걸 원하지 않아.' 이렇게 말이죠. 이런 이유에서 소냐가 알프레드를 떠나는 것이 너무나 당연한 일 같습니다."

태문은 남아 있는 레몬차를 마저 마셨다.

"영화 속 거친 환경이 마치 우리네 삶을 이야기 하는 것 같았어요. 어쩌다가 물이라도 나오고, 그늘이라도 생기는 곳이라면 그곳이 천국이죠. 드물기는 하지만 우리 삶에서도 즐겁고 행복한 일이 간혹 일어나듯 말입니다."

태문의 얼굴에 다시 그늘이 졌다. 미현은 창밖으로 눈을 돌렸다.

7 - 32

둘은 조금 전에 본 영화 〈아름다운 이별〉이라는 영화를 이야기하고 있었다.

프랑스의 유명 배우들이 출연한 영화 〈아름다운 이별〉은 아프가니스탄의 내전 중에 프랑스 출신 여기자 소냐와 아프가니스탄의 민병대 지휘관 알프레드가 만나 죽을 고비를 넘기면서도 굴복하지 않고 탈레반과 싸우며 서로 사랑하는 영화였다.

전쟁이 끝나자 알프레드는 남고 소냐는 새로운 분쟁지역인 미얀마로 떠났다.

영화 속의 거칠고 황량한 산악과 전쟁의 참혹함, 그 환경에서 피어나는 인간애와 사랑의 고귀함에 대한 장면들이 미현의 머릿속을 짙게 물들였다. 그리고 태문의 말처럼 그 환경과 그 안에서 벌어지는 일들이 우리 인생사를 똑 닮았다는 생각이 들었다.

"선생님. 그런데 〈아름다운 이별〉이라는 영화 제목이 재미있죠?"

미현이 호기심 있는 눈초리로 태문을 보며 물었다.

"글쎄요. 보통 남녀의 이별은 추악한 이유가 원인이 되는 일들이 많지요. 질투, 폭력, 이해관계 같은 것들 말이죠. 그런데 영화의 두 주인공은 서로 사랑한다는 점에서는 변함이 없습니다. 문제는 그 둘이 헤어지는 이유인데….”

태문이 잠시 생각에 잠겼다. 미현도 말이 없었다.

"미현 씨. 조금 전에도 말씀드렸지만 두 사람은 서로 사랑하는 감정보다 각자의 정체성을 따라 앞길을 결정한 것입니다."

미현이 잔을 들고 태문의 말에 귀를 기울였다. 감미로운 음악이 카페 분위기를 훈훈하게 만들었다. 한 무리의 손님들이 들어오고 또 한 무리의 손님들이 나갔다. 들어오는 손님이나 나가는 손님들 모두 양손에 가득 선물 꾸러미가 들렸다.

"소냐와 알프레드는 두 사람의 사랑보다는 각자의 마음 깊이 숨어 있던 본인들만의 가치를 더 사랑하는 것입니다. 뭐라고 해야 할까요?"

잠시 생각에 잠기던 태문이,

"음…. 이성 간의 사랑보다 자기 자신에 대한 사랑을 더 소중한 것으로 여기는지도 모르겠습니다. 모든 굴레는 물론이고, 심지어 사랑의 멍에마저 벗어나서 오직 자기만을 사랑하는 사랑."

"자기 자신만을 사랑하는 사랑요?"

미현이 이해하기 어렵다는 표정을 지었다.

"예. 자기만을 사랑하는 사랑. 이 사랑은 이기심도 아니고 자기애와는 또 다른 사랑입니다. 이기심이 다른 것들과의 관계 속에서 자기 자신만의 이익을 위한 마음이라면, 자기만을 사랑하는 사랑은 다른 것들과의 관계를 벗어나서 오직 자기 자신에게만 집중하는 마음입니다. 즉 순수한 자기 자신을 찾는 마음이지요."

미현은 말없이 태문의 이야기를 듣고 있었다. 음악이 바뀌자 카페의 분위기도 달라졌다.

"또, 자기만을 위한 사랑은 자기애와도 다른 사랑이라고 생각합니다. 자기애가 자신의 가치를 높이려는 자기에 대한 사랑을 말한다면, 자기만을 위한 사랑은 그런 마음이 없이 그저 순수한 자신을 찾는 자기에 대한 사랑입니다. 지금까지는 나 외의 것들에게 사랑을 주었다면 지금부터는 나만을 사랑하는 거지요. 자기 자신에게 충성을 다 하는 것입니다. 다시 말하면 '마지막 사랑'이라고 해야겠네요."

조용히 말을 듣고 있는 미현을 태문이 부드러운 눈으로 바라보았다. 미현은 태문의 말에 집중하는지 차도 마시지 않고 가만히 앉아 있었다.

"양파는 여러 겹의 껍질로 되어 있습니다. 그 양파의 껍질을 계속 벗기면 가장 깊은 곳에 양파의 성장 씨앗이 되는 '맹아잎 시원부'가 나옵니다. 이 맹아잎이 양파에서는 생명이나 다름이 없지요.

자기만을 사랑하는 '마지막 사랑'은 양파의 껍질을 모두 벗겨냈을 때 나오는 맹아잎처럼 자신의 가장 중요한 정체성을 찾아서 가꾸는 사랑입니다. 당연히 이기심이나 자기애와는 다른 사랑이라고 생각합니다.

소냐가 프랑스에서의 안락하고 편한 삶을 마다하고 전쟁터에 뛰어든 것이나, 아프가니스탄에서의 사랑을 뒤로 하고 또다시 내전 중인 미얀마로 떠나는 것도 어쩌면 진정한 소냐 자신을 찾고 더 가꾸기 위해서일 것입니다."

"그럼 알프레드는요? 왜 프랑스에 가서 편안한 삶을 살게 해주겠다는 소냐의 제안을 거부하죠?"

오랜만에 미현이 입을 열었다. 미현의 눈에 짐짓 긴장한 표정이 돌았다.

"알프레드는 변화를 바라지 않습니다. 과거의 것에 익숙해 있어요. 아프가니스탄에서의 그의 삶이 비록 만족스럽지 못하고 힘이 들어도 그는 소냐처럼 진정한 자신을 찾고 싶은 욕망이 없습니다.

다시 말씀드리면 그는 변화를 바라지도 않을 뿐더러, 어떻게 보면 자기 자신을 진정 사랑하고 싶은 마음이 없는 것입니다. 이런 이유로 두 사람은 이별할 수밖에 없는 것입니다."

태문이 말을 마치고 나서 두 사람 사이에 잠시 침묵이 흘렀다. 옆에 앉은 손님들이 무어라고 웃고 떠들어 댔지만 미현과 태문의 귀에는 들리지 않았다. 미현을 가만히 바라보던 태문이 미현에게 물었다.

"미현 씨, 한 가지 물어보고 싶은데…. 괜찮을까요?"

"예, 선생님."

태문의 물음에 미현이 조금 긴장을 했다.

"미현 씨. 만약 미현 씨가 〈아름다운 이별〉에서 주연을 맡는다면 소냐와 알프레드 중 어느 역할을 하고 싶으세요?"

태문의 질문을 받은 미현이 잠시 생각에 잠겼다.

"저는 소냐 역을 하고 싶어요."

"이유는요?"

"여주인공이 진정한 자기 자신을 찾아가는 모습이 보기 좋아요. 비록 힘든 길이기는 하지만 자기 자신을 사랑하는 마음이 한눈에 보이네요. 그래서 소냐 역을 해 보고 싶어요. 선생님은요?"

"저도 당연히 소냐 역을 해 보고 싶은데 그럴 용기가 없습니다. 알프레드 역을 하면서 소냐를 부러워하는 타입이라고 할까요. 하하."

"선생님. 사실 저는 일상생활에서도 쏘냐와 같은 충동을 느끼곤 해요. 지금 내가 무슨 일을 하는지 알지도 못하고 하루하루를 허송세월 하고 있다는 생각에 자신이 슬퍼질 때가 많아요. 저도 한 번쯤은 소냐처럼 껍질 속의 나를 찾고 싶어요. 문제는 이런 생각을 하다가도 곧 일상생활에 묻혀서 그런 생각을 잊어버리는 거지요."

미현이 말을 하면서 레몬차를 한 모금 마셨다. 따뜻한 온기는 레몬차에서 더 이상 느껴지지 않았지만, 아직도 향기는 남아 있었다.

"사실 우리 나이에 새로운 일을 한다는 것은 쉬운 일이 아닙니다. 정신적으로, 육체적으로 모두 힘들 때니까요."

태문의 표정이 어두워졌다. 미현도 공감한다는 듯이 고개를 끄덕였다.

"하지만 무언가 새로운 일에 도전해 보고 싶은 마음은 아직도 있습니다. 그것이 무엇이든지 간에요. 온 힘을 다해서 나 자신에게 충성하고, 나 자신을 스스로 사랑하는 '마지막 사랑'을 해보고 싶습니다."

"시간이 늦지는 않았겠지요?"

"우리가 마음만 먹는다면 아직도 시간은 충분합니다. 그런데 누가 쉽게 그런 마음을 먹겠습니까? 누가 자신만의 정체성을 찾아 가꾸기 위해서 소냐처럼 안락한 생활을 버릴 수가 있겠어요? 아마 거의 가능성이 없는 이야기겠지요."

7 - 33

저녁 시간이 가까워지고 있었다.

두 사람은 서로 얼굴을 바라보았다. 태문이 빙그레 웃으며

"미현 씨. 저하고 잠깐 가실 데가 있습니다."

태문이 미현의 대답도 듣지 않고 자리에서 일어났다. 미현도 태문

을 따라서 카페 밖으로 나왔다.

　태문은 미현이 따라오는지 뒤를 돌아보았다. 미현이 바로 뒤에서 따라오는 것을 확인하자 태문은 더 이상 말을 하지 않고 앞장서서 즐비하게 늘어선 상가 사이를 걸어갔다.

　에스컬레이터를 두 번 바꾸어 타고 나더니 오른쪽으로 방향을 바꾸었다. 미현이 태문에게 어디 가느냐고 물어볼 틈도 없었다. 태문은 북적거리는 인파를 지나고 몇 개의 상점을 더 지났다. 여성 의류가 정갈하게 진열된 가게 앞에서 걸음을 멈추었다. 태문이 멋쩍은 듯이 미현을 보았다.

　"선생님. 여기는 뭐 하시러?"

　"미현 씨, 다른 게 아니고 작은 선물 하나 사 주려고….'

　"선물요?"

　미현이 놀란 듯이 물었다.

　"예. 이것저것 생각하다가, 이제 겨울이니 스카프 하나 사 드리고 싶습니다."

　말을 하면서도 태문은 어색한 표정을 계속 지었다. 미현도 갑작스러운 일이라서 조금은 당황스러웠다. 하지만 미현은 곧 밝은 표정을 지으며,

　"선생님. 감사합니다. 예쁘고 좋은 것으로 사 주세요."

　말을 하고 먼저 가게 안으로 들어갔다.

　상점 안에는 겨울 물품들이 가득했다. 미현은 스카프가 전시되어 있는 코너로 갔다. 여러 가지 색상과 여러 모양의 스카프를 하나하나 살펴보고 나서 세 개의 상품을 골랐다. 미현이 태문 앞으로 오더니 자

기가 가지고 온 스카프를 태문에게 보여 주었다.

"선생님. 어느 것이 마음에 드세요?"

태문은 미현이 들고 온 스카프를 잠시 살펴보다가,

"그냥 미현 씨가 원하는 것으로 하세요."

태문이 미현을 보고 미소를 지었다. 그러나 미현은,

"선생님이 골라 주세요."

태문에게 눈길을 던졌다. 태문은 미현의 부탁에 그녀가 들고 있는 스카프를 보고 하나를 골랐다. 붉은 바탕에 흰색과 노랑색 장미꽃 무늬가 수 놓여 있는 스카프였다. 미현은 기분이 좋은 듯이 스카프를 목에 걸고 태문을 바라보았다.

"미현 씨하고 아주 잘 어울리네요. 하하하."

태문도 기분이 좋았다. 어렵게 말을 꺼냈는데 미현이 자기의 제안을 쉽게 받아들이자 한시름 놓아서 기분이 좋아진 것이다. 무슨 이유인지 정확하게 알 수 없었지만 태문는 자기 마음이 가득해지는 것을 느꼈다.

두 사람은 갑천변으로 나왔다.

조금은 쌀쌀한 바람이 천변에 불었다. 바람에 이리 쏠리고 저리 쏠리는 하얀 갈대들이 겨울을 알렸고, 낮은 수심에 제 몸을 제대로 지키지 못하는 물고기들이 등지느러미까지 드러내며 힘겹게 먹이를 찾았다. 몇 마리의 백로가 길 다란 목을 쭉 빼고 두 사람을 쳐다보았다. 푸른 잔디가 빽빽하게 자라고 있던 광장도 세월의 텃세를 이기지 못하고 누렇게 말라갔다.

"이제, 한 해가 간다는 실감이 나네요. 항상 하는 말이지만 정말 빠르죠? 세월 가는 게."

태문이 조금은 허전한 표정으로 주변을 돌아보았다. 미현의 시선도 흐르는 물과 헐벗은 나무들, 차가운 물에 발을 담그고 살기에 바쁜 새들을 보았다.

"흔히들 나이가 들수록 세월이 빠르다고 하더니 정말 그런 것 같아요. 흔한 말로 하는 일 없이 세월만 가네요."

미현도 한마디 하고 웃었다. 웃음 속에는 체념과 허탈감이 짙게 배어 있었다.

초겨울 해가 이제는 그만 일을 마치려는지 서쪽으로 넘어가고 있었다. 서쪽 하늘에 붉은 기운이 가득했다.

어두워지는 저녁노을을 마주하고 두 사람은 집으로 향했다. 미현의 하얀색 그랜저가 엔진소리도 상냥하게 태문이 머무는 오피스텔 앞에 섰다. 태문이 내리자 미현도 따라 내렸다. 그리고 뒷좌석에서 하얀 봉투를 꺼내 태문에게 내밀었다.

"선생님. 사실은 제가 먼저 드리려고 했는데…."

미현이 내미는 손에 든 봉투를 보고 태문이 인사를 하려던 것을 멈추었다.

"저한테 주시는 거예요?"

"예. 올겨울 잘 나시라고요."

미현이 말을 하면서 소리 없이 웃었다.

7 - 34

간단하게 저녁을 먹고 소파에 앉았다.

시계가 여덟 시를 가리켰다. 쏜살같이 하루가 지나갔다. 세월이 흘러간다는 것, 자기도 어쩔 수 없이 그 물결에 휩싸여 가야 한다는 것들이 미현을 슬프게 만들었다.

〈아름다운 이별〉 속의 소녀처럼 주관적으로 인생을 살지는 못해도 자기가 진심으로 원하는 삶을 한 번쯤은 살아보고 싶었다. 태문의 말처럼 '자기 자신만을 사랑하는 사랑'이 가능할지는 모르겠지만 그런 사랑을 해 본다면 여한이 없을 거라는 생각이 들었다.

어떻게 해야 자기가 완전한 주인공이 되는 사람으로 살아갈 수 있을까. 자기만을 사랑하는 삶이 되고는 싶지만 정확하게 그것이 무엇을 의미하는 것인가. 설령 그것이 무얼 말하는지 안다고 해도 어떻게 해야 그런 사랑을 할 수 있는 것인지 미현은 몰랐다.

적지 않은 삶을 살아온 사람으로서 남은 생을 그렇게 살아보는 것이 자기를 위한 최고의 삶이 될 수 있는 것으로 생각했다. 껍질을 다 벗어 버리고 온전하고 순수한 서미현의 삶을 살아보는 것. 양파의 맹아잎이 되는 것. 이것이 인간으로 태어난 자신이 자기에게 줄 수 있는 최고의 선물이 아니겠는가.

태문의 말처럼 '마지막 사랑'이란 지금까지 살아오면서 자기 외의 것에 쏟는 사랑을 그만 멈추고, 이제 다른 곳에 쏟았던 그 사랑을 자기에게 돌리는 사랑이 아닌가. 결국 마지막 사랑이란 인간이 할 수 있는 최고의 사랑이다. 미현 자기도 그런 사랑을 해야 할 때가 되었다고 생각했다.

　정애와 손녀들. 첫사랑 석민과 남편 이경록. 언제나 기억하고 또 존경하는 어머니와 아버지의 추억. 즐겁고 행복했던 학창 시절, 제자들에게 음악을 가르치며 노래를 부르던 젊었던 시절. 순수했던 친구들과의 우정. 교회에서 성가를 부르며 합창단을 지휘했던 그때가 번갈아 미현의 머리와 가슴에 수를 놓았다.

　미현의 머리에, 가슴에 아름답던 그 시절이 끊임없이 떠올랐다가 사라지고, 사라졌다가 다시 떠올랐다. 미현으로서는 도저히 버릴 수 없는 행복이요 추억이었다.

　어떻게 이런 추억을 버리고 온전히 아무 것도 없었던 시절로 돌아갈 수 있을까. 태어나자마자 입었던 옷을 다 벗고 세상 앞에 서는 것과 같은 일을 어떻게 할 수 있다는 말인가. 아무리 자기 자신만을 사랑한다는 '마지막 사랑'이 옳다고 해도 지금의 미현은 도저히 도달하지 못할 사랑이었다. 지금까지와 같은 마음으로 계속해서 세상을 산다면 말이다.

　태문에게 메시지를 넣었다.
　'선생님. 오늘 감사했습니다. 저 자신에 대해 많은 생각을 한 하루였습니다. 저에게 주신 스카프 소중하게 간직하겠습니다, 편한 밤 되세요. 미현.'
　미현은 핸드폰을 소파 옆에 놓고 천천히 옷을 벗었다. 느릿하게 몸을 놀리기 시작했다. 희미한 조명 아래에서 미현의 하얀 몸이 별이 반짝이듯이 빛을 내며 움직였다. 죽음과 같은 고요함 속에서 미현은 자신을 달래고 있었다. 자기 자신만을 사랑하는 '마지막 사랑'을 찾기 위하여 미현은 시간이 가는 줄 모르고 초겨울 밤을 보냈다.

7 - 35

    언제나 그렇듯이 잠을 못 이룰 것을 알고 있었다.
    하지만 오늘은 일찍 잠자리에 들고 싶었다. 몸이 피곤했어도 어쩐지 오늘 밤은 잠을 잘 잘 수 있을 거라는 생각이 들었기 때문이다.
    불을 다 끄고 침대에 누우니 처음에는 아무것도 시야에 들어오지 않았다. 시간이 지나자 주위가 희미하게 밝아지며 사방이 보이기 시작했다.
    태문은 자기가 미현에게 왜 스카프를 사 주려고 생각했는지 이해가 되지 않았다. 물론 충동적으로 그런 생각을 한 것은 아니었다. 언제부터인지 정확하게 알 수는 없지만, 미현의 눈과 표정과 행동에서 느끼는 것이 있었다. 외로움과 쓸쓸함이었다.
    겉으로는 당당하고 정숙해 보여도 미현이 무의식중에 보이는 이런 태도는 태문의 마음을 아프게 했다. 어떻게 하면 미현의 마음을 위로해줄까 생각한 끝에 미현에게 선물을 하기로 결정한 것이다.
    정말 오랜만에 하는 선물이고 더구나 여자에게 하는 선물이라 겸연쩍고 어색했지만, 막상 미현이 순수하게 자기의 선물을 받아 주니 기분이 좋았다.
    더구나 태문이 집에 와서 미현이 건네준 봉투를 열었을 때, 봉투 속에는 목도리가 들어 있었다. 하얀 천에 붉고 푸른 꽃무늬가 선명한 목도리였다.

뜻밖의 선물에 태문은 잠시 놀랐다. 마음을 진정시키며 목도리를 걸치고 거울 앞에 섰다. 나이가 조금 들어 보이지만 아직도 살아갈 세월이 제법 많이 있어 보이는 남자가 서 있었다. 하얀색과 어우러진 붉은 꽃무늬 목도리가 거울 속 남자와 잘 어울렸다.

태문은 오늘 미현에게 스카프 선물을 잘했다고 생각했다. 먼저 미현에게서 목도리를 선물 받고 그 후에 미현에게 스카프 선물을 했다면 조금은 어색한 선물이 될 수도 있었다.

우연이라면 우연한 일이었다. 하지만 태문은 기분이 좋았다. 알게 모르게 미현과 자기의 마음이 통했다는 생각이 들자 그의 입가에 미소가 번졌다. 태문이 한참 생각에 잠겨 있을 때 미현에게서 메시지가 왔다.

'선생님. 오늘 감사했습니다. 저 자신에 대해서 많은 생각을 한 하루였습니다. 저에게 주신 스카프 소중하게 간직하겠습니다, 편한 밤 되세요. 미현.'

태문은 미현에게서 받은 메시지를 읽고 또 읽었다.

세상에는 외롭고 쓸쓸한 사람들이 많다. 겉으로는 아무 일이 없는 것으로 보이는 사람도 한 겹 벗기고 들여다보면 모두가 아픈 사연을 가슴에 간직하고 있다. 태문 자신도 그랬고 미현도 그런 사람으로 보였다. 태문은 미현에게 메시지를 넣었다.

'저도 의미 깊은 하루였습니다. 선물 정말 감사합니다. 좋은 밤 되세요. 태문 드림.'

초겨울 낮과 초겨울 밤이 이렇게 흘러갔다. 이제는 어둠이 세상을 덮고 그 어둠 속에 세상이 안길 때가 되었다. 두 사람은 각자의 꿈을 꾸며 한밤을 보냈다. 내일은 오늘보다 더 좋아지리라는 기대를 하면서….

8

설레는 세상의 길목에서

8 - 1

　한 해가 마지막을 향해서 줄달음질쳤다.
　결승선을 앞에 둔 선수가 안간힘을 다하듯 세월도 있는 힘을 다해 달렸다.
　송구영신 음악이 거리를 채우고 차가운 바람이 그 음악을 사방으로 퍼 날랐다. 덩달아서 사람들의 옷차림도 두꺼운 옷으로 바뀌었다. 옷깃을 여미며 차가운 거리를 걷는 사람들의 발걸음도 무엇인가에 쫓기는 듯 부산했다. 무슨 급한 일이 있는지 우왕좌왕, 이리저리 뛰고 달리는 사람들로 거리마다 골목마다 북새통이었다.

　미현은 크리스마스이브를 정애 식구들과 보냈다.
　저녁 식사가 끝난 뒤 미현은 자기가 준비한 선물을 두 손녀와 정애, 사위까지 주었다. 서희와 아라는 할머니가 주는 선물을 받고 깡충깡충 뛰며 좋아했다. 그리고 자기들이 만든 크리스마스 카드를 미현에

게 주었다. 미현은 손녀들이 만들어 준 카드에,

'메리 크리스마스. 할머니 건강하게 오래오래 사세요.'

라고 적혀 있는 것을 보았다.

미현은 선물을 받고 자기도 모르게 살짝 눈가를 적셨다. 정애 부부도 미현이 주는 선물을 받고,

"어머님. 뭐하러 저희까지 선물을 주세요. 정말 감사합니다."

"엄마는 뭐 하러 우리까지 선물을 다 해. 하지만 고마워요."

정애 부부는 이렇게 말을 하면서도 미현의 행동이 이상하다는 것을 눈치 채지 못했다.

8-2

정애 식구와 크리스마스이브를 보내고 해 질 녘이 되자 정애 집을 나왔다.

미현의 발걸음이 가볍지 않았다. 뭔지 모를 찜찜한 기분이 미현의 머릿속을 헤집었다.

특별한 이유를 알 수는 없어도 자기의 마음이 다른 데에 있는 것이 분명했다. 간혹, 한해의 끝머리라서 그런가 하는 생각이 들기는 했지만, 딱히 그 이유 때문만이라고 할 수도 없었다.

오늘만 이런 기분이라면 크리스마스이브라서 그동안 교회에 나가지 않은 것이 마음에 걸려 그럴 수도 있을 것이다. 그러나 미현의 마음이 가볍지 않은 것은 하루 이틀 간에 생긴 것이 아니었다. 미현 자신도

모르는 사이에 천천히 젖어 든 것이다.

　사실 이런저런 이유로 한두 번 빠지기 시작한 예배는 이제는 아예 일요일이라는 요일조차도 기억하지 못하고 넘어갔다. 교회 생활에 대한 실망감과 자기 삶의 허무함 때문에 이런 변화가 왔을 거라고 막연하게 생각했다. 함께 신앙생활을 하던 교우들이 미현에게 전화도 하고, 때로는 집으로 직접 찾아오기도 했지만, 미현의 마음을 돌이킬 수 없었다.

　하지만 크리스마스가 되니 미현의 마음에 동요가 일었다. 그동안 예수님을 찾아뵙지 못했다는 죄책감과 신앙심을 저버렸다는 죄의식이 미현을 힘들게 했다. 크리스마스이브 예배를 보러 교회에 갈까 생각도 해 보았지만, 막상 가려고 하니 가슴 깊은 곳에서 이유 모를 거부감이 미현의 발길을 막았다. 결국 미현은 교회에 가지 않고 정애 식구들과 시간을 보낸 것이다.

　관평초등학교와 예미지 아파트 사이로 들어서자 골목을 휩쓸고 지나가는 차가운 바람이 미현의 뒤를 세차게 밀치며 지나갔다. 골목 여기저기에 떠나지도 못하고 버림을 받은 나뭇잎들이 흙먼지처럼 날리며 미현의 시야를 가렸다.

　하늘은 한 해를 보내기가 싫었는지 잔뜩 찌푸리고 얼굴을 펴지 않았다. 짙은 회색으로 화장을 한 하늘은 금방이라도 한바탕 눈을 쏟아 부을 것만 같았다.

　미현은 얼굴을 숙이고 묵묵히 골목길을 걸어 나왔다. 롯데마트를 마주하고 있는 대로에는 많은 차들이 빠른 속도로 달리고 있었다. 차들마저도 저만치 앞서가는 저무는 한 해를 따라가려는 듯이 보였다.

아파트 문을 열고 들어가자 현관 조명이 얼굴을 활짝 펴고 미현을 반겼다. 시간을 맞추어 놓은 난방 덕분에 거실과 방에는 훈풍이 가득했다. 미현은 간단하게 세면을 하고 카나리아에게 먹이를 준 다음 거실로 나와 소파에 누웠다. 원인 모를 공허감과 어제와 오늘을 정애 식구와 어울려서 그런지 피로가 밀려왔다.

미현이 소파에서 일어났을 때는 여덟 시가 지나 있었다. 밖은 이미 어두워졌다. 머리를 정리하고 거실 앞 창문의 커튼을 활짝 열어젖혔다. 커튼에 가려져 있던 창밖 풍경이 미현의 눈에 들어왔다. 어둠 속에서 외롭게 빛나는 가로등이 조그마한 원을 그리며 주변을 밝혀 주고 있었고, 맞은편 아파트에서 나오는 불빛들이 기다리고 있었다는 듯 미현을 반겼다.

세월은 홀로 가는 법이 없다. 언제나 주변 것들을 데리고 간다. 이것은 미현이라고 예외가 아니었다. 세월은 미현에게서 젊음을 빼앗았고, 사랑하는 사람들을 데리고 갔다. 세월이 미현 곁을 지나가고 난 뒤에 남는 것은 미현의 삶에 깊이 새겨진 슬픈 추억들뿐이었다.

'세월이 추억마저 가져갔으면 어땠을까?'

창밖을 보던 미현의 머리에 불현듯 이런 생각이 떠올랐다. 만약 세월이 자기에게서 추억마저 빼앗아 갔다면 지금 마음이 편할까? 소중했던 일들이었지만 기억 속에서조차 사라졌다면? 차라리 그렇게 되었다면 자기의 마음이 지금보다는 편안했을 거라는 생각이 들었다.

언제 어디서나 미현의 머리와 가슴을 맴도는 추억들. 기억하지 않으려고 노력을 하면 할수록 더 선명하게 파고드는 지난 이야기들.

미현의 가슴에 가득 차 있는 지난 이야기들은 미현을 계속 과거에 머무르게 만들고 앞으로 나가지 못하게 가로막았다. 지난 추억들은 미현이 새로운 길을 가고자 하는 희망과 열정에 언제나 커다란 장벽이 되었다. 이런 미현에게는 '아름다운 이별' 속의 소냐처럼 현실을 벗어나게 만드는 동기가 필요했다.

물론 지금 미현의 삶이 나쁘다는 것은 아니다. 지금 미현의 삶도 나름대로 충분히 가치가 있는 삶이다. 평화롭고 여유로운 삶. 나이가 들면서 이런 삶을 살아간다는 것도 결코 쉬운 일이 아니다.

그러나 미현은 자기의 남은 삶이 이렇게 흘러가도록 놓아두는 것을 원하지 않았다. 자기 자신만을 위한 삶. 양파의 맹아처럼 모든 것을 벗겨 낸 뒤에 남은 진실한 삶. 이기심도 아니고 자기애도 아닌 '자기에게만 충성'하는 삶. 미현 스스로에게 감동을 줄 수 있는 삶, '마지막 사랑'이 필요했다.

잠깐의 상념에서 벗어난 미현은 주방으로 가서 불을 켰다. 정애 집에서 가지고 온 샌드위치와 케이크를 식탁에 놓았다. 옆에 있는 냉장고에서 와인을 꺼내고 찬장에서 잔을 꺼내 와인을 따랐다. 붉은빛이 도는 와인이 둥그런 와인 잔의 품에 다소곳이 안겼다.

낮게 걸려 있는 엘이디 등이 우웃빛으로 식탁을 비추자 케익과 샌드위치, 와인 병과 와인 잔이 한 송이 꽃으로 변했다. 꽃을 보는 미현의 마음에도 꽃이 피었다. 우울했던 마음이 일시에 사라지고 기분이 좋아졌다.

미현은 잔을 들어 와인을 마셨다. 달콤하고 상큼한 향이 입 안 가득 머물렀다. 미현은 편안해진 마음을 오래 간직하려고 지그시 눈을 감았다. 이런 마음이 내일도, 모래도 계속되길 바랐다.
　얼마나 지났을까. 거실에 있는 전화기가 미현을 찾았다. 정애였다.
　"엄마, 뭐 해. 밖을 봐. 눈이 내려. 함박눈. 완전 화이트 크리스마스야."
　정애의 목소리가 핸드폰 너머에서 들뜬 메아리가 되어 흘러나왔다. 미현은 들고 있던 와인 잔을 식탁에 내려놓고 창가로 갔다.

8-3

　세상은 눈송이들로 묻혔다.
　떨어지는 꽃잎처럼 나풀거리는 눈송이들이 거리와 아파트를 자기 세상으로 만들고, 하염없는 눈송이에 세상이 잠들었는지 거리에는 인기척이 끊겼다.
　어두운 밤을 지키는 가로등만 온몸으로 눈을 맞으며 외롭게 서 있었다. 가로등으로 모여드는 눈송이가 가로등 눈을 가리다가 여름밤의 나방처럼 가로등을 빙글빙글 돌며 어디론가 날아갔다.
　디티비안 오피스텔 맞은편 도로를 건너 아파트 숲 사이로, 아파트 숲을 지나 계족산 까지 하늘의 별보다 많은 눈송이가 자기들만의 몸짓으로 어둠에 수를 놓았다. 세상은 조금씩, 조금씩 하얗게 물들며 눈의 나라로 변해 갔다.
　미현은 창문에 부딪히는 눈송이들이 물방울로 변해 유리벽을 타고 미끄러지는 모습에서 눈을 떼지 않았다. 유리창에 부딪힌 눈송이가 물방울이 되어 유리벽위에서 갈지자로 비틀거렸다. 세상 가득한 눈송이와 창문 유리벽에서 흔들리며 아래로 흐르는 물줄기를 보는 미현의 눈가가 붉어졌다.

   미현의 가슴이 뭉클거리며 뜨거워졌다. 어두운 세상에 아름다운 꿈을 꾸며 내리는 눈송이는 행복했던 시절의 자기와 닮았고, 꿈틀거리며 창문 위에서 흘러내리는 물줄기는 지금의 자기와 같다는 생각이 들었다. 그리움과 서글픔이 미현의 가슴을 적셨다. 하지만 끊임없이 내리는 눈은 미현의 마음을 아는지 모르는지 멈출 줄을 몰랐다.

   미현은 창가에서 돌아와 소파에 앉았다. 핸드폰을 열고 영숙에게 편지를 쓰기 시작했다. 희미한 핸드폰 불빛에 미현의 얼굴이 창백하게 보였다.

   영숙아.
   뭐 하고 있니?
   오늘이 크리스마스 이브라는 거 알고 있지? 여기는 함박눈이 쉬지 않고 내리고 있다. 이럴 때 네가 곁에 없으니까 더 그립다.
   영숙아.
   새로운 길을 가기 위해 쉽지 않은 결정을 한 네가 무척 부럽다. 새로운 길을 간다는 것은 과거의 모든 것을 버려야 하는 일 아니니.
   '지금까지 얻은 모든 것을 버린다.'
   말로는 쉬워도 행동으로 옮긴다는 것은 아무나 할 수 없는 일이라는 것 알고 있다. 하지만 너는 새로운 길을 가고 있구나. 그 길을 가기 위해서 네가 참고 겪어야 하는 모든 일을 이겨내면서 말이다. 네가 여기에 있을 때는 차마 말하지 못했지만, 지금은 너의 결정에 응원을 보낸다.

　나도 새로운 삶에 대해 동경을 하고 있다. 그런데 아직도 꿈만 꾸고 있으니 정말 웃기는 일이 아니겠니? 허공에 그림만 그리고 있는 꼴이지. 그래도 새로운 세상과 설레는 마음을 잊을 수가 없다. 갈수록 정도가 더 심해지는 것 같다. 특히 오늘처럼 네가 없는 세상에 함박눈이 내리는 밤이면 더 그런 생각이 든다.

　아무런 미련 없이 그저 어디론가 가고 싶다. 그곳이 나의 얼어붙은 마음을 풀어주고 설레게 하는 곳이라면 어디라도 괜찮을 것 같다.

　영숙아.

　내가 꾸는 꿈을 이룰 수 있을까? 그 꿈을 실현할 용기가 있을까? 아니 모든 어려움을 이겨내고 내가 진정 원하는 길을 갈 수 있을까?

　아무튼 지금과 똑같은 길을 반복해서 가지는 않을 것이다. 내가 원하는 삶이 어떤 삶인지를 알았으니 이제 그 길로 가려고 한다. 비록 그 길이 힘들고 고통스러워도 말이다.

　이제 조금 있으면 너도 귀국할 테니 그때 만나서 더 이야기를 나누자.

　우리 모두 자기의 깊은 곳에서 원하는 자기만의 삶을 살았으면 좋겠다.

　다시 너를 만나기를 기다린다. 친구 미현.

　미현은 문자창에 생각나는 대로 쓰고 다시 고치지 않았다. 그대로 영숙에게 메시지를 보냈다. 미현은 마음을 어디에 둘 곳이 없었다.

기분이 좋아지지 않고 허전함이 더 들었다.

 아홉 시 반이 훌쩍 넘었지만, 미현은 집에 머무르며 우울하게 시간을 허비하고 싶지 않았다. 크리스마스이브에 함박눈이 내리는 풍경은 좀처럼 보기 어려운 일이다. 쏟아지는 함박눈을 보자 미현은 순수하고 아름답던 시절이 떠올랐다. 더구나 요즘 들어 부쩍 심해진 허전한 기분을 한없이 내리는 눈송이에 묻혀 어디론가 보내고 싶었다.

 거실을 서너 번 왔다 갔다 하다가 안방으로 들어갔다. 드레스룸 문을 열고 검정 바지에 커다란 스웨터를 입고 며칠 전에 태문에게 받은 스카프를 목에 걸쳤다.

8-4

 아파트를 나선 미현은 쌓인 눈을 밟으며 정문으로 걸었다.
 쌓인 눈 위에 깊은 발자국을 남기며 걷는 미현의 머리와 어깨에 멈추지 않고 눈이 내렸다. 발을 옮길 때마다 부드러운 감촉이 미현의 발을 간지럽히며 뽀드득뽀드득 소리를 냈다.
 정문을 나서자 오가는 차와 인적은 보이지 않고 눈에 묻혀 모습을 잃어버린 가로등만 외롭게 거리를 밝히고 있었다. 가로등 둥근 불빛 주변에는 커다란 눈송이들이 가로등을 빙글빙글 돌며 강강술래 놀이를 하고 있었다. 이따금 부는 바람에 눈송이가 안개처럼 날리며 미현을 눈의 나라로 인도했다. 세상은 한낮의 헐벗은 모습에서 한밤중 순백의 세상으로 바뀌었다.

미현은 관평초등학교와 예미지 아파트 사이로 난 길을 걸었다. 매일 아침저녁으로 다니는 길이어서 익숙했지만, 눈에 덮인 길은 미현이 예전에 다닌 길이 아니었다. 더구나 오후에 정애 집에서 자기 집으로 갈 때 보여 준 길은 더더욱 아니었다.
　오후의 나뭇잎 길은 사라지고 어느새 하얀 눈길이 미현을 맞이하고 있는 것이다. 거칠고 황무지 같은 세상이 어느새 순백의 세상이 되어 있었다. 불과 몇 시간 만에 완전히 변한 새로운 세상을 걷는 미현은 기분이 좋았다.
　눈 쌓인 길을 따라 걷는 미현도 눈사람이 되었다. 미현은 자기 몸에 쌓이는 눈을 털어내지 않았다. 미현은 자기 자신의 변신이 전혀 싫지 않았다. 항상 똑같은 모습에서 생각하지 못했던 모습으로의 변신도 미현에게 새로움을 느끼게 해 주었기 때문이다.
　미현은 이 길만 이렇게 바뀌는 것은 아니라고 생각했다.
　'사람도 이렇게 변할 수 있을 것이다. 과거에 머물며 구태의연하게 하루하루를 살 것이 아니라 자신을 설레게 하는 새로운 세상을 다시 만들 수 있을 것이다. 마음먹기에 따라서!'
　미현은 초등학교 끝머리와 예미지 아파트 사이에 있는 '아래관들공원'의 벤치에 앉았다. 눈에 묻혀 겨우 얼굴만 내놓은 아이들 놀이기구가 장난꾸러기 눈짓을 하고, 놀이기구 가까이에서 아이들은 보살펴 주던 가로등이 머리에 눈 더미를 가득 이고 미현에게 미소를 지었다.
　미현도 마주보며 미소를 지었다. 그리고 아름답고 행복했던 시절에 석민을 기다리던 마음으로 함박눈을 맞으며 꿈을 꾸듯 앉아 있었다.
　무엇을 기다리는 것일까? 크리스마스이브, 함박눈 내리는 밤에 인기척 없는 조그마한 공원에서 누구를, 무엇을 기다리는 것일까. 무심한 눈송이가 미현의 머리와 어깨, 마음에 하염없이 내렸다.

8 - 5

태문에게 크리스마스는 별다른 의미가 없는 날이다.
굳이 찾으라면 어린 시절에 교회에서 주는 과자를 받으려고 옆집 누나를 따라 교회에 간 것과 크리스마스 새벽에 들리는 찬송가 소리 때문에 일찍 잠에서 깬 기억뿐이었다.
대학 시절에는 자기와 아무 관계가 없는 종교행사에 공연히 마음이 들떠서 친구들하고 과음했던 기억이 태문의 크리스마스 추억이라면 추억이었다. 더구나 철이 들어 불교에 심취하면서 크리스마스와는 사실상 담을 쌓고 살아왔다.
늦게 일어나 겨우 점심을 먹고 갑천변 산책을 다녀와서 시집 원고를 정리하고 나니 벌써 저녁 시간이 되었다. 점심때에 먹다 남은 김치찌개와 묵은 밥으로 대충 저녁을 때우고 나자 큰아들에게서 전화가 왔다. 전화를 받았지만, 전화 내용은 매번 똑같았다.
머리가 아프기 시작했다. 참기 어려운 두통이 태문을 괴롭혔다. 태문은 책상에 놓아 두었던 약봉지를 뜯어서 찬물과 함께 약을 먹고 옷가지가 어지럽게 널브러져 있는 침대에 다시 누웠다. 두통과 어지러움이 동시에 몰려왔지만, 태문은 자기를 위해서 더 이상 특별히 할 일이 없다는 것을 알고 있었다.

그는 눈을 감고 천장을 향해 바르게 누워 두통과 어지러움이 가시기를 기다렸다. 태문의 얼굴에 송골송골 맺힌 식은땀이 형광 불빛에 반짝였다. 얼마나 지났을까. 두통과 어지럼증이 없어졌다. 태문은 한참 동안을 침대에 그대로 누워 있었다. 조심하지 않으면 다시 두통이 올 수 있기 때문이다.

침대에서 일어나 다시 책상 의자에 앉았다. 방안의 불을 모두 크고 책상 조명 등을 켜자 태문의 세상은 아주 작은 세상이 되었다. 그는 정리하다 만 원고를 가져와 앞에 놓았다. 그러나 무엇을 해야 할지 분간이 되지 않아 그저 물끄러미 원고 더미만 바라볼 뿐이었다.

두통과 어지럼증의 후유증 때문인지 그의 머리에는 조금 전에 큰아들과 통화한 전화 내용이 두서없이 떠올랐다. 머릿속이 더 어지러워졌다.

지금 자기가 사는 처지를 그만두고라도 아버지와 아내의 일이 그를 괴롭혔다. 비록 직접 찾아가서 위로하지 않아도 태문의 마음 한구석에는 두 사람의 일이 앙금처럼 남아 있었다. 그뿐 아니었다. 자기를 대신해서 동분서주하는 큰아들 성철도 태문의 마음에 걸렸다.

인간에게 자유롭고 편안한 시간은 살아 있는 동안에는 주어지지 않을 거라고 태문은 생각했다. 하지만 태문은 그런 시간을 조금이라도 겪어 보고 싶었다.

태문의 소원은 이루어지지 않을 것이 분명했다. 그런 사실이 태문을 더 힘들게 했다. 희망이 보이지 않는 삶은 이미 절망의 구렁텅이에 한 발을 들여 놓은 것이 아닌가.

답답한 긴장감이 태문의 가슴을 짓눌렀다. 저녁 식사로 먹은 음식이 금방이라도 쏟아져 나올 것처럼 가슴이 울렁거렸다. 태문은 헛구역질을 두어 번 하고 자리에서 일어나 창문을 확- 열었다. 휘- 익 하는 소리와 함께 찬바람이 방으로 들어오며 수많은 눈송이가 태문의 얼굴을 때렸다.

갑작스럽게 벌어진 일에 태문의 정신이 번쩍 들었다. 그를 괴롭히던 두통과 메스꺼움이 일시에 어디론가 사라져 버린 것 같았다. 그는 창문을 닫을 생각하지 않고 찬바람과 함께 사정없이 들이닥치는 눈송이를 온몸으로 받았다. 답답하던 마음이 순식간에 뻥 뚫린 듯이 시원해졌다. 태문은 눈보라를 계속 맞으며 가슴을 활짝 펴고 크게 심호흡을 했다.

8-6

낡은 옷장에서 두툼한 점퍼를 꺼냈다.

미현에게서 선물로 받은 목도리로 목을 감쌌다. 눈 내리는 밤거리가 태문을 집안에 머무르지 못하게 했다. 태문은 밖으로 나가서 거리를 걷고 싶었다. 학창 시절, 눈 내리는 날이면 수업을 빼먹고 길거리를 방황하던 기억이 떠올랐다. 그는 자기의 가슴이 빠르게 뛰는 것을 느끼며 서둘러서 신발을 신고 오피스텔을 나섰다.

눈에 덮인 세상은 달빛으로 빚은 듯 하얗게 빛났다. 하염없이 내리는 눈송이만 아니라면 보름달이 온 누리에 내려와 세상을 하얗게 물들인 밤이라고 여길 풍경이었다.

마음이 들뜬 태문은 인적 끊긴 고요한 길을 걸었다. 어디로 간다는 목적지도 없었다. 그저 발이 움직이는 대로 몸을 맡기고 하얀 눈에 첫 발자국을 만들며 걸어갔다. 가끔 눈보라가 태문의 시야를 가렸지만 그럴 때마다 목도리로 자기의 얼굴을 가렸다.

새로 들어선 이십 층 높이의 쌍둥이 오피스텔이 눈에 묻혀 그 모습을 알아볼 수 없었다. 그저 커다란 눈사람처럼 묵묵히 서서 태문이 가는 방향을 알려 주었다.

태문은 쌍둥이 오피스텔을 지나 롯데마트가 마주 보이는 도로에서 건널목을 건넜다. 오가는 차도 없는 도로는 신호등만 깜빡거리며 눈 내리는 겨울밤을 보내고 있었다. 태문이 롯데마트 옆을 지나갈 때 나무에 쌓여 있던 눈 더미가 후루룩- 소리를 내며 태문의 어깨로 쏟아졌다. 태문은 아는지 모르는지 그저 눈을 맞으며 발걸음을 옮겼다.

어린 시절에 눈을 맞으며 거리를 헤매던 기억이 태문의 마음을 울적하게 만들었다. 눈 내리는 거리를 걷는 것은 그때나 지금이나 다르지 않았다.

그러나 태문이 느끼는 기분은 완전히 달랐다. 하늘에서 떨어지는 눈송이가 신비하고 아름다워 온종일 눈을 맞으며 뛰어놀던 어린 시절의 행복한 마음은 지금은 없었다. 그 대신 짧지 않은 세월이 태문에게 던지는 삶의 어두운 그림자가 끊임없이 그를 괴롭히고 있었다.

태문은 롯데마트 앞길을 가로질러 갔다.

뽀드득, 뽀드득. 발소리를 뒤에 남기고 새로운 세계로 들어가는 태문의 가슴이 설렜다. 새로운 길은 간다는 것은 새로운 삶을 살아가는 것과 같다. 그 길은 전에는 가 보지 않은 길이기에 두렵고 낯설었다. 하지만 활력이 넘치는 생명력의 길이다. 지금 태문이 걷는 길이 그랬다.

8 - 7

앞이 보이지 않게 내리던 눈발이 약해졌다.
내리는 눈이 적어지자 공원 안 가로등 불빛이 밝아졌다. 마른 나뭇가지 사이사이로 큼직큼직한 눈송이가 듬성듬성 내려오고 가로등 불빛 속에서 눈송이들이 너울너울 춤을 추었다.

공원 벤치에 앉아 있는 미현은 시간이 지나도 그 자리에서 움직이지 않았다. 쌀쌀한 날씨에 눈사람이 되어 있었지만, 미현은 집으로 돌아갈 생각이 없었다. 오늘 밤에는 왠지 모를 외로움이 유난히 미현에게 파도처럼 밀려오고, 그럴수록 무엇인지도 모르는 그리움이 미현의 마음을 슬프게 했다.
미현이 외로움과 그리움을 한꺼번에 느끼는 것은 처음 있는 일이었다. 미현의 첫사랑이었던 석민을 사랑할 때도 그리움은 있었지만 외로움은 없었다. 그런데 오늘 밤에는 견디기 어려운 외로움과 그리움이 미현을 괴롭혔다.

"미현 씨?"
쌓인 눈 위에 첫 발자국을 남기며 걷던 태문이 걸음을 멈추었다.

"미현 씨!"

태문이 다시 한 번 미현을 불렀다. 태문은 혹시 잘못 본지도 몰라 잠깐 망설였다. 그러나 아무리 보아도 서미현이 분명해 보였다. 태문은 자기 눈을 의심하며 눈사람이 된 미현에게 걸어갔다.

눈 내리는 공원에 앉아 꿈을 꾸던 미현은 자기를 부르는 소리에 자기도 모르게 자리에서 일어섰다. 미현의 머리와 어깨에 쌓여 있던 눈더미가 우르르 쏟아졌다.

"어머! 선생님. 여기는 어떻게….'

미현이 말을 끝까지 잇지 못하고 반갑게 태문에게 다가갔다. 두 사람은 누가 먼저라고 할 것 없이 손을 잡았다. 잡은 손에서 따뜻한 온기가 서로에게 전해졌다. 설렘이 가득한 뜨거운 피가 온몸에 돌았다.

인적 없는 깊은 밤. 눈 내리는 공원에서 태문과 미현은 두 손을 잡고 한동안 서 있었다. 군데군데에서 밤을 밝혀 주는 가로등이 부러운 눈짓을 보내고, 아득한 하늘에서 끝도 없이 내리는 눈송이들이 춤을 추며 두 사람 주위로 몰려들었다. 이따금 지나가는 바람도 가던 길을 멈추고 슬며시 눈 속의 남녀를 바라보았다.

얼마나 시간이 흘렀을까.

"선생님, 우리 집이 이 근처입니다. 잠깐 들렀다…."

미현이 태문의 손을 놓으며 말했다. 태문이 고개를 끄덕였다.

약해졌던 눈발이 다시 강해졌다. 목화송이만큼 커다란 함박눈이 꽃잎처럼 날렸다. 발목까지 쌓인 눈이 두 사람이 지나가는 발자국마다 깊은 여운을 남기며 눈 내리는 크리스마스이브를 물들였다.

8 - 8

열한 시가 넘어 두 사람은 아파트에 왔다.
차가운 곳에 있다가 따뜻한 방 안으로 들어오자 태문의 얼굴이 붉게 달아올랐다. 그는 조심스럽게 집안을 살피며 소파에 앉았다.
허브 향이 은은한 서너 평 거실, 붉은색 바닥과 붉은색 탁자, 탁자 위 도자기 화분에 핀 난 꽃, 소파 뒷벽의 춤추는 서양 여인 그림이 미현의 성품을 말해 주었다.
태문이 몸을 녹이며 거실을 구경하고 있는 사이에 옷을 갈아입은 미현이 주방으로 들어갔다. 그릇들이 달그락거리는 소리가 몇 번인가 들렸다. 잠시 후 미현이 거실로 나왔다.
베이지색 바탕에 노랑 꽃무늬가 선명한 원피스를 입은 미현은 밖에서 보던 미현의 모습과는 다르게 태문에게 다가왔다.

8 - 9

은빛 조명이 부드러운 주방의 맑은 향이 태문을 반겼다.
붉은 와인 병과 둥글고 커다란 와인잔, 과일과 케익, 몇 가지 음식이 차려 있는 식탁이 아름다웠다.
미현이 다소곳이 자리를 지키고 있는 둥근 잔에 와인을 따랐다. 좁은 세상에 갇혀 있다가 새로운 세상으로 나오는 와인이 붉은빛으로 환하게 웃으며 맑은 노래를 불렀다.

두 사람은 말없이 잔을 들고 서로를 바라보며 가볍게 잔을 부딪쳤다. 잔과 잔이 마주치는 소리가 눈 내리는 크리스마스이브를 깨웠다. 고통스럽고 외롭던 두 사람의 마음에도 둥근 잔들이 내는 청량한 노래에 평안함이 찾아왔다.

"떠나고 싶어요. 선생님."

미현의 목소리가 가늘게 떨렸다. 갑작스런 미현의 말에도 태문은 미현의 말을 못 들었는지 마시던 붉은빛 술을 마저 마셨다. 잔을 식탁에 놓고도 말이 없었다. 미현도 더 이상 말이 없었다. 주방을 비추는 엘이디 불빛만 안쓰러운 표정으로 두 사람을 내려다보았다.

두 사람 사이의 침묵이 길어졌다. 창밖에 내리는 눈이 세월에 묻혀 어디로인지 떠나는 소리가 정적을 깨웠다.

"지난 일에서 벗어나고 싶어요."

"……."

"벗어나서 새로운 길을 가고 싶어요."

태문은 미현의 말에 대꾸를 하는 대신 비어 있는 자기 잔과 미현 잔에 와인을 따랐다.

'쿨럭쿨럭.'

잔을 채우며 쏟아지는 와인 소리가 아픈 사람의 기침 소리처럼 들렸다. 그 소리는 가슴 저 깊은 곳에 응어리로 남아 있던 찌꺼기가 더 이상 참지 못하고 토해내는 고통의 구토 같았다.

"떠나는 것도 힘들지만 버리는 일은 더 어려운 일입니다. 말처럼 쉬운 것은 아닙니다."

갑작스러운 미현의 말에도 태문은 표정이 변하지 않고 담담하게 말했다.

"오랫동안 생각한 일입니다. 그동안 마음에 두고도 결심을 못 했지만, 선생님을 만난 뒤에 마음을 정한 것입니다."

"……."

"여기에서 제 역할은 끝이 났어요. 역할이 없는 곳에 계속 머무는 것은 저 자신을 과거 속에서만 머물게 하는 무책임한 일이 아닐까요? 이제부터는 저에게만 충실한 삶을 살아 보고 싶어요. 선생님 말씀대로 '나만을 위해 나 자신을 사랑하는 삶'을 살고 싶어요. 저 자신에게 감동을 줄 수 있는 그런 삶을요. 지금이 남은 제 삶을 그런 삶으로 만들 수 있는 마지막 기회라고 생각합니다."

미현의 말에 진정성이 배어 있었다. 미현은 말을 하면서도 눈을 깜빡이지도 않고 태문의 눈을 들여다보았다. 미현의 표정에 태문이 무슨 말이라도 해 주기를 바라고 있었다. 태문도 미현의 그런 눈을 마주보았다.

"미현 씨. 미현 씨가 평생 이루어 놓은 일 모두를 버릴 자신 있으세요? 아무 것도 모르는 낯선 곳으로 갈 수 있으세요? 그곳은 여기보다 더 힘들고 더 고통스러운 곳일 수도 있습니다. 미현 씨가 지금은 그런 마음을 먹었어도 막상 그곳에 가면 잘못 왔다는 생각에 후회할 수도 있어요."

태문은 말을 하면서도 미현에게서 시선을 떼지 않았다. 미현의 눈과 태문의 눈이 안타깝지만, 서로를 이해한다는 듯이 가볍게 흔들렸다. 붉은빛으로 반짝이는 둥근 잔에 두 사람의 얼굴이 반사되며 붉게 물이 들었다. 미현이 와인을 한 모금 더 마셨다.

"선생님. 저는 과거의 것들과 평생을 함께 살고 있어요. 지금 벗어나지 않는다면 앞으로도 계속 과거와 살아야겠지요. 저는 그것이 더 무서워요. 제가 간직하고 있는 과거의 일들이 소중하지 않아서가 아닙니다. 지금까지는 그것들보다 더 사랑한 것은 없습니다. 제 목숨보다 더 소중한 것들이었으니까요."

"……."

"이제 모두 떠나보내고 저 자신을 찾을 때라고 생각합니다. 설령 새로운 곳이 힘들고 어렵다고 해도 그곳에는 설렘이 있잖아요. 적어도 내가 살아 있다는 느낌이 드는 것 말이죠. 여기에 계속 머무는 것은 편안함은 있어도 가슴이 뛰는 일은 없어요. 이곳에 있으면 나태함으로 찌들어가겠지만 새로운 곳에서는 생명력이 더 커지겠지요. 제가 떠나고 싶은 이유는 바로 이것입니다."

"……."

"저의 꿈을 이루게 해 주실 분은 선생님 밖에 없습니다. 저 혼자서 감당하기에는 너무 어려운 일입니다."

미현은 목이 타는지 다시 와인을 한 모금 더 마셨다. 미현의 눈가가 붉은 와인의 빛을 받아 더 붉어졌다. 태문은 미현의 말을 들으면서 침묵을 지키기도 하고 고개를 끄덕이기도 했다.

여전히 함박눈이 내리는 모양이다. 유리창이 하얗게 물들었다. 기쁨과 슬픔, 이별과 희망이 뒤섞인 크리스마스이브의 늦은 밤이 이렇게 깊어갔다.

열두 시를 넘겨서 태문은 미현의 아파트를 나왔다.

하얗게 단장한 거리에는 여전히 눈이 내리고 있었다. 태문이 딛는 자리마다 첫 발자국 흔적이 남았다. 발목까지 푹푹 빠지는 눈길을 걷기가 쉽지 않듯이, 집으로 향하는 태문의 마음도 가볍지 않았다.

과거를 잊고 새로운 길을 가겠다는 결심은 말은 쉽다. 그러나 과연 실천이 가능한 일인가? 아무리 생각해 봐도 불가능한 일로 보였다. 태문 자신도 모든 것에서 떠나고 싶었을 때가 한두 번이 아니었고, 기회가 있을 때마다 그런 이야기를 했다. 하지만 생각하고 말하는 것과 그것을 실천에 옮기는 것은 완전히 다른 일이다.

다음에 더 이야기하자는 태문의 말에 미현이,

"선생님. 저는 꼭 떠나야 합니다. 선생님이 저를 도와주셔야 해요. 저 혼자서 하기는 너무 어려운 일입니다."

간절하게 말했다.

미현의 말에 태문의 가슴이 찡하고 울렸다. 미현의 간곡한 말은 미현의 굳은 얼굴과 함께 태문이 오피스텔로 가는 내내 따라왔다.

백합 꽃잎 함박눈이 아직도 세상을 하얗게 물들이는 세상으로 태문은 천천히 걸어 들어갔다.

8 - 10

한 해를 마무리하는 사람들은 분주했다.

거리를 오가는 사람들의 행동에서, 표정에서 바쁜 마음을 읽을 수 있었다.

그럴수록 바람은 더욱더 차갑게 느껴지고 한 해가 또 갔다는 허무한 생각이 사람들의 가슴을 파고들었다. 한편으로는 지긋지긋한 시간을 보내고 혹시 좋은 일이 있을지도 모르는 또 다른 한 해가 온다는 막연한 기대감에 설레는 사람들도 있었다.

크리스마스가 지나고 미현은 더 바빠졌다. 방학 전보다도 자주 정애 집에 가야 했다. 어떤 날은 종일 정애의 집에 머물렀다.

미현의 마음은 예전처럼 가볍지 않았다. 정애와 마주하는 일이 있어도 눈길을 피하기 일쑤였고, 손녀딸들을 챙겨주면서도 미안한 생각이 들었다.

태문에게 어디론가 떠나고 싶다고 말을 하기 전에는 그나마 괜찮았다. 떠나고 싶다고 말을 하고 난 뒤에는 정애 식구들에게 죄를 짓는 심정이었다. 이렇게 정애 식구들에게 미안한 마음이 들수록 미현은 그 전보다도 더 많은 신경을 써서 정애 가족을 돌보았다.

그러나 '지금의 처지에서 벗어나 새롭게 거듭 태어나겠다.'라는 미현의 결심은 오히려 더 강해졌다. 지금이 아니면 미래의 자기 삶을 위한 기회는 두 번 다시없을 거로 생각했다.

이런 생각이 들자 미현은 떠나는 문제로 다시는 고민하지 않겠다고 다짐을 했다. 고민을 더 한다고 해도 더 이상 좋은 결론이 나지 않는다는 것을 알고 있기 때문이었다.

미현은 한편으로는 정애 부부와 손녀딸들에게 더 많고 더 깊은 정성을 쏟으면서, 한편으로는 떠나야 한다는 결심을 더 굳게 했다.

8 - 11

　삼정물산 사무실.
　저녁때가 되었지만, 사무실에 있는 회원들은 집으로 갈 생각을 하지 않고 여기저기 흩어져 누구는 서 있고 누구는 앉아 있었다. 그렇다고 서로 대화를 한다든가 아니면 막걸리를 마시는 것도 아니었다.
　테이블에는 흐트러진 안주 찌꺼기가 어지럽게 널브러져 있고, 바닥에는 먹다 남은 막걸리 병이 나뒹굴었다. 버려진 막걸리와 찌개 국물이 사무실 바닥을 흠뻑 적셨다. 사무실은 막걸리와 안주 냄새가 뒤범벅되어 숨을 쉬기가 어려울 지경이었다.
　모처럼 사무실에 나온 회장 박근우는 테이블 모서리에 앉아서 오른손으로 얼굴을 괴고, 무엇인가를 골똘하게 생각하고 있었다. 총무 여성원은 회장의 맞은편에 서서 창밖을 하염없이 바라보았고, 상무 박영철과 몇몇 임원들은 맥 빠진 자세로 서거나 앉아 있었다.
　삼정물산 사무실은 초상집 같은 분위기였다. 이렇게 회장과 총무를 비롯한 임원들이 넋이 나간 것은 조금 전에 있었던 사건 때문이었다.

　선배 신경섭이 얼마 전에 제안한 '학생 돕기 운동'에 삼정물산 이름을 쓰느냐 마느냐를 놓고 두 시부터 임원 회의가 열렸다. 열띤 토론이 이어지고 마지막에는 찬반 투표를 했다. 그 결과 신경섭이 제안한 계획서가 채택되지 않았다. 화가 날 대로 난 신경섭이,
　"썩었다. 썩었어! 에라, 죽을 날만 기다리는 쓰레기 같은 놈들아!"
　고래고래 고함을 질러 대다가 그것으로도 화가 풀리지 않는지 안주

그릇과 막걸리 병을 사무실 여기저기에 집어 던졌다. 돼지고기볶음 안주가 사방으로 날아다니고 국물이 벽과 바닥에 붉은 조화를 그렸다. 경섭이 내동댕이친 막걸리 병 속의 막걸리가 분수처럼 쏟아져 나오며 회원들의 얼굴로 튕겼다. 순간적으로 사무실은 아수라장이 되었다.

회원들이 옆에 있었지만, 경섭을 말릴 시간이 없었다. 아- 하는 순간에 벌어진 일이었다. 경섭이 사무실 문을 두들겨 패듯이 여닫으며,

"희망이 없는 이런 사무실은 없어져야 해! 돼지 같은 놈들." 있는 힘껏 고래고래 고함을 지르며 나가다가 그래도 화가 풀리지 않는지 뒤돌아서서 가래침을 '퉤' 하고 뱉었다.

한바탕 벌어진 소란에 회원들은 넋을 빼앗겼다. 신경섭이 난장판을 만들고 사무실을 나간 지 삼십여 분이 지났지만, 아직 누구도 입을 열지 않고 침묵만 지켰다.

8-12

장면1

야자수 사이의 따사로운 햇볕과 훈훈한 바람. 속이 훤하게 보이는 바닷물이 잔잔하게 넘실대는 평화로운 풍경. 그 위로 때로는 높게, 때로는 낮게 나는 갈매기들과 물놀이에 행복한 관광객들.

남국의 아름다운 바닷가에 그림 같은 '더 비치드리밍 호텔'. 바다가 보이는 칠 층 객실의 넓은 침대에 아무것도 걸치지 않은 남과 여. 진

희의 붉어진 얼굴과 뜨거운 입김. 땀에 흠뻑 젖은 태문의 몸.

장면 2

성철이 태어나 기뻐하는 가족들. 함박웃음 짓는 남편 태문.

장면 3

성철의 돌 잔칫날. 생글생글 웃으며 상위의 연필을 들고 좋아하는 성철. 즐거워하는 아버지와 어머니.

장면 4

사월의 맑은 날. 강바람이 시원하게 옷깃을 날리는 대청댐 잔디밭 광장의 그늘막에서 놀고 있는 진희와 태문, 다섯 살 성철, 세 살 성민, 태문의 아버지와 어머니. 집에서 싸 온 음식들. 배가 부른 아이들이 잔디밭을 뛰어다니며 깔깔대고, 손자들의 모습에 환하게 웃으시며 즐거워하시는 부모님. 어깨를 나란히 하고 강변길을 걷는 진희와 태문. 두 사람이 마주 잡은 손에 피어나는 사랑. 봄날 같은 미소가 끊이지 않는 진희의 뽀얀 얼굴.

장면 5

태문이 과장으로 승진하여 축하하는 식당. 술에 취해 진희를 얼싸안고 노래를 부르는 태문. 태문에 안겨 싱글벙글 미소 짓는 진희. 덩달아 즐거워서 춤을 추는 부모님들. 연달아 드나드는 손님들.

장면 6

진희의 어린 시절과 한가로운 농촌 풍경. 어둑해지는 논길을 따라 집으로 돌아오는 아버지와 어머니. 칭얼대는 동생들과 저녁 식사.

장면 7

진희의 친정아버지가 유골함에 담겨 나오는 화장터. 슬픔과 절망으로 울음바다가 된 공원묘원.

장면 8

성철의 결혼식장. 성철의 함박웃음. 꽃보다도 더 예쁜 민서. 밀려드는 화환과 하객들. 손님 받기에 눈코 뜰 새 없는 진희와 태문.

장면 9

시어머니 장례식장. 하염없이 울고 있는 진희. 말리는 태문.

장면 10

요양원 병실 입구에서 손을 흔들고 계신 시아버지. 굳이 외면하는 진희.

장면 11

태문의 퇴임식장. 긴장감과 허탈감에 **빠져** 보기에도 측은한 남편. 짐을 싸서 집을 나서는 태문의 뒷모습. 침울한 집안 분위기. 홀로 울고 있는 진희.

장면 12

암 선고를 받는 진희. 슬퍼하는 성철과 민서.

장면 13

어디론가 떠나는 태문. 아무리 손을 뻗어 봐도 잡히지 않는 남편. 점점 멀어지는 태문의 뒷모습.

장면 14

아른거리며 희미해지는 기쁘고 아름답던 일들과 슬프고 고통스러웠던 지난 기억들. 잦아드는 자신의 숨소리. 더 보고 싶어지는 남편. 큰 소리로 우는 아들과 며느리. 손자들. 자기의 손을 잡는 큰아들.

8 - 13

무거운 적막이 두 사람 사이로 내려왔다.

창밖에 내리는 눈이 진눈깨비로 변해서 카페 창문에 부딪히고, 부딪힌 진눈깨비는 눈물이 되어 유리창에 흔적을 냈다.

미현이 좋아하는 RML의 노래가 한 해의 마지막 날을 슬픔으로 장식이라도 하려는지 카페를 촉촉하게 적셨다. 미현은 자기가 좋아하는 노래에도 신경을 쓰지 않고, 묵묵히 차를 마시고 있는 태문을 보다가 창밖으로 눈을 돌렸다.

날씨가 궂어서 그런지 오늘이 올해의 마지막 날임에도 거리에는 행인들이 거의 보이지 않았다. 어쩌다가 지나가는 사람들도 우산을 뒤집어쓰고 어디론가 급하게 사라졌다.
"그러면 준비를 시작합시다. 시간을 끌 필요가 없으니까요."
태문의 말에 미현도 알았다는 듯이 고개를 끄덕였다.
미현의 시선이 다시 창밖으로 향했다. 여전히 진눈깨비는 구질구질 내렸다. 바람도 심하게 불어 주먹만 한 눈송이가 유리창을 들이받듯이 날아와 산산조각이 나며 사방으로 흩어졌다. 파편이 되어 허공으로 사라지는 눈송이가 미현의 마음을 사로잡았다.
미현은 떠나는 일로 아쉬워하거나 슬퍼하지 않으리라고 다짐했다. 인간은 언젠가 죽을 것이고, 그때가 되면 모든 것과 이별해야 한다. 이것은 어떤 것도 거스를 수 없는 숙명이다.
미현은 지금부터 마지막 순간까지 자기의 삶을 스스로가 결정하고 싶었다. 비록 지금까지는 잘 알지도 못하는 것들에게 끌려 온 삶이었지만, 이제는 자기의 삶을 자기의 의지대로 하고 싶은 것이다.
그렇게 하려면 자기에게 힘들고 슬픔을 준 일들은 물론이고 자기가 아끼고 사랑한 모든 것도 버려야 한다고 믿었다. 자기 삶의 기둥이었던 사랑하는 것들마저 버리는 것이야말로 진정으로 자기를 사랑하는 길이라고 생각했다.

며칠 전에 내린 눈들이 군데군데 녹지 않아서 오피스텔로 돌아오는데 힘이 들었다. 더구나 날씨마저 쌀쌀해서 감기 기운이 돌았다.
태문은 책상머리에 편한 자세로 앉아 멀리 보이는 아파트며 공장들의 불빛을 보았다. 이제 한 시간만 지나면 한 해도 마무리된다. 언제 생각해도 세월은 참으로 빠르다는 생각을 지울 수 없었다. 하지만 올해는 특별한 한 해가 될 것이다. 오랫동안 머릿속으로만 생각해 왔던 일을 결심하고 실천하는 해가 되었기 때문이다.

사실 만난 지도 얼마 안 된 여자가 떠날 결심을 하고 정말로 실천에 옮기는 것을 보고 놀라지 않을 수 없었다. 처음에는 괜한 객기로 하는 말인 줄 알았다. 안정되고 부족한 것이 없어 보이는 육십이나 된 여자가 어디론가 떠날 생각을 한다는 것을 태문은 믿지 못한 것이다. 그러나 처음부터 진지하더니 마지막까지 변하지 않았다. 오늘은 태문과 만나서 떠날 계획을 세웠다.

태문은 미현의 행동에 대해서 더 이상 의문이나 불필요한 상상을 하지 말아야겠다고 생각했다. 굳이 미현의 속마음을 파헤쳐서 무얼 하겠는가. 스스로 결정한 일을 존중해 주면 될 일이었다.

그보다 더 중요한 일은 떠나기를 망설였던 자기도 이제는 떠날 용기를 얻게 된 것이다. 자기야말로 여기에 머무를 이유가 없는 사람이었다. 미현을 통해서 태문은 자기가 원하는 자유를 얻기 위한 첫발을 떼는 시간이 되었다.

8 - 14

새해 첫날.
매서운 바람이 부는 이른 새벽 공기는 무척이나 차가웠다. 잠시만 밖에 있어도 손발이 바로 얼어붙을 것 같았다.

아직 여명도 되지 않은 어둠 속에서 시커먼 그림자 하나가 봉명동 삼정물산 사무실 계단을 올라갔다. 오른손에 무거워 보이는 플라스틱 통을 들고 사무실 앞에 선 검은 그림자는 어렵지 않게 문을 열고 안으로 들어가더니 벽을 더듬어서 불을 켰다.

망년회를 핑계로 먹고 마신 술과 안주가 밤새도록 냄새를 풍기며 아무렇게나 흩어져 있었다. 흐느적거리는 종이컵과 쓰다 버린 나무젓가락들이 언제나처럼 사무실 바닥 여기저기로 굴러다녔다.

검은 그림자는 사무실을 가볍게 한 번 돌아보고는 가지고 온 플라스틱 통 뚜껑을 열고 통 안에 들어 있는 액체를 사무실 바닥 이곳저곳에 부었다. 타는 듯한 휘발유 냄새가 사무실에 가득 찼다. 검은 그림자는 빈 휘발유 통을 아무 데나 집어던지고 호주머니에서 라이터를 꺼냈다. 라이터를 켠 검은 그림자는 조금도 주저하지 않고 휘발유가 질퍽한 곳에 라이터 불을 던졌다. 순식간에 사무실은 불길에 휩싸였다.

검은 그림자는 불길 속에서 핸드폰을 꺼내 불타는 사무실 장면을 몇 장 찍었다. 카톡을 열고 자기가 찍은 사진을 어디론가 전송했다. 전송이 끝나자 검은 그림자는 입고 있던 검은 코트를 벗어 불 속으로 던졌다. 무서운 화염에 검은 코트는 단 한 번 용트림하고 나서 재가 되어 허공으로 사라졌다.

걷잡지 못할 불기둥이 사무실을 집어삼키고, 이내 검은 그림자마저 불길에 휩싸였다. 악마의 혀처럼 꿈틀거리는 화염 속에서 검은 그림자는 두 팔을 번쩍 들고 만세를 불렀다. 만세를 부르는 그의 팔과 다리, 몸뚱이가 넘어지다가 일어서고 일어서다가 넘어졌다. 무언가를 큰소리로 외치는 듯한 그의 입술이 이글거리는 불길 속에서도 멈추지 않고 살아 움직였다.

불길은 이 층에서 삼 층으로 번지고, 다시 사 층, 오 층으로 옮겨갔다. 순식간에 십 층 건물은 악을 쓰며 커지는 불길에 휩싸였다. 건물 형체가 완전히 불길 속으로 사라지고, 요란한 굉음을 끊임없이 토해냈다.

불길은 거기에서 멈추지 않았다. 삼정물산 건물을 집어삼킨 것도 모자란 붉은 불기둥이 회오리바람을 타고 넘실넘실 이웃 건물로 날아갔다. 거대한 파도가 밀어닥치듯이 순식간에 봉명동의 낡은 뒷골목이 연기와 불길로 아수라장이 되었다.

유성 119가 제일 먼저 도착했고 이어서 인근 119들이 봉명동에 모여들었다. 새해 첫날. 새벽의 날벼락에 인근 주민들이 잠을 설치고 거리로 쏟아져 나왔다. 새해 첫날치고는 두고두고 잊지 못할 첫날이었다.

8 - 15

일곱 시가 되어 자리에서 일어난 박근우는 핸드폰을 켰다.

이른 새벽에 올리는 메시지 소리를 잠결에 들었지만 이제야 핸드폰을 켠 것이다.

그는 곤하게 자는 아내가 잠에서 깰까 봐 조심스럽게 문을 열고 거실로 나왔다. 난방을 약하게 한 탓에 거실의 공기가 제법 싸늘했다. 거실의 조명을 켜고 핸드폰의 카톡을 열었다. 선배 신경섭이 보낸 사진들이었다.

박근우는 신경섭이 보낸 사진을 보자마자 다리가 후들거리고 눈앞이 캄캄해졌다. 사진 속에는 사무실에 불을 지르는 장면과 불길이 사무실을 삼키는 장면 몇 장이 들어 있었다. 갑자기 당한 엄청난 일에 박근우는 정신을 차리지 못하고 멍청하게 소파에 앉아 제정신이 돌아오기를 기다렸다.

한참이 지나고 나서야 겨우 정신을 차린 그는 옆에 있는 돋보기를 귀에 걸치고 경섭이 보낸 문자를 읽었다.

'썩은 악취가 진동하고, 희망이 죽은 이곳은 내가 가지고 가네. 부디 새로운 곳에서 새롭게 시작하시게.'

박근우는 소파에 앉아서 신경섭 선배가 보낸 메시지를 읽기는 했지만, 아직도 정확한 상황을 이해할 수 없었다. 거실에서 무슨 일이 벌어진 것을 눈치 챈 아내가 잠옷 바람으로 나왔다.

"무슨 일 있어?"

아내가 눈을 비비면서 걱정스럽게 물었다. 전화 소리가 요란하게 자기를 찾았지만, 박근우는 전화를 받지 않고 티브이를 켰다. 뉴스 방송으로 화면을 돌리자 긴급 뉴스로 봉명동 화재 사건을 전하고 있었다. 마이크를 잡은 아나운서의 목소리가 하늘까지 솟아오르는 불길과 묘한 대조를 이루면서 쉴 새 없이 쏟아져 나왔다.

놀란 아내가 계속해서 시끄럽게 떠들어 대는 박근우의 핸드폰을 집어서 남편에게 주었다. 전화기 속에서 총무 여성원의 다급한 목소리가 들렸다.

"회장님. 큰일 났습니다. 신경섭 선배가 사무실에 불을 질렀습니다. 지금 유성이 불바다입니다."

더듬거리는 여성원의 목소리가 거의 울음에 가까웠다. 한참 동안 핸드폰을 들고 있던 박근우가,

"그래. 알았네. 내가 그리로 가지. 거기서 보세."

박근우가 급하게 안방으로 들어가더니 외출 준비를 하고 나왔다. 아내는 아직도 놀란 토끼 눈을 뜨고 남편을 보았다.

"유성 사무실에 불이 났어. 신경섭 선배가 방화한 것 같아. 나갔다 와야겠네."

겨우 정신을 차린 박근우가 아내에게 대충 설명하고 밖으로 나왔다. 아내는 활활 타는 건물이며, 불길 앞에서 물대포를 쏘는 소방관들을 보느라고 남편에게 신경을 쓰지 않았다.

8 - 16

봉명동의 화재 사건은 새해 첫날 전국적인 톱뉴스가 되었다.

모든 방송국에서 화재 장면을 쉬지 않고 내보내며 화재 원인과 방화범에 대해서 계속 떠들어 댔다.

"방화범으로 추정되는 사람은 삼정물산 회원이었다고 합니다. 나이는 칠십 대 후반이고요. 그는 평소에도 삼정물산의 운영에 대해서 불만이 많았다고 합니다. 그가 보낸 메시지에,

'썩은 악취가 진동하고, 희망이 죽은 이곳은 내가 가지고 가네. 부디 새로운 곳에서 새롭게 시작하기 바라네.' 이런 내용이 적혀 있었다고 합니다."

"이게 무슨 말인가요?"

"아마, 낡고 오래된 사무실과 모임의 관행을 이야기하는 것 같은데요. 다시 한 번 읽어 보겠습니다."

'썩은 악취가 진동하고 희망이 죽은 이곳은 내가 가지고 가네. 부디 새로운 곳에서 새롭게 시작하기 바라네.'

"이런 문장이거든요?"

"이 문장은 삼정물산 회원들의 면면을 살펴보아야 할 것 같습니다. 삼정물산은 대전과 충남 지역의 퇴직 교장 선생님들 모임입니다. 모임이 만들어진 지도 꽤 오래되었고요. 당연히 회원들 대부분이 보수적 성향일 것 같은데요.

그런데 문제는 말이죠. 이번 화재를 낸 회원은 평소에 사무실에서 회원들이 술이나 마시고, 자신들과 사회를 위해서 아무것도 하지 않는 것을 매우 싫어했다고 합니다. 회원들이 무위도식하지 말고 무언가 보람된 일을 해 보자고 여러 번 주장했다고 합니다. 며칠 전에도 그 문제로 다른 간부들과 크게 다투었고요."

"아무리 개인적인 의견이 옳다고 해도 다른 사람들에게 피해를 주면 안 되겠지요? 이번 화재로 얼마나 많은 사람이 고통을 받고 경제적 손해를 입겠습니까. 더구나 자신의 소중한 목숨까지 버리면서요."

지상파 방송이나 인터넷 방송까지 이런 내용의 화재 사건을 전하고 있었다. 오후가 되어서도 불길이 완전히 잡혔다는 소실은 들리지 않았다.

새해의 문을 뜨겁게 열었지만 마치 세상의 인간사처럼 매서운 겨울바람은 그칠 줄 몰랐다.

8 - 17

찢긴 사진들이 거실 바닥과 탁자 위에 가득했다.

한 번 찢긴 사진들이 여러 번 찢긴 사진들과 뒤섞여서 무슨 사진이 무슨 사진인지 알 수가 없었다.

얼굴이 해쓱한 수만은 눈동자마저 십 리나 뒤로 들어갔다. 염색하지 않은 머리는 더부룩하게 흩어져 있었고 깎지 않은 턱수염이 얼굴을 가렸다.

수만은 탁자의 빈자리에 다 식어서 불어 버린 라면과 신 냄새가 진동하는 묵은 김치를 꺼내 놓고 소주를 마시고 있었다. 그는 소주잔을 거침없이 비우고는 무엇이 즐거운지 헤죽헤죽 웃음을 쳤다.

"아직도 불길은 잡히지 않고 있습니다. 처음 불이 난 건물은 완전히 타 버려서 흔적도 없습니다. 알려진 바에 따르면 인명 피해가…."

커튼으로 햇빛을 차단한 거실은 한밤중처럼 어두웠다. 거실 정면에 있는 티브이의 불빛이 강렬한 눈빛으로 수만을 노려보았다. 수만은 술에 중독이 되어 떨리는 손으로 술잔을 잡고 화재 현장의 화면과 예쁘게 생긴 아나운서를 보며,

"끝났구나, 끝났어."

끝났다는 소리를 연달아서 중얼거리더니 낄낄낄 웃었다. 마치 자신에게 하는 소리 같았다.

광기 어린 수만의 모습은 새해 첫날 밖이 어두워질 때까지 그칠 줄을 몰랐다. 수만의 주변은 가는 시간과 함께 빈 술병은 늘어나고 더불어서 죽음의 그림자가 방안에 가득해졌다.

8 - 18

종일 방송되는 봉명동 화재 사건을 소리만 듣고 있었다.

태문은 한쪽으로는 화재 뉴스를 들으면서, 한쪽으로는 지난 오 년간 써온 시집 원고를 보았다. 정리가 끝난 원고를 출판사에 보내기만 하면 되었다.

하지만 태문은 시집 원고를 출판사에 보내지 않을 생각이었다. 모든 것을 내려놓고 떠날 사람이 더 이상 무엇을 추구한다는 것이 무슨 의미가 있을 것인가. 의미 없는 일은 이제 멈추어야 한다고 태문은 생각했다.

태문은 원고 뭉치를 서가의 빈자리에 가져다 놓았다. 서가의 한 자리를 차지한 원고가 애처로운 눈빛을 태문에게 보냈다. 자리에 놓고 돌아서는 태문의 마음도 아쉽고 허전한 것은 마찬가지였다.

지난 몇 년 동안 애지중지하며 쓰고 고치기를 수도 없이 반복한 시들이었다. 나름대로 할 수 있는 온갖 정성을 다한 원고들이었다. 막상 세상에 알리기 직전에 멈춘다고 생각하니 마음이 아픈 것은 당연한 일이었다.

이제 태문에게는 새로운 일이 생겼다. 오랫동안 갈망해 왔던 어디론가 떠난다는 일이었다. 떠난다는 것은 말은 쉬워도 실제로 그렇게 쉬운 일이겠는가. 떠난다는 마음을 먹고, 어디로 갈 것인지를 결정하고, 이에 필요한 절차를 받고, 주변을 정리하는 둥 해야 할 일이 태산 같이 많았다. 이것은 마치 어둠 속에서 퍼즐을 맞추는 것과 같은 일이었다.

이일은 태문이 몇 년 전부터 계획했던 일이었다. 비록 이런저런 이유로 실행을 하지 못하고 있었지만, 그가 오랫동안 조사하고 준비한 자료들은 그대로 남아 있었다. 태문은 틈틈이 조사해서 모아 놓은 자료를 책상 서랍에서 꺼냈다. 조심스럽게 한장 한장 자료를 넘기며 살펴보았다.

사실 태문이 정리해야 할 주변 문제는 별로 남아 있지 않았다. 몇 년 전부터 가족들과는 거의 연락하지 않고 지내왔다. 어쩌다가 큰아들 성철이 아내와 아버지 병환 문제로 전화를 하기는 했지만 이런 일도 관심을 두지 않으려고 노력했다. 언젠가 자기는 여기를 떠날 것이고 그러기 위해서는 더 이상 가족들에 대한 미련을 버리는 것이 옳은 일이라고 생각했기 때문이었다.

사실 이런 태문의 마음이 무너질 때가 한두 번이 아니었다. 요양병원의 아버지는 그렇다고 해도, 애타게 자기를 찾으며 기다리고 있는 아내를 생각할 때면 그 자리에서 집으로 달려가고 싶은 마음이 들 때가 많았다. 그런 날이면 태문은 인간으로서 좌절감과 인간으로 태어난 것에 대한 반감의식으로 참을 수 없을 정도로 괴로웠다.

고통은 또 다른 고통을 낳는다. 그렇지만 또 다른 고통은 우리가 가지 않았던 길을 알려 줄 수도 있다. 어둡고 긴 터널을 지나면 태양이 눈부시게 비추는 아름다운 세상을 반드시 만나게 되는 것처럼 말이다.

태문은, 자기가 '또 다른 고통이라는 어두운 터널'을 지나고 있다고 여겼다. 머지않아 밝은 세상을 볼 수 있을 거라는 희망도 품고 있었다. 그러기 위해서는 이곳에 대한 미련이 조금이라도 남아있지 않도록 정리하는 것이 옳은 길이라고 생각했다.

태문은 떠나기 위해 정리해둔 서류를 다시 한 번 더 확인했다. 아들과 며느리에게서 새해 복 많이 받으시라는 메시지가 왔지만, 태문은 답신을 보내지 않았다.

8-19

새해가 시작된 지 벌써 며칠이 지났다.

새해 첫날 전국을 떠들썩하게 만들었던 유성 봉명동 화재 사건도 이제 사람들 머리에서 점점 잊히기 시작했다.

미현은 정애 집에서 손녀딸들을 돌보며 대부분 시간을 보냈다. 방학 기간이었지만 학원에 가는 일로 손녀딸들이 더 바쁜 시간을 보내고 있었기 때문에 미현의 일도 그만큼 더 많아진 것이다.

아침밥을 먹고 정애 집으로 가서 손녀딸들에게 밥을 먹이고, 옷을 입혀 주고, 필요한 학용품 등을 챙겨서 차타는 곳까지 데려다주었다. 아이들이 올 시간에 맞추어서 손녀딸들을 기다리다가 집으로 데리고 왔다. 이런 일들을 하루에도 두세 번은 해야 했다.

종일 정애 집에서 아이들을 돌보는 일을 했지만, 미현은 조금도 힘이 든다고 생각하지 않았다. 아무리 힘든 일도 끝날 때가 오고, 그때가 되면 힘들었던 그 일마저도 아쉬움이 남는 것이 아닌가.

미현도 얼마 지나지 않으면 손녀딸들을 더 이상 돌볼 수 없다는 생각에 지금까지 해 왔던 것보다 더 정성을 들여 두 아이를 보살폈다.

'사랑스러운 아이들을 놓아두고 어디로 떠나는 것이 과연 옳은 일인가?'

간혹 이런 회의감이 미현을 힘들게 했다. 그러나 인간은 언젠가는 헤어지기 마련이다. 미현은 그 헤어짐을 죽음으로써가 아니라 스스로가 결정한 헤어짐으로 만들고 싶었다. 그러기 위해서 지금 고통과 슬픔을 이겨내고 극복하는 것이 자기의 커다란 숙제요 문제였다.

미현은 손녀딸들을 돌보는 시간에도 틈틈이 자기가 해야 할 일들을 하나씩 정리했다. 새로운 세상으로 가는 일은 설렘과 두려움이 교차하는 일이다. 그런 설렘과 두려움의 세계도 현재의 세상을 정리하고 난 뒤의 일이다. 현재가 비워지지 않으면 미래가 채워질 자리가 없을 테니까.

8 - 20

민족의 명절인 설날이 지난 지 며칠 후.

날씨가 좋아지기를 기다린 미현은 모처럼 나들이를 했다. 서울에 사는 사촌 언니를 만나고 부산에 계신 친척들을 만나 볼 생각이었다.

정애는 날씨가 더 따뜻해지면 가라고 말렸지만 미현에게는 이제 시간이 얼마 남아 있지 않았다. 태문과 떠나기로 한 날이 가까이 다가오고 있기 때문이다.

나이가 들고 먼 거리에 산다는 이유로 일 년에 얼굴 한번 보기 힘든 친척들이었다. 자기가 떠나고 나면 다시는 볼 기회가 없을 것이다. 미현은 마지막으로 친척들의 얼굴을 보고 그들과 작별 인사를 나누고 싶었다. 물론 그 작별 인사는 미현 혼자서 하는 인사였다.

미현은 가까운 친척들과 헤어져 집에 돌아와서도 시간이 나면 친구들에게 안부 전화를 하고, 만나서 식사를 하기도 했다. 날씨가 더 따뜻해지자 자기 삶에서 지울 수 없는 흔적들을 찾아 나섰다.

8-21

평소 좋아하던 금강 줄기를 따라서 공주로 갔다.

사십여 년 전에는 포장되지 않은 구불구불한 길을 낡은 버스를 타고 공주에 갔었다. 석민하고 이 길을 간지가 엊그제 같은데 어느새 머리가 하얀 할머니가 되었다.

미현은 4차선 도로가 매끄럽게 뚫린 자동차 전용도로로 가지 않고 일부러 옛길을 따라 차를 몰았다. 지난 세월의 그림자가 아련하게 미현의 머리에 떠올랐다. 덜컹거리는 버스 뒷좌석에 앉아서 남이 볼세라 석민의 손을 잡고 떨리는 가슴을 진정시키려 애를 썼던 자기의 모습이 선하게 보였다.

고개에 올라서자 햇살에 물드는 금강의 물줄기가 반짝이는 별빛처럼 미현의 시야를 간지럽혔다. 미현의 얼굴에 뜻 모를 미소가 살짝 번졌다.

공주 산성 주차장에 차를 세우고 공적 비석이 줄지어 서 있는 오르막 도로로 올라갔다. 쌀쌀한 바람이 제법 사납게 불었지만, 미현은 개의치 않았다. 새로 단장을 한 공주 산성 정문이 위용을 자랑하며 미현을 반겼다. 산성 안쪽으로는 아직 녹지 않은 눈들이 응달진 곳에 옹

기종기 모여 있었다.

 미현은 정문으로 올라가 전망대에 섰다. 멀리 무령왕릉이 보이고 가까이에 고풍스러운 머리를 한 현대백화점이 공주 시내를 내려다보고 있었다. 미현은 현대백화점을 보자 가슴이 뭉클해졌다. 미현이 지금까지 잊지 못하는 석민과 첫날밤을 보낸 식당과 호텔은 보이지 않고 그곳에 현대식 백화점이 자리하고 있었기 때문이다.

 가슴 설레고 아름답던 시절은 무심하게 흐르는 세월을 따라서 어디론가 사라졌다. 철없던 시절에 시작한 사랑은 열매를 맺지 못했지만, 지금까지도 미현의 가슴을 끊임없이 저미게 만들었다. 그 사랑에 대한 그리움과 사랑의 흔적들이 세월 속에 묻혀 사라지는 것이 미현은 못내 아쉬웠다.

 미현의 가슴이 아렸다. 참을 수 없는 쓰라림이 위에서 가슴으로 밀려 넘어왔다. 미현은 목으로 넘어오는 울음을 겨우 삼키며,

 "오빠, 나 떠나. 다시는 돌아오지 않을 거야. 사랑했고 미안했어. 이제 오빠를 더 이상 생각하지 않을 거야. 오빠도 잘 있어야 해."

 미현의 눈가가 붉어졌다. 무령왕릉 너머로 번지는 저녁노을이 전망대에 홀로 앉아 있는 미현을 비추고 쌀쌀한 저녁 바람이 미현의 머리를 날리며 지나갔다.

 시작이 있으면 끝이 있다. 아침이 가면 저녁이 오고, 봄이 지나면 겨울이 오듯이. 우리 인연도 그렇다. 누군가와의 인연은 반드시 끝이 있기 마련이다. 말할 것도 없이 인연이 끝나는 것은 아쉽고 슬프다. 우리 삶에 허무감마저 들게 한다. 그러나 슬프게도 우리들은 인연의 끝을 멈출 수 없다. 미현도 그중의 한 사람이었다.

얼마나 지났을까. 해가 서쪽으로 지고 쌀쌀한 바람이 더 세차게 불기 시작하자 미현은 자리에서 일어났다. 다리가 떨어지지 않고 미련과 허전함이 미현을 붙들었다.

사랑하는 사람을 억지로 지울 수 없을지도 모른다. 그렇지만 아무리 어려워도 미현은 더 이상 석민을 생각하지 않을 것이다. 석민에 대한 사랑과 미안함과 그리움을 모두 여기에 묻어 두고 갈 것이다. 비록 석민이 평생에 걸쳐 잊을 수 없는 사람이기는 해도 자기보다 더 소중하지 않는 것도 분명했다.

공주 산성 비탈길을 내려오는 미현에게 서산의 붉은 노을이 비췄다. 스스로 길을 찾는 사람들에게는 힘들지만 준비된 길이 언제나 기다리고 있다. 다만 처음 가는 길이기 때문에 익숙하지 않을 뿐이다.

8 - 22

아버지와 어머니 묘소를 뒤로 하고 돌아오는 길은 유난히도 가물거렸다.

어둠에 묻힌 도로는 이미 제 기능을 절반이나 상실하고 있었다. 미현은 현기증을 겨우 참으며 운전에 집중하려고 안간힘을 썼지만 마음대로 되지 않았다. 하는 수 없이 도로변에 차를 세우고 잠시 눈을 감았다. 뒷자리에서 물병을 찾아 한 모금 마셨다. 시원한 냉수가 목줄을 타고 내려가 답답한 가슴을 적시자 어지러움이 조금 가셨다.

마지막 작별을 하는 것은 차마 말로 다 할 수 없는 고통이 따르는 일이다.

돌아가신 부모님은 미현이 묘소를 찾아간다고 해서 실제로 만날 수 있는 사람들이 아니다. 그런데도 그들 곁을 영원히 떠난다고 생각하니 두 분이 계신 묘소를 찾지 않을 수 없었다.

미현은 두 분 앞에서 겨울바람을 맞으며 서너 시간을 엎드려 있었더니 다리가 아프고 열이 났다. 눈물이 흐르고 가슴마저 아렸다.

미현이 이곳을 떠나는 것은 단순히 몸만 떠나는 것이 아니다. 자기 기억에 살아 있는 추억으로부터도 벗어나기를 원했다. 마음에 살아 있는 추억을 가지고 간다면 그것은 영원히 자유로워지기를 바라는 자기의 생각과는 다른 것이다. 그렇게 한다면 진정으로 여기를 떠나는 것이 아니기 때문이다.

이렇게 생각하니 부모님들께 지어서는 안 되는 죄를 짓는 기분이었다. 하지만 떠나기로 힘들게 결심한 마음을 바꿀 생각이 없었다.

아무리 그렇다고 해도 자식으로서 어떻게 쉽게 부모님을 잊고 떠날 수가 있겠는가. 자기 피와 뼈, 살은 모두 부모님이 물려주신 것이다. 자기 마음에는 부모님이 베풀어 주신 사랑이 가득했다. 무슨 이유라도 부모님을 완전히 잊고 떠난다는 것은 인간으로서 절대로 해서는 안 되는 일이었다.

미현이 막상 부모님 묘소를 떠나려고 하니 부모님이라는 존재가 더 크게 다가왔다. 그러나 미현이 지금 할 수 있는 일이라고는 부모님께 감사하고 죄송하다는 말 외에는 더 할 수 있는 일이 없었다.

얼마나 시간이 흘렀을까. 찬바람 부는 묘소에서 몇 시간을 엎드려 있는 미현의 등 뒤로 땅거미가 밀려왔다. 미현은 그 자리에서 움직일 줄을 몰랐다. 이런 미현의 간절한 마음을 두 분이 아셨는지 아버지와 어머니가 얼굴에 미소를 가득 띠고 나타나셨다.

"얘야, 네가 하고 싶은 대로 해라. 우리는 언제나 네 편이다. 잊지 마라. 우리는 항상 네 곁에서 너를 '사랑한다.'는 것을."

미현이 깜짝 놀라 사방을 둘러보았지만, 아버지와 어머니는 보이지 않았다. 산등선을 넘어 불어오는 바람 뒤편에서 조용히 미소 짓는 부모님이 미현에게 손을 흔들고 계셨어도 미현은 보지 못하고 있었다.

미현은 밤이 깊어질 때까지 그 자리에 엎드려 있었다.

8 - 23

떠나기로 한 날이 일주일 앞으로 다가왔다.

떠나는 날이 다가올수록 미현의 마음이 급해졌다. 꼼꼼히 준비를 한다고 했어도 생각하지 못한 일도 있었다. 미현은 그 일들을 정리하느라고 많은 시간을 허비했다. 급한 마음과 불안한 감정이 심하게 다가왔지만, 미현은 마음을 다잡고 차분하게 할 일을 정리했다.

일요일이 아니라서 교회는 썰렁했다.

교회 정문부터 예배당 출입구까지 빈자리 하나 없이 난잡하게 걸린 대자보와 현수막이 미현을 어지럽게 했다. 샤넬 케리의 죽음과 관련하여 진실을 밝히라는 내용부터 담임목사가 자식에게 목사 자리를 승계하는 일을 반대하는 내용까지 줄줄이 적혀 있었다.

 미현은 반쯤 부서진 예배당 문을 열고 안으로 들어갔다. 불이 꺼져 있는 예배당 안은 묘지 같은 음침한 공기가 괴괴하게 흘렀다. 미현이 입구를 들어서자마자 휘익- 하는 바람 소리가 들리면서 '우당탕' 문이 닫혔다. 깜짝 놀란 미현이 자기도 모르게 뒤를 돌아보았다. 어둠이 다시 예배당을 지배하고 미현의 눈에는 아무것도 보이지 않았다.

 미현은 기억을 되살려 불을 켰다. 일시에 광장처럼 커다란 예배당이 미현의 눈앞에 나타났다. 갑자기 나타난 눈앞 광경에 미현은 아- 소리를 질렀다. 자기 눈을 의심했다. 넓은 예배당 안에는 거미줄처럼 얽히고설킨 크고 작은 현수막들과 벽보가 어지럽게 걸려 있었다.

 '담임목사 사퇴', '누가 샤넬 케리를 죽였는가?', '사탄의 자식 한성환', '예수님의 사랑은 이곳에 없습니까?', '누가 누구를 욕하나?' '지옥 불이여, 이곳에 강림해라'.

 차마 입에 올리기도 두려운 저주의 말들이 벽과 벽 사이에서, 공간과 공간 사이에서 거미줄처럼 얽혀 수도 없이 독기를 뿜어냈다. 그것들은 이 장소가 사랑의 성지라는 것을 무색하게 만들었고, '이곳이 바로 지옥이다.' 하는 생각이 들게 했다.

 미현은 어지러움을 겨우 참으며 예배당 안을 지나 설교단으로 올라섰다. 우측에 합창단이 경건하게 노래를 부르던 찬양대가 쓸쓸하게 보였다. 정면에는 가시관을 쓴 십자가가 절망의 눈빛으로 미현을 보며 눈물을 흘리고 있었다.

 미현은 바닥에 무릎을 꿇고 앉았다. 어쩌면 샤넬 케리가 스스로 목숨을 끊으려고 자해를 한 자리일지도 몰랐다. 차가운 한기가 무릎과 허리를 지나 머리까지 올라왔다. 미현은 아랑곳하지 않고 기도를 드리기 시작했다. 이 기도가 예수님께 드리는 마지막 기도라는 것을 알고 미현은 어느 때보다도 더 정성 드려 기도를 올렸다.

"예수님. 어려운 저에게 사랑의 손을 내미시어 저를 지켜 주셨음을 감사드립니다. 흔들리는 저의 기둥이 되어 주셨음을 감사드립니다."

미현의 기도는 시간이 가는 줄 모르고 계속되었다. 차가운 바닥의 한기가 심하게 미현을 괴롭혔지만, 미현은 기도를 멈추지 않았다.

"예수님. 그동안 사랑에 감사드립니다. 이제 저는 예수님을 떠납니다."

마지막 말을 하는 미현의 눈에 뜨거운 눈물이 흘렀다. 흐르는 눈물로 바닥을 적시며 미현은 한참을 더 엎드려 있었다.

이제 자리에서 일어나 교회 문을 나서면 다시는 이곳을 돌아보지 않을 것이다. 삼십 년이 넘도록 미현에게 중요한 삶의 터전이 되었고, 많은 신도와 교류하면서 사랑을 주고받았던 장소였다. 이곳을 다시는 볼 수 없다는 생각에 미현은 자기 삶의 한 귀퉁이가 무너져 내리는 것 같았다.

미현은 슬픔과 고통으로 얼룩졌던 지금까지의 모습에서 벗어나 담담한 표정으로 설교단을 내려왔다. 정성을 다해 기도를 한 사람 같지 않았다. 위에서 가시관 예수님이 미현을 붙들었지만, 뒤를 돌아보지 않았다. 천장의 화려한 조명도, 어지러운 현수막도 미현의 시선을 끌지 못했다. 미현은 아무런 일이 없었다는 듯이 부서진 문을 열고 밖으로 나왔다. 세찬 바람에 문이 닫히는 소리가 천둥소리처럼 들렸다. 미현은 아랑곳하지 않고 앞만 보고 걸어 나왔다.

요란한 대자보와 현수막으로 도배를 한 새사랑교회 정문을 나서면서 미현은 일말의 자유를 느꼈다. 그동안 하나님께 의지하고 있었던 미래에 대한 불안감은 새로운 세상에서의 설렘으로 바뀌었다. 죄의식과 하나님에게 받을 지옥의 공포는 해방감으로 변했다. 무거운 짐에서 벗어났다는 홀가분한 마음이 미현의 발걸음을 가볍게 했다.

양지바른 곳에서 교회를 지키고 있는 젊은 경찰관들이 멍한 시선으로 미현을 바라보았다. 미현이 떠난 교회는 다시 찬바람에 휩싸였다.

8 - 24

저녁 시간이 되었어도 배가 고프지 않았다.

남편과 아들의 유골이 안치된 '파라다이스 추모관'을 다녀오고 나서 찾아온 무력감이 미현을 힘들게 했기 때문이다.

평소에도 미현은 남편과 아들이 있는 추모관을 자주 찾은 편이 아니었다. 미현이 두 사람을 사랑하지 않아서가 아니었다. 추모관을 찾아가고, 돌아오는 과정이 힘이 들어서도 아니었다.

추모관을 자주 찾지 않은 이유는 추모관 안치실의 우울한 분위기가 싫었고, 안치실에 가득한 여러 가지 향기에 미현의 머리가 아파서였다.

오늘도 마찬가지였다. 남편과 아들을 만나는 마지막 시간이라는 생각에 뭐라고 표현할 수 없는 복잡한 기분이 미현을 사로잡았다. 소중한 것을 버린다는 아쉬움과 두 사람에게 씻지 못할 큰 죄를 짓는다는 죄의식과 자기 자신의 한쪽 부분을 떼어낸다는 상실감이 미현을 힘들게 했다.

그러나 정작 미현을 더욱더 힘들게 하는 것은 안치실의 분위기가 미현에게 알려주는 삶의 덧없음이었다. 이런 안치실의 분위기가 미현을 끝없는 나락으로 떨어지게 했다. 코와 목구멍을 통해 가슴을 움켜쥐게 하는 음울하고 비릿한 향기는 헛되고 부질없다고 생각하는 미현의 삶을 더 허무하게 만들었다.

남편과 아들을 만나고 돌아온 미현은 씻지도 않고 소파에 주저앉았다. 벌써 몇 시간이 지났지만, 미현은 그 자리에서 꼼짝도 하지 않았다. 제 역할을 다 하지 못하는 조명이 어둠 속에서 희미한 눈빛으로 미현을 내려다보았다. 겨울을 데리고 어디론가 가는 바람이 유리창을 흔들고 지나가며 요란한 소리를 냈다. 미현의 눈가에 젖은 물기가 창문을 통해 들어오는 불빛에 반짝였다. 미현은 겨울밤이 지나가는지도 모르고 그대로 있었다.
"여보, 미안해. 아들아, 사랑한다."
마음 가득한 슬픔이 미현과 함께 긴 밤을 새웠다.

우리가 인간으로 있는 한 너와 내가 맺은 인연의 고리는 언젠간 끊어진다. 조금 빠르면 어떻고, 조금 늦으면 어떤가. 거기에 무슨 차이가 있단 말인가. 조금 빠른 인연의 끝남으로 남는 시간이 있다면 그 남는 시간 동안에 어디에서 길을 잃고 헤매고 있을지도 모르는 자기 자신을 한 번 더 찾아보는 것이 어떤가. 너와 나의 인연은 겨울바람에 날려 보내고.
겨울밤 같은 미현의 마음은 새벽이 되어서도 변하지 않았다.

8 - 25

내일이면 떠나는 날이다.

미현은 손녀들을 학교와 유치원에 보내고 태문에게 전화를 해서 몇 가지를 확인했다. 정애 식구들의 밀린 빨래를 세탁기에 넣고 돌렸다. 세탁기가 윙윙거리며 돌아가자 미현은 청소기를 들고 정애 집을 청소하기 시작했다.

오래전부터 해 오던 일이라 어디를 어떻게 청소해야 하는지 잘 알고 있었다. 아이들 방을 치우고, 정애 부부의 침대며 바닥을 먼지 하나 없이 밀었다. 거실바닥을 닦고 나서 깨끗한 걸레로 책장, 화장대, 침대, 거실 탁자와 주방까지 정성을 다해서 청소했다.

미현은 소파에 앉아 거실을 둘러보았다. 오늘이면 이 집과 영영 이별이지만 미현의 마음은 차분했다. 오히려 처음 떠나야겠다고 생각할 때보다도 마음이 더 편안했다.

방 안에 있는 가구부터 거실의 창문까지 하나하나가 미현과 정이 많이 든 것들이었다. 세상의 무엇과도 바꿀 수 없는 딸과 손녀들이 애지중지하며 사용하는 물건들이었다. 자기가 이곳을 떠나도 사랑했던 사람들은 이 공간과 가구들 틈에서 계속 살아갈 것이다.

미현이 소파에 앉아서 거실을 돌아보고 있는 사이에도 인적이 끊긴 아파트는 말이 없었다. 고요한 쓸쓸함이 미현의 마음을 대변해 주었다.

미현은 아라와 서희가 돌아오자 저녁밥을 차려 주었다. 손녀들이 밥을 다 먹기를 기다렸다가 자기 집으로 돌아왔다.

여느 때와 특별히 다른 것은 없었다. 한 가지가 있었다면 미현이 정애 집을 나오면서 아라와 서희를 번갈아 가며 한 번씩 안아 주었다는 것이다.

정애 집을 나서서 자기 집으로 돌아가는 초등학교 옆길의 헐벗은 나무들이 미현에게 마지막 인사라도 하려는지 일렬로 서서 손을 흔들었다.

8 - 26

아침 아홉 시가 되지 않아서 성철은 전화를 받았다.

이른 아침에 오는 전화치고 좋은 전화는 없는 것이 세상의 이치다. 그것을 증명이라도 하는지 할아버지가 별세하셨다는 전화였다.

성철은 덤덤한 마음으로 전화를 받고나서 아버지에게 전화를 했다. 역시 아버지는 전화를 받지 않았다. 몇 번의 시도 끝에 성철은 아버지와 직접 통화하는 것을 포기하고 메시지를 넣었다.

'아버지. 할아버지가 돌아가셨어요.'

옆에 앉아 놀란 눈을 뜨고 있는 아내에게 어머니를 돌볼 간병인한테 전화하라고 말을 하고 자기는 회사와 친인척들에게 할아버지 부고를 알렸다.

8 - 27

며칠째 잠을 설친 미현의 얼굴이 꺼칠했다.

미현은 아침도 거른 채 베란다로 나갔다. 아직도 잠에서 깨어나지 않은 카나리아들이 미현이 들어오는 소리를 들은 모양이다. 아름다운 작은 날개를 퍼덕이며 좁은 대나무새장을 이리저리 날아다니며 노래를 불렀다.

'끼오끼오, 꾸꾸꾸, 회오희오.'

언제 들어도 카나리아의 노래 소리는 미현의 머리를 맑게 해주었다. 미현은 대나무새장의 문을 활짝 열고 모이와 물을 모이통에 놓았다. 카나리아들이 노랗고 파란 깃털을 파닥거리며 미현에게 고맙다는 인사를 하고는 모이통으로 날아왔다.

미현은 세상 근심 걱정 없이 모이를 먹는 카나리아들을 한 동안 보며 그 자리에 서 있었다. 멀고 먼 고향에서 자기들로 모르는 사이에 천리타향에서 살고 있는 카나리아들이 애처로워 보였다.

미현은 새장 문이 닫히지 않게 묶어 놓고 바깥 유리창을 열었다.

"안녕, 나의 파랑새."

베란다를 돌아서 나오는 미현의 눈이 붉어졌다.

작은 가방만 하나 들고 집을 나섰다. 눈이 내리려는지 해는 보이지 않고 검은 구름만 잔뜩 끼었다.

시내버스를 타고 전자 고등학교 앞에서 내려 건널목을 건넜다. 출근하는 차량으로 4차선 도로가 붐볐다. 차량 사이를 힘들게 빠져나와 공항버스 승차장 한쪽에 섰다.

사방을 두리번거리며 태문을 찾았지만 벌써 와 있어야 할 태문의 모습은 보이지 않았다. 미현은 진눈깨비 바람을 피해 서서 맞은편 시내

버스 정류장을 바라보았다. 태문이 차에서 내리지 않을까 하는 마음으로 버스에서 내리는 사람들을 하나씩 꼼꼼하게 살폈다.

시간이 가고 여러 대의 공항버스가 정류소에 멈추었다가 떠나기를 반복했다. 여전히 태문의 모습은 보이지 않았다. 미현은 점점 초조해지기 시작했다. 타고 갈 공항버스 도착시간이 다 되었어도 태문은 나타나지 않았다. 미현은 핸드폰을 꺼내 태문에게 전화를 걸었다. 신호음이 계속 울렸지만, 태문은 전화를 받지 않았다. 전화할 때마다,

'지금은 전화를 받을 수 없습니다.'

같은 말만 되풀이되었다.

왠지 모를 불안감에 미현은 어떻게 해야 할지를 몰랐다. 참다못한 미현이 다시 전화를 걸었다. 여전히 태문은 전화를 받지 않았다. 그러는 사이에 두 사람이 타고 갈 공항버스가 도착했다. 공항버스는 한참 동안이나 두 사람이 타기를 기다렸다.

기다리다 못한 미현이 버스 기사에게 조금만 더 기다려 달라고 부탁을 하고 다시 전화를 또 걸었다. 사람 좋아 보이는 젊은 기사는 빙그레 한 번 웃고 나더니 고개를 끄덕였다. 버스에 타고 있는 승객들이 일제히 창밖을 내다보며 안절부절못하는 미현을 안쓰러운 눈으로 쳐다보았다.

미현의 마음을 아는지 진눈깨비가 쏟아지기 시작했다. 바람까지 세차게 불어서 눈발이 미현의 얼굴에 부딪혔다. 일 분이 한 시간처럼 지나갔다. 앞을 가릴 수 없는 눈이 쉴 새 없이 쏟아지고 미현의 마음은 절망으로 바뀌었다. 기다리던 공항버스가 더 이상 기다릴 시간이 없다는 듯이 커다란 경적을 울리고 눈보라를 헤치며 떠났다.

사람을 알아보지 못할 정도로 내리는 눈 속에 미현은 안절부절못했다. 미현이 그 자리에 있기는 했지만 자기가 지금 어디에서 무슨 짓을 하고 있는지 판단이 되지 않았다. 마치 거칠고 차가운 땅에 홀로 버려진 듯 현기증이 나고 견디기 힘이 들었다.

얼마나 시간이 지났을까. 미현은 다시 태문에게 전화를 걸었다. 태문에게 무슨 일이 생긴 것이 틀림없었다. 어젯밤에도 전화해서 차를 타는 장소와 시간을 이야기하지 않았던가. 여기에 오지 않은 것을 보니 태문에게 무슨 일이 생긴 것이 분명했다.

비행기를 타는 시간은 아직도 많이 남아 있었다. 다음 차를 타면 될 일이었다. 미현은 태문에게 큰일이 없기를 바라며 또 전화했다. 역시 태문은 전화를 받지 않았다. 미현의 마음이 처참하게 무너졌다. 더 이상 힘들 수 없을 정도로 어렵게 결심을 한 일이 이렇게 허무하게 무너지다니. 미현의 마음이 산산이 부서지며 눈보라 속으로 흩어졌다.

미현은 태문과 통화할 수도 없고, 아무리 기다려도 태문이 나타날 기미를 보이지 않자 어떻게 해야 할지 막막했다. 혼자서 다음 차를 타고 공항으로 갈 수도 없다. 그렇다고 무작정 집으로 돌아가는 것도 마음에 들지 않았다.

이러지도 못하고 저러지도 못하는 사이에 시간은 더 흘러갔다. 차를 타고 출발했어야 하는 시간보다 한 시간이나 더 지났다.

미현이 들고 있는 핸드폰에서 갑자기 미미한 진동이 일었다. 처음에는 거의 알아차리지 못했지만 두 번째 진동이 왔을 때 미현은 기다렸다는 듯이 전화를 받았다.

"여보세요. 혹시 강태문이라는 분 아세요?"

젊은 아가씨의 다급한 목소리가 전화 저편에서 들렸다. 미현은 자기도 모르게,

"예. 아는데요."

"아. 그래요. 여기 병원인데요. 강태문 씨가 응급실에 있어요. 보호자 분께서 오셔야 치료를 할 수가 있어요."

"병원요? 어느 병원요."

"을지 병원 응급실입니다. 급하니까 빨리 오셔야 합니다."

8 - 28

얼굴이 통통한 이십 대 후반 간호사가 바쁜 걸음으로 병실을 들락거렸다.

미현은 산소마스크를 쓰고 의식 없이 누워 있는 태문 옆에 묵묵히 앉아 있었다. 진통제와 신경 안정제가 링거와 한 몸이 되어 한 방울 한 방울 떨어지는 것을 자신도 모르게 세면서, 이따금 태문의 얼굴을 보았다. 삶의 고뇌와 피로가 겹친 태문의 얼굴이 미현의 마음을 아프게 했다.

태문이 어떤 삶을 살았는지 미현은 잘 알지 못했다. 태문에 대해서 아는 것이라고는 나이가 육십 대 중반이라는 것과 젊었을 시절에는 공무원을 지냈다는 것, 지금은 두 칸짜리 오피스텔에 혼자 살고 있다는 것이 전부였다.

미현은 태문의 가족이 어떻게 되고, 나이 든 남자가 왜 혼자 살고

있는지는도 몰랐다. 태문이 스스로 말하지 않는 한 그런 문제들은 알고 싶지 않았다. 설령 말하지 못할 큰 문제가 태문에게 있다고 해도 변할 일은 없었다.

　태문이 과거에 무슨 삶을 살았던지 미현에게는 큰 문제가 되지 않았다. 미현에게 중요한 것은 지나간 시간이 아니라 지금과 다가올 시간이었다. 각자 삶의 한 장면을 넘어가면서, 그것도 얼마 남지 않은 죽음을 앞에 두고서 삶의 방향과 가치가 같은 사람이라면 길을 동행하기에 충분한 것이다. 미현에게 중요한 것은 자신을 충분히 이해해 줄 사람이었다.

　미현이 태문을 만난 시간은 긴 시간이 아니었다. 다만, 태문은 자기의 마음을 이해해 주고 자기와 같은 길을 기꺼이 함께 갈 사람이라고 미현은 믿었다. 미현의 마지막 삶의 장을 이해해주고 미현이 가는 길을 동행해 줄 수 있는 사람, 그 사람이 바로 태문이었다.

　입원실 문이 열리더니 병실을 나누고 있는 파란색 가름막이 젖혀졌다.
　얼굴이 통통한 간호사가 들어와 태문의 혈압을 재고 피를 뽑았다. 일을 마친 간호사가,
　"조금만 기다리시면 주치의가 오셔서 설명해 드릴 겁니다."
　말을 하고 자리를 떴다.
　미현은 병실 옆에 놓아둔 자기의 가방을 보았다. 덩그러니 놓인 여행 가방이 갑자기 외롭게 보였다. 그걸 보고 있는 자신도 초라하다는 생각이 들었다. 피로가 밀물처럼 밀려왔다. 밤새도록 잠을 이루지 못

한데다가 힘들게 계획했던 일이 무산되고 보니 미현이 느끼는 피로감은 더 컸다.

거기다가 전혀 생각지도 않은 일을 당했으니 미현이 피로하지 않는다면 오히려 이상한 일이 될 것이다. 설상가상으로 이제는 태문의 보호자가 되었다. 미현은 저절로 웃음이 나왔다.

이렇게 된 이상 태문이 퇴원할 때까지 태문 곁에 있을 생각이었다.

8 - 29

미현과 출발하기로 한 하루 전날.

태문은 복잡한 심경을 이기지 못하고 잠을 설쳤다. 저녁밥을 건너뛰고, 뜬눈으로 밤을 새우고, 출발 당일 아침까지 거르고 나니 몸이 말이 아니었다. 더구나 겨울의 추운 날씨가 태문의 컨디션을 더 나쁘게 만들었다.

가방 하나를 끌고 엘리베이터를 타자 천장의 조명 불빛이 일시에 태문에게 쏟아졌다. 태문은 견디기 어려운 현기증을 느꼈다. 그는 정신을 차리려고 긴 숨을 깊게 들이마셨다. 제대로 몸을 겨누지 못하는 태문을 엘리베이터 안에 있는 사람들이 이상한 눈초리로 보았지만, 누구 하나 태문을 붙들어 주지 않았다. 태문은 오른손으로 엘리베이터를 잡고 겨우 몸을 추스르며 일 층에서 내렸다.

엘리베이터를 나오자마자 태문을 기다렸다는 듯이 찬바람이 불었다. 그 바람에 두통이 심해졌다. 태문은 가방을 든 손으로 겨우 몸을 지탱하고 섰지만, 그것마저도 오래가지 못했다. 그는 오피스텔 정문을 나와 몇 걸음 걷다가 소화전 앞에서 쓰러졌다.

태문이 정신을 차렸을 때는 병실이었다.
밝은 불빛에 적응하고 나서야 미현이 자기를 보고 있다는 것을 알았다. 태문은 산소호흡기 때문에 말을 할 수가 없었다. 눈짓으로 미현에게 인사를 했다.
미현은 태문에게 무슨 일이 있었는지 정확하게 알지 못했지만 대강 추측은 했다. 태문이 자기를 보고 억지로 미소를 지으며 오른손을 힘들게 움직여 아는 척을 하는 것을 보고 걱정스러운 표정을 지으며,
"선생님. 괜찮으세요?"
태문이 미현의 말을 들었는지 눈을 깜빡거리며 괜찮다는 표시를 했다.
미현은 어제 있었던 일을 간단하게 이야기해 주었다. 자기가 승차장에서 기다린 일, 병원에서 온 전화를 받은 일, 응급실로 와서 태문이 검사를 받게 한 일, 입원 시킨 일들을 이야기했다. 미현의 말을 들은 태문이 손을 들어서 고맙다는 인사를 다시 했다.

오전 11시쯤에 얼굴이 통통한 간호사가 나이가 지극한 의사와 함께 왔다. 의사는 미현을 보고 살짝 웃더니,
"아. 강태문 님 보호자 되시나요?"
의사의 질문에 미현은 다소 주춤거리며,
"예, 선생님."

"정말 다행이십니다. 저희가 여러 가지 검사를 했지만, 특별히 이상한 징후는 찾지 못했습니다. 아마 정신적으로 무리가 있었던 것이 아닌가 합니다. 아…. 조금 두고 보다가 이상이 없으면 주말에 퇴원하셔도 됩니다. 퇴원하시더라도 무리한 일은 삼가시는 게 좋을 듯합니다. 특히 스트레스를 받는 일요."

말을 마친 의사는 미현에게 가벼운 미소를 남기고 병실을 나갔다. 의사와 간호사가 나가고 나자 미현은 마음이 놓였다. 태문이 큰 병에 걸리지 않았다는 것이 불행 중 다행이었다.

본인도 모르게 몸으로 들어가는 수면제에 편안한 얼굴로 잠이 든 태문을 보던 미현은 병실을 나왔다. 어제 아침부터 내린 눈으로 세상은 하얗게 변해 있었다. 사람들의 발자국으로 다져진 미끄러운 도로를 조심스럽게 걸어서 음식점에 들어갔다. 여러 사람이 벌써 점심을 먹고 있었다.

국밥으로 점심을 하고 다시 병실로 가는데 정애에게서 전화가 왔다. 미현은 정애에게 친구가 아프다고 미리 말을 해 놓았기 때문에,

"그래, 조금 전에 의사가 다녀갔는데 큰일이 아니란다. 걱정하지 마라."

간단하게 말을 하고 전화를 끊었다.

병원으로 돌아가는 길이 미끄럽고 찬바람이 막았지만, 왠지 모르게 미현의 마음은 편안했다. 그러나 한편으로는 머릿속이 복잡해졌다. 자기의 계획이 헝클어졌다. 헝클어진 일을 어떻게 수습해야 할지 가름이 서지 않았다.

생각해 보면 우리 삶에서 생긴 일들이 한 번에 해결된 적이 얼마나

되던가. 미현은 앞으로 일어날 일과 자기가 해야 할 일들을 하나하나 정리하면서 눈길을 걸었다.

8 - 30

떠나가고 떠나보내는 것은 어떤 차이가 있을까.

단순히 오고 감의 문제일까? 가는 것은 주체적이고 보내는 것은 수동적일까? 아니면 그 반대일까?

떠나가고 떠나보내는 것의 공통부분은 이별이다. 이별이 다 좋은 것도 아니고, 다 나쁜 것도 아니다. 하지만 이별 자체로만 놓고 본다면? 이별이 슬픈 것만은 사실이 아닐까? 그 어떤 이별이 되었던지 말이다.

할아버지를 배웅하는 성철의 가슴이 아팠다. 성철 가족과 친척 어르신들 몇 분의 작별인사를 받으며 영원히 돌아오지 못할 길을 떠나시는 할아버지를 보고 성철은 가슴이 미어지는 슬픔을 느꼈다. 단순히 자기의 친할아버지라서가 아니었다. 같은 인간으로서 자신도 곧 겪을 일이라고 생각을 하니 그 슬픔이 더 커진 것이다. 덧없이 왔다가 덧없이 가는 자기의 삶을 지금 보고 있는데 어찌 눈물이 흐르지 않겠는가.

성철은 전화를 받지 않는 아버지에게 할아버지가 돌아가셨다는 메시지를 남겼다. 아버지는 대답이 없었다. 성철이 보낸 메시지를 아버지가 읽고 나서도 답을 하지 않는 것을 성철은 이상하게 생각하지 않았다. 비슷한 일들이 반복되다 보니 아버지의 무응답이 일상이 되어

버렸기 때문이다.

　처음에는 아버지에게 화가 나기도 했지만, 지금은 아버지의 마음을 어느 정도 이해할 수 있을 것 같았다. 평생을 공직자로 살아온 아버지가 마음이 매몰차거나, 자식들이나 아내가 미워서 그런 것이 아니라고 성철은 믿었다. 어쩌면 아버지는 조금 빠르게 자기들과 이별하고 싶은 생각이 들었기 때문이라고 성철은 믿었다. 하지만 할아버지가 떠나신 것과는 본질적으로는 다른 이별이었다. 아버지는 할아버지와 다르게 스스로 자유를 찾기 원하는 이별이었다.

　그렇지만 떠나실 때 떠나시더라도 자기들에게 무슨 말이든 해주고 떠나실 수도 있었을 것이다. 할아버지와 다르게 말이다. 할아버지의 장례를 마치고 집으로 돌아와서 의식이 거의 없는 어머니의 손을 잡은 성철의 눈에 뜨거운 눈물이 흘렀다.

　아무리 슬프고 피하지 못할 어려움이 닥쳐도 세월은 쉬지 않고 흘러간다. 우리는 거스를 수 없는 이 도도한 세월의 한 귀퉁이에서 겨우 몸을 의지하고 휩쓸려 떠나갈 뿐이다.

　누구의 잘못도 아니다. 누구를 원망할 이유도 없다. 그저 세월과 한 몸이 되어 흘러가면서 때가 되면 변하고, 그 변화에 우리는 맞추어 가면 된다. 단, 흐르는 세월에서도 의식을 잃지 않고 우리 자신을 찾으면서.

　성철은 더 이상 아버지에게 할아버지에 대한 메시지를 넣지 않았다. 가능하면 아버지를 자유롭게 놓아 드리고 싶었다. 아버지가 진정 원하시는 일이 이런 일일 거라고 생각했기 때문이었다.

8 - 31

계속해서 오르는 열이 도무지 내려갈 기미를 보이지 않았다.

병원을 두 번이나 가서 주사를 맞고 약을 지어 먹었지만 며칠째 미현의 병은 차도가 없었다. 아침저녁으로 정애가 와서 먹을 것을 해 놓지 않았다면 미현은 제대로 끼니를 때우지도 못할 정도였다.

사실 미현의 병은 육체적인 데 있는 것이 아니라 정신적인 면에서 오는 원인이 컸다. 어렵고 힘들게 결심한 일이 생각지도 않은 일로 수포가 되자 거기에서 받은 충격이 미현을 드러눕게 만든 것이다.

미현은 안방 온도를 높이고 침대 이불을 뒤집어썼다. 열이 올라 식은땀이 비 오듯이 줄줄 쏟아졌지만, 미현은 자기 몸이 얼음같이 차갑게 느껴졌다.

떠나려는 결심과 준비하는 과정에서 받은 스트레스, 태문의 갑작스러운 병으로 떠나지 못한 실망감, 태문의 병간호 때문에 피로가 겹쳐서 얻은 병이었다. 하지만 미현이 몸져누운 가장 중요한 이유는 다른 데 있었다. 태문이 미현에게 한 말 때문이었다.

"미현 씨, 아무래도 나는 미현 씨와 함께 떠나지 못할 것 같습니다. 잘못하면 미현 씨에게 폐만 끼칠 것 같아요."

미현이 태문을 오피스텔에 데려다주고 나오는데 태문이 미현에게 한 말이었다. 물론 미현도 태문의 심정을 이해 못 하는 바는 아니었다. 성치 않은 몸을 끌고 어디를 간다는 것은 미현이 생각하기에도 무리였다. 본인은 물론이고 동행하는 사람에게도 커다란 짐이 될 수 있었다.

미현은 머리가 복잡해지고 숨이 막혔다. 태문을 병간호하면서 앞으로 벌어질 일에 대해 온갖 추측을 다 하고 나름대로 정리했다고 생각했다. 막상 태문의 말을 듣고 나자 맥이 빠지고 걷잡을 수 없는 실망감이 미현을 괴롭혔다.

앞으로 어떻게 해야 좋을 것인가. 모든 것을 포기하고 여기에서 멈출 것인가. 아니면 다시 한 번 힘을 내 볼 것인가. 아무리 생각을 해도 결정을 내리기가 쉽지 않았다.

만약 모든 것을 포기한다면, 지금까지의 고생은 그만두고라도 자신이 그렇게 찾고 싶어 했던 순수한 자기를 찾지 못할 것이다. 진실한 자기를 살지 못하고 과거처럼 그저 그렇게 남은 인생을 보낼 것이다.

뾰족한 방법이 떠오르지 않았다. 그렇다고 여기에서 멈추기에는 남은 자기의 삶이 너무나도 소중했다. 얼마나 남은 삶인지는 모르지만 한 번 더 힘을 내보는 것은 어떨까. 아무리 힘들고 어렵다고 해도 처음 계획대로 이루어진다면 자기의 참모습을 찾고 자기가 꿈꿔온 삶을 살 수 있지 않을까? 어두운 방에서 미현의 고민이 깊어 갔다.

미현의 거실에 희미한 불이 켜지고, 미현이 돌아온 것을 안 카나리아들이 요란한 날개 짓을 했다. 하지만 활짝 열어 놓은 새장을 떠나지 못한 카나리아들의 노래 소리는 우울하고 힘이 없었다. 열어 놓은 바깥 창문 사이로 찬바람만 불어 왔다.

8 - 32

　미현의 도움을 받아 오피스텔로 왔다.
　미현이 가고 난 뒤에 태문은 지금 자기가 꿈을 꾸고 있다는 생각이 들었다. 지난 며칠 동안에 일어난 일들은 태문에게 아주 큰일들이었을 뿐만 아니라 자기 삶을 돌아보아도 이처럼 중요한 일들은 별로 없었기 때문이다.
　태문이 아무리 흐릿한 정신을 똑바로 하려고 노력을 해도 여전히 안개에 싸여 있었다. 나쁜 일은 혼자서 오는 것이 아니라 떼로 뭉쳐서 온다는 말이 사실이 되었다. 지난 몇 년간 태문에게 일어난 일들은 인간에게 있을 가장 나쁜 일들만 일어났다.
　아버지가 돌아가셨다는 메시지를 받았어도 태문은 성철에게 연락하지 않았다. 몸과 마음이 너무 지쳐있는 탓도 있지만, 삶과 죽음의 경계를 넘어가신 아버지에게 오히려 다행스런 일이라고 생각했다. 이별이 슬픈 일이기는 해도 자연의 순리를 따라가신 것이다.
　지금 태문은 마음이 아팠다. 그것은 자기가 미현과 함께 떠나지 못할 것 같다는 말을 했기 때문이었다. 물론 이것은 태문의 잘못이 아닐 수도 있었다. 함께 떠나고 싶은 마음이 태문에겐들 어찌 없겠는가. 문제는 태문의 몸이 온전치 못한 것이다.
　원인이야 어떻든 간에 두 사람의 계획이 틀어진 것은 태문의 책임임이 분명했다. 태문은 힘들게 결심한 약속을 지키지 못하고 병원에서 병간호까지 한 미현에게 실망스러운 말을 할 수밖에 없는 자신이 원망스러웠다. 식사할 생각도 하지 않고 좁은 침대에 누워 어두워지는 창을 바라보았다.

봄을 기다리는 태문에게 길고 긴 겨울밤은 깊어만 갔다.

8 - 33

잔설이 군데군데 남아있는 풍경이 아름다웠다.

헐벗은 들과 산모퉁이에 수줍은 듯이 미소 짓는 하얀 눈 더미들이 여기가 태양의 남국이 아니라 한국이라는 것을 말했다.

가을이 가고 겨울이 오는 길목에서 한국을 떠나, 겨울이 가고 봄이 오는 길목에 고향 땅을 밟는 영숙은 감회가 새로웠다. 지난 세월은 불과 몇 개월 되지 않았지만, 영숙의 몸과 마음은 맑고 깨끗한 물로 씻어낸 듯 투명하고 설렜다.

일 년 내내 따뜻한 바람이 살랑대고 푸른 야자수 잎이 유혹하는 남국의 햇살 아래에서 사랑하는 사람과 함께한 시간은 영숙의 일생에서 가장 행복한 시간이었다. 짧지 않은 인생길을 지나온 영숙은 이번 여행이 자기의 삶에 대한 의미와 가치를 바꾸는 계기가 된 여행이었다고 생각했다.

영숙은 한국으로 돌아오기는 했어도 조만간 다시 남태평양 팔라우 제도로 떠날 예정이었다. 언제 한국에 올 것인지는 결정하지 못했다. 어쩌면 이번이 한국에 머무는 마지막 시간이 될 수도 있었다. 주철도 마찬가지였다. 그도 운영하는 회사를 정리하고 영숙과 함께 떠날 계획이었다.

영숙은 남편에게 헤어지겠다는 의사표시를 했고 남편도 영숙의 뜻대로 해 주겠다는 연락이 이미 와 있었다. 주철도 마찬가지였다. 변호사에게 의뢰한 회사 정리 문제가 원만하게 추진되어서 이제 주철의 결제만 남아 있었다.

주철과 영숙을 태운 검은색 승용차가 경부 고속도로에 들어섰다.
영숙은 핸드백에서 전화기를 꺼내 미현에게 전화를 걸었다. 며칠에 한 번씩 통화하는 사이라서 영숙이 오늘 귀국한다는 것을 미현은 알고 있었다. 그래도 영숙은 한국 땅을 밟으면서 가장 친한 미현의 목소리가 먼저 듣고 싶었다.

신호가 몇 번 울렸는데도 미현은 전화를 받지 않았다. 영숙은 다시 전화할까 망설이다가 그만두었다. 미현에게 무슨 사정이 있는 것이 분명했다.

대전이 점점 가까워지자 남편을 만날 일이 걱정되기 시작했다. 사랑하는 마음도 없이 남남보다 못한 마른 감정으로 수만을 만난다는 것이 부담스러웠다. 물론 자기가 요청한 이혼을 받아 준다고 했으니 별로 걱정할 일은 없을 것 같은 생각도 들었다. 그래도 마음에 이는 불안감을 떨치기가 어려웠다.

한때는 하루를 못 보면 죽을 것처럼 사랑한 사이였다. 비록 사랑했던 그 시절로 다시 돌아가지는 못한다고 해도 아무렇지도 않은 표정으로 수만과 마주 앉아 대화할 자신이 없었다. 영숙은 수만을 보면 무슨 말부터 해야 좋을지 몰라 창밖을 보며 생각에 잠겼다.

유성 요금소를 빠져나오자 날은 이미 어두워지기 시작했다. 거리의 가로등이 하나둘씩 켜지고 아파트의 창문에서는 희미한 불빛이 새어 나왔다. 복잡한 도로를 빠져나와 영숙이 살던 아파트에 도착했다. 차가 도착하자 영숙은 작은 가방 하나를 들고 차에서 내렸다. 언제 깨어났는지 주철이 영숙을 보며 가볍게 고개를 끄덕였다.

"일이 끝나는 대로 와. 기다리고 있을게."

영숙도 주철을 보며 살짝 웃음을 지어 보였다.

주철을 태운 승용차가 희미한 불빛 속으로 떠나자 영숙은 어둠에 묻힌 아파트 길로 들어섰다. 떠나가 있던 시간이 제법 되었어도 눈에 익은 길이 영숙을 친절하게 맞았다. 영숙은 아파트 단지 나무들에게 일일이 눈인사를 하며 천천히 자기 아파트로 걸어갔다. 쌀쌀한 겨울바람이 영숙의 갈색 얼굴을 스치고 지나갔다.

영숙은 자기 아파트가 가까워질수록 가슴이 두근거리기 시작했다. 숨을 쉬기 어려울 정도로 가슴이 요동을 쳤다. 아파트 입구에서 숨을 크게 여러 번 들여 마시고 안정이 조금 되자 엘리베이터를 탔다.

8-34

아내가 도착할 시간이 가까워졌다.

시간이 가까워질수록 수만의 몸이 점점 굳어졌다. 영숙의 연락을 받고 영숙이 언제 올 것인지 알고 있는 수만은 오전에 미장원에 가서 머리를 자르고 염색을 했다. 집에 와서 샤워를 한 다음 계절에 어울리는 깨끗한 옷으로 갈아입고 소파에 앉아 영숙이 오기를 기다렸다.

수만은 커튼을 달아 어둠을 밝히는 창밖의 불빛이 거실로 들어오지 못하게 하고 보조 등만 켜 놓았다. 오랫동안 끼니를 거르고 술을 많이 마셔서 꺼칠하고 창백한 자기의 모습을 영숙에게 보이고 싶지 않았기 때문이다.

창백한 얼굴을 한 수만이 침침한 불빛 아래에서 고목처럼 앉아 있는 모습은 괴기스럽기까지 했다. 그나마 다행스러운 것은 무덤 속 같은 거실을 채우고 있는 썩은 냄새를 수만에게서 풍기는 술 냄새가 대신하고 있다는 점이었다.

수만은 영숙이 오면 무슨 말을 꺼내야 할지 몰랐다. 하고 싶은 말이 많았는데 막상 마주할 시간이 되자 무슨 말을 해야 할지 갈피가 서지 않았다. 시간이 다가올수록 수만의 가슴이 쇠망치로 얻어맞은 듯이 심하게 요동을 치고 머릿속이 하얗게 변했다. 수만은 평상심을 유지하려고 심호흡을 하며 자세를 바르게 고쳐 앉았다.

8 - 35

다행스럽게도 현관문 비밀번호가 바뀌지 않았다.

영숙은 어렵지 않게 문을 열고 안으로 들어 왔다. 오랫동안 갇혀 있던 탁한 공기가 독한 알코올에 섞여 영숙을 자극했다. 영숙은 비린 냄새와 죽음 같은 어둠 속에 장승처럼 앉아 있는 수만을 보자 자기도 모르게 전율을 쳤다. 놀란 영숙은 출입구에 서서 현관으로 들어가지 못하고 멈칫거렸다. 얼굴이 두려움으로 가득했다.

영숙이 현관문을 열고 들어오는 소리를 들은 수만은 허리를 쭉 펴고 어깨를 뒤로 젖혔다. 희미한 어둠 사이로 영숙의 모습이 어렴풋이 보였다. 그림자처럼 보이기는 했어도 몇 개월 만에 보는 아내였다. 영숙을 만나고 나서 이렇게 오랫동안 떨어져 있었던 적이 없었다. 그리움과 분노가 수만의 얼굴에 교차했다. 갑자기 휑한 수만의 눈에서 칼날 같은 광채가 쏟아져 나와 그림자 같은 영숙을 한동안 노려보았다.

"오랜만이지?"

현관으로 올라선 영숙이 가까스로 마음을 추스르며 수만에게 물었다. 어색한 자세로 수만의 옆자리에 앉았다. 수만은 말이 없었다. 어둠과 냄새와 경직된 감정이 뒤엉켜서 거실은 더 차가워졌다.

"우리가 왜 이렇게 되었지?"

수만은 옆에 앉은 영숙을 보지 않고 앞을 보며 물었다. 언젠가 수만이 영숙에게 한 번 물은 적이 있는 말이었다. 물어보는 수만의 목소리가 빠르지도 늦지도 않았다. 오히려 평소보다 더 차분한 목소리였지만 그 차분함에는 무엇인지 모를 강한 의지가 숨어 있었다.

영숙은 대답하지 않았다. 지금 와서 하는 말들이 무슨 의미가 있을까. 이미 결론이 난 일들을 가지고 왈가불가하는 일이 과연 필요한 것일까? 자칫하면 서로 상처를 주는 말들이 오고 갈 뿐 두 사람의 문제 해결에 아무런 도움이 되지 않을 것이다.

지금은 과거를 뒤로 하고 앞으로 나갈 시간이었다. 과거와 미래를 가르는 중요한 시점에서 필요하지 않은 이야기들을 영숙은 하고 싶지 않았다. 영숙은 거듭되는 수만의 질문에도 대답하지 않았다. 견디기 어려운 긴장감이 거실을 차지했다. 수만이 또 물었다.

"우리가 왜 이렇게 되었다고 생각해?"

이번에는 수만의 목소리가 조금 높아졌다. 목소리가 높아지자 수만에게서 술 냄새가 물씬 풍겼다. 영숙은 가만히 수만을 돌아보았다. 여전히 앞을 향하고 있었지만 수만에게서 나오는 강렬한 에너지가 영숙을 압박했다. 영숙이 나직하게 한숨을 쉬었다.

"……."

영숙은 수만의 말에 대꾸를 하지 않았다. 수만이 다시 물었다. 목소리가 크고 높아졌다.

"왜 이렇게 되었냐고."

한참을 생각하던 영숙이 입을 열었다.

"우리 사랑은 죽었어. 그러니까 이렇게 되었지. 지난번에도 얘기했었고."

영숙의 말에 힘이 없었다.

"우리 사랑이 죽었다고?"

수만이 동의하지 못한다는 말투로 반문하며 고개를 갸우뚱거렸다. 영숙이 잠깐 망설이다가,

"우리는 착각하고 살아왔어. 익숙한 것을 사랑으로 알고 살아온 거지. 그건 사랑이 아니잖아. 길든 거지."

"꼭 당신이 말하는 그런 사랑이 있어야 부부가 함께 살 수 있는 건가? 그렇지 않은 부부도 세상에 많은데."

영숙을 보는 수만의 얼굴에 표현하기 어려운 복잡한 감정이 나타났다.

"나는 지금까지 당신을 사랑하지 않은 적이 없어. 단 한 시간도 말이야. 언제나 당신을 가슴에 품고 살아온 걸 당신도 알잖아."

수만은 북받치는 감정을 다스리려고 애쓰며 말을 이었다.

"당신이 이상한 행동을 보일 때도 '그러다가 돌아오겠지.'하는 심정으로 넘어간 거야. 힘들었지만 당신을 사랑하니까."

"……."

"당신은 돌아오지 않았어. 오히려 반대 길로 갔지. 지금도 마찬가지야."

시간이 지나고 대화가 몇 마디 오고 가자, 영숙의 마음도 편안해졌다.

"나도 마음이 아파. 내 잘못도 커. 하지만 이제 돌이킬 수 없어. 수만 씨."

영숙이 수만의 이름을 부르며 수만 쪽을 보았다. 두 사람의 눈동자가 어둠 속에서 마주쳤다.

"수만 씨. 젊은 시절 우리 사랑은 이제 여기에 없어. 나는 사랑이 죽은 곳에 더 이상 머무르고 싶지 않아. 내가 살아 있다는 것을 느끼게 하는 그런 사랑이 있는 곳에서 살고 싶어.

수만 씨도 알잖아. 젊음이 끝난 곳에 젊은 시절의 사랑이 남아있겠어? 젊은 시절의 사랑은 나이가 들면서 사라진 거야. 하지만 나는 사랑이 필요해. 사랑이 있는 곳에서 살 거야. 미안해. 수만 씨."

말을 하는 영숙의 표정이 굳어졌다.

"젊은 시절의 우리 사랑은 아무런 의미가 없다는 거야?"

"왜 없겠어. 그때의 사랑도 나름대로 의미가 있지. 그런데 지금 우리는 젊지 않아. 문제는 우리는 젊은 시절의 사랑만 믿고 사랑을 가꾸지 않았던 거야. 그 사랑이 저절로 영원히 갈 거라고 여겼어. 세월이 흐르면 사랑도 변한다는 것을 모르고."

"……."

"영원하게 보이는 사랑도 그 사랑에게 더 많은 영양분을 주어야 했는데 우리는 그 사실 조차도 몰랐어. 젊음이 피워놓은 꽃에서 단물만 마셨던 거야. 그래서 꽃은 시들어 버렸고."

"당신 말이 옳다고 해. 그렇다고 해도 지금부터 다시 시작하면 되는 거잖아. 왜 노력도 해 보지 않고…."

수만의 음성이 거칠어지기 시작했다. 영숙은 가능하면 수만과 마찰을 피하고 싶었다.

"수만 씨. 아무리 좋은 일이라고 해도 변화가 없으면 결국에는 썩어 없어지잖아. 겉으로는 좋아 보여도 속은 그렇지 않으니까."

"아무리 그렇다고 해도 우리를 위해서 다시 시작할 수도 있잖아. 왜 자꾸 부정적인 말만 하는 거야!"

수만의 목소리가 더 높아졌다. 감정이 격화되고 목소리가 떨렸다. 영숙은 수만이 진정되기를 기다렸다가,

"수만 씨, 정말 미안하게 생각해. 나도 잘못이 커. 하지만 꽃이 떨어진 자리에 다시 꽃은 피지 않아. 그 자리에는 씨앗이 맺힐 뿐이야. 그 씨앗이 또 다른 꽃을 피우겠지. 수만 씨."

영숙은 나직하게 수만을 불렀다. 그 목소리에는 미안함과 아쉬움이 묻어 있었다.

"수만 씨. 아무리 생각해도 우리 사랑은 여기에서 멈출 수밖에 없

어. 미안하고 정말 안타까워, 나도."

"안 돼! 여기서 끝낼 수 없어!"

영숙의 말이 끝나기 무섭게 수만이 자리에서 벌떡 일어서며 고함을 질렀다. 더 이상 참을 수 없다는 분노의 표시였다. 창백하고 꺼칠한 수만의 눈에서 불꽃이 튕겼다. 그는 주체할 수 없는 감정을 억지로 참으며 영숙을 노려봤다.

"당신이 뭐라고 해도 나는 헤어질 생각이 전혀 없어. 내가 사랑하는 여자는 당신 하나로 족해. 다른 이유는 없어. 당신은 무조건 내 옆에 있어야 해!"

영숙은 수만의 갑작스러운 태도 변화에 놀랐다. 마음을 차분하게 다잡았다.

"수만 씨, 다시 말하지만 나는 돌아가고 싶은 생각이 없어. 죽은 사랑이 아니라 살아 있는 사랑을 하고 싶어. 부탁이야. 당신이 나를 사랑한다면 여기에서 나를 놔줘. 남은 삶을 살아있는 사랑을 하면서 살게. 부탁이야. 수만 씨. 약속도 했잖아."

영숙의 얼굴이 붉어졌다. 목소리가 떨렸다.

"나도 한 번만 더 말할 거야."

수만이, 영숙을 뚫어져라 바라보며 고함을 지르듯이 말했다.

"당신을 보내지 않을 거야. 마지막 내 사랑은 당신이니까!"

수만은 말을 마치고 영숙을 보더니, 고개를 돌렸다. 소파에 다시 앉아 허리를 앞으로 구부리고 거실 바닥을 보았다. 마치 잃어버린 물건을 찾는 사람 같았다.

무거운 침묵이 흘렀다. 탁한 공기마저 두 사람의 분위기를 알았는지 제 역할을 하지 않았다. 침침한 불빛이 쓸쓸한 눈으로 두 사람을 내려다보았다.

8 - 36

두 사람의 사랑이 종착역에 도착한 것은 예견된 일이었다.

부족한 것 없이 시작한 사랑이라고 해도 세월이 흘러 주변 여건이 변하면 사랑도 변한다는 것을 두 사람은 몰랐다.

온실에서 보호받고 핀 꽃은 온실 밖으로 나오면 온실 안에 있을 때보다 더 많은 보호가 필요하다. 그렇지 않으면 그 꽃은 시들어 버린다.

두 사람의 사랑도 마찬가지였다. 그들은 화려하고 빛나는 젊은 시절의 사랑이 영원할 거라고 믿었다. 인간의 사랑은 사랑하는 사람의 변화와 주변의 여건에 민감하게 반응하는데도 말이다. 이 사실을 두 사람은 생각하지 못했다.

젊은 날의 사랑은 젊음을 먹고 산다. 젊음을 먹고 사는 사랑은 젊음이 사그라지면 자연히 사랑도 사그라지기 마련이다. 영숙과 수만은 젊음의 사랑에 취해 이 사실을 잊었다. 두 사람의 사랑이 계속되기 위해서는 변해가는 두 사람 나이와 환경에 적당한 사랑의 영양분을 그 사랑에게 공급해서 언제나 사랑이 살아 있게 만들었어야 했다.

두 사람은 젊음이, 또 젊은 시절의 사랑이 가꾸지 않아도 영원히 계속되리라 믿었다. 하지만 영양분이 떨어진 그 사랑은 점점 권태와 나태로 바뀌었고, 시간이 지날수록 돌이키지 못할 수렁으로 빠져들었다. 자연히 두 사람의 사랑은 오래전에 옛이야기가 되어 버렸다.

영숙은 수만의 흥분이 가라앉기를 기다렸다. 시간이 많이 지났는지 피로가 몰려왔다. 영숙은 수만과 대화를 여기에서 멈추어야겠다고 생각했다. 더 이상의 대화는 의미가 없는 일이었다.

영숙은 가지고 온 가방을 들고 자리에서 일어나 안방으로 들어갔다. 자기 물건 몇 개를 가지고 갈 생각이었다.

영숙이 일어나 방으로 들어가는 것을 보고도 수만은 말리지 않았다. 그러나 수만의 가슴에는 보이지 않는 분노가 치밀어 올랐다. 수만은 자리에 앉아 꼼짝도 하지 않고 안방을 뚫어지게 보며 치미는 분노에 자신을 억제하지 못하고 몸을 떨었다. 창백하던 수만의 얼굴색이 붉은빛으로 변하더니 숨소리가 거칠어 졌다.

안방으로 들어간 영숙은 불을 켰다. 킹사이즈의 침대가 자기가 집을 떠나는 날 그대로 자리를 지키고 있었다. 하지만 그 침대에 머무르던 사랑은 보이지 않고 차가운 한기만 가득했다.

영숙은 자기 보금자리가 폐허로 변한 것을 보고 눈시울이 붉어졌다. 자기가 원해서 하는 일이기는 하지만 뒤에 남아 울고 있는 아름다웠던 옛일들이 이제는 쓸쓸하고 허무해 보여 마음이 아팠다.

영숙은 자기의 이런 행동에 한때는 회의감도 컸다. 자신이 원하는 삶을 위하여 자기를 사랑하는 사람들의 마음에 상처를 준다고 생각했다. 그렇지만 이런 회의에도 불구하고 영숙은 자기의 마음을 바꿀 생각이 없었다. 그 변화의 대가가 아무리 크다고 해도 죽은 사랑에서 벗어나 살아 있는 사랑을 하려는 영숙의 마음을 꺾을 수는 없었다.

드레스 룸에 들어가 필요한 물건들을 몇 개 챙겨 가방에 넣고 거실로 나왔다. 밝은 조명에 있다가 어두운 곳으로 나오자 순간적으로 앞이 보이지 않았다. 영숙은 거실이 시야에 들어오기를 기다렸다가 소파를 보았다. 수만은 같은 자세로 앉아 방에서 나오는 영숙을 보고 있었다. 그늘진 수만의 얼굴이 일그러졌다.

영숙은 수만에게 가볍게 목례를 하고,

"서류는 황 변호사 편으로 다시 보낼게."

말을 남기고 현관 쪽으로 걸어갔다. 멀어지는 영숙의 발걸음 소리가 유난히 크게 들렸다. 현관에서 신발을 신는 소리가 들리자 수만이 자리에서 벌떡 일어났다. 벼락같이 현관으로 뛰어갔다.

"기다려. 가면 안 돼!"

아파트가 무너지게 큰소리를 지르며 달려간 수만이 막 현관문을 여는 영숙의 팔을 잡았다. 갑작스러운 수만의 행동에 놀란 영숙이 수만의 손을 뿌리쳤다. 수만이 다른 손으로 영숙의 어깨를 잡았다. 영숙이 수만의 손에서 벗어나려고 있는 힘을 다해 자기의 몸을 뒤로 젖혔다.

그 순간 영숙을 붙들고 있던 수만의 손이 풀리면서 영숙이 뒤로 넘어졌다. 동시에 영숙의 뒷머리가 현관문 손잡이에 부딪혔다. '퍽' 소리가 들리면서 영숙의 몸이 줄 끊어진 연처럼 현관 바닥으로 쓰러졌다.

순식간에 일어난 일이었다. 혼비백산 놀란 수만이 영숙을 끌어안았다. 수만의 품에 안긴 영숙의 몸에서 힘이 빠지며 머리가 뒤로 뚝 떨어졌다. 영숙이 마지막 힘을 다해 두 팔을 반쯤 치켜 올렸다. 그리고 허공을 움켜잡으려고 버둥거렸다. 마치 이루지 못한 자기의 꿈을 잡으려는 듯이 보였다.

영숙의 머리에서 붉은 피가 쉬지 않고 쏟아졌다. 영숙의 피는 자기와 수만의 몸을 적시고 현관 바닥을 붉게 물들였다. 젊은 날의 사랑 같은 붉은 피는 두 사람을 적시고 그들의 보금자리를 적셨다. 절규하는 수만의 외마디 비명이 아파트를 울렸다.

8 - 37

겨울이 가고 봄이 오는 소리가 여기저기에서 들렸다.
정애 집으로 가는 관평초등학교와 아파트 사이의 골목길에도 봄이 왔다. 여린 햇볕이 드는 자리마다 보일락 말락 한 새싹들이 얼굴을 살며시 내밀며 세상 구경을 하고 있었다. 새싹들의 마음을 아는 따듯한 바람이 이들을 어루만지고 골목길을 지나갔다.
요즘 미현의 기분이 좋지 않았다. 미현의 얼굴에서 웃음이 지워진 지가 오래되었다. 떠나려는 계획이 무산된 데서 오는 실망 때문에 다른 일들이 손에 잡히지 않았다. 온종일 우울한 기분이 미현을 사로잡았고, 그런 기분이 미현의 하루 생활을 좌우했다. 미현의 하루하루는 궂은날처럼 찜찜하고 질퍽거리는 거리를 걸어가는 기분이었다.
미현이 요즘 하는 일이라고는 정애 집에서 손녀들을 돌보고 손녀들이 집에 없으면 침대에 누워 있는 것이 전부였다. 미현의 기분을 눈치챈 정애가 엄마의 기분을 바꿔 주려고 이런 일 저런 일들을 해보았지만, 미현의 우울한 기분은 나아지지 않았다. 그래도 정애는 포기하지 않고 미현을 위해 정성을 다했다.
정애가 자기 때문에 걱정하는 것을 아는 미현은 내키지 않은 일도 즐거운 척하기는 했다. 그것도 그때뿐이었다.

영숙이 귀국한다는 전화를 받고 미현은 기분이 좋아졌다.
미현이 가슴에 담고 있는 속마음을 터놓고 이야기할 수 있는 사람이 영숙이었다. 영숙이 돌아온다는 전화만으로도 미현은 앞뒤가 꽉 막혀 탈출구가 안 보이던 자기 삶에 숨이 트이는 느낌이었다.
그런데 막상 영숙이 도착하는 시간이 되자 왠지 모를 불안감이 미현을 괴롭혔다. 이런 불안감은 미현이 경험한 적이 거의 없는 불안감이었다. 친정 부모님이 돌아가시기 며칠 전부터 계속된 뒤숭숭한 꿈자리 같기도 했고, 남편과 아들이 자동차 사고로 사망하기 전에 미현이 마주한 한밤의 공포 같기도 했다.
전화벨이 울리자 가슴이 진정되지 않은 미현은 전화 받기가 두려웠다. 미현은 마음이 안정된 후에 영숙의 전화를 받으려고 했다. 영숙은 더 이상 전화를 하지 않았다.
영숙이 대전에 도착하고도 남을 시간이 지나자 미현은 초조해지기 시작했다. 불안감이 더 커졌다. 더 참지 못한 미현이 영숙에게 전화를 걸었다. 신호는 계속 가는데 이번에는 영숙이 전화를 받지 않았다. 미현은 몇 번을 더 전화를 걸다가 전화 걸기를 멈추었다.
미현은 천둥 번개가 치는 밤거리를 걷다가 방향을 잃어버린 것 같았다. 이유를 알 수 없는 불안감만 더 커졌다. 영숙에게 무슨 일이 일어난 것은 분명한데 지금 자기가 할 수 있는 일이 없다는 사실이 스스로를 괴롭게 만들었다.
뜬눈으로 밤을 보낸 미현은 평소보다 늦은 시간에 정애 집으로 향했다. 골목길 중간쯤 왔을 때 정애에게서 전화가 왔다. 이 시간에 정애가 전화하는 일은 없었다. 아마도 무슨 큰일이 벌어진 것이 틀림없었다.

미현의 불안한 예감이 적중이라도 한 듯 전화기 속에서 정애의 목소리가 공포에 질려 있었다.

"엄마, 큰일 났어. 영숙 이모가…. 영숙…. 이모가…."

말을 이어가지 못하도록 떨리는 정애 전화를 받은 미현의 가슴이 철렁하고 내려앉았다. 머릿속이 하얘지며 현기증이 일었다. 미현은 쓰러질 듯 놀이터 의자에 걸터앉았다.

"영숙 이모 어제 왔지?"

"……."

미현의 상태를 모르는 정애가 미현이 대꾸할 틈도 주지 않았다.

"뉴스에 나와서 병원에 있는 친구에게 확인했더니 죽은 사람의 이름이 영숙 이모야."

"……."

평소에 친 이모처럼 영숙을 따르는 정애의 목소리가 나중에는 울음으로 변했다. 미현은 아무런 소리도 하지 않고 전화기를 놓았다.

겨울을 보내려고 재촉하는 따뜻한 햇볕이 놀이터 응달진 곳을 비추고, 부드러운 바람이 햇살을 친구삼아 따라와 미현을 위로했다. 미현은 가만히 고개를 들어서 하늘을 보았다. 늦은 겨울답지 않게 맑은 하늘이 묵묵히 미현을 내려다보았다. 미현의 잔 주름진 눈가에 뜨거운 눈물이 흘렀어도 미현은 닦지 않았다. 미현을 찾는 전화가 계속 울어대도 전화를 받지 않았다. 오가는 사람들이 이상한 눈으로 미현을 보며 지나갔다.

하루를 재촉하는 해걸음이 미현의 등을 넘어 서쪽으로 갔다. 미현은 그 자리에 그대로 있었다. 어둠이 찾아오고 가로등이 놀이터를 밝히기 시작했다. 어슴푸레한 그늘이 미현을 감싸 안았다.

8 - 38

봄을 재촉하는 늦은 겨울비가 음산하게 내리는 날.

장례식장의 조문객들은 말이 없었다. 으스스한 바람이 겨울비를 이리저리 몰고 다니고, 바람에 날리는 빗방울이 슬픔에 잠긴 장례식장을 더 아프게 만들었다가 어디론가 떠나갔다.

자유롭게 사랑하며 살기를 바란 한 인간이 재가 되어 세상을 떠났다. 부족한 것 없이 태어났고, 부족한 것 없이 인생을 사는 것처럼 보였다. 하지만 그녀에게도 많은 고통과 시련이 있었다. 그녀도 인간으로 태어났다는 이유 하나 때문에 짊어질 수밖에 없었던 무거운 짐에 짓눌리고, 인간 스스로 만들어낸 수많은 굴레에 허덕이며 한평생을 견뎌야 했던 가엾은 인간 중 하나였을 뿐이었다.

피하지 못할 짐을 지고 고통스럽고 어두운 삶에서 희망의 등불을 찾으려고 노력한 인간이, 꿈을 이루지 못한 채 떠나는 날 내리는 늦은 겨울비는 그래서 더 쓸쓸하고 외로웠다.

하얀 유골함에 담겨 화장실을 나오는 영숙의 얼굴이 말할 수 없이 슬퍼 보였다. 꿈을 이루지 못한 아쉬움과 마지막 사랑을 놓고 홀로 가야 하는 고통이 영숙의 얼굴에 깊이 새겨 있었다.

　미현은 계속 흐르는 눈물을 닦지 않았다. 영구차에 타고서도 그녀의 눈물은 멈추지 않았다. 미현을 부축하며 앉아 있는 정애도 울음을 주체하지 못했다. 미현은 마음속 깊이, 오직,

　'영숙아. 좋은 곳에 가서 마음껏 자유롭고, 마음껏 사랑하며 살아라.'

　수도 없이 이 말을 되놓았을 뿐이었다.

8 - 39

　어둑한 두 평짜리 취조실의 수만은 초췌한 모습이었다.

　마주하고 있는 오십 대 형사의 얼굴도 피곤해 보였다. 형사는 목이 타는지 냉수를 연거푸 두 잔 마시더니 수만을 째려보았다.

　"수만 씨, 이제, 그만합시다. 다 털어놔요. 뻔한 이야기 가지고 시간 끌어봤자 피곤하기만 하지 뭐 다를 것 있습니까? 아니면, 자아, 다시 해 봅시다."

　형사의 말이 잠시 멈췄다. 정신이 나간 사람처럼 멍한 눈동자로 무표정하게 앉아 있는 수만을 보고 절로 한숨이 나오는 듯했다. 형사가 때로 절을 대로 전 심문 탁자를 두 손으로 내려쳤다. 탁- 하는 소리가 취조실에 울렸다. 그럼에도 수만은 꼼짝도 하지 않고 멍한 자세 그대로였다. 취조실의 어둡고 차가운 그림자가 자라 등 같은 수만의 어깨위로 쏟아졌다. 짜증스러운 형사의 눈이 수만을 금방이라도 잡아먹을 듯했다.

"수만 씨. 당신은 아내가 가출했다가 돌아오니까 화가 나서 아내를 죽인 것 아닙니까. 더구나 밤새도록 술을 마셔서 흥분해 있었고. 나가지 못하게 가볍게 잡은 것이 그렇게 머리를 심하게 다치게 해서 현장에서 즉사하게 할 수 있단 말입니까? 자아, 봐요. 이것은 당신 방에 있던 칼입니다. 맞지요?"

형사는 옆 의자에서 커다란 과도를 집어 들었다. 그 칼은 수만이 침대 머리맡에 놓아두었던 칼이었다. 형사는 파란빛이 도는 칼을 들고 수만의 눈까지 들이댔다. 칼날에서 쏟아지는 날카로운 빛이 취조실을 섬뜩하게 했다. 수만의 옆에서 말없이 앉아 있던 늙수그레한 변호사가 형사를 제지했다.

"김 형사님. 지금 피의자를 겁박하는 것입니다. 당장 그 칼 치우세요."

변호사의 말을 들었는지 형사는 들고 있던 칼을 다시 옆 의자에 놓았다.

"자아. 이 칼은 분명히 당신 것입니다. 왜 칼을 침대 옆에 놓아두고 있었습니까? 살해 의도가 있는 것 아닙니까? 당신은 분명히 아내를 살해할 의도가 있었습니다. 내 말이 틀립니까?"

형사의 집요한 질문에 조는 듯이 멍하게 있던 수만의 눈이 갑자기 험하게 변했다. 지금까지 와는 완전히 다른 모습이었다. 수만이 자리에서 벌떡 일어났다.

"내가 왜 아내를 죽여. 왜 죽여! 아니야!"

수만의 대답은 짧고 간단했다. 자리에서 벌떡 일어나 고함을 지르며 격한 상태로 한동안 서 있었다. 수만이 다시 멍한 상태로 돌아갔다.

자기 때문에 아내가 죽었다는 생각이 수만을 미치게 만들었다. 견디기 어려운 참혹한 심정이 수만을 괴롭혔다. 그날 이후로 수만은 한숨도 잠을 못 이룬 것은 물론이고 밥도 먹지 않았다. 수만의 마음과 몸은 무너질 대로 무너져 더 이상 지탱하지 못할 지경이었다.

더 참을 수 없는 것은 형사가 자기를 아내 살인자로 몰아붙이는 일이었다. 다른 것은 몰라도 이것만은 수만이 절대로 인정할 수 없었다. 수만이, 살인자가 되고 아니고의 문제가 아니었다. 살인이라는 이름 때문에 영숙을 사랑하는 자기 마음이 가려질까 두려울 뿐이었다.

"수만 씨. 당신의 의도는 분명합니다. 증거물도 있습니다. 내 말이…."

형사의 말이 끝나기도 전에 수만이 자리에서 다시 벌떡 일어섰다.

"내가 아내를 붙잡은 것은 아내를 사랑했기 때문이야. 평생 아내 한 여자만을 사랑했어. 아내는 첫사랑이자 마지막 사랑이야. 내가 왜 아내를 죽여. 왜 죽이냐고!"

수만은 자리에서 일어선 채로 분노의 고함을 질렀다. 정신적으로, 육체적으로 한계에 이른 사람이라고 보기 어려웠다. 그래도 화가 풀리지 않았는지 수만은 독기가 가득 오른 눈으로 형사를 노려보았다.

오십 대 형사는 수만의 태도에 고개를 살래살래 흔들더니 취조실을 나갔다. 살벌하던 취조실이 적막에 빠졌다. 수만도 모든 것을 상실한 사람처럼 멍한 상태로 다시 돌아갔다.

수만은 퀴퀴하고 희미한 조명 아래에서 마른 나뭇잎처럼 앉아 영숙을 떠 올렸다. 언제나 사랑했던 여자가 슬픈 미소를 지으며 수만에게서 멀어져 갔다.

"잘 가요. 내 사랑. 언제나 사랑할 거요."

얼굴이 일그러진 수만이 떠나는 영숙을 잡으려는 듯 오른손을 앞으로 내밀었다. 부들부들 떨리는 손가락 사이로 취조실의 탁한 공기만 스치고 지나갔다.

8 - 40

대전 KBS한국방송에서 긴급 뉴스를 발표했다.

벤처기업 'ENG 엔지니어링' 대표 장주철 박사가 대청호수에 투신했다는 내용이었다. 화면에는 대청댐에 빠진 승용차를 끌어내는 장면과 고인의 유서 일부가 공개되었다. 유서에는 사랑하는 사람과 함께하기 위해서 먼저 간다는 것과 아는 사람들에게 미안하다는 내용, 모든 재산을 사회에 환원한다는 내용이 들어 있었다.

8 - 41

영숙이 미현 곁을 떠난 지도 한 달이 지났다.

추웠던 날씨도 많이 풀려서 이제 완연한 봄이 되었다. 바람결이 따뜻해지고 여기저기에서 꽃 소식이 들려왔다. 사람들의 옷차림도 한결 가벼워지고 얼굴에는 힘든 겨울을 잘 넘겼다는 만족감이 가득했다.

정애 집에서 오전 일을 마친 미현은 집으로 돌아와서 아침 겸 점심을 간단하게 차려 먹었다. 나른하게 피로가 몰려왔다. 미현은 욕실에 들어가 따뜻한 물로 샤워를 마치고 소파에 올라가 양반다리로 앉았다.

눈을 감고 심호흡을 천천히 계속하자 미현의 마음이 맑아지기 시작했다. 지난 몇 개월 동안 일어난 일들을 생각했다. 태문을 만난 일, 태문의 영향으로 마음에만 간직하고 있었던 일을 실행하기로 결심한 일, 떠나기 위해 준비하던 일, 떠나기 직전에 멈출 수밖에 없었던 일, 태문의 병구완, 영숙의 죽음, 주철의 죽음까지 꼬리에 꼬리를 물었다.

모든 일이 인간의 숙명이라고 생각하지만, 가슴을 먹먹하게 만드는 아픔을 견디기 어려웠다. 하나하나가 가슴을 저미는 고통이요, 치유하지 못한 상처가 되어서 피와 살에 새겨졌다. 이런 아픔은 미현이 죽는 날까지 떠나지 않을 것이다. 아무리 지우고 버리려고 해도 그것들은 이미 미현의 일부가 되어있었다.

미현은 생각했다. 무슨 일이 있어도, 어떤 대가를 치르더라도 과거에서 벗어나야 한다. 그 길만이 미현이 자신을 위해서, 자기를 감동을 줄 수 있는 삶을 만드는 데 필요한 일이다. 설령 과거의 삶이 찰거머리처럼 달려 붙고, 유령처럼 찾아온다고 해도 과거를 지워야 한다. 그렇게 해야 '아무 것에도 물들지 않은 하얀 마음'에, '새로운 씨앗'을 심을 수 있다. 미현은 다시 한 번 자기의 결심을 확인했다.

양반다리를 하고 깊은 생각에 잠긴 미현의 얼굴이 유리창을 통해 들어오는 봄볕에 투명하게 반짝였다. 시간이 더 지나자 투명한 미현의 얼굴에 땀방울이 송골송골 맺히기 시작했다.

얼마나 지났을까. 미현은 자리에서 일어나 자기가 좋아하는 RML의 노래를 틀었다. 미현은 노래에 맞춰 입고 있던 옷을 하나씩 벗기 시작했다. 자기를 억압하고 구속하는 모든 것들에서 벗어나기를 원하는 듯이 정성을 다해 옷을 벗었다. 한 꺼풀 한 꺼풀 옷이 벗겨질수록 미현의 마음은 가볍고 명랑해졌다. 미현의 몸과 RML의 노래가 하나가 되고 시간이 흐를수록 몸놀림이 격렬해졌다.

따뜻하고 희망이 넘치는 봄날. 오후의 햇볕이 유리창을 통해 거실까지 들어 왔다. 거실이 훈훈해지며 미현의 몸이 붉게 물들었다. 붉어진 미현의 몸이 햇살에 반짝이고, 반짝이는 햇살이 거실과 미현을 감싸 안았다. 거실과 미현이 하나가 되어 세상이 돌아갔다.

음악이 멈추고 미현의 몸놀림도 멈췄다. 미현은 흐르는 땀을 닦지 않고 유리창 앞에 섰다. 탁 트인 시야 저 멀리에 계족산이 보이고 산성 위로 철새들이 어디론가 날아가고 있었다. 철새들이 날아가는 풍경이 유리창에 반사되는 자기의 몸과 오버랩 되었다. 미현은 옷을 걸치지 않은 자신과 날아가는 철새들이 유리창에서 어우러지는 모습을 한참 동안 바라보았다.

미현은 자신이 새로운 둥지를 찾아 날아가는 유리창 안의 철새와 같다고 생각했다. 철새는 자신이고, 자신은 철새였다. 철새에게 새로운 둥지가 필요하듯, 자기도 새로운 둥지가 필요했다. 철새가 새로운 둥지에서 새로운 삶을 시작하듯, 자기도 새로운 둥지에서 새로운 삶을 원했다. 몸과 마음에 아무것도 채우지 않은 순수한 상태에서 텅 빈 기억으로 새로운 둥지에 머무는 것이 자기를 온전히 사랑하는 '마지막 사랑'의 첫 발걸음이었다.

베란다로 나가서 대나무새장 문을 열고. 베란다 밖 창문마저 활짝 열었다. 열린 창문 사이로 어디선가 봄바람이 불어오고, 그 바람에 실린 햇살위에 꽃향기가 묻어 왔다.

시름시름하던 카나리아들이 어리둥절한 표정을 짓더니 새장 밖으로 나와 이리저리 미현을 바라보았다. 미현도 새들을 마주 보았다. 미현의 파랑새와 미현의 눈이 마주쳤다. 미현은 '안녕' 이라는 듯이 작은 미소를 입가에 띠었다.

8 - 42

며칠이나 외출을 하지 않은 태문은 비몽사몽 한 기분으로 점심을 먹었다.

점심을 끝내고 세수를 하려는데 초인종이 울렸다. 세수를 멈춘 태문이 문을 열었다. 우체국 배달원이 멋쩍은 표정을 지으며 문 앞에 서 있었다.

"아. 선생님. 집에 계시는군요. 강태문 님 맞지요? 등기 우편물입니다. 서명 좀 부탁드립니다."

태문은 아무 말도 하지 않고 우편물을 받아 서명을 했다. 우편 봉투 속에는 항공권과 고속버스표가 들어 있었다. 태문은 고이 접은 편지를 펼쳤다.

'선생님. 저는 떠납니다. 만나 뵙고 전해 드려야 하는데 혹시 어려워하실지 몰라 이렇게 결례를 했습니다. 항공권과 버스표를 동봉합니다. 기다리겠습니다. 미현 드림.'

미현의 편지를 읽은 태문은 창 너머 하늘을 한없이 보았다. 눈부신 햇살이 꿈결처럼 쏟아지는 창밖은 봄기운이 가득했다.

봄볕에 물든 세상에는 꽃이 피고, 벌 나비가 날았다. 봄바람에 아지랑이가 춤을 추는 창문 밖 설레는 그 세상으로 태문의 마음이 먼저 가 있었다.

9

에필로그

9-1

 그해 가을에 진희가 세상을 떠났다.
 오랜 병석에서 몸과 마음이 피폐해질 대로 피폐해진 진희였지만, 떠날 때가 가까워지자 놀랍게도 기운을 차리고 얼굴에 화색이 돌았다.
 마지막 날. 진희는 큰아들 성철, 며느리 민서, 손자 형대와 형서를 방으로 불렀다. 말없이 앉아 눈물만 흘리고 있는 아들과 며느리에게 수고했다는 말과 고맙다는 말을 하고, 손자들의 손을 잡으며 사랑한다고 말을 했다. 그리고 차분한 목소리로,
 "어젯밤에 너희 아버지가 다녀가셨다. 내 손을 잡고 미안하고 사랑한다고 하시더라. 나도 사랑하고 미안하다고 했다. 너희들도 서로 사랑하고 살아라."
 이 말을 남기고 진희는 영원히 깨어나지 못할 깊은 잠에 들었다. 진희의 얼굴에 보일 듯 말 듯 한 미소가 잔잔하게 피었다.
 성철은 어머니의 손에서 땀에 젖어 형체도 알 수 없는 아버지의 사

진을 빼내려고 했지만, 진희는 마지막까지 태문의 사진을 놓지 않았다. 성철은 어머니의 손에 아버지의 사진을 그대로 놓아둔 채로 어머니를 화장했다.

어머니가 떠나시는 날 유난히 하늘이 푸르고 햇살이 좋았다. 장례식에 참석한 조문객들은 평생을 가을 하늘처럼 살다 간 진희를 하늘이 돌보아 주시는 것이라고 이구동성으로 말했다.

어머니가 세상을 떠나고 얼마 지나지 않아 성철은 아버지가 남겨놓은 원고를 정리해서 '여행자'라는 시집을 발간했다. 시집 제목은 아버지가 겉장에 써 놓은 제목이었다.

성철은 아버지의 시집 '여행자'를 아버지의 지인들과 친척들, 자기가 아는 사람들에게 나누어 주었다.

9 - 2

대전시청 작은 강당에서 기념식이 열렸다.

정면에는 '장주철 박사 복지재단 설립'이라는 현수막이 의젓하게 걸려 있었다. 수십 명의 참석자들이 말 한마디 없이 조용하게 자리를 지켰다. 사회자인 듯한 젊은이가 나와서 마이크를 잡았다.

"……. 시장님 인사 말씀이 있으시겠습니다."

사회자의 말이 끝나자 적당한 키에 육십이 조금 넘어 보이는 남자가 만면에 웃음을 가득 띠며 나왔다. 그는 잠시 참석자들을 돌아보고는,

"……. 여러분, 오늘은 참으로 뜻깊은 날입니다. 고인이 되신 장주

철 박사님께서 우리 장애우들을 위하여 본인이 평생을 이룬 재물을 남겨 주셨습니다. 비록 본인은 일찍 가셨지만, 고인이 남겨놓으신 뜻은 오랫동안 우리들의 가슴에 남아 있을 것입니다. 우리는 고인의 뜻을 잘 받들어서 고인의 숭고한 마음이 훼손되는 일이 없도록 해야 하겠습니다."

시장의 장황한 말이 끝나고 이어서 고인을 대신하여 고인의 가족들에게 감사패가 전달되었다. 장주철 대신 감사패를 받은 장주철 아내 성정희는 세련된 얼굴에 그늘진 미소를 띠었다. 그녀는 시장과 참석자들에게 인사를 하고 나서,

"……. 저희 남편의 깊은 뜻이 모든 사람에게 희망의 불씨가 되기를 바랍니다."

간단한 인사말을 했다.

9-3

샤넬 케리가 죽은 지 3년이 못 되어서 새사랑교회에 많은 변화가 있었다.

담임목사 한기순 목사는 배임과 횡령으로 법정 구속되었다. 그의 아들 부목사 한성환이 담임목사가 되었다. 이에 반발한 부목사 김기섭과 배영만이 주축이 된 교인들이 한성환목사를 치정 간접살인과 부정 승진으로 고발했다. 그들은 본관 옆 건물에 '사랑의교회'라는 이름의 교회를 설립하고 별도로 예배를 보기 시작했다.

'새사랑교회'와 '사랑의교회'는 백 미터도 안 되는 각각의 건물에서 예수님을 모시고 예배를 드렸다. 하지만 그들의 정신적인 거리는 땅과 하늘만큼이나 멀리 떨어져 있었다. 하루도 빠지지 않고 서로 연락하며 살던 일반 신도들도 더 이상 연락을 하는 일이 없었다. 심지어 오다가다 얼굴이 마주치는 일이 있어도 그들은 서로서로를 애써 외면했다.

변하지 않은 한 가지 사실이 있었다. 일요일마다 '사랑의 찬송'과 '예수님 사랑'이라는 기도와 설교가 양쪽 교회에서 언제나처럼 흘러나왔다.

9-4

삼정물산이 화재로 전부 타 버린 3년 후.

삼정물산이 있던 유성구 봉명동에 이십 층의 현대식 건물이 들어섰다. 멀리서 보아도 아름답고 웅장한 '봉명타운'은 통유리에 싸여 위용을 자랑하며 유성의 랜드 마크가 되었다.

봉명타운 3층에는 나이가 육십이 넘어 보이는 남녀들이 넓은 사무실을 가득 메웠다. 저마다 품격 있는 옷으로 차려입은 이백여 명의 사람들은 누구 하나 입을 열지 않고 정중한 자세로 식이 시작되기를 기다렸다.

오십 대 말쯤으로 보이는 통통한 여자가 잰걸음으로 나와 마른기침을 두어 번 하고 나더니,

"오래 기다리셨습니다. 지금부터 '삼정장학재단' 개소식을 시작하겠습니다. 사회를 맡은 유하영입니다. 먼저 '삼정장학재단' 초대 대표이신 '여성원' 대표님의 인사말이 있겠습니다."

사회자의 말이 끝나자 육십 중반으로 보이는 점잖은 남자가 단상에 섰다. 3년 전 삼정물산의 총무를 보던 여성원이었다. 그는 정중하게 허리를 굽혀 인사를 하고,

"여러분들도 잘 아시는 바와 같이 3년 전 '삼정물산'은 퇴직 교장들의 친목 단체였습니다. 그러나 오늘 '삼정물산'은 돌아가신 신경섭 선배님의 뜻에 따라서 '삼정장학재단'으로 다시 태어났습니다. 우리 '삼정장학재단'은 친목 단체에서 벗어나 배우기를 원하는 가난한 아이들에게 도움을 주는 '장학재단'의 역할을 다할 것입니다. 여기에 필요한 예산은 우리들의 기부금과 틈틈이 공공사업 등에 참여하여 충당할 계획입니다.

……. 앞으로 우리 '삼정장학재단'은 그동안 우리가 아이들에게 받은 사랑을 아이들에게 돌려줌으로써 아이들에게는 희망의 등불이 되고, 우리들의 남은 생을 더 보람 있게 만들고자 합니다. 회원 여러분들의 많은 협조 부탁드립니다. 감사합니다."

인사말이 끝나자 우레 같은 박수가 터졌다.

이어서 '삼정장학재단' 현판식이 있었다. 마지막으로는 삼정물산의 개혁을 외치고 화재까지 낸 '신경섭'의 사진과 그가 외친 '희망을 갖자.'라고 적힌 액자를 사무실에 걸었다.

신경섭의 사진과 액자를 사무실에 거는 것은 찬성과 반대가 엇갈렸다. 아무리 뜻이 좋았다고 해도 그 뜻을 관철하는 방법이 옳지 못했다

는 것이 반대하는 사람들의 입장이었다. 그런데도 당시의 대표 박근우, 총무 여성원, 여러 간부들이 적극적으로 신경섭을 지지했다.

다음날. 대전지역의 인터넷 신문은 물론이고 지상파 방송과 일간지까지 나서서 '삼정장학재단'의 개소식을 알렸다.

9-5

화창한 봄날.

대전 교도소 정문이 열렸다. 영원히 닫혀 있을 것 같던 철 대문이 봄날의 화창한 햇살에 더 이상 문을 걸어 잠그고 있을 수 없었던 모양이다.

드르륵거리는 소리가 나더니 다시 문이 닫히는 소리가 들렸다. 그 자리에 머리를 짧게 깎고 수염이 더부룩한 칠십 중반의 남자가 종이봉투를 들고 어디론가 전화를 걸고 있었다. 아내 살해로 4년의 형을 살고 나온 이수만이었다.

이수만은 재판을 받는 중에도 고의적인 아내 살해 혐의를 인정하지 않았다. 그것은 중형을 받고 교도소 생활을 오래 하는 것이 두려워서가 아니라 아내를 사랑하는 자기의 마음이 변질되고 묻혀 버릴까 두려워서였다.

재판부도 수만의 이런 마음을 일부 인정했다. 수만은 일심이 끝나고 항고를 하지 않았다. 영숙을 사랑하는 마음만 오염이 되지 않는다면 형량은 문제가 아니었고, 자기는 그만한 죗값을 치러야 한다는 이유였다.

  변호사가 항고하면 형량을 더 줄일 수 있다고 여러 번 이야기 했지만 수만은 끝내 항고를 하지 않았다. 수감 중에 수만은 단 한 번의 면회도 허락하지 않았다. 친구들은 물론이고 자녀들의 면회 요청에도 응하지 않았다.

  덜걱거리는 택시를 타고 수만은 어디론가 떠났다. 혹자는 영숙이 묻힌 선산으로 갔다고 하고, 혹자는 해외로 나갔다고 했다. 누구도 수만의 행적을 아는 사람은 없었다.

9-6

  사면팔방이 깊은 골짝이요 높은 산이었다.
  머리에 흰 눈을 이고 세상을 내려다보는 설산이 병풍처럼 둘러싸고 있는 산 능선과 골짜기 깊이를 가늠조차 할 수 없는 험준한 산중 도로를 사륜구동차 두 대가 힘겹게 달렸다.
  어디를 보아도 푸른색은 보이지 않았다. 무채색과 유채색의 광물질이 세상을 뒤덮고 있어서 보는 사람은 이곳이 지구가 아니라 다른 행성에 온 착각이 들었다. 이글거리는 햇볕을 따라 손을 흔들며 흐르는 계곡의 우윳빛 빙하수와 멀리, 또 가까이에 보이는 흰 구름과 설산이 없었다면 여기를 현실 세계가 아니라 비현실적인 세계로 여겼을 것이다.
  팔 월 한여름이 무색하게 눈이 쌓여 있는 비포장도로는 도로 옆 위에 아슬아슬하게 걸려 있는 바위들과 손만 대도 무너져 쏟아질 것 같은 토사들 때문에 한시도 긴장을 늦출 수 없는 도로였다. 그나마 다행스러운 것은 파노라마처럼 펼쳐지는 장대한 풍경이 여행자들의 마음을 위로해 주는 것이었다.

고도 4천 미터가 되는 고개를 몇 개나 넘었을까. 차량은 가다, 서다를 반복하며 비탈길을 오르고 내렸다. 그때마다 뒤뚱거리는 차 안에서 정애는 몸을 제대로 가누지 못하고 차가 흔들리는 대로 몸을 맡기고 있었다.

정애의 나이가 어느새 떠난 엄마 또래가 되었다. 뒤에서 말없이 설산과 깊은 계곡을 보고 있는 아라와 서희도 결혼하고 이제는 중년으로 들어섰다.

신체가 건장한 운전수 옆의 가이드가 도로 오른쪽을 가리켰다. 수백 길 절벽 아래로 회색 모래 강이 보이고 넓게 펼쳐진 강은 수십 갈래의 모래톱을 만들었다. 아스라한 강 건너 저편으로는 사람들이 살고 있는지 언덕과 강으로 끝없는 길들이 이어졌다. 한국어가 유창한 가이드가 정애를 보며,

"저 계곡이 '누부라 계곡'입니다. 라다크에서도 경치가 빼어나게 아름다운 곳입니다. 여기에서 두어 시간만 더 가면 백사막이 나옵니다. 우리는 여기서 잠깐 쉬었다가 백사막에 가서 점심을 먹겠습니다."

정애, 아라, 서희가 앞차에서 내렸다. 뒤차에서 성철과 민서, 형대가 내렸다. 모두 피로가 쌓여 있었지만 처음 보는 풍경과 아버지와 어머니, 할아버지와 할머니를 만난다는 기대감에 피로마저 잊었다.

아버지와 어머니가 집을 떠난 지 이십 년이 지나서야 성철과 정애는

부모님의 행적을 찾을 수 있었다. 인도 라다크 주재 한국영사관에서 두 사람에게 소식을 전한 것이다. 누부라 강 끝머리 '차포'라는 마을에 한국인으로 보이는 남녀가 살고 있다는 것이다.

처음에 두 사람은 그 말을 믿지 않았다. 지도에서도 찾기 어려운 히말라야 오지였다. 나이도 적지 않은 사람들이 세상의 끝인 그곳에 뭐 하러 갔다는 말인가. 원한다면 한국에서도 얼마든지 편하게 여생을 보낼 수 있는 사람들이었다. 그런 사람들이 무엇 때문에? 왜? 왜?라는 의문을 성철과 정애는 떨치지 못했다.

여러 가지 정보를 확인하고, 또 상황을 고려했을 때 그 두 사람이 자기들의 부모가 맞는다는 결론을 내렸다. 두 가족이 여러 번 만나 논의를 하고 이곳에 온 것이다.

백사막 민가에서 짜이와 모모로 점심을 마친 일행은 무르고 마을로 향했다. 가이드 말로는 백사막을 출발하면 자동차로 갈 수 있는 곳은 무르고가 유일한 마을이며, 무르고부터 차포까지는 걸어서 하루를 더 가야 한다는 것이다.

일행은 눈 녹은 물이 비포장도로를 제멋대로 만들고 크고 작은 돌멩이들이 어지럽게 굴러다니는 도로를 겨우겨우 지나갔다. 휘청거리는 차량에 멀미가 더해서 숨을 제대로 쉬기도 어려웠다. 간혹 보이는 초르텐과 타르초가 없었다면 여기는 사람이 살지 않는 곳으로 여겼을 것이다.

성철은 가족들에게 등을 돌리고 사경을 헤매시는 어머니를 떠난 아버지를 원망했었다. 아무리 가족에게 실망했다고 해도 몇 년 동안 전화 한 통 없이 산 것도 모자라 한 마디 말도 없이 영원히 어디론가 떠나 버린 아버지였다. 당시에는 아무리 아버지를 이해하려고 해도 도무지 이해가 되지 않았다.

성철이 아버지 나이가 되어 퇴직을 하고 나자 아버지가 조금씩 이해되기 시작했다. 성철이 이해하는 아버지의 마음은 '역할이 끝난 뒤에 갖고 싶은 자유'였다. 인간으로서, 아버지로서 짊어져야 할 역할에서 벗어나 이제는 순수한 자신을 찾아 날아보고 싶은 자유였다. 아무리 생각해도 이거 외에 다른 이유가 없었다. 이런 마음은 지금 자신이 원하는 것이기도 했다.

거칠고 험한 히말라야 오지 길을 달리는 정애의 마음은 오직 엄마에 대한 그리움으로 가득했다. 정애의 나이가 어느덧 엄마가 떠나던 때의 나이가 되도록 세월이 흘렀지만, 엄마 미현에 대한 정애의 마음은 지금도 전혀 변하지 않았다. 감사하고 사랑하는 마음이 엊그제의 마음처럼 여전히 정애의 마음을 사로잡고 있었다.

편지 한 장에 몇 자 적어 놓고 떠나신 엄마에게 섭섭하고 화도 났지만 그것도 잠시 뿐이었다. 정애는 엄마가 어디에 계시더라도 엄마가 원하는 삶을 사시기를 바랐다. 이제 조금만 지나면 엄마를 다시 볼 수 있다는 생각에 한없이 가슴이 설레었다.

몇 시간을 더 달렸을까. 점차 날이 어두워지고 있었다. 간간이 룽다와 타르초가 보이고 이따금 초르텐이 일행을 맞이하고 있을 뿐이었다. 사위는 죽은 것처럼 어둠 속으로 빠져들었다.

험한 산길, 어두워지는 초저녁에 이국의 길을 가는 일행은 이제는 피로하다는 생각마저 들지 않았다. 그들은 평소에 생각지도 않은 곳을, 상상도 하지 않았던 일로 가고 있었지만 어쩌면 이것도 그들의 삶의 한 부분이라는 생각이 들었다.

자동차에 불이 들어오고 나서도 한참을 달려 조그마한 건물 앞에 차가 멈췄다. 가이드가 바람에 날리는 오색 깃발 사이에서 초라하게 누군가를 기다리고 있는 것 같은 낡은 문을 열고 들어갔다. 얼마가 지나자 다시 일행에게 왔다.

"우리가 머무를 탄툭 곰파입니다. 여기서 오늘 밤을 보내고 내일 아침 일찍 차포로 출발하겠습니다."

일행은 가이드를 따라 곰파 안으로 들어갔다. 희미한 등불 하나가 금방이라도 꺼질 듯 흔들리며 주변을 밝혔다. 건물이라고 하기에는 부족한 흙벽돌 건물이 일행을 기다렸다. 일행이 안으로 들어가자 나이를 구분하지도 못할 붉은 옷의 승려가 호롱불을 앞세우고 일행을 숙소로 안내했다.

일행은 씻지도 못한 몸을 간신히 낡은 침대에 뉘었다. 잠시 후. 조금 전의 그 승려가 가지고 온 짜이와 모모로 간단하게 요기를 했다. 한여름임에도 밤은 차가웠다. 야크 털로 짠 이불로 간신히 하룻밤을 보내고 아침 일찍 곰파를 나와 차포로 향했다.

무르고 탄툭 곰파에서 차포로 가는 길은 양과 야크의 길이었다. 가파른 산 능선을 따라 외줄을 타는 심정으로 가까스로 올라가면 또 다른 야크 길이 기다렸다. 탄툭 곰파에서 가지고 온 음식과 물로 점심을 때우고 일행은 계속해서 양과 야크의 길을 따라 걸었다.

9. 에필로그

고개를 넘고 또 넘었다. 보이는 것이라고는 겹겹이 밀려오는 높은 설산과 그 설산 위로 떠가는 흰 구름이었다.

일행 중 누구도 말이 없었다. 몸도 지치고 마음도 지쳤다. 그렇지만 처음 보는 낯선 풍경에 압도당한 일행은 피곤한 것도 잊고 고개를 넘고 비탈길을 따라갔다.

가다 쉬고, 쉬다 가기를 얼마나 했을까. 안간힘을 다해 고갯마루에 올라서자 앞서가던 가이드가,

"다 왔습니다. 저기 차포 마을이 보입니다."

말을 하며 두 팔을 번쩍 들었다. 일행도 누가 먼저라고 할 것도 없이 고개에 올라섰다. 일행 모두가 일제히 와~~, 함성을 질렀다. 그 순간 일행은 여행의 피곤함도, 아버지와 어머니를 찾으러 왔다는 생각도 잠시 잊었다.

고개 아래로 넓은 초원이 보이고 초원 너머에는 호수가, 호수 너머에는 설산이, 설산 위로는 흰 구름이 떠갔다. 초원에 올망졸망 자리 잡고 있는 몇 채의 집들이 보였다. 아름답고 평화로운 풍경이었다. 이를 보는 일행의 눈에 잔잔한 물결이 일렁였다.

일행은 비탈길을 내려갔다. 유채꽃과 청보리가 산바람에 이리저리 흔들리는 사이로 오솔길처럼 작고 구불거리는 길이 나타났다. 일행이 그 길을 따라가자 마을이 보였다.

가이드는 몇 그루 살구나무에 노랗게 잘 익은 살구가 주렁주렁 달린 집으로 들어갔다. 얼기설기 엮어 만든 지붕에는 말리는 살구가 나무채반에 가득 담겨 있었다. 어린 양 한 마리가 마당에서 혼자 놀다가 일행을 보고 뒤쪽으로 재빨리 도망쳤다. 놀란 양의 울음소리에 어

디서 나왔는지 십여 세쯤 되어 보이는 계집아이가 동그랗게 토끼 눈을 뜨고 일행을 바라보았다.

사람 좋은 가이드가 미리 준비한 과자 한 봉지를 들고 계집아이에게 가더니 무슨 말인가를 했다. 아이는 여전히 놀란 눈으로 가이드와 일행을 번갈아 쳐다보았다. 한참 동안 가이드의 말을 듣던 아이가 뒤를 보며 누군가를 불렀다.

집 뒤에서 젊은 여자가 나왔다. 서른이 갓 넘어 보이는 여인은 야크 털로 짠 오색 수건으로 머리를 감싸고 있었다. 검게 탄 얼굴에 놀란 표정이 가득했다. 가이드가 무슨 말인가로 여인을 안심시키는 것 같았다. 두 손을 얌전하게 부비는 여인에게 무엇인가를 묻고 또 물었다. 오랫동안 대화를 하던 가이드가 일행에게 왔다.

"어디서 오셨는지는 모르지만, 할머니, 할아버지가 이곳에서 사셨다고 합니다. 자기가 열 살쯤 되었을 때니까 이십 년이 조금 넘었을 거라고 하네요."

"이름을 알고 계시던가요?"

"두 분은 이름이 없었다고 합니다. 자기들도 굳이 알려고 하지 않았고요. 왜냐고 물으니까 여기서는 이름을 몰라도 사는데 불편하지 않다고 합니다."

"지금 어디 계신 지 여쭤봐 주세요."

신기하다는 듯이 일행을 보고 있는 여인에게 가이드가 다시 갔다. 무슨 말인지를 또 오랫동안 주고받았다. 여인이 오른손을 들고 손가락을 펴서 앞산을 가리켰다. 가이드가 반복해서 물어보는 것 같았다. 그때마다 여인은 똑같은 자세로 앞산을 가리켰다. 가이드가 일행에게 왔다.

"지금은 여기에 계시지 않는다고 합니다. 어디로 가셨냐고 물어보니까, 저기 앞에 보이는 설산으로 가셨다고만 합니다. 몇 번을 물어도 같은 대답입니다."

"언제 그리 가셨는지 얘기 안 하던가요?"

"저쪽으로 떠나신 지는 얼마 되지 않았다고 합니다."

"가신 곳을 알 수 있을까요?"

"저 여인도 그곳은 모른다고 하네요."

가이드의 말에 정애와 성철 일행은 가슴이 멍- 하고 울렸다. 무어라고 형언할 수 없는 아쉬움이 일행을 슬프게 했다. 참기 어려운 그리움에 일행의 마음이 울렁였다.

한동안 그 자리에 머물렀던 일행은 여인을 따라 두 사람의 거처로 갔다. 두 사람이 살던 거처는 집이라고 부를 수도 없는 소박한 집이었다. 흙벽돌에 나뭇가지로 엮어 이은 지붕 아래로 두 개의 작은 방이 있었고, 방마다 낡은 침대가 놓여 있었다. 성철과 정애의 마음이 찡- 하고 울리며 그리움에 겼었다.

"두 분은 이 집에서 친구로 사셨다고 합니다. 시간이 나면 초원과 호수를 돌아보고요. 가끔은 동네 사람들과 어울렸지만 자주는 아니었답니다."

일행은 살구나무 그늘에서 미현과 태문이 떠났다는 설산을 다시 보았다. 초원 너머 호수 위로 끝없는 설산이 손짓하고, 그 설산 위의 하얀 구름이 어디론가 정처 없이 가고 있었다. 어디에서 와서 어디로 가는 하얀 구름인지 아는 사람은 아무도 없었다.

정애는 모였다가 흩어지고, 흩어졌다가 모이는 흰 구름을 따라가며,
"엄마. 이제 엄마를 찾았어? 언제나 사랑해…."
흰 구름 아래 설산에서 눈을 떼지 못하는 정애의 눈에 눈물이 고였다.

성철은 아버지가 흙벽돌 방에 써 놓은 시구를 되뇌었다. 아버지의 시집 '여행자'에 있는 시의 한 구절이었다.

…………
…………

설산을 친구 삼고
흰 구름 동행하며
호수 물결에
영혼을 띄워 보내리

일행은 저 설산 어딘가 흰 구름이 머무는 그곳에 사랑하는 아버지와 어머니, 할머니와 할아버지가 계신다는 생각에 왠지 가슴이 설렜다. 그곳은 어디일까? 일행은 해가 지는 줄도 모르고 그곳을 바라보며 언제까지 서 있었다.

- 끝 -

맺음말

　나의 일생을 돌아보면 많은 일 중에서 유독 눈에 띄는 커다란 강줄기가 있습니다. 그것은 사랑이라는 강줄기입니다.
　나의 삶은 다른 사람, 다른 것들과 주고받은 사랑으로 얽혀 있습니다. 험한 세상에서 지친 나의 삶에 영양분을 주고 버팀목이 되는 것은 나와 관계된 것들과의 사랑이었습니다.

　그러나 제법 많은 시간이 흐른 지금, 뒤를 돌아보면 아쉬움이 남습니다. 그것은 부귀공명을 얻지 못해서 오는 아쉬움이 아닙니다. 다른 사람, 다른 것들과 충분한 사랑을 나누지 못해서도 아닙니다.
　아쉬움이 남는 것은 다른 사람, 다른 것만을 너무 많이 사랑했고 나 자신을 사랑하지 않은 것에서 오는 허무한 마음입니다.

　내가 내 자신을 사랑한다는 것은 무엇일까요? 사람이 이기심이나 자기애를 떠나서 순수하게 자기 자신을 사랑할 수 있을까요? 중요하기는 하지만 실천하기에는 어려운 일입니다. 무엇을 어떻게 해야 순수하게 자기 자신만을 사랑하는지 개념도, 방법도 잘 알 수가 없습니다.

 그러나, 스스로를 돌아보고 순수한 마음으로 자기 자신을 사랑할 때가 되었습니다. 나를 둘러싸고 있는 모든 것들에게 주었던 사랑을 이제는 나에게 돌리는 사랑입니다. 나 외의 것들에게 주었던 사랑으로 이제는 나만을 사랑하게 만드는 것입니다.

 먼 길을 돌아와서 가던 길을 멈추고 나 스스로를 찾아봅니다. 어딘가에 던져 놓았던 나를 찾아서 새롭게 단장을 시키는 겁니다. 내 삶의 온전한 주인이 내가 되도록 만드는 것입니다. 내가 감동할 수 있도록 말이지요.

 장편 소설을 쓰는 것은 오랜 세월을 살아가는 것만큼 어려운 일이었습니다. 그러나 세상에 던지고 싶은 이야기들이 많아서 멈출 수가 없었습니다. 내 스스로가 감동할 수 있는 일을 나에게 하고 싶었습니다.

 오랜 시간동안 소설을 쓰면서 주변에서 도움을 주신 분들이 없었다면 이 글을 끝내기는 결코 쉽지 않았을 겁니다. 모든 분들에게 감사드립니다.
 특히, 문장의 오타와 잘못된 부분을 조언해주신 서현경님과 신영숙 선생님, 간략한 평론을 해주신 김우영 박사님과 차용국 평론가님, 감사합니다. 또한 표지그림을 기꺼이 제공해주신 정솔님께 특별한 감사를 표합니다.

이 책《마지막 사랑》이 아름다운 모습으로 세상 구경을 하게 해주신 (주)좋은땅 출판사 관계자분들께도 감사의 말씀을 드립니다.

마지막으로 이 책을 읽어 주실 독자님들에게도 미리 감사드립니다.

'내가 나에게 무슨 일을 해야 내가 감동할 수 있을까요.'
나의 진실한 모습을 찾고, '순수한 마음으로 나 자신을 사랑'하는 《마지막 사랑》먼 길을 떠나 봅니다.

2025년 11월
조두현